國家圖書館出版品預行編目資料

新譯清詩三百首／王英志注譯.——初版三刷.——臺北市：三民，2022
面；　公分.——(古籍今注新譯叢書)

ISBN 978-957-14-5329-3（平裝）

831.7　　99003881

古籍今注新譯叢書

新譯清詩三百首

注譯者　王英志
發行人　劉振強
出版者　三民書局股份有限公司
地址　臺北市復興北路386號(復北門市)
　　　臺北市重慶南路一段61號(重南門市)
電話　(02)25006600
網址　三民網路書店 https://www.sanmin.com.tw

出版日期　初版一刷 2010 年 9 月
　　　　　初版三刷 2022 年 5 月
書籍編號　S032600
ISBN　978-957-14-5329-3

刊印古籍今注新譯叢書緣起

劉振強

人類歷史發展，每至偏執一端，往而不返的關頭，總有一股新興的反本運動繼起，要求回顧過往的源頭，從中汲取新生的創造力量。孔子所謂的述而不作，溫故知新，以及西方文藝復興所強調的再生精神，都體現了創造源頭這股日新不竭的力量。古典之所以重要，古籍之所以不可不讀，正在這層尋本與啟示的意義上。處於現代世界而倡言讀古書，並不是迷信傳統，更不是故步自封；而是當我們愈懂得聆聽來自根源的聲音，我們就愈懂得如何向歷史追問，也就愈能夠清醒正對當世的苦厄。要擴大心量，冥契古今心靈，會通宇宙精神，不能不由學會讀古書這一層根本的工夫做起。

基於這樣的想法，本局自草創以來，即懷著注譯傳統重要典籍的理想，由第一部的四書做起，希望藉由文字障礙的掃除，幫助有心的讀者，打開禁錮於古老話語中的豐沛寶藏。我們工作的原則是「兼取諸家，直注明解」。一方面熔鑄眾說，擇善而從；一方面也力求明白可喻，達到學術普及化的要求。叢書自陸續出刊以來，頗受各界的喜愛，使我們得到很大的鼓勵，也有信心繼續推廣這項工作。隨著海峽兩岸的交流，我們注譯的成員，也由臺灣各大學的教授，擴及大陸各有專長的學者。陣容的充實，使我們有更多的資源，整理更多樣化的古籍。兼採經、史、子、集四部的要典，重拾對通才器識的重視，將是我們進一步工作的目標。

古籍的注譯，固然是一件繁難的工作，但其實也只是整個工作的開端而已，最後的完成與意義的賦予，全賴讀者的閱讀與自得自證。我們期望這項工作能有助於為世界文化的未來匯流，注入一股源頭活水；也希望各界博雅君子不吝指正，讓我們的步伐能夠更堅穩地走下去。

新譯清詩三百首 目次

二、言志・抒懷

三、諷諭・民生

四、愛情・悼亡

五、天倫・親情

六、行旅・鄉情

七、送別・友情

八、景物·風情

九、邊塞・異域

十、詠史・懷古

十一、詠物・題畫

十二、論詩・說藝

附錄

導讀

清代是中國封建社會最後一個王朝，中國古典詩歌發展到清代也終於進入了總結期。由於清代之前既有唐、宋詩的「好榜樣」在，亦有元、明詩復古的失誤在，使清代詩人可以汲取正反兩方面的經驗教訓，以調整自己的創作方向，並在藝術上開創新的局面。清代二百六十餘年的歷史，政治風雲之激盪、詩人生活遭際之複雜、思想觀念之變革，都是前所未有的，這就使清詩具有了空前廣泛豐富的創作題材與主題；清代詩人較歷代更重視學問，素養更高，很多人都有明確的詩學觀念與審美追求，這就使清代的詩歌流派紛呈迭現，蔚為大觀，不僅超越元、明，亦非唐、宋可比。其他不論，僅此三點就足以形成中國古典詩歌經歷元、明之低谷而形成新高潮，或曰以中興之局顯示出古典詩歌晚霞滿天的壯觀。以數量而言，清代歷史雖不及明代長，但詩人卻遠比明代多。徐世昌所編《晚晴簃詩匯》所收清代詩人有六千餘家，而這遠非清詩人的全部。清代詩人不僅數量多，其中大家、名家之夥亦非元、明所能企及，整體質量可上追唐、宋。

一、清詩發展簡史

關於清詩史的發展有前、中、後三期分法，也有吾師錢仲聯先生清初、乾嘉、鴉片戰爭前後、晚清的四期分法（參見錢仲聯師《清詩精華錄・前言》）。這裡借鑑吾師四期分法對清詩發展史略作描述。

(一) 清初時期

清初時期大致包括順治、康熙二朝（西元一六四四—一七二二年）。順治朝詩人大多為由明入清者。此期中國發生了一場巨大的社會變革，朱明王朝的漢族政權被滿族統治者所取代。鼎革時期充滿了血腥，民族矛盾成為清初的主要社會矛盾。於是反抗異族侵略、渴望恢復故國，成為漢民族的意志，而堅持操守成為民族精神；表現亡國之痛與復明之志，則成為詩歌的主調。其思想的深度與廣度均非宋末元初詩人可相比。故順治詩人實以遺民詩人為主力。這是一個龐大的詩人群體，卓爾堪所編《遺民詩》即收錄五百餘人。其著名人物有顧炎武、吳嘉紀、黃宗羲、王夫之、杜濬、閻爾梅、屈大均、陳恭尹等。由於明末清初政治形勢巨變的需要，遺民詩多崇唐學杜。杜詩憂國憂民之情懷與沉鬱頓挫的風格顯然最適於表現其亡國之痛。當然，也有學習其他人風格的。

順治詩壇於遺民詩人之外，則有「江左三大家」錢謙益、吳偉業、龔鼎孳名重一時。三人皆為貳臣，以明臣而屈節仕清，政治上的失足使其人格價值無法與遺民詩人相提並論。但其於清初詩壇的地位卻十分重要。三人皆江南人，身分相類，但思想、閱歷與詩歌成就、影響並不相同。朱庭珍稱「江左以牧齋（錢謙益）為冠，梅村（吳偉業）次之，芝麓（龔鼎孳）非二家匹」（《筱園詩話》），大致不錯。錢謙益靦顏事清，但晚年又悔恨而投入復明大業。其於詩倡「詩有本」說，主張性情與學問並重，為明末清初主持東南詩壇的領袖人物，有掃除明末擬古餘習，開創清代新詩風之功。吳偉業詩基本學唐代元、白，取其「長慶體」而發展變化為「梅村體」。趙翼評為「以唐人格調寫目前近事，宗派既正，詞藻又豐，不得不推為近代中之大家（《甌北詩話》），其作品堪稱「詩史」。

康熙詩壇的重鎮是「國朝六家」。六家除了朱彝尊早期曾抗清外，其他施閏章、宋琬、王士禛、查慎行、趙執信與前明基本上少有政治及感情上的聯繫，民族意識業已淡薄；而且康熙盛世所顯示的強大生命力，使忠於故國的觀念亦失去意義。六家詩多學唐，但又經歷了由學唐逐漸向學宋的轉化。整體上看，前期施、宋、朱、王基本上學盛唐，至後期查、趙則基本上學宋。其中施閏章與宋琬齊名，有「南施北宋」之目。施學盛唐王、孟之風，淵雅優美；宋學杜、韓之風，雄健壯美。朱彝尊與王士禛齊名，人稱「南朱北王」。朱為浙派初祖，主要學唐，晚年兼學宋蘇軾。王士禛為神韻派代表，基本崇唐。其詩論倡導神韻說，追求沖淡自然、含蓄蘊藉的審美情趣，崇尚王、孟詩風，以七絕最工。但入蜀後之作亦不乏杜甫之雄勁。其詩適應了盛世的需求，「主持風雅數十年」（《清史稿》卷二六六），於康熙詩壇地位甚高。六家中的查慎行，為詩「專取徑於香山、東坡、放翁，祧唐祖宋」，「為詩派一大轉關」（《晚晴簃詩匯》），即以學宋為主，繼朱、王之後稱霸詩壇，對於後來的浙派鉅子厲鶚以及性靈派詩家袁枚都有影響。

（二）乾嘉時期

乾嘉時期指乾隆、嘉慶二朝（西元一七三六—一八二〇年）。此期基本上處於盛世，經濟繁榮，文化興盛，詩壇更呈現出新格局。其最突出的表現是詩學觀念多元，流派紛呈，名家輩出，創作活躍。如浙派出現了代表人物厲鶚。鍾駿聲稱「吾浙派詩，至樊榭（厲鶚）而極盛，亦至樊榭而一變」（《養自然齋詩話》）。厲氏出身寒門，一生布衣，其詩求新求變，重學問根柢，於審美情趣追求「清」，即詩思清深恬淡，詩境清幽冷峭，語言清淨雅致。詩作以山水詩為主，借山水之境寄託性情，消解苦悶，正如張世進輓詩所謂「平生山水心」。於浙派朱彝尊、查慎行之後別樹一幟。此時期學唐者則為格調派，其代表人物為臺閣重臣沈德潛。沈德潛的詩學觀明顯承襲明七子，摹仿盛唐宏聲大音，旨在補救王士禛神韻詩之清音。其詩風格平穩，缺乏個性。由於他重視詩的教化作用，故能反映現實。此外還有肌理派代表翁方綱。欲補救王士禛神韻詩之虛空，而於詩中大量堆積典故，被袁枚譏為「誤把抄書當作詩」（〈仿元遺山論詩〉），違背了「詩緣情」的本質特徵。

乾嘉詩學主潮為性靈派的「性靈說」。「性靈說」是當時進步美學思潮的組成部分。「性靈派」的主將是袁枚，副將為趙翼。他們於詩主真情，重個性，尚才氣，既反對格調派模擬盛唐，亦排斥「肌理派」賣弄學問，並反對浙派用僻典代字，為維護清詩走上正軌、推進清詩發展、使清詩獨具面目作出了重要貢獻。袁枚詩多寫真情實感，以情感感人，並推重情詩。其詩具有獨創性，不受唐宋詩格調的束縛，惟情所適；意象清新活潑，富於生趣。趙翼詩亦抒寫性靈，胸中有識，富於理趣，善發議論，亦詼諧有趣。另外性靈派殿軍張問陶，沉鬱空靈，為清代蜀中詩人之冠。性靈派詩人成就較著者還有孫原湘、舒位及袁枚女弟子席佩蘭等。

乾嘉時期不屬於詩派的詩人更多。其中佼佼者，有與袁枚、趙翼同稱乾隆三大家的蔣士銓，他思想較正統，詩頗具風骨，沒有「性靈派」詩纖佻之弊。有被譽為常州「二俊」的洪亮吉與黃景仁。洪亮吉詩重氣，擅古體，奇思獨造，筆力沉雄，特別是被貶新疆時之作尤多奇境豪氣，與其豪宕狂放的個性相符。但風格較單一，缺乏雋永之致。黃景仁一生狷狹寡諧，自稱詩多「幽苦語」（《兩當軒詩鈔·自敘》）。詩則風格多樣，古近體兼擅，或清新俊逸，或典雅精工，亦不乏沉雄豪放之作，無愧為天才詩人。廣東則有嶺南二家黎簡與宋湘。他們上承清初嶺南屈大均、陳恭尹、梁佩蘭三家之風，成為清中葉詩壇多樣化格局的重鎮。大體上講，黎以峭奇勝，宋以雄豪勝。黎簡、宋湘與洪、黃一樣，都受到袁枚性靈說影響，於詩皆抒寫真情，獨創求新。黎詩多寫山水，風格以奇峭深警為主體，又輔以幽秀、瑰麗、雋妙，拔戟自成一隊。宋湘比黎簡晚死二十七年，曾目睹嘉慶轉衰的社會危機，詩中頗多「騷屑之音」。其詩早期「學杜寫景言情幽秀一路」（陳衍《石遺室詩話》），且明快平易。後期遠仕雲南，得江山之助，風格轉為雄宕勁健。此外，桐城派姚鼐以及開晚清宋詩運動之先聲的程恩澤等，雖屬於思想正統的詩人，但也有自己的成就與貢獻。總之，乾嘉詩壇百花爭豔，是清詩的繁榮階段。

（三）鴉片戰爭前後時期

鴉片戰爭的前後期指道光、咸豐二朝（西元一八二一—一八六一年）。清朝於嘉慶後期即由盛轉衰，日漸腐敗，終於導致帝國列強紛紛入侵，中國進入半封建、半殖民地社會，面臨民族危亡，一批憂國憂民之士抒寫了大量反映時事政局、憂國傷懷的詩篇，從而使清詩思想上具有嶄新的內涵。此期詩歌以龔自珍為先導。龔氏是一位具有啟蒙思想的改革家，力主更法革新，開康、梁「變法維新」之先聲。他於詩主張「宥情」，表現個性，又是對袁枚「性靈說」思想的深化。其詩既反映衰世之現實，又抒寫追求自由的心曲，詩風上承浙派胡天游一脈，語言瑰麗，氣勢豪放，意境奇詭，情感充沛，學問根柢亦深厚，兼才人與學者之長，被柳亞子譽為「三百年來第一流」。龔詩「開拓了前代詩人未有之境，是真正獨具面目的清詩，成為晚清『詩界革命』的先導」（錢仲聯師《清詩精華錄・前言》）。其後的林則徐、張維屏、魏源、貝青喬、姚燮等人之反映鴉片戰爭、謳歌民族精神之作，亦是充溢愛國主義的詩篇，較之清初反映抗清復明的作品，具有更深刻的思想價值，藝術上亦各具特色。此時宗宋一脈詩風仍在發展，如程恩澤、祁雋藻、何紹基、鄭珍等人，為晚清「同光體」之前驅。鴉片戰爭前後時期詩歌的特徵是詩歌與時代政治關係極其緊密，詩歌成為表現愛國熱情的載體。藝術上亦有所開拓，如貝青喬《咄咄吟》以詩紀史、詩注結合即前所未見。

（四）晚清時期

晚清時期指同治、光緒至清亡（西元一八六二——一九一一年）。此期政治上最重要的運動就是康、梁維新派的變法維新。維新派代表詩人有黃遵憲、康有為、梁啟超、丘逢甲、譚嗣同等。其中以黃遵憲為先導，黃少時即「有別創詩界之論」（〈與丘菽園書〉），後則興起「詩界革命」。此派主張表現「古人未有之物，未闢之境」（黃遵憲《人境廬詩草．自序》），或曰「以舊風格含新意境」（梁啟超《飲冰室詩話》）；又反對鑽研故紙、「沿習甘剽盜」，而倡導「我手寫吾口」（黃遵憲〈雜感〉），使詩為政治改良服務。他們頗多出國遠遊者，大大開拓了眼界，詩作亦多闢異境，所謂「新世瑰奇異境生，更搜歐亞造新聲」（康有為〈與菽園論詩……〉）。黃古體樂府詩最出色，確實是「我手寫吾口」。臺灣詩人丘逢甲反映甲午之戰與臺灣被割之恥辱的作品多震撼人心，慷慨悲涼，被梁啟超稱為「詩界革命之鉅子」（《飲冰室詩話》）。康有為詩語言瑰麗，富於浪漫色彩。梁啟超詩激情澎湃，飛勢奔放，亦自成一格。清末民主革命志士秋瑾女俠之作，巾幗不讓鬚眉，以奔放豪邁之情抒寫革命之志，慨當以慷，甚是難得。而南社詩人如柳亞子、蘇曼殊等，均亦不乏佳作。晚清詩派林立，影響較著者還有「同光體」，其中又可分以沈曾植、袁昶為代表的「浙派」，以陳衍、鄭孝胥為代表的「閩派」，以陳三立為代表的「贛派」。同光體主要學韓愈、黃庭堅，以陳三立成就最大。他早年也不乏感慨時事、憂國憂民之作，詩風雖生澀奧衍，「然其佳處，可以泣鬼神者，未嘗不文從字順也」（陳衍《近代詩鈔》）。此外，尚有以王闓運、鄧輔綸等為代表的崇尚漢魏六朝盛唐的湖湘派，以張之洞、樊增祥為代表的兼學唐、宋一派，以李希聖、曾廣鈞為代表的宗尚李商隱的西崑體，等等（參見錢仲聯師《清詩精華錄．前言》）。雖然多屬復古派，並非一無可取。

以前論者對清代詩歌一度評價甚低，如文廷式謂「國朝詩學凡數變，然發聲清越，寄興深微，且未逮元、明，不論唐、宋也」（《聞塵偶記》）；梁啟超則稱清詩「真可謂衰落已極」（《清代學術概論》），只肯定詩界革命，於此前各派各家皆予否定。其偏激而有失公正不言而喻。事實證明，清詩確實是中國古典詩歌光輝的結局。但「夕陽無限好，只是近黃昏」，至五四後中國古體詩基本上已走完了自己的路程，而為白話詩所取代。這是歷史發展的結果，不以人的意志為轉移。

二、清詩的題材內容

魯迅在〈致楊霽雲〉信中說：「其實我于舊詩素未研究，胡說八道而已。我以為一切好詩，到唐已被做完，此後倘非能翻出如來掌心之『齊天大聖』，大可不必動手。」（《魯迅書信集》）對魯迅「好詩，到唐已被做完」之說，我們不必拘泥，正如對其自謙「于舊詩素未研究，胡說八道而已」不能當真一樣。其實，這是魯迅常用的誇張、幽默手法，旨在向楊霽雲表白本不該「言行不一致」，再寫舊體詩而已。當然，此言亦反映了魯迅對唐詩的極其推崇。

事實上，唐以後的宋固然有好詩，明、清特別是清同樣有好詩，有大詩人。套用王國維「凡一代有一代之文學」（《宋元戲曲史・自序》）的話頭，可以說「凡一代有一代之詩歌」。這是因為「歌謠文理，與世推移」（劉勰《文心雕龍・時序》），「詩文隨世運，無日不趨新」（趙翼〈論詩〉）。社會的發展，時代的變遷，生活實踐的豐富，思想觀念的更新，都必然促使詩歌面貌的不斷嬗變。有清一代近三百年歷史，這些在清詩中都不能不予以反映與表現。因此，如果說清詩與歷代詩歌相比，有其特點的話，那麼詩歌題材內容的豐富與生新是首要的或曰最重要特點。這一特點遠非唐、宋詩可比擬，可以說達到中國古典詩歌的極致。關於清詩的題材內容，限於篇幅下面只能擇其要者簡略述之。

（一）抒情言志

清詩最具時代精神的部分，是抒發民族情感與愛國主義思想的作品。它們奏響了清初與晚清乃至整個清代詩歌的主旋律。「文變染乎世情，興廢繫乎時序」（《文心雕龍・時序》），主旋律的內涵是由清初與晚清特殊的「世情」所決定的。

如前所述，清初發生了一場巨大的社會變革，朱明王朝的漢族政權被異族統治集團所取代，鼎革時期充滿了血腥，清兵的大肆殺戮更激化了尖銳的民族矛盾。於是反抗異族侵略，渴望恢復故國，成為漢民族的「志」；誓死不降，保持操守，亦成為民族的「情」。無論是明遺民、抗清志士，還是平民百姓，都借助詩歌抒寫亡國之痛與復明之志。其感情的慷慨悲壯、氣節的堅貞不屈，皆鬱勃著時代精神與民族正氣。這類作品不僅是唐詩所少有，即是南宋末相類的詩無論從廣度還是深度亦不能企及。典型的如黃宗羲、顧炎武、王夫之、歸莊、屈大均等親身參加過抗清復明鬥爭的民族志士的作品，亦有像無名氏江陰女子、僧人函可等社會下層愛國者的佳什，其或悲悼故國，或謳歌貞烈，或譴責清軍，或表白氣節，從不同的側面反映了江山易主之際慘痛的史實與民族共具的感情。甚至一度屈節仕清的江左三大家錢謙益、吳偉業、龔鼎孳，亦不乏此類作品，其中又寓有深深的懺悔之意。

自鴉片戰爭以後，中國逐漸淪為半封建半殖民地社會，中華民族與西方列強的矛盾日益尖銳。晚清的愛國主義與民族感情被賦予了反列強的新因素，增加了政治改革、振興中華的新內容。而反映這一時代精神的詩更是歷代所絕不能具備的。如張維屏、林則徐、龔自珍、魏源、姚燮、丘逢甲等憂國憂民的愛國志士都寫下力作，感嘆時局艱危，抒發振興民族的襟抱，謳歌軍民同仇敵愾抗擊英軍的豪氣，揭露統治者喪權辱國、昏庸無能的罪行，悲吟國土的淪喪，都具有感發人心的力量。而維新變法派的仁人康有為、黃遵憲、梁啟超、譚嗣同、劉光第以及民主革命的志士秋瑾、陳去病等，亦以詩歌頌革命理想，抨擊腐朽的清王朝，慨嘆改革與鬥爭的失敗，不少人甚至以生命與鮮血譜寫出反對侵略、改革圖強的愛國之歌，足以驚天地而泣鬼神。這些詩感情濃郁，筆力遒勁，意境壯闊，顯示出中華民族不屈不撓的鬥爭精神，是清詩中最可寶貴的精華。

封建知識分子常有懷才不遇之嘆，這是封建科舉制度的弊端以及當政者賢愚不分的用人政策造成的歷史悲劇。歷代文人以詩宣洩「不才明主棄」、抑鬱不得志之憤懣的作品可以說車載斗量。清代是封建社會的衰亡時期，社會弊端叢生，正直的文人報效國家的道路更坎坷，作為「言志」的詩自然常用來表現壯志難酬的悲哀。但是清代知識分子又有歷代知識分子所少有的厄運，即自康熙以來清朝統治者為了鞏固政權，鉗制漢族知識分子的思想，而大興文字獄，迫使知識分子「萬馬齊喑」、噤若寒蟬，始終處於動輒得咎、如履薄冰的心境中；加上官場相互傾軋日益嚴重，使仕途中人亦戰戰兢兢。於是清代言志詩，就出現了類似「人間更有風濤險，翻說黃河是畏途」（宋琬〈渡黃河〉），「避席畏聞文字獄，著書都為稻粱謀」（龔自珍《己亥雜詩》），這種前代少見的反映知識分子於政治與思想重壓下的特殊心態。這在宋琬、汪琬、蒲松齡、金農、黃景仁、龔自珍等人筆下均有顯現。

（二）描寫山水景物

詩不外乎抒情寫景，山水景物詩在清詩中占有相當大的比重。而與前代相比，內容與形式都有所發展。詩人或出門旅行，或遠遊求仕，或奉命出使，或遭遇流放，不管是主動的還是被迫的，都要行萬里路，都要接觸北國或江南的自然景物以及人文景觀。而作為詩人又都按捺不住創作欲望，將山水風情進行審美觀照與創造，化成千姿百態的藝術形象，展現於讀者面前。其風格陰柔秀麗的如杏花春雨，陽剛壯美的如秋風鐵馬；其體裁，短小的有近體律絕，長篇的有古體歌行；其內容則山川雨霧，朗月明星，奇花異草，乃至民俗風情，凡前代詩中涉及的概無遺漏。這裡特別要提到的是清代的邊塞詩與異域詩所描寫的令人耳目一新的山水景物。清代詩人不僅有像吳兆騫、洪亮吉、林則徐等被流放關外、西北，更有像納蘭性德、趙翼、舒位等從軍塞北、西南，他們得江山之助，把塞外大漠、天山雪峰、少數民族風情等景觀融入詩中，使人眼界大開，心胸寬闊。這類邊塞詩可與唐詩相頡頏。而清代異域詩則是唐宋詩中難以尋覓的，它們在晚清景物詩中別具瑰麗色彩。維新派人物與民主革命志士或亡命東瀛，或赴歐任職，或異國留學，使他們有條件目睹到大海汪洋中的奇觀、日本與歐洲的奇山異水及西方文明的奇妙景觀，於是如黃遵憲、康有為、梁啟超、秋瑾、蘇曼殊等人，皆「以舊風格含新意境」（梁啟超《飲冰室詩話》），向人們再現了異域嶄新的審美對象，為清代山水景物詩注入了新鮮的血液，使人讀後有放眼世界的新奇享受。

(三) 反映民生疾苦

清代著名詩人如施閏章、吳嘉紀、屈大均、宋犖、蒲松齡、洪昇、孔尚任、沈德潛、袁枚、鄭燮、黎簡、潘德輿、鄭珍等均有諷諭世事、關心民生之作。值得注意的是在形式上除了近體律絕外，亦頗多樂府、歌謠體，較之前代，語言更為樸素通俗。而在題材上反映的對象更加廣泛，對農民、鹽民、縴夫、煤炭工、役夫、裁縫等之悲慘生活狀況皆予以反映，並寄以深切的同情。反之，對那些壓迫、剝削平民百姓的富豪、昏官、訟師、債主亦給予淋漓盡致的抨擊。這都顯示出清代在諷諭、民生詩題材上有其開拓、發展的功績。

（四）談詩論藝

清代論詩詩數量之多足以超越歷代論詩詩之總和。其體裁大多為論詩七絕，這是對杜甫〈戲為六絕句〉以及元好問〈論詩三十首〉的繼承，且頗多大型組詩，多者達二百首；同時亦採用五古體論詩，這在前代詩中是不多見的。其成績卓著者如王士禛、厲鶚、謝啟昆、袁枚、蔣士銓、趙翼、洪亮吉、宋湘、張問陶、姚瑩、龔自珍等，難以盡舉。這些論詩詩或揭櫫詩歌抒寫情性的本質，或描繪靈感現象，或標舉創新之旨，或批評擬古、考據詩，或評價歷代詩人詩作，內容豐富。而作為詩之一種，論詩詩雖多議論，但亦注重生動性，立象以見意，不失詩歌的審美特徵。清代除論詩詩之外，還有論詞詩、論畫詩、論書詩。以詩來說詩談藝，是中國古典美學的一大特色，而在清代得到最充分的表現。

除上述題材外，清代的懷古詠史詩、詠物題畫詩、愛情悼亡詩、送別友情詩、親情天倫詩、行旅鄉親詩亦都豐富多樣，各具特色，茲不贅述。

由於清代不少詩人同時是詩論家，故其創作往往以其詩學觀為指導，而其詩作則成為其詩學觀的藝術實踐。理論與創作相輔相成，這在歷代詩人中雖然亦不乏其例，但從沒有像清代這樣廣泛、明朗。如錢謙益主張「詩有本」說，即以真性情與學問為詩之根本，而其詩作既抒寫「真好色」、「真怨誹」（〈季滄葦詩序〉），又注重從古代經史典籍中汲取營養，使詩典雅高古。王士禛倡導「神韻」說，追求沖淡、清遠的風格，含蓄的意境，有言已盡而意無窮之韻味，他的山水絕句即是典型的例證。袁枚標舉「性靈」說，要求詩表現真性情，有個性，形象生動靈活，富有情趣，語言通俗自然，他的性情詩、景物詩等就大多為性靈詩。晚清黃遵憲樹起「詩界革命」的旗幟，「以舊風格含新意境」，他的域外詩即開闢新意境，堪稱「詩界革命」的生動實踐。諸如此類，不勝枚舉，從而構成清代詩學流派紛呈的新局面。

本書選清詩三百零六首，按題材內容分為十二類。分類只能是相對的，就某首詩的主要內容傾向而歸類。詩體以律絕近體為主，但因清代古體、歌行體有很大發展，所以亦酌情少量收入，以見清詩創作的不同側面。選詩包括清初至清末一代清詩的佳作。明末清初為明殉難者如陳子龍、張煌言、夏完淳宜劃為明代詩人，故不選，明遺民明顯作於明代的詩亦不選。

本書的編著對作者來說是一種嘗試，不當之處請讀者指正。

王英志

於蘇州大學凌雲齋

一、悲國・圖強

金陵後觀棋絕句六首（選一）

錢謙益

【題　解】此七絕清順治四年寫於金陵（今江蘇南京）。在此詩之前另有〈觀棋絕句六首為汪幼青作〉，故曰「後觀棋」。詩抒發悲思故國之懷。

【作　者】錢謙益（西元一五八二—一六六四年），字受之，號牧齋、蒙叟，亦自稱東澗老人。常熟（今屬江蘇）人。明萬曆進士，名隸東林黨。明弘光朝任禮部尚書。順治二年（西元一六四五年）降清，以禮部侍郎管秘書院事，不到半年即乞歸。其屈節仕清，頗為人詬病，本人晚年亦表悔恨，曾參與其弟子鄭成功、瞿式耜的抗清復明活動。作為文學家，錢謙益被視為「文苑之宗師」，才大學博，主持東南詩壇，為明、清兩代詩壇之一大關鍵。詩學杜甫，兼採唐宋名家。論詩主「詩有本」說，反對明七子復古與竟陵派幽深孤峭之風。有《初學集》、《有學集》、《投筆集》等，又編纂有《列朝詩集》。

寂寞枯枰❶響泬寥❷，秦淮❸秋老咽❹寒潮。白頭燈影寒宵裏，一局殘棋見六朝❺。

【注　釋】❶枯枰　棋盤。❷泬寥　曠蕩空虛的樣子。《楚辭・九辯》：「泬寥兮天高而氣清。」❸秦淮　秦淮河。長江下游支流，經南京市區西流入長江。❹咽　聲音阻塞而低沉。❺六朝　三國東吳、東晉及南朝宋、齊、梁、陳史稱「六朝」。六朝均短命，韋莊〈金陵圖〉有「六朝如夢鳥空啼」之句。

【語　譯】寂寞棋盤的落子聲消逝在虛空中，深秋的秦淮河，寒潮拍擊著似悲痛地嗚咽。涼宵裡，殘燈光影映著我的滿頭白髮，眼觀弈者的殘棋，恰似重見「六朝如夢」的結局。

【研　析】作此詩時南明弘光王朝已滅亡兩年多，作者降清後乞歸亦近兩年，但他悲思故國之情並未消除，只是作為貳臣難以明言，故借寫觀棋而隱約抒發之。詩中以棋局喻政局，「觀棋」實為思國。首聯借落子的響聲與寒潮的嗚咽聲，以動形靜，反襯南明舊都金陵空蕩蕭瑟的氣氛，這正是詩人淒涼心境的反映。尾聯則寫詩人「觀棋」的情景，先寫「白頭燈影」的自我形象，有蒼涼之感，再寫「觀棋」，「殘棋」而又與短命的「六朝」掛鉤，其象徵意義不言而喻。詩悼古思今，歷史上的六朝與南明王朝皆成為「殘棋」矣，滄桑之感，故國之思，甚是悲涼。此詩以下棋的小事，反映江山易主的大局，頗有「納須彌於芥子」之功。作者雖曾降清，但不久就乞歸，表示懺悔，並參與抗清復明活動，此詩就是思想改變的證據。錢氏論詩稱「悲憂窮蹇」之情「詩人以為美」（〈馮定遠詩序〉），這是易代之際的美學思想。此詩正是這一思想的體現。

後秋興之十三（選一）

錢謙益

【題　解】順治十八年（西元一六六一年），南明桂王朱由榔被吳三桂俘獲於緬甸，不久又被害，次年即康熙元年（西元一六六二年）七月至二年五月，作者於家鄉常熟聽到關於桂王之死的種種流言。儘管作者還抱著流言不實的僥倖心理，但又不能不聞而憂思泣血，並泄悲憤於詩。此詩乃仿杜甫〈秋興〉詩所作《後秋興》一百零八首之一。

海角崖山❶一線斜，從今也不屬中華❷。更無魚腹捐軀❸地，況有龍涎泛海槎❹。望斷關河非漢幟❺，吹殘日月是胡笳❻。嫦娥老大❼無歸處，獨倚銀輪❽哭桂花❾。

【注　釋】❶海角崖山　指廣東新會南海中崖山，為扼守南海的門戶。南宋末，陸秀夫任左丞相與張世傑奉趙昺為帝堅守於此，作為抗元的最後據點，但仍被攻陷，陸秀夫背負帝趙昺沉海而死，南宋徹底滅亡。❷中華　指華夏族的國土。❸魚腹捐軀　一指屈原「寧赴湘流，葬于魚腹之中」（《楚辭・漁父》），二指陸秀夫與帝趙昺沉海，「魚腹葬君臣」（方回挽詩）。❹龍涎泛海槎　據《星槎勝覽》載：「龍涎嶼，望之峙南巫里洋中海面，至春閑群龍來集于上，交戲而遺涎沫，番人駕獨木舟，登此採歸。」龍涎，龍涎嶼。海槎，獨木舟之類。比喻清軍海船於南海中掠奪。❺漢幟　即漢赤幟，用《史記・淮陰侯列傳》中「皆拔趙旗立漢赤幟二千」之典，此為華夏族象徵。❻吹殘日月是胡笳　謂明朝被清軍滅亡。日月，合字為「明」，即明朝。胡笳，原指少數民族管樂器，比喻清軍。❼嫦娥老大　羅浮〈詠月〉：「嫦娥老大應惆悵，倚泣蒼蒼桂一輪。」此作者自喻已年逾八旬。❽銀輪　指代月。❾桂花　月中桂樹。段成式《酉陽雜俎・天咫》：「月桂高五百丈，下有一人常斫之，樹創隨合。」此以「桂花」喻在雲南被殺的南明桂王朱由榔。

【語　譯】遠望海角厓山，隱隱一線已經傾斜，從今以後不再是我華夏的土地。我朝君臣沉海都難尋葬身之地，更有海上番船橫衝直撞。望盡神州關河不見漢旗飄揚，吹掉「日月」的是異族的胡笳。我嫦娥已老，家國淪亡無歸處，獨倚月宮，哭悼桂樹已被砍倒。

【研　析】這是一首七律，為錢氏所擅長的體裁。錢氏抒寫感情比較隱晦，但悲泣成歌又甚明顯。首聯首句筆觸較平淡，貌似寫景，實際寫「厓山」含有南宋陸秀夫負帝趙昺投海而死，宋亡的典實，乃暗示明朝之亡，故次句云「從今也不屬中華」。頷聯承「不屬中華」之意展開，兩句皆用典，憤激之情更顯沉鬱悲涼。帝趙昺、陸秀夫君臣尚可同死海中，如今率土之濱莫非異族之地，且桂王已死，則忠臣志士連「魚腹捐軀」也不可得；而清軍海船於南海中掠奪、游弋，更增強了作者憤懣不平之氣。頸聯相對頷聯來說，比較易懂，以「漢幟」、「胡笳」兩個意象比喻華夏與清軍，構思巧妙，形象地描繪出江山易主之景象。既然君死國亡，作者不能不聯想到個人命運，尾聯乃借嫦娥悲劇故事抒發自己走投無路、悲痛欲絕的心情。嫦娥哭桂花樹之被砍，正喻作者哭桂王之被殺也，但月桂隨砍隨合，而桂王死不復生，其亡國亡君的孤寂無主之感更甚於嫦娥。

全詩以抒寫真誠、悲憤的忠君愛國之情為主旨，又處處輔以學問，廣採經史、神話之故實，為抒發感情服務，詩典雅含蓄、沉鬱悲愴。體現了作者「詩有本」的思想。儘管作者曾靦顏仕清，大節已虧，備遭譏諷，但不可因人廢言，此詩的思想意義還是應予肯定的。

悲彭城

閻爾梅

【題解】作者於詩前原有小序，說清兵起初並未到徐州，只有百餘個「山東無賴市兒」到徐州一帶來。徐州總兵李成棟，卻聞信東逃。作者於順治二年（西元一六四五年）四月十四日自「桓山微服往徐州觀，潸然出涕，用古樂府悲之」，寫下此詩。

【作　者】閻爾梅（西元一六〇三—一六七九年），字用卿，號古古，又號白耷山人。沛縣（今屬江蘇）人。明崇禎舉人，復社社員。南明弘光朝時曾勸史可法進軍河南、山東以圖恢復。後因參加抗清活動，兩度被捕，皆堅貞不屈。逃脫後流亡各地，晚年返回故鄉。詩作表現抗清復明之志，感慨時事，蒼涼沉鬱。有《白耷山人集》。

　　黃樓❶奎塔❷依河隈❸，旗鼓高懸戲馬臺❹。九里山❺長堪列陣，臨期不見一人來。萬頃春田麥秀勻，官軍東走踏成塵。偵他胡騎❻來多少，鄉導前驅❼二十人。

【注　釋】❶黃樓　徐州東門城樓。宋熙寧十年（西元一〇七七年）七月，黃河決於澶淵，水至彭城（徐州），太守蘇軾命百姓蓄土積石為備，水退，修築城牆，城東門樓塗上黃土，取「土能克水」之意，此即「黃樓」。❷奎塔　徐州名勝古蹟。❸河隈　河彎曲處。❹戲馬臺　即項羽的掠馬臺，在彭城南。❺九里山　在彭城北，相傳為楚漢相爭的古戰場。❻胡騎　指清兵。❼鄉導前軀　據原詩前小序，指清軍雇傭的「無賴市兒」，地痞流氓。

【語　譯】黃樓奎塔矗立在黃河灣裡，戲馬臺上高懸著戰旗軍鼓。九里山長非常適合排列拒敵之陣，但是開戰日期竟無執戈之卒到來。萬頃秀勻的麥苗鋪開地毯，官軍東逃卻踩成一片爛泥。探子去偵探清兵來了多少人馬，原來只有二十來個山東無賴在耀武揚威。

【研　析】作者「悲彭城」，所悲的是南明徐州總兵李成棟之貪生怕死，禍害百姓。前三句寫彭城的典型風物，以體現題意。所寫似乎平淡羅列，其實內含頗深的悲慨。因為黃樓、奎塔、戲馬臺、九里山都縈繞著歷史風雲，顯示著古彭城的英雄氣概。如黃樓是蘇軾與百姓抗擊洪水的歷史見證，戲馬臺告示霸王項羽的神武之威，九里山古戰場上演過項羽、劉邦爭天下的歷史活劇。這些都是彭城的驕傲，在感情上顯得昂揚。但自第四句起感情卻發生了轉折，變得壓抑。彭城如今卻空有其光榮的歷史，本可列陣拒敵的九里山下的古戰場，空無一人。軍隊到何處去了呢？回答是可笑又可悲的：官軍以為清軍大兵壓境，竟向東逃跑了，其實是錯把二十來個市井無賴當做了清兵！頸聯「萬頃春田麥秀勻，官軍東走踏成塵」，寫出了官軍的東逃時的狼狽相。尾聯以漫畫手法，寫了個具有「喜劇」性的結局，所謂「胡騎」不過是清軍雇傭的「無賴市兒」而已，出人意料的結尾，令人哭笑不得，而諷刺的力量則入木三分。詩「喜」中實含悲，官軍腐敗到這等地步，南明豈有不亡之理？此詩亦莊亦諧，莊諧相輔，以喜劇手法寫悲劇題材而更令人悲憤，更發人深思。

題城牆

江陰女子

【題解】袁枚《隨園詩話》云：「本朝開國時，江陰城最後降。有女子為兵卒所得，紿之曰：『吾渴甚！幸取飲，可乎？』兵憐而許之。遂赴江死。時城中積屍滿岸，穢不可聞。女子齧指血題詩云：『寄語路人休掩鼻：活人不及死人香！』」這段記載當有助於理解此詩。

【作者】江陰女子（生卒年不詳），無名氏。當為江陰（今屬江蘇）人。順治二年（西元一六四五年）春，清兵南下，南明福王被俘。當清兵逼近江陰，百姓推舉新任典史陳明遇領導眾人抗清。陳明遇邀請本當調任廣東英德主簿而因道阻留寓的原典史閻應元共籌戰守。守城八十一日，殺死清兵七萬五千餘人。終城破，清兵大肆屠殺百姓，屍骨遍地。江陰女子乃題詩城牆，後投江而死。見《小腆紀傳．閻應元傳》、《隨園詩話》。

雪胔❶白骨滿疆場，萬死❷孤忠❸未肯降。寄語行人休掩鼻❹：活人
不及死人香！

【注釋】❶雪胔　雪中的屍骨。胔，肉未爛盡的白骨。❷萬死　誓死。❸孤忠　孤介忠誠。此指代死難烈士。

❹掩鼻　以手遮鼻子。《孟子・離婁》：「西子蒙不潔，則人皆掩鼻而過之。」

【語　譯】雪中屍骨佈滿了疆場，戰死的烈士絕不肯投降。傳語行人休要捂住鼻子：苟活著的人不及烈士芳香！

【研　析】清兵南下最後攻陷的是江蘇江陰城，這固然與其地勢險要有關，但關鍵是江陰人民奮起反抗。當時江陰人民在典史陳明遇、閻應元領導下，堅守八十一日，誓死不降。清兵攻下城後大肆屠殺，進行報復，所謂「滿城殺盡，然後封刀」。江陰人民寧願站著死，不願跪著生，終導致此詩開頭兩句所描繪的悲壯景象。而作者作為一個不留名的江陰女子，血書此詩後投江自盡，亦成為流芳千古的無名英雄，同樣令人感佩。前兩句描寫白骨遍地的慘狀，令人想見清軍屠城的殘暴，更可想見江陰百姓誓死抵抗的英勇頑強，使人肅然起敬。後兩句作者直接出面讚譽萬死孤忠的烈士，「活人不及死人香」，似乎不合常理的判斷，實際道出了人間真理：為國犧牲的人千古流芳，苟且偷生的人令人不齒。此詩完全出自性靈，採用口語，愛憎分明，既高度讚揚了死難鄉親的孤忠情操，亦譴責了南明王朝投降派貪生怕死。全詩語淺意深，尾句堪稱警策之句，富有深刻哲理。

圓圓曲

吳偉業

【題　解】此詩約作於清順治八年（西元一六五一年），作者當時尚未仕清，陸次雲《圓圓傳》評曰：「梅村效〈琵琶〉、〈長恨〉體作〈圓圓曲〉，以刺三桂，曰『衝冠一怒為紅顏』，蓋實錄也。」

三桂賚重幣求去此詩，吳勿許。當其盛時，祭酒能顯斥其非，卻其賂遺而不顧，于甲寅之亂似早有以見其微者。嗚呼，梅村非詩史之董狐也哉！」此段文字所記所評未必盡然，但有三點可以參考：一是此詩主旨雖然表面上寫吳、陳感情的悲歡離合，實際上是「刺三桂」，即批評吳三桂叛明降清，為一己之私欲，而置國家民族之利益於不顧，成為千古罪人。二是「實錄」，寫此詩時吳三桂尚在，詩中所記基本是如史家董狐一樣，秉筆直書，堪稱「詩史」。三是藝術上效仿唐白居易、元稹的歌行體，但又有所創新，成為「梅村體」的代表作。

【作　者】吳偉業（西元一六〇九－一六七二年），字駿公，號梅村。太倉（今屬江蘇）人。明崇禎進士，授翰林院編修，官左庶子。南明弘光朝任少詹事。明亡後清順治十年（西元一六五三年）赴京先後任秘書院侍講、國子監祭酒等職，十三年乞歸。終身以屈節仕清為恨。早年詩才華豔發，吐納風流；身遭國變後，詩風淒麗蒼涼，多紀時事，關係興亡，有「詩史」之稱。擅長七言歌行，號稱「梅村體」。七絕含蓄蘊藉，喜用典故。有《梅村家藏稿》。今有校點本《吳梅村全集》。

鼎湖當日棄人間❶，破敵收京❷下玉關❸。慟哭六軍俱縞素❹，衝冠一怒為紅顏❺。紅顏流落非吾戀❻，逆賊❼滅亡自荒宴。電掃黃巾定黑山❽，哭罷君親❾再相見。相見初經田、竇家❿，侯門⓫歌舞出如花。許將戚里⓬箜篌伎⓭，等取將軍油壁車⓮。家本姑蘇浣花里⓯，圓圓小字⓰

嬌羅綺⑰。夢向夫差苑⑱裏遊，宮娥擁入君王⑲起。前身合是採蓮人⑳，門前一片橫塘㉑水。橫塘雙槳去如飛，何處豪家強載歸㉒？此際豈知非薄命㉓，此時只有淚沾衣。熏天意氣連宮掖㉔，明眸皓齒無人惜。奪歸永巷閉良家㉕，教就新聲傾座客。座客飛觴紅日暮，一曲哀弦向誰訴？白皙通侯㉖最少年，揀取花枝屢回顧。早攜嬌鳥出樊籠，待得銀河幾時渡㉗？恨殺軍書抵死催，苦留後約將人誤。相約恩深相見難，一朝蟻賊滿長安㉘。可憐思婦樓頭柳㉙，認作天邊粉絮㉚看。遍索綠珠圍內第㉛，強呼絳樹㉜出雕欄。若非壯士全師勝，爭得蛾眉匹馬還㉝？蛾眉馬上傳呼進㉞，雲鬟不整驚魂定。蠟炬迎來在戰場㉟，啼妝滿面殘紅印。專征簫鼓向秦川㊱，金牛道㊲上車千乘。斜谷㊳雲深起畫樓，散關㊴月落開妝鏡。傳來消息滿江鄉，烏桕㊵紅經十度霜。教曲妓師憐尚在，浣紗女伴憶同行。舊巢共是銜泥燕，飛上枝頭變鳳凰。長向尊㊶前悲老大㊷，有人㊸夫婿擅侯王㊹。當時只受聲名累，貴戚名豪盡延致㊺。一斛珠㊻連萬斛愁，關山漂泊腰支細。錯怨狂風揚落花，無邊春色來天地。嘗聞傾國與傾城[47]，翻使周郎[48]受重名。妻子豈應關大計？英雄無奈是多情。全家白骨成灰土[49]，一代紅妝照汗青[50]。君不見館娃[51]初起鴛鴦宿，越女[52]如花看不足。香徑塵生[53]鳥自啼，屧廊[54]人去苔空綠。換羽移宮[55]萬里愁，珠歌翠舞古梁州[56]。為君別唱吳宮曲[57]，漢水東南日夜流[58]。

【注釋】❶鼎湖當日棄人間　用《史記．封禪書》典，鼎湖為傳說的黃帝乘龍升天處。此句指崇禎皇帝於北京煤山（今景山）自縊。❷破敵收京　指遼東總兵吳三桂勾結清兵打敗李自成，攻克北京。❸下玉關　指追擊李自成至陝西西安一帶。玉關，即甘肅玉門關。此指代山海關。❹慟哭六軍俱縞素　指吳三桂全軍哀悼崇禎帝，作出忠於明朝的姿態。六軍，據《周禮．夏官．司馬》，周天子統率六軍，一軍為一萬二千五百人。後指朝廷軍隊。此指吳三桂率領的明軍。縞素，白衣；喪服。❺紅顏　女人的容顏。此指陳圓圓，明末蘇州名妓。本姓邢名沅，字畹芬，圓圓為其小名。嫁吳三桂為妾。後三桂出鎮山海關，李自成攻占北京，圓圓被俘，為李自成部將劉宗敏收納。三桂大怒，降清引兵攻陷北京，圓圓仍歸三桂，後隨三桂入雲南，傳晚年出家為女道士，不知所終。❻以下四句皆三桂自辯。吾，吳三桂自稱。❼逆賊　指李自成軍隊。❽電掃黃巾定黑山　謂吳三桂掃蕩李自成軍隊。黃巾，東漢末張角領導的黃巾軍。黑山，東漢末張燕領導的河北、河南一帶黑山軍隊。此處皆喻李自成軍隊。❾君親　指崇禎帝與三桂父吳襄，吳襄全家被李自成軍所殺。❿田竇家　西漢武安侯田蚡和魏其侯竇嬰，均為外戚。此借指崇禎帝之田貴妃之父田弘遇。或云指周后的父親嘉定伯周奎。⓫侯門　公侯貴族之家。⑫戚里　帝王姻親居地，借指田弘遇家。⑬箜篌伎　歌伎，指陳圓圓。⑭油壁車　古代女子乘的車，車壁以油塗飾。樂府〈蘇小小歌〉：「妾乘油壁車，郎騎青驄馬。」⑮浣花里　唐代蜀中名妓薛濤居處為浣花溪。此借用指陳圓圓姑蘇（江蘇蘇州）故里。⑯小字　小名。⑰嬌羅綺　語出江淹〈別賦〉：「羅與綺兮嬌上春。」此形容陳圓圓衣著華美，面容美麗。⑱夫差苑　春秋吳王夫差的宮苑，為與西施遊樂處。⑲君王　指吳王夫差。⑳採蓮人　指西施。吳宮有採蓮徑。㉑橫塘　在蘇州胥門外。㉒何處豪家強載歸　指外戚田弘遇返蘇州營葬，出重金購陳圓圓帶回北京。㉓此際豈知非薄命　寫陳圓圓赴京非其所願，但未料到後來嫁給吳三桂，命運不薄。㉔熏天意氣連宮掖　寫外戚之家氣勢威赫，將陳圓圓送入宮中。宮掖，內宮。㉕奪歸永巷閉良家　指陳圓圓不為崇禎所納，仍返回田弘遇家為家妓。永巷，宮中的長巷，指後宮。良家，清白的人家，指外戚家。㉖通侯　爵位名，原稱徹侯，漢代避漢武帝劉徹諱改叫通侯。此指吳三桂，崇禎曾封其為平西伯。㉗銀河幾時渡　用牛郎、織女故事，以渡銀河喻婚娶。㉘蟻賊滿長安　指李自成軍隊占據北京。㉙思婦樓頭柳　化用王昌齡〈閨怨〉詩意。指陳圓圓思念吳三桂之情。㉚粉絮　楊花。比喻未從良的妓女。㉛綠珠圍內第　寫李自成部將搜陳圓圓。綠珠為西晉石崇之妾。石崇失勢後，孫秀捕崇，並搶綠珠，綠珠墜樓而死。㉜絳樹　漢末舞妓，借指陳圓圓。㉝若非壯士全師勝二句　寫吳三桂若不是打敗李自成，後來就得不到陳圓圓。壯士，指吳三桂。爭得，怎麼能。娥眉，比喻美女。指陳圓圓。㉞蛾眉馬上傳呼進　謂吳三桂追趕李自成到山西，部將在北京找到陳圓圓，立即飛騎喝道傳送。㉟蠟炬迎來在戰場　用王嘉《拾遺記》典：魏文帝迎娶薛靈芸，於京城外數十里間點燃蠟燭。此比擬吳三桂迎接陳圓圓的盛況。㊱專征簫鼓向秦川　謂吳三桂被清廷授予特權，可自行征伐。秦川，指陝西、甘肅秦嶺一帶。㊲金牛道　古棧道名。在今陝西眉縣至褒城之間。㊳斜谷　山谷名。在陝西眉縣西南，褒斜道的斜谷一段。㊴散關　大散關，在今陝西寶雞西南大散嶺上。㊵烏桕　樹名。從陳圓圓於崇禎十五年（西元一六四二年）在蘇州被豪家買去，到作此詩時的順治八年（西元一六五一年）經歷了十年。㊶尊　酒樽。㊷悲老大　指陳圓圓舊時女伴自悲衰老。㊸有人　指陳圓圓。㊹擅侯王　占居高位。㊺延致　招致。㊻一斛珠　典出

《梅妃傳》：唐玄宗思念梅妃，恰逢外國進貢寶珠，隨命封一斛給梅妃，此喻陳圓圓受吳三桂寵愛。斛，量器名。古代十斗名一斛，南宋末年改為五斗。㊼傾國與傾城　形容貌美。用《漢書》李夫人「一顧傾人城，再顧傾人國」典。㊽周郎　周瑜，周有妻小喬貌美。此喻吳三桂。㊾全家白骨成灰土　指李自成攻占北京後，曾命吳襄招降吳三桂，吳三桂拒絕。吳一家被李自成軍所殺。㊿一代紅妝照汗青　陳圓圓大名永留史冊。一代紅妝，指陳圓圓。汗青，史冊。(51)館娃　春秋時吳王夫差在蘇州靈巖山為西施所建的館娃宮。(52)越女　指西施。(53)香徑塵生　採香徑蓋滿塵土，指人跡罕至。(54)屧廊　響屧廊，吳王為西施修造，以木板鋪廊，西施穿木底鞋經過則有聲響。(55)換羽移宮　樂聲轉換，此喻朝代更替。(56)古梁州　指吳三桂於順治五年（西元一六四八年）所移駐的漢中。(57)吳宮曲　詠嘆吳宮盛衰的歌曲。(58)漢水東南日夜流　漢中臨漢水，此以漢水喻功名富貴難常，似流水一樣消逝。語本李白〈江上吟〉：「功名富貴若長在，漢水亦應西北流。」

【語　譯】當年崇禎皇帝自縊離開了人間，吳三桂破敵收復北京又攻取了玉門關。全軍為哭悼崇禎皆穿著喪服，他發怒降清，其實為了得到陳圓圓。他卻說：「我並非憐惜陳圓圓才攻陷敵軍，逆賊沉湎酒色本該滅亡。我以閃電攻勢掃蕩了黃巾、黑山逆賊，哭罷了國君家父才與陳圓圓相見。」兩人初次相見是在外戚田弘遇家，侯門內佳麗歌舞美豔如花。外戚慷慨贈予吳三桂窈窕的歌伎陳圓圓，期待將軍用油壁小車娶她回家。陳圓圓老家在蘇州的浣花里，她的小名很美，叫做「嬌羅綺」。陳圓圓自小曾做夢到夫差宮裡遊玩，見宮女簇擁著自己，吳王起身迎候。陳圓圓前身該是採蓮的俏西施，門前就是橫塘的一片湖水。那年橫塘水面畫舫如飛，何處豪家竟然強載著陳圓圓回北京？此刻哪裡知道北上不是薄命，此時只有熱淚沾濕了衣裙。外戚氣焰熏天，與內宮勾通，直把陳圓圓送入宮內，可嘆無人愛惜她。從內宮遣回，陳圓圓仍然關在外戚家，她不久學會了新歌，唱得座客都很愛慕。座客縱酒賞歌直到日落，陳圓圓一曲哀怨，能向誰盡情傾訴？座中的吳三桂皮膚白淨最為年輕，他鍾情陳圓圓花容月貌頻頻地回顧。不久他帶著依人小鳥出了竹籠，如同牛郎織女只待早日飛渡銀河。可恨軍書急催吳三桂駐守山海關，兩人相約後會卻將好事耽誤了。相約思深，可惜相見卻很艱難，只因敵兵好似螞蟻占據了京城。可憐陳圓圓本是樓頭的思夫柳，卻被當做天邊的水性楊花看待。劉宗敏包圍府第四處尋找陳圓圓，強迫陳圓圓跟隨其後離開府院。如果不是吳三桂進京擊敗敵兵，後來他的部將怎能找回陳圓圓？部將喝道護送美人給吳三桂，陳圓圓雖粗頭亂服，驚魂已定。古戰場上列旗燃炬迎接美人，陳圓圓熱淚滿面粉妝都凋零了。一路征伐擂鼓鳴簫直奔秦川，金牛道上戰車千乘。在斜谷雲深處，吳三桂建起高聳的畫樓，大散關月落時，美人打開了梳妝鏡。待到陳圓圓的消息傳遍蘇州城，烏桕紅葉已經染過十年風霜。教曲妓師憐愛徒弟還健在，浣紗女伴回憶起少年的好時光。舊巢之中曾同是叼泥的小春燕，而如今有人卻飛上高枝變成了鳳凰。女伴們自悲色衰，只能借酒來澆愁，都羨慕陳圓圓嫁了個夫婿是位侯王。她們哪知陳圓圓當年飽受青樓名聲的連累，豪門貴族爭相邀賞使她吃盡了苦頭。權貴賞賜一斛寶珠，就預示著陳圓圓收到了萬斛悲愁，更何況關山長年漂泊，折磨得她腰肢都細瘦了。她錯怨身世宛若狂風捲走的落花，哪料無邊春色染出了新的天地。曾經聽過美人傾城傾國的佳話，而陳圓圓反使吳三桂的名聲大振。其實妻子怎能混同軍國之大計？無可奈何的是「英雄」太兒女情長。如今吳三桂全家已成了白骨化為灰土，卻讓一代佳人在青史上留下了芳名。君不見館娃宮初建時，鴛鴦同起又同宿，越女西施美豔如花總是看不夠。而今採香小徑蓋滿灰塵，只有小鳥在獨自啼鳴，響屧長廊空寂無人，長滿翠綠的苔蘚。朝代更替，金戈鐵馬，給百姓帶來無窮愁怨，古梁州卻珠歌翠舞，一派歡樂。我要為君另唱一首吳宮曲，富貴恰似漢水向東南流，不再回頭。

【研　析】此詩長達七十八句，可分四部分。開頭八句為第一部分，以歷史事件開篇，寫出吳三桂為奪得陳圓圓而勾結清兵追剿李自成軍、攻克北京的史實，揭露其賣身求榮的叛徒面目，並引出陳圓圓。第二部分自第九句至第五十句，記敘吳、陳相識、相離又重聚的經過，重點介紹陳圓圓的出身以及榮辱遭際，從中又折射出吳三桂與李自成爭鬥的一段歷史。第三部分自第五十一句至第六十四句，先從陳圓圓家鄉同伴對她的反映的角度寫她的「幸運」，後從實際出發寫她的不幸，寄寓了詩人對陳圓圓紅粉生涯的同情。第四部分自第六十五句到結束，乃對吳、陳的評說，側重於批判吳三桂囿於男女私情而賣國投敵，給百姓造成災難，但他卻驕奢淫逸，沉湎酒色。最後暗示其富貴難常的命運。吳三桂本有機會成為民族英雄，但卻淪為歷史罪人，讓一個本為普通妓女的陳圓圓「一代紅妝照汗青」，這個歷史笑話充滿諷刺意義。

趙翼稱吳偉業具「詩人慧眼，善于取題」，「其所詠多有關于時事之大者」（《甌北詩話》）。此詩即是一證。詩名為〈圓圓曲〉，但卻寫清初的重大歷史事件，反映了一代史實，同時在寫歷史事件時又塑造了生動的歷史人物形象。這是詩最大的成功。作為一首敘事詩，其情節曲折有致，描寫人物心理、感情細膩委婉，亦令人稱道。敘事手法以倒敘為主，正敘為輔。從藝術風格上看，此詩雅俗共賞：雅是典雅，詩中頗多典故，往往以古喻今；俗是通俗，多用民歌體的通俗語言以及手法。這是對元、白長慶體的創新。作為古歌行體此詩頗注重轉韻，每一轉韻詩意即進入新的層次，可見構思縝密。雖為敘事詩，最後的議論亦頗可取，使思想容量更加深廣。

寒夜作

釋函可

【題解】作者人雖出家，但心並未出世。順治二年（西元一六四五年）清兵渡江攻占南京，時詩人正在南京。因為文紀抗清殉難者事跡，被發現而坐文字獄，關押在北京。出獄後流放瀋陽，在一個冬夜寫下這首七古詩。

【作者】釋函可（西元一六一〇—一六五九年），字祖心，號剩人，本姓韓，名宗騋。明禮部尚書日纘之子。博羅（今屬廣東）人。二十九歲於廬山出家。後至南京東，適逢清兵南下陷南京東，因為文紀抗清殉難者事跡，坐文字獄，械送北京，又流放瀋陽，其詩多亡國之悲。有《千山詩集》、《千山語錄》。

日光墮地風烈烈，滿眼黃沙吹作雪。三更雪❶盡寒更切，泥牀如水衾❷如鐵。骨戰❸唇搖膚寸裂，魂魄茫茫收不得。誰能直劈天門❹開，放出日光一點來？

【注釋】❶雪　喻黃沙。❷衾　被子。❸骨戰　形容身體發抖。❹天門　上天之門。此處語義雙關，兼喻清朝宮廷之門。杜甫〈宣政殿退朝晚出左掖〉云「天門日射黃金榜」，即以「天門」喻唐朝長安之宮門。

【語譯】日光墮入了西山，朔風烈烈地狂吹，滿眼黃沙騰空，恰似漫天飛雪。深夜風停沙止，寒氣卻更加逼人，土炕冰涼如水，棉被冷硬似鐵。骨頭在顫抖，嘴脣在哆嗦，皮膚也寸寸皴裂，只覺心神不寧，魂魄迷茫，寒夜難熬。有誰能揮起長劍把天門劈開，放一點陽光熱氣暖人胸懷呢？

【研析】詩借景寓情，抒發的是亡國之哀與復國之志。詩前兩聯寫流放地艱苦的情景；黃沙如雪，泥牀如水，布衾如鐵，以一系列巧譬奇喻，形象描繪出東北寒夜風大沙猛、炕冷被硬的艱苦生活環境。後兩聯表現主觀感受，頸聯以誇張的手法，描寫個人難耐寒夜的可憐可悲的情狀；尾聯運用反詰句式，直抒胸臆，呼喚「日光」，渴望光明，顯得十分急切，又有壯懷激烈之概。此詩表面寫氣候冷暖，其實有深層的寓意。寒夜之苦未嘗不是清朝統治的象徵，而「日光」之暖亦寓詩人恢復故國的理想。

山居雜詠（選一）

黃宗羲

【題解】此詩作於順治十六年（西元一六五九年），南明魯王政權已滅亡一年多，作者隱居山村，堅守節操，拒絕清廷聘修明史之詔。他身閒而心不平，此詩就表白其甘於清貧，誓不與清廷合作的氣節。

【作者】黃宗羲（西元一六一〇—一六九五年），字太沖，號南雷，一號梨洲。餘姚（今屬浙江）人。父尊素為東林黨人，被閹黨魏忠賢陷害。黃氏十九歲入都訟冤，錐斃仇敵數人。後又領導復社與宦官權貴抗爭。清兵南下，參加抗清，魯王臨國任左副都御史，隨孫嘉績、熊汝霖帶兵作戰。明亡奉母返里，埋頭著述，屢拒清廷徵召。黃氏是明清之際思想家、史學家，亦是文學家。詩作感情真實，風格樸素，具有愛國情操。著有《明夷待訪錄》、《明儒學案》、《南雷文定》、《黃梨洲詩集》等。今有校點本《黃宗羲全集》。

鋒鏑❶牢囚取次❷過，依然不廢我弦歌❸。死猶未肯輸心❹去，貧亦其能奈我何！廿兩棉花裝破被，三根松木煮空鍋。一冬❺也是堂堂地❻，豈信人間勝著❼多？

【注　釋】❶鋒鏑　刀口與箭頭，指代刀箭。❷取次　依次。❸弦歌　彈琴唱詩。《論語・陽貨》：「子之武城，聞弦歌之聲。」❹輸心　指敗壞心志，喪失氣節。❺一冬　實指寒冬中一陋室。❻堂堂地　高敞的地方。❼勝著　取勝的謀略、手段。

【語　譯】刀箭牢囚我都依次領教過了，但依然難阻我邊彈著琴邊唱著悲歌。縱然死去，也不肯墮落心志；貧窮對我也更無可奈何！用廿兩棉絮裝成破布的薄被，借三根松木燃煮少米的鐵鍋。寒冬陋室我看做是高廳大宅，哪信人間還有其他能取勝的招數？

【研　析】首聯回顧抗清生涯，雖經歷千難萬險，而依然樂觀向上，不改志向，皆以「鋒鏑」、「牢囚」、「弦歌」等意象表現，具體可感。頷聯則直抒胸臆，以議論為詩，揭示其志向的具體內涵：

雖死而不屈節仕清，貧困亦對他無奈，鏗鏘有力，擲地作金石之聲。頸聯又以「棉花」、「松木」的意象表現山居之貧困清寒的生活，但洋溢著樂觀的精神。尾聯則宣告其食荼如飴，絕不另攀高枝而忠於故國的決心。全詩勃發出凜然正氣，風格傲兀不平，給人以深刻的印象。作者乃清代宋詩派鼻祖，此詩好發議論，明顯學習宋詩手法。

述哀（選一）

歸莊

【題解】此詩作於順治二年（西元一六四五年）。時清兵相繼攻破揚州與崑山，兄嫂遇難，父親亦故去。詩人借此詩抒發內心的無比哀痛。

【作者】歸莊（西元一六一三—一六七三年），一名祚明，字玄恭，號恆軒，亦號普明頭陀等。昆山（今屬江蘇）人。明代散文家歸有光曾孫。明諸生。為人豪邁尚氣節。與顧炎武以博雅獨行相推許，有「歸奇顧怪」之稱。清兵南下，國破家亡，曾參加昆山人民反對薙（剃）髮抗爭。失敗後僧裝亡命。曾應萬年少之聘到淮陰教書。後回昆山隱居鄉野，佯狂玩世，窮困以終。其詩充滿愛國精神和民族氣節。詩風沉鬱悲涼，人皆以陸游相擬。後人輯有《歸玄恭遺著》、《歸玄恭文鈔》等。

哀來❶豈復慮危身❷？死去猶能見我親。最是入門聞晝哭，無由安頓未亡人❸。

【注　釋】❶哀來　指因親人慘死而悲哀。據趙經達《歸玄恭先生年譜》載：順治二年（西元一六四五年）四月二十五日清兵破揚州，作者大哥、二哥皆死於戰亂。三哥守長興，閏六月十日城破亦死。七月六日清兵破昆山城，八日作者三嫂張氏遇害，二嫂陸氏受重傷，不久亦死。九日作者父親亦卒。❷危身　自身危險。❸未亡人　舊時稱寡婦。此指作者母親。

【語　譯】當悲哀襲來時，豈能再考慮自身的安危？即使身赴九泉還可以會見親人。最愁的是白天進門聽到了哭聲，我無法撫慰老母親破碎的心靈。

【研　析】歸莊論詩認為「士雖才，必小不幸而身處厄窮，大不幸而際危亂之世，然後其詩乃工也」（《吳餘常詩稿序》）。此詩即既有個人親屬死去之「小不幸」，亦有國家滅亡的「大不幸」。但寫「大不幸」是借「小不幸」來反映，或者說將親人喪命置於神州淪陷之背景下，詩意小中見大，不可與一般悼亡悲親之作等量齊觀。此詩述哀不是述親人死去之哀，或者說不是哀死者；而是哀「未亡人」，死者長已矣，而不知如何去安慰倖存的母親，消除其哀傷，這是作者此時最哀傷的事情。其實是詩人不能不哀死者，但又要哀未亡人，則可謂雪上加霜，哀上加哀矣。此詩述哀明是述對未亡人之哀，實際也暗含對死者之哀，一箭雙鵰，構思別出心裁。其語言極其簡樸，如同口頭語，但字字含情，乃發自性靈也，此性靈即作者的親情與孝心。

悲昆山

歸莊

【題解】順治二年（西元一六四五年）清兵對昆山進行大屠殺後：「總計城中人被屠戮者十之四，沉河墮井投繯者十之二，被俘者十之二，以逸者十之一，藏匿幸免者十之一。」（《昆新兩縣續修合志》卷五一）此詩表達了作者對清軍慘絕人寰的罪行之憤怒，對被殺昆山鄉親的深切哀悼，並抒發了恢復故國、推翻清貴族統治的政治思想。

悲昆山❶！昆山城中五萬戶，丁壯不得盡其武❷，願同老弱婦女之骸骨，飛作灰塵化作土。悲昆山！昆山有米百萬斛❸，戰士不得飽其腹，反資賊虜❹三日穀。悲昆山！昆山有帛數萬匹，銀十餘萬斤，百姓手無精器械，身無完衣裙。乃至傾筐篋❺，發竇窖❻，叩頭乞命獻與犬羊群❼！嗚呼，昆山之禍何其烈！良由氣懦而計拙❽，身居危城愛財力，兵鋒未交命已絕。城陴❾一日馳鐵騎❿，街衢十日流膏血。白晝啾啾聞鬼哭⓫，鳥鳶蠅蚋⓬食人肉。一二遺黎⓭命如絲，又為偽官⓮迫懾⓯頭半禿⓰。悲昆山！昆山誠可悲！死為枯骨亦已⑰矣，那堪生而俯首事逆夷⑱！拜皇天，禱祖宗，安得中興真主應時出⑲，救民水火中；殲郅支⑳，斬溫禺㉑，重開日月㉒正乾坤，禮樂車書天下同㉓！

【注釋】❶昆山　今屬江蘇。❷丁壯不得盡其武　謂男子不能為國戰鬥而犧牲。丁壯，壯年男子。盡其武，竭盡其勇猛之力，指犧牲。❸斛　量器名。古代十斗為一斛，南宋末改為五斗。❹賊虜　指清兵。❺篋　小箱子。❻發竇窖　挖開地窖。❼犬羊群　指貪官汙吏。典出《史記・項羽本紀》「猛如虎，狠如羊，貪如狼」之句。❽良由氣懦而計拙　實在是因為懦弱而無能。良，確實。❾城陴　城牆上的矮牆。❿鐵騎　戰馬。指清兵。⓫啾啾聞鬼哭　形容鬼哭聲。杜甫〈兵車行〉：「新鬼煩冤舊鬼哭，天陰雨濕聲啾啾。」⓬烏鳶蠅蚋　猛禽蚊蠅，指食肉吸血動物。⓭遺黎　劫後餘生的人。⓮偽官　降清的官。⓯迫懾　威嚇強迫。⓰頭半禿　指被剃髮。⓱已　結束。⓲逆夷　對清兵的蔑稱。⓳安得中興真主應時出　謂怎能讓復明的真命天子順應時勢而出現。中興，指恢復故國大明。⓴殲郅支　指推翻清帝統治。郅支，原為漢代西域匈奴首領郅支骨都侯單于。㉑溫禺　原為匈奴官名，由單于子弟充任。此指清室親王貴族。㉒日月　暗寓「明」朝意。㉓禮樂車書天下同　借秦統一六國「車同軌，書同文」典，指推翻清朝統治，恢復明制，天下禮法教化、文物等制度得以統一。

【語譯】我為昆山悲哀！昆山城有居民五萬來戶，但壯士卻不能為國犧牲盡忠，而寧願同老弱婦女的屍骨，一起飛作灰塵化為泥土。我為昆山悲哀！昆山很富庶有米百萬餘斛，但戰士殺敵卻不能吃飽肚子，反而向賊虜奉送了三日稻穀。我為昆山悲哀！昆山有絲綢數萬匹，白銀也有十幾萬斤，但百姓手中沒有精良的武器，身上沒有完好的衣裙。貪官竟還倒筐篋，挖地窖，叩頭求活命，把貢品獻給了虎狼！啊！昆山的災難多麼深重，實在因為官長膽小又無能。他們身居危城卻吝惜財力，尚未交鋒就送了性命。城上一旦奔馳鐵騎，大街就十日飄著血腥氣味。白日能聽到冤鬼啾啾地哭，鷹鳥蠅蚋競相吃著死人的肉。即使劫後餘生的人也命如細絲，又被偽官威逼著剃了禿頭。我為昆山悲哀！昆山真可悲哀！人若死了變成枯骨也算有了歸宿，怎能忍受苟活而低頭服侍仇敵！叩拜蒼天啊，祈禱祖宗：怎麼能讓復興大明的英主應時而出，救我百姓於水深火熱之中；怎麼能消滅清帝，剷除清室，復興我大「明」而旋轉乾坤，恢復禮樂，做到車同軌、書同文呢！

【研　析】此詩出現了四句「悲昆山」，內容也自然分為四個層次。第一層次「悲昆山」，是悲昆山慘遭清兵屠殺，居民皆化為塵土。第二層次是悲昆山雖是富庶之地，但統治者卻無恥地送穀投敵，使戰士無法奮力殺敵。第三層次繼續悲昆山貪官的罪行，貢品獻敵人，貪生怕死，致使百姓慘遭劫難，作者憤激的感情也達到了高潮。第四層次實際已轉悲哀為期盼，盼望有中興真主出現，恢復大明社稷，這顯然代表了昆山百姓的心聲。此詩採用通俗明快的語言，長短相間的句式，反覆呼告詠嘆的語調，具有鼓動性、號召性，平民百姓容易通曉，亦易於傳播，這是詩人有意為之。詩寫誓死抗爭的「丁壯」，膽小昏庸的昆山官長，清兵的大開殺戒，偽官的狐假虎威，皆極盡比喻誇張之能事，形象栩栩如生。而感嘆句與反問句式的多次運用，亦充分抒發了心中對現實的憤慨與渴望復明的激情。

京口即事

顧炎武

【題　解】清順治元年（西元一六四四年）春，清兵攻克北京，崇禎朝覆滅。五月福王朱由崧在南京登基，成為南明弘光帝。十二月，南明政權任命顧炎武為兵部司務。次年春顧炎武赴南京，途經京口（今江蘇鎮江市）寫下此詩。詩中對剛出鎮揚州的兵部尚書史可法以及登基不久的弘光帝寄予很大期望，想像不久即可恢復故國，並抒發了自己為國效力的決心。

【作　者】顧炎武（西元一六一三—一六八二年），原名絳，字忠清，入清後更名炎武，又作炎午，字寧人，號亭林，曾自署蔣山傭。昆山（今屬江蘇）人。明遺民。南明時積極參與抗清活動。明亡拒仕清廷，亡命北方，仍圖謀恢復故國。晚年終老於陝西華陰。顧氏兼學者與詩人一身。詩寫亡國之痛、復國之思，蒼涼悲壯，樸素堅實。著有《日知錄》、《亭林詩文集》等。今有校點本《顧亭林詩箋釋》等。

白羽出揚州❶，黃旗下石頭❷。六雙歸雁落❸，千里射蛟❹浮。河❺
上三軍合，神京❻一戰收。祖生多意氣，擊楫正中流❼。

【注　釋】❶白羽出揚州　指史可法於揚州率軍出征。白羽，古代軍中主將用來指揮的白色羽毛扇，如裴啟《語林》稱諸葛亮「乘素輿，葛巾，白羽扇，指揮三軍，三軍皆隨其進止」。❷黃旗下石頭　指於南京新即位的南明弘光帝是順應天命的天子。黃旗，典出《三國志・吳書・孫皓傳》裴松之注引《江表傳》：「黃旗紫蓋見于東南，終有天下者，荊、揚之君乎！」石頭，石頭城，指代南京。❸六雙歸雁落　用《史記・楚世家》典：楚人有好射歸雁者進諫楚頃襄王，希望他關心國家大事而不要注重獵人射雁之小事，因為「見鳥六雙，以王何取？王何不以聖人為弓，以勇士為繳，時張而射之？此六雙者，可得而囊載也」。意謂首先要啟用賢臣勇將，那麼其他想得到的東西亦能滿足。此詩「六雙歸雁落」，就是想像弘光帝啟用賢人的結果。❹射蛟　用漢武帝射獲江蛟的典故。《漢書・武帝紀》：「（元封）五年冬，行南巡狩……自潯陽浮江，親射蛟江中，獲之。」此喻弘光帝勇武，將擊敗清軍。❺河　黃河。❻神京　京都，指已淪陷的北京。❼祖生多意氣二句　用《晉書・祖逖傳》典：祖逖率兵北伐苻秦，渡江，中流擊楫而誓曰：「祖逖不能清中原而復濟者，有如大江！」表示收復失地的慷慨情懷。此乃作者自喻。

【語譯】史可法出師揚州抵禦頑敵，南京有大明真龍天子又登基了。一旦重用賢臣猛將，歸雁自會墜落；聖主遠射毒龍惡蛟，飛鏑必然射中目標。黃河上下三軍聯合樹立雄心，京城外展開一場大戰就能收復舊都漢旗。祖逖當年北伐意氣多麼慷慨，我們也要中流擊楫，定能收復中原的土地。

【研析】詩首聯連用兩個典故，起得平穩，意蘊深厚：以「白羽」典喻史可法，「黃旗」典比弘光帝，在作者心目中此乃賢臣明主（當時弘光之昏庸無能尚不為作者所知）。頷、頸二聯乃想像之詞。頷聯亦連用兩個典故，意謂明主啟用賢人勇士，明主更神勇無比；再加上頸聯所寫各地義軍協同作戰，則指日可攻取北京城，驅逐清軍。作者對抗清顯示出很強的信心。尾聯乃轉向自己，借祖逖擊楫正中流的典故自比，抒發「不復中原」誓不罷休的決心。這首五律內容精煉、厚重，言少意豐，這與其接連使用典故，把詩意濃縮有關。詩雖然用典甚多，但並無獺祭之弊。因為其用典一是貼切，恰到好處地表達了詩意，毫不生硬；二是多用熟典，如「射蛟」、「中流擊楫」固然盡人皆知，就是「黃旗」、「六雙」之典今人或許較陌生，但對古人來說亦不算僻典。作者長於用典，可見其無愧於清初大儒的身分。此詩感人處在於從頭至尾充溢著一股氣勢，一種必勝的豪情，讀來令人起痿振痹。

贈歌者

吳嘉紀

【題　解】詩人寫此詩時明朝已滅亡二十年。但他不忘故國，當聽到歌者演奏「戰馬悲笳」式的邊塞曲，就觸景生情而有此詩。

【作　者】吳嘉紀（西元一六一八—一六八四年），字賓賢，號野人。泰州（今屬江蘇）人。明諸生。入清不仕，隱居家鄉。家境貧困，性情孤狷，不諧俗。其詩著力反映民生疾苦，以詩為史，亦抒發故國之思，表現民族感情，故人有「文章氣節，當時無輩」之譽。詩作或危苦嚴冷，或樸素自然，自具性情，不寄他人籬壁。有《陋軒集》。今有箋校本《吳嘉紀詩箋校》。

戰馬悲笳❶秋颯然❷，邊關調❸起綠樽❹前。

一從此曲中原奏❺，老淚沾衣二十年❻。

【注釋】❶悲笳　曲調蒼涼的胡笳。❷颯然　形容風的聲音。宋玉〈風賦〉：「有風颯然而至。」❸邊關調　描寫邊疆關塞的曲調。❹綠樽　盛綠色酒的酒杯。❺一從此曲中原奏　指清兵侵入中原。中原，黃河中下游地區，與邊疆相對。❻二十年　指明亡二十年。

【語譯】似聞秋風颯颯，戰馬嘶叫，胡笳悲鳴，原來是邊塞曲，淒然奏響在酒杯之前。自從此曲響徹中原以後，老淚沾衣已經二十年了。

【研析】詩起句突兀，意在凸顯「邊關調」悲涼的韻味，以奠定全詩的感情基調，並勾起對當年清兵入主中原「戰馬悲笳」的回憶，故採用倒裝句式，蘊藉著深重的亡國之痛。至次句方點題，道出歌者演奏邊關調之意。後兩句做平實敘述，貌似平淡，但二十年國家淪亡的悲哀皆濃縮在無聲的沾衣老淚之中，言淺而意深，耐人回味。詩題為「贈歌者」，詩意實際與歌者並無多大關係，詩人情動於中而形於言，只是借「歌者」之題而抒發之而已。袁承業稱吳嘉紀為「明遺老，氣節文章，當時無輩」（《陋軒江村集合刻八卷》）。此詩正是其「氣節文章」的體現。風格危苦嚴冷，蘊藉沉著，而性情獨具。

輓烈婦廖周氏

王夫之

【題解】烈婦廖周氏只是一名普通婦女，但亦堪稱不甘屈辱的民族氣節的代表。

【作者】王夫之（西元一六一九－一六九二年），字而農，號薑齋。衡陽（今屬湖南）人。明清之際著名思想家。晚年居衡陽石船山，學者稱船山先生。明亡曾在衡山舉義兵阻擊清軍南下，戰敗後出任南明桂王行政行人司行人。後又從桂林瞿式耜，不久桂林失陷，式耜殉節，乃隱遁歸山。埋首著述近四十年，對中國哲學、史學、文學均作出重大貢獻。其詩作具有抗清思想。今有校點本《船山遺書》。

冒刃❶扶姑命❷，軀殘刃折鋩❸。至今荒冢❹裏，贏得血痕香。

【注　釋】❶冒刃　即衝撞刀刃。❷扶姑命　拯救婆婆性命。姑，婆婆。❸鋩　刀劍的尖鋒。❹荒冢　荒墳。

【語　譯】她衝向刀刃，救下了婆婆的性命，濺血的胸膛，硬是折斷了刀的尖鋒。至今她的荒墳裡，還飄出血痕的芳香。

【研　析】這是一支輓歌，也是一支頌歌。烈婦廖周氏面對清兵屠刀，無所畏懼，輕死重義，為救婆婆，敢於冒刃而上，致使「刃折鋩」，這是何等剛烈的行動，又是何等崇高的自我犧牲精神！這是民族氣節的顯示，是傳統忠孝道德的閃光。其軀雖殘並且喪命，但其「血痕香」即精神之美卻流傳百代。詩短短二十字，前十字寫廖周氏生前壯舉，後十字寫廖周氏死後流芳，比較全面地勾勒出烈婦的感人形象，其中飽含著作者的欽仰之情，有寸鐵殺人之功。其中「冒」、「折」、「贏」等動詞，皆具有力度，顯示出詩人煉字功夫。

登雨花臺

魏禧

【題解】此詩作於康熙二年（西元一六六三年），距明亡已二十年。作為長期隱居故鄉的遺民詩人，魏禧四十歲時來到舊京南京，登上今中華門外的雨花臺，乃感慨萬千，寫下這首七律。

【作者】魏禧（西元一六二四－一六八一年），字叔子，一字冰叔，號裕齋，又號勺庭。寧都（今屬江西）人。明末諸生。明亡後與兄際瑞、弟禮隱居翠微山，築室號「易堂」，授徒講學，人稱「寧都三魏」。魏氏乃古文家，亦工詩。有《魏叔子集》。

生平四十老柴荊❶，此日麻鞋❷拜故京❸。誰使山河全破碎，可堪剪伐到園陵❹？牛羊踐履多新草，冠蓋❺縱橫半舊卿❻。歌泣不成天已暮，悲風日夜起江聲。

【注釋】❶老柴荊　在隱居的貧困生活中衰老。柴荊，用柴荊製成的簡陋門戶，喻貧困。❷麻鞋　麻製的鞋，亦喻貧賤者的裝束。❸故京　故國之京，指南京。❹園陵　指明太祖朱元璋陵墓明孝陵。❺冠蓋　指代達官貴人的車馬。❻舊卿　指明朝降清的官僚。

【語譯】四十年來，我在貧困的生活中衰老。今天腳穿麻鞋，登上雨花臺拜謁舊京。是誰摧毀了大好河山？明孝陵的松柏怎經得起砍伐？牛羊踐踏著春草一片狼籍，車馬上坐的大半是舊朝的官僚。眼見此景我欲哭無淚，天色已晚，悲風獵獵，我聽見長江傳來嗚咽的濤聲。

【研　析】詩首聯破題，寫離鄉到雨花臺拜謁舊京，一「拜」字充滿崇仰之意。但詩並不寫雨花臺本身，登臺只是個契機，重點是寫登臺所想所見。頷聯承「拜故京」抒發四望所產生的故國覆亡之悲憤，矛頭既指向清廷，亦指向南明弘光朝腐敗無能的君臣及貳臣，但不點明。頷聯以「誰」字領起，詢問的語氣，使所譴責的對象皆網羅無遺，內蘊憤慨之情。頸聯描寫所見今日舊京孝陵的景象：牛羊亂竄，新貴驕橫。孝陵乃明太祖朱元璋之墓地，是故國之象徵，如今面目全非，陵地成為牛羊踐踏、冠蓋縱橫之處，詩人更加悲憤滿腔，對投降者的嘲諷之意也不難體會。尾聯則融情入景，借悲風江聲寄寓「歌泣不成」之心情，並結束全詩。此詩先抒情，後寫景，先抒情是因迫不及待，後寫景則給人留下鮮明的印象，有無窮的回味。此詩對仗極其工整，可見詩人的藝術功力。

春　望

屈大均

【題　解】詩題採用杜甫詩舊題，而其情思與杜詩有相近之處，亦是抒發「國破山河在」的悲慨之情。

【作　者】屈大均（西元一六三〇—一六九六年），初名紹隆，字翁山。番禺（今廣東廣州）人。

明諸生。明亡後曾削髮為僧，字一靈，仍不忘復明，還俗乃改今名。屈氏與顧炎武、朱彝尊來往密切。曾壯遊南北，遠至遼東、山西。屈氏與陳恭尹、梁佩蘭齊名，號嶺南三大家。詩風豪宕有奇氣，慷慨悲歌，抒寫民族感情，亦關心民生疾苦。有《翁山詩外》、《翁山文外》等。今有校點本《屈大均全集》。

煙雨催春春欲歸，荒城❶最少是芳菲❷。生憎❸浦口❹多鴻雁❺，食盡蘆花未北飛。

【注釋】❶荒城　指南京荒涼殘破。❷芳菲　花草美盛芬芳。❸生憎　甚恨。❹浦口　地名，在南京西北部，長江北岸邊。❺鴻雁　喻北來的清軍。

【語譯】煙雨不散，春天匆匆地要歸去了，荒涼的古城，已很難見到紅花綠草。我最恨浦口岸邊的一群鴻雁，吃光了長江的蘆花，還不肯飛回北方。

【研析】此時南明王朝已滅亡，清兵飲馬長江。詩上聯寫於暮春時節站在南京某一個高處，四處遠望，只見煙雨迷濛，春天即將結束，殘破的南京更顯荒涼。下聯則以比興手法，寫出「荒城最少是芳菲」的原因，即清軍攻破南京後欲長期駐紮下來，不再北回，「芳菲」顯然是被「鴻雁」所「食盡」的。「浦口多鴻雁」之景是否虛構無須追究，關鍵是「鴻雁」的禽鳥意象寄託了詩人對現實的強烈仇恨。作者詩繼承了屈原《楚辭》精神，「鴻雁」的意象，就是運用了〈離騷〉「善鳥香草，以配忠貞；惡禽臭物，以比讒佞」（王逸《離騷經》序）的藝術手法，這樣詩顯得蘊藉含蓄，或許是忌於文字獄。但詩風格蒼涼悲慨，仍可體會詩人忠於故國之情懷。

舊京感懷

屈大均

【題解】此詩寫陽春三月漫遊舊京時的感受，抒發對故國的懷念及抗清失敗的悲痛。舊京，指南京。

內橋❶東去是長干❷，馬上春人❸擁薄寒❹。三月風光愁裏度，六朝❺
花柳夢中看。江南哀後無詞賦❻，塞北歸來有羽翰❼。形勢只容抔土❽在，
鍾山何必更龍蟠❾！

【注釋】❶內橋　即南京宮城內端門之內五龍橋。此指代城中。❷長干　長干里，在今南京中華門外。❸春人　遊春之人。❹薄寒　輕寒。❺六朝　三國東吳、東晉、宋、齊、梁、陳，皆建都南京，史稱「六朝」。❻江南哀後無詞賦　用北朝庾信作〈哀江南賦〉典。庾信本仕南朝梁，因出使西魏被留，乃仕於北周。作〈哀江南賦〉哀梁亡。「江南哀後」實指清兵下江南，舊京淪陷。❼塞北歸來有羽翰　指作者順治十五年（西元一六五八年）曾去塞北聯絡義軍抗清。歸來次年張煌言即率師進襲南京，惜失敗。羽翰，插羽毛的軍事告急文書，喻戰

事。❽抔土　一捧土，極言土地少。此指抗清力量所占地盤極小。❾鍾山何必更龍蟠　謂南京已難以再做國都，指復明無望。鍾山，一名紫金山，在南京東北郊。龍蟠，據《六朝事迹》：諸葛亮對孫權說：「秣陵地形，鍾山龍蟠，石城虎踞，此帝王之宅。」形容金陵有帝王宅之氣象。

【語譯】出城緩緩東行就來到長干里了，騎馬踏青的人都感覺到幾分輕寒。三月的風光雖美卻令人生愁，六朝的花柳只能於曉夢中重現了。自庾信哀罷「江南」後，文壇就再無佳賦，我從塞北歸來，南京即起了戰事而淪陷。環顧四海我們幾無立足之地，「鍾山龍蟠」不再，真令人心悲！

【研析】詩人春遊舊京並未得到江南三月、鶯飛草長的精神愉悅，而是「擁薄寒」，此「寒」恐怕主要是內心的寒意。這是因為南京既是明太祖洪武朝的國都，又是南明弘光朝的國都，如今故都淪陷，處處都可引起作者的故國之思，都能強烈感受到復明理想與亡國現實的矛盾，所以絲毫體會不到春天的暖意。此詩除首聯記事點出春遊舊京外，餘下三聯皆為「感懷」：頷聯寫因故國舊京的「花柳」不再而「愁」；頸聯寫因清兵占領江南，義軍抗清失敗而「哀」；尾聯寫因抗清復國大業的「形勢」無望而悲，而無奈，而絕望。全詩感情抒寫極有層次，且層層推進，由愁而哀而悲而絕望，至尾聯而達高潮。此詩還體現了作者善用典故的特色，意蘊顯得深厚。

三元里

張維屏

【題解】三元里是地處廣州附近的村莊。此詩為敘事詩，真實記錄了三元里百姓抗英、戰鬥的過程。

【作　者】張維屏（西元一七八〇—一八五九年），字子樹，一字南山，號松心子。番禺（今廣東廣州）人。道光二年（西元一八二二年）進士，官至南康知府。工詩文，曾與林則徐、龔自珍、魏源等組織宣南詩社。詩具有強烈的愛國主義精神。有《松心詩集》、《聽松廬詩鈔》等。後人編成《張南山集》。

三元里前聲若雷，千眾萬眾同時來。因義生憤憤生勇，鄉民合力強徒❶摧。家室田廬須保衛，不待鼓聲群作氣❷。婦女齊心亦健兒，犁鋤在手皆兵器。鄉分遠近旗斑斕，什❸隊百隊沿溪山。眾夷❹相視忽變色：黑旗死仗難生還❺。夷兵所恃惟槍炮，人心合處天心到❻：晴空驟雨忽傾盆，凶夷無所施其暴。豈特❼火器無所施❽，夷足不慣行滑泥。下者田塍❾苦躑躅❿，高者岡阜⓫愁顛擠⓬。中有夷酋⓭貌尤醜，象皮作甲裹身厚。一戈已椿長狄喉⓮，十日猶懸郅支首⓯。縱然欲遁無雙翅，殲厥渠魁⓰真易事。不解何由巨網開，枯魚竟得攸然逝⓱！魏絳和戎且解憂⓲，風人⑲慷慨賦同仇。如何全盛金甌日⑳，卻類金繒歲幣謀㉑？

【注　釋】❶強徒　指英國侵略軍。❷不待鼓聲群作氣　反用《左傳・莊公十年》「夫戰，勇氣也，一鼓作氣，再而衰，三而竭」之典。作氣，激發勇氣。❸什　同「十」。❹夷　外國人。此指英軍。❺黑旗死仗難生還　據作者原注，敵人發現一面黑色七星旗，認為是「打死仗者至矣」，害怕自己難以生還。❻人心合處天心到　謂人心團結殲敵，老天亦幫忙。❼豈特　豈止。❽無所施　發揮不出作用，指槍炮火器被雨淋濕，打不響。❾田塍　田畦。❿躑躅　徘徊不進。⓫岡阜　土山。⓬顛擠　擁擠墜落。⓭夷酋　指英軍首領。⓮一戈已椿長狄喉　用《左傳》典：古代北方長狄部落首領僑如，被魯國將領以戈椿喉嚨而死。椿，衝刺，指刺殺。此句比喻三元里百姓對英軍的仇恨。⓯十日猶懸郅支首　用《漢書・陳湯傳》典：漢將陳湯等破康居後，割下受傷而死的匈奴首領郅支單于的首級，懸掛十日後埋掉。此句與上句用意相同。⓰渠魁　首領。⓱不解何由巨網開二句　指廣州知府余保存驅散三元里民眾解救英軍事。枯魚，乾魚，典出《莊子・外物》：「吾得斗升之水然活耳，君乃言此，曾不如早索我于枯魚之肆。」此喻身處窮途末路。攸然逝，攸然而逝。語出《孟子・萬章上》，指很快消逝。⓲魏絳和戎且解憂　春秋時魏絳曾言和戎有五利，晉侯派他與諸戎結盟，解除了戎患。和戎，與別的民族保持和平關係。此乃藉以諷刺清統治者向敵人投降妥協。⓳風人　詩人，作者自稱。⓴全盛金甌日　指清朝國家統一全盛之時。金甌，原指酒器，此喻疆土完整。《南史・朱異傳》：「我國家猶若金甌，無一傷缺。」㉑金繒歲幣謀　昔日大宋每年向遼、西夏、金等國贈送金銀綢緞作禮物，以苟且求和的策略。此喻清朝。金繒，黃金與絲織品。歲幣，每年的禮物。

【語　譯】三元里前廝殺之聲如雷鳴震天，千萬民眾同時蜂擁而來。他們因忠義生出憤怒，又因憤怒生出勇敢，要合力去摧毀入侵的賊寇。家庭田廬必須保衛，不等鼓聲敲響群情已經奮起。婦女齊心如男兒一樣勇猛，拿起犁鋤都當做兵器。只見遠鄉近村的戰旗色彩斑斕，十隊百隊沿著溪山趕來。群賊相視臉色都驚變：黑旗兵來拼死難以生還了。洋兵所依仗的只有槍炮，但鄉民人心團結有老天關照：晴空忽然間暴雨傾盆而下，兇賊的槍炮都淋濕而無法使用了。豈止火器淋濕無法使用，洋腳也不慣在爛泥路上行走。在低處的田裡他們苦苦徘徊，在高處的山上他們害怕墜落山下。當中的賊首相貌尤其醜，他身裏的象皮鎧甲更是厚。忽然一槍刺中賊首的咽喉，要把這賊首的首級懸掛十天。他即使想逃也沒有翅膀，殲滅賊首真是很容易的事。但是不知為何包圍的巨網被衝開，枯魚般的賊眾竟然迅疾地消逝了。原來是朝廷妥協了以求解除憂患，我作為詩人卻要慷慨高歌鄉民同心殺敵的壯舉。我不明白為何國家正當強盛之時，卻要向洋賊納貢苟且求和呢？

【研　析】三元里人民抗擊英國侵略者，乃中國近代史反對西方列強的第一章。一八四一年五月，英侵略者攻陷廣州，主持廣州軍事的靖逆將軍奕山投降，激起人民群眾的愛國義憤。當英軍來到廣州附近的三元里，立刻遭到三元里一帶一百零三鄉農民的英勇圍殲，顯示出中國人民反西方列強的愛國熱情與英雄氣概。英國侵略者則惶惶然如喪家之犬，而清朝統治者在此關鍵時刻卻扮演了可恥的奴才角色，奕山竟派廣州知府余保存驅散了群眾，解救英軍於重圍之中。這首七古詩堪稱「詩史」，生動真實地記錄了三元里戰鬥的全過程。全詩可分三個層次。開頭十句第一層次，寫三元里眾多百姓同仇敵愾、奮勇殺敵的生動場景，詩集中筆墨描寫群眾抗敵的大場面，寫得如火如荼，有聲有色。中間十六句第二層次，轉寫敵寇身陷困境的膽怯與可笑，既有「眾夷」的集體洋相，亦有夷酋的個人醜態，從而反襯出三元里百姓的英雄氣概。最後六句第三層次，借寫敵寇忽然被清政府放水得以逃脫，表達了對清朝統治者賣國行徑的不滿與憂患意識。此詩描寫生動，既有全景，也有特寫；既寫我方英勇，亦寫敵人膽怯；既作白描，亦用典故；語言既樸素，又含激情；既直抒胸臆，又有春秋筆法；從而多角度、多側面地反映中國近代史上一場威武雄壯的歷史活劇，給後人留下一篇生動的愛國教材。

程玉樵方伯德潤餞予于蘭州藩廨之若己有園，次韻奉謝

(選一)

林則徐

【題　解】此詩作於道光二十二年（西元一八四二年）九月，林則徐因禁鴉片抗擊英軍被誣陷而流放新疆途經蘭州，甘肅程德潤方伯（布政使）於藩廨（官署）後若己有園宴請林則徐並贈詩，林次韻二首，此詩為其中一首。

【作　者】林則徐（西元一七八五－一八五〇年），字少穆，一字元撫，晚號俟村老人。侯官（今福建福州）人。嘉慶進士，歷任湖廣、兩廣總督等職。道光十八年（西元一八三八年）任湖廣總督時禁食鴉片，卓有成效，故被命為欽差大臣，赴廣州查禁鴉片。次年嚴令英商交出走私鴉片兩萬餘箱在虎門銷毀。道光二十年任兩廣總督，擊退英國侵略軍。因受誣陷，次年革職流放新疆。後又起用任陝西巡撫、雲貴總督，不久即辭官回里。道光三十年又被命為欽差大臣，赴廣西督理軍務，在廣東潮州途中病故。其詩憂時傷事，充滿愛國精神，氣魄雄渾，格律嚴整。今有校點本《林則徐集》。

我無長策❶靖蠻氛❷，愧說樓船練水軍❸。聞道狼貪今漸戢❹，須防蠶食❺念猶紛。白頭合對天山雪，赤手誰摩嶺海雲❻？多謝新詩贈珠玉❼，難禁傷別杜司勳❽。

【注　釋】❶長策　長鞭，喻良策。❷靖蠻氛　掃除蠻氣，喻制止英軍的侵略。❸愧說樓船練水軍　用《史記・平準書》漢武帝為征服南越，「治樓船，高十餘丈」，訓練水師之典。實指作者在廣州時曾訓練水軍，遏止敵人侵略，但其繼任者琦善卻裁兵船，遣水兵，致使侵略軍長驅直入。愧，乃自謙，實乃義憤。❹聞道狼貪今漸戢　意謂聽說貪婪如狼的英軍在清朝與之簽訂了妥協投降的《南京條約》之後，暫時停止了軍事行動。狼貪，如狼一樣貪婪。《史記・項羽本紀》：「猛如虎，狠如羊，貪如狼。」此指英軍。戢，收斂。❺蠶食　蠶食桑葉。喻英軍得寸進尺，繼續侵略。❻白頭合對天山雪二句　意謂自己被貶新疆，並無怨尤，但是如今自己已無權，沿海戰爭由誰來指揮呢。天山，橫貫新疆中部。赤手，空手，指被貶無兵權。嶺海，五嶺南海，指兩廣地區。❼珠玉　喻美妙詩文。杜甫〈和賈至早朝〉：「朝罷香煙攜滿袖，詩成珠玉在揮毫。」比喻程德潤贈詩。❽杜司勳　唐代詩人杜牧，曾官司勳員外郎。李商隱〈杜司勳〉云：「刻意傷春復傷別，人間唯有杜司勳。」此作者自喻。

【語　譯】我已沒有良策去驅除敵寇了，不好意思再提曾駕駛樓船操練水軍的往事。聽說英寇現在暫時收斂了，但是還要防止其蠶食而憂思紛紜。我滿頭的白髮正好輝映著天山白雪，如今空著雙手怎能再撫摩五嶺南海的煙雲？多謝你贈我的新詩如珠玉一樣美妙，禁不住我像傷別的杜牧一樣熱淚濟濟。

【研　析】作者雖被流放，但並不悲觀，其心所念仍是國家的安危，因此詩所抒發的是憂時傷世的愛國情懷。首聯回憶過去，自己曾於廣州訓練水師禦敵，但由於奸臣琦善的破壞，以致未能阻擋英軍入侵，其責任本不在作者，但作者仍有愧意，可見其愛國情深。頷聯寫現在，作者向人們發出警告，英軍雖然暫時收斂，但「蠶食」中國之心未死，反映了作者對侵略者本質的清醒認識。頸聯寫今後，此時作者被貶新疆，因此擔憂東南海疆的安危，可見對國家命運之深切關心。尾聯寫對程德潤的「多謝」之情。全詩前三聯以時間為線，層次清晰，風格凝重沉鬱，感情內蘊，無劍拔弩張之氣，卻具有內在的力量。

秋心三首（選一）

龔自珍

【題　解】此七律寫於清道光六年（西元一八二六年）秋。是年春作者參加丙戌科會試而落第，覺壯志難酬，滿腔憤懣，乃於「秋士悲」的秋季，賦詩表白其悲秋的種種心緒。

【作　者】龔自珍（西元一七九二—一八四一年），又名鞏祚，曾改名易簡，字璱人，號定盦。仁和（今浙江杭州）人。道光九年（西元一八二九年）中進士。曾任內閣中書、禮部主事等職。有變革社會之志，但一直浮沉下僚，無所作為，終於在道光十九年己亥辭官南歸。道光二十一年，卒於丹陽書院，年僅五十歲。龔自珍是晚清著名思想家，最早主張變法革新者，開康有為等變法維新之先聲。又是著名學者、傑出詩人。其詩承接屈原、李白之風，語言瑰麗，氣勢豪放，意境奇詭，感情充沛，且根柢深厚，兼才人與學者之長，開清詩之新境界。錢仲聯先生稱其詩為獨具面目的清詩。今有校點本《龔自珍全集》。

秋心❶如海復如潮，但有秋魂不可招❷。漠漠鬱金香在臂❸，亭亭古玉佩當腰❹。氣寒西北何人劍❺，聲滿東南幾處簫❻？斗大明星爛無數❼，長天一月墜林梢❽。

【注　釋】❶秋心　秋天的心緒、心跡。❷秋魂不可招　此懷念於是年相繼去世的謝階樹、陳沆、程同文等志同道合的好友。招魂，此指招亡友之魂。❸漠漠鬱金香在臂　比喻自己要追求美好的品德。漠漠，形容香氣瀰漫。鬱金，鬱金香，一種芳香的草本植物。❹亭亭古玉佩當腰　比喻自己要堅守高潔的情操個性。亭亭，形容古玉之潔白。❺氣寒西北何人劍　比喻自己與戰友不能為加強西北邊塞的國防建設出力。氣寒，形容寶劍的鋒芒犀利如有逼人寒氣，古人認為劍氣可沖斗牛，此喻愛國志士的謀略與浩然之氣。❻聲滿東南幾處簫　比喻身處東南的志士只能創作充滿幽怨之情的詩詞。簫與劍是龔自珍詩詞中常見的意象，分別是柔與剛、文與武的象徵。❼斗大明星爛無數　比喻一批庸庸碌碌的文人占據著高位。爛，明亮。❽長天一月墜林梢　比喻滿腹經綸的志士無處施展才能。

【語　譯】秋天的心緒像大海一樣空闊、潮水一樣澎湃，想起我的亡友，其魂魄已經不能招回。我只能把芬芳的鬱金香佩在臂上，把皎潔的古玉掛在腰間。望西北已無人手執氣沖斗牛的長劍，聽東南卻處處傳來洞簫幽怨的曲調。夜空雖然佈滿斗大的明星，可是那最圓的月亮卻墜下了林梢。

【研　析】詩題所謂「秋心」，是抒寫作者悲秋的種種心緒，其悲乃悲憤，已非傳統的「秋士悲」《淮南子・繆稱》矣。開篇首聯就大氣磅礡，非同凡響。首句寫出詩人開闊的胸襟與豐富的感情，引出次句對亡友不能復生、共同奮進的痛惜，此其「秋心」一也。頷聯採用《楚辭》「香草美人」的象徵手法，表白自己堅守高潔操守的決心與耿介的個性，此其「秋心」二也。頸聯顯示追求理想的豪放氣概以及壯志難酬的低回幽恨，此其「秋心」三也。尾聯感慨社會賢愚不分，經濟之士無處施展才能，此其「秋心」四也。「秋心」內涵豐富而深刻。此詩把一個處於封建末世亟欲改革社會卻又無法實現的近代啟蒙思想家的自我形象塑造得十分豐滿。詩人把自己的形象置於闊大雄渾的空間情境中，把主觀情致客觀化、具象化，藉以寄託自己博大的心靈。詩人神思飛越，想像奇特，落筆時大膽驅遣宇宙間的星與月、海與潮等意象，以推動自己包容天地、亦剛亦柔之內心激情的抒發，因此全詩寫得奇境獨闢，雄奇瑰麗。

金山

魏　源

【題　解】此詩寫於鴉片戰爭結束之後。寫此詩時金山尚在長江水中，到清末始因江沙淤積而與南岸相通。金山距今江蘇鎮江西北約三公里。

【作　者】魏源（西元一七九四－一八五七年），字默深。邵陽（今屬湖南）人。道光二年（西元一八二二年）中舉，二十四年中進士。曾官江蘇東臺、興化知縣與高郵知州。與龔自珍齊名，皆主張學術應「經世致用」，為著名的愛國者與思想家。詩作描寫大好河山，亦反映中國近代社會矛盾。風格樸素篤實，堅蒼遒勁。有《古微堂詩集》等。今有校點本《魏源全集》。

江心有地❶似樓臺❷，收得煙雲四面開。底事❸承平❹無水戰，濤聲猶懼海艘❺來？

【注　釋】❶江心有地　指長江中的金山。❷似樓臺　指金山上寺廟樓臺甚多，與山渾然一體，山就似寺廟樓臺一樣高聳。❸底事　何事。❹承平　天下太平。此指道光二十二年（西元一八四二年）八月英國軍艦開進南京長江，清政府同英國簽訂了喪權辱國的《中英南京條約》，暫時結束了鴉片戰爭。❺海艘　指英國軍艦。

【語　譯】江心高聳的金山似一座樓臺，它聚攏起煙雲四面顯得開闊。為何已是天下太平沒有水戰，江濤仍然害怕英國軍艦會開過來呢？

【研　析】此詩上聯寫金山之景象，全詩主體金山上的金山寺與亭閣樓臺渾然一體，高聳於江水中；其四周則雲霧飄浮，忽聚忽散。誠然是遊覽勝地，特別是因為簽訂了《中英南京條約》，戰火硝煙已不見，顯示出太平氣象。但詩人並未陶醉在這「承平」氣象之中，而於下聯採用擬人手法，借眼前雖無戰事而「濤聲猶懼海艘來」，來表達自己的憂懼，並向世人敲響警鐘，列強的狼子野心是不會改變的，說不定何時又會點起新的戰火。此顯示出作者的遠見卓識，也表現了作者關心國家存亡的拳拳之心。詩風格似乎很平淡，語言也類似白話，但詩人內心深處的憂慮讀者自可體會。

聽歌

姚燮

【題　解】此詩作於道光二十一年（西元一八四一年）。此年顏伯燾任閩浙總督，曾準備兵力與英軍在大洋上開戰。但道光帝下令「撤兵省費」，遣散水師，顏伯燾卻仍組織水兵出巡外洋，七月初九日英軍終於攻陷廈門。作者有感而發寫下這首七絕。

【作　者】姚燮（西元一八〇五—一八六四年），字梅伯，號復莊。鎮海（今屬浙江）人。道光十四年（西元一八三四年）舉人。晚年居鄞縣，與諸少年結為詩社，著錄弟子至數百人。姚氏於詩畫、詞曲、駢文皆通。詩中頗多反映鴉片戰爭前後人民生活的內容，具有鮮明的現實性。程恩澤評其詩「處境愁鬱，故旨合風騷；拓胸闊大，故辭無庸淺。李、杜再世，定當把臂入林」。有《復莊詩問》、《復莊主權》及戲曲作品等。

巡江戍海❶客兵❷多，淒咽❸群鴻掠雨過。
慚愧蕭閒❹如我輩，側身花❺裏聽清歌❻。

【注　釋】❶巡江戍海　指清兵在浙江海防前線巡守。❷客兵　指英國海軍。❸淒咽　低啞的嗚叫。❹蕭閒　清閒無事。❺花　當喻歌妓。❻清歌　清亮的歌聲，實指淒清悲哀之歌。

【語　譯】水兵巡守江海時與眾多英兵交戰，戰鬥慘烈，雨中飛過的群雁也發出低啞的叫聲。慚愧我輩書生卻清閒無所作為，只能混跡花叢聽歌妓唱起哀傷之歌。

【研　析】此詩上聯紀事，是寫「聽歌」的背景：清兵在浙江海防前線巡守，時常與英兵交戰，連天上大雁飛過都要悲鳴，隱喻國事之危急。下聯抒情，轉寫聽歌的情景：作者作為一介書生，不能執戈殺敵，只能混跡歌妓之中，傾聽其長歌當哭的歌聲藉以宣洩自己心中的憤懣，並為此而深感「慚愧」。此詩選取「聽歌」這樣一個生活場景，採用反襯手法，以書生之「蕭閒」生活，襯托水兵之緊張戰鬥，又借歌妓的「清歌」寄寓自己的悲哀。感情真誠而深沉，而其心憂國難之意亦由此可見。

寒夜聞鴿鈴

姚　燮

【題　解】此詩寫於鴉片戰爭期間，借鴿鈴這一意象，反映出廣大中國人民愛國的憂患情懷。

一鴿南飛斗❶正斜，欲催哀響作風笳❷。清霜❸萬屋人都睡，聽爾❹
無愁共幾家？

【注　釋】❶斗　指北斗星。❷笳　古管樂器。比喻鴿鈴、鴿哨，風吹即響。❸清霜　潔淨的霜，霜的美稱。

❹爾　指鴿鈴聲。

【語　譯】一隻鴿子正朝南飛，北斗星已西斜了，鴿鈴發出悲哀的響聲，如同一支風笳。此時清霜悄降，眾人都已經入睡了，聽到此鴿鈴而無愁的能有幾家呢？

【研　析】鴿鈴本是無情之物。但詩人有情，因此賦情於物，鴿鈴即成為「哀」的象徵：此「哀」乃產生於中國東南沿海戰事吃緊，英國侵略者步步進逼的危急國情。而「一鴿南飛」正把詩人的思緒引向東南。悲似「風笳」的鴿鈴聲無疑又向國人發出警報：國家處於危在旦夕的關頭。此哀不只是詩人個人的感受，亦是全中國有愛國心的百姓共同的感受，因此在這清霜入睡之夜，凡是能聽到此「哀響」的國人，都不會高枕無憂的。詩的思想內涵因此而深化。全詩意象小中見大，視野由近而遠，情境由點到面，充分體現了絕句的特徵。

恨詞二首（選一）

鄭　珍

【題　解】此詩作於道光十年（西元一八三〇年）歲暮。「恨」字道出詩的意旨。

【作　者】鄭珍（西元一八〇六－一八六四年），字子尹，晚號柴翁。遵義（今屬貴州）人。道光十七年（西元一八三七年）舉人，官荔波縣訓導。咸豐五年（西元一八五五年）苗軍攻荔波，知縣蔣嘉穀適病，鄭珍率兵拒守，苗軍退後告歸。鄭氏精訓詁學與經學考據。文學方面則是宋詩運動倡導者程恩澤門生，成為宋詩派重要詩人。論詩重「養氣」、「有我」。詩作學杜甫、韓愈、孟郊、黃庭堅，歷前人所未歷之境，狀人所難狀之景。但亦有艱澀難懂之作。今有《巢經巢詩集箋釋》。

歲暮❶天寒獨倚樓，千秋亭❷畔古今愁❸。何人欲補情天破，我願從君助石頭❹。

【注　釋】❶歲暮　年末。❷千秋亭　在今河北泊鄉北。❸古今愁　漢光武帝發跡於此，亦衰敗於此，而清代到道光朝亦衰敗下去，故曰「古今愁」。❹何人欲補情天破二句　化用《淮南子・覽冥》「女媧煉五色石以補蒼天」之典。情天，語出李賀〈金銅仙人辭漢歌〉「天若有情天亦老」。此即指蒼天，喻清朝。君，指「欲補情天破」的仁人志士。

【語　譯】歲暮時節天寒地凍，我獨自倚著高樓，在千秋亭畔懷古思今，滿腹憂愁。哪位俊傑要立志補合蒼天的破洞，我願意幫他做塊補天的小石頭。

【研　析】詩寫一年即將結束時，地點是千秋亭畔，其歷史有過輝煌亦有過黯淡，環境是北國嚴冬的寒冷蕭瑟，形勢是清朝盛世不再，已走向衰亡，如同情天殘破。無論是自然感受，還是社會現實，無論是歷史還是今天，都令作者產生「恨」意，當然寫自然環境仍是襯托社會現實，社會現實是作者「恨」的主要對象。但恨不是本質，而是愛國心切的一種感情形態，惟有「恨」或曰愛，才能產生「我願從君助石頭」的念頭。詩人願以身做石以補天，顯示出甘願為國獻身的高尚情懷，令人感佩。此詩活用典故，如鹽著水中，令人不覺；典故也是巧妙的譬喻，「情天破」與「石頭」，都寓意深刻。從而使得全詩構思新穎，詩意蘊藉。

咄咄吟（選一）

貝青喬

【題　解】《咄咄吟》係作者於鴉片戰爭爆發後之第二年，投效揚威將軍奕經赴浙抗英，將其兩年多見聞之種種「咄咄怪事」寫成的大型紀事組詩一百二十首。組詩編定於一八四三年。

【作　者】貝青喬（西元一八一〇—一八六三年），字子木，號無咎，又號木居士。吳縣（今江蘇蘇州）人。家境清苦，而憂國憂民。道光二十一年（西元一八四一年）投筆從戎，隨揚威將軍奕經東征抗擊英軍，寫下反映鴉片戰爭的組詩《咄咄吟》一百二十首，以詩記史，就詩作注，詩注合璧，相得益彰。詩中既大膽揭露諷刺清軍之腐敗無能，亦歌頌英勇抗英、為國捐軀之軍民。愛憎分明，平易樸實。此外尚有《平行庵詩存稿》。

頭敵蒼黃奮一呼❶，飛丸創重血模糊❷。憐伊到死雄心在，臥問鯨鯢殲盡無❸？

【注　釋】❶頭敵蒼黃奮一呼　寫鄉勇頭目河南祥符人謝寶樹在攻奪招寶山炮臺時「奮怒先進」的情景。頭敵，敵人炮臺在山上，如同在頭頂，故稱「頭敵」。蒼黃，倉皇、慌亂。奮一呼，寫謝寶樹奮呼衝殺之狀。❷飛丸創重血模糊　據原注指謝寶樹「鉛子深入腹中」。飛丸，飛射的槍彈。創重，傷重。❸憐伊到死雄心在二句　據原注：謝寶樹「臨絕時，大聲問其同伴曰：『寧波得勝仗否？夷船為我燒盡否？我則已矣，諸君何不去殺賊耶？』」

伊，吳語「他」。鯨鯤，皆為大魚，此指敵艦及敵兵。

【語譯】山上的敵人一片慌亂，謝氏衝殺時大聲呼叫，他身中數彈，傷勢嚴重，血肉模糊。可憐他直到死前，殺敵的雄心猶在，躺在地上還詢問：敵艦是否都殲滅了？

【研析】原詩每首之後附一則短文為注，述所詠之事，可謂以詩紀史，以史證詩。組詩內容多為諷刺詩，但此詩則為贊詩，真實記錄與歌頌了鄉勇頭目謝寶樹在浙江沿海戰鬥中奮勇殺敵，臨死猶牽掛寧波戰事的愛國精神。詩中緊緊抓住謝寶樹「一呼」之動作與「臥問」之語言兩個細節，前者凸顯其英勇無畏的形狀，後者表現其已經「血模糊」重傷垂危時的內心牽掛，生動地將其誓與敵人血戰到底的英雄氣概表現出來，謝氏的勇士形象簡直呼之欲出，令人欽佩。

題陳軍門遺像

貝青喬

【題解】陳軍門乃對陳化成提督職的尊稱。陳化成（西元一七七六—一八四二年），福建同安人。道光二十年（西元一八四〇年）鴉片戰爭爆發後，由福建調任江南提督。在吳淞之戰中英勇抗擊英軍，血戰而死。

一戰甬江口❶，督臣死❷，提臣走❸。再戰吳淞口❹，提臣死，督臣走。三戰乃是金陵城❺，江濤寂靜噤❻不聲，陳將軍後誰敢兵？君不見：走者棄如市❼，死者長如生❽。長如生，尸祝遍我東南氓❾。

【注　釋】❶一戰甬江口　指浙江寧波鎮海口之戰。甬江，由奉化江與姚江匯合而成，於寧波鎮海口流入東海口。❷督臣死　指總督裕謙戰死。督臣，總督，為地方最高長官。❸提臣走　提督余步雲逃跑。提臣，提督，為省的高級武官。❹再戰吳淞口　指著名的吳淞戰役。道光二十二年（西元一八四二年）六月十三日英艦三十餘艘侵入長江口，迫近吳淞。十六日英艦向吳淞炮臺進攻。提督陳化成下令開炮還擊，但未擋住英軍登陸，陳化成與官兵皆戰死。而兩江總督牛鑑始則向英軍求和，終則從寶山逃跑。❺三戰乃是金陵城　指英軍攻克吳淞口之後，逆長江而上，順路攻下鎮江，到南京城下，清軍只有投降。金陵，今南京。❻噤　閉口。❼走者棄如市　指逃跑的余步雲已伏法，牛鑑亦擬處死。棄如市，將棄市，將判死刑。如，將要。❽長如生　如長生；將永久地活著。❾尸祝遍我東南氓　謂東南百姓祭祀陳化成。尸祝，指立陳化成神像祭祀。氓，民。

【語　譯】一戰甬江口的時候，總督戰死，而提督逃走了。再戰吳淞口的時候，提督戰死，而總督逃走了。三戰是在南京古城，江濤寂靜好似閉口無聲，陳將軍戰死後誰敢來率兵？君不見：逃跑的將要伏法，戰死的將永生。將永生，東南百姓都來祭祀陳將軍的神靈。

【研　析】此詩以題陳化成遺像為契機，高唱了一曲陳將軍的頌歌，讚頌了陳化成為國捐軀的愛國主義精神，同時亦譴責了貪生怕死之輩，反映了廣大群眾的心聲。詩以「一戰」、「再戰」、「三戰」的順序詞寫出甬江、吳淞、南京三次戰鬥的結局；而前兩戰以「督臣」與「提臣」生死不同的對照，反襯督臣陳化成的英勇抗敵，三戰則以因陳化成戰死南京之戰無人將兵，來烘托陳化成的價值。此詩採用雜言體，類似於自由詩。詩節奏感強，採用了排比、對比、對仗、頂針等修辭手段，讀來朗朗上口，抒發了詩人的愛憎感情。

己亥雜詩（選一）

黃遵憲

【題解】〈己亥雜詩〉作於光緒二十五年己亥（西元一八九九年），共八十九首。這首七絕乃是為悼念「戊戌六君子」之一的譚嗣同而作。

【作者】黃遵憲（西元一八四八—一九〇五年），字公度，別署觀日道人、東海公等，人又稱「人境廬主人」。嘉應州（今廣東梅縣）人。光緒二年（西元一八七六年）舉人，次年為駐日本使館參贊，後又陸續任美國舊金山領事、英國使館參贊、新加坡總領事等職。長期外交生涯使他廣泛接觸了西方文明，確立了變法維新的改良主義政治理想。一八九五年回國後積極參加了戊戌變法。失敗後罷官歸家，但政治主張不變。作為改良運動的組成部分，詩壇興起「詩界革命」，黃遵憲則是一面旗幟。他以「舊風格含新意境」之作，力圖為改良政治服務，並開闢創作的新題材、新境界。其五古體最出色，能突破傳統束縛。今有《人境廬詩草箋注》等。

頸血橫糊似未乾❶，中藏❷耿耿❸寸心丹。琅函❹錦篋深韜襲❺，留付松陰❻後輩看❼。

【注　釋】❶頭血橫糊似未乾　此指譚嗣同被慈禧殺害已一年了，但在作者看來還像剛發生的事一樣。❷中藏　內藏。❸耿耿　忠誠貌。❹琅函　一種玉石製成的匣子。❺韜襲　藏起來。❻松陰　日本維新志士吉田矩方的字。因反對幕府統治，提倡維新改良，而被殺害。此喻譚嗣同。❼看　指受教育。

【語　譯】頭顱上血跡模糊，似乎至今還沒乾掉，他胸中還留有一顆忠誠的丹心。暫且用玉匣錦箱深藏他的頭顱，留給維新派的子孫當做教材來看。

【研　析】作者寫此詩時距譚嗣同被害已一年，詩選取頭顱為中心意象，甚為奇特，但具有典型性。它是志士耿耿丹心的象徵。詩人藉此意象表現譚嗣同精神不死，寓意深刻。它宛如一顆火種，將傳之後代，點燃後繼者心靈之火。錢仲聯師評黃氏詩「撫時感事之作，悲壯激越，傳之他年，足當詩史」（《夢苕盦詩話》），誠為中鵠之論。此詩題材新穎，讀後令人有驚心之感。

哀旅順

黃遵憲

【題　解】作者「原稿本」無此詩，大約是戊戌變法失敗放歸鄉里後補作。旅順位於遼東半島之南，形勢險要，范文瀾《中國近代史》載，中日甲午戰爭時，旅順駐張光前等六軍，共三十餘營。李鴻章令龔照嶼統帥六軍，實際各不相統。一八九四年九月二十六日，日軍第二軍登陸花園港口。

十月十一日，占領大連港。二十一日，向旅順進軍。二十五日，椅子山炮臺失陷，各臺守兵相繼潰散，日軍占領旅順。此詩即反映這段令人悲哀的歷史。

海水一泓煙九點❶，壯哉此地實天險！炮臺屹立如虎闞❷，紅衣大將❸威望儼❹。下有深池❺列巨艦，晴空隆雷夜電閃。最高峰❻頭縱遠覽，龍旗❼百丈迎風颭❽。長城萬里此為塹❾，鯨鵬相摩圖一啖❿。昂頭側睨視眈眈⓫，伸手欲攫⓬終不敢。謂海可填山易撼⓭，萬鬼聚謀無此膽。一朝瓦解成劫灰⓮，聞道敵軍蹈背來⓯。

【注釋】❶海水一泓煙九點　化用李賀〈夢天〉「遙望齊州九點煙，一泓海水杯中瀉」之意，指中國海疆國土。一泓，一汪水，實喻大海。煙九點，中國九州島如九點煙塵。❷虎闞　猛虎張口發怒的樣子，喻炮臺。❸紅衣大將　指大炮。《清朝文獻通考》：「太宗天聰五年，紅衣大炮成，欽定名鐫曰『天佑助威大將軍』。」❹儼　莊重。❺深池　指大海。❻最高峰　指老鐵山。❼龍旗　指清朝黃龍旗。❽颭　飄展。❾長城萬里此為塹　古長城起自臨洮，終至遼東，旅順位於遼寧半島之南，瀕海，故為長城之塹。塹，溝壕。❿鯨鵬相摩圖一啖　語本韓愈詩：「鯨鵬相摩窣，兩舉快一啖。」摩，接觸；摩擦。啖，吃。⓫眈眈　兇狠地注視貌。⓬攫　用爪疾取。⓭山易撼　《宋史・岳飛傳》：「猝遇敵不動，故敵為之語曰：撼山易，撼岳家軍難。」⓮劫灰　佛教稱世界一度毀滅後的餘灰。此喻日寇侵占旅順後燒殺搶掠，生靈塗炭，萬物成灰土。⓯蹈背來　指從背面襲擊。

羅惇曧《中日兵事本末》記云：「大東溝海戰後，日本登岸占領金州，進逼大連灣以包抄旅順後路。」

【語　譯】神州有一灣海水、九州島雲煙，旅順的地勢極其雄偉，實堪稱是天險。炮臺屹立著宛如猛虎在怒吼，大炮「紅衣大將」高昂，顯得威武莊嚴。炮臺下是大海排列著巨艦，大炮一響晴空轟雷，夜空閃電。我站在最高峰頭放眼望去，百丈長的黃龍大旗在迎風招展。萬里長城以此處作為壕塹，列強好似鯨與鵬爭著要吞食旅順。他們昂頭兕視如同老虎，想伸出魔爪攫取卻又害怕。都說海水可填高山易撼，我看列強聚謀進攻終無此膽量。未料一旦淪陷旅順成為劫灰，聽說日寇竟包抄了旅順後路。

【研　析】此詩於記事中抒情。其重點並非寫旅順失陷的過程，而是極力描寫旅順之「天險」。先從正面寫地理優勢與軍事裝備充足，後從側面寫敵寇面對天險時的膽怯心理，以襯托其「天險」之難攻。但最後兩句卻以突兀之筆寫敵寇從背後襲擊，而輕易占領了天險。兩相對照，可見清軍之腐敗無能，而詩人昂揚之情亦頓時墮入悲哀的深淵。全詩先揚後抑。寫揚極具氣勢，風格豪邁，炮臺、大炮、巨艦、龍旗等意象皆威武雄壯，似乎不可戰勝，令敵喪膽，把勢蓄足；而揚實為「抑」的鋪墊，末兩句詩意陡然轉折，以敵人偷襲使我軍瓦解收束，結局令人壓抑悲憤而深思，從而達到出奇制勝的藝術效果。

秦淮酒座遇北妓，按歌有京師之聲，感賦

陳三立

【題　解】光緒二十九年（西元一九〇三年）一天，作者於南京秦淮河酒家遇到來自北方的歌妓，聽其彈唱有京都之聲，乃賦此七絕。

【作　者】陳三立（西元一八五二—一九三七年），字伯嚴，號散原。義寧（今江西修水縣）人。光緒十五年（西元一八八九年）進士，官吏部主事。後協助其父湖南巡撫陳寶箴創辦新政，提倡新學，支持變法運動，與譚嗣同、徐仁鑄、陶菊存並稱「維新四公子」。戊戌變法失敗後，陳氏父子均被革職。陳三立隨父回南昌，築崝廬而隱居。辛亥革命後卻轉向保守，以遺老自居。詩學韓愈、黃庭堅，為同光體領袖，詩風屬「生澀奧衍」派，然亦不乏文從字順之作。梁啟超推崇其詩「境界自與時流異」。今有校點本《散原精舍詩文集》。

依稀北亂滿胡塵❶，鶯燕驚飛照海濱❷。今夕琵琶如飯甑❸，江湖看作太平人。

【注　釋】❶依稀北亂滿胡塵　指彷彿又看到庚子年（西元一九〇〇年）八國聯軍攻入北京燒殺搶掠的景象。胡塵，喻外國侵略者造成的災難。❷鶯燕驚飛照海濱　當時慈禧太后和光緒帝逃離京城，「合城之人，死者六成，逃者三成」（《庚子記事》），琵琶女亦逃到東海之濱的江南秦淮河。❸今夕琵琶如飯甑　化用諺語「琵琶多於飯甑」，意即歌妓極多。甑，古代蒸飯的炊器。

【語　譯】從歌聲中我彷彿看見了京都戰亂時，列強戰馬揚起滿城塵土，歌妓如春鶯紫燕驚飛，逃到了東海之濱。今日歌妓懷抱琵琶比飯甑還要多，流落江湖成為點綴歌舞昇平的人。

【研　析】此詩通過京都歌妓的身世遭遇，反映了庚子之變後中國社會的可悲現實。上聯寫歌妓的歷史，由於三年前八國聯軍侵入北京，燒殺搶掠，「合城之人，死者六成，逃者三成」（《庚子記事》），「北妓」亦不能不南下到金陵，流落於秦淮酒家。下聯寫眼前，並由「北妓」而擴展到廣大歌妓與整個社會。由於光緒二十七年（西元一九〇一年）《辛丑條約》的簽訂，中國經濟日益衰落。統治者加重對百姓的壓榨，百姓流離失所，婦女淪為歌妓者多於飯甑，被迫以歌舞點綴太平，供統治階級娛樂消遣。中國社會的前途實際並不「太平」，相反十分危險。此詩寫北妓，並不著眼於個人，而是落筆於整體，捨小取大，由近及遠，捨個人命運而取婦女命運乃至社稷民生。因此詩的容量甚廣，立意甚高。

聞意索三門灣，以兵輪三艘迫浙江，有感

康有為

【題　解】此詩作於逃亡日本期間。光緒二十五年（西元一八九九年），意大利向清政府租借浙江三門灣，並派兵艦相威脅。詩人聞此消息，憂心如焚，乃作此詩。

【作　者】康有為（西元一八五八—一九二七年），原名祖怡，字廣廈，號長素，又號西樵山人，戊戌後稱更生。南海縣（今屬廣東）人。人稱南海先生。少年時初步接觸西方資產階級文化。後鑑於甲午之戰的慘敗，多次上書光緒皇帝，要求變法。一八九五年第二次上書時，聯合赴京會試的各省舉人，要求拒簽合約，這就是著名的「公車上書」。此後他成為改良主義運動的領袖。變法

失敗後亡命國外，進行保皇活動，思想日趨反動，終於參加了清帝復辟的變亂。他頗具詩才，「五十年中詩千首」，而且開闢新意境，富有浪漫色彩，語言瑰麗，氣勢磅礴。後期詩則相形見絀。有《南海先生詩集》、《大同書》、《孔子改制考》等。

淒涼白馬市中簫❶，夢入西湖數六橋❷。絕好江山誰看取❸？濤聲怒斷浙江潮❹。

【注釋】❶淒涼白馬市中簫　此句用春秋時吳國大夫伍子胥的典故。據《太平廣記》等記載：伍子胥是楚國大夫伍奢之子。伍奢被楚平王賜死，伍子胥逃至吳國，起初曾在吳市吹簫乞食。後吳王闔閭起用之。待吳王夫差繼位後，子胥曾諫夫差提防越國的報復，吳王卻疏遠他，最後賜劍命他自殺。子胥臨死時，囑其子把他的頭懸掛在城南門上，好看來日越國的侵攻，把他的屍體用皮口袋裹好投入錢塘江中，以便乘潮來看吳王夫差的失敗。據傳以後果真有人見子胥乘素車白馬於潮頭上。淒涼白馬，明寫伍子胥，實是作者自喻戊戌變法失敗但仍不忘祖國之情懷。市中簫，比喻在日本的流亡生活。❷夢入西湖數六橋　以美麗的西湖象徵祖國大好江山。六橋，杭州西湖蘇堤上架有六座橋。❸看取　即「觀看」。「取」為助詞，表示動作的進行。❹濤聲怒斷浙江潮　比喻自己要像伍子胥一樣乘潮來憑弔將被列強滅亡的祖國。浙江潮，錢塘潮。

【語　譯】我在異國流亡，但像伍子胥一樣不忘祖國，曾夢到西湖，漫步在蘇堤上數點著六橋。這樣美的江山，如今有誰來觀賞呢？神州即將沉淪了，我來憑弔，要掀起錢塘怒潮。

【研　析】作者以伍子胥自比，寓意深刻。伍子胥本吳國功臣，亦為忠臣，然忠而被殺，其雖死仍關心吳國存亡的命運，化為濤神出現，要看吳國的敗亡。作者為維新而被迫流亡日本，亦仍心繫祖國安危，並暗示國家將滅亡，他要魂歸祖國來憑弔。全詩以伍子胥自喻，採用伍子胥吳市吹簫與白馬乘潮兩個典故構成：前者寫伍子胥生前的落拓，比喻自己流亡日本；後者寫伍子胥死後化為濤神乘潮看吳王敗亡，比喻自己對故國的牽掛，頗為貼切而深刻。但因為時代變遷，其憑弔祖國淪亡與伍子胥看吳國敗亡的情感則已完全不同。詩元氣淋漓，感情悲憤，筆力雄健。

夢中

劉光第

【題解】這首七律作於光緒十一年（西元一八八五年）中法戰爭之後。中法戰爭以中國與法國簽訂了賣國不平等的和約結束，所謂「中國不敗而敗，法國不勝而勝」。作為戊戌六君子之一的劉光第，憤恨賣國投降，渴望上陣殺敵，因日有所思，夜晚竟做夢大戰廣州灣，並有此詩。

【作者】劉光第（西元一八五九－一八九八年），字裴村。富順（今屬四川）人。光緒進士，官刑部主事，積極參加戊戌變法運動，提升為四品卿銜軍機章京。變法失敗後被害，「戊戌六君子」之一。詩風雅健。有《介白堂詩集》、《衷聖齋文集》。

夢中失叫驚妻子❶，橫海樓船戰廣州❷。五色花旗❸猶照眼，一燈紅

穗正垂頭。宗臣❹有說持邊釁❺，寒女何心泣國仇❻？自笑書生最迂闊❼，

壯心飛到海南陬❽。

【注　釋】❶妻子　妻子與兒女。❷廣州　指廣州灣。❸五色花旗　指西方列強的旗幟。❹宗臣　指李鴻章等世所宗仰的大臣。此反語。❺邊釁　邊界爭端。❻寒女何心泣國仇　用《列女傳》典：魯國漆地有一女子，過時未嫁，倚柱嘆息。鄰婦問她是否想嫁人，她說：「吾憂魯君老，太子幼。」鄰婦說此乃「大夫之憂」。女子卻說：「魯國有患，君臣父子皆被其辱，婦人獨安所避乎？」此作者自喻關心國事。❼迂闊　不切合實際。❽海南陬　南海的角落。

【語　譯】熟睡時猛然失聲大叫驚醒了妻兒，因為我夢到駕著樓船在廣州灣血戰。剛才五色花旗還在晃著我的眼睛，此刻只見一只燈籠的紅穗掛在面前。大臣們自有妙法來解決邊界爭端，寒女們何必為國仇傷心涕泣呢？自笑我一介書生真是迂闊，壯心竟然飛到了南海戰鬥。

【研　析】此詩首句開篇點題，且造成突兀之感，引人興味。二三兩句記夢中所見，並解釋「夢中失叫」的原因。第四句寫夢醒所見，並作為抒情的過渡。頸聯與尾聯在記事基礎上抒懷，但採用譏諷、調侃的口吻。頸聯首句「宗臣有說持邊釁」，所謂「有說」實即對「投降」的嘲諷語。次句「寒女何心」乃憤激語、反語，謂既然宗臣有妙計，那麼何必為普通百姓杞憂呢？尾聯自我調侃，書生迂闊竟會有參加海戰之夢，但其實質是對統治者無能腐敗的憤慨以及對國家興亡之關心。俗語曰「日有所思，夜有所夢」，此夢正反映了作者之心思。此詩以夢境與現實相對照，以正語與反語、莊語與諷語相結合，亦直亦婉，亦剛亦柔，別具一格。

春愁

丘逢甲

【題解】這首絕句寫於光緒二十二年（西元一八九六年）農曆三月二十三日，此日正好是臺灣割讓給日本一週年。

【作者】丘逢甲（西元一八六四—一九一二年），又名倉海，字仙根，號蟄仙，又號仲閼，別號南武山人、倉海君。祖籍嘉應鎮平（今廣東蕉嶺），出生於臺灣苗栗。光緒十五年（西元一八八九年）進士，官工部主事。中日甲午之戰後，清廷割讓臺灣給日本，丘奮起組織義軍抗日保臺。但終遭失敗，乃離臺內渡。此後在廣東創辦學校，推行新學，並與同盟會有來往。辛亥革命後曾赴南京組織民國政府，任參議員。詩作大多為復臺雪恥而寫，慷慨悲壯，雄健奮發，有「詩界革命之鉅子」之稱。今有校點本《嶺雲海日樓詩鈔》。

春愁難遣強看山❶，往事❷驚心淚欲潸❸。四百萬人❹同一哭，去年

今日❺割臺灣。

【注釋】❶強看山　強打精神遙望故鄉遠山。❷往事　指光緒二十一年（西元一八九五年）三月二十三日，清廷與日本簽訂《馬關條約》，割讓臺灣給日本。❸潸　流淚的樣子。❹四百萬人　當時臺灣人口合閩、粵籍約四百萬。❺去年今日　即光緒二十一年三月二十三日。

【語　譯】春愁難以排遣，我只能強打精神遠望著故鄉，往事使人心碎，熱淚盈眶。今天四百萬同胞一起放聲痛哭，只因為去年的今日割讓了臺灣省。

【研　析】詩人寫此詩時身在廣東，此日是割讓臺灣給日本一週年的日子。他不僅湧起思念臺灣的鄉情，更湧起國土被日寇霸占的悲憤。一年前，「舉數千里之土地、數千（百）萬之人民，草草交割于日艦中」（江瑔〈丘倉海傳〉），詩人「當時痛哭割臺灣」（丘逢甲詩句）；而今時隔一年，臺灣依然陷於敵手，又安得不「淚欲潸」？上聯僅寫個人的感受，下聯則擴展開來，寫整個臺灣人民的悲痛，雖採用的是誇張手法，但誇而不誣，真實地反映了四百萬同胞的心情。此詩上聯設疑，春愁難遣，往事驚心，但不說所愁何事；下聯釋疑，點明題旨，有柳暗花明之致。風格悲慨，動人心魄。

去年初抵鮀江，今仍客遊至此，思之憮然（選一）

丘逢甲

【題　解】光緒二十一年（西元一八九五年）秋，作者由福建回廣東，曾抵鮀江，即今廣東汕頭，次年重到鮀江，仍是「客遊」，不得還鄉。作者東望故鄉臺灣。思之茫然，乃寫下此詩。

淪落天涯❶氣自豪，故山❷東望海雲高。西風一掬❸哀時❹淚，滾向秋江作怒濤。

【注　釋】❶天涯　此指遠離故鄉臺灣的廣東。❷故山　指故鄉臺灣的山。❸一掬　一捧。❹哀時　感傷時局。

【語　譯】我雖流落在天涯，志氣依然很豪邁，我時時東望故鄉高空飄著的海雲。秋風挾去我一捧哀時的熱淚，灑進秋江也能掀起千丈的波濤。

【研　析】此詩不是抒寫一般的思鄉之情，思鄉中更含有悲國之意。因為故鄉臺灣今已屬日本侵略者，從中華國土中分割出去，這就有了國恨的切膚之痛，即使回鄉亦無法消除這種痛苦。作者心情沉重、悲慨，但並未頹喪絕望，雖「淪落天涯」而「氣自豪」，這種「豪」就是要繼續鬥爭，就是化悲痛為力量，下聯就是以「哀時淚」「作怒濤」之奇特想像顯示出其豪情。此詩寫得氣韻沉雄，內含陽剛之力。

有感一章

譚嗣同

【題　解】此詩寫於光緒二十三年（西元一八九七年）春，一年前清政府與日本簽訂了喪權辱國的《馬關條約》，割讓臺灣及遼東半島給日本，有感而作。

【作　者】譚嗣同（西元一八六五—一八九八年），字復生，號壯飛。瀏陽（今屬湖南）人。曾為江蘇候補知府，充軍機章京。譚嗣同少有大志，能文章，好任俠，善劍術。甲午戰爭後，發憤提倡新學，推行新政，積極參加康、梁領導的維新運動。變法失敗後入獄，壯烈犧牲。譚嗣同乃「因變法而流血」之愛國者。詩如其人，情辭激越，恢宏豪邁，所謂「拔起千仞，高唱入雲」，充滿愛國主義精神。今有校點本《譚嗣同全集》。

世間無物抵❶春愁，合向蒼冥❷一哭休。四萬萬人❸齊下淚，天涯何處是神州❹？

【注　釋】❶抵　抵消。❷合向蒼冥　應該向著蒼天。❸四萬萬人　指當時全中國人口。❹天涯何處是神州　指中國主權已喪失。神州，中國的別稱。

【語　譯】世間沒什麼東西能抵消春愁，仰天大哭才能消除憂慮。全國四萬萬人一同淚如雨下，到哪裡去尋找昔日的神州呢？

【研　析】作者眼見國土淪喪，中國主權旁落，憤而作此詩。其堪稱丘逢甲〈春愁〉之姊妹篇，感情一脈相通。上聯極寫「春愁」之重，已到了「一哭休」的程度，但何以至此呢？從而造成懸念。下聯實際是回答這個懸念，即神州陸沉。但回答並不直白，而以尾句「天涯何處是神州」反詰的語氣道出，不僅蘊藉，且較之丘詩「去年今日割臺灣」之敘述，感情更為激憤，意境更為深邃。詩人悲而不哀，其內在的氣勢與力量亦超過〈春愁〉。

獄中題壁

譚嗣同

【題解】戊戌變法失敗後，作者被捕入獄。此為絕筆詩，作於光緒二十四年（西元一八九八年）八月，題目係後加。

望門投止思張儉❶，忍死須臾待杜根❷。我自橫刀向天笑，去❸留❹肝膽❺兩昆侖❻。

【注釋】❶望門投止思張儉　意謂康有為於戊戌變法失敗後潛逃出京，使人想起東漢的張儉。望門投止，望到相識之家投奔止宿。張儉乃東漢末高平人，因彈劾權閹侯覽受迫害，乃逃亡避害，人重其名行，多破家收容。參見《後漢書‧張儉傳》。此喻康有為。❷忍死須臾待杜根　意謂要等待如忍死求生的杜根一樣的志士東山再起。杜根，東漢人，因要求鄧后歸權給安帝遭撲殺，但未死；鄧后派人檢死，他佯死三天，後隱身酒店。鄧氏被誅，乃復官為侍御史。參見《後漢書‧杜根傳》。此以杜根喻俠客大刀王五。譚嗣同「少年嘗從之受劍術，以道義相期許。戊戌之變，瀏陽（按：即譚嗣同）與謀奪門迎辟（按：指謀救光緒帝），事未就而瀏陽被逮，王五懷此志不衰」（梁啟超《飲冰室詩話》）。❸去　離開的，指康有為。❹留　留下的，指大刀王五。❺肝膽　比喻去留者與自己都是肝膽一樣密切的同志。《莊子‧德充符》：「自其異者視之肝膽楚越也。」❻兩昆侖　指康、王都是像昆侖山一樣巍然屹立的豪傑。另有一種說法，認為「去」指康有為，「留」指作者本人，「兩昆侖」亦指此二人。

【語　譯】在獄中很思念四處逃亡寄宿的康有為，亦殷切地等待死裡逃生的大刀王五。我自橫握著佩刀仰天大笑，去留的戰友好似兩座巍峨的崑崙。

【研　析】此詩是「中國為國流血第一烈士」（梁啟超〈仁學序〉）之一首氣壯山河的絕筆詩。當變法失敗後，譚嗣同毅然拒絕東渡避難，願為「因變法而流血者」「自嗣同始」。（梁啟超〈譚嗣同傳〉）詩中以歷史人物比擬變法之戰友，抒發了與之肝膽相照的同志之情，並寄寓了繼續戰鬥的期望。第三句乃警策之句，表現了大義凜然，「死得其所，快哉快哉」（〈臨終語〉）之驚天地、泣鬼神的浩然正氣，樹立起一個戰鬥不息、視死如歸的英雄形象。由於前兩句用典，雖貼切但寓意比較隱晦，以致對「兩崑崙」到底是哪兩人的理解出現歧義。

愛國歌（選一）

梁啟超

【題　解】此詩作於光緒二十九年（西元一九〇三年）。作者以熾熱的激情，抒發了對中華的無比熱愛，對國富民強領先世界的深切嚮往。

【作　者】梁啟超（西元一八七三—一九二九年），字卓如，號任公，又號飲冰室主人。新會（今屬廣東）人。光緒舉人，康有為弟子，主張變法維新，為戊戌變法領導人之一。變法失敗後逃亡日本，先後編《清議報》、《新民叢報》。辛亥革命後曾出任北洋政府的財政總長等職。於文學宣傳

「詩界革命」、「小說革命」。擅長散文，自成新體。亦能詩，成就不大。有《飲冰室全集》。

泱泱❶哉我中華，最大洲中最大國，廿二行省❷為一家。物產腴沃甲大地，天府❸雄國言非誇。君不見：英日區區三島❹尚崛起，況乃堂矞❺我中華！結我團體，振我精神，二十世紀新世界，雄飛宇內疇與倫❻？可愛哉我中華！可愛哉我國民！

【注釋】❶泱泱　壯闊宏大的樣子。❷廿二行省　當時中國行政區劃分二十二行省。❸天府　稱自然條件優越、物產豐富、地勢險固之地。❹英日區區三島　指當時英國由英格蘭、蘇格蘭、愛爾蘭「英倫三島」組成，日本由本州島、四國、九州島三主要大島組成。區區，渺小的樣子。❺堂矞　堂皇；雄偉。❻疇與倫　誰可與之匹敵。

【語譯】多麼寬廣遼闊啊，我的中華！它是最大的洲中最大的國家，這是二十二行省組成的一個家。它地肥物豐，世界屬第一，說是天府雄國毫不虛誇。君不見：英日兩國都是小小的三島尚且能夠崛起，何況堂皇正大的我中華！要聯結起我們的整體，振奮起我們的精神，看二十世紀的新世界，雄飛天宇誰可與之匹敵？可愛啊我的中華！可愛啊我的國民！

【研析】此詩有意迴避現實的種種醜惡以及清政府的腐敗無能，而專門說讚美之詞，旨在激發國民的民族自豪感，樹立民族自信心。為此竭力誇飾中華地大物博的地域優勢，並以英日三島的崛起襯托中華民族光明的前途，表達中華復興雄飛宇內的信心，可謂用心良苦。此詩採用自由體，長短句搭配，語言淺白，婦孺可懂，頗多感嘆句式，從而具有強烈的鼓動性，可謂詩體的革命。

黃海舟中日人索句并見日俄戰爭地圖

秋　瑾

【題　解】光緒三十一年（西元一九〇五年）底，秋瑾由日本再次回國，船至黃海，在舟中看到日俄在中國東北進行戰爭的地圖，憤怒異常。適逢日本朋友索詩，乃寫下這首七律。

【作　者】秋瑾（西元一八七〇—一九〇七年），字璿卿，一字競雄，又稱「鑑湖女俠」。會稽（今浙江紹興）人。十八歲嫁湘人王廷鈞，後隨夫居住北京。受西方思潮影響，提倡男女平權，呼喊婦女獨立解放。一九〇四年赴日留學；次年加入光復會和同盟會，並返回祖國，在上海創辦《中國女報》，又奔走滬杭各地，組織光復軍密謀起義。一九〇七年事發，遇害於紹興軒亭口。詩作風格奔放豪邁，悲歌慷慨，洋溢著戰鬥激情。今有校點本《秋瑾集》。

萬里乘風❶去復來❷，隻身東海挾春雷❸。忍看圖畫❹移顏色❺，肯
使江山付劫灰❻？濁酒不銷憂國淚，救時應仗出群才❼。拼將十萬頭顱

血，須把乾坤❽力挽回。

【注　釋】❶萬里乘風　用《宋書・宗慤傳》典：南朝宋宗慤少時，其叔宗炳問其志向，宗慤回答：「願乘長風，破萬里浪。」❷去復來　秋瑾於一九〇四年四月東渡日本，次年春回國，到六月再赴日本，年底歸。❸春雷　喻革命真理。❹圖畫　指地圖。❺移顏色　換了顏色，指國土被列強瓜分去。❻劫灰　劫後餘灰，佛教語。比喻國土被敵人焚燒留下的遺跡。❼救時應仗出群才　化用杜甫〈諸將〉「安危須仗出群才」句。❽乾坤　天地。此指國家危亡的形勢。

【語　譯】我乘風破浪，在萬里汪洋上離去又歸來，獨自於東海上挾帶著革命春雷回來了。怎忍心看到國土被列強瓜分掉？又豈肯讓江山被投入劫灰？濁酒消化不了憂國的悲淚，挽救時局要靠出眾的賢才。我們應該拋灑十萬頭顱的熱血，一定要把顛倒的乾坤扭轉回來。

【研　析】首聯開篇大筆如椽，氣勢恢弘，並為全詩定下慷慨激昂的基調。在「萬里」、「東海」的闊大地域中活躍著隻身東渡「去復來」，又「挾春雷」的詩人形象。此形象志向高遠，肩負著傳播革命真理的使命。頷聯首句點出「圖畫」即地圖，並抒發了挽救危亡中的祖國的激情。頷聯兩句皆以反詰的語氣道出不甘國土淪喪、誓死捍衛國土的意志，十分有力。頸聯進而表達挽救國家的見解，有龔自珍「我勸天公重抖擻，不拘一格降人才」之意，關鍵是有大批人才。尾聯總結全詩，抒發以革命手段改天換地的豪情，與其「好將十萬頭顱血，一洗腥膻祖國塵」（〈贈蔣鹿珊先生言志……〉）句同一意蘊，詩句雄豪，一字千鈞，充滿陽剛之氣，詩人的感情亦達到高潮。全詩高昂的思想格調與雄健的詩歌風格完美結合，達到了思想與藝術的高度統一。

寶刀歌

秋瑾

【題解】此詩大約作於一九〇四年東渡日本之前。吳芝瑛〈記秋女俠遺事〉云：「在京師時，攝有舞劍小影。又喜作〈寶刀歌〉、〈劍歌〉等篇，一時和者甚眾。女士原作絕佳，有上下千古，慷慨悲歌之致。」

漢家宮闕斜陽裏❶，五千餘年古國死❷。一睡沉沉數百年，大家不識做奴恥❸。憶昔我祖名軒轅❹，發祥❺根據在昆侖。闢地黃河及長江，大刀霍霍定中原❻。痛哭梅山❼可奈何？帝城荊棘埋銅駝❽。幾番回首京華望，亡國悲歌涕淚多。北上聯軍八國眾，把我江山又贈送❾。白鬼❿西來做警鐘，漢人驚破奴才夢。主人贈我金錯刀⓫，我今得此心雄豪。赤鐵主義⓬當今日，百萬頭顱等一毛。沐日浴月百寶光，輕生七尺⓭何昂藏⓮！誓將死裏求生路，世界和平賴武裝。不觀荊軻作秦客，圖窮匕首見盈尺，殿前一擊雖不中，已奪專制魔王魄⑮！我欲隻手援祖國，奴種流傳遍禹域⑯。心死人人奈爾何？援筆作此〈寶刀歌〉。寶刀之歌壯肝膽，死國靈魂喚起多。寶刀俠骨孰與儔⑰？生平了了⑱舊恩仇⑲。莫嫌尺鐵⑳非英物，救國奇功賴爾收。願從茲以天地為爐、陰陽為炭㉑兮，鐵聚六洲㉒；鑄造出千柄萬柄寶刀兮，澄清神州㉓。上繼我祖黃帝㉔赫赫之威名兮，一洗數千百年國史之奇羞！

【注釋】❶漢家宮闕斜陽裏　從李白〈憶秦娥〉「西風殘照，漢家陵闕」化出，喻漢族政權已覆亡。❷五千餘年古國死　指中國歷史從五帝到清庚子年（西元一九〇〇年）約五千年，現在已滅亡。❸一睡沉沉數百年二句　指人們在清代統治的二百六十年中昏睡，不知做奴隸可恥。❹軒轅　即黃帝，漢族祖先。❺發祥　發祥地，帝王生長之地。❻中原　黃河中下游一帶，指代中國。❼梅山　當指北京煤山，明崇禎帝自縊處。❽帝城荊棘埋銅駝　用《晉書・索靖傳》典：索靖有「先識遠量」，知天下將亂，指洛陽宮門的銅駝道：「會見汝在荊棘中耳。」後以「荊棘銅駝」指亡國後的景象。❾北上聯軍八國眾二句　指一九〇〇年八國聯軍攻入北京，次年簽訂《辛丑條約》，清政府賠白銀四億五千萬兩，又准許列強派兵駐守京山鐵路沿線十二處戰略重地。❿白鬼　指西方列強侵略者。⓫金錯刀　鑲金的寶刀。⓬赤鐵主義　即鐵血主義，此指武力。⓭輕生七尺　由李頎〈古意〉「由來輕七尺」化出，指不怕死的男兒。⓮昂藏　氣宇軒昂。⓯不觀荊軻作秦客四句　用《戰國策・燕策》荊軻刺秦王事。⑯禹域　大禹足跡所至處。指中國。《左傳・襄公四年》：「茫茫禹迹，畫為九州島。」禹跡所至處為九州島即中國。⑰孰與儔　誰可以匹敵。⑱了了　清楚。⑲恩仇　偏義詞，指仇恨。⑳尺鐵　短小兵器。李陵〈答蘇武書〉：「兵盡矢窮，人無尺鐵。」此指寶刀。㉑天地為爐陰陽為炭　賈誼〈鵩鳥賦〉：「且夫天地為爐兮，造化為工；陰陽為炭兮，萬物為銅。」㉒六洲　指世界的六大洲：亞洲、歐洲、非洲、大洋洲、北美洲、南美洲。㉓神州　中國別稱。㉔黃帝　傳說的中國始祖。

【語　譯】漢家的宮殿在斜陽裡倒塌了，五千年古國早已死了。它昏昏沉睡了二百六十多年，大家做清朝的奴隸竟無人懂得羞恥。遙想我們祖先的大名叫做軒轅，發祥之地遠在昆侖的高山，他曾闢出黃河、長江兩大流域，又揮舞著大刀平定了中原。未料崇禎帝在煤山痛哭毫無良策，故都淪陷一片狼籍。我告別京華幾次眷戀地回望，悲吟著亡國之歌痛哭流涕。入侵北京的聯軍有八個國家，清廷又把大好河山奉送給列強。洋鬼子西來給中國敲響了警鐘，也驚破了漢人做百年奴才的美夢。一位主人慷慨地贈我一把金錯寶刀，得到這樣的寶刀怎能不心雄氣豪！當今鐵血主義十分盛行，百萬頭顱就等於一片鴻毛。寶刀沐浴著日月的光芒更加耀眼，男兒佩著寶刀顯得多麼氣宇軒昂。我們要發誓從死裡殺出一條生路，贏得世界和平全靠武裝。君不見當年荊軻以獻圖為名來到秦王面前，地圖打開時一把匕首對準秦王的心窩，他殿前一擊雖未擊中目標，卻已嚇破了專制魔王的魂魄！我想盡個人之力來拯救祖國，因為四望九州島奴才實在太多了。心已死了，面對寶刀又能如何？於是提筆作了這首寶刀之歌。高唱〈寶刀歌〉可壯人的肝膽，還能喚醒許多死國的靈魂。我有寶刀俠骨誰可以來相比，我知道此生該向誰去報仇了。不要嫌棄這把寶刀不是神奇之物，救國的大功要靠它來創造。我盼望從此以天地為爐、以陰陽為炭，把世界六大洲的鋼鐵都聚集在一起；可鑄造出千柄萬柄的寶刀，去清除神州的汙垢。上繼我祖黃帝的赫赫威名，一洗數千數百年國史之奇恥大辱！

【研析】從此詩可看出作者對清王朝腐敗造成中華祖國黑暗沉淪、大好江山被異族鯨吞的危急形勢之憂慮與憤慨，也可以看到作者欲喚醒同胞、以「武裝」挽救民族的高遠志向。全詩長達四十四句，以詩人感情的起伏跌宕、變化發展鋪開，層次甚明。粗線條劃分，前十六句為第一層次，以抒寫悲憤壓抑的感情為主調；中間十二句為第二層次，轉為慷慨雄豪；後十六句為第三層次，升為激情澎湃，洋溢著浪漫主義精神。此詩為七言歌行體，但雜以四言、十二言長短句，又四句一轉韻，句式與韻腳全隨作者感情發展而變化。詩以寶刀為中心意象，並支撐起全詩的骨架。「寶刀俠骨」則是全詩的靈魂，是愛國主義精神的象徵。「大刀」是歷史，「金錯刀」是現實，「千柄萬柄寶刀」是理想。詩的總體構成既體現出感情的脈絡，也可看出時間的線索。全詩語言雄麗明快，富有力度，惟此才能起到「喚起」死國靈魂的宣傳鼓動作用。這首詩抒發的愛國感情真摯感人，十分可貴，但其中所表現的狹隘的民族主義與輕視民眾革命覺悟的思想，則是作者的歷史局限。

題張蒼水集（選一）

柳亞子

【題解】明末抗清民族英雄張煌言，字玄著，號蒼水。寧波（今屬浙江）人。著有《張蒼水集》。明亡後，組織義軍抗清，一度率軍到蕪湖，攻下四府、三州、二十四縣，終因鄭成功病故、魯王亦死而復國無望，於康熙三年（西元一六六四年）解散義師，退隱海島，後被捕犧牲，至死不屈。其詩抒發憂國愛民之情，體現出民族的凜然正氣，因此在清代被列為禁書。光緒二十七年（西元一九〇一年）章太炎將其傳抄本整理刊印。光緒三十年柳亞子讀後寫詩四首。此為其一。

【作　者】柳亞子（西元一八八七—一九五八年），初名慰高，字安如，更名人權，字亞盧，再更名棄疾，字亞子。吳江（今屬江蘇）人。初受康、梁影響，後轉向民主主義革命，與陳去病、高天梅等創建我國第一個革命文學團體「南社」。後加入同盟會、光復會。其詩詞感情激越，具有愛國精神。有《摩劍室詩集》等。

北望中原涕淚多，胡塵❶慘淡漢山河。盲風晦雨❷淒其❸夜，起讀先生〈正氣歌〉❹。

【注　釋】❶胡塵　喻清王朝統治。❷盲風晦雨　風雨昏暗。《呂氏春秋・音初》：「天大風晦盲。」❸淒其　悽愴寒冷。《詩・邶・綠衣》：「絺兮綌兮，淒其以風。」❹正氣歌　南宋民族英雄文天祥被元人俘獲後曾在獄中作〈正氣歌〉。此比喻張蒼水的正氣凜然之作。

【語　譯】北望淪陷的中原不禁熱淚滂沱，陰暗的胡塵遮住了漢家的山河。當風雨昏黑夜涼如水的時候，我坐起來捧讀著先生寫的〈正氣歌〉。

【研　析】前兩句寫對清廷民族壓迫的憤恨，後兩句寫欲效仿張蒼水反清的志向。但詩人並未直言，而採取比興象徵手法，如「胡塵慘淡漢山河」象徵異族的民族壓迫；「盲風晦雨淒其夜」，象徵清朝黑暗統治；以文天祥的〈正氣歌〉比喻張蒼水充滿浩然正氣的作品；而「起讀」正是繼承張蒼水抗清精神的表現。這些寫法體現了七絕含蓄蘊藉的特徵，耐人尋味。

二、言志・抒懷

病中

吳偉業

【題解】此詩乃詩人晚年病中所作。

忍死偷生廿載餘❶，而今罪孽❷怎消除？受恩欠債❸須填補，縱比鴻毛也不如❹。

【注釋】❶忍死偷生廿載餘　此言明朝滅亡已二十餘年，自己怕死偷生，未能殉國。❷罪孽　指自己於順治九年（西元一六五二年）應詔至京授秘書院侍講，順治十三年又遷國子監祭酒，背叛故國，是犯罪作孽。❸受恩欠債　作者原是明崇禎進士，官左庶子，弘光朝又任少詹事，故云曾受明朝恩典，如今又因背恩而欠下政治債、民族債。❹縱比鴻毛也不如　喻自己罪孽深重，即使補償所欠之債，其價值亦輕於鴻毛。鴻毛，用司馬遷

〈報任安書〉典：「人固有一死，或重于泰山，或輕于鴻毛。」

【語　譯】我怕死偷生已有二十多年了，而今的罪孽怎麼來消除呢？我受故國之恩，也欠故國的債，須去補償，即使補償了，連鴻毛也不如呵。

【研　析】趙翼《甌北詩話》評「梅村（按：吳偉業號）出處之際，固不無可議，然其顧惜身名，自慚自悔，究是本心不昧」。此詩正是吳偉業「自慚自悔」之「本心」真情的流露。實際上吳偉業自順治十三年遷國子監祭酒後不久即乞歸，但一失足卻成千古恨，時時發出懺悔並付諸筆墨，如「我本淮王舊雞犬，不隨仙去落人間」（〈過淮陰有感〉），即悔恨當年仕清失節；直到臨終前，還哀嘆：「為當年沉吟不斷，草間偷活……竟一錢不值何須說！」（〈賀新郎〉）可見詩人悔恨的思想包袱後半生始終未能卸下，這反映出其本心是「顧惜身名」的。此詩上聯抒寫因失節仕清造成的二十餘年的懺悔、慚愧的心境，真是忍辱偷生，罪孽深重；下聯表達罪孽既已造成而無法彌補，只能自輕自賤的痛苦，堪稱「一字一淚」（楊際昌《國朝詩話》），句句是心裡話，語言平淡而感情真摯感人。

書事（選一）

黃宗羲

【題　解】此詩乃詩人晚年七十四歲時所作，貌似記事寫景詠物，實際是抒情言志，借菊花自喻其堅貞不屈的氣節。

初晴泥路覺盤跚❶，聽徹❷松濤骨亦寒。莫恨西風多凜烈，黃花❸偏奈❹苦中看。

【注釋】❶盤跚 同「蹣跚」。跛行的樣子。❷聽徹 透徹深入地聽。❸黃花 指菊花。❹奈 通「耐」。禁得起。

【語譯】走在雨後的泥路上，覺得步履很蹣跚，聽到松濤貫耳，更感骨頭都生出了寒氣。不要怨恨西風多麼寒冷多麼猛烈，菊花的傲骨偏耐在苦寒中欣賞。

【研析】菊花本來是堅貞氣節的象徵，蘇軾所謂「荷盡已無擎雨蓋，菊殘猶有傲霜枝」（〈贈劉景文〉），鄭思肖所謂「寧可枝頭抱香死，何曾吹落北風中」（〈寒菊〉），皆可為證。詩中寫「松濤寒徹骨」，「西風多凜烈」，乃喻危運厄時，旨在頌揚如迎風傲寒之「黃花」而不改氣節（包括詩人自己在內）的明遺民、仁人志士，採用的是象徵手法。所謂滄海橫流，方顯出英雄本色也。詩前聯側重於「聽」，後聯側重於「看」，以聽覺意象為輔，視覺意象為主，在環境的陪襯中凸顯主體意象「黃花」的精神氣質。

渡黃河

宋琬

【題解】詩人於順治十八年（西元一六六一年）因被誣與山東叛軍首領與七勾結而繫獄，深刻認識了人世之險惡。此詩寫於釋歸之後，即景抒懷。

【作　者】宋琬（西元一六一四－一六七三年），字玉叔，號荔裳，別署二鄉亭主人。萊陽（今屬山東）人。少有雋才，頗著聲譽。順治進士，授戶部主事，任浙江按察使。順治十八年（西元一六六一年），曾受誣繫獄。釋放後復任四川按察使。詩作感時傷事，蒼涼激宕，詩格老成。與施閏章齊名，海內詩家稱之為「南施北宋」。今有校點本《宋琬全集》。

倒瀉銀河事有無？掀天濁浪只須臾❶。人間更有風濤險，翻❷說黃河是畏途❸！

【注　釋】❶須臾　片刻。❷翻　通「反」。反而。❸畏途　艱險可怕的路途。

【語　譯】黃河如銀河般倒瀉，舟楫能安然飛渡嗎？濁浪欲掀翻青天，也只是片刻的功夫。其實人間還有更險惡的風濤，怎麼反而說黃河是可怕的征途呢！

【研　析】宋琬認為詩人處窮困之境，心懷「幽憂」之情，自易「悲歌慷慨」。（〈董門石詩序〉）他晚年遭到人生大挫折，故亦借渡黃河而慷慨悲歌。黃河本是自然界之險途，但無論其「倒瀉銀河」也好，「掀天濁浪」也罷，在詩人眼中，與人生道路之充滿爾虞我詐、相互傾軋相比，都微不足道。故上聯極寫「黃河是畏途」的情境，似銀河倒瀉，濁浪掀天；而下聯卻以「人間更有風濤險」句否定之，從而以反襯的手法表達其對社會人生的認識，十分深刻，含感時傷世之情，發窮愁孤憤之音。詩格老成，筆力勁健，可見其詩風之一個側面。

自題陋軒

吳嘉紀

【題解】詩人自題其居室（在泰州東淘，今江蘇東臺安豐鎮）曰「陋軒」，這首五律即借「陋軒」展開詩意。

風雨不能蔽，誰能愛此廬❶？荒涼人罕到，俯仰❷我為居❸。遣病一籬菊，驅愁數卷書。款扉❹誰問訊？禽鳥識樵漁❺。

【注釋】❶廬　茅廬；小屋。❷俯仰　低頭、抬頭。此指起居，亦誇飾小屋狹窄。❸為居　當做居室。❹款扉　敲門。款，通「叩」。敲。❺樵漁　指樵夫、漁夫。比喻作者隱居身分。

【語譯】亂雨飄風都遮蔽不了，誰能愛這樣簡陋的小屋呢？荒涼的曠野人跡少到，狹窄的小屋就是我的居室。打發病魔有籬邊的菊花，驅散愁雲有枕畔的幾卷書籍。柴門敲響了，是誰來問候呢？是禽鳥來看望我這個村夫。

【研析】詩人家境貧苦，隱居東淘一隅而自號「野人」，性情孤狷而不諧俗，頗類陶淵明。詩前兩聯即寫其「軒」之「陋」：地處僻野，茅廬破漏，居室狹窄，雖不無誇飾，但基本上是寫實。

後兩聯寫陋軒主人之性情。他多愁多病，卻不失其陶淵明式的雅趣，「一籬菊」使人想起陶氏的「採菊東籬下」（〈飲酒〉），「數卷書」使人想起陶氏的「好讀書，不求甚解」（〈五柳先生傳〉）。詩人之孤狷是不與社會黑暗現象同流合汙的表現，他與山禽野鳥相識友善，又並不孤狷，因為牠們是純真可愛的生靈，能給詩人以慰藉。全詩基本上是直攄胸臆，雖不無危苦嚴冷之意，但文字樸素自然，顯示出詩人堅強的個性與高尚的情操。

連遇大風，舟行甚遲，戲為二絕（選一）

汪琬

【題解】作者雖官至戶部主事，但因看遍官場險惡，終辭官返鄉。此詩即作於回蘇州故鄉途中。

【作者】汪琬（西元一六二四—一六九九年），字苕文，號鈍翁，晚居堯峰，因以自號。長洲（今江蘇蘇州）人。順治進士，歷任刑部郎中、戶部主事等職。康熙時舉博學鴻詞，授翰林院編修。古文家，詩學宋人。有《鈍翁類稿》等。

怊悵❶篙師❷色似灰，數重雪浪競歡豗❸。老夫❹別有驚心處，新自
風波宦海❺回。

【注釋】❶怊悵 即惆悵失意的樣子。❷篙師 撐船的老手。❸歡豗 起勁地相撞。❹老夫 作者自稱。❺宦

海 官場。

【語 譯】篙師心情惆悵，臉色鐵灰，重重雪浪起勁地碰撞著。老夫另有心驚膽戰之處，我剛從風高浪猛的宦海返回。

【研 析】詩上聯極力渲染大風中行船的危險：首句通過篙師「色似灰」之一反常態，間接表現風浪之大；次句以誇飾、擬人手法直接描繪江浪拼命相撞之狀。下聯卻筆鋒陡然一轉，寫「宦海」之「風波」更叫作者「驚心」，原來首聯乃是蓄勢，至此才點破題旨，而因為有上聯之陪襯更顯「宦海」風波之可怕。此詩與宋琬之〈渡黃河〉有異曲同工之妙。

感春口號

金 農

【題 解】這是一首春天有感而口吟的七絕。

【作 者】金農（西元一六八七—一七六三年），字壽門，一字司農，號冬心先生、稽留山民、曲江外史、昔耶居士、心出家庵粥飯僧等。錢塘（今浙江杭州）人。性好遊歷，不屑仕進。乾隆元年（西元一七三六年）舉博學鴻詞，不就。晚年寓居揚州，為「揚州八怪」之一。善書畫，亦工詩文。詩格高簡，有奇氣，尤深於比興，寄寓對現實的不滿與孤高耿介之品格。有《冬心先生集》等。

春光門外半驚過，杏靨❶桃緋❷可奈何❸？莫怪撩衣❹懶輕出，滿山荊棘較花多！

【注　釋】❶杏靨　指盛開的杏花。靨，面頰上的笑渦，此比喻杏花。❷桃緋　指紅色桃花。❸可奈何　無可奈何。❹撩衣　掀起衣衫，欲出門的樣子。

【語　譯】驚看門外的春光已流逝了過半，紅豔的桃花杏花無奈地面臨著凋落。莫怪我掀起衣裳卻又不肯出門，因為滿山荊棘的尖刺比花瓣還要多啊！

【研　析】此詩採用比興手法，寓意深刻。詩中自然界之「春光」實為現實社會的象徵。詩人雖生活在「乾隆盛世」，但社會矛盾日趨尖銳，國家已走下坡路，此即是上聯景象之內涵。詩人於乾隆初以布衣被薦參加博學鴻詞試，但報罷，懷才不遇使他對社會的黑暗險惡有了切身體驗，因此下聯「滿山荊棘」亦自有其政治內容，而其從此不屑仕進，就是「懶輕出」的形象說法了。金農詩格高簡，深於比興，有奇氣，此詩堪為範例。

自嘲

袁　枚

【題　解】此詩作於作者辭官隱居隨園後，時四十六歲。詩以自我嘲笑的手法抒寫性情。

【作　者】袁枚（西元一七一六－一七九八年），字子才，號簡齋，因居南京小倉山隨園，世稱隨園先生，並自號倉山叟、隨園老人等。祖籍慈溪（今屬浙江），錢塘（今浙江杭州）人。乾隆四年（西元一七三九年）進士，改庶吉士，入翰林院。後外放於江蘇溧水、沭陽、江寧諸地任縣令。乾隆十三年辭官隱居隨園。論詩標舉性靈說，與沈德潛格調說、翁方綱肌理說相抗衡，影響甚大，並形成性靈派。袁枚乃乾隆詩壇之盟主。其詩抒寫真情實感，構思新穎，形象生動靈活，以白描為主，語言自然通俗。著有《小倉山房詩文集》、《隨園詩話》、《子不語》等十種。今有校點本《袁枚全集》。

小眠齋❶裏苦吟身❷，才過中年❸老亦新。偶戀雲山❹忘故土❺，竟同猿鳥結芳鄰。有官不仕偏尋樂，無子為名又買春❻。自笑匡時❼好才調❽，被天強派作詩人！

【注釋】❶小眠齋　南京小倉山隨園的書齋。❷苦吟身　指刻苦作詩的詩人身分。❸才過中年　時詩人四十六歲，謂剛過中年。❹雲山　歸隱處，指隨園。❺故土　指杭州。❻買春　原稱買酒。此指納妾。按：袁枚因妻子王氏不育，為得子，已先後娶了陶姬、方聰娘、陸姬為妾。❼匡時　挽救艱危的時勢。《後漢書・荀淑傳傳論》：「陵夷則濡跡以匡時。」❽才調　才情。李商隱〈賈生〉：「賈生才調更無倫。」

【語譯】我是小眠齋裡苦吟的詩人，剛過中年，開始衰老但還算年輕。偶爾戀上雲山就忘記了故土，竟然同猿鳥結成了芳鄰。有烏紗帽不戴偏去尋快活，以無兒子為名又要納佳人。自笑本有救危濟時的好才情，卻被老天強行派定做了詩人！

【研　析】此詩名為〈自嘲〉，稱「自笑匡時好才調，被天強派作詩人」，似乎不甘心於自己今日之隱居處境與詩人身分，其實所謂「苦吟身」，所謂「竟同猿鳥結芳鄰」云云，全是戲謔之言。事實是儘管他起初亦被人譽為「大好官」，但終苦於為官而隱居隨園，乃依戀雲山猿鳥，又以「苦吟」為業，這些都是詩人心甘情願的；其悠哉游哉於小倉山，十分瀟灑愜意。因此他的「自嘲」，實為擺噱頭，這正反映了詩人詼諧的個性。全詩語言幽默，所言皆反話，獨具性靈。

子才子歌示莊念農

袁　枚

【題　解】這是袁枚於乾隆二十四年（西元一七五九年），寫給朋友莊念農的長詩。莊念農為武進（今江蘇常州）人，官至太守。與袁枚過從較密，曾同遊棲霞山。

子才子❶，頎❷而長，夢束❸筆萬枝，為桴❹浮大江。從此文思日汪洋❺。十二舉茂才❻，二十試明光❼，廿三登鄉薦❽，廿四貢玉堂❾。爾時❿意氣凌八表⓫，海水未許人窺量⓬。自期必管、樂⓭，致主必堯、湯⓮。強學佉盧字⓯，誤書靈寶章⓰，改官江南⓱學趨蹌⓲。一部〈循吏傳〉⓳，甘苦能親嘗。而今野老⑳淚簌簌，頗道我比他人強。投幘㉑大笑，善刀而藏㉒；歌〈招隱〉㉓，唱「迷陽」㉔；此中有深意㉕，曉人㉖難具詳。天為安排看花處，清涼山㉗色連小倉㉘。一住一十有一年，蕭然忘故鄉。不嗜音㉙，不舉觴，不覽佛書，不求仙方㉚，不知《青烏經》㉛幾卷，不知樗蒱齒㉜幾行。此外風花水竹無不好，搜羅雞碑㉝雀籙㉞盈東箱㉟。牽鄂君㊱衣，聘邯鄲倡㊲；長劍陸離㊳，古玉丁當。藏書三萬卷，卷卷加丹黃㊴。栽花一千枝，枝枝有色香。六經㊵雖讀不全信，勘斷㊶姬、孔㊷追微茫。眼光到處筆舌奮㊸，書中㊹鬼泣鬼舞三千場。北九邊㊺，南三湘㊻，向、禽五嶽游㊼，賈生萬言書㊽，平生耿耿㊾羅心腸。一笑不中用，兩鬢含輕霜，不如自家娛樂敲宮商㊿。駢文追六朝(51)，散文絕三唐(52)。不甚喜宋人，雙眸不盼兩廡(53)旁，惟有歌詩偶取將(54)。或吹玉女簫(55)，綿麗聲悠揚；或拔九霞帔(56)，白雲(57)道士裝。或提三軍行古塞，碧天秋老吹甘涼；或拔鯨牙(58)敲龍角(59)，齒牙閃爍流電光。發言要教玉皇(60)笑，搖筆能使風雷忙。出世天馬[61]來西極[62]，入山麒麟下大荒。生如此人不傳後[63]，定知此意非穹蒼。就使仲尼[64]來東魯[65]，大禹[66]出西羌[67]，必不呼子才子為今之狂。既自歌，還自贈[68]，終不知千秋萬世後，與李、杜、韓、蘇誰頡頏[69]？大書一紙問蒙莊[70]！

【注釋】❶子才子　袁枚自稱。子才，袁枚字。子，古代對男子的美稱。❷頎　身長貌。❸束　捆紮。❹桴　小筏子。❺汪洋　形容文思深廣，為文有氣勢。柳宗元〈宣城縣開國伯柳公行狀〉：「凡為文，去藻飾之華靡，汪洋自肆，以適己為用。」❻茂才　秀才。後漢時為避光武帝劉秀名諱，改秀才稱茂才。❼二十試明光　謂二十歲於京師保和殿參加博學鴻詞試。明光，漢代宮殿名，借指保和殿。❽廿三登鄉薦　謂二十三歲參加順天鄉試，中舉人。❾廿四貢玉堂　謂二十四歲殿試賜出身為進士。貢，薦舉。玉堂，漢代宮殿名，借指京師殿試之所保和殿。❿爾時　那時。⓫凌八表　超越八方以外。⓬窺量　窺探、測量。⓭管樂　春秋時齊國名相管仲、戰國時燕國名將樂毅。⓮致主必堯湯　謂使國君務必成為唐堯、成湯一樣的明主。唐堯，傳說中的聖主；成湯，商朝建立者。⓯佉盧字　古印度文，此借指滿文。⓰誤書靈寶章　謂滿文考試不及格。靈寶章，喻滿文文章。⓱改官江南　指作者於乾隆七年（西元一七四二年）由翰林院外放為江南溧水等地知縣。⓲學趨蹌　即學步，比喻學做地方官。⓳循吏傳　《史記》有〈循吏列傳〉。循吏，謂遵理守法的官吏。⓴野老　鄉野老人。㉑投幘　丟掉頭巾，喻辭官。㉒善刀而藏　《莊子．養生主》：「善刀而藏之。」善，擦拭。此句亦喻辭官。㉓歌招隱　吟唱〈招隱〉詩，即抒發歸隱之意。〈招隱〉詩為西晉陸機所作。㉔迷陽　指世路艱難。《莊子．人間世》：「迷陽迷陽，無傷吾行。」迷陽本為一種可刺傷人的棘刺。㉕此中有深意　化用陶潛〈飲酒二十首〉「此中有真意」之句。㉖曉人　對人講明道理。㉗清涼山　一名石頭山，在南京城西。㉘小倉　小倉山，清涼山的支脈。袁枚隨園所在地。㉙不嗜音　不喜唱曲。㉚仙方　道家所謂長生不老的藥方。㉛青烏經　一名《葬經》，相傳漢代長於相地風水之術的青烏子所著。㉜樗蒱齒　古代賭博用的博具骰子。㉝雞碑　用晉人戴逵事，戴逵幼時，以雞蛋汁溲白瓦屑，作鄭玄碑而自鐫之。此指罕見的古董。㉞雀籙　即雀錄，赤爵（雀）所銜丹書，典出《尚書》。此指天書。㉟東箱　猶東廂，正房東邊的房子，其形似箱篋故稱。㊱鄂君　名子晳，楚王母弟，貌美，後世作美男子的通稱。按：袁枚好男色。㊲邯鄲倡　指善歌舞的女藝人。㊳陸離　長貌。《楚辭・九章・涉江》：「帶長鋏之陸離兮。」㊴加丹黃　舊時點校古籍時，點校用朱筆，塗改錯字用雌黃，合稱「丹黃」，謂點校古籍。㊵六經　《詩》、《書》、《禮》、《易》、《春秋》、《樂經》六部儒家經典。《樂經》已佚。㊶勘斷　核對與判斷。㊷姬孔　周公姬旦與孔子。此指代記有其言論的《尚書》與《論語》。㊸筆舌奮　奮筆書寫。筆舌，以紙筆代口舌。㊹書中　謂其筆記小說《子不語》多描寫鬼怪之事。㊺北九邊　指明代所設北方九個軍事重鎮：遼東、宣府、大同、延綏、寧夏、甘肅、薊州、太原、固原。㊻南三湘　南方三湘，有不同說法。其中一說：湘水發源與灕水合流後稱灕湘，中游與瀟水合流後稱瀟湘，下游與蒸水合流後稱蒸湘，總名「三湘」。㊼向禽五嶽游　漢代逸民向平、禽慶遊五嶽。《後漢書・逸民傳》：「向平隱居不仕，與同好北海禽慶俱游五嶽名山，竟不知所終。」㊽賈生萬言書　指西漢賈誼所著政論〈陳政事疏〉、〈過秦論〉等。萬言書，官吏呈送帝王的長篇奏章。㊾耿耿　忠心貌。㊿敲宮商　謂寫詩推敲韻律。宮商，指代五聲宮、商、角、徵、羽。(51)六朝　東吳、東晉、南朝的宋、齊、梁、陳合稱六朝。(52)三唐　初、盛、晚唐，指整個唐代。(53)兩廡　指孔廟的東西兩廊，崇祀先賢之處。(54)取將　取來。韓愈〈調張籍〉：「仙官敕六丁，雷電下取將。」(55)玉女簫　弄玉之簫。據《列仙傳》：「蕭史者，秦穆公時人也。善吹簫，能致孔雀白鶴于庭。穆公有女字弄玉，好之。公遂以女妻焉。日教弄玉作鳳鳴，居數年，吹似鳳聲，鳳凰來止其屋。公為作鳳臺，夫婦止其上不下數年。一旦，皆隨鳳凰飛去。」此對簫的美稱。(56)九霞帔　道士裝的美稱。(57)白雲　白雲觀，道教著名道觀之一，在北京西便門外。此泛指道觀。(58)拔鯨牙喻雄怪有力。韓愈〈調張籍〉：「刺手拔鯨牙。」(59)敲龍角　喻雄怪不凡。韓愈〈送無本師歸范陽〉：「蛟龍弄角牙，造次欲手攬。」(60)玉皇　玉皇大帝，道教中地位最高的神。(61)天馬　漢朝對西域良馬的美稱。(62)西極　指西域。(63)不傳後　沒兒子。按：袁枚六十三歲才得子，此時尚無子。(64)仲尼　孔子字仲尼。(65)東魯　春秋時魯國。(66)大禹　傳說中古代部落聯盟領袖。(67)西羌　指羌族居地，在中國西部。(68)自贈　指以歌勉勵自己。(69)與李杜韓蘇誰頡頏　謂誰與李白、杜甫、韓愈、蘇軾相抗衡。頡頏，原謂鳥飛上飛下貌，後引申為相抗衡。(70)蒙莊　原稱莊周即莊子，春秋宋國蒙人，做過蒙漆園吏。此借指詩題中的朋友莊念農。

【語譯】子才子這個人，身材又瘦又長，夢中曾捆紮了萬枝筆，做成筏子去渡長江，從此後就文思日益恣肆汪洋。十二歲考中秀才，二十歲保和殿裡參加博學鴻詞試，二十三歲名登順天鄉試榜，二十四歲殿試賜進士。當時意氣揚揚超越八方，恰似海水難以測量。他自期為臣必當管、樂式的賢士，事主必是堯、湯般的聖王。翰林院裡勉力學習滿文，但考試譯不出滿文文章，就此被外放到江南學做縣令。早已讀過《史記・循吏列傳》，其中的甘苦都親自品嘗了。至今江南的野老仍熱淚簌簌，誇我這芝麻官要比別人強。我卻掛冠辭官大笑而去，如同把寶刀擦拭後藏進刀鞘裡；高歌著陸機的〈招隱〉詩，吟唱著「荊刺不要把我傷」。我辭官之舉自然有深意，恕我不能說得太具體了。老天給我安排了個賞花處，那裡清涼山翠色映綠小倉山。我一住就是十一年，瀟灑得似乎忘了故鄉。我不好唱曲，我不愛喝酒，我不看佛經，我不求仙方，我不知《青烏經》有幾卷，我不知賭博用的骰子。除此之外風花水竹我都喜歡，還搜來古董玩物裝滿廂房。我牽著鄂君穿的華服，我聘請歌姬來彈唱，我手中的寶劍長又長，我衣上的佩玉丁當響。我藏書足有三萬卷，卷卷我都親筆校改過。我栽的花不下一千株，株株色彩豔麗芳香撲鼻。六經雖讀我不全信，周、孔之論也要考核，來探討其隱秘的意旨。凡是目光所及處我都可以奮筆疾書，我書中鬼哭鬼舞大鬧了三千場。我北到了九邊的重鎮，南到了碧綠的三湘，曾像向、禽一樣遊覽過五嶽，曾似賈誼呈上過萬言奏章，平生忠心耿耿肝腸火熱。自笑忠心無處可用，而兩鬢花白宛似銀霜，不如自我消遣去推敲詩歌韻律。我的駢文可追逐六朝，我的散文可超越三唐。我討厭宋人的頭巾氣，雙眼從不看孔廟東西廊的聖賢，我只是偶然作詩自己欣賞：有的似吹奏弄玉簫，纏綿美妙音韻悠揚；有的似身披九霞帔，瀟灑出塵如道士裝。有的似率領三軍出兵古塞，深秋天碧風也甘涼。有的似力拔鯨牙敲龍角，齒牙閃爍流射出電光。詩成要教玉皇大帝發笑，揮筆能使風雷激盪；如西域的天馬出世，又似入山的麒麟奔向蠻荒。這樣的人卻至今沒有後代，這一定不是老天爺的意思！即使孔子去東魯，即使大禹出西羌，必定不會說子才子是當今的狂人！我既是歌唱自己，也是勉勵自己，還不知千秋萬代之後，誰能與李、杜、韓、蘇共飛翔呢？我大書一紙請問你老莊！

【研　析】此詩實為作者的一篇小傳，更是一篇人生觀的宣言。袁枚嘗云：「作詩，不可以無我。」《隨園詩話》他是一個追求個性解放、蔑視傳統禮法的人。此詩中樹立的就是詩人這樣的自我形象。開篇五句就把自己定位為才氣橫溢的詩人，此乃作者自小的理想，其幼年所謂「立名最小是文章」。接下十五句乃記敘仕途道路，由秀才、舉人、進士，而庶吉士，而外放為縣令，為循吏。再下面十句乃寫辭官歸隱於小倉山隨園。其後五十句乃進入本詩的主體，以議論為詩，表白自己的喜惡，抒發自己狂放的個性：他不僅「不嗜音，不舉觴，不覽佛書，不求仙方」，不信風水，不迷賭博，與世俗的風尚不合；更「不全信」六經，嘲笑宋理學，還要「勘斷姬、孔追微茫」，對儒家聖人、經典敢於質疑，乃至一定程度上的否定。他無意於仕進，唯一熱衷的是「敲宮商」，以詩文自娛。真是唯情所適，無所羈勒。最後五句表達自己的雄心壯志，欲與唐宋大家李、杜、韓、蘇相抗衡；並與開篇五句相呼應。全詩可謂心有所想，即筆有所書，獨抒性靈，毫不掩飾。這在當時難免被視為「狂」，論者亦稱此詩「英雄欺人」（李調元《雨村詩話》）。

此詩為雜言歌行體，詩行參差不齊，讀來音韻鏗鏘，覺動人心魄。全詩生氣灌注，勢如長江大河，浩浩蕩蕩，唯此體才能淋漓盡致、慷慨激昂地表現個性，抒發感情。詩後半部分則神思飛越，想像奇特，充分顯示了詩人脫俗的藝術個性與藝術才華。

書懷（選一）

趙翼

【題解】作者於乾隆三十七年（西元一七七二年）因廣州讞獄舊案事受彈劾，降級調用。乃於次年力請辭官，直到乾隆四十五年皆在陽湖（今江蘇常州）家鄉隱居。這首五古詩寫於乾隆四十三年隱居期間。

【作者】趙翼（西元一七二七—一八一四年），字雲崧，一字耘松，號甌北，學者稱甌北先生。陽湖（今江蘇常州）人。乾隆二十六年（西元一七六一年）進士，授翰林院編修。後知廣西鎮安府，擢貴西兵備道，而以廣州讞獄舊案降級，遂乞養不復出。他是史學家，亦是詩人，與袁枚、蔣士銓同為乾隆三大家。詩作開朗暢達，長於議論。論詩詩甚出色。今有校點本《甌北集》。

既要作好官，又要作好詩，勢必難兩遂，去官攻文詞。僮僕怨其癖❶，親友笑其痴❷。且勿怨與笑，吾自有主持❸：一枝生花筆❹，滿懷鏤雪思❺；以此混塵事，寧❻不枉❼用之？何如擁萬卷，日與古人期❽？好官自有人，豈必某在斯❾！

【注　釋】❶癖　怪癖。❷痴　痴傻。❸主持　主張；想法。❹生花筆　王仁裕《開元天寶遺事》：「李太白少時，夢所用之筆頭上生花，後天才贍逸，名聞天下。」後以生花妙筆喻傑出的才思與寫作才能。❺鏤雪思　喻精巧的構思想像。❻寧　豈。❼枉　白白地。❽期　約會。❾斯　指官位。

【語　譯】我既要做好官，又要作好詩，二者勢必不能都如願，乾脆棄官去專攻詩詞。僮僕埋怨我有怪癖，親友譏笑我太痴傻。請不要埋怨與譏笑，我有自己的主張：我有一枝生花的妙筆，亦有滿懷精巧的構思；如果憑藉這些混跡塵事，豈不白白地浪費了我的才力？哪裡比得上坐擁著萬卷圖書，天天與古人相會呢？好官原本有人去做，何必我再去占這個位置！

【研　析】全詩以「作官」與「作詩」的矛盾開篇，在兩相對立的關係中突出願「作詩」而不願做官的主旨，然後圍繞「作詩」展開構思：既從反面寫「作詩」的不合時宜，不合塵事，被人視為「癖」與「痴」，以襯托自己不改其志；又從正面寫自己的才情，所謂「一枝生花筆，滿懷鏤雪思」，以及對混跡塵事的厭惡、浪費才情的可惜，而更堅定了不做官之志；還有對坐擁書城讀詩書的嚮往；從而塑造了一個樂於退隱的抒情主人的形象。全詩語言樸素，多用口語，類似袁枚通俗易懂的性靈詩，但亦不乏九、十句那樣的典雅之致。

偶成（選一）

洪亮吉

【題解】此詩當為作者於嘉慶五年由新疆伊犁赦歸後隱居家鄉陽湖（今江蘇常州）時所作。

【作者】洪亮吉（西元一七四六－一八〇九年），字稚存，一字君直，號北江，晚年自號更生居士。陽湖（今江蘇常州）人。乾隆五十五年（西元一七九〇年）進士，授編修。嘉慶四年（西元一七九九年）因上書指斥時政，獲罪發配新疆伊犁，次年赦歸。此後埋首著述。少與黃景仁齊名，號「洪黃」。詩文有奇氣。今有校點本《洪亮吉集》。

哀樂❶中年詎可支❷？未衰恐已鬢添絲。遭讒❸真悔知名早，投隙❹
方嫌見性遲❺。乍識面人❻偏入夢，不關心事忽沉思。平生學行吾能審，
豈待悠悠論定❼時！

【注釋】❶哀樂　偏指悲哀。❷詎可支　怎可支撐、支持。❸遭讒　當指嘉慶四年抗顏直諫，被彈劾而發配新疆伊犁之遭遇。❹投隙　迎合時機。《列子・說符》：「投隙抵時，應事無方，屬乎智。」❺見性遲　謂認識

「投隙」的道理太遲了。此反語。❻面人　指無直接關係的百姓。❼悠悠論定　指死後的蓋棺論定。

【語　譯】人到中年哀樂交集，怎可支持？我雖未衰老，恐怕雙鬢已添了白髮絲。遭人讒害才真正悔恨早得了忠良的名聲，發配到邊塞才嫌自己認識迎合時宜的道理太遲了。非親非故的，百姓的疾苦偏入了夢境，與己無關的國家大事忽又深思起來。平生的作為早有了明確的審視，豈能待死後才聽他人來評定！

【研　析】這首七律是作者對自己前半生人生歷程所作的深刻反思。雖然信而見疑，忠而被謗，備受挫折，但詩人「雖九死其猶未悔」，憂國憂民的人生態度始終不渝；即使投閒置散，隱居在家，仍時時關心社稷黎民。詩首聯就勾勒出自己中年的衰老形象與悲哀的心境。由於詩人心情憤懣，加之顧忌文字獄，不便明言，因此詩中頷聯與頸聯都採用了反語，所謂「真悔」、「方嫌」，所謂「不關心事」，都不可當真，唯此感慨更顯深沉。而尾聯則正面表白對自己的平生作為的肯定，牽掛社稷安危的情懷不變。這說明前所謂的「真悔」、「方嫌」等都是假話。此詩以議論為主，除了第二句都缺乏形象性，但議論中飽含人生感慨，似乎仍可見到詩人的形象與神情，所以讀來不覺枯燥，反耐人品味。

少年行

黃景仁

【題　解】此詩為詩人早年之作，借樂府舊題〈少年行〉抒寫其少年豪情，充滿陽剛之氣，與中年飽嘗人生百味後的「如咽露秋蟲，舞風病鶴」（洪亮吉《北江詩話》）之作風格迥異。

【作　者】黃景仁（西元一七四九—一七八三年），字仲則，一字漢鏞，小名高生，自號鹿菲子。武進（今屬江蘇常州）人。四歲喪父，少孤家貧。早年曾入安徽學政朱筠幕。乾隆南巡召試，列二等，後加捐縣丞，因逃債抱病赴陝西巡撫畢沅處，竟歿於山西運城。一生坎坷，又多愁善感，故詩多憤世傷感之音。詩廣採博取，自成風格。今有校點本《兩當軒集》。

男兒作健❶向沙場❷，自愛登臺不望鄉。太白❸高高天尺五❹，寶刀明月共輝光。

【注　釋】❶作健　振作強健之氣。樂府〈企喻歌〉：「男兒欲作健。」❷沙場　戰場。王翰〈涼州曲〉：「醉臥沙場君莫笑。」❸太白　山名，在陝西郿縣東南。❹天尺五　離天一尺五，極寫山之高。《三秦記》：「城南韋杜，去天尺五。」

【語　譯】男兒應該振作起強健之氣奔向戰場，喜歡登上烽火臺，卻不遙望故鄉。太白山矗入了雲霄，離天很近，寶刀輝映著明月，閃射出寒光。

【研　析】早年，詩人「少年不識愁滋味」，血氣方剛，對未來充滿憧憬。他筆下的男兒的情懷就是自己的理想，渴望於沙場上一刀一槍建功立業，為此不戀家鄉，無兒女情長。前兩句是議論。後兩句則是大膽想像的描寫：少年站在太白山之巔，手執寶刀與明月輝映，塑造出一個英武男兒的形象。這形象正是詩人情懷的具象化，充滿奮發上進的豪情，故洪亮吉稱後兩句真「豪語也」《北江詩話》。洪氏又曾說黃景仁「平生于功名不甚置念，獨恨其詩無幽并豪士氣」（〈縣丞黃君行狀〉），此指其中年以後。洪氏若看到黃氏早年的此詩，當不會稱其無意「功名」，也不會為其「無幽并豪士氣」而遺憾矣。

癸巳除夕偶成

黃景仁

【題　解】此詩抒寫乾隆癸巳三十八年（西元一七七三年）除夕所見所感。

千家笑語漏❶遲遲❷，憂患潛❸從物外❹知。悄立市橋人不識，一星❺如月看多時。

【注　釋】❶漏　指古代定時器漏壺滴水聲。❷遲遲　緩慢。❸潛　暗地。❹物外　指眼前世俗景象之外處。❺一星　當指金星，即啟明星。

【語　譯】深夜時聽到了家家笑語飛騰，但我卻暗暗地感知到世外的憂患。我悄悄立在橋上，無人認識，久久地望著如月的金星陷入了沉思。

【研　析】除夕夜「千家笑語」，守歲迎春，乃是喜慶之日。但惟有詩人悄立市橋，仰望金星，覺憂思滿懷，無法排解。詩人此年曾遍遊廬州、泗州、徽州、杭州等地，看到「盛世」之瘡痍，此乃除夕眼前歡樂之外的普遍現實，亦是詩人所「知」「憂患」也。詩人本身近年來屢試不中，仕途多舛，且身體羸弱，有不久人世之感，此亦其所感「憂患」也。但此憂無人能理解，何況人們正忙著歡度除夕夜呢！詩人只有遠離「千家笑語」，「悄立市橋」，因為橋上金星或許可以作為傾訴的對象，它畢竟高懸天宇，廣知人間哀樂。此乃無奈之想，可見其內心之苦悶。上聯以「千家笑語」反襯自己的「憂患」之思，於眾人歡樂昇平之際，唯獨詩人感受到「憂患」，頗有「眾人皆醉我獨醒」之意，表明詩人對世事的關心，以及憂患意識之強。下聯描寫自己悄立市橋看星的平和畫面，實際其內心正翻滾著痛楚的波濤，所以有「此時無聲勝有聲」之致。吳蘭修評黃詩「其詞激楚，如猿啼鶴唳」（《黃仲則小傳》），此詩風格似之。

雜感

黃景仁

【題解】此詩為作者二十歲左右所作，抒寫其懷才不遇、功業無成的悲慨之情，以及要以詩來宣洩不平之氣的執著態度。

仙佛❶茫茫兩未成，只知獨夜不平鳴。風蓬❷飄盡悲歌氣，泥絮❸沾來薄倖❹名。十有九人堪白眼❺，百無一用是書生。莫因詩卷愁成讖❻，春鳥秋蟲自作聲❼。

【注　釋】❶仙佛　修仙成佛。此憤激語，實指建功立業。❷風蓬　風中蓬草，喻飄零的身世。❸泥絮　沾泥的柳絮。釋參寥詩：「我心已作沾泥絮，不逐東風上下狂。」❹薄倖　原指薄情負心。杜牧〈遣懷〉：「七年一覺揚州夢，贏得青樓薄倖名。」此指改變原來的壯懷。❺白眼　露出眼白，示鄙薄之意。典出《晉書・阮籍傳》：「籍又能為青白眼。見禮俗之士，以白眼對之。」❻讖　指詩讖，即詩中某些話含有惡兆。本詩末作者自注：「或戒以吟苦非福，謝謝而已。」❼春鳥秋蟲自作聲　用韓愈〈送孟東野序〉語：「是故以鳥鳴春，以雷鳴夏，以蟲啍秋，以風鳴冬。」

【語　譯】我成不了仙也成不了佛，只知在深夜獨嘯，發洩不平。我的身世如風中的蓬草，飄盡了慷慨之氣。我的壯懷似柳絮沾泥，換來了頹喪之名。人世十有九人，應該用白眼去看他，生活裡百無一用的正是我輩書生。不要怕詩卷的愁苦之音預兆著不幸，如同春鳥秋蟲，心有不平自然要啼鳴。

【研　析】韓愈說：「大凡物不得其平則鳴。」（〈送孟東野序〉）可以包括黃景仁〈雜感〉這類詩。首聯「不平鳴」三字即揭示出全詩主旨。頷聯、頸聯展示「不平」的內涵：前者寫詩人自身遭際坎坷，仕途不順，採用生動貼切的比喻，如風中蓬草，沾泥柳絮，是虛寫，啟人想像；後者轉寫社會的醜惡與不公，士子備遭歧視，懷才不遇，是實寫，但採用正反語結合的修辭，「十有九人堪白眼」，是正話，所寫是事實，而所謂「百無一用是書生」實乃反語，其正話是書生不為社會所用，從而極力表現了內心的不平之氣。尾聯則寫其「鳴」，因為「不平」鬱積於心，則不能不發洩之，哪怕愁苦之音會成為不幸的預兆，也要像春鳥秋蟲一樣地大膽發出自己的聲音，如屈原所謂「發憤以抒情」（《九章・惜誦》）也。人評黃詩如「哀猿之叫月，獨雁之啼霜」（王昶《湖海詩傳》），指其淒苦的風格，但此詩不僅淒苦，還有其內在力度，即不平則鳴、與現實抗爭的精神。

醉後口占

張問陶

【題　解】此詩作於乾隆五十五年。是年詩人考中進士，醉酒後口吟此七絕。

【作　者】張問陶（西元一七六四－一八一四年），字仲冶，號船山。遂寧（今屬四川）人。乾隆五十五年（西元一七九〇年）進士，改翰林院庶吉士，授檢討。後官吏部郎中、山東萊州知府。晚年辭官遨遊吳越，卒於蘇州。論詩主性靈，與袁枚相互推崇，詩作富於生氣，空靈清真。今有校點本《船山詩草》。

錦衣玉帶❶雪中眠，醉後詩魂❷欲上天。十二萬年❸無此樂，大呼前輩李青蓮❹！

【注　釋】❶錦衣玉帶　形容官服，時作者已為官。❷詩魂　實指詩情。❸十二萬年　佛教傳說，彌勒佛住世有六萬年，入滅圓寂後正法亦有六萬年，總共十二萬年。此極言時間長久。❹李青蓮　唐代大詩人李白，號青蓮居士，故亦稱李青蓮。李白善飲能詩，所謂「斗酒詩百篇」。

【語　譯】我一身錦衣玉帶，照樣在雪中酣睡，大醉以後似仙，詩魂欲飛上九天。千萬年來無人有如此痛快，惟有李太白可以大聲呼來與我碰杯！

【研　析】上聯首句「錦衣玉帶」之裝束，點明自己已經步入仕途，而「雪中眠」則表明其伉爽之性格未改。他依然飲酒作詩，無所羈勒，「雪中眠」之醉態與「錦衣玉帶」之身分適成鮮明對照，不無喜劇效果。次句則表現其「斗酒詩百篇」的豪氣，要借醉使「詩魂」飛上九天，任意遨遊，正如其所謂「絕口不談官裏事，頭銜重整舊詩狂」（〈三月四日去郡口占〉），其本色還是詩人。下聯尾句「大呼前輩李青蓮」，一「呼」字更凸顯出作者狂放的氣概，詩人為官而仍不失其淳真本性，難能可貴，而且其瀟灑飄逸之狀，亦大有李青蓮之風，彷彿李太白再世。此詩語言淺顯，蘊含著一股氣勢，可稱直抒性靈之什。

甬江夜泊

阮　元

【題　解】甬江指浙江東北部流經寧波境內的一段江，在鎮海入海。詩人夜泊甬江，正逢急風暴雨，由此產生感嘆與聯想而作此五律。

【作　者】阮元（西元一七六四—一八四九年），字伯元，號芸臺。儀徵（今屬江蘇）人。乾隆進士，官湖廣、兩廣、雲貴總督，體仁閣大學士，加太傅，諡文達。提倡學術，曾校刊《十三經注疏》。有《研經室集》、《廣陵詩事》、《小滄浪筆談》等。今有校點本《研經室集》。

風雨暮瀟瀟❶，荒江正起潮。遠帆連海氣，短燭接寒宵。人靜怯聞角❷，衣輕欲試貂❸。遙憐荷戈者❹，孤島夜蕭寥❺。

【注釋】❶瀟瀟　風急雨驟貌。❷角　號角。❸貂　貂皮衣。❹荷戈者　指士兵。❺蕭寥　淒涼寂靜。

【語譯】黃昏時分忽然風雨急驟，荒寂的甬江正掀起洶湧的潮水。遠帆連接著海水的氣息，短燭在寒宵裡燃燒。夜深人靜，最怕聽見淒厲的號角，衫單氣寒，很想穿上貂皮的衣襖。遙念在風雨的海島上執戈的戰士，那裡的長夜一定非常寂靜淒涼。

【研析】此詩前兩聯重在客觀景物的描繪，選取風雨、江潮、遠帆、短燭等意象，既寫天空，又寫江面，既寫遠方，又寫近處，以全方位的空間構成了荒寒淒清的夜雨意境，奠定了後兩聯抒懷的基礎。後兩聯重在寫主觀感受，頸聯寫個人於清寒寂靜之夜的冷暖安危情狀，尾聯則由此生發出對海口外守島戰士疾苦的同情、關切，詩意因此而得以昇華，詩人的胸襟顯得寬闊，詩的感染力亦為之加強。詩以情景始，又以情景終，始為眼前的實景，終為想像的虛景，實虛結合，意境顯得深遠闊大，畫面感也甚強。

空谷（選一）

舒位

【題解】舒位自乾隆五十三年（西元一七八八年）中舉之後，卻屢試進士不第，加之家境貧困，因此寫下〈空谷〉這類詩作。

【作者】舒位（西元一七六五—一八一六年），字立人，號鐵雲，小字犀禪。直隸大興（今屬北京）人。乾隆五十三年舉人，屢試進士不第。舒位博學多聞，尤工於詩，才氣俊逸，人稱「詩豪」。與王曇、孫原湘並稱「三君」。論詩性情、學問並重。今有校點本《瓶水齋詩集》。

空谷佳人❶絕世姿❷，鳩媒❸一去苦相思。天寒修竹娟娟靜❹，翠袖
蒼茫獨立❺時。

【注釋】❶空谷佳人　用杜甫〈佳人〉「絕代有佳人，幽居在空谷」意。❷絕世姿　形容女子美貌絕倫。❸鳩媒　媒人。〈離騷〉：「吾令鳩為媒兮，鳩告余以不好。」❹天寒修竹娟娟靜　用杜甫〈佳人〉「天寒翠袖薄，日暮依修竹」之意。娟娟靜，形容修竹嫻靜美好的樣子。❺獨立　化用漢樂府〈李延年歌〉「北方有佳人，遺世而獨立」之意，寫佳人孤高的品性。

【語譯】幽居空谷的佳人美貌絕倫，可惜無人作媒只能苦思著戀情。天寒的時節，修竹十分嫻靜，

蒼茫的暮色裡美人孤獨地倚靠著修竹。

【研析】此詩用「香草美人」的比興手法，表現詩人懷才不遇的苦悶。詩以「佳人」、「修竹」自喻，而修竹之娟靜，佳人之絕世姿，則喻作者高潔的品性與才學，作者不無孤芳自賞之意。但佳人卻「蒼茫獨立」，不為「鴆媒」所賞識，其憤懣之意均在不言中。舒位論詩既主「真性情」，又重「根柢學問」。《順天府志・人物志十二》此詩堪為例證。所寫「佳人」即博取〈離騷〉、〈李延年歌〉、杜甫〈佳人〉之詞意而鎔鑄之，亦寄寓了作者的真性情。詩風典雅俊逸，又耐人尋繹。

赴戍登程口占示家人

林則徐

【題解】鴉片戰爭後，作者以兩廣總督之職，在廣東嚴密設防，使英軍無法入侵。但卻受誣陷而被革職，一八四二年又發配新疆伊犁。此詩為作者在西安登程奔赴新疆，與家人分別時的口吟之作。

力微任重久神疲，再竭❶衰庸❷定不支❸。苟利國家生死以❹，豈因禍福避趨之❺？謫居❻正是君❼恩厚，養拙❽剛于戍卒宜。戲與山妻❾談故事❿，試吟斷送老頭皮⓫。

【注　釋】❶竭　負載。❷衰庸　衰弱無能。❸不支　承受不住。❹生死以　《左傳・昭公四年》：「鄭子產作丘賦，國人謗之……子產曰：『何害？苟利社稷，死生以之。』」意謂如果是對國家有利的事，不論生死都應去做。❺避趨之　即避禍趨福。❻謫居　指遣戍伊犁。❼君　指道光皇帝。❽養拙　守拙，原指退隱閒居。潘岳〈閒居賦〉：「終優游以養拙。」此指充軍。❾山妻　山村隱士之妻，指作者之妻。❿故事　舊事。⓫試吟斷送老頭皮　作者自注：「宋真宗聞隱者楊朴能詩，召對，問：『從來有人作詩送卿否？』對曰：『臣妻有一首云：更休落魄耽酒杯，且莫猖狂愛吟詩。今日捉將官裏去，這回斷送老頭皮。』上大笑，放還山。東坡赴詔獄，妻子送出門，皆哭，坡顧謂曰：『子獨不能如楊處士妻作一首詩送我乎？』妻子失笑，坡乃出。」此句用蘇軾《志林》典，鼓勵妻子學習楊朴妻，臨別不要悲傷。

【語　譯】我長久以來責任重大，力微神衰太疲憊了，如果再背重物，衰弱的身軀定然難以支持。但是，如果能利國利家無論生死都應該去做，怎能夠避害而趨利呢？我流放邊塞正意味著君恩深厚，閒居在伊犁成為戍卒亦很適宜。臨別時與妻子戲談楊朴妻舊日的事情，請嘗試著吟誦一首「斷送老頭皮」詩來鼓勵我吧。

【研　析】作為一個光明磊落的政治家，林則徐心繫國家安危，而不計較個人的榮辱浮沉，面對人生挫折，亦能泰然處之。即使發配新疆這苦寒之地，亦以「利國家」為人生準則，並無怨尤之氣。這或許有愚忠之嫌，但亦顯示出林則徐達觀的情懷。首聯寫自己長年為國事操勞而神疲力衰的現狀，感情似乎有些頹廢感傷，顯得壓抑。但頷聯又表示雖衰憊，仍寧願為國家利益而生死不計，而趨禍避利，感情又轉為高昂，完全顛覆了首句的感情。此乃以抑襯揚也。頸聯進而對貶謫的處境進行自我安慰，對國君的懲處毫無怨言，對戍邊也甘之如飴，真是忠心耿耿，心胸廣闊。尾聯更引用蘇東坡所用楊朴典故，勸慰妻子，以詼諧幽默之言收束全詩。全篇以議論為詩，語言樸素，感情平和，形象性略差，有宋詩風味，但統觀全篇，又分明站立著一個寵辱皆忘、趨禍避福的政治家形象。

夢中作四截句（選一）

龔自珍

【題解】此詩作於道光十七年（西元一八二七年），時作者三十六歲，原題注：「七月十三夜也。」詩寫夢中所見奇妙景象，寄寓作者奮進不已的豪壯情懷。

黃金❶華髮❷兩飄蕭❸，六九童心❹尚未消。叱❺起海紅簾❻底月，四廂花影怒于潮❼。

【注釋】❶黃金　比喻理想。❷華髮　白髮。❸飄蕭　風吹動的樣子。此有零落意。❹六九童心　指少年時純真進取之心。六九，六到九歲，或謂一十五歲。❺叱　呼喝。❻海紅簾　海紅柑色的窗簾。❼四廂花影怒于潮　化用清人孫星衍妻王玉瑛「四山花影下如潮」之句。四廂，房屋四處。

【語譯】理想已渺茫，頭髮亦變得花白稀疏了，但是童心還沒消失。我一聲吶喊，托起了海紅簾下的明月，月光映照著四廂，搖曳的花影好似翻動的怒潮。

【研　析】此詩寫得「璀璨瑰麗」，「聲情沉烈，惻悱遒上」（程金鳳語），境界之雄奇，令人嘆為觀止。上聯寫雖然華髮飄蕭而功業未成，但進取之心並未消沉。下聯鬱怒情深的境界就是其奮發之志的形象表現。「簾底月」可以「叱起」，是何等氣魄！「花影怒于潮」，又是多麼雄放！王玉瑛「四山花影下如潮」誠然「幽奇惝恍」，「未經人道」（洪亮吉《北江詩話》），但龔氏易「下」為「怒」字，境界、感情已大不同矣。顯然，詩人是不甘心「華髮兩飄蕭」的，他還要以叱月之「童心」，為其政治理想之實現而繼續搏擊。詩充溢著不甘平庸的雄豪之氣，有起痺振懦之力。

己亥雜詩（選二）

龔自珍

【題　解】道光己亥十九年（西元一八三九年），作者辭官南歸，後又北上迎眷屬，往返途中將所見所聞、所感所想，寫成三百十五首雜詩，統名曰《己亥雜詩》。

浩蕩離愁❶白日斜，吟鞭❷東指❸即天涯。落紅❹不是無情物，化作春泥❺更護花❻。

【注　釋】❶浩蕩離愁　廣闊無邊的離別之愁。杜甫〈秦州雜詩〉：「浩蕩及關愁。」❷吟鞭　詩人的馬鞭。辛棄疾〈鷓鴣天〉：「搖斷吟鞭碧玉梢。」❸東指　向東。袁枚〈寄香亭〉：「歸鞭東指日斜曛。」❹落紅落花。此自喻辭官。❺春泥　喻平民百姓。❻花　喻朝廷、國家。

【語　譯】夕陽西斜的時分，我滿腹無邊的離愁縱馬奔馳，馬鞭東指，天的盡頭就是我的家鄉。想到紅花飄落並不是無情之物，一旦化作春泥還要養護紅花。

【研　析】詩人於道光九年（西元一八二九年）即中進士，但十年來浮沉下僚，壯志難酬，乃有辭官之舉。詩中寫他甘為「落紅」，乃至「化作春泥」淪為下層百姓，可見其辭官決心之大。但是辭官不等於沉淪而放棄理想，他亦未真正割斷與朝廷的感情牽連。事實上詩人南歸故鄉仍有進行社會變革的宏願，想以改革挽救國家來報效朝廷。上聯寫歸途所感所見。首句「浩蕩離愁」反映了辭官的心境是痛苦的、無奈的，因為壯志未酬，而白日西斜也可令人聯想到國家的命運，也是日薄西山。次句寫遠望此行目的地家鄉，寓有歸去何為之意。下聯即是表達歸隱後的志向，以有情的「落紅」自喻，抒寫其一片拳拳之心：「化作春泥更護花」。雖然「護花」有其「平生默感玉皇恩」（同題另詩）的愚忠一面，但總的看，他是為社稷百姓而立志的。此詩上聯句寫景，下聯句抒情，景中寓情，情中亦有景，語言淺顯，但由於採用比興手法，詩意蘊藉，仍須思而得之。

九州❶生氣恃風雷❷，萬馬齊喑❸究可哀。我勸天公❹重抖擻❺，不
拘一格❻降人材❼。

【注　釋】❶九州　指中國。古代分中國為九個州。❷恃風雷　喻依靠社會改革的舉措。❸萬馬齊喑　萬馬齊

啞口無聲。蘇軾〈三國贊〉：「萬馬皆瘖。」此喻九州無生氣，人們不敢作聲，不敢有所作為。❹天公　老天爺。此喻最高統治者。❺抖擻　振作精神。❻不拘一格　不限以某種資格。❼降人材　選拔人材。

【語　譯】九州的生氣要依仗風雷的激發，萬馬啞口無聲畢竟是很可哀的。我勸天公要重新抖擻起精神，不拘一格地選拔棟梁之材！

【研　析】作者於此詩後的自注云：「過鎮江，見賽玉皇及風神、雷神者，禱詞萬數。道士乞撰青詞。」所謂「青詞」即獻給天神的祝文。詩人乃以此詩代「青詞」，但並非祈禱風調雨順，五穀豐登。他即景抒懷，借題發揮，大聲呼喚社會變革的「風雷」打破九州死氣沉沉的政治局面，並激勵最高統治者重新抖擻精神，不以資格束縛人才，讓各種改造社會、富國強民的「人材」湧現，以開創一個生氣蓬勃的新局面。上聯以「風雷」、「萬馬齊瘖」的比喻，寫出國家衰微亟需改革而眾人卻無所作為的政治形勢，格局甚大，充滿憂患意識。下聯則提出改革的思路，即解決人材問題。因為是「青詞」，所以要向「天公」呼籲，但又不真的是向「天公」呼籲，實際是向天子呼籲，呼籲的內容是「不拘一格降人材」，此為改革的重要途徑，而「不拘一格」道出降人材的關鍵，唯有不拘一格，才能真正激發賢人志士的聰明才智，挽救國家的衰亡。由於是以「青詞」的形式抒寫感情，所以所用比喻皆與祝禱天神相關，十分貼切自然。詩寫得生氣貫注，慷慨昂揚，「情赴乎詞」（程金鳳語），足以令人抖擻奮發。

曉窗

魏源

【題解】這首五絕小詩寫詩人清晨聞窗外雞鳴所引起的聯想與慨嘆。

少聞雞聲眠，老聽雞聲起❶。千古萬代人，消磨數聲裏。

【注釋】❶老聽雞聲起　用《晉書・祖逖傳》「聞雞起舞」之典：「(祖逖)與司空劉琨俱為司州主簿，情好綢繆，共被同寢。中夜聞荒雞鳴，蹴琨覺曰：『此非惡聲也。』因起舞。」

【語譯】少年時半夜聽到雞叫才睡覺，老年時凌晨聽到雞叫即起牀。遙想千秋萬代的賢士、庸人，一生都在雞鳴聲中消磨掉了。

【研析】詩先以「少聞」與「老聽」兩句概括人一生與「雞聲」的密切關係，十分簡潔。後兩句又由對個人的微觀審視，而引申到對社會、歷史的宏觀思考，從而拓寬了小詩的思想視野。「消磨」二字頗耐人深思：虛度固然是消磨雞聲，奮發也是一種「消磨」雞聲，人生苦短，雞聲無多，該如何「消磨」這「數聲」雞聲，是詩人向人們提出的一個值得深思的問題。此詩言近旨遠，以小見大，富有哲理，予人關於人生的啟迪。

感事詩（選一）

李秀成

【題　解】李秀成作為太平天國後期的重要將領，在陳玉成因安慶陷落而犧牲之後，乃獨力肩負起保衛天京的重任。但天京亦岌岌可危，終於陷落，此詩當寫於作者守衛天京期間。此詩所「感」乃天國戰局危險之「事」，因此顯示了作者比較複雜的心態。

【作　者】李秀成（西元一八二三—一八六四年），藤縣（今屬廣西）人。農民出身。全家參加洪秀全組織的拜上帝會，又全家參加太平軍。後成為大將，封忠王。天京失陷後，被清軍俘獲投降，仍遭殺害。

舉觴❶對客且揮毫❷，逐鹿❸中原亦自豪。
湖上月明青箬笠❹，帳中霜冷赫連刀❺。
英雄自古披肝膽❻，志士何嘗惜羽毛❼？
我欲乘風歸去也❽，卿雲❾橫亙❿斗牛⓫高。

【注　釋】❶舉觴　指舉起酒杯。❷揮毫　揮筆題詩。❸逐鹿　比喻爭奪天下。《漢書・蒯通傳》：「秦失其鹿，天下共逐之。」❹箬笠　筍皮製的斗笠。張志和〈漁父〉：「青箬笠，綠蓑衣，斜風細雨不須歸。」❺赫連刀　匈奴赫連氏刀。此為戰刀美稱。❻披肝膽　披肝瀝膽，比喻竭誠效忠。❼羽毛　羽毛使禽獸有文采，故喻人的聲譽。《後漢書·王符傳》：「但虛造聲譽，妄生羽毛。」❽我欲乘風歸去也　借用蘇軾〈水調歌頭〉「我欲乘風歸去」句。❾卿雲　原謂慶雲，祥瑞之氣。此即指雲朵。❿橫亙　橫貫。⓫斗牛　二十八宿中的斗宿和牛宿。

【語譯】面對著來客舉杯又揮筆，馳騁中原爭奪天下氣概很豪邁。我無緣頭戴著斗笠去遊湖賞月，唯有冒著寒氣在營帳裡撫摸著戰刀。英雄自古以來都披肝瀝膽，志士何曾愛惜自己的聲譽？我要乘風回歸仙境去，但是雲朵密佈，斗牛二星也很遙遠。

【研析】此詩的主調似乎是「英雄」、「志士」之豪氣，其實摻雜著幾許悲涼。首聯寫舉觴揮毫的鏡頭，以及逐鹿中原的回顧，似乎皆鬱勃著豪情。而頷聯意象疊加，構成兩幅畫面，含蓄蘊藉，意謂無心去賞湖上明月，而只能於帳中摩挲戰刀，已透露出一絲無奈，與首聯的感情相比發生了變化。頸聯轉為直抒胸臆，更道出了詩的主旨：雖然「匹夫自有興亡責，肯把功名付水流」〈同題另詩〉，但因太平天國形勢危急，前途渺茫，所以表面的豪放掩蓋不住內心的悲涼、失望，作者稱讚歷史上的「英雄」、「志士」，可能意在為自己鼓勁，但並無效果。尾聯「乘風歸去」就暗示了希望激流勇退、退出政治爭鬥的念頭，只是身不由己，卿雲阻隔，欲「歸」不能也。這一思想與天京陷落作者被俘後的投降恐不無關係。作為七律，此詩對偶工整，用典貼切，選韻適當，而且頗具形象性，反映了作者具有較高的詩才。

白龍洞題壁

石達開

【題　解】據詩前小序載：太平天國庚申十年（西元一八六〇年）春，石達開率師活動於慶遠（今廣西宜山一帶），一日政暇登山遊白龍洞，洞內詩列琳琅，韻著風雅，旋見粉牆劉雲青句，頗有斥佛息邪之概，作者甚是嘉賞。於是命人將詩句勒石，以為世迷仙佛者警。作者又與諸員就原韻立賦數章，俱刊諸石，以誌遊覽。

【作　者】石達開（西元一八三一—一八六三年），貴縣（今屬廣東）人。與洪秀全同起事，封翼王。善作戰，多次擊敗曾國藩軍隊。洪、楊內訌後，韋昌輝殺楊秀清後又欲殺石達開，石達開逃走。後韋被誅，石達開又入京，被天王洪秀全猜忌，乃率部入川，在大渡河被川軍擊敗，石達開亦被俘，死於成都。詩豪壯。

挺身登峻嶺，舉目照遙空。毀佛崇天帝❶，移民❷復古風。臨軍稱將勇，玩洞羨詩雄❸。劍氣沖星斗❹，文光射日虹。

【注　釋】❶天帝　上帝。洪秀全等組織「拜上帝會」，崇信上帝而斥佛。❷移民　指移變民風。❸詩雄　指白龍洞牆內所題寫的劉雲青詩句不凡。小序稱「寓意高超，出詞英俊，頗有斥佛息邪之概」。❹劍氣沖星斗　用

《晉書·張華傳》豐城寶劍之精氣上沖斗牛星宿之典，形容寶劍之氣勢。

【語　譯】我挺身登上了峻嶺，目光照透了萬里雲空。要毀滅邪佛而崇仰天帝，要變革民風而恢復古風。曾在軍前稱讚將士的神勇，進入洞內羨慕劉雲青詩的豪雄。手中寶劍的精氣直沖上了星斗，洞內詩句的文采則飛射至長虹。

【研　析】翼王石達開作為太平天國一名傑出的將領，長年征戰，磨煉出一身陽剛之氣，詩如其人，這首七律亦顯示出陽剛之美。首聯破題，暗示登山遊洞，但重在塑造挺立山顛、目極遙空的自我形象。頷聯抒寫由洞內頗有斥佛息邪之概的題詩所激起的情懷，投身革命、改造民風的志向。頸聯以玩洞觀詩與臨軍稱將相比，表現其儒將情懷。尾聯以劍與詩相對照，表明他認識到武器的批判與批判的武器同樣具有改天換地的力量，作者對民眾思想的改造與輿論宣傳和戰鬥作用，評價甚高，又可見其政治家的思想境界。全詩寓意深刻，氣勢雄豪，具有振奮人心的藝術感染力。

對酒

秋　瑾

【題　解】女俠秋瑾一生愛刀，因為如其〈寶刀歌〉所云：「莫嫌尺鐵非英物，救國奇功賴爾收。」寶刀是她革命的武器。光緒三十年（西元一九〇四年）留學日本，即購刀一把。次年回國與好友吳芝瑛相聚，秋瑾拔刀起舞，並吟此詩助興。

不惜千金買寶刀，貂裘換酒❶也堪豪。一腔熱血勤珍重，灑去猶能化碧濤❷。

【注釋】❶貂裘換酒　用貂皮袍換酒喝。李白〈將進酒〉：「五花馬，千金裘，呼兒將出換美酒。」❷碧濤　碧血的波濤。碧血用《莊子・外物》典：「萇弘死于蜀，藏其血，三年而化為碧。」

【語譯】我不惜用千金去購買寶刀，用貂裘換酒也夠雄豪的了。一腔的熱血要常常珍重，一旦噴灑出去還能翻捲起碧濤！

【研析】千金買刀，貂裘換酒，願碧血化為波濤，沖擊清朝統治者王朝，是何等的豪放慷慨，意氣高昂，真乃裙釵不讓鬚眉，與血性男兒無異。秋瑾弟宗章曾說：「姊天性伉爽，詩詞多為興到之作，別有意境，弗加雕琢，恍如天馬行空，不受羈勒」（《六六私乘補遺》），可視為此詩之注。而光緒三十三年（西元一九〇七年）七月十五日晨，在紹興軒亭口，面對劊子手的屠刀，革命志士秋瑾以生命實踐了她的「熱血」「化碧濤」的誓言，尤令人感佩。此詩似隨口而吟，自然流暢，雖以抒懷為主，缺乏描寫，但抒情主人公的形象鮮明生動，呼之欲出。

登山（選一）　周實

【題解】作者少年時就具有了民族民主革命思想。此詩作於光緒三十一年（西元一九〇五年），描寫登上南京紫金山頂四顧所見，並抒發其豪放的革命情懷。

【作　者】周實（西元一八八五—一九一一年），原名桂生，字劍靈，改字實丹，號無盡，別號和勁。山陽（今江蘇淮安）人。光緒諸生。入南京兩江師範學校就讀。一九〇九年入南社。一九一一年與阮式響應武昌起義而組織數千人集會，宣佈光復，被反動勢力殺害。詩作反映現實，抒寫革命豪情。有《無盡庵選集》和柳亞子所輯《周實丹烈士遺集》。

長江浩浩日夜東，豪傑落落❶古今同。四顧寂寥萬籟絕❷，眾山皆
小❸天地空。

【注　釋】❶落落　孤傲寡合之意。❷萬籟絕　自然界各種音響都沒有。❸眾山皆小　化用杜甫〈望嶽〉「會當凌絕頂，一覽眾山小」之意。

【語　譯】浩浩長江日夜向東奔流，古今豪傑落落寡合的命運都相同。四望寂靜，萬物都是死氣沉沉，站在山顛，看見了眾山匍伏天高地空。

【研　析】詩人俯首浩浩長江，望「大江東去，浪淘盡千古風流人物」（蘇軾〈念奴嬌〉），觸景生情，而由空間景物生發出對歷史人物的感慨：大凡英雄豪傑在舊時代多難以為世所容，不為統治者所用，所以要湧起「落落」之嘆，這自然包括詩人自己。而四顧寂寥之感，亦與其所言「中原萬里無生氣」（〈桃花扇題辭〉）之意相通，有其政治寓意。但作者堅持其嚮往西方民主革命的思想，

乃慨然有鐵肩擔道義的使命感，不禁又從孤寂之中昂起頭，仍豪情萬丈，於是移情入景，就覺得自己形象高大、視野廣闊，任何艱難險阻都不在話下了。作為二十一歲的革命志士，詩人顯示出無堅不摧的銳氣。此詩借寫景而言革命之志，又貫通古今，起伏跌宕，詩短而意長。

三、諷諭・民生

漆樹嘆

施閏章

【題　解】此詩雖是詠物詩，但實質上是諷諭詩，作者借詠嘆漆樹，抒發對窮苦百姓被統治者敲詐剝削的深切同情。

【作　者】施閏章（西元一六一八－一六八三年），字尚白，號愚山，又號蠖齋，晚號矩齋。宣城（今屬安徽）人。順治進士，官江西布政司參議，分守湖西道；順治十八年（西元一六七九年）舉博學鴻詞，授翰林院侍講，遷侍讀學士。詩宗唐人，論詩倡導「言有物」，反對浮華。其詩古樸渾厚。施氏與宋琬齊名，人稱「南施北宋」。今有校點本《施愚山集》。

斫取❶凝脂❷似淚珠❸，青柯❹才好葉先枯。一生膏血❺供人盡，涓涓❻還留自潤無？

【注　釋】❶斫取　砍取；削取。李賀〈昌谷北園新筍〉：「斫取青光寫《楚辭》，膩香春粉黑離離。」此指割漆。❷凝脂　原喻人的皮膚，此喻漆樹皮的生漆層。❸淚珠　喻漆液。❹青柯　青枝。❺膏血　喻漆液。❻涓涓　細水。此指少量漆液。

【語　譯】漆樹被割取的漆液好似淚珠，樹枝才青樹葉就已先乾枯了。漆樹一生的膏血供人取盡，還留下一點點漆液滋潤自己的肌膚嗎？

【研　析】作者論詩主張詩「言有物」，反對那種「風雲月露」的淺薄空洞之作。（見《蠖齋詩話》）所謂「有物」就是反映社會現實，具有思想內容。此詩將漆樹擬人化，具有隱喻生民的含義，構思巧妙，耐人尋味。寫「漆樹」被「斫取」流淚，「一生膏血」被人取盡，而自己葉枯欲死的遭際，皆為擬人化的描寫，漆樹好像就是活生生的人，被統治者殘酷的凌遲，而這正是廣大黎民命運的寫照。如此構思描寫，不僅形象而有詩意，也更能激發人們的同情。詩語言樸實，飽含感情，不愧為「言有物」的佳作。

絕　句

吳嘉紀

【題　解】此詩反映的是作者家鄉泰州安丰場燒鹽工人艱辛的勞作與悲慘的境遇。

白頭❶灶戶❷低草房，六月煎鹽烈火旁。走出門前炎日❸裏，偷閒一刻是乘涼。

【注　釋】❶白頭　白髮。❷灶戶　燒灶煎鹽的工人，又稱「亭戶」。❸炎日　火辣辣的太陽。

【語　譯】白髮的煎鹽工在低矮的破草房裡忙碌著，六月裡燒鹽灶的烈火熊熊烤人。偶爾走到門前毒辣辣的日頭下，偷閒喘口氣就算是乘涼了。

【研　析】六月「赤日炎炎似火燒」，本是酷熱難熬的消暑時節，但鹽工仍在「低草房」中、「烈火旁」忙碌著，上聯凸顯季節與勞作的反差，把鹽工之苦與熱似乎已寫得無以復加了。但作者仍嫌不夠具體，下聯又添上兩句白描之筆：走到太陽底下喘口氣就算是「乘涼」了。這一細節把鹽工之苦寫到了極致，意謂「烈火」遠比「炎日」更可怕，更難以忍受。此聯非對鹽工生活有真實體驗者是寫不出的。吳氏「詩筆刻苦，語語真樸」（沈德潛《國朝詩別裁集》），信然！

海潮嘆

吳嘉紀

【題　解】康熙四年（西元一六六五年）農曆七月三日，蘇北沿海刮颶風，海潮猛漲，淹死數萬鹽民，毀壞房屋不計其數。此詩就反映了這場自然災害給百姓造成的悲劇，並抨擊了統治者視民如草芥的殘酷本性。

颶風激潮潮怒來，高如雲山聲似雷。沿海人家數千里，雞犬草木同時死。南場❶屍漂北場路，一半先隨落潮去。產業蕩盡水煙深，陰雨颯颯鬼號呼。堤邊幾人魂乍醒，只愁征課❷促殘生。斂錢墮淚送總催❸，代往運司❹陳此情。總催醉飽入官舍，身作難民泣階下。述異❺告災誰見憐？體肥反遭官長罵。

【注釋】❶場　指鹽場地區。❷課　賦稅。❸總催　催稅的總管。❹運司　指鹽運司，鹽場總管。❺述異　指申訴海潮災情。

【語譯】颶風捲起了海潮，潮水洶湧而來，潮頭騰起如雲山一樣高聳，又發出雷鳴似的巨響。沿海數千里的人家，雞犬與草木一起被潮水淹死了。南鹽場的浮屍漂到北鹽場的路上，一半又隨落潮被捲入了大海。產業也都沖入深深的海水中，陰風颯颯夾雜著水鬼的哭號聲。堤邊有幾個倖存者驚魂突然蘇醒，只愁徵賦稅仍要被逼死剩下的半條性命。眾人只能一齊湊了錢，流淚送給催稅的總管，請他代向鹽運司陳述這裡的災情。總管酒醉飯飽後跌跌撞撞來到官舍，他裝出難民的樣子在臺階下哭泣，彙報了鹽場的水災，可有誰來憐憫他？只因長得太胖，反而遭到官長的責罵！

【研析】全詩十六句，是一首小敘事詩。前八句以描繪為主，繪形繪色地勾畫出颶風海潮肆虐的情景，重在寫家破人亡，具有驚心動魄的藝術效果。一、二句採用比喻描寫海潮怒來的可怕情景：

浪高如山，聲響似雷，預示著大災的來臨。三、四句總體寫災難的後果，人與萬物皆被毀滅。五、六句又重點描寫人死的慘狀，屍體四處漂流，最後竟被潮水捲入大海，屍首無存。七、八句又寫鹽場也被洗劫一空，百姓失去生存的條件。後八句以記事為主，採用戲劇化手法，有情節，有人物。九、十句寫僥倖存活下的人，雖未被海潮淹死，但卻擔心被賦稅逼死，可見人禍與天災同樣可怕。十一、十二句乃寫大家湊錢請來此催稅的總管代為向上陳情免稅。十三、十四句就寫總管向鹽運司「官長」陳情的可笑情狀，「醉飽」，假哭，十分無能，一幅漫畫嘴臉，令人生厭。最後兩句轉寫官長，其聽了總管陳情後，對難民減稅賑災的要求竟然毫不理睬，卻轉移話題，大罵起「代言人」長得太肥，真是匪夷所思，可惡之極！潮災中的死者已矣，而存活者亦無生路，還是死路一條！此詩固然是「海潮嘆」，但亦是「苛政嘆」；「苛政猛于虎」，亦兇於海潮！此詩為七古體，筆觸飽蘸感情，而且隨著感情與內容的變化而多次轉韻，敘述脈絡顯得清晰；語言樸實，與內容相吻合。

民謠

屈大均

【題解】此詩為民歌體，語言淺顯而意旨深刻。

白金❶乃人肉，黃金乃人膏❷。使君❸非豺虎，為政何腥臊！

【注釋】❶白金 白銀。❷人膏 人的脂肪。❸使君 漢時稱刺史為使君。此指代州郡地方長官。

【語譯】向百姓徵收的白銀乃是人肉，搜刮的黃金乃是人膏。使君你既然不是豺狼虎豹，治理政事卻為何這樣的腥臊！

【研析】詩把白金比人肉，黃金比人膏，皆是百姓身上之物，奇思妙想，極其深刻。「使君」本來貪婪狠毒如同「豺虎」，但詩人卻「以守為攻」，假一「非」字，「微而婉」出之，含蓄有味，並使「為政何腥臊」的感嘆與憤慨，猶如先收回後出擊的拳頭，挾風雷而震聾聵，有千鈞之力。

邯鄲道上

宋犖

【題解】此詩寫於邯鄲（今屬河北）道上的所見，是一首諷刺詩。

【作者】宋犖（西元一六三四—一七一三年），字牧仲，號漫堂，又號西陂，別號綿津山人。商邱（今屬河南）人。其父權，任大學士。宋犖以大臣子列侍衛，後官至江蘇巡撫、吏部尚書。詩詞與王士禛齊名。詩宗宋，推崇蘇軾。有《綿津山人詩集》等。

邯鄲道上起秋聲，古木荒祠❶野潦❷清。多少往來名利客，滿身塵土拜盧生❸。

【注釋】❶荒祠　指盧生祠堂。❷潦　雨後地面積水。❸盧生　唐人沈既濟《枕中記》載：盧生在邯鄲客店中做白日夢，歷盡榮華富貴。夢醒後，店主炊黃粱尚未熟。此盧生指盧生祠中的盧生像。

【語　譯】邯鄲道上，響起瑟瑟的秋聲，古樹旁的盧生祠，門前是雨後清冷的積水。有多少往來追名逐利的人，風塵僕僕來拜謁做黃粱美夢的盧生塑像。

【研　析】此詩諷刺世上追逐名利之徒。但詩人並未直言斥責，而是描繪了一幕「丑劇」。前兩句點出地點是邯鄲道旁的盧生荒祠，環境背景是雨後蕭瑟的秋天，蕭疏的古木，以及祠前泥潭積滿的雨水，淒清荒涼。後兩句寫人物與劇情：人物是往來的「名利客」；劇情是他們滿身塵土，老遠趕到這野外、荒祠來參拜盧生塑像，亦想做黃粱美夢。詩人似乎客觀描述，對丑劇不加一字針砭，但已將社會世俗人們不勞而獲的心態揭露得入木三分。

豫民謠

邵長蘅

【題　解】此詩為歌謠體，反映清初河南糧食運往陝西，而河南、陝西百姓卻飽嘗飢餓之苦的怪事。

【作　者】邵長蘅（西元一六三七－一七〇四年），一名衡，字子湘，別號青門山人。武進（今屬江蘇常州）人。諸生。曾客江蘇巡撫宋犖幕，終身未任官職。古文家，亦能詩。有《青門集》，並選編王士禛與宋犖詩為《二家詩鈔》。

大車何碌碌❶，小車何逐逐❷。牛蹄剝剝❸石确确❹，運米連連入函谷❺。只言秦民❻飢，不顧豫民哭。百金❼僦夫❽致一車，富家賣田貧賣犢。米入函谷關，倉囷❾高如山。不救秦民飢，只飽秦倉鼠。秦倉肥鼠大于狸❿，秦民羸⓫作溝中土。

【注　釋】❶碌碌　煩忙；辛苦。❷逐逐　追逐貌。❸剝剝　牛蹄行進聲。❹确确　石堅硬貌。❺函谷　函谷關。在今河南靈寶東北。因關在谷中，深險如函得名。❻秦民　陝西人。❼百金　指百兩銀子。❽僦夫　雇用車夫。❾倉囷　圓形的穀倉。❿狸　野貓。⓫羸　瘦弱；疲病。此指病死。

【語　譯】大車非常忙碌，小車拼命追逐。牛蹄聲響在不平的山路上，這是在趕運糧食不停地進入函谷關。只說陝西百姓飢餓，卻不顧河南黎民痛哭。以百兩白銀雇車購運糧食，導致富家賣田地窮人賣牛犢。糧食運入了函谷關，穀倉聳立如高山。不救陝西百姓的飢腸，卻餵飽了陝西米倉的老鼠。陝西米倉的肥鼠竟比野貓還大，而陝西百姓都餓死了，化成溝中的泥土。

【研　析】此詩採用民謠體，故語言樸素通俗，句式長短自由，採用疊字等特點十分明顯。詩分三個層次：第一層次頭四句寫由河南運糧入函谷關的繁忙景象，有聲有色，頗為生動，疊字「碌碌」、「逐逐」、「剝剝」、「确确」的連續運用更增添了緊急忙碌的氣氛。第二層次接下四句寫運糧給豫民帶來的災難，為了雇車運糧，豫地百姓富家賣田、窮家賣牛，幾乎傾家蕩產；而「只言秦民飢」

又為第三層次埋下伏筆。最後六句第三層次寫秦倉積糧之多，「倉囷高如山」，卻「不救秦民飢，只飽秦倉鼠」，有些秦民竟餓死溝中，其命運之悲慘比豫民尤甚，此呼應第二層次「只言秦民飢」，揭穿統治者謊言；但為何「不救秦民飢」，卻並未點穿，留待讀者去深思。實際是函谷關乃兵家必爭之地，如今那裡運糧積糧，意味著有戰事將發生，運糧乃為備戰之用，並非「救秦民飢」。這樣秦地百姓不僅要忍飢挨餓，而且要飽受戰禍之苦矣！詩揭露統治者窮兵黷武的用心不言而喻。

居民

蒲松齡

【題　解】此詩作於康熙四十二年（西元一七〇三年）。是年先大水，後大旱。「時千錢斗皮，道殣相望，榆皮淨盡，髡及垂楊」（蒲松齡〈祭蜚蟲文〉），慘絕人寰。

【作　者】蒲松齡（西元一六四〇—一七一五年），字留仙，一字劍臣，號柳泉居士，世稱聊齋先生。淄川（今山東淄博）人。幼有軼才，終老不達，七十一歲始成貢生，在家鄉為塾師。家境貧困，了解窮苦百姓的生活。著有短篇小說集《聊齋志異》。亦工詩文。詩多感物興懷，清新質樸，寓磊落不平之氣。有《蒲松齡集》等。

春夏無苗百里赬❶，忍❷將枵❸腹望秋成❹？糴❺來糠核❻炊榆屑❼，
又買閻浮❽一日生。

【注釋】❶赬 赤色。此指乾旱。❷忍 不能忍受。❸枵 空腹無食。❹秋成 秋天收成。❺糴 買進。❻糠核 糠屑；麩皮。❼炊榆屑 煮榆皮的碎木為食。❽閻浮 樹名。《起世經》：「大海北有大樹王名曰閻浮。」此指代大榆樹，靠它製成榆屑。

【語譯】百里赤地春夏都無禾苗，怎能忍受餓著肚子等待秋天的收成？買來糠屑榆屑權當飯來煮，大榆樹又賜給飢民一日的活命。

【研析】作者長期窮愁潦倒，與飢餓線上的百姓感情相通。因此才能寫出〈居民〉這樣感情沉痛的佳作。此詩上聯描寫春夏旱災百里無苗的災情，百姓餓著肚子望秋收，意在反映「居民」飢餓欲死的悲苦境地。下聯側重寫災民為「一日生」而掙扎，及以糠核榆屑果腹的生存狀態。客觀現實是「春夏無苗百里赬」，旱情嚴重，而「榆屑」有限，「又買閻浮一日生」之後，是否還有生路活計呢？詩人不忍再說，此時熱淚當已奪眶！此詩感情真摯，字字沉重，又能小中見大，以近見遠，堪稱憫民佳作。

衢州雜感（選一）

洪　昇

【題解】康熙二十五年，浙江衢州曾發生一次大水災。此年作者正好客遊衢州，乃將所見所感寫下雜感詩十首，此為其一。

【作者】洪昇（西元一六四五—一七〇四年），字昉思，號稗畦。錢塘（今浙江杭州）人。出身沒落世家，做過二十年國子監生。長期流寓北京。為著名戲曲作家，有傳奇《長生殿》。與孔尚任有「南洪北孔」之稱。康熙二十八年（西元一六八九年），因在佟皇后喪葬期間演出《長生殿》而遭彈劾，國子監生籍被革。後來漫遊江南，於吳興（今浙江湖州）醉酒落水而死。洪氏詩或寫個人牢騷，或詠山水風物，風格偏於沉鬱蒼涼。有詩集《稗畦集》、《稗畦續集》、《嘯月樓集》。

荒村野老暮相逢，為說今年浲水❶沖：一夜波濤如潰海，萬山風雨出飛龍❷；支崖不見孤撐石，臥壑曾聞倒拔松。聽罷踟躕墮雙淚，可能入告免租庸❸？

【注　釋】❶浲水　洪水；山洪。❷飛龍　駿馬。張衡〈南都賦〉：「駟飛龍兮騤騤。」此喻洪水。❸租庸　賦稅。

【語　譯】傍晚在荒村遇到了鄉野老農，向我說起今年山洪爆發的情況。一夜之間，波濤如大海決堤，萬山風雨的激流似駿馬騰躍。支崖的石柱被沖得蹤影全無，倒拔的松樹已躺在溝壑之中。我聽罷心裡遲疑兩眼落淚，能不能上報朝廷請求免掉百姓的賦稅呢？

【研　析】詩人寫此詩時洪水已退，作者未曾目睹。首聯即借一位親見洪水肆虐慘象的野老之口來描述，故仍給人以真實可信之感。頷聯與頸聯就是野老之言，描寫山洪兇猛的自然破壞力，並未涉及老百姓家破人亡的慘狀。但通過尾聯作者抒發其聽罷的心願，則可以想見在這場災難中百姓所遭受的巨大痛苦；而作者對民生疾苦的同情以及對安居深宮享樂的統治者的怨憤，亦得以生動體現。這才是詩的主旨。此詩採用「詩意出側面」的手法，風格沉鬱悲涼，並非厲鶚《東城雜記》所稱的「清整」與沈德潛《國朝詩別裁集》所說的「疏澹」一類。

寒食得「花」字（選一）

孔尚任

【題解】「寒食」為清明前一日，寒食、清明本是鬼氣森森的節令，何況又逢災荒之年，百姓或流離失所，或餓死路旁，更令作者萬分淒楚，於是作成「花」字韻詩四首，此為其一。

【作者】孔尚任（西元一六四八—一七一八年），字季重，一字聘之，號東塘，又號岸塘，自稱雲亭山人。曲阜（今屬山東）人。孔子六十四代孫。著名戲曲家，為《桃花扇》作者。與《長生殿》作者洪昇有「南洪北孔」之稱。康熙南巡時，孔氏被召講經，授國子監博士，官至戶部主事、員外郎等職。詩能反映民生疾苦，風格樸素，情景交融，寄興精微，構思新穎。有詩集《湖海集》、《岸塘文集》。

逃亡屋破夕陽斜，社燕❶歸來不見家。舊日踏青❷芳草路，紛紛白骨襯飛花。

【注　釋】❶社燕　即春燕。春社為祀社神的節日，此時燕子歸來。❷踏青　春日到郊外遊覽。

【語　譯】主人已外逃，夕陽照著破舊的房屋，春燕歸來時不見了去年的舊家。只有昔日踏青的芳草路上，遍地的屍骨襯托著飄飛的落花。

【研　析】作者嘗稱其「《湖海》一集，乃呻吟疾痛之聲」（〈與田綸霞撫軍書〉），所為詩係「飢寒愁嘆所積」（〈與周冰持〉）。以此詩而言，此「疾痛」與「飢寒愁嘆」並非寫一己，而是與民生疾苦相勾通。當詩人看到「時大飢，流殍載道」的慘象時，他不能不為民請命，要揭開「康熙盛世」之瘡痍以諷諭統治者了。詩構思巧，以樂景寫悲而一增其悲，即借「社燕歸來」、「紛紛飛花」映襯「逃亡屋破」與路上「白骨」，益顯災荒之年慘象之可怖。而詩中景象都通過春燕的角度來反映，也甚別致，又可見百姓已逃光死絕矣，更令作者肝腸欲斷。

糴官米

景星杓

【題　解】「糴官米」是指災荒之年，官府開倉平價糶米，供災民買米，以度荒年。對官府而言，似乎是善舉。但是貪官汙吏卻乘機坑害災民，大發不義之財。災民為買得所謂「賤」價的霉爛官米，甚至要付出生命的代價。

【作　者】景星杓（生卒年不詳），字亭北，號菊公。仁和（今浙江杭州人）。有《拗堂詩集》。

雞鳴風淒淒❶，餓夫悲語妻：「侵星❷羅❸官米，歸來雞還棲。此去夕不返，應恐魂來歸。不見鄰家老，頭裂緣鞭笞？又聞寡婦兒，踐成足下齏❹。始知官米賤可食，何知浥爛❺摻糠秕！況復臨險阻，畏若虎穴躋❻。還期相守分❼餓死，何復就爾官倉為！」

【注釋】❶雞鳴風淒淒　語出《詩・鄭・風雨》：「風雨淒淒，雞鳴喈喈。」此處「雞鳴」為古代記時名詞，為丑時，淩晨一點到三點。❷侵星　意早起，頭頂星星。❸羅　買來。❹齏　肉醬。❺浥爛　濕爛。❻虎穴躋　即入虎穴。躋，登。❼分　甘願。

【語譯】半夜時分寒風颼颼，餓夫悲哀地告訴妻子：「每回我頭頂著星星去買官米，回來時家裡的雞還在棲息。這次去買米晚上可能回不來了，返回的應是我的靈魂。你沒見鄰家的老翁為了買米，頭被鞭子抽裂一命歸西了？又聽說寡婦的小兒去買米，眾人擁擠把他踏成了爛泥。起初只知道官米價錢很低，哪知道官米又霉又爛還摻上糠秕！況且此去又面臨險阻，心裡害怕如入虎穴。寧願夫妻廝守直到餓死，何必再去官倉買官米！」

【研析】此詩反映了官府賑濟災民的虛偽性。但採取的是一「餓夫」於深夜出門買官米之前向妻子「悲語」的構思，借助餓夫之口進行描述，顯得具體生動。餓夫所言共十四句。前十二句盡力鋪排買官米的種種艱辛危險之情景以及其畏懼的心理。艱辛的是早起，危險的是已有為買米喪命而有去無回的先例。自己此去即使生還買的也是摻上糠秕的霉米，何況如入虎穴，生死未卜。以此為基礎，最後兩句乃道出寧可餓死亦不再買官米的決心。這一戲劇性的變化耐人深思：去買官米可能一去不歸，而不去買官米夫妻還可相守一段時間。這一清醒認識，對官府平價糶米的虛偽性可謂深入骨髓。此詩以第一人稱口吻抒寫，所述內容亦來自親身感受，所以顯得真切感人。

御溝怨

趙執信

【題解】此詩借「御溝」而抒發對百姓的關心與對統治者的義憤。御溝指流經御苑或環繞宮牆的水道。

【作者】趙執信（西元一六六二—一七四四年），字伸符，號秋谷，晚號飴山老人。益都（今屬山東）人。王士禎之甥婿，二人論詩不合。康熙十八年（西元一六七九年）進士，授編修，官至右贊善。後因佟皇后國喪期間觀演《長生殿》，被劾革職，致有「直誤功名到白頭」之嘆。著《談龍錄》，推崇「詩中有人」之旨。詩作筆力沉雄，氣勢豪放，力去綺靡華豔之風。有《飴山堂集》。今有校點本《趙執信全集》。

水自御溝出，流將何處分❶？人間每嗚咽，天上❷詎❸知聞！

【注釋】❶分　御溝與非御溝的分界。❷天上　指帝王。❸詎　豈。

【語　譯】渠水從宮內的溝渠流出來，流到哪裡水才分兩處呢？淌到世間吸納進嗚咽聲，天上豈知曉渠水在哭泣？

【研　析】此詩通過御溝反映民怨，選材獨特，立意深刻。御溝水在宮內，流淌的是脂粉香濃，而一旦流出宮外，淌入「人間」百姓的地區，則只能吸納嗚咽之聲。可見宮內宮外，猶如天上人間，完全是兩個世界。統治者們驕奢淫逸，只看得見宮內溝水之浮光溢彩，哪裡聽得見宮外百姓的痛哭嗚咽。尾句直言質問，直指「天上」，頗具力度，也可見作者之膽識非凡。詩雖寫得比較含蓄，但其內涵並不晦澀。

母抱兒

鄭世元

【題　解】此詩所寫乃是災荒之年發生在一對母子身上的悲劇，亦是廣大災民悲慘遭遇的一個縮影。

【作　者】鄭世元（約西元一七三五年前後在），字亦亭，號黛參。餘姚（今屬浙江）人。康熙五十九年（西元一七二〇年）舉人（一作雍正舉人）。博學工詩。著有《耕餘居士集》。

母抱兒，兒在懷中啼。「我兒且勿啼，村中榆樹剝盡皮。三日不食氣一絲，那得有乳哺汝飢？」抱兒出門去，負兒行道周❶。不知東西與南北，仰面乞食低面羞。行人來往各怲怲❷，嗚呼，誰能救汝母子命！

【注　釋】❶道周　角落。《詩・唐・有杕之杜》：「生于道周。」❷怲怲　非常憂傷的樣子。《詩・小雅・頍弁》：「未見君子，憂心怲怲。」

【語　譯】母親抱著幼兒，幼兒在懷裡哭啼。「我的兒子不要哭啼，村中榆樹都剝光了樹皮。我三天沒吃飯只剩一口氣了，哪裡有奶水來餵飽你肚子呢？」母親抱著幼兒走出門去，又背著幼兒來到大街的角落。她神思恍惚已不辨東西南北，仰面乞討，低頭又覺得羞愧。過往的行人各自都憂心忡忡，啊，有誰能救你們母子的性命！

【研　析】詩頭兩句開篇，點出「母抱兒，兒在懷中啼」的情景，兒為何啼哭？詩具有一定懸念。接下四句寫母親自述，說明兒哭泣的原因在於災荒而無食更無奶。再下面四句寫為了幼兒活命，母親抱兒忍辱去乞討，寫出母親走投無路、乞討羞愧之情狀。最後兩句作者出面發問，似乎十分殘酷，但卻是道出事實：人人都在死亡線上掙扎，乞討亦無人能救母子性命。詩以敘事手法寫來，有人物，有道白，有情節，是微型敘事詩。詩每層一轉韻，層層推進，最終只能把母子推向死路，這是無情的現實的必然結局。此詩平易通俗，明顯採用唐新樂府「首句標其目，卒章顯其志」的寫作手法，在精神上亦與之一脈相承。

挽船夫

沈德潛

【題 解】「挽船夫」即拉縴的船夫。詩中所寫當是大運河上漕運之役夫的苦難遭遇，寄託了作者對不幸役夫的深切同情。

【作 者】沈德潛（西元一六七三—一七六九年），字確士，號歸愚。長洲（今江蘇蘇州）人。乾隆四年（西元一七三九年）進士，官至內閣學士、禮部尚書。論詩崇唐抑宋，以鼓吹格調說著稱。沈氏尤長於選詩，有《古詩源》、《唐詩別裁集》、《明詩別裁集》、《國朝詩別裁集》等。詩作持法甚嚴，平正而乏精警，襲盛唐之面目，少生新變化。但比較注重反映民生疾苦，寫景詩間有可讀之作。有《沈歸愚詩文全集》。

縣符❶紛然下，役夫出民田。十畝雇一夫，十夫挽一船。挽船勞力聲邪許❷，趕船之吏猛于虎。例錢❸緩送即嗔喝❹，似役牛羊肆鞭楚❺。昨宵聞說江之濱，役夫中有橫死❻人。里正❼點查收藁葬❽，同行掩淚傷心魂。即今水深泥滑行不得，身遭撻辱潛悲辛。不知誰人歸吾骨，拼將軀命隨埃塵。茫茫前路從此去，泊船今夜在何處？

【注釋】❶縣符　指縣府發下的命令。❷邪許　象聲詞。勞動時眾人齊用力發出的呼叫聲。《淮南子・道應》：「今夫舉大木者，前呼邪許，後亦應之，此舉重勸力之歌也。」❸例錢　按規定應交的錢。此指巧立名目的各種收費。❹嗔喝　怒喝。❺楚　刑杖；小杖。❻橫死　死於非命。❼里正　古代鄉官。❽藁葬　指用草席包裹屍體草率埋葬。

【語譯】縣府的命令紛紛傳下來，農夫服役要按其田畝計算。有十畝田的要出錢雇一個農夫，十個農夫去拉一條船。拉船很費力役夫齊聲呼號，差役仍催船快行兇猛勝過老虎。例錢送遲點差役就要怒罵，如同驅趕牛羊肆意鞭打。聽說昨晚在大江之濱，船夫有人死於非命。里正查點出來用草席草草埋葬了，船夫們擦著眼淚非常傷心。眼下水深泥滑不能前行，身遭鞭打凌辱暗暗悲傷！不知有誰來安葬我的屍骨，只能拼掉老命化成塵土了。此去前程茫茫，不知今夜拉船停泊在何處？

【研析】此詩為雜言歌行體，十八句可分三個層次。頭四句第一層次，交代了挽船夫的來歷以及按田畝抽役夫的規定，句式整飭簡練。接下八句為第二層次，具體記敘船夫之賣苦力、遭虐待乃至死於非命的悲慘遭遇，亦抨擊了役吏的兇殘，採用了「猛于虎」與「似役牛羊」的比喻手法，十分形象地寫出官吏與百姓地位與處境之差異。最後六句第三層次，寫船夫眼前的苦楚悲辛與對將來會死於塵土之可悲命運的絕望。全詩採用船夫口吻，顯得比較真切。總的看這是一首反映民生疾苦的詩作，有其可取之處。但由於作者的高官地位以及囿於「溫柔敦厚」的詩學觀念，因此對於造成船夫之苦的罪魁統治者未置一詞，立意欠深。

濰縣署中畫竹，呈年伯包大中丞括

鄭　燮

【題　解】濰縣署，山東濰縣衙署。作者於乾隆十一年由山東范縣調任濰縣知縣，此詩即作於是年。時詩人畫竹呈送中丞包括，乃借竹發揮寫下此詩。按科舉同榜登科者為同年，而同年之父或己父之同年則稱「年伯」。包括為杭州人，曾任山東布政使，署理巡撫，故稱中丞。「大」，表示尊敬。

【作　者】鄭燮（西元一六九三—一七六五年），字克柔，號板橋。興化（今屬江蘇）人。少穎悟，家貧好學，落拓不羈，有狂名。乾隆元年（西元一七三六年）進士，官山東范縣、濰縣知縣，同情百姓疾苦，有循吏之稱。因災年為民請賑，得罪大吏，乞病回揚州，賣畫自食。詩有社會內容，質樸潑辣。兼工書畫，人稱「鄭虔三絕」。為「揚州八怪」骨幹。今有校點本《鄭板橋集》。

衙齋❶臥聽蕭蕭竹❷，疑是民間疾苦聲。些小❸吾曹❹州縣吏，一枝
一葉總關情❺！

【注　釋】❶衙齋　縣衙書房。❷蕭蕭竹　風吹竹葉聲。❸些小　形容官職低微。❹吾曹　我輩。❺關情　關心；連心。

【語　譯】在縣衙書齋裡臥聽風吹竹葉的聲響，懷疑是聽見了民間百姓的呻吟。我輩雖是芝麻大小

的官吏，百姓的一顰一笑總是要給予關心的！

【研　析】作為一個關心民生疾苦的詩人，鄭燮認為「憂國憂民，是天地萬物之事」（〈自序〉），故其所作詩文常與社稷生民有關。因為其心中常關心「民間疾苦」，所以「臥聽蕭蕭竹」亦覺似貧苦百姓在痛苦地呻吟，令他坐臥不寧，從而發出由衷之言：儘管我輩是州縣小吏，對百姓之「一枝一葉」的生活小事都應關心。這是詩人的自勵，亦是與包中丞的共勉，一股「憂國憂民」之情溢諸筆墨。詩語言質樸，如同口語，但含有真情，令人感佩。

縫窮嘆

祝維誥

【題　解】這是一首反映靠為人縫衣糊口的貧家婦女的古詩。

【作　者】祝維誥（西元一六九七—？年），字宣臣，號豫堂。秀水（今浙江嘉興）人，一作海寧（今屬浙江）人。乾隆元年（西元一七三六年）舉博學鴻詞，部駁不與試，三年中舉人，官內閣中書。詩清麗纖綿，尤工樂府。有《綠溪詩稿》。

縫窮❶婦人家何方？提兒挈女輕故鄉❷。粗知刀尺❸能裁量，遠來糊口逐隊行❹。無家客子衣服破，呼攜敝席簷前坐。縫來縫去針縷煩，猶道工夫不多作。北風夜起天乍寒，塵沙滿鬢生計難。可憐十指僵且乾，自顧瑟縮衣裳單。不見長安❺富家女，手織不動無針瘢，年年被服羅與紈❻！

【注　釋】❶縫窮　指靠為人縫衣糊口。❷輕故鄉　不顧念家鄉。❸刀尺　指剪裁技術。❹隊行　隊伍。❺長安　指首都北京。❻羅與紈　皆絲織物。

【語　譯】縫衣糊口的婦人家鄉在哪裡？拖兒帶女走出家門不顧念故鄉。剛懂點剪裁技術能夠裁量衣服，就從遠處趕來加入縫衣為生的人群。那些離開家鄉的旅客衣服穿破了，就招婦人帶條破席在屋簷下坐著幹活。細心縫補哪怕是千針萬線，旅客還說手藝很差不是細活。半夜裡北風驟起天氣嚴寒，婦人沙塵滿頭生計更加艱難。可憐她十指凍僵又枯乾，看她自身瑟瑟發抖衣裳單薄。你沒見京城那些富家的女子，素手無針瘢從不拈針拿線，卻年年月月身穿著綾羅綢緞！

【研　析】此詩貴在題材新穎，反映的是古代詩歌中頗罕見的「縫窮婦人」的生活遭遇與悲慘命運，從而拓寬了諷諭詩的範圍，有其獨具的價值，令人耳目一新。詩頭四句寫婦人提兒挈女遠離故鄉闖天下謀生，並無充分的準備，可見家境貧困已極，所謂「輕故鄉」乃是因貧困而不得不離開故鄉。接下四句選取了婦人為旅客補衣的情節，不僅坐在屋外簷下，還要受人責難，表現其「縫窮」糊口之不易。再下面四句進一步寫婦人謀生淒苦，她整日為他人縫衣，自己卻破衣單衫，飽受凍餓之苦，描寫比較細緻生動。最後三句乃以富家女相對比，反映人世之不公。詩注重細節描寫，人物形象較豐滿，文字平易樸素，與「縫窮婦人」的題材十分相宜。但立意一般。

捕蝗曲

袁　枚

【題　解】此詩作於乾隆八年（西元一七四三年），時作者在江蘇沭陽縣任縣令。沭陽連續三年蝗荒，給百姓帶來災難。作為父母官，作者組織百姓捕蝗，並寫下此詩。

亟❶捕蝗！亟捕蝗！沭陽❷已作三年荒。水荒猶有稻，蝗荒將無粱❸。焚以❹桑柴火，買以柳葉筐。兒童敲竹枝，老叟圍山岡。風吹縣官❺面似漆，太陽赫赫❻燒衣裳。折枝探鷇❼慮損德，惟有殺汝❽為吉祥。我聞苛政猛于虎❾，蠹吏❿虐于蝗；又聞劉昆⓫賢令蝗不入，劉澄剪穢⓬蝗為殃。爾今蠕蠕⓭聲觸草，得毋邑宰非循良⓮？擊土鼓⓯，祀神蝗⓰，椒漿⓱奠兮歌琅琅。紫煙為我凌蒼蒼⓲，皇天⓳好生萬物仰，蛇頭蠍尾⓴何猖狂！霹靂一聲龍不起，反使九十九子㉑相扶將㉒。狠如狼，貪如羊㉓，如虎而翼兮，如雲之南翔。安得今冬雪花大如席㉔，入土三尺俱消亡！毋若長平一坑四十萬㉕，腥聞于天徒慘傷。蝗兮蝗兮去此鄉，東海之外兮草茫茫，無爾仇兮爾樂何央㉖！毋餐民之苗葉兮，寧㉗食吾之肺腸！

【注釋】❶亟　急。❷沭陽　縣名，在江蘇省北部。時作者為沭陽縣令。❸粱　指粟，小米。❹以　語助詞，無義。❺縣官　作者自稱。❻赫赫　形容炎熱。《詩・大雅・雲漢》：「赫赫炎炎，云我無所。」❼鷇　待哺食的雛鳥。❽汝　指蝗蟲。❾苛政猛于虎　煩苛的政令比老虎還要兇暴可怕。孔子語，見《禮記・檀弓下》。❿蠹吏　蛀蟲一樣的官吏。⓫劉昆　據《後漢書・儒林列傳》：劉昆字桓公，除江陵令，「時縣連年火災，昆輒向火叩頭，多能降雨止風」，後遷弘農太守，「先是崤黽驛道多虎災，行旅不通，昆為政三年，仁化大行，虎皆負子渡河」。⓬劉澄剪穢　《南史・儒林》：「遂安令劉澄，為性彌潔，在縣掃拂郭邑，路無橫草，水剪蟲穢，百姓不堪命，坐免官。」此指劉澄剪除雜草蟲穢，蝗蟲遭殃。⓭蠕蠕　指蝗蟲爬動貌。⓮得毋邑宰非循良　謂莫非縣令不是守法而有政績的官吏。⓯土鼓　古樂器名，以瓦為框，以革為鼓面。⓰祀神蝗　祭祀蝗神。⓱椒漿　用花椒浸製的美酒。《九歌・東太一》：「奠桂酒兮椒漿。」⓲淩蒼蒼　侵入青天。⓳皇天　天。《左傳・僖公十五年》：「君履后土而戴皇天。」⓴蛇頭蠍尾　指代害蟲。㉑九十九子　喻蝗蟲之多。㉒相扶將　相扶持。此言蝗蟲成群結隊。㉓狠如狼二句　語出《史記・項羽本紀》。㉔雪花大如席　採用李白〈北風行〉「燕山雪花大如席」之句。㉕毋若長平一坑四十萬　謂不要像秦國軍隊在長平擊敗趙國軍隊而坑死趙軍四十萬。長平，今山西高平西北，秦昭王四十七年（西元前二六〇年）秦、趙於此大戰。事見《史記・白起王翦列傳》。㉖樂何央　樂無央；歡樂無窮盡。霍去病〈琴歌〉：「國家安寧，樂無央兮。」㉗寧　乃；就。

【語　譯】快捕蝗蟲啊，快捕蝗蟲！沭陽已經三年遭遇蝗荒了。水荒還有稻子，蝗荒連小米都要吃光。燒起桑柴火，買來柳葉筐。兒童揮動竹枝擊打蝗蟲，老翁也來圍殲上了山岡。熱風吹得縣官我臉黑如漆，烈日酷熱得像火燒衣裳。如果折枝捅鳥雛恐怕要損陰德，只有殺你蝗蟲最是吉祥！我聽說苛政殘暴勝於老虎，還聽說蠹吏肆虐勝過蝗蟲；又聽說劉昆賢德蝗蟲不來，還聽說劉澄剪除雜草蝗蟲遭殃。眼下你蠢蠢蠕動聲震荒草，莫非我這縣官不夠循良？敲土鼓呵祭神蝗，獻上椒漿啊歌琅琅。紫煙為我升騰上了蒼天，蒼天憐憫生靈萬物都要依仗它，蛇頭蠍尾趁機作祟太猖狂！春雷一聲蛟龍未騰上天空，反而使蝗蟲成群從天而降。它們狠如狼，貪如羊，如同老虎添了翅膀，又似烏雲向南飛翔。怎麼能叫今冬的雪花大如席子，入土三尺凍得蝗蟲都消亡！不要像長平一戰坑兵四十萬，屠殺群蝗腥氣沖天太悲慘！蝗蟲啊蝗蟲快快離開這裡吧，東海之外啊有茫茫野草，沒有仇敵呵可任你樂任你狂！不要吃百姓的禾苗葉啊，要吃就吃我的肺與腸！

【研　析】此詩題曰〈捕蝗曲〉，詩人雖然亦描寫了捕蝗的若干場景，但主要從蝗災與為政的關係進行自我反思，並借「祀神蝗」抒發內心願望。開頭十三句為第一層次，記敘全民捕蝗的情景，為在蝗口奪糧，不僅兒童出擊，連老翁也上陣，作者身為縣令更身先士卒。捕蝗的戰鬥氣氛表現得很濃郁。接下六句為第二層次，引用典故對自己的政績進行反思，特別是以「劉昆賢令蝗不入」，引出「得毋邑宰非循良」的自責，是否因自己「非循良」而招致「蝗為殃」呢？這反映出作者自省的精神，難能可貴。再接下十六句為第三層次，深入寫如何能捕盡蝗蟲，消除蝗災。大概靠人工捕蝗的強硬手段難以奏效，因此要改為軟辦法而向神蝗祈禱，在歷數蝗蟲「猖狂」之後，乃祈禱「安得今冬雪花大如席，入土三尺俱消亡」。最後四句為第四層次，再次表達自己的願望。因為「入土三尺俱消亡」需待嚴冬大雪之時，而眼前的蝗災火急時不我待，於是又改變主意：一是變捕蝗為勸蝗，希望「蝗兮蝗兮去此鄉」；二是懇求「毋餐民之苗葉兮，寧食吾之肺腸」，詩人的感情至此而達到高潮。後者的願望無異於以身飼虎，對於一個父母官來說，可謂鞠躬盡瘁，死而後已，反映了作者高度關心民生疾苦，與百姓感情相通的仁愛之心。這和「虐于蝗」的「蠹吏」相比自有天壤之別。詩以告白口吻抒寫，極其真切感人，我們可以體會到作者體恤民瘼的拳拳之心。全詩語言形象，基本上採用白描手法，偶爾用典亦十分貼切。

採煤嘆

王鳴盛

【題解】古代歌詠採煤工生活之作實不多見，此詩則反映了清代乾隆時期採煤工人艱苦的勞動，並對社會分配不公發出慨嘆，十分難能可貴。

【作者】王鳴盛（西元一七二二—一七九七年），字鳳喈，號禮堂，又號西莊、西沚。嘉定（今屬上海）人。乾隆進士，授翰林院編修，歷官內閣學士兼禮部侍郎，遷先祿寺卿。精通史學，亦工詩文。有《西沚居士集》。

小車軋軋黃塵下，云是西山❶採煤者。天寒日暮採不休，面目黧黑泥沒踝。南人用薪勞擔肩，北人用煤煤更難。長安❷城中幾萬戶，朱門金盤酒肉腐❸，吁嗟❹誰憐採煤苦！

【注釋】❶西山　指北京西山。❷長安　指代首都北京。❸朱門金盤酒肉腐　化用杜甫〈自京赴奉先縣詠懷五百字〉「朱門酒肉臭」之意。❹吁嗟　嘆詞，表示悲嘆。

【語譯】小車軋軋響，捲著黃塵飛奔，人說那是西山的採煤工在採煤。天寒日落仍然採煤不止，面孔漆黑爛泥遮沒了腳踝。南方要燒柴樵夫肩頭都磨破了，北方要燒煤採煤工更艱苦了。北京城的居民足有幾萬戶，豪門金盤裡酒肉常發臭腐爛，唉，可有誰可憐採煤工採煤的辛苦！

【研析】全詩九句，分兩個層次。第一層次前六句，是詩的主體，描寫採煤工人的勞作。開頭兩句以物代人，借黃塵中軋軋作響奔跑的推煤車代表採煤者，在動態的描寫中凸顯採煤者勞作的艱辛。三四句則正式描寫採煤者，前句寫其勞作的天氣冷、時間長，後句寫其黑髒的外形，都形象地表明採煤的艱辛，並寄寓著詩人深切的同情。五六兩句目光又跳開眼前的採煤者，放眼南人與北人勞作的不同，以南人燒柴與北人燒煤相比，襯托北人採煤更苦。七八兩句筆鋒一轉，又由城外西山轉向城內朱門，揭露了統治階層「金盤酒肉腐」的奢侈生活。最後一句發出由衷的悲嘆：朱門豪富有誰來可憐採煤工採煤之苦呢？其中含有抨擊之意。此詩藝術表現上一個突出特點就是對照：先是以南方樵夫與北方採煤工對照，後者比前者更苦；後是以朱門富豪之奢侈與採煤工的艱苦對照，更襯托出前者之無恥，後者之可憐，藝術效果較強烈。在創作精神上為民請命，則明顯受到杜甫、白居易詩的影響。

役夫嘆

徐鑅慶

【題解】此詩原注稱「急轉餉也」，即急運軍糧。

【作者】徐鑅慶（約西元一八〇〇年前後在世），原名嵩，字朗齋。原籍昆山（今屬江蘇），金匱（今江蘇無錫）人。乾隆五十一年（西元一七八六年）舉人，以知縣投效川、楚軍營，歷權黃梅、崇陽縣事。官至湖北蘄州知州。為詩雄健，有少陵遺風。有《玉山閣集》。

北風淒淒天雨雪，十步九折雪沒膝。短褐❶破褌臀肉裂，軍糧火急不得息，天寒路滑腳無力。四更傳說又移營，官人騎馬我步行。步行爭❷比馬行速，日日馱糧何處逐？馱糧夜宿同馬牛，馬牛縮毛人縮頭。況復❸前山有狼虎，生死向前敢辭苦？

【注釋】❶短褐　粗布短衣。❷爭　怎。❸況復　況且。

【語譯】北風淒厲大雪紛飛，山路十步九彎雪深沒了膝蓋。短衣破褌露出屁股肉都綻裂了，軍糧火急運送不能歇息一會兒，天寒路滑雙腳無力。四更傳令又要移營前進了，軍吏騎著馬我在後面步行。步行怎能趕上駿馬的速度，日日馱糧要向何處去追逐？白天馱糧夜宿卻如同馬牛，馬牛凍得縮毛役夫冷得縮頭。況且前山還有兇惡的狼虎，只有不管生死向前，哪敢怕苦退卻？

【研　析】此詩作者設身處地地代役夫立言抒情，可見其與役夫生死相關的情懷。詩前五句為我們勾勒出一幅「風雪運糧圖」：在風雪漫天的嚴冬，崎嶇曲折的山路上，掙扎著粗衣爛衫、腳軟肉裂、疲憊不堪的運糧役夫。這一層次以環境襯托人物，描寫具體，注重細節，如「雪沒膝」、「臂肉裂」、「腳無力」，都突出了役夫行役之苦。接下六句進一步表現役夫之苦，採用對比手法：一是以騎馬的「官人」襯托步行馱糧的役夫，寫出役夫的辛苦；二是以受凍的馬牛映襯縮頭的役夫，寫出役夫地位之低下，如同牛馬。最後兩句議論寫役夫此去前途之危險，但只有順從命運，顧不上生死。尾句並非役夫的豪言壯語，而是認命無奈之語。全詩採用馱運軍糧役夫的第一人稱寫法，反映役夫運糧的惡劣環境與淒苦生活，讀來真切感人。詩以敘事為主，敘事具體，含有感情，並雜以議論，以使題旨鮮明。

掘草根

王惟孫

【題　解】此詩原有小序，序云：「哀飢民。歲辛未（西元一八一一年），吾婺大旱，民掘草根以食。」婺即婺州（今浙江金華）。

【作　者】王惟孫（生卒年不詳），清代詩人。餘待考。

朝掘草根，暮掘草根，腸枯欲斷，相向聲吞。室有老稚❶，飢餓不能出門，奄奄待絕，莫白❷博一餐。風吹草號日色昏，望見隔城燈火，高樓大戶誰之屋？奚奴❸餵馬，槽中尚餘芻粟❹。以手掬❺之遭鞭扑，側足路旁淚簌簌。

【注　釋】❶老稚　老人小孩。❷莫白　不要說。❸奚奴　奴僕。❹芻粟　餵馬的草料。❺掬　捧起。

【語　譯】早晨挖草根，晚上挖草根，吃得腸子乾枯都要斷裂了，只有一家相對無聲地哭泣。家裡有老又有小，餓得無力走出門，都只剩下一口氣，更不要說飽吃一頓飯了。風吹草鳴太陽已西落了，望見隔城燈光正在閃爍，那高樓大戶是誰家的屋子？見一個奴僕正在餵馬，槽中還有殘剩的馬料，剛用手捧起馬料就挨奴僕鞭打，只能站在路旁傷心得熱淚簌簌地落。

【研　析】此詩借大旱之年，婺州百姓「掘草根以食」的一個典型事例，窺一斑以見全豹，反映了災年廣大災民在飢餓與死亡線上掙扎的社會現實，實際上是向統治者發出呼籲，救救災民；從中亦可體會到詩人干預現實的憂患意識。詩前八句寫一家「掘草根」的貧苦百姓受飢餓折磨的情景。壯年者尚可挖草根，勉強活命，而老人小孩餓得挖草根的能力都喪失，只能「奄奄待絕」，這是何等淒慘的人生！後七句則作空間轉換，寫「掘草根」者在「高樓大戶」家所見所感。富家連馬都能吃飽，其主人就不必點明了；而窮人欲取點吃剩的馬料，反被鞭打一頓，只能「淚簌簌」，又多麼叫人義憤！這一情節揭露了貧富不均的社會現實，亦更襯托出窮人的可憐無助。此詩繼承了唐代新樂府的傳統，「惟歌生民病」，而作者「哀生民之多艱」的思想亦得以充分表現。詩採用白描手法，採用長短相間的句式，十分自然，樸實生動。作者善於選取典型情節，顯示出較高的敘事寫人的藝術功力。

警捕人之虐

郭庭翕

【題　解】此詩向當政者發出關於「捕人」即捕役之危害的警告，雖然意在為封建王朝「補天」，但揭露了捕役「虎掠食人」的罪行，並為被迫為「賊」的「流民」開脫「罪責」，還是頗有膽識的。

【作　者】郭庭翕（生卒年不詳），字虞受。即墨（今屬山東）人。乾隆舉人，官江西南城知縣。有《西南行草》。

流民便作賊，迫于不得已；捕人❶亦作賊，何說以處此？世上流民尚可數，捕人林林❷遍官府。捕人安樂流民苦！捕人養賊如養鼠，縣官養捕❸如養虎。虎掠食人官不識，知而故縱虎而翼❹。鼠兮鼠兮何足道？
有虎有虎當道立❺。

【注　釋】❶捕人　即捕役。❷林林　形容數量多。❸捕　指捕人。❹虎而翼　老虎添翼。形容變本加厲。❺當道立　喻捕役掌權侵害百姓。

【語　譯】流民即使做了盜賊，也是迫於貧困不得已；如果捕役也去做盜賊，那麼對此怎麼解釋呢？世上的流民總還是查得清的，官府的捕役卻多得無法計數。真是捕役安樂流民艱苦！捕役豢養盜賊似養老鼠，官府豢養捕役似養老虎。老虎搶物吃人官老爺不知道嗎？他們知道而故意放縱就像讓老虎添翼。老鼠啊老鼠不值得去說，老虎啊老虎立在道中虎視眈眈。

【研　析】此詩明顯的藝術特點是對比手法，以「作賊」的「流民」與為虐的「捕人」相對照。流民作賊在統治者眼中是「大逆不道」之事，但與捕役為虎相比實微不足道，就更可見後者危害之嚴重，這正是詩人抑彼揚此的巧妙構思。詩中比照手法貫穿始終，關鍵的比照是「捕人養賊如養鼠，縣官養捕如養虎」兩句，「賊」不過是雞鳴狗盜而已，「捕」則掠物食人，為害大矣，甚至逼民造反，此乃所謂「載舟覆舟」也。因此「縣官養捕」弊端甚重，而「有虎有虎當道立」的現實亦極其危險。此詩的主旨至此昭然若揭。

官縴夫

吳省欽

【題解】官縴夫，是指專門為官船拉縴的役夫。

【作者】吳省欽（西元一七二九－一八〇三年），字沖之，號白華。南匯（今屬上海）人。乾隆進士，改庶吉士，授翰林院編修，官至左都御史。有《白華草堂詩鈔》。

馬悠悠，車班班❶，陸程緊，水程寬，縴夫牽船如蟻攢❷。只憂飢，
勿憂寒，流汗浹背風吹乾。風利❸腰挺挺，風逆腰環環❹。官人坐船伐
鼉鼓❺，疾行貸❻汝緩鞭汝。才送前官迎後官，官人猶說坐船苦。

【注釋】❶班班　此語有二說：一為車隊整齊華盛貌，一為車聲。此指後者。❷攢　集中。❸風利　指順風。❹腰環環　彎腰如一只圓圈。❺鼉鼓　鱷皮鼓。❻貸　寬恕。

【語譯】馬兒慢悠悠，車兒響班班，陸路太擁擠了，水路很寬敞，縴夫牽船猶如螞蟻結成了團。只憂肚子餓，不怕天氣寒，汗水浸濕脊背又被風吹乾了。順風時省力腰可挺直，逆風時費勁腰如圓圈。官人坐船取樂敲鱷皮鼓，船快時饒恕你們暫緩鞭打。縴夫剛送了前面的又迎來後面的官，

官人還說坐船實在太辛苦了。

【研　析】此詩描繪了一幅官縴夫拉縴圖，表現了官縴夫艱辛的勞動與內心的悲傷。開頭兩個三字句先寫陸路車行緩慢，三四五句則自然由「陸程」過渡到「水程」，並引出詩中主人公「縴夫」。接下五句則具體為縴夫畫像，「風利」與「風逆」一聯對仗工整，生動傳神地勾勒出縴夫牽船的體態，而「只憂飢，勿憂寒」又揭示了縴夫的心理，亦甚準確真實：服役為填飽肚子，故「只憂飢」；拉船汗流浹背，故「勿憂寒」。最後四句旨在抨擊「官人」。「官人」坐船享樂，卻「猶說坐船苦」，相比之下，忙忙碌碌，隨時被鞭抽打的縴夫又該「說」什麼呢？結尾耐人回味。此詩對比手法運用得十分成功，如「陸程」與「水程」相比，「憂飢」與「憂寒」相比，「風利」與「風逆」相比；更重要的是「官人」與「縴夫」相比，有著譴責官人、同情縴夫的作用。詩句式長短相間，十分自由，特別是其三字句，簡練而有節奏感，並顯示出作者感情的起伏變化。

夜作晝

沈起鳳

【題　解】這是一首諷刺詩，作者無情地揭露了一個豪富之家將夜作晝，奢侈糜爛的生活方式，它是清代上層社會的一個縮影。

【作　者】沈起鳳（西元一七四一－？年）字桐威，號蕢漁，又號紅心詞客。吳縣（今江蘇蘇州）人。乾隆三十三年（西元一七六八年）舉人，後會試屢不第，乃放情詞曲自娛，所作戲曲三四十種，今傳《報恩怨》等四種。又有雜記小說《諧鐸》。

朱門❶沉沉夜作晝，金鑰❷倉琅❸開戶牖❹。堂前銀蠟一半殘，主人睡起傳朝餐。左有彈箏伎，右有挾瑟倡；玉簫金管陳兩廂，銜杯聽歌樂未央❺。樂未央，歌聲歇，譙樓❻三鼓❼華筵徹，束炬❽門前出拜客。

【注　釋】❶朱門　指豪門。❷金鑰　鑰匙的美稱。❸倉琅　象聲詞。❹戶牖　門窗。❺樂未央　歡樂無邊。❻譙樓　城門上的瞭望樓。❼三鼓　指三更。❽束炬　綁起火炬，即點燃了火炬。

【語　譯】豪門把沉沉黑夜當做白晝，鑰匙倉琅作響，打開了廳堂的大門迎客。堂前的銀燭已經燒了一半，主人才睡醒傳呼要開早飯宴客。左有彈箏弦的藝妓，右有挾瑟唱的歌女；金簫玉管陳列在兩廂，主客飲酒聽歌歡樂無邊。歡樂無邊，歌聲停歇，譙樓報三更，華筵結束了，又點燃火炬門前拜別賓客。

【研　析】詩開篇就點題「夜作晝」，表明此詩寫的是夜生活。為表達此詩題意，三四句採用了漫畫式筆法，寫宴飲前主人才睡醒，而「睡起傳朝餐」，把夜宴當做早餐就顯得十分荒唐可笑，可見他夜以繼日地尋歡作樂，已經不辨晨昏。接下四句乃描寫夜宴的場景，並未面面俱到，僅選取了倡妓彈唱，賓客銜杯聽歌的景象，已足以顯示夜宴之奢華。尾句寫宴徹「束炬」送客，大擺排場，再顯奢靡之風！這些描寫固然有些誇張，但本質上是真實的，刻畫出封建貴族如同面臨世紀末般的及時行樂的醜惡心態。作者的譴責抨擊之意亦包含在漫畫式的描繪中。

夜將半，南望書所見

黎　簡

【題　解】乾隆五十六年（西元一七九一年）初冬，詩人客居廣東佛山，一日半夜忽見居所之南某地失火，不禁為受災百姓擔憂，乃寫下這首七律。

【作　者】黎簡（西元一七四七－一七九九年），字簡民，一字未裁，號二樵。順德（今屬廣東）人。乾隆諸生。無意仕進，人視之為狂，遂自署「狂簡」。黎氏多才多藝，詩、書、畫皆工。詩風峻拔幽峭，刻意求新。山水詩「詩中有畫」。有《五百四峰草堂詩文鈔》。

乍冷初冬密雲黑，忽驚萬丈曙霞紅。遠知何處中宵❶火，低拜前頭
北海風❷。五嶺❸三年千里內，多時十室九家空。已憐淚眼啼飢盡，更
使無歸作轉蓬❹。

【注　釋】❶中宵　半夜。❷低拜前頭北海風　暗用《後漢書・儒林列傳》江陵令劉昆「時縣連年火災，昆輒向火叩頭，多能降雨止風」典，寫百姓祈求火神降雨止風。北海風，指北方吹來的風。北海即今貝加爾湖。❸五

嶺　今湘、贛與桂、粵邊境越城、都龐、萌渚、騎田、大庾五嶺的總稱。此指整個嶺南地區。❹轉蓬　隨風飄轉的蓬草，喻災民流離失所四處漂泊。

【語譯】乍冷的初冬黑雲很濃密，忽然驚見天邊出現了萬丈霞光紅。知是半夜遠處哪裡發生了火災，想見那裡的百姓正祈拜火神降雨止風。連續三年千里嶺南災害甚多，長久受災十戶有九家空無所有了。可憐黎民啼飢的淚水已經流盡，大火之後更要四處漂泊似轉蓬了。

【研析】此詩首聯寫所見之景，「密雲黑」忽變「萬丈曙霞紅」，這一巨大色彩變化，預示著有非常事件發生，而這兩句的誇飾與比喻，實際是描繪烈火的色彩與兇猛之勢，令人已驚心動魄。頷聯乃點出「中宵火」，並寫想像之景，側重寫北風以及向北風叩拜的受災百姓。因為火借風勢，風助火威，寫風等於寫火，祈求風停亦就是祈求火滅。頸聯又觸景生情，作情景轉換，由眼前火災聯想整個嶺南地區百姓三年來連續受災而造成「十室九家空」的悲慘境遇，而表達哀憐之情，使詩的容量更廣，立意更深。尾聯又回到眼下受火災的百姓，感嘆他們又要流離失所，四處飄泊了，表現出對百姓未來生計的擔心。此詩筆力比較雄健，具有氣勢，洪亮吉評黎詩所謂「如怒猊飲澗，激電搜林」（《北江詩話》）。另外此詩善用數詞，頸聯連用五六個數詞並對仗，頗見藝術功力。

賣女行

李驥元

【題解】此詩所描寫的一幕賣女悲劇，是發生在乾隆間的陝西的典型事例。

【作　者】李驥元（約西元一七五一—一八〇五年在世），字鳧塘。綿州（今屬四川）人。乾隆四十九年（西元一七八四年）進士，改庶吉士，授編修。乾隆六十年充山東鄉試副考官，遷左春坊中允，入直上書房，以勞瘁卒於官。李氏詩學蘇軾。有《雲棧詩稿》。

秦女飢饉❶時，賤同石與瓦。一斤鬻十錢，百斤價還下❷。老翁怨兒肥，持權❸淚盈把。老婦不忍離，嬌兒呼平野。虎猛子不食，鳩慈子難捨。骨肉奚❹無情？歲儉❺衣食寡。卻窺大吏們，珠玉別❻真假。十金❼買奇花，百金買良馬。

【注　釋】❶飢饉　災荒。❷一斤鬻十錢二句　據詩小序云：「西安飢，鬻女者以斤計值，一斤十錢，百斤者每斤減兩錢。」鬻，賣。十錢，十個銅板。❸權　秤。❹奚　何；為什麼。❺歲儉　荒年歉收。❻別　辨別。❼十金　指十兩銀子。金代銀，下句同。

【語　譯】陝西女人在災荒之年，低賤得如同石塊與瓦片。一斤只能賣十個銅板，百斤以上還要降價。老翁埋怨女兒太肥了，手拿著秤桿淚水滿把。老婦不忍女兒離去，曠野裡嬌女哭喊著「媽媽」。老虎雖兇殘但不食虎崽，鳩鳥慈愛不捨得拋棄雛鳥。人卻賣掉親生骨肉，為何這樣無情？只因歉收年月無衣無食。但是窺見官吏們，正忙著手捧珠寶辨別真假。花十兩銀子買一朵奇花，花百兩銀子買一匹良馬。

【研析】詩寫賣兒鬻女，乃是人生慘劇之一，它雖然是自然災害的產物，但亦折射出社會的衰敗與統治者的昏庸，特別是再與權貴之門的奢侈相對照，就更顯示出社會的不公及窮苦人的不幸。此詩頭四句寫災年秦女之「賤」，如同石與瓦，而論斤售價，又如同豬狗。人的價值淪落到這等地步，可見災荒給百姓帶來的巨大災難。接下四句寫秦女與父母的心態。父親心腸似硬，怨女兒肥賣不出價，但淚水淋淋又見其心軟；母親心腸更軟，只是不捨女兒被賣；秦女心情極悲，離別之時拼命呼娘喊媽。這一層次寫得十分淒慘，字字血淚。再下面四句乃作者發表議論，採用比喻手法，為父母賣女作解釋：此舉並非無情，實乃無衣無食，養不活女兒。表明作者對秦女父母之賣女十分理解，寄予深切同情。作者所憤恨的對象乃是最後四句所寫的「大吏們」，他們在這饑饉之年不僅不救濟災民，而且驕奢淫逸，盡情享樂，全然沒有人性，真正「無情」的是他們。作者愛憎分明，語言雖然感情色彩不濃，但貧富對照，作者的感情不言而喻。

征夫苦

徐畹

【題解】此詩作者以出征士兵的身分、口吻訴說征夫之苦，成為征夫的代言人，頗為真切感人。

【作者】徐畹（生卒年不詳），字秋生。宋咸熙《耐冷譚》錄其詩。

征夫❶苦，征夫苦！半載新婚別如雨，爾腹有胚胎，未辨男與女。

生男莫作行伍❷人，生女慎莫嫁行伍。行伍紛紛出邊關，彎弓盤馬幾生還？將軍得立邊功日，壯士白骨高于山。今日生離即死別，我勉王事❸爾苦節。他日剪紙招我魂，陰雨啾啾❹來蹩躠❺。吁嗟哉！屍不同埋魂同穴，爾營空冢先標碣❻，皦日❼流光心似鐵❽！

【注　釋】❶征夫　出征打仗的士兵。❷行伍　指軍隊。❸勉王事　為國家盡力。❹啾啾　鬼哭聲。杜甫〈兵車行〉：「新鬼煩冤舊鬼哭，天陰雨濕聲啾啾。」❺蹩躠　盤旋而行貌。❻標碣　樹墓碑。❼皦日　明亮的太陽。《詩・王風・大車》：「穀則異室，死則同穴。謂予不信，有如皦日。」此指日發誓意。❽心似鐵　《女兒經》：「一片心腸硬似鐵。」

【語　譯】征夫苦啊！征夫苦！新婚才半年就別離，如同風吹雨一樣。你肚子裡已孕有胎兒，不知是男還是女。如果生兒千萬不要做軍人，如果生女千萬不要嫁給兵卒。士兵紛紛遠征出邊關，騎馬射箭有幾人能活著回來？當將軍得立戰功的時候，士兵的屍骨已堆得高於山峰。今天的生離實際就是死別，我為國去效力，你要苦守貞節。他日我戰死了，你要剪紙去招魂，陰雨鬼哭時我的靈魂會盤旋而歸。啊！我們屍體不能同時埋，以後魂魄則要同穴住，你先造好空墳樹好碑碣；我指日月為證，此心堅似鋼鐵！

【研　析】全詩以韻腳分三個層次，十分清楚。第一層次六句訴說新婚離別之苦以及牽掛即將誕生的嬰兒之意。開篇兩句「征夫苦」的詠嘆，不僅點題，而且確定了全詩「苦」的感情主調。而寫妻子懷孕希望嬰兒不要與行伍發生關係，也從側面說明行伍或曰征夫之苦而不可做。第二層次四句寫離家戍邊，想見此行當是「一將功成萬骨枯」，自己有去無回，道出「苦」的本意，實際就是喪命。第三層次最後八句想像自己戰死之悲與妻子守節之苦，並發出夫妻來日「魂同穴」的誓言。此誓言主要不是表白對愛情的堅貞，而是說夫妻活著時不能相聚，只能死後同穴，可見命運之悲慘。全詩籠罩著愁雲慘霧，從首句「征夫苦」點明「苦」開始，幾乎句句言苦。最後「魂同穴」的誓言，更飽含悲苦之味。詩人代征夫訴苦，實際是代征夫對統治者窮兵黷武發出詛咒，發出反戰的呼聲，其精神與杜甫的〈兵車行〉、〈新婚別〉正血脈貫通。

一點朱

王　蘇

【題　解】一點朱，指朱筆任意一點紅。朱筆，蘸紅色的毛筆，長官用來批文。

【作　者】王蘇（生卒年不詳），字儕嶠。江陰（今屬江蘇）人。乾隆進士，授編修。有《試峻堂詩集》。

長官❶一點朱，小民一點血。官符❷出官府，炙乎手可熱❸。皂隸❹

東西走，伍伯❺先後行。「莫怨守捉❻使，朱票❼有汝名。」黑索袖中藏，朱票袖中出：「汝若不見信，大令❽有朱筆。」朱筆任意下，不方復不圓。長官一點朱，小民萬個錢❾。

【注釋】❶長官　此處實指縣令。❷官符　官府發的文書。❸炙乎手可熱　即炙手可熱，熱得燙手，比喻衙役氣焰囂張。❹皂隸　衙門差役。❺伍伯　衙門中掌管行刑的役卒。❻守捉　原指軍隊戍守之地，大者稱軍，小者稱守捉。此指代縣衙門。❼朱票　朱筆圈批過的文書，指敲詐勒索的「證明」。❽大令　指縣官。❾萬個錢　一萬個銅板，極言錢多。

【語譯】縣官用朱筆批示的一點紅，成了百姓身上的一點血。差役攜著批文走出官府，氣焰十分囂張。差役奔東又奔西，捕快也分撥先後出行。「不要怨官府派人來，朱票上寫有你的姓名。」他袖筒裡藏著黑鐵鏈，袖口取出了朱票：「你們要是不相信的話，上面有縣令的朱筆批文！」縣令朱筆隨便地批一下，圈批不方又不圓。縣官朱筆批文的一點紅，小民就要破費一萬個銅板！

【研析】此詩取材甚新，構思亦巧，通過縣官「一點朱」的記敘，形象反映了「乾隆盛世」貪官汙吏對百姓的橫徵暴斂已到了無法無天、巧取豪奪的地步，從而對「盛世」發出了警告的不和諧音。詩中公開出場的是衙門的差役走卒，作者善於描繪他們的行動、語言，唯妙唯肖，活生生畫出他們狐假虎威、作威作福的醜態。但詩人亦甚清楚，真正的罪魁是他們背後「一點朱」的「長官」，因為差役的為非作歹依仗的是「大令」的「朱筆」。所以詩人在開頭與結尾反覆強調「長官一點朱」；而由「小民一點血」具體化為「小民萬個錢」，則揭露了長官盤剝勒索對百姓造成的嚴重傷害，該有多少窮人流盡血汗，家破人亡啊！此詩語言通俗，口語化，寫差役的語言十分傳神。

貧士嘆

熊士鵬

【題解】這是一首反映社會貧士即窮困的讀書人心態與遭際的古詩。

【作者】熊士鵬（生卒年不詳），字兩溟。天門（今屬湖北）人。嘉慶進士，官武昌教授。有《鵠山小隱集》。

飢必食玉山禾❶，渴必飲廉泉水❷。貧士有奇懷，膏粱❸齷齪何足齒❹！瘦妻在前泣，瘦男在後啼。地荒天黑盜蜂起，瘦尨❺狺狺❻聲何淒！室中何所有？蠹書❼不可以為衣；室外何所有？石田❽不可以療飢。朝掐木皮，暮掘草根。道逢富人，騎馬如顛。酒肉皤其腹❾，帛布悍其顏❿，揚鞭捋鬚向我笑：「書不如田，田不如錢！」

【注釋】❶食玉山禾　比喻貧士高潔。玉山，一名藍田山，在陝西藍田東，產玉，有「藍田日暖玉生煙」之說。❷飲廉泉水　比喻貧士清廉。廉泉，在今江西贛州東南。❸膏粱　肥肉美穀。❹何足齒　不值得提。❺尨多毛的狗。《詩・召南・野有死麕》「無使尨也吠。」❻狺狺 指狗吠聲。❼蠹書 被蟲蛀過的書。❽石田 不能耕種的田。❾皤其腹 語出《左傳・宣公二年》，意謂使肚子變大。❿悍其顏 使臉色變兇暴蠻橫。

【語譯】飢餓了一定要吃玉山米，乾渴了一定要喝廉泉水。貧士有不平凡的胸懷，肥肉美穀其實很骯髒，不足掛齒。清瘦的妻子在身前飲泣，乾癟的兒子在身後啼哭。地荒天黑盜賊蜂起，多毛的瘦狗狺狺狂吠真是淒厲！室內有何物呢？破書不能當成寒衣穿；室外有何物呢？石田不能種稻穀吃飽肚子。只能早晨去剝樹皮，晚上去挖草根。在路上碰見一個富人，騎在馬上一路顛簸。酒肉撐得肚溜圓，錦衣襯得臉色蠻橫；他揚鞭捋鬚嘲笑我說：「書籍不如田地，田地不如金錢！」

【研析】古語說「學而優則仕」，但真正能飛黃騰達登上仕途的知識分子畢竟還是少數，廣大的窮書生只能皓首窮經，一生窮困潦倒，最後老死牖下。詩中的貧士正是這樣一個徒有奇懷而衣食無著並被富人嘲笑的窮書生。詩開頭四句，用象徵手法突出貧士高潔的操守與不凡的志向，這樣的知識分子照理應該有個好的歸宿。但是接下十句卻描寫貧士正陷入極端貧困的境遇中，與其操守與志向相對照，可見社會的黑暗。其中五六句寫妻兒啼飢號寒，以襯托其「貧」；七八句寫生活環境惡劣淒慘，進一步襯托其「貧」；九到十二句先以兩個設問句寫出其一無所有，後又寫只能剝樹皮挖草根度日，再強化其「貧」。至此貧士之「貧」已寫得淋漓盡致，無以復加。而最後七句又借助富人與之相比，並通過富人之口點明題旨：「書不如田，田不如錢！」社會現實注定讀書的貧士只能掙扎在飢餓死亡線上。其「九儒十丐」的社會地位與經濟地位是不能改變的。此詩先以貧士的思想情操與其經濟困境相比，後以有錢的富人與一無所有的貧士相比，在對比中益顯貧士之可憐與社會的不公。結尾富人的話雖非作者觀點，但卻是現實的法則，畫龍點睛，令人深思。

訟師

諸明齋

【題解】此詩所寫的「訟師」是靠為人寫狀紙打官司謀生的人，俗稱「師爺」，類似今日之「律師」。

【作者】諸明齋（生卒年不詳），清代詩人。曾在上海教過私塾。有詩集《生涯百詠》。

一支筆，半笏❶墨，直者曲，曲者直。嚇良民，助奸慝❷。衙門等廬舍，胥役❸都交識。寧❹有處分❺好策籌❻？出入翻覆❼心則黑。心惟❽黑，食可白；食雖白，手終赤！

【注釋】❶笏　量詞，指條、塊。❷奸慝　奸邪。此指奸邪之人。❸胥役　官府辦文書的小吏與差役。❹寧　豈。❺處分　決斷。❻策籌　謀劃。❼翻覆　變化無定，反覆無常。❽惟　雖。

【語譯】他揮動一支筆，研磨半塊墨，直的可以變曲，曲的可以變直。他威嚇老實人，幫助邪惡者。衙門好像自己的家門，吏役都與他結識。他豈有決定過好的謀劃？他反覆多變心很黑。心雖變黑，酒肉可以白吃；酒肉雖白吃，雙手終是血紅！

【研　析】在封建專制社會真正為百姓申冤的訟師少，而利用職業方便，與官府勾結，坑害百姓，幫助壞人的訟師多。此詩所寫的訟師就是封建社會訟師的典型形象。作者以漫畫筆法，勾勒出訟師的醜惡臉譜，對訟師所作所為給予了辛辣的諷刺。開篇六個三字句，兩兩對仗，極其洗煉地描繪出訟師的職業特徵，即靠筆墨混淆是非曲直，欺善助惡。中間四句則具體揭露訟師作惡的途徑乃與官府相勾結，任意顛倒黑白，翻手為雲，覆手為雨。最後四句再以四個三字句點穿訟師的無恥貪婪的靈魂，只要可白吃白拿，哪怕良心變黑，都照樣幹壞事；但是手上沾滿百姓鮮血，極其可惡可恥。而作者的憎惡感情亦明顯流露出來。此詩為雜言詩，類似民歌，語言口語化，特別是三字句言簡意深，形象生動，節奏感亦強，成功地表現了詩旨。

洋　煙

何春元

【題　解】洋煙，即鴉片。這首七律實際是為鴉片鬼勾勒的漫畫像。

【作　者】何春元（生卒年不詳），字千生。侯官（今福建福州）人。道光十四年（西元一八三四年）舉人。

腸肥腦滿漸摧殘，憔悴相逢詫改觀。直使鬼裝青面目，能令人變黑心肝。孤燈照處留宵伴❶，冷枕醒時報午餐。銀盆分來煤❷數點，淮南雞犬舐餘丹❸。

【注　釋】❶宵伴　指半夜陪鴉片鬼燒煙的人。❷煤　指代黑色的鴉片膏。❸淮南雞犬舐餘丹　用葛洪《神仙傳》典：淮南王白日升天，「餘藥器置中庭，雞犬舐啄之，盡得升天。」舐，舔。此句諷刺鴉片鬼嗜毒如命，快要「升天」。

【語　譯】本是腦滿腸肥的人，逐漸受到鴉片的摧殘，一旦相逢驚訝他容顏憔悴大為改觀。鴉片直使他面目慘青好似鬼臉，鴉片能叫心肝變成了黑炭。孤燈照著陪燒鴉片的人，從冷枕上醒來叫人開午飯。午飯是銀盆分來的數點黑煙膏，煙鬼吸煙如同淮南雞犬在舔食剩餘的神丹。

【研　析】由於英國人把鴉片販賣到中國，而造就了一批嗜煙如命的鴉片煙鬼。英國人固然是罪魁禍首，但這些鴉片鬼愚昧麻木，同樣令人憤慨，何況這些人多為「腸肥腦滿」的富人，把從窮苦人搜刮來的脂膏都在煙燈上燒盡，尤其不可饒恕。正是基於這樣的感情，作者對煙鬼極盡嘲諷抨擊之能事。首聯開篇就推出煙鬼的可悲形象，原是「腸肥腦滿」的富態人，因受洋煙摧殘而憔悴不堪，原因何在呢？從而引起讀者的思考。頷聯進一步寫洋煙的毒害，以誇飾手法寫出煙鬼的鬼相以及其內臟變黑的危險，但仍未點明鴉片。頸聯轉寫煙鬼夜半吸食鴉片的生活方式，半死不活，不辨昏曉，醒來要吃午餐的可笑嘴臉。尾聯回應「午餐」，「午餐」竟是「煤」即鴉片，至此才點明鴉片。此極寫煙鬼病入膏肓，不可救藥，尾句用了一個「雞犬升天」的典故，暗示煙鬼之嗜毒就是乞求「升天」早死。全詩四聯皆客觀描寫，無一句公開表明作者觀點，傾向性是從具體場景中自然流露出來的。具體的描寫使人更清楚地看到鴉片的毒害，從而向煙鬼及所有人敲響警鐘：鴉片有毒，食之送命！

射湖晚泊（選一）

潘德輿

【題解】射湖，即射陽湖，在今江蘇寶應東。詩人一日晚泊射湖，夜半被漁人夜歸槳聲驚醒，乃有所感而寫下這首五絕。

【作者】潘德輿（西元一七八五—一八三九年），字彥甫，號四農。山陽（今江蘇淮安）人。道光八年（西元一八二八年）舉人，後補安徽知縣，未幾卒。詩學陶潛、杜甫，古淡質樸。論詩重詩教，以補救性靈派末流之弊端。有《養一齋集》。

岸遠月低檣❶，沙明星入網。半夜漁人歸，前溪聞暗槳❷。

【注釋】❶檣　船的桅杆。❷暗槳　指划槳的輕微聲響。

【語譯】遠離湖岸的月亮低掛在桅杆上，沙明水清，只有明星落入了漁網。忙碌到半夜漁人才歸來，我聽見前溪輕微的槳聲。

【研　析】此詩反映的是漁家生活，意境清幽，特別是首聯頗富詩情畫意，但內含作者對漁民艱辛勞作而收穫可憐的生活境遇的同情。首聯乃是詩人想像的畫面：在遠離湖岸的深處，月亮已經西斜，漁人仍在不停地打撈。但沙明水清，並無魚兒入網，只是撈起水中明星而已。尾聯則寫漁人歸來，是因為作者聽到前溪傳來輕微的槳聲。「暗槳」頗耐尋味，一是夜裡划槳，二是槳聲輕微。因漁人疲憊不堪，連划槳亦無力了。詩人對漁人的感情正蘊藉在所想所聞的畫面、聲響中。

小遊仙詞十五首（選一）

龔自珍

【題　解】小遊仙詞即遊仙詩。一般描寫仙境以寄託作者的思想感情。吳昌綬《定盦先生年譜》云：「道光元年（西元一八二一年）夏，考軍機章京，未錄，賦〈小遊仙詞十五首〉，遂破戒作詩。」

仙家雞犬近來肥❶，不向淮王舊宅❷飛。
卻踞❸金牀作人語，背人高坐著天衣❹。

【注　釋】❶仙家雞犬近來肥　用葛洪《神仙傳》典：「時人傳八公、（劉）安臨去時，餘藥器置中庭，雞犬舐啄之，盡得升天。故雞鳴天上，犬吠雲中也。」仙家，指劉安，漢高祖之孫。漢武帝時因有逆謀自殺，道家謂之成仙。仙家雞犬，比喻考入軍機處為軍機章京者。軍機章京的職務本是負責繕寫諭旨，記載檔案，查核奏議，因接近皇帝，故有相當權勢。❷淮王舊宅　淮南王留在人世的舊宅。此指考入軍機處者原來的衙署。❸踞伸開腿坐。❹著天衣　穿仙人之衣，實指軍機章京們享受特殊待遇，穿特殊衣帽。此乃諷刺語。

【語　譯】升天的雞犬近來養得很肥，不屑於再向淮王的舊宅飛了。如今隨意坐在金牀上模仿人講話，又背人高高地坐著穿起仙人的衣衫。

【研　析】此詩題旨隱晦，頗不易解，一說認為是寫愛情故事，一說認為是揭露軍機內幕。細考詩意，當以後者為是，龔自珍自稱「出入仙俠間，奇悍等無倫」（〈自春徂秋，偶有所觸，拉雜書之，漫不詮次，得十五首〉），其創作採用類似莊子「託言神人」（《最錄列子》）的方法，獨闢奇境。此詩以《神仙傳》中升天的「雞犬」比喻軍機章京，辛辣諷刺了他們從六部一般隨員躋身軍機處之後的得意忘形、趾高氣揚的醜態，寄寓詩人強烈的憤懣之情。只是事關「犯上」，所以寫得隱約其詞，通篇用比喻象徵，須知人論世才能領會其用心。

經死哀

鄭　珍

【題　解】此詩作於清咸豐十一年（西元一八六一年）。經死哀，即哀悼吊死的人。經，即上吊自殺。

虎卒❶未去虎隸來，催納捐欠聲如雷。雷聲不住哭聲起，走報其翁已經死❷。長官切齒目怒瞋❸：「吾不要命只要銀！若圖作鬼即寬減，恐此一縣無生人！」促呼捉子來，且與杖一百：「陷父不義❹罪何極，欲解父懸❺速足佰❻！」嗚呼，北城賣屋蟲出戶❼，南城又報縊三五❽！

【注　釋】❶虎卒　指兇惡的役卒。後「虎隸」，同此。❷經死　上吊而死。❸瞋　瞪眼。❹陷父不義　朱熹《四書集注》：「守身，持守其身，使不陷于不義也。」指讓父親吊死，使其未能守身而「陷於不義」。❺解父懸　指解下上吊的父親的屍體。❻足佰　湊滿百錢，指繳足捐欠。❼蟲出戶　指老人屍體腐爛已有蛆蟲爬出屋子。❽縊三五　吊死三五人。

【語　譯】兇卒沒走惡役又趕來，催繳捐稅斥聲如雷。雷聲沒停哭聲又響起，兒子來報父親已吊死。長官咬牙切齒怒瞪眼：「我不要人命只是要白銀！如果妄想變鬼可免稅，恐怕此縣不再有活人！」催呼捉了兒子來，先賞竹杖整一百：「你陷老父不義罪惡大，想解父屍就要快快繳足稅！」啊，北城賣屋納捐屍生蟲，南城又報新增了幾個吊死鬼！

【研　析】此詩採用樂府體，記敘了兇官惡吏為命百姓繳捐稅逼死人命的慘劇。並刻畫了兇如虎狼的「長官」與差役的醜惡形象，抒發了作者無比憤慨的感情。頭四句寫差役兇似虎狼催納捐稅，而逼死老翁人命之慘劇，可見百姓已被勒索殆盡，只能走向死路的困境。接下八句描繪催捐「長官」的兇殘本性，主要借助其典型化的語言，寫其天良喪盡的鐵石心腸。他不僅對死者毫無憐憫之心，而且反誣其子「陷父不義」，又杖打無辜的兒子一百記，繼續催逼納捐。此人乃封建統治者爪牙的典型代表。由他足可以看出整個國家機器已經腐朽之極。最後兩句，不僅交代了詩中主人公的悲慘結局，兒子被迫賣房湊錢納捐時，父親屍體已腐爛生蟲；而更可憐的是同樣悲劇又在其他人家重演！結尾十分精彩，可見作者「經死哀」不是哀一家一戶，而是哀廣大群眾，詩意由此而深化。此詩寫人物語言十分生動，真實地表現了長官的本性。

咄咄吟（選一）

貝青喬

【題　解】《咄咄吟》係作者於鴉片戰爭爆發後之道光二十一年（西元一八四一年），投奔揚威將軍奕經赴浙抗英，將其兩年多見聞之種種「咄咄怪事」寫成的大型紀事組詩一百二十首。組詩編定於道光二十三年。

癮到材官❶定若僧❷，當前一任泰山崩❸。鉛丸如雨❹煙如墨❺，屍
臥❻穹廬❼吸一燈❽。

【注　釋】❶癮到材官　指武官煙癮發作。材官，材官將軍，漢代武官名。此指代武官。據原詩後注，此指揚

威將軍奕經門生張應雲。他當時在反攻寧波、鎮海戰役中為前營總理，駐紮在距鎮、寧二十餘里的駱駝橋鎮。當半夜鎮、寧二城火光燭天、炮聲四起，有人請他派兵助戰時，他卻因「素吸鴉片煙，時方煙癮至，不能視事」。❷定若僧　像和尚坐禪入定一樣，處於一種不言、不動、不思的狀態。❸當前一任泰山崩　諷刺張應雲有泰山崩於前面色不改的膽量，實際是煙癮一發死活不顧。❹鉛丸如雨　指英國軍隊「從樟市來犯」，「發槍炮豕突而至」。❺煙如墨　有雙關義：一指戰火硝煙黑如墨，一指張應雲所吸鴉片黑如墨。❻屍臥　形容張應雲吸煙姿勢像僵屍一樣側臥。❼穹廬　指軍中營帳。❽吸一燈　在煙燈上燒吸鴉片。據詩末原注云：「應雲猶臥吸鴉片煙半時許，始蹌踉升輿走。」

【語　譯】煙癮發作時，武官好似和尚坐禪入定，即使眼前泰山崩裂他也無知覺。英軍鉛彈如雨他卻煙氣如墨，他正僵臥在軍帳燈旁燒吸鴉片。

【研　析】此詩採用漫畫手法勾勒出一個鴉片鬼的可憎嘴臉。詩人別具匠心地把他置於炮火連天、鉛彈如雨的戰鬥環境中，而他居然有「一任泰山崩」的「無畏氣概」，仍「屍臥穹廬吸一燈」，可見其鴉片之毒已深入骨髓，不可救藥。詩中「鉛丸如雨煙如墨」一句甚妙，不僅語義雙關，而且運用意象疊加的手法，映襯出張應雲嗜煙不要命的醜態，諷刺意味極濃。而可悲的是這樣的鴉片鬼居然是「材官將軍」，要靠他指揮戰鬥，清軍之腐敗可想而知，而清軍的潰敗亦是無可挽回的。全詩諷刺的鋒芒十分尖銳，其中飽含作者憂國憂民之心。

四、愛情・悼亡

西湖雜感（選一）

錢謙益

【題解】作者於順治七年（西元一六五〇年）五月曾在杭州西湖小憩六天，得詩二十首，此為其一，專為愛妾柳如是而作。柳氏早在明崇禎十一至十三年（西元一六三八—一六四〇年）曾三次遊西湖，留下〈西湖絕句〉八首、〈西泠十首〉等詩篇，時隔十一二年之後作者亦來西湖，難免要追尋柳氏舊蹤，設想愛妾暢遊西湖時情景，於是憶昔而悲今，情見乎詞而有此作。

西泠❶雲樹六橋❷東，月姊❸曾聞下碧空。
楊柳長條人綽約，桃花得氣句玲瓏❹。
筆牀硯匣芳華裏❺，翠袖香車麗日中。
今日一燈方丈室，散花長侍淨名翁❻。

【注　釋】❶西泠　西泠橋，在杭州孤山西。❷六橋　在西湖蘇堤上，分別名曰映波、鎖瀾、望山、壓堤、東浦、跨虹。❸月姊　嫦娥。李商隱〈楚宮〉：「月姊曾逢下彩蟾。」此比喻愛妾柳如是。❹桃花得氣句玲瓏　稱讚柳如是〈西湖八絕句〉之「桃花得氣美人中」寫得玲瓏明麗。❺筆牀硯匣芳華裏　用徐陵〈玉臺新詠序〉「玻璃硯匣，終日隨身；翡翠筆牀，無時離手」之典，謂柳如是在花中嬉遊亦帶筆硯。筆牀硯匣，皆為放筆硯的文具。❻散花長侍淨名翁　指柳如是如散花天女在方丈室內守清燈而侍奉淨名。淨名即維摩詰，是與釋迦牟尼同時的大乘居士。

【語　譯】西泠的雲樹在六橋東側，曾聽說嫦娥從那裡降下了碧空。楊柳枝條曼長，美人標致婀娜，她「桃花得氣」的詩句明麗玲瓏。她在花中嬉戲，筆牀硯匣隨身攜帶，在麗日下漫遊，穿著豔服乘著香車。而今日卻在方丈室內孤守清燈，做一個散花天女侍奉著維摩詰翁。

【研　析】詩首聯寫西湖優美環境，並引出柳氏曾到此一遊的往事，將柳氏喻為下碧空的「月姊」，可見作者讚賞之意。頷聯承首聯意，妙語雙關，極力描摹柳氏當年豔麗風采與高超詩才。頸聯則想像柳氏遊西湖時的高雅、愜意情景，不勝嚮往。前三聯實際皆是舊夢，那時柳氏正豆蔻年華，大明江山亦尚在。但憶昔旨在悲今，「嗟地是而人非」（〈西湖雜感小序〉）。今日不僅柳氏青春已逝，江山亦易主，柳氏乃以學禪度日，祝髮修行侍奉「淨名翁」。尾聯一結頓使詩情急轉直下，意蘊昇華。此詩為七律，既富李商隱之藻麗，又得杜甫之沉鬱。故錢仲聯師有「牧齋七律，清代第一」（《夢苕庵詩話》）之說。

竹枝詞

方文

【題解】竹枝詞，樂府〈近代曲〉之一。本為巴渝（今四川東部）一帶民歌。唐劉禹錫據以改作新詞，歌詠男女戀情。形式為七言絕句。

【作者】方文（西元一六一二—一六六九年），字爾止，號明農，又號嵞山。桐城（今屬安徽）人。明亡隱居南京，與林古度等相善。詩抒寫性情，不事雕琢。有《嵞山集》。

儂❶家住在大江東，妾❷似船桅郎❸似篷。船桅一心在篷裏，篷無定向只隨風。

【注釋】❶儂　吳語「我」。❷妾　女子自稱。❸郎　稱丈夫或情人。

【語譯】我的家住在長江的東面，我好似船桅情郎好似帆篷。船桅一心想藏在帆篷裡，帆篷卻行無定向只是隨著風飄遊。

【研析】這是一首以一位江南女子口吻抒寫的情詩。詩採用比喻的修辭手法，以船桅比女子，以帆篷比男子。女子一心要依靠男子，而男子感情卻「無定」，經常變化，所謂「痴情女子負心漢」。女子對男子多少有些怨氣，但其愛意甚真摯，而怨亦由愛生也。但是此詩較朦朧，如「妾」與「郎」

的關係是夫妻，還是情人，就難以判定，這倒是其長處，內涵反更廣了。

悼亡（選一）

顧炎武

【題解】古詩以「悼亡」為題，始於潘岳〈悼亡詩三首〉，多指悼念亡妻。此〈悼亡〉原五首，作於康熙十九年（西元一六八〇年），時作者為抗清復明作準備，已遠離家鄉昆山二十個年頭。這年十一月北行至山西汾州太守周于漆署中，得到元配夫人王氏卒於昆山的訃報，真是亡國之痛未銷，又添喪妻之哀，悲慨萬端，不能自已，乃作〈悼亡〉。其餘四首皆兼抒寫抗清復明之志，此詩基本上寫伉儷之情。

獨坐寒窗望藁砧❶，宜言偕老❷記初心❸。誰知游子天涯別，一任閨蕪日夜深❹。

【注釋】❶藁砧　即「夫」。藁砧原是一種死刑，犯人墊著草席頭伏在砧板上，被劊子手以鈇（鍘刀）斬之。「鈇」與「夫」同音，故隱語「藁砧」即夫也。李白〈代美人愁鏡〉：「藁砧一別若箭弦，去有日，來無年。」❷宜言偕老　《詩・鄭・女曰雞鳴》：「宜言飲酒，與子偕老。」言，而也，無義。❸初心　當初的誓言心願。❹閨蕪日夜深　引用江淹〈悼室人十首〉其六原句。閨蕪，閨房前的野草。

【語　譯】獨坐在寒冷的窗前思念遠遊的夫君，時時記住「與子偕老」的誓言。誰知遊子遠別到了天涯，任憑閨房前的野草越長越茂密。

【研　析】此詩以追憶往事為主。在作者心目中妻子似並未與之永訣，他設想家中妻子日夜盼望自己遠出歸來而寂寞獨守的情景，寫得十分真切。首句乃寫妻子盼望夫歸的外在情態，一「獨」一「寒」用得生動傳神，渲染出淒清孤寂的氛圍。次句進而揭示妻子內心，她牢記新婚時白頭偕老的誓言。但現實卻是後兩句所寫的丈夫違背誓言，遠出不歸，任憑閨房空寂，房前野草日夜瘋長。這是作者代妻子抒怨，實際是作者自責、歉疚之情的曲折表現。作者為民族興亡而奔走誠然義不容辭，但違背「初心」心裡畢竟不安。作者設想妻子幽怨之深，旨在表明自責之切。他畢竟是深愛妻子的，此詩就是明證。此絕句兩處用典，增添了詩的典雅之致。

生辰曲

龔鼎孳

【題　解】作者於明崇禎十六年（西元一六四三年）十月因彈劾權貴而受誣降級繫獄。其妻（副室）顧眉則上章為其申辯，盡力營救。作者身在獄中，適值其妻生日，有感於妻子之情義乃作此詩。時約在清順治初，以詩遙賀其夫人顧眉之生辰。

【作　者】龔鼎孳（西元一六一五—一六七三年），字孝升，號芝麓。合肥（今屬安徽）人。明崇禎進士，官兵科給事中，李自成入京後，授直指使，巡視北城。後降清授吏科給事中，累遷太常寺少卿。仕途上曾屢起屢躓。康熙初，官至刑部尚書。龔氏博聞多學，詩文俱工。清初與錢謙益、吳偉業齊名為「江左三大家」。詩用典妥貼，風格婉麗，頗多蕭瑟感慨之什。有《定山堂集》等。

琉璃為篋❶貯冰霜❷，諫草❸琳琅❹粉澤香。哭泣牛衣❺兒女態，獨將慷慨對平章❻。

【注　釋】❶篋　小箱子。❷冰霜　喻堅貞清白之志。《宋書‧臨川烈武王道規傳》：「處士南郡師覺……志固冰霜。」❸諫草　即諫書、諫稿。❹琳琅　精美的玉石。此喻諫草寫得精美。❺哭泣牛衣　形容夫妻共守窮困，用《漢書‧王章傳》典：「初，章為諸生，學長安，獨與妻居，章疾病，無被，臥牛衣中，與妻決，涕泣。其妻怒呵之曰：『仲卿，京師尊貴在朝廷人誰逾仲卿者？今疾病困厄，不自激昂，乃反涕泣，何鄙也？』」牛衣，給牛禦寒用的覆蓋物。❻平章　官名，職位相當於宰相。此當指作者的政敵。

【語　譯】琉璃的小箱子貯存著她冰霜樣堅貞的節操，起草的諫章精美如玉，散發著粉澤的芳香。困頓時妻子哭泣顯出兒女情態，卻有膽量面對大官僚慷慨激昂。

【研　析】據載，作者妻顧眉具有才藻，善治家政，頗有膽識，而龔氏亦頗信其言。此詩不是寫一般的兒女之情、伉儷之愛，而是讚揚妻子為營救自己出獄，起草諫章，向朝廷申訴，敢於面對權貴，顯示出女中豪傑的風骨。上聯先寫物，「琉璃篋」與「諫草」，前者如「貯冰霜」，後者「粉澤香」，與氣節、妻子相關，顯然是以物代人，此人即其妻子，而所寫之物皆與詩旨相關。下聯乃直接寫其妻子，先抑後揚：寫其哭泣兒女態，具有女人的柔弱本性，此為抑；寫其慷慨對平章，有膽有識一面，此為揚。作者對夫人之感激與欽佩的伉儷深情全以遒勁之筆抒寫，在愛情詩中堪稱別具一格。

賦得對鏡，贈汪琨隨新婚

吳嘉紀

【題　解】詩題「賦得」原指摘取古人成句為題之詩，科舉之試帖詩題前亦均冠以「賦得」二字。後來成為一種詩體，即景賦詩者往往冠以「賦得」為題。汪琨隨為作者朋友，正好結婚。作者寫此詩戲謔之。

洞房深處絕氛埃❶，一朵芙蓉❷冉冉開。顧盼忽驚成並蒂❸，郎君背後覷❹儂❺來！

【注　釋】❶絕氛埃　潔淨。❷芙蓉　荷花。喻新娘美麗的容貌。❸並蒂　並蒂蓮。此喻夫妻靠在一起。❹覷　偷看。❺儂　此為女子自稱。

【語　譯】洞房的深處幽雅而潔淨，梳妝的新娘似一朵荷花慢慢地盛開。顧盼之間忽驚鏡裡出現了並蒂蓮，原來是郎君背後偷看我湊了上來！

【研　析】此詩所描寫的情景是新婚夫妻洞房花燭夜後，清晨新娘梳妝打扮時的一個鏡頭。首句寫新房環境之美妙、雅致、寧靜、清潔，如同供鴛鴦休憩的一灣清水。次句推出新娘照鏡梳妝的畫面，她如同出水芙蓉，經過慢慢細心打扮而更加嬌豔迷人。第三句則通過新娘「對鏡」的視角引出新郎，但並未直言，而是由「一朵芙蓉」驚變「並蒂」暗示，這個情節富有喜劇意味，並造成小小懸念，使小詩顯得跌宕。末句乃點穿是新郎從背後偷看豔麗的新娘，此句由新娘口吻道出，表現出嬌憨、幸福的心情。而新郎「覷」的細節又顯示出對新娘的愛悅，亦有些調皮。詩語言比較平淺，有民歌風味，具語近情遙之妙。

悼亡四首（選一）

王夫之

【題　解】明崇禎十年（西元一六三七年）作者與陶氏結婚，順治三年（西元一六四六年）妻亡。順治七年作者續娶鄭氏，十八年鄭氏亦亡。而此年南明桂王被清兵俘獲，明亦亡。國亡妻死，作者悲痛萬分，於深秋寫下〈悼亡四首〉。此其一。

十年前此曉霜天，驚破晨鐘夢亦仙❶。一斷藕❷絲無續處，寒風落葉灑新阡❸。

【注釋】❶十年前此曉霜天二句　此二句一是講髮妻於十餘年前的此日仙逝，二是講晨鐘驚破與髮妻陶氏相會之夢境。十年，約數，實際上十五年。仙，仙逝，死的婉辭。❷藕　雙關語，有「偶」義。❸新阡　新墓道。此指續弦鄭氏新亡。

【語譯】十餘年前的今日霜晨髮妻棄世了，此時晨鐘驚破夢境髮妻影子亦不見了。藕絲一旦割斷就無處再去粘合，而寒風落葉又灑在續弦的新墳之前。

【研析】此詩的寫作背景是明朝已覆滅，國破家亡，此時寫悼亡詩，而且既悼髮妻陶氏，又悼續弦鄭氏，真是國事悲，家事亦悲，悲上加悲，催人斷腸。上聯先追憶十餘年前髮妻病故，但未點明，只以「曉霜天」婉言，後寫今日時逢其祭日而夢中相會亦不得長久的悲惋。下聯寫續弦新亡之哀，也較含蓄，重在景中含情。作者論詩云：「不能作景語，又何能作情語耶？」(《薑齋詩話》)尾句是「景語」，亦是「情語」，作者之淒涼悲哀之情恰如瑟瑟秋風中飄零的落葉灑在亡妻新阡之前。作者乃秉性堅強之人，內心雖哀，全詩卻無一語言悲說哀，而自有悲哀之情蘊藉墨楮之間。

和遠士無題六首(選一)

朱彝尊

【題解】詩題「遠士」未詳履歷，當為詩人，寫有〈無題六首〉。作者乃奉和六首，此為其中一首。

【作者】朱彝尊(西元一六二九—一七〇九年)，字錫鬯，號竹垞。秀水(今浙江嘉興)人。康熙十八年（西元一六七九年）應博學鴻詞試，官翰林院檢討，參與修《明史》。因私抄禁中書被劾降級。後補原官，不久乞歸。朱氏博學多聞，通經史，工詩文。詩與王士禛稱南北兩大宗。論詩重學問，尚醇雅。筆力雅健，但用典過多。著述甚豐，有《曝書亭集》、《經義考》等，另編有《明詩綜》、《詞綜》。

每嗟相見太匆匆，一片紅箋❶恨未通。幾向小梯行細步❷，為憐宋玉石牆東❸。

【注釋】❶紅箋　指情書。此指男方寫給女方的情書。❷幾向小梯行細步　謂女子幾欲朝立梯處挪動碎步，「登牆窺」宋玉。此用宋玉〈登徒子好色賦〉典。❸為憐宋玉石牆東　謂因為愛憐情郎在石牆的東面。宋玉，楚國人，「為人體貌閒麗」（〈登徒子好色賦〉），才貌雙全。此比喻情郎。

【語譯】每年嘆息相見的時間太匆忙，又怨恨傳情的紅箋沒有寄到。她幾乎要挪動碎步登上小木梯，只為心上的情郎在牆的東邊。

【研析】這首七絕描寫的是一位痴情少女渴望與她意中男子相會的迫切心情，表現了懷春女子對愛情的熱烈嚮往與追求。詩中女子可能與男子靈犀相通，亦可能是單相思，這些都無關宏旨，重要的是她胸中燃燒著一團愛的火焰。詩意層層推進，首句嘆「相見太匆匆」，次句又恨「紅箋」未通，這些挫折並未熄滅少女愛的火焰，反而使之燃得更旺，她幾乎要採取果斷行動，登牆窺「宋玉」以解相思之苦。至於結果如何詩人不言，他只寫女子懷春的心理。朱氏詩講究醇雅，重學問，此詩就具有這一特色。

秋夜長

方殿元

【題解】這是一首樂府體詩，傳統的閨怨題材，抒寫思婦對遠戍丈夫的殷殷懷念，如同秋夜一樣深長。

【作者】方殿元（生卒年不詳），字蒙章，號九谷。番禺（今廣東廣州）人。康熙進士，官江寧知縣。有《九谷集》。

淒淒者風，胡❶不自東，不自南、不自北，吹我井上雙梧桐？梧桐昨夜飄孤葉，夫婿從軍入窮髮❷。兩地相思不相見，愁雲共掩關山月。飛鴻❸不我顧❹，海燕辭巢去。空房蟋蟀鳴，長夜漫漫誰與語？緘情❺含淚向天訴，蒼蒼無雲復無雨，西有牽牛東織女。

【注釋】❶胡　何；為什麼。❷窮髮　不毛之地，謂僻遠荒蠻的地方。《莊子・逍遙遊》：「窮髮之北，有冥海者，天池也。」成玄英疏：「地以草木為髮，北方寒冱之地。草木不生，故名窮髮，所謂不毛之地。」❸飛鴻　大雁。據《漢書·蘇武傳》，蘇武借大雁傳遞書信，故後亦指代書信。❹不我顧　不顧我。❺緘情　克制感情。

【語　譯】淒冷的風啊，為什麼不是東風，不是南風，不是北風，而吹殘我井邊的兩株梧桐樹？梧桐昨夜飄下一片孤葉，丈夫從軍開向了僻遠的邊塞。夫妻兩地相思不能相見，朵朵愁雲共同遮掩了關山冷月。大雁不給我傳書信，海燕也飛走了。只有空房的蟋蟀哀鳴著，長夜漫漫在和誰訴說著情話？強忍悲傷含淚向天傾訴，蒼天卻無雲影亦無雨跡，只見天空西面有牛郎東面有織女。

【研　析】詩以思婦自述的口吻表現，真切而有層次地剖露出其內心世界。開頭四句起興，寫秋夜西風摧殘「我井上雙梧桐」，景語實乃情語，暗寓夫妻分離之怨。接下四句借助比喻，點明夫婿遠戍而兩地相思之愁。再接下四句以秋天之蟲鳥為襯托，進一步表現自己獨守空房的孤寂之悲。最後三句寫哭訴無門近乎絕望的心情，且戛然而止，留出供人回味的藝術空間。詩人善於選擇意象，淒風、梧桐、飛鴻、海燕、蟋蟀、牽牛、織女，皆蕭瑟淒苦之物，與思婦的憂愁情思相映襯。詩的句式以七言為主，雜以三言、四言、五言，參差錯落，讀來有「大珠小珠落玉盤」之音韻美，與所抒發的感情十分相宜。

悼亡詩二十六首（選一）

王士禛

【題　解】據作者自注此悼亡組詩為「哭張宜人作」。張宜人為作者結髮妻子，姓張，誥封宜人，康熙十五年（西元一六七六年）九月去世。此詩約作於次年秋重陽節後。

【作　者】王士禛（西元一六三四－一七一一年），字子真，一字貽上，號阮亭，別號漁洋山人。新城（今山東桓臺）人。順治十五年（西元一六五八年）進士，官至刑部尚書。王氏作為清初詩壇「一代正宗」，主持風雅數十年。其論詩標舉神韻說，亦風靡詩壇。其詩作多以簡練的筆觸營構含蓄的意境，抒發性情，風格平淡、清遠，言有盡而意無窮，富有神韻。其七絕最具韻味。其詩亦不乏蒼勁雄健者。王詩模山範水與詠史懷古之作較多，反映社會現實生活不夠。今有校點本《王漁洋全集》。

遺掛❶空存冷舊熏❷，重陽閣閉雨紛紛。方諸❸萬點鮫人淚❹，灑向窮泉❺竟不聞。

【注　釋】❶遺掛　指妻子留下的衣服。潘岳〈悼亡〉：「餘芳未及歇，遺掛猶在壁。」❷冷舊熏　衣服舊日香氣已經消失。❸方諸　比之於。❹鮫人淚　淚的雅稱。用張華《博物志》典：南海外有鮫人，水居如魚，眼泣則出珠。❺窮泉　指地下黃泉。

【語　譯】空留下舊衣裙香氣已經消泯了，重陽節時樓閣緊閉秋雨紛紛。雨滴似萬點鮫人的淚珠，灑進了地下黃泉她竟不知不聞。

【研析】唐詩人王維稱「每逢佳節倍思親」，是寫重陽節人易思親之感受。當「重陽」來臨之時王士禎思念的卻是亡妻。此詩抒寫的是作者因重睹亡妻遺物所引發的傷感，又即景借喻，以重陽日門外紛紛秋雨比為「鮫人淚」，實際喻自己的思妻之愁，並想像秋雨能滲入地下黃泉，而妻子卻不知不聞。這又意味自己的懷念竟不為亡妻所知，又進一步激發起作者的傷感。此詩風格沖淡，感情內蘊，悲思見於言外，這正是神韻詩的特點。

採蓮曲

蒲松齡

【題解】〈採蓮曲〉原為梁武帝所制樂府〈江南弄〉七曲之一，作者採用樂府舊題，塑造了一個初戀中的江南採蓮少女形象，真切地描繪出她對情郎的痴心。

兩船相望隔菱茭❶，一笑低頭眼暗拋❷。他日人知與郎遇，片言誰信不曾交？

【注釋】❶菱茭　菱角與茭白，皆水生。❷眼暗拋　暗遞眼神以傳情。

【語譯】隔著綠菱與白茭兩船相望，一笑低頭，眼神暗地裡含著情意。他日別人若知道曾與情郎相遇過，誰信兩人心裡的情話一句都未說呢？

【研　析】詩上聯寫採蓮女的動作細節，在水面上划船與情郎相遇，因為隔著一片菱芡，不能接近，加上臉嫩害羞，只能撲嗤一笑，趕緊低下頭，又悄悄眉目傳情，三個動作十分傳神。下聯則寫其心理活動，兩人雖然「相望」，但未能說說心裡話，訴訴情意，因此十分懊喪，但此意不明說，而是借「他日人知與郎遇，片言誰信不曾交」這別人的想法曲折出之，即她白擔了相會的虛名，而沒有一點兒實質性內容，想法天真可愛。此詩乃民歌體，語言平淺近俚，自饒天真，毫不雕琢。

得夫子書

林以寧

【題　解】詩寫收到丈夫書信的感言。

【作　者】林以寧（約西元一六九二年前後在世），字亞清。錢塘（今浙江杭州）人。進士林綸之女，監察御史錢肇修之妻。曾結女子詩社蕉園七子社。有《墨齋詩文集》、《鳳簫樓集》。

經年❶別思多，得書❷才尺幅❸。為愛意纏綿，挑燈百回讀。

【注　釋】❶經年　長年。❷書　指信。❸尺幅　小幅的紙。

【語　譯】長年的分離使相思的情意特別濃，忽然收到書信可惜信紙太小字不多。因為愛意纏綿不忍放下信紙，於是湊著明燈反反覆覆地讀了又讀。

【研　析】這首小詩言短意長，亦頗耐人「百回讀」。首句直陳與丈夫離別太久而相思情多，似有幽怨之意。次句寫得「夫子書」。開始時當甚欣喜，但打開一看，見信紙「才尺幅」，字數不很多，而一「才」字又分明顯遺憾之意。第三句寫初讀一遍，覺字字纏綿恩愛，又令作者既欣慰又感動。第四句寫作者捨不得放下來信，而「挑燈百回讀」，她正長久、仔細地品味信中的「愛意」的甜蜜，沉浸在慰藉與幸福之中。全詩二十字，但作者情緒變化跌宕，始而怨，繼而憾，再而喜，終而滿足。這全與「夫子書」相關，表明她對「夫子書」的極端珍視，亦反映她對丈夫的感情極端深厚專一。

楊柳枝詞

厲　鶚

【題　解】此詩題目是樂府舊題，寫少婦之相思。

【作　者】厲鶚（西元一六九二—一七五二年），字太鴻，號樊榭。錢塘（今浙江杭州）人。康熙五十九年（西元一七二〇年）中舉，而後屢試進士不第。家貧好學，嘗館於揚州馬氏家中數年，所見宋人集子頗多，又廣求於詩話、說部、山經、地志等，為《宋詩紀事》一百卷，為士林所重。詩宗宋人。詩喜用代字僻典，但亦不乏白描而具情致之作。浙派詩重鎮。詞師姜夔，為浙西詞派重要作家。今有校點本《樊榭山房集》等。

玉女❶窗前日未曛❷，籠煙帶雨❸漸氤氳❹。柔黃❺願借為金縷❻，繡出相思寄與君❼。

【注　釋】❶玉女　美女。❷曛　昏暗。❸籠煙帶雨　指楊柳枝籠罩著雲雨。❹氤氳　瀰漫。❺柔黃　指鵝黃色嫩柳。❻金縷　金絲線。馮延巳〈鵲踏枝〉：「楊柳風輕，展盡黃金縷。」❼君　妻稱丈夫。〈孔雀東南飛〉：「十七為君婦。」

【語　譯】夕陽將西沉時玉女坐在窗前，看見楊柳籠罩在雨霧裡，水氣迷濛。我真願借這鵝黃嫩枝當做金絲線，繡出相思的情意寄給夫君。

【研　析】詩人借楊柳枝的意象生發出女子思夫的構思，表現了少婦溫柔、細膩的感情。此詩構思巧妙，而且自然。少婦心中早已鬱結著深切的思夫之情，當傍晚望穿秋水而又落空時，其相思的感情就益加濃烈。她以相思之眼看客觀之物，則窗外的楊柳枝就自然與「相思」的心理相溝通，從而產生以楊柳當金絲線「繡出相思寄與君」的妙想。〈楊柳枝詞〉本是樂府民歌體。語言一般樸素平易。此詩是文人仿作，因此仍體現出厲鶚詩清遠潔練的個人風格，而如「日未曛」、「漸氤氳」等字眼亦典雅精麗，迥異於民歌語言的通俗。詩中少女溫文爾雅，亦不類民歌中那種質樸直率的鄉野女子，而透露出小家碧玉的韻味。

折楊柳

錢琦

【題解】〈折楊柳〉是樂府舊題，此詩藉以寫新辭。

【作者】錢琦（生卒年不詳），字相人，號璵沙。仁和（今浙江杭州）人。乾隆進士，改庶吉士，授翰林院編修，官福建布政使。有《澄碧齋詩稿》。

折楊柳❶，挽郎手。問郎幾時歸，不言但回首。折楊柳，怨楊柳：
如何短長條，只繫妾❷心頭，不繫郎馬首？

【注釋】❶折楊柳　古人送別有折楊柳的習慣，「柳」與「留」諧音。❷妾　女子自稱。

【語譯】臨別折下了楊柳枝，緊挽著情郎的手。我問郎幾時能回來，郎不回答只是頻頻回頭。臨別折下了楊柳枝，心裡暗自埋怨楊柳：你為何無論長枝短枝，只繫我的心頭，不繫郎的馬首？

【研析】詩採用女子口吻抒寫「折楊柳」與留別有關係，因此以「折楊柳」的動作貫穿全詩，與題意十分吻合。詩中「折楊柳」句式出現兩次，自然分為兩個層次。第一層次「折楊柳，挽郎手」，抒寫主人公送郎時依依不捨之情。無論是「挽郎手」的動作，還是「問郎幾時歸」的問話，都反映了女子對郎的痴情。第二層次「折楊柳」，寫終於挽留不住郎的幽怨，明明是郎無情，非走不可，但女子卻只怨楊柳的「短長條」，而不直接怨男子無情，這同樣反映女子對郎的深情，只是表現形態不同而已。詩中的「郎」是丈夫還是情人，身分不明，但與女子相比，顯然是個感情不很深的男子，至少是令女子擔心的人。由於他的反襯，益顯女子愛情的專一，亦可見女子的處境頗令人同情。此詩以三字句與五字句相間，讀來如同歌謠，自然流暢；詩意表現含蓄委婉，耐人品味。

寄聰娘（選一）

袁　枚

【題　解】此詩作於乾隆十七年（西元一七五二年）作者赴陝西任職途中。詩人迫於生計在隱居之後又「東山再起」，但並不情願，一旦登上旅途又兒女情長起來，懷念其於乾隆十三年所納的寵妾蘇州人方聰娘，乃寫下此詩。

一枝花❶對足風流❷，何事❸人間萬戶侯？生❹把黃金買離別，是儂薄倖❺是儂愁。

【注　釋】❶一枝花　形容聰娘美貌如花。又，據羅燁《醉翁談錄》，「一枝花」為李娃舊名。❷風流　風光；榮耀。❸何事　何物。有貶斥意。❹生　硬，副詞。❺薄倖　薄情；負心。

【語　譯】面對著花容月貌已足夠榮耀，人間萬戶侯算什麼呢？硬是花費黃金買離別，是我薄情自己找怨愁。

【研　析】此詩抒寫對姬妾聰娘的思念。上聯借助強烈的對比：即使做了「人間萬戶侯」（高官），也遠不如面對「一枝花」（聰娘）風流，可見妻子在作者心目中的地位之高。下聯則自責，既然如此，自己卻因一念之差，為了俸祿而遠離妻子，「生把黃金買離別」，充滿深深的懊悔；進而又有真誠地自責：「是儂薄倖是儂愁」，是自己對不起妻子。這是一首比較大膽、直率地表達情愛的作品，是作者「情所最先，莫如男女」（〈答蕺園論詩書〉）的主情觀的體現。其無所顧忌的個性足以令道學家扼腕切齒，在當時無疑具有一定進步性。至於納妾本身自不足為訓，乃時代所限，不必苛求作者。

二月十三夜夢於邕州江上：因友人歸舟作書，寄婦梁雪，百端集於筆下；才書「家貧出門，使卿獨居」八字，以風浪大作，觸舟而醒。嗚呼！夢而不見，不如其勿夢也；況予多病少眠，夢亦不易得耶？輒作詩寄之，得五絕句云爾（選一）

黎　簡

【題　解】作者亡妻梁雪於乾隆四十九年（西元一七八四年）農曆四月二十一日病故。此詩作於乾隆五十年，是年農曆二月十三，作者夜泊邕州（今廣西南寧）邕江上，夢見友人乘船回鄉，於是給妻子梁雪寫信託友人帶回，但才寫下「家貧出門，使卿獨居」八字，因風浪大作，觸舟而醒，作者十分惋惜，感嘆「夢而不見，不如其勿夢也」，於是又作五首七絕，表達思念之情。此為其一。

一度花時❶兩夢之❷，一回無語一相思❸。相思墳❹上種紅豆❺，豆熟打墳知不知？

【注釋】❶一度花時　指一個春季。❷兩夢之　兩次夢亡妻。前一次指正月十五前夜嘗夢之，有〈乙巳十二月臥病，丙午正月望時扶起，言懷紀夢〉詩，內有「夢中草閣垂寒袖，竹里梅花忽故人」之句。❸一相思　指此次做夢卻「夢而未見」，徒令人相思。❹相思墳　指亡妻墳墓。❺紅豆　亦名相思豆，古人常用來象徵愛情。王維〈相思〉：「紅豆生南國……此物最相思。」此指紅豆樹。

【語譯】一度春花開，兩回做夢念亡妻，一回見到默默無語，一回未見到更添相思。相思墳上種下一棵紅豆樹，來日豆落打墳亡妻知不知？

【研析】此詩上聯寫一春兩夢亡妻，可見對妻子懷念之深切，可惜都未滿足，前次是見而未說上話，此次是只夢見給妻寫信，並未見人，所以更引起相思情。既然做夢無法相見，那麼只好退而求其次，寄希望於「相思墳上種紅豆」，「種紅豆」當然是作者的巧思，藉此表達作者的相思之情。但又擔心「豆熟打墳」，地下的亡妻究竟知不知道自己的思念呢？這一疑問又使作者陷入悲哀之中，留給人的是無限的悵惘。作者認為好詩「字字皆本性情而出」(〈李遐齡「勺園詩鈔」題詞〉),此詩正是這一觀點的例證。又,此詩以序文直接作詩題,亦寫得情深意濃,使詩與序珠聯璧合,相得益彰。

別內

黃景仁

【題解】作者於乾隆三十二年(西元一七六七年)十九歲娶趙夫人,但母老家貧,婚後多次出遊四方,以求生計。此詩作於三十六年,重在抒寫自己又將出門之夜與妻子相別的情景。

幾回契闊❶喜生還,人老❷淒風苦雨❸間。今夜別君無一語,但看堂上有衰顏❹。

【注釋】❶契闊　離合。此偏指離散。❷人老　指老去,非指年老。時作者僅二十三歲,妻子更年輕。❸淒風苦雨　《左傳・昭公四年》:「春無淒風,秋無苦雨。」此喻生活遭遇淒涼。❹衰顏　衰老的容顏。指作者老母年衰。

【語譯】幾回離別,高興的是還是平安回家了,在淒風苦雨間我已漸漸老去。今夜與你離別沒說一句話,只是看著堂上母親衰老的容顏。

【研　析】詩上聯先抒發人生契闊的感慨，似乎有憂有喜，憂的是生活貧困要外出謀生不得不離開妻子，喜的是每次都平安回來了；只是卻老於風雨間，詩的基調還是「淒苦」。下聯轉寫此次又要臨別之前，面對妻子卻默默無語，此句頗耐人尋味，蓋自己出門又將生活重擔壓在愛妻身上也，實在不忍心再叮囑什麼；何況契闊已是家常便飯了，也無需再囉嗦了。但作者是至孝之人，因此忍不住把眼神瞟向比以前更加衰老的母親。這一「看」的眼神，把對老母的擔心、對妻子的信賴，全包含在內了，真是「此時無聲勝有聲」。詩寫得哀婉細膩，「有味外之味」、「音外之音」，「使人咀之而不厭」、「聆之而愈長也」。（張維屏《國朝詩人徵略》評黃詩語）

送外入都

席佩蘭

【題　解】作者與其夫孫原湘皆是袁枚弟子、性靈派詩人，夫妻感情深厚，閨房中時常唱和。外，稱丈夫。

【作　者】席佩蘭（生卒年不詳），字道華，一字韻芬，號浣雲。昭文（今江蘇常熟）人。孫原湘之妻，袁枚第一女弟子。詩主性靈，感情真摯。有《長真閣集》。

打疊輕裝一月遲，今朝真是送行時。風花有句憑誰賞❶？寒暖無人要自知。情重料應非久別，名成翻❷恐誤歸期。養親課子❸君休念，若寄家書只寄詩。

【注釋】❶風花有句凭誰賞　謂丈夫外出時，寫出描摹風景的好詩，身邊卻無人與之共賞。❷翻　反而。❸養親課子　敬養老人，教育子女。

【語譯】準備輕裝前後拖延有月餘，今天送別真是不走不行了。此去抒寫風花的妙句有誰來共賞？日後身邊無人，天氣冷暖要自知。伉儷情重料想不會長久分離，功名成就反而擔心耽誤歸期。養老育子我自會承擔君莫掛念，如果來信請君多寄性靈詩。

【研析】作者丈夫孫原湘嘉慶十年（西元一八〇五年）中進士，此詩寫於孫氏赴北京應試之時，表現了席佩蘭對丈夫遠出的種種感情。

此詩首聯寫依依不捨之情，作者為拖延丈夫行期竟替丈夫打疊輕裝個把月，直到非走不可之時，當然這是誇飾之詞。頷聯乃想像丈夫孤身在外無人陪伴、關心，寄寓其牽掛之情。頸聯則寫希望與擔憂，希望丈夫早歸，擔憂考中而羈留京城難以歸來。作者在孫氏鄉試落榜時曾寫詩安慰，有「功名最足累學業，當時則榮歿則已」之句，可見她不重功名。此詩依然如此，她只重夫妻團聚。尾聯則勸慰丈夫安心外出，可見其體貼之情，並盼望丈夫還要多多寫詩。作者真不愧為女詩人，全詩寫內心感情真實，語言亦樸素無華。席氏詩曾被袁枚稱為「字字出於性靈」，此詩就是範例。

191 送外入都

得內子病中札

張問陶

【題解】乾隆五十五年（西元一七九〇年）四月，作者在北京中進士後，接到寓居成都的妻子林韻徵病中寫來的書信，倍加懷念病弱的愛妻，寫下此七律。

同檢❶紅梅玉鏡前，如何小別便經年❷？飛鴻❸呼偶音常苦，棲鳳❹將雛❺瘦可憐。
夢遠枕偏雲葉髻❻，寄愁買貴雁頭箋❼。開緘淚涴❽銷魂❾句，藥餌香濃手自煎。

【注釋】❶檢　看。❷經年　時間約一年。指詩人乾隆五十四年（西元一七八九年）十一月離家去北京，到寫此詩時的次年四月，並無一年，此乃誇飾。❸飛鴻　自喻。❹棲鳳　喻妻。❺雛　指大女兒枝秀。❻雲葉髻　婦女髮髻美稱。❼雁頭箋　信箋名。《雲仙雜記》：「羅隱喜筆，工長鳳語之曰：『筆，文章貨也，吾以一物助子取高價。』即贈雁頭箋百幅。」❽淚涴　熱淚縱橫。❾銷魂　謂靈魂離開身體。形容極度哀傷。

【語譯】曾在明鏡前同觀賞豔麗的紅梅，怎麼小別轉眼就快一年了呢？我似飛鴻呼喚伴侶鳴聲常常淒苦，妻如棲鳳撫育幼雛瘦弱得可憐。為夢尋親人枕偏了雲葉髻，為寄愁懷買來了高價的信箋。我開信熱淚縱橫讀到斷腸句，似聞見夫人手煎藥餌的濃郁香氣。

【研析】詩首聯回憶離家前夫妻恩愛以及抒寫分別日久之愁怨。次句乃誇飾之語，實際離家僅半年，言「經年」乃因孤寂而顯得日長也，出於思家之心理。頷聯分寫自己孤獨之淒苦，與妻子撫育女兒之苦累可憐，詩採用「飛鴻呼偶」、「棲鳳將雛」兩個比喻，生動形象，自然貼切。頸聯又專寫妻子對自己的思念，實為作者的想像，妻子「夢遠」、「寄愁」，可見情深。尾聯乃點題，寫讀罷病妻令人斷腸的來信後的悲哀，末句切詩題「病中」意，似乎敘事，實乃含情，表現出作者對妻子身體的牽掛。全詩首聯合寫夫妻之樂，接下三聯則分別寫自己與妻子的苦、思、悲，合與分相輔相成。首聯與尾聯基本是寫實，中間兩聯乃是想像、比喻，虛實相間相生。語言則精麗可誦，但並不以詞害意，感情仍真摯動人。

貧婦

姚瑩

【題解】詩所寫的是一位「貧婦」，但更是一位賢婦，一位對丈夫溫柔體貼、忠貞不渝的貧困女子。

【作者】姚瑩（西元一七八五—一八五二年），字石甫，一字明叔。桐城（今屬安徽）人。嘉慶十三年（西元一八〇八年）進士，官至湖南按察使，以積勞卒官。姚氏工詩、古文。有《東溟文集》、《東溟詩集》等。

見君終日愁，無以解慰之。揚聲為君歌，皓齒❶明娥眉❷。飛鳥為之下，白雲為之低。一聲變節❸，淚下沾衣。他人皆衣錦繡，妾願與君炊扊扅❹。君心不樂，妾何以歌為？君心不樂，妾何以樂為？

【注　釋】❶皓齒　潔白的牙齒。❷娥眉　女子長而美的眉。❸變節　指改變音節。❹炊扊扅　用木門當柴燒，形容極端貧窮。扊扅，門閂。

【語　譯】看見夫君整日發愁，無法去勸慰他。我就放喉為夫君唱歌，露出潔白的牙齒映著細長的眉毛。飛鳥為我落下，白雲為我低垂。突然一聲音節驟變，淚水如雨沾濕了衣裳。別家女子都身穿錦繡，我願與夫君貧困相守。既然夫君心裡不樂，我何必還唱歡歌呢？既然夫君心裡不樂，我何必要裝快樂呢？

【研　析】此詩作者為貧婦代言，寫得很是感人。開頭四句寫貧婦的丈夫因為家境貧困而「終日愁」，但貧婦不僅不責怪丈夫「無能」，而且為不能安慰丈夫而遺憾，於是想出「為君歌」讓丈夫開心的辦法，想法有點天真，但可見貧婦的善良、體貼；而「皓齒明娥眉」寥寥五字，又簡潔地勾畫出貧婦的美貌，至此塑造出貧婦賢慧而美麗的形象，博得了讀者的好感，也為進一步博得讀者的同情奠定了基礎。接下四句描寫其唱歌時的情景，發生了出人預料的戲劇性變化：起初顯得精神煥發，歌喉美妙，以致引來飛鳥、白雲，可見其唱得多麼用心；而半途忽然「變節」，竟泣然淚下，歌聲當也戛然而止。貧婦為何有如此變化，最後六句就回答這個懸念。可能她發現歌聲並未解除丈夫愁苦，於是不僅向丈夫表白與之「貧困相守」、忠貞不渝的感情，而且責怪自己既然丈夫不樂，不該唱歌增添他的煩惱。末尾四句的反覆，刻畫出貧婦溫柔的性格，以及善解人意的乖巧。詩中的丈夫應該被這樣的妻子所感動了。此詩以五言句為主，又間以四言句、六言句與七言句，全隨感情的變化而安排，有民歌風味。全詩第一人稱的寫法，令人感到真切。

夢中述願

龔自珍

【題　解】此詩作於道光六年（西元一八二六年）。作者以「夢」的形式寫在西湖畔向一個女子「述願」的一段旖旎風情，意境優美，具有濃厚的浪漫色彩。

湖西一曲❶墜明璫❷，獵獵紗裙荷葉香。乞貌風鬟陪我坐❸，他身❹

來作水仙王❺。

【注　釋】❶湖西一曲　指杭州西湖西岸一個僻靜處。❷明璫　明亮的耳環。❸乞貌風鬟陪我坐　渴求誰能為女子塑像陪坐在身邊。風鬟，女子被風吹散的髮髻，指代女子。❹他身　來生。❺水仙王　杭州錢塘門外有水仙王廟，故言及水仙王，即花神。

【語　譯】湖西幽處，她耳環一晃好似月亮，荷葉飄香，她紗裙飄起啪啪作響。渴望為她塑尊像陪坐自己身邊，來生永駐西湖我做個水仙花王。

【研　析】詩上聯點出西湖畔一個幽靜的處所，空氣裡飄著荷葉的清香，作者與一個女子約會，她戴著漂亮的耳環，穿著飄飄作響的紗裙，美麗而優雅，宛如仙女下凡。此女是何許人不可知，但她是作者的心上人不言而喻。後聯則寫夢中述願之詞：一是願有人給自己的情人塑造一尊像，陪坐在身旁，永不分離。二是自己來生做個花神，亦永駐西湖。這樣二人可以天長地久，永遠相伴。此願無疑是一種山盟海誓。因為作者不願明確公開他與這位女子羅曼史的真相，所以故弄玄虛，以「夢中」形式表現，似真似假，似有似無，使人恍惚迷離，有一種神秘感，這反增添了讀者的興味。

春思寄婦（選一）

王闓運

【題　解】這首五律抒發的是暮春時節，作者遠遊在外時對妻子的思念。

【作　者】王闓運（西元一八三三—一九一六年）字壬秋，號湘綺。湘潭（今屬湖南）人。咸豐二年（西元一八五二年）舉人。曾入曾國藩軍幕，後依四川總督丁寶楨，主講成都尊經書院。辭歸後歷主長沙思賢講舍、衡州船山書院等，門生滿天下。宣統朝，授翰林院檢討，加侍講銜。辛亥革命後任清史館館長。詩文師法漢魏六朝，為晚清擬古派大家。有《湘綺樓全書》。今有校點本《湘綺樓詩文集》。

門外青青草，雲低一半陰。不知春已暮，惟向雨中深。遠道勞相憶❶，高樓見此心。分明碧潭外，微路❷可重尋。

【注釋】❶遠道勞相憶　此句謂多謝妻惦記自己。遠道，指遠道之人，此指自己。❷微路　小路。

【語譯】門外是青青的野草，烏雲低垂半空顯得陰沉。不知不覺春天已快結束了，只見風雨中春色消失殆盡。多勞你牽掛著遠道的遊子，我在高樓上似見你相思的心情。勿忘碧潭之外，有一條小路可再去尋夢。

【研析】首聯寫景，但景中含情，後三聯抒情，情中有景；全詩情景相融，意境深遠。首聯寫門外青草茂盛、天空烏雲低垂之景，給人壓抑沉悶之感，暗示著作者的心境亦十分鬱悶。頷聯則抒寫外出日久，本不覺時光流逝，而猛然見風雨中落英繽紛，才覺暮春已深，油然生思家之情，「雨」呼應首聯「雲低一半陰」。但詩人並不明言自己「春思」。頸聯採用杜甫〈月夜〉的手法，從對面寫來，即想像妻子此刻盼自己歸來，亦正說明詩人在想念妻子。尾聯又安慰妻子，自己一時不能回家，她可先去碧潭外走走，那裡的小路上有夫妻昔日留下的足跡，可回憶起夫妻團聚時溫馨的舊夢。詩人如此體貼，其對妻子之愛與思念亦不言而喻了。王闓運律詩學杜，此篇構思與〈月夜〉正有相通之處。

春日贈內

樊增祥

【題　解】春天寫詩給妻子。內，內人，指妻妾。

【作　者】樊增祥（西元一八四六—一九三一年），字嘉父，號雲門，別號樊山。恩施（今屬湖北）人。光緒三年（西元一八七七年）進士。官江寧布政使，護理兩江總督。曾師事李慈銘。工詩，為中晚唐詩派代表，好作豔體。其前後〈彩雲曲〉名噪一時。有《樊山全集》。今有校點本《樊樊山詩集》。

偶來窗下聽鳴禽，素手❶煎茶共酌斟。裙色最憐湖上水，釵頭不鍍俸餘❷金。羅帷新柳同眠起，曉鏡春山❸自淺深。為愛郎❹詩好風調❺，盡將佳句繡吳襟❻。

【注　釋】❶素手　指妻子白淨的手。❷俸餘　俸祿。❸春山　因顏色黛青，喻女子眉毛❹郎　作者自稱。❺風調　風情才調。❻吳襟　指吳地所產絲綢縫製的衣服。

【語　譯】兩人來到窗下聆聽鳥禽的叫聲，素手煎的茶水共同品嘗。最喜愛你裙色淡雅似湖上的春水，更賞識你荊釵不花丈夫的一文錢。在羅綃帳裡與新柳般的腰肢一同起臥，梳妝鏡前春山似的蛾眉畫得顏色適中。只為喜愛郎君詩作的好才情，盡心把清詞麗句繡滿了衣襟。

【研　析】此詩寫作者與妻子相互欣賞的伉儷之情，立意較新。首聯點題，寫春日之景物，「鳴禽」「煎茶」皆暗示春日，夫妻在春日賞春品茗，其樂融融。頷聯寫作者欣賞妻子的品格，她衣著淡雅，飾品簡樸，不求奢華，所謂心靈美。頸聯轉寫往日閨房之樂趣，重在寫妻子的美貌，腰如「新柳」，眉似「春山」。尾聯寫妻子對作者才情的佩服。雖然此詩抒發感情不很深沉，但語言清麗，意境優美，亦是可誦的愛情詩。

今別離（選一）

黃遵憲

【題　解】〈今別離〉作於光緒十六年（西元一八九〇年），時作者任駐英國使館參贊。詩題乃樂府舊題，原詩見《樂府詩集・雜曲歌辭》，只有四句，寫男女道別，內容單純。

朝寄平安語，暮寄相思字。馳書迅已極，云是君所寄。既非君手書，
又無君默記❶。只署花字名❷，知誰箝紙尾❸？尋常并坐語，未遽悉心事；
況經三四譯，豈能達人意？只有斑斑墨，頗似臨行淚。門前兩行樹❹，
離離❺到天際。中央亦有絲❻，有絲兩頭繫。如何君寄書，斷續不時至？

每日百須臾❼，書到時有幾？一息不相聞，使我容顏悴。安得如電光，
一閃至君旁！

【注釋】❶默記　指彼此默識的記號。❷花字名　周密《癸辛雜識》：「古人押字，謂之花字，即是用名字稍花字。」原指草字簽名，此指署名。❸箝紙尾　指代簽於紙末。紙尾，《宋書‧蔡廓傳》：「我不能為徐干木署紙尾也。」❹兩行樹　喻電線杆。❺離離　形容整齊有序。❻中央亦有絲　寫電線中間有銅絲。「絲」諧音「思」，用古樂府〈捉搦歌〉「中央有絲兩頭繫」意。❼須臾　片刻。《僧祇律》：「一日一夜有三十須臾。」此處稱「每日百須臾」，乃誇飾每日時間長。

【語譯】清晨寄來平安的話語，傍晚寄來相思的文字。傳信速度快到極點，說是夫君所寄來的。既非夫君親筆所寫，又無夫君畫的記號。只是署上夫君的姓名，知道是誰簽的名字呢？平常兩人當面促膝傾談，都未必能摸透對方的心事；何況電報經過多次翻譯，怎能表達清楚人的心意呢？紙上只有斑斑幾行墨跡，好像臨行離別的眼淚。門前電線杆好似兩行樹，整齊地排列通往天際。電線中間也有絲，有絲把兩頭連繫。怎樣能叫夫君多寄些信來，接連不斷地時時送到？每日漫長有一百多須臾，收到來信能有幾次呢？如果一刻不見夫君來信，將使我容顏變得憔悴。怎能迅疾得如同電光，我一閃就到了夫君的身旁！

【研析】黃遵憲借用舊題〈今別離〉五言句式與委婉的格調，抒寫男女別離之情，並採用女子自白的口吻，但自有其創新之處。一是寫離情而與表現西方文明之一的電報相結合，寫出「古人未

有之物，未闢之境」（〈人境廬詩草自序〉）；二是詩的格局亦大為開拓，已達二十六句之多，敘寫離情更加細膩而呈多層次。它充分體現了「以舊風格含新意境」（梁啟超《飲冰室詩話》）的「詩界革命」精神。

詩中的女子已非古代詩中常見的怨女，而是身處半封建半殖民地的社會環境中，對於西方文明略有接觸卻頗不理解的近代女子。詩可大致分四個層次。詩開頭四句第一層點出丈夫寄來的電報式書信，突出其「馳書迅已極」的快捷特點，而「云是君所寄」又表明女子對電報這西方文明的陌生與懷疑。接下八句第二層寫出女子對電報式書信的困惑，反映出其有限知識與西方文明之衝突，對於電報「無君默記」、「只署花字名」的形式不理解，又以與「尋常并坐語，未遽悉心事；況經三四譯，豈能達人意」的常理不合而予以質疑。再下六句第三層寫女子對電報裝置的認識，說明她最後對電報還是認可了，並初步抒發了對丈夫的思念之意。「只有斑斑墨，頗似臨行淚」，就將電報文字與丈夫的「臨行淚」聯繫在一起。「門前兩行樹，離離到天際。中央亦有絲，有絲兩頭繫。」此似把無線的電報理解為有線的電話了，但「有絲」（有思）仍是與情思相關。最後八句寫電報仍不能解除其相思之苦，為收到的電報太少而不滿而憔悴，以致想要自己變成電光閃到丈夫身旁。詩的感情層層推進，最後達到高潮。此詩語言通俗，頗符合作者詩歌應「我手寫吾口」（〈雜感〉）的主張。詩有古樂府風味。詩採用「古人比興之體」，例如「只有斑斑墨，頗似臨行淚」；又以「兩行樹」喻電線杆；「中央亦有絲，有絲兩頭繫」，則「絲」乃與「思」諧音，表示相思之意；而兩個「有絲」連接兩句，為頂針修辭格：都是古樂府寫法。可見詩還是以傳統的風格表現新內容，故陳三立評〈今別離〉：「以至思而抒通情，以新事而合舊格，質古淵茂，隱惻纏綿，蓋闢古人未曾有之境。」

本事詩（選一）

蘇曼殊

【題解】〈本事詩〉十首作於一九〇九年。柳無忌稱「曼殊的〈本事詩〉十章，全為百助而作」（《蘇曼殊及其友人》），百助為作者在日本東京結識的歌伎。「本事」指真實的事跡。這裡選其中一首。

【作者】蘇曼殊（西元一八八四—一九一八年），名戩，字子穀，後更名玄瑛，曼殊是其法號。香山縣（今屬廣東）人。父為旅日僑商，母為日本人，曼殊生於日本。光緒十五年（西元一八八九年）隨嫡母黃氏歸國。光緒三十年於廣州雷峰海雲寺出家。後數次赴日留學，接觸革命。歸國後，與章炳麟、柳亞子等交往，加入南社。辛亥革命失敗後悲觀失望，漸趨頹廢，卒於上海，年僅三十四歲。曼殊博學多才，精通數種外文，兼工詩畫，又長於寫小說散文。詩多七絕，味極雋永，間有俊逸豪放之作，情辭並茂，斐然成章。柳亞子稱之為「不可無一，不可有二」。有《曼殊全集》。

烏舍❶凌波❷肌似雪❸，親持紅葉索題詩❹。還卿❺一鉢無情淚❻，恨不相逢未剃時❼。

【注　釋】❶烏舍　作者原注：「梵土相傳，神女烏舍監守天閽，侍宴諸神。」此喻日本歌伎百助，頗合其身分。❷凌波　形容女子步履輕盈。曹植〈洛神賦〉：「凌波微步，羅襪生塵。」❸肌似雪　形容膚色潔白。《莊子・逍遙遊》：「肌膚若冰雪，淖約若處子。」❹紅葉索題詩　作者原注：「引唐時女詩人韓采蘋事。」據劉斧《青瑣高議・流紅記》：唐僖宗時，于祐在御溝中拾得上有題詩之紅葉一片。于祐也在一片紅葉上回題一首放入御溝上流，為宮女韓采蘋拾得，後韓嫁給于祐，洞房花燭之夜，各取出紅葉相示。這裡借用此典故，說明百助請他題詩表達愛情。❺卿　對百助的愛稱。❻無情淚　形容無法接受與表達愛情而只能流淚，故曰「無情」。❼恨不相逢未剃時　化用張籍〈節婦吟〉詩句：「還君明珠雙淚垂，恨不相逢未嫁時。」未剃時，未削髮為僧時。

【語　譯】神女的步履輕盈，肌膚白嫩似雪，親自捧來紅葉索要題詩。只能還她一缽無情的眼淚，遺憾未削髮為僧時我們卻不相識。

【研　析】柳亞子說：「學佛與戀愛，正是曼殊一生胸中交戰的冰炭。」（〈蘇曼殊「絳紗記」之考證〉）曼殊天生多情，但主觀的意志脆弱與客觀的處境坎坷，又使他遁跡空門。他既無勇氣面對紅塵，又不忍斬斷情絲，內心處於進退維谷的境地，於是乃有此類詩作。詩中感情甚為纏綿悱惻，對女性美的讚賞，對百助痴情的感動，對與百助相逢恨晚的遺憾，又都表明作者「還卿」的實際是一缽「有情淚」。上聯借用成語描寫百助凌波之步、似雪之肌，美麗絕倫，極盡典雅之致。下聯表達不能結合的遺恨，以「無情淚」的反語道出，耐人尋味，更顯傷感。郁達夫稱「他的詩是出於定盦的〈己亥雜詩〉，而又加上一層清新的近代味的。所以用詞很纖巧，音韻很和諧，使人讀下去就純感到一種快味」（〈雜評曼殊的作品〉），可謂的評。

五、天倫・親情

與兒子

金人瑞

【題　解】順治十八年帝喪，哀詔至蘇州，巡撫朱國治等設幕哭臨時，作者與諸生百餘人哭於文廟，並去巡撫衙門跪進揭帖，要求斥逐貪贓枉法的吳縣令任維初，士民多有回應者，清廷極恐，逮捕哭廟者二十餘人，後多被處決。作者亦於七月十三日在南京被害。此詩是臨刑前於獄中寫給兒子的，題下原注云：「吾兒雍，不惟世間真正讀書種子，亦是世間本色學道人也。」可知其子雍好讀書，學儒家之道。此詩是絕命詩。

【作　者】金人瑞（西元一六〇八—一六六一年），原姓張，名采，字若采，又名喟，一名人瑞，號聖嘆。長洲（今江蘇蘇州）人。明末秀才，入清後絕意仕進，順治十八年（西元一六六一年）因「哭廟案」被清廷處斬。一生好衡文評書，係清代頗具影響的文學批評家。有劉獻庭為之所輯《沉吟樓詩選》一卷等。

與汝為親妙在疏❶，如形隨影只干書。今朝疏到無疏地❷，無著天親果宴如❸？

【注　釋】❶疏　關係不親密。❷今朝疏到無疏地　謂自己即將被斬決，從此永不相見。❸無著天親果宴如　天親，父親。《詩．鄘．柏舟》：「母也天只。」毛傳：「天，謂之父也。」此指作者自己。宴如，安樂的樣子。又「無著」、「天親」，為南北朝印度高僧，二人為兄弟，屬大乘教，或認為尾句乃從此超脫煩惱之意，亦一說。

【語　譯】你我雖是骨肉但妙在關係稀疏，與你如形隨影的只有圖書。今天關係要疏到最疏地界，失去老父你能否過得快樂呢？

【研　析】「人之將死，其言也善。」作者之子金雍日常只是手不釋卷，故與作者關係不甚親密。此「疏」作者並不以為恨，反曰「妙」，是因為作為父親作者很欣賞兒子讀書、學道，庶幾有所作為。但今朝自己成階下囚，且將為刀下鬼，確確實實要與兒子永訣，所謂「疏到無疏地」，作者的心情不能不悲哀，此「疏」已不「妙」矣！因此作者不能不為兒子設想：沒有了父親他能過得安樂嗎？對兒子的舐犢深情，不忍拋下兒子撒手而去的痛苦盡寓言中。詩寫得似乎平淡，如促膝而談，並無具體的意象，但記敘中飽含不忍訣別的深情，所以十分感人。詩中用三「疏」字，但含義不盡相同，故並不覺其重複。

課　女

吳偉業

【題　解】課女即指導女兒學習。但此詩並不限於寫課女，或者說借「課女」之題抒寫對嬌女的憐惜之情。

漸長憐渠❶易，將衰覺子難。晚來燈下立，攜就月中看。弱喜從師慧，貧疑失母寒。亦知談往事：生日在長安❷。

【注　釋】❶渠　她。指女兒。❷長安　指代首都北京。

【語　譯】愛憐小女成長得很順利，我將衰老又覺得女兒會很艱難。傍晚教女兒立在燈下讀書，秋夜帶著女兒觀賞月亮。女兒身體雖弱卻喜其學習聰明，因為貧窮擔憂女兒失母會更加清寒。她也知與父閒談往日的事情：她出生的日子老父正在北京城。

【研　析】吳騫《拜經樓詩話》嘗曰：「梅村五律〈課女〉一首，寫老年襟抱，一語是喜，一語是悲，間入八句中。」認為每聯上句言喜，下句言悲，相互映襯。雖然實際上並非一句喜一句悲這樣的機械，但也道出了此詩悲喜相間的抒情方式。首聯確實是前句寫女兒長大之喜，後句寫自己衰老女兒將來艱難之悲。頷聯寫課女賞月，則沒有悲意，基本是愉悅的筆調。頸聯前句寫喜，後句寫悲，是以喜襯悲。尾聯前句是喜女兒長大懂事了，後句則有女兒出生之日自己不在身邊的遺憾。不管如何，全詩或悲或喜，皆句句入情，句句真情，表現出老父對弱女的骨肉之愛，令人為之動容。

上壽兒墓

黃宗羲

【題解】此詩寫於作者兒子阿壽夭折一週年之際。據〈亡兒阿壽壙志〉，阿壽生前深得作者喜歡，五年來，「食與兒同盤，寢與兒連床，出與兒攜手。間一遊城市未暮而返，兒已迎門笑語矣。」這樣一個乖兒子，大約五歲時突然夭折，怎不令作者肝腸寸斷？

阿壽亡來三百日❶，更無一日不淒然。春風方阻啼鵑哭❷，秋色已歸楓樹邊。陳飯燒錢當此日，采花弄水憶前年。數聲小字❸空山裏，總隔幽明❹亦貫穿。

【注釋】❶三百日　指代一週年。❷春風方阻啼鵑哭　當謂清明時欲上壽兒墓而因兵亂未成。啼鵑，用杜宇死後化為子規之典，有哀愁意。此自喻。❸小字　小名。❹幽明　生死之界。

【語　譯】壽兒夭折已經一週年了，我沒有一日心裡不淒酸。春風起時，因兵亂未能去壽兒墓前哭，秋色染紅楓葉時才來到壽兒墓前。這裡擺上飯菜燒化了紙錢，憶起當年壽兒採花玩水的情景。面對秋野空山連呼兒壽兒小名，縱使有生死界線他也會打通聽到的。

【研　析】作者雖然是抗清志士，但他亦為人父，正所謂：「無情未必真豪傑，憐子如何不丈夫？」（魯迅〈答客誚〉）詩人並非每時每刻都在想著抗清復明，此詩亦非像有的論者所說的寓有什麼亡國之悲，而是比較純粹的悼兒之作。

首聯點題，壽兒夭折一週年，故上墓祭掃，並表明心情，「更無一日」句可見悲痛之漫長。頷聯意思稍晦，頭句是指清明時即欲祭掃兒墓而受阻，當與清初亂兵有關，因兒墓在浙江餘姚剡曲之化安山，離作者居處有十餘里；次句寫此時秋季於壽兒亡故週年之際終於來到墓前祭掃。頸聯描寫祭掃時的情景。「陳飯燒錢」寄託哀思，本已悲痛，睹墓思人，又憶起去年阿壽活潑天真、採花玩水的情景，以樂襯悲，當更加肝腸寸斷矣！正因為思念情濃，不由得在墓前呼喚小兒名字，並相信即使他在陰間也能聽見，因為壽兒與老父應該是靈犀相通的。這一信念雖然無理，但深刻地表達了父親思子的真情，所以極其感人。全詩以淚書寫，發自性靈，堪稱佳作。

章兒病，何裕充雨中來視，贈詩三首（選一）　吳嘉紀

【題　解】何裕充，原叫劉仲一，字裕充，江蘇安丰人。「幼失怙恃，寄養于姑夫何信家，因冒姓

何。」《嘉慶東臺縣志》何信本世醫，裕充後亦學醫而為名醫。作者兒子吳章因勞累患病，何裕充來診視，為感謝何裕充而作詩三首相贈，此其一。

羸軀❶負米在凶年❷，辛苦今成困頓眠❸。安得疾瘳❹兒遽起，老親❺無食也歡然！

【注釋】❶羸軀　瘦弱的身體。❷凶年　荒年。❸困頓眠　因勞累而睡著，此有病倒的意思。❹疾瘳　病癒。❺老親　父母。

【語譯】荒年兒以瘦弱的身軀去背米，勞累辛苦使他病倒牀上。怎能治癒我兒疾病早日起來，父母沒吃的心裡也高興！

【研析】作者曾說：「詩不出于誠意，則不足傳也。」（孫枝蔚〈吳賓賢陋軒集序〉引）唯有充滿「誠意」即真情實感，詩歌才能流傳。此詩正是流露出慈父對愛子的一片「誠意」，一股舐犢深情。上聯點題「章兒病」。前句寫致病的原因，是在凶年以弱軀背米；後句寫兒子辛苦過度而病倒之狀。作為父親作者怎能不心疼、焦慮？下聯乃寫名醫「何裕充來視」，使作者又滿懷希望。為使兒早癒，作者竟發出「無食也歡然」的呼號，其父愛的精神堪稱偉大。此詩純然以白描手法表現自己的感情，細緻入微，真切感人。

憶山居示兒子

王士禛

【題解】康熙二十二年(西元一六八三年)春,作者在京華,遙憶故鄉山居景象並示兒子,乃有此五律,抒發其對故鄉的懷念以及對兒子的期望,既寫鄉情,亦寫親情。

堂靜看歸燕,村深報午雞。松花開細雨,筍竹并春泥。澗道水兼石,
山田高復低。休慚令孤子❶,黽勉❷把鋤犁。

【注釋】❶休慚令孤子 用《後漢書・列女傳》典:光武時,王霸連徵不仕,與同郡令孤子伯為友。後子伯為楚相,其子為郡功曹。子伯遣子奉書於王霸。王霸子正在耕田,見令孤子容服光彩,羞慚不敢仰視。此句謂不要在富貴者面前自慚形穢。❷黽勉 勉力。

【語譯】堂屋裡很清靜,看到春燕飛回來,山村深處晌午傳來雞啼。松花在細雨中開放,竹筍從春泥裡鑽出來。山溪浪花撞擊著卵石,山上的梯田由高而低。面對富貴的人不要羞慚,要努力扶犁耕田安居鄉村。

【研析】詩前三聯純然寫景,皆作者「憶山居」。無論是「歸燕」、「報午雞」之禽鳥,還是「松花」、「筍竹」之竹木,以及「澗道」、「山田」之水土,都是寄託作者鄉情的意象,而且散發著濃

郁的鄉土氣息。尾聯則「示兒」，借用令孤子伯的典故期望他不要羨慕榮華富貴，而應安於耕田扶犁的山居生活。前後兩層詩意似乎截然分開，實際上寫山居的閒適之景，正是暗示兒子山鄉是值得安居的好地方。作者身在官場，一定對宦海風波有所認識，因此反而嚮往山居閒適的生活方式，並把這種希望寄託於兒子。這首五律語言樸素無華，風格沖淡，意境清幽，自具神韻。

舍弟彝鑒遠訪東甌，喜而作詩

朱彝尊

【題　解】此詩作於康熙二年（西元一六六三年），「彝尊以魏耕之獄，欲走海上，後聞事解，乃有此作。」（鄧之誠《清詩紀事初編》）時作者因魏耕案而逃避浙江永嘉，正愁苦之時，其弟朱彝鑒，特地遠從家鄉趕來，告訴他魏耕案了結，已太平無事，可以返鄉了。作者聞而寫此五律抒發欣喜之情，並對胞弟不辭辛苦趕來報訊為之解憂，表示慰問與感激。

急難❶逢令弟❷，訪我自江東❸。頓喜羈愁❹豁，兼聞道里通❺。晴
江❻空翠❼裏，春草亂山中。知汝南來日，西陵定遇風❽。

【注　釋】❶急難　指作者因與入獄的抗清志士魏耕有聯繫而避禍浙南永嘉。❷令弟　佳弟。此對其弟的美稱。❸江東　長江下游南岸地區。此指家鄉嘉興。❹羈愁　寄居他鄉之愁，實亦含魏耕入獄自己避禍之愁。❺道里

通　道路通。實指魏耕案已結可返鄉。❻晴江　指陽光下的甌江。❼空翠　語本劉長卿〈陪元侍御游支硎山寺〉：「步步入青靄，香氣空翠中。」形容空氣清新。❽西陵定遇風　用謝惠連〈西陵遇風獻康樂〉「臨津不得濟，佇楫阻風波」意，指路途艱辛。西陵，西陵湖，在今浙江蕭山。

【語　譯】避禍他鄉時忽然遇到我的好弟弟，他專從江東趕來探望阿兄。我頓時歡喜，客居的愁悶全都化解了，又聽說返鄉的道路已經開通。空氣清新，甌江奔流，起伏的山巒長滿了春草。知你南來的時候，在西陵湖上一定遇到了阻船的大風。

【研　析】此詩首聯點題，寫急難之時舍弟從家鄉趕到永嘉來看自己，很是欣慰。頷聯抒發事已解的欣喜，一「頓」一「兼」，表現出驚喜之意，一是令弟的到來，二是令弟告知返鄉的「道里通」了。頸聯寫景，但景中含情，因心情佳，「晴江」、「春草」都顯示出勃勃生氣。而「晴江」又暗寓將可回鄉之意。尾聯乃對令弟一路艱辛表示慰問，充滿手足之情。朱氏詩風醇雅，此詩「空翠」用劉長卿詩句語，「西陵定遇風」化用謝惠連詩意，皆使詞語典雅講究。詩的感情表現則比較內斂。

寒食

洪　昇

【題　解】此詩作於康熙十九年（西元一六八〇年）寒食節，距十三年作者離鄉寓京已有七年之久。年前作者遭家難，其父洪起鮫因被誣遣戍，其母隨行。次年才准回杭州。此時逢寒食節，作者不禁思念父母，而有此五律。

七度❶逢寒食❷，何曾掃墓田❸？他鄉長兒女，故國❹隔山川。明月飛烏鵲❺，空山叫杜鵑❻。高堂添白髮❼，朝夕淚如泉。

【注釋】❶七度　指自己自康熙十三年（西元一六七四年）離鄉赴京，至十九年已七年。❷寒食　節令名，一般在冬至後一百零五天，清明前一天，故亦為掃墓祭祖之日。❸墓田　此指祖父輩以上先人墓田。❹故國　實指故園。❺明月飛烏鵲　化用曹操〈短歌行〉「月明星稀，烏鵲南飛。繞樹三匝，何枝可依」詩意，自喻無所依託。❻杜鵑　相傳為古蜀王杜宇之魂所化。春末夏初晝夜悲切啼鳴。❼高堂添白髮　指父母年老添了白髮。李白〈將進酒〉：「君不見高堂明鏡悲白髮，朝如青絲暮成雪。」作者父洪起鮫於康熙十八年被誣遣戍黑龍江寧古塔，次年遇赦准歸杭州。

【語譯】在北京過了七次寒食節，卻未曾回鄉祭掃過先人墳墓。兒女都在他鄉長大，家園遠隔著山山水水。明月照著烏鴉繞枝飛，空山裡杜鵑悲切地鳴叫著。父母遭難都添了白髮，我思念父母日夜淚如泉湧。

【研析】作者之遠離家鄉奔赴京師，自然胸懷濟世之志，但並未躋身仕途，因此十分悲涼，覺得愧對祖先。首聯點出「寒食」題旨，七年寒食未曾祭祖，既愧對祖先，也愧對故鄉，「何曾」的反問句式更加重了這種情懷。頷聯抒寫思鄉之情：「他鄉長兒女」，正意味自己久未返鄉，連兒女都是在他鄉長大；「故國隔山川」，則表明因路途遙遠而未能返鄉。頸聯轉寫自己寄寓京都的處境，採用象徵手法，自己如同無枝可依的月夜烏鵲沒有歸宿，又如悲切的杜鵑在空山裡鳴叫，形象地描寫出孤獨的心境。人處困境中自然更思念家鄉，懷念父母，尾聯則寫牽掛剛遭難不久的父母，想像其愁苦而白髮滿頭，令自己淚流如泉，極寫日夜思念的悲傷之情。此詩充滿了愧疚自責的心情，包括對死者祖輩不敬，對生者父母不孝。作者本是至孝之人，但他卻被迫寄寓京師，卻又無處施展其才能，他對社會現實自然不能沒有怨尤，只是這層意思並未明說而已。此詩意象生動，善用比喻，有鮮明的畫面感，足以供人品味。

留別吳梅梁表兄

查慎行

【題　解】康熙三十四年七月，作者赴陳留（今屬河南開封）遊覽，巧遇表兄吳梅梁。重陽節後，作者返鄉，表兄送別，乃有此詩，抒寫了表兄弟依依難捨的親情。

【作　者】查慎行（西元一六五〇—一七二七年），初名嗣璉，字夏重，後改名慎行，字悔餘，號初白。海寧（今屬浙江）人。康熙四十二年（西元一七〇三年）賜進士出身，授編修。因奉命賦詩有「笠簷蓑袂平生夢，臣本煙波一釣徒」之句，故有「煙波釣徒查翰林」之稱。王士禛稱之為「奇創之才」。查詩宗蘇軾、陸游，長於白描。有《敬業堂集》。

幾日重陽雨❶，雨晴天忽寒。北風醒別酒，落葉打征鞍。不計授衣❷晚，欲為分袂❸難。他鄉老兄弟，情到勸加餐❹。

【注　釋】❶幾日重陽雨　有潘邠老「滿城風雨近重陽」詩句意。❷授衣　拿衣服給別人穿。《詩・豳・七月》：「七月流火，九月授衣。」此處實以「授衣」代替「九月」深秋季節。❸分袂　分別。❹加餐　多吃飯。〈古詩十九首〉：「棄捐勿復道，努力加餐飯。」

【語　譯】重陽前後幾日秋雨綿綿，雨霽天晴秋氣很寒冷。北風吹醒了臨別的酒意，落葉已擊打著遠行的征鞍。並不計較九月已很晚了，只是為中途別離而難捨。我在他鄉與表兄弟相逢，臨別時互勸要保重身體。

【研　析】此詩首聯寫景，重陽風雨，天氣驟寒。氣候的變化亦暗示心情的變化，似乎心境亦因之陰冷起來。頷聯寫留別時醉飲情景，醉酒是欲以酒掩飾別愁，但北風無情吹酒醒，落葉故意擊打著征鞍，暗示此為餞行，並非歡聚。頸聯則抒情，表兄弟「相見時難別亦難」，所以表示不在乎天寒季節晚，有意拖延分手時間。但人生沒有不散的筵席，尾聯終寫分手時情景，雙方勸勉加餐飯，此有〈古詩十九首〉「努力加餐飯」即多加珍重之意，可見作者與「老兄弟」之親情如血濃於水。此詩樸實無華，藝術上採用作者擅長的白描手法。作為律詩，格律嚴整精細，無論是實詞對，還是虛詞對，皆甚工穩。

題家弟稼民所畫花草便面

趙執信

【題　解】寫此詩時作者在天津，一日接其弟趙執穀（字稼民）畫有花草的扇面，乃題此詩於其上，藉以讚揚其弟的繪畫藝術，並抒發思鄉之情。

十年山居侶草木，籬外荷花水邊菊。閒搜穢莽❶品清新，細草幽花總堪掬❷。出山忽作塵中遊，袖手昏昏滄海頭❸。輸與惠連❹能染筆❺，臨泉坐石寫清秋。誰送一枝來眼底？露態煙姿夢魂裏。凭君❻傳語❼報池亭❽，開到秋花我歸矣。

【注　釋】❶穢莽　叢生的荒草。❷總堪掬　都值得取來培育。❸滄海頭　大海盡頭。此指天津。❹惠連　謝惠連，東晉詩人謝靈運族弟，能書善畫。此借比作者弟趙執穀。❺染筆　繪畫。❻君　指趙執穀。❼傳語　指作者在扇面上的題詩。❽報池亭　報告家鄉的池亭。

【語　譯】鄉居十年草木是伴侶，有籬外的荷花水邊的菊花。閒時在叢生的荒草裡享受其清新的氣息，挖取小草幽花精心地培育。一旦離家在塵海中遊蕩，只能無所事事浪蕩在大海的盡頭。遠不如家弟妙筆擅長丹青，臨泉坐石描畫清秋的風景。誰送來一枝嬌花在眼前？正是夢中籠煙帶露的優美姿態。憑藉扇面的題詩告訴池亭，秋花開時我該回鄉了。

【研　析】此詩頭四句寫因目睹花草扇面，而自然引起自己回憶十年山居時與草木為侶的閒適生活，對細花幽草等自然花卉草木的描寫充滿感情，實際就是抒發對故鄉的懷念。接下六句敘寫自己眼下出遊在外，一事無成，藉以反襯其弟執穀的高超的扇面繪畫藝術，為弟弟的造詣而欣喜。最後兩句則借其題畫詩向弟弟並向故鄉表達了將回鄉賞秋花的意願，「開到秋花我歸矣」，更有一種喜悅之感，似乎已經撲入了故鄉的懷抱。全詩以花草為中心意象，開始是自然界的花草，繼之以扇面藝術的花草，最後則是將開的秋花。詩以花草始，又以花草終。詩借為家弟所畫花草便面抒寫故鄉之思，角度十分新穎，語言也清麗耐讀。

姪女

倪瑞璇

【題　解】這是一首小敘事詩，詩中有三個人物，主角是小姪女，配角是「我」與「吾母」。

【作　者】倪瑞璇（生卒年不詳），字玉英。宿遷（今屬江蘇）人。徐起泰繼室。有《篋存詩稿》。

姪女生逾周❶，扶牀能移武❷。學言不能多，聲聲皆呼母。嬉戲到我前，回頭忽索乳。阿母❸未即來，雙眸淚如雨。棗栗置懷中，歡然忽笑語。吾母❹以為寶，百計逢❺喜怒。門庭賴人持❻，惜者彼復女。彩衣舞❼終朝，且用慰貧窶❽。

【注　釋】❶周　周歲。❷移武　移步。❸阿母　指姪女親生母，作者阿嫂。❹吾母　作者母親，當是姪女的祖母。❺逢　迎合。❻賴人持　意指靠男人支撐。❼彩衣舞　《列女傳》：老萊子至孝，年七十餘，常著五彩衣作嬰兒戲取悅其母。此指姪女嬉戲。❽貧窶　貧窮。

【語　譯】姪女剛過一周歲，手扶著牀沿能移步了。學說話卻是不能很多，聲聲都是喊阿母。她玩耍著來到我的面前，忽然轉頭向阿母索奶吃。阿母沒有立時就來，姪女兩眼熱淚如雨下。一旦棗栗放進她的懷中，轉眼又破涕露出笑容。祖母當她是寶貝，用各種方法去迎合她的喜怒。門庭要靠男兒支撐，可惜「寶貝」又是女孩。整天嬉戲逗祖母高興，姑且為窮苦添點樂趣。

【研　析】這一首小敘事詩，通過動作與語言細節，細緻刻畫姪女天真可愛的形象，特別是第四句到第八句寫其表情的多變，忽哭忽笑，都準確抓住幼女的性格特徵，表現得活靈活現。此詩另外表現的是祖母對小孫女的寵愛，亦很真切。而「我」主要是「解說員」的作用，如對姪女的性別發表議論：「門庭賴人持，惜者彼復女。」在封建社會只有男子才能支撐門戶，女子終是潑出去的水。作者是女子，自然知道身為女子的種種不幸，因此一想到姪女「彼復女」難免要慨嘆，為之抱不平，姑姑與姪女本是同命人。這樣看詩的立意就不是僅僅寫祖孫、姑姪之親情，而包含著對男女不平等的命運的不滿。

哭惇兒五首（選一）

鄭　燮

【題解】犉兒為作者妾饒氏乾隆九年（西元一七四四年）所生，十四年病歿，年僅六歲。作者於〈濰縣署中與舍弟第二書〉稱：「余五十二歲始得一子，豈有不愛之理？」可以想見此子之夭折對他該是何等沉重的打擊，乃有〈哭犉兒五首〉，此為其一。

天荒❶食粥竟為長，慚對吾兒淚數行。今日一匙澆汝飯❷，可能呼起更重嘗？

【注釋】❶天荒　天災。❷澆汝飯　為你燒的乾飯。

【語譯】災年喝粥的歲月這樣漫長，愧對我兒我老淚流下數行。今有一勺乾飯可以為你煮了，能否呼兒起來重新嘗嘗呢？

【研析】作者於乾隆十一年從山東范縣調任濰縣縣令，接連兩年旱災，百姓挨餓，作者作為清官，亦舉家食粥，兒子受苦。回想那段日子，作者覺對不起愛子。這就是上聯兩句的意思。「淚數行」，蓋兒已棄世也，充滿哀悼、慚愧之情。下聯寫今日情況好轉，可以燒飯吃了，可彌補昔日「過失」了，但能否喚醒兒子起來重嘗呢？答案當然是否定的，明知故問的句子飽含兒死不能復生的悲哀。讀完全詩，作者那「哭」兒的悲愴之聲彷彿縈繞於人的耳際。這正是此詩真性至情的感染力。這樣的性靈詩無須雕鑿語言，故詩人以對亡兒直白的口語娓娓道來，就覺發自肺腑，感人至深。

到家作（選一）

錢　載

【題　解】乾隆三十九年（西元一七七四年），作者由江西回北京，途經杭州，歸家省墓，寫下〈到家作〉七律四首。此為其中一首，抒發對亡母朱氏的悼念與歉疚之情。

【作　者】錢載（西元一七〇八—一七九三），字坤一，號蘀石，又號瓠尊，晚號萬松居士。秀水（今浙江嘉興）人。乾隆十七年（西元一七五二年）進士，改庶吉士，授翰林院編修，後官禮部侍郎。乾隆四十八年歸休。詩學韓愈、黃庭堅，瘦硬蒼勁，亦不乏自然入理之什，頗為晚清宋詩派所推重。有《蘀石齋詩文集》。

久失東牆綠萼梅，西牆雙桂一風摧。幾時我母教兒地，母若知兒望母來。三十四年何限罪❶，百千萬念不如灰。曝簷❷破襖猶藏篋，明日焚黃❸只益哀。

【注　釋】❶何限罪　罪大無極。❷曝簷　在屋簷下曬過。❸焚黃　指將朝廷封給母親的黃色封誥焚燒在靈前。

【語　譯】東牆的綠萼梅早已不在了，西牆的兩株桂樹也被狂風摧毀了。幼時母親教兒就在此地，母親若知兒回家的話，盼望母親能歸來。母親已去世三十四年，兒自覺罪孽深重，多少雄心壯志都消散了不如土灰。母親的破襖在簷下曬過還存在箱底，當明日焚燒母親的封誥時兒當更加悲哀。

【研　析】此詩首聯點題寫「到家」，但見家園一片衰敗景象，連昔日的梅樹、桂樹都不復存在，語云「物是人非」，兒此時到家見到的是連物也不是矣，更何況人呢？此乃進一步寫法。詩一開篇就渲染出極其蕭條淒涼的氛圍，定下全詩的感情基調。頷聯由物而及人，追憶母親的養育之恩，甚至渴望母親能返回陽世一見，此「非分之想」是極寫對亡母之懷念。頸聯抒寫歉疚之情。其母朱氏亡於乾隆六年，至今已三十四年，自己卻一直未能報答哺育之恩，自感罪孽深重，十分慚愧與痛心；而反觀自己的追求與志向其實一錢不值，所謂「不如灰」，此聯通過自責來反映對亡母的懷念。尾聯寫睹物思人，由篋底當年母親的破襖可見其生活的艱難，哺育自己成人之不易，則更使作者懷念母親，因此設想到明日「焚黃」靈前時，一定會更加悲哀。全詩以「哀」收束，留給人的是不盡的哀思。此詩四聯，每聯都從不同角度抒寫對亡母的思念，全詩貫穿一股沉重的哀思。

二月十六日蘇州信來，道孀女病危，余買舟往視，至丹陽聞訃

袁　枚

【題　解】乾隆三十二年（西元一七六七年）農曆二月十六日，作者於南京收到蘇州來信，告知他寡居的女兒阿成病危，盼望與他見一面。作者趕快雇船去蘇州，船到江蘇丹陽即聽到阿成病故的訃報，悲痛之餘乃有此詩。

哭婿才揩眼未乾❶，又教哭女淚闌干❷。半年合巹三生了❸，千里呼爺一面難❹。獨活草❺生原命薄，未亡人❻去轉心安。只憐白髮無兒叟❼，再喪文姬❽影更單。

【注　釋】❶哭婿才揩眼未乾　誇飾女婿死去時間不長。按：女兒阿成夫婿於乾隆二十八年病死，早阿成四年。❷淚闌干　熱淚縱橫。白居易〈琵琶行〉：「夢啼妝淚紅闌干。」❸半年合巹三生了　謂女兒結婚半年，丈夫即死了。合巹，指結婚。三生，本佛教語，指前生、今生、來生。此指夫妻緣分。❹千里呼爺一面難　謂孀女阿成在蘇州呼喚住南京的父親，想見一面很難。❺獨活草　植物名。此喻女兒阿成孀居。❻未亡人　舊稱寡婦。此指阿成。❼無兒叟　作者自稱，當時尚無子。❽文姬　蔡琰，字文姬，蔡邕女，漢末女詩人，初嫁河東衛仲道，夫亡歸母家。漢末大亂，曾為董卓部將所虜，又歸南匈奴左賢王。後曹操以金璧贖歸。此亦喻阿成。

【語　譯】才痛哭亡婿，擦掉淚水眼睛還潮濕未乾，又痛哭亡女，熱淚縱橫。她結婚才半載，夫妻緣分即此斷絕了；臨終在遠方呼喚老父，要一見都未做到。她生來命薄，喪夫後好似人世的獨活草。她死去與丈夫相會應該安心了。可憐我白髮蒼蒼無兒的老頭，再失去愛女更加形隻影單了。

【研　析】阿成乃作者的小女兒，幼時一直被視作掌上明珠。在作此詩的四年前，阿成出嫁蘇州，袁枚有〈嫁女詞四首〉，抒發依依不捨之情。但阿成薄命，出嫁半年夫婿即病故，守寡四載之後，「未亡人」亦亡矣，而臨終前呼爺一見的願望竟未能滿足，這怎麼不叫父親「哭女淚闌干」呢？前兩聯正是抒發這種悲痛心情。首聯寫自己才「哭婿」又「哭女」，凸顯雪上加霜的悲哀，真令人萬分同情。頸聯乃作者自我安慰之詞：女兒生前命薄，吃盡苦頭，她此去陰間可與夫婿相會，該可以心安了。實際這是作者悲痛之極的無奈之言。尾聯就露出真情：可憐自己白髮無兒，再失去愛女更加孤寂無歡了。此詩堪稱字字含淚，催人腸斷，是典型的性靈詩。

到家（選一）

蔣士銓

【題　解】此詩作於乾隆十三年，此年作者考進士未第而南歸，到家寫詩六首。此為其一，表現母子久別重逢的欣喜之情。

【作　者】蔣士銓（西元一七二五－一七八五年），字心餘，一字苕生，號清容，又號藏園。鉛山（今屬江西）人。乾隆十九年（西元一七五四年）由舉人官內閣中書，二十二年中進士，為翰林院編修，二十七年充順天鄉試同考官，不久以養母乞歸。後主紹興蕺山書院。蔣氏與袁枚、趙翼並稱乾隆三大家。但詩風與袁、趙不同，其詩學杜甫、韓愈而能自開生面，筆力沉雄。論詩雖主「各有性情」，但重「忠孝義烈之心，溫柔敦厚之旨」，思想比較正統。今有校點本《忠雅堂詩文集》。

父飲亦既醉，就寢先自息；戒兒勿久坐，晨起詣父執❶。阿娘常少睡，問訊繼相及。謂娘無別慮，寒暑恐兒疾。書來兒未歸，夢兒兒詎❷

識？望兒不欲夢，夢復與兒值❸。壯遊豈不好，我生汝僅一。思汝每自恨，翻❹怪汝行急。汝歸我已歡，汝聽勿轉泣。僕婢立漸近，童稚不復匿；欲語未便吐，含笑候顏色。嘈雜良可愛，真氣出胸臆。燭盡母亦倦，有夢莫覓兒。

【注　釋】❶詣父執　去拜望父親一輩的朋友。❷詎　豈。❸值　相遇。❹翻　反而。

【語　譯】父親喝酒已經醉了，自去臥房先歇息了；囑咐我不要坐得太久，明早還要去拜望父輩的朋友。母親長年睡覺很少，問訊的話一句接一句。說娘並不顧慮其他事情，只擔心寒暑時節兒子生病。你只有書信來家而人沒回來，夢中見到我兒，我兒還能認識我嗎？想念我兒不願夢中見兒，但夢中仍和我兒相遇。你壯遊離家不是不好，只是我只生你一個兒子。我想你常恨自己太多情了，你出行反而怪你走得太急。你今回家了我已很高興，你聽了娘的話不要再哭泣了。僕婢們漸漸靠近來，兒輩也不再躲避了；他們想說話又閉上嘴，只含笑察看我的臉色。他們嬉戲笑鬧真是可愛，天真純潔充滿孩子氣。蠟燭燒盡母親也累了，再做夢不要再尋覓兒子了。

【研　析】此詩頭四句先寫父親因自己回家高興，多喝了幾杯先去歇息，但臨睡還「戒」幾句，仍不失為父之「嚴」。接下十四句是詩的主體，記敘母親與兒話家常之語，表現「兒行千里母擔憂」的母愛，見到兒的憐愛之情，其中寫母親的矛盾心理十分細膩真切，雖想念兒卻不願夢見兒，因為夢是虛幻的，醒後會更加惆悵。再下六句寫僕婢、童稚與自己漸熟，不再拘束，天真爛漫，顯示了家庭中特有的溫馨氣氛。末尾兩句以「母亦倦」與開頭父倦相呼應，而末句「有夢莫兒覓」的祝願之詞寫得有味，蓋兒已歸家，無須再覓矣！詩採用五古體，以樸素淺白的語言，寫父、母、僕婢、童稚之語言、動作、心理都真切傳神，顯示出不同身分人物的各自特徵，屬於性靈詩的風格。

今年別

夢　麟

【題　解】此詩寫作者去年與今年兩次出門，與家人臨別時的情景，寫出與老母、髮妻、兒女的親情，並反映生活遭際的窮困淒慘。

【作　者】夢麟（西元一七二八－一七五八年），字文子，號午塘。蒙古正白旗人。乾隆進士，官至工部侍郎。

前年❶別，淚沾臆❷，卷舌入喉啼不得。上有白髮母，下有扶病室❸。
忍啼作笑笑無力，出門三日不能食。今年別，苦復苦。出門無憀❹，入
門無主。不見我母送我，但見兒女盈前，淚下如雨。我無母憶我無旅❺，

爾無母憐兒無所。提攜抱，恃❻爾父，父去誰與慎寒暑❼？爾伯爾叔善視汝。嗚呼！前年別，啼不得；今年別，哭無力！

【注　釋】❶前年　即前一年，去年。❷臆　胸。❸扶病室　患病的妻子。❹無憀　無依靠。❺無旅　沒有伴。❻恃　依仗。❼慎寒暑　當心冷熱，指照顧關心子女生活。

【語　譯】去年辭別，淚沾胸前，舌頭捲進喉嚨裡不敢哭泣。我上有白髮的老母，下有多病的髮妻。強忍著哭聲裝笑，笑得很無力，出門三日不進水米。今年辭別，苦上加苦。出門心裡無依靠，進門心裡無主張。不見老母來送行，只見兒女擁在眼前，個個淚下如雨。我無母，誰牽掛我無伴侶？你們無母，誰可憐兒女無歸宿？又拉又抱，以前全靠老父；今日老父出門，誰來關心你們的冷熱？但願伯伯叔叔會好好照顧你們。啊！去年辭別，不敢哭泣；今年辭別，想哭也無力了！

【研　析】此詩明顯地以「前年別」與「今年別」兩相對照，顯出今年比前一年家境更慘，心情更苦的狀況。「前年別」，還上有老母，下有病妻，總算家庭完整。「今年別」，則老母過世，病妻也歸天，近乎家破人亡。只有小兒女如同柔弱的羔羊，令作者牽腸掛肚。但作者仍不能不「別」，雖未明言，但顯然為了謀生計以養家糊口，他只能硬著頭皮拋兒棄女。而作者的心情亦充分體現在最後兩句，如果去年還是強忍著不哭泣，今年則想哭也哭不動了，其悲已達欲哭無淚亦無力的地步。全詩採用自由體，詩以自敘的口吻述說，句式長短全隨感情而定。短句多用於對比句，感情強烈，節奏短促，印象鮮明；長句用於敘述句，纏綿悱惻，哀怨深長。

別老母

黃景仁

【題解】此詩作於乾隆三十六年（西元一七七一年），作者二十三歲。當時家境貧困，為養家糊口，不得不於一個風雪之夜告辭妻女，拜別老母，外出為官僚做幕府。

搴幃❶拜母河梁去❷，白髮愁看淚眼枯。慘慘柴門風雪夜，此時有子不如無！

【注釋】❶搴幃　撩起牀帳。❷河梁去　指遠遊他鄉。河梁，本義橋梁。託名李陵詩有「攜手上河梁，游子暮何之」句，故「河梁」即含有送別遠行之意。

【語譯】撩開牀幃拜別老母外出遠遊，愁看老母白髮衰顏淚眼乾枯。門外是風雪夜冰冷家室亦很淒涼，此時老母有兒子實在不如沒有！

【研析】此詩描寫了與老母拜別的情景與心情。首句點出「別母」意。次句寫母親衰「老」、淒楚之情貌，「淚眼枯」三字，意蘊甚深，不僅極寫老母衰老愁苦之狀，亦暗含作者悲哀的心情。第三句描寫風雪夜作者為了謀生，只能辭別淒慘的柴門，拋下老母。「柴門」飾以「慘慘」，賦情於物，化無情為有情，乃作者的創造，使景語變為情語，是其心境正「慘慘」流血的反映。尾句按捺不住內心的悲哀，道出一句令人辛酸的話：「此時有子不如無！」雖然是直攄胸臆，但亦耐人咀嚼。之所以「有子不如無」，是自己身為人子，不但不能孝順贍養老母、為母排難解憂，反而要增添老母憂愁，使老母為自己遠行牽掛，將讓老母頭髮更白、淚眼更枯，真是不孝矣！此自責是作者內心愧疚感情的真實表露，也是對現實憤懣的抗議，因為是貧窮陷自己於不孝的。只是作者沒有明說，而以憤激的反話道之，但亦足以令人鼻酸，引起共鳴。

適讀杜少陵寄五弟豐詩，見其與四亡弟同名，掩卷感絕

宋　湘

【題　解】作者四弟名豐，病故六年，恰與杜甫五弟封同名（音），因此當讀到杜甫〈第五弟封獨在江左寄此二首〉這兩首寄五弟之詩時，不禁激起對四弟的懷念，悲愴欲絕，而有此詩。

【作　者】宋湘（西元一七五六—一八二六年），字煥襄，號芷灣。嘉應州（治所今廣東梅縣）人。嘉慶四年（西元一七九九年）進士，改庶吉士，授編修，十八年以翰林出守雲南曲靖府。道光五年（西元一八二五年）升湖北督糧道。為人襟抱豪邁，才氣倜儻。於嶺南三大家之後卓然崛起，又闢新境。有《紅杏山房詩鈔》。

生離猶❶惻惻❷，死別況茫茫❸。破篋文長閟❹，殘封❺蠹❻已僵。多

年偷墮淚，有父在高堂。不見墳頭草❼，而今又六霜❽！

【注　釋】❶猶　只。❷惻惻　悲痛的樣子。杜甫〈夢李白〉：「死別已吞聲，生別常惻惻。」❸茫茫　遙遠貌。❹閟　掩閉。❺封　書的封套，指代書。❻蠹　衣物書籍中的蛀蟲。❼墳頭草　用《禮記・檀弓上》「朋友之墓，有宿草而不哭焉」之典。❽六霜　即六年。

【語　譯】生離只是悲痛，死別則茫茫永不相見了。破箱子裡你的遺文將永遠封閉，殘籍的蛀蟲都已僵死了。我多年只能偷偷地落淚，因為有老父還健在。不見四弟墳頭的野草，而今又染了六度寒霜嗎！

【研　析】此詩首聯破題，「生離」句是指讀杜甫詩感受到杜甫與其五弟生離的感情，「死別」則寫自己與四弟死別的哀傷，兩相對比，益顯「死別」之難以忍受。頷聯承首聯「死別」意，寫四弟亡後之淒涼情景，以其遺文破書顯示人去物非的悲哀。頸聯轉寫自己，因有年邁的老父在堂，雖然悲哀，但不敢公開表露之內心痛苦。尾聯寫弟已亡六載，有不堪回想之悲。此詩基本上直攄胸臆，純用白描，不用典故，而性情自具。詩中虛詞「猶」、「況」、「已」等的運用，使詩有古文之法，獨具一格。

二月五日生女

張問陶

【題解】此詩作於乾隆五十九年（西元一七九四年），時作者三十一歲。農曆二月五日妻子產下一女，喜賦此詩，反映了作者重男不輕女的曠達的人生態度。

自笑中年得子遲，顛狂先賦弄璋❶詩。那知繡榻香三日，又捧瑤林玉一枝❷。事到有緣皆有味，天教無憾轉無奇。女郎身是何人現？要我重翻絕妙詞❸。

【注釋】❶弄璋　古人稱生男為「弄璋」，生女為「弄瓦」。《詩・小雅・斯干》：「乃生男子，載寢之牀，載衣之裳，載弄之璋。」鄭玄箋：「男子生而玩以璋者，欲其比德焉。」❷玉一枝　喻女兒。❸要我重翻絕妙詞　意謂將來女兒會成為才女，寫出絕妙詩篇。

【語譯】自笑中年得子實在太遲了，狂喜之餘先吟「乃生男子」的古詩。哪知繡榻香氣熏了三日之後，又捧上瑤林仙境的美玉一枝！凡事有緣都是有情味的，若天教人無憾反而不稀奇了。女兒前身是誰來轉世的呢？來日我要讀她的絕妙詩章。

【研析】此詩首聯抒寫妻子臨產前，自己亟盼得子的欣喜之情，「顛狂」二字將作者欣喜之態刻畫得十分生動。頷聯以「那知」、「又」的句式寫事與願違，其實並未得子，又得一女。雖然生女非其所盼，頗感意外，但以「瑤林玉一枝」喻女，生女並不視為「弄瓦」，又表明作者對女兒並不輕視，仍充滿父女深情。頸聯對「生女」發表議論，十分曠達開通，認為生女亦是一種「緣」，而「有緣」之事就有情味，不必懊喪；何況人生無憾事，樣樣如願亦太平淡無奇了。這固然是其自我安慰，但亦是對人生的哲理性認識，耐人尋味。尾聯又結在女兒身上，認為女兒當是古代蔡琰、謝道韞一類才女轉世重現，對之寄予了深切期望，剛剛誕生，已經設想要翻其「絕妙詞」矣。此詩寫得跌宕，有情味，亦有哲理，語言質樸通俗，是抒寫性靈之作。

小女

黃遵憲

【題解】此詩作於光緒十一年（西元一八八五年），作者從外地回家，見到十歲左右小女兒當蓀，天真可愛，合家團聚，夜坐閒話，享受到父女情深的天倫之樂，並寫下此詩。

一燈團坐話依依，簾幕深藏未掩扉。小女❶挽鬚❷爭問事，阿娘不語又牽衣。日光定是舉頭近，海大何如兩手圍❸？欲展地球圖指看，夜燈風幔落伊威❹。

【注釋】❶小女　錢仲聯師《人境廬詩草箋注》：「此小女當指次女當蓀，光緒丙子生。」❷挽鬚　指撫摸父親鬍鬚。❸日光定是舉頭近二句　皆小女問父親語。❹伊威　蟲名。《詩．豳．東山》：「伊威在室。」形容家庭的溫馨。

【語　譯】燈前圍坐著絮語不停，簾幕看不見了門扉半關半閉。小女摸著我的鬍鬚不斷地詢問天下事，阿娘不說話她又去牽娘的衣服。她詢問陽光燦爛是否抬頭離得近了，海洋浩淼怎麼能用雙手去圍攏呢？我正要鋪開地圖指給她看，燈光溫馨風幔上落下一隻伊威。

【研　析】此詩首聯與尾聯都是渲染家室的溫馨、舒適，這對長年外出的作者來說殊覺親切，身處這樣的環境中，其本身就是一種享受。中間兩聯乃寫在這種家庭氛圍中有一個可愛好奇的小女兒，更增添了天倫之樂。頷聯寫女兒的動作，一「挽鬚」，一「牽衣」，可見其在父母前的無拘無束、任意撒嬌，亦反襯了父母對她的寵慣。頸聯寫小女的話，關於「日光」、「海大」的問題天真幼稚，很符合其身分，而作者寫來，又分明是以一種欣賞的眼光看著小女，流露出慈父對嬌女的真情。尾聯以「伊威在室」的典故，為家庭生活增添了溫馨的氣氛，並結束全詩，留下不盡的餘味。

六、行旅・鄉情

家信（選一）

閻爾梅

【題解】作者「性不耐家居，歲歲出遊，年七十始不再出」（《清詩紀事初編》），特別是清初參加抗清活動，亦使他長年在外奔波，猶如轉蓬浮萍。寫此詩時當離家不是很遠。但不知何故仍未回家，而只是打發身邊伴旅回家去看看，等他身邊人歸來，帶回家中的消息即「家信」，更激起思鄉之情，乃有此五律。

前日人❶才去，歸家又早來❷。為言鄉下樂，倍使客中哀。兄弟呼新酒，亭池蔭❸舊槐。望余余不到，每上大風臺。

【注釋】❶人　指身邊的同伴。❷歸家又早來　指前日離開回家的同伴，又很快回來了。❸蔭　作動詞用，遮蔭。

【語　譯】前日旅伴才離開回家，今天就及早帶著家裡的消息趕回來了。說到鄉下歡樂的事情，使我客遊加倍地悲哀。還說起家鄉的兄弟呼飲新釀的美酒，亭池遮蔭的那棵老槐樹。他們盼望我回鄉我卻不回，常披著大風登上高臺眺望。

【研　析】此詩首聯點題，寫身邊伴旅探家歸來帶回家中的消息。頷聯則寫「家信」的內容「鄉下樂」，以及自己的感受「客中哀」，「樂」與「哀」對照，且「哀」加一「倍」字，則更增添了「哀」的沉重份量。為何「樂」而生「哀」，頗耐人尋味。頸聯與尾聯實際上以生動形象的畫面回答了這個問題。後兩聯既是說「家信」的內容，也是詩人想像之景。頸聯寫家人團聚，池亭依舊，而唯獨缺少自己。對比自己之孤獨在外，其何以「哀」不言自明。尾聯仿王維詩〈九月九日憶山東兄弟〉「遙知兄弟登高處，遍插茱萸少一人」寫法，想像兄弟登高盼自己歸來的情景，充滿手足深情。後兩聯從對面寫來的方法打破了空間界限，擴展了詩的意境，使兩地相思之情得以交流，而兄弟思己之情，無疑又激發了詩人思鄉之情。詩語言平易，毫不雕琢，純以真情感人。

臨清大雪

吳偉業

【題　解】清順治十年（西元一六五三年）九月，作者應詔赴京任秘書院侍講，途經山東臨清遇大風雪，乃生故園之思，寫下這首七絕。

白頭❶風雪上長安❷，裋褐❸疲驢帽帶寬。辜負故園梅樹好❹，南枝開放北枝寒❺。

【注釋】❶白頭　作者自稱。時作者年四十五，此形容自己衰老髮白。❷長安　指代首都北京。❸裋褐　粗陋衣衫。《漢書・貢禹傳》：「妻子糠豆不贍，裋褐不完。」❹故園梅樹好　指家鄉太倉之「梅村」梅樹繁茂。作者〈鹽官僧香海問詩于梅村……〉有「種梅三十年，繞屋已千樹」之句。故園，暗寓故國。❺南枝開放北枝寒　本《摭異》中載「南枝向暖北枝寒，一種春風有兩般」詩句，寓有自己離鄉北上赴京而覺心寒之意。

【語譯】我白髮蒼蒼，頂風冒雪奔赴京城，衣衫粗陋，騎著疲驢緩行，寬寬的帽帶迎風飄著。我辜負了故園梅村千樹的好風景，那裡的梅樹南枝開花，北枝結著寒冰。

【研析】趙翼《甌北詩話》稱「梅村赴召入都，距國變時未久」，意謂距南明弘光王朝覆滅只七年，而此前作者曾有「寧同英國死，不作襄城生」（〈吳門遇劉雪舫〉）之誓言。但曾幾何時，自己卻頂風冒雪而應詔北上，不僅備嘗行旅之艱辛，更生「辜負故園」之愧。但一方面父母懼禍加以催促，一方面自己軟弱無骨，仍不得不「白頭風雪」赴京師。上聯勾畫自己「裋褐疲驢帽帶寬」身影，既令人可憐，亦使人可悲。下聯預測赴京後「南枝開放北枝寒」，處境與心境甚是悲涼。詩感情淒愴，意境冷寂。末兩句故園之思兼有故國之思，「南枝」句具有象徵意義，但含意隱晦，須思而得之。這也是詩人處境使然，不能明快抒寫。

早行（選一）

李漁

【題　解】這首五律敘寫早行回家時的情景，表達了羈旅思家的情思。

【作　者】李漁（西元一六一一—一六八五年），字笠翁，號覺世稗官。蘭溪（今屬浙江）人，一作杭州人。善制曲，著有《閒情偶寄》、《傳奇十種》、《笠翁一家言》等。詩受戲曲影響，淺顯通俗。今有校點本《李漁全集》。

為愛歸家疾，常愁上路遲。雞聲三度後，鳥語一林時。馬憶槽邊粟，
人懷夢裏詩❶。不知村店月❷，隨我欲何之❸？

【注　釋】❶夢裏詩　當指夢中所作還鄉團聚之詩。❷村店月　本溫庭筠〈商山早行〉「雞聲茅店月」。❸之　往。

【語　譯】只為熱愛故鄉回家的腳步很快，夜宿常怕睡過時辰上路太遲了。等到雞聲唱了三遍，宿鳥剛在樹叢中啼鳴時就上路了。老馬回味著槽邊的粟米，旅人咀嚼著夢裡懷鄉的詩句。不知村店上空的明月，要跟隨我往哪裡去？

【研　析】此詩首聯直攄胸臆，抒寫急於回家的心情，亦就點明了「早行」的緣由。頷聯承「早行」

意，描寫早行時的情景。前句著眼於時間，在雞叫三遍後即啟程；後句著眼於空間，林子裡剛有宿鳥鳴噪。三更出門固然是寫「早行」，宿鳥初語亦暗示早行。頸聯轉寫早行時的心境，前句寫馬憶槽邊粟，後句寫自己回憶夢中懷鄉詩，而寫馬實際是襯托人，馬無情而人有情。尾聯即景抒懷，寫「村店月」隨我而行，既暗示「早行」月尚未落，亦借明月相伴，此行不孤，映襯出詩人將與家人團聚的欣喜心情。此詩寫得富於機趣，如「鳥語」、「馬憶」、月亮「隨我欲何之」的擬人手法的運用，或渲染氛圍，或映襯詩人情思，皆生動有致。

百嘉村見梅花

龔鼎孳

【題解】此詩係作者途經江西百嘉村（在今江西萬安南、贛江西岸）見梅花所作，似寫愛梅喜梅的情懷，實際是借梅花反襯羈旅生涯的孤寂之感。

天涯疏影伴黃昏❶，玉笛高樓❷自掩門。夢醒忽驚身是客❸，一船寒月到江村❹。

【注釋】❶天涯疏影伴黃昏　從林逋〈山園小梅〉「疏影橫斜水清淺，暗香浮動月黃昏」化出。❷玉笛高樓　化用李白〈與史郎中欽聽黃鶴樓上吹笛〉「黃鶴樓中吹玉笛，江城五月落梅花」之意。落梅花，指橫吹曲〈梅花落〉，寓思鄉之情。❸夢醒忽驚身是客 反用李煜〈浪淘沙〉「夢裏不知身是客」意。❹江村 即詩題之百嘉村。

【語譯】天涯黃昏時有梅妻疏影來相陪伴，又聽到高樓門內有人用玉笛吹起了〈梅花落〉。當從夢中醒來，忽然驚覺自己原是船上的旅客，滿船灑滿月色駛到了江村。

【研析】此詩頭兩句寫「天涯疏影」、「玉笛高樓」，皆化用詩典暗詠百嘉村所見梅花。前一句用宋人林逋〈山園小梅〉之詩意與「梅妻鶴子」之典，寫在天涯黃昏時有梅花相伴有如嬌妻。後一句化用李白詩意，以「玉笛高樓」暗寓〈梅花落〉橫吹曲，仍與「梅」相關。前兩句寫得清麗幽雅，又朦朧含蓄，實際上所寫乃是作者美妙的夢境。第三句乃點破此意，「夢醒」則上聯的美妙景象終於虛無，剎那間又醒悟到自己是旅客而已，油然而生惆悵之意。為說明「身是客」，乃以尾句實景證明：看見所乘灑滿月光的客船駛進了江村，景象清寂，一如詩人的心境。此詩善用典，前三句皆用典。但如鹽著水，不見痕跡，且十分貼切、典雅，與堆砌典故之作不同。

至南旺

施閏章

【題解】南旺，湖名，在山東汶上西南，汶水由西南注入，分為南北二流，為運河的分水口。「過南旺分水，水俱向北，淚滴水中，不復到江也」(沈德潛《國朝詩別裁集》)，作者有感而作此五絕，抒發羈旅思鄉之情。

客❶倦南來路，河分向北流❷。明朝望鄉淚，流不到江頭❸。

【注　釋】❶客　作者自稱。❷河分向北流　指汶水從西南流入南旺湖，又分為南北二流，過了南旺水皆北流。❸江頭　指代作者故鄉安徽宣城所在地，宣城有青弋江與長江相接。

【語　譯】我已厭倦了南來北走，汶水流入南旺湖就改向北流了。明朝我若灑進望鄉的淚珠，已不能淌到長江那邊的故鄉了。

【研　析】此詩首句「客倦南來路」，一「倦」字定下全詩感情基調。其「倦」的具體內涵又耐人尋味，既有對行旅艱辛之厭倦，亦有對仕宦生涯之厭倦。次句「河分向北流」，則表明已「至南旺」，汶水經南旺湖後改變流向，由向南流改為向北流，這是引起本已「倦」的詩人更加感慨的契機：作者家鄉在南方安徽宣城，汶水北流則離其家鄉越來越遠，如果滴入望鄉淚，亦「流不到江頭」，無法借河水向家鄉父老表達其思念之情矣。此詩篇幅短小，構思新穎，想像奇特，意蘊深厚，有令人咀嚼不盡的餘味。

客發苕溪

葉　燮

【題　解】詩題「客發苕溪」，指作者從客地上船出發，沿苕溪回鄉。苕溪有東、西兩支流，分別發源於天目山的南麓與北麓，於作者家鄉浙江湖州合流，北入太湖。

【作　者】葉燮（西元一六二七—一七〇三年），字星期，號己畦。嘉興（今屬浙江）人，後移居吳江（今屬江蘇）。康熙進士，官寶應知縣，因忤長官落職歸。寓居吳縣（今江蘇蘇州）橫山授徒，時稱橫山先生。所作《原詩》為著名詩話。另著有《己畦詩文集》。

客心❶如水水如愁，容易歸舟趁疾流。忽訝船窗送吳語❷，故山❸月已掛船頭。

【注　釋】❶客心　指寄居異鄉的思鄉之情。❷吳語　江南一帶方言。❸故山　指故鄉，今浙江湖州。

【語　譯】思鄉的心思如水，水流裡融入了鄉愁，歸舟啟錨趁著水勢湍急。忽驚船窗外傳來家鄉話，又見故鄉明月已經掛上船頭。

【研　析】此詩首句以比喻寫「客心」即鄉愁之深長，「客心如水」，有李煜詞所謂「問君能有幾多愁，恰似一江春水向東流」之意，「水如愁」又反過來比喻，更強調了鄉愁之重。寫客心鄉愁旨在引出第二句，即趕快趁著苕溪水流湍急，乘船回鄉以解鄉愁。或許詩人歸心如箭，或許船行如箭，總之詩人無意描寫歸途中情景，下聯就迫不及待地跳脫到船已抵達家鄉：先寫聽覺「船窗送吳語」，聽到了家鄉話，而「忽訝」二字又有喜出望外之意；後寫視覺，故山明月已照船頭，其實明月一直在船頭上，並非突然出現，但「詩有別趣，非關理也」（嚴羽《滄浪詩話》），唯有這樣寫，彷彿明月一直在「故山」等待自己，而忽然重逢，才更有情致，更覺親切。

雲中至日

朱彝尊

【題解】康熙三年（西元一六六四年）作者曾赴雲中（今山西大同）謁見山西按察副使曹溶，適逢冬至，身處塞外，而生羈旅思鄉之情，乃有此七律。

去歲❶山川縉雲嶺❷，今年雨雪白登臺❸。可憐日至❹常為客，何意天涯數舉杯？城晚角聲通雁塞❺，關寒馬色上龍堆❻。故園望斷❼江村里，愁說梅花細細開❽。

【注釋】❶去歲　指康熙二年（西元一六六三年）。❷縉雲嶺　在今浙江縉雲東北仙都山上。❸白登臺　在今山西平城東北的白登山上。❹日至　即至日，兼指夏至、冬至。❺雁塞　雁門關，在今山西代縣。❻龍堆　白龍堆，原謂新疆戈壁灘沙漠，此泛指塞外沙漠。❼望斷　看不到。❽細細開　緩緩地開放。語本杜甫〈江畔獨步尋花七絕句〉：「嫩蕊商量細細開。」

【語譯】去年曾翻山渡川攀援了縉雲嶺，今年又披雨冒雪登上了白登臺。可憐我日至時節常做異鄉客，為什麼多次在天涯舉起酒杯呢？日落時城頭號角聲傳遍了雁門關，寒冷邊關戰馬毛色在塞外沙漠裡閃亮。遙望江村的家園但看不見，又怕提起那裡的紅梅正緩緩地開放呢。

【研析】此詩首聯敘寫自己壯遊生涯，「去歲」、「今年」著眼於時間之長，「縉雲嶺」、「白登臺」著眼於空間之廣。後句之「白登臺」在山西，因此實際指代「雲中」，故亦點題。頷聯乃寫至日的感受。詩人在雲中度過冬至節，但此詩並不局限於眼前一時一地，而是由此聯想到自己多年來無論冬至還是夏至均為遊客，在天涯塞外亦多次舉杯消愁。由此可見詩人之四處漫遊自有其苦衷。頸聯轉寫關塞蕭瑟淒冷的景象，渲染出濃郁的羈旅氛圍，因此又激起尾聯對江南故鄉秀麗風光的懷念。尾聯前句寫遙望故鄉而不得見之悵惘，後句寫雖思念故鄉又怕提故鄉風物以免引起更濃鄉情的矛盾心理，細膩真切，並引人回味。此詩格局甚大，境界寥廓，借景抒懷，羈旅之思蘊藉悲涼之感。

息齋夜宿即事懷故園

王士禛

【題解】順治十五年（西元一六五八年）作者赴京殿試，中進士，備任推官職。寓居北京期間，一日作者夜宿息齋，即景抒懷，寫此五律表白懷念家鄉之情思。

夜來微雨歇，河漢❶在西堂❷。螢火出深碧，池荷聞暗香❸。開窗鄰竹樹，高枕憶滄浪❹。此夕南枝鳥❺，無因❻到故鄉。

【注　釋】❶河漢　銀河。❷西堂　西面客廳。❸暗香　幽香。林逋〈山園小梅〉：「疏影橫斜水清淺，暗香浮動月黃昏。」原指梅花，此借用指荷花。❹滄浪　指濟南大明湖滄浪亭。大明湖盛產荷花。❺南枝鳥　化用〈古詩十九首〉「胡馬依北風，越鳥巢南枝」意，喻懷念故鄉的遊子。作者自喻。❻無因　無從；沒有途徑。

【語　譯】夜來小雨已經停了，銀河斜亙在西堂上空。螢火點點飛出了碧池，又聞到了池荷的幽香。開窗就看見了竹樹，睡臥時回憶起大明湖的滄浪亭。我今晚好似曾巢南枝的越鳥，卻無從展翅飛回故鄉。

【研　析】此詩首聯點明時間與地點，切詩題「息齋夜宿」意：夜來剛降過一陣小雨，作者歇宿在息齋西堂，但望著窗外夜空的銀河，未能入眠。為何未入眠，原來他在領略頷聯所描寫的息齋美妙的夜景，亦即詩題之「即事」。頷聯前句從視覺意象落筆，螢火蟲從又深又綠的池水中飛出，為夏夜增添了生機；後句從嗅覺意象著手，池中荷花發出陣陣幽香，使夏夜神奇而芳香。這一切都令作者陶醉。頸聯與尾聯則因「即事」而寫「懷故園」。「開窗」句寫詩人忍不住起身想好好欣賞一下夏夜美景，打開窗戶撲入眼簾的是青竹碧樹，這青竹碧樹卻打開了作者記憶的窗戶，當他又臥在枕上時，不禁回憶起家鄉大明湖與滄浪亭的美景，那裡本也有「竹樹」、「池荷」，與這裡的美景十分相似。而一回憶家鄉之景，自然湧起強烈的思鄉之情，於是作者起初的審美喜悅一下子變為羈留京師不能返鄉的惆悵。尾聯巧用〈古詩十九首〉「越鳥巢南枝」之典，因家鄉在北京之南，故自己如同「南枝鳥」，但卻不能飛回故鄉，作者該是何等心情呢？詩戛然而止，讓讀者去體會。詩前兩聯寫景，境界幽深朦朧，後兩聯抒懷，感情深沉真摯。全詩情景相融，亦靜亦動，文字沖淡典雅。

題旅店

王九齡

【題解】此詩寫於旅途中之旅店，不僅抒發了鄉國之思，亦表達了仕途生涯的艱辛之感。

【作者】王九齡（生卒年不詳），字子武。華亭（今上海松江）人。康熙進士，改庶吉士，授編修，官至左都御史。有《尊香詩稿》。

曉覺茅簷片月低，依稀鄉國❶夢中迷。世間何物催人老？半是雞聲❷半馬啼。

【注釋】❶鄉國　家鄉。❷雞聲　溫庭筠〈商山早行〉：「雞聲茅店月，人迹板橋霜。」

【語譯】清晨醒來殘月掛在屋簷下，家鄉彷彿浮現在迷夢中。世間什麼能催人變得衰老呢？半是雞的啼叫半是馬的嘶鳴。

【研析】此詩上聯敘寫於旅店中清晨醒來時的所見所感：所見一片殘月掛在茅屋簷下，渲染出淒清孤寂的環境氣氛；所感是迷夢中彷佛回到家鄉，顯示出思鄉之情。下聯乃即景抒情，以一問一答將詩意昇華，答則從人生的角度用兩個「半是」概括自己的日漸衰老的原因，十分精練而形象，且意蘊深厚。「半是雞聲」，有「雞聲茅店月」之意，寫旅途上聞雞鳴即起，亦可使人想起祖逖聞雞起舞之典；「半馬啼」寫征途奔波，顯示自己不辭辛勞。作者身為朝廷重臣，長期在外忙於公務，年華亦在旅途中凋零，自有真切的體驗與深沉的感慨。

初得家書

查慎行

【題　解】此詩作於康熙十八年（西元一六七九年），作者從江蘇赴貴州巡撫楊雍建幕府途中，時正在湖北監利，離家三個月收到第一封家信，乃有此七絕。

九十日來鄉夢斷❶，三千里外客愁疏❷。涼軒❸燈火清砧月❹，惱亂翻❺因一紙書❻。

【注　釋】❶鄉夢斷　意謂沒有做過思鄉夢。❷客愁疏　意謂客居他鄉的愁緒減弱、麻木。❸涼軒　窗檻前納涼的長廊。❹清砧月　擣衣石上反射著清冷的月光。杜牧〈秋夢〉：「寒空動高吹，月色滿清砧。」❺翻　反而。❻一紙書　一封家信。

【語　譯】已有九十來天未做過思鄉的夢了，身在三千里外客愁也逐漸麻木。眼望涼軒裡的燈火輝映著擣衣石上的月光，我心中煩亂反因為讀到了家信。

【研析】此詩抒寫「客愁」，構思別致新穎，採用了欲揚先抑的手法。上聯「九十日來鄉夢斷，三千里外客愁疏」，巧妙地連用兩個數詞，寫出了離家時間之長與空間之遠；而「鄉夢斷」與「客愁疏」，似乎因離家日久地遠而鄉情淡漠麻木，實乃反語。此為抑。但實際上鄉情仍藏於內心深處，下聯寫一旦初得家書，就趕緊湊著涼軒燈火閱讀，又因感受到清砧冷月的孤寂氛圍，而驟然勾起深沉的「鄉愁」，而且來得十分濃烈，竟心情「惱亂」不堪。此為揚。「一紙書」是導火線，「鄉愁」則是蘊藏在心中的「火藥」，一觸即發。此詩寫法不落窠臼，顯示出作者「奇創之才」（王士禛語）。

出關

徐蘭

【題解】此詩題又作〈出居庸關〉。居庸關在北京西北居庸山上，為長城主要關口，古來一直是交通要塞。作者康熙三十五年因隨安郡王出塞至歸化城而出居庸關，並寫下此七絕。

【作者】徐蘭（西元一六六〇？—一七三〇？年），字芝仙，亦字芬若。常熟（今屬江蘇）人。康熙時為國子監生。後為清宗室安郡王幕僚。康熙三十五年（西元一六九六年）隨安郡王出塞，由居庸關至歸化城。雍正初又隨年羹堯征青海。詩風沉雄。有《出塞詩》。

凭山俯海古邊州❶，旆影❷風翻見戍樓❸。馬後桃花馬前雪，出關爭得❹不回頭？

【注釋】❶古邊州　此指薊州，為明代九邊之一。❷旆影　旗影。❸戍樓　邊防的瞭望樓。❹爭得　怎能。

【語譯】依山俯海的古薊州，旗影翻飛處映現出戍樓。馬後是桃花馬前就是白雪了，出關時怎能不回頭再望一眼呢？

【研析】此詩上聯以如椽大筆勾勒居庸關風貌，前句寫其傍山臨海的雄偉氣勢與險要地位，「古邊州」又具有深沉的歷史感；後句突出居庸關威武雄壯的戍樓，戰旗翻飛，氣象森嚴。下聯乃採用對比與誇張的手法寫出關的感受。時當春季，關內已桃花盛開，燦若紅霞，而關外卻白雪皚皚，儼然寒冬景象。但詩人不寫關內、關外，而以「馬後」、「馬前」替代，縮巨大空間於一馬之前後，就更形象具體，亦強調了出關後的巨大差異，因此自然推出尾句：「出關爭得不回頭？」流露出對關內家鄉強烈的留戀之情。第三句堪稱警策之句，體現了詩歌以點代面、以局部代整體的意象濃縮、具象的藝術特徵。

春草

沈德潛

【題解】此詩當作於詩人在北京任職期間，借詠春草抒發思鄉之情。

輕煙滿地送征驂❶，一色茸茸❷染蔚藍❸。不是柳條縈❹別恨，已牽魂夢到江南❺。

【注釋】❶征驂　遠行的車馬。王勃〈餞韋兵曹〉：「征驂臨野次，別袂慘江垂。」❷茸茸　柔密叢生的樣子。❸蔚藍　指天空。杜甫〈冬到金華山觀〉：「上有蔚藍天，垂光抱瓊臺。」❹縈　纏繞。❺江南　指作者家鄉蘇州一帶。

【語譯】彷彿是滿地的輕煙在為車馬送行，其實是茸茸綠草染碧了遠方的藍天。春草不是柳條纏繞著別恨，但卻已牽人魂夢回到了江南。

【研析】作者最推崇七絕的「語近情遙」，「只眼前景，口頭語，而有弦外音、味外味，使人神遠」（《說詩晬語》）。〈春草〉一詩庶幾近之，堪稱七絕中的佳作。前兩句寫春草形象，似「輕煙滿地」，寫其輕柔成片，「一色茸茸」，寫其濃密碧綠，而一「送」一「染」，皆具情致，此乃「眼前景，口頭語」。後兩句抒懷，春草不同於「縈別恨」的「柳條」，使人為離別而傷感；春草給人以希望，它一路鋪去，直通江南故鄉，詩人可以之寄託對故鄉的思念，春草彷彿可以負載人的「魂夢」直到江南。此乃〈春草〉「弦外音、味外味」也。作者論詩推崇盛唐，此詩就頗有唐代絕句含蓄蘊藉的韻味。

小橋旅夜

吳敬梓

【題　解】此詩作於雍正七年（西元一四三〇年）左右，時作者約三十歲。此前作者屢遭「家難」，自二十三歲父親死後，家產被族人掠奪，自己又大肆揮霍，最後田廬賣盡，妻子病故，鄉試亦落第，只能出遊以謀生路。此詩即抒寫離鄉後夜宿小橋旅店的悲涼情景。

【作　者】吳敬梓（西元一七〇一—一七五四年），字敏軒，晚年號文木。全椒（今屬安徽）人。諸生。早年生活放縱，後家業衰敗，移居南京，成為當時江左文壇領袖。安徽巡撫欲薦他應博學鴻詞，未赴。晚年益貧困，客死揚州。以所著小說《儒林外史》著稱。有《文木山房集》。

客路❶今宵始，茅簷❷夢不成。蟾光❸雲外落，螢火水邊明。早歲艱危集，窮途❹涕淚橫。蒼茫去鄉國❺，無事不傷情。

【注　釋】❶客路　旅途。❷茅簷　指小橋邊茅店。❸蟾光　月光。❹窮途　指處境困窮。❺鄉國　家鄉。

【語　譯】旅途的生涯從今夜開始了，在茅店連鄉夢也做不成。月光從雲外灑落，螢火蟲在水邊閃爍。我早年歲月充滿了艱危，而今身處困境不禁涕淚縱橫。暮色蒼茫想到自己遠離家鄉，沒有什麼事情不叫人傷情。

【研　析】詩首聯寫「客路」上憂愁的心境：旅途生涯從今夜正式開始，將來一切都是未知數，內心充滿焦慮，以致輾轉反側難以入眠。頷聯寫旅夜之景：月光慘淡，螢火幽明，渲染出淒涼孤寂的氛圍，景中自然含情。頸聯抒懷，先回憶「早歲」即出遊之前的種種艱危困苦，暗寓悔愧之感；

後對眼下之困窮處境更覺悲哀，涕淚縱橫，即是哀的表現。尾聯則寫此刻已離開故鄉，前程吉凶未卜，世間萬物都令人傷感，因為以淚眼看萬物，萬物皆罩上淚光也。此詩借離鄉棲宿小橋旅店的所感所見，不僅抒寫羈旅之愁，亦反映了晚年淒涼的處境。

後下灘歌

錢載

【題解】乾隆三十九年（西元一七七四年）作者從江西北歸，進浙江省乃沿衢江乘船順流至蘭溪縣，於是將下灘而行的輕快感受賦之於這首古體雜言詩。

一船去，一船來，灘闊水寬船兩開。上灘船，浮若鳧❶；下灘船，
飛若梭。船子快意各不歌，浙江❷之灘本平易。多船少船乃相異，頃者❸
云難姑且置❹。船頭遠山眉翠低，船尾鉤月搖玻璃。來船今夜泊何處？
我船明日到蘭溪❺。

【注釋】❶鳧　野鴨。❷浙江　錢塘江。此指錢塘江自衢縣至蘭溪縣一段，即衢江。❸頃者　過去。❹姑且置　暫時放下。❺蘭溪　指浙江蘭溪。

【語　譯】一船駛過去了，一船又駛過來，灘闊水寬兩船可以相對開。上灘的船，若浮動的野鴨，下灘的船，若迅捷的飛梭。船夫很愜意而沒有高唱船歌，因為衢江的灘面本來又平又闊。船多船少航行自然不同，過去難行的話題暫且不提了。船頭的遠山低伏恰似黛眉，船尾的月亮照著江水好似玻璃搖晃。對面駛來的船今夜泊在何處呢？我的船明日就要到蘭溪了。

【研　析】詩前四句寫衢江灘闊水寬的地理優勢，並採用對比手法描寫船上下灘時的情景。其中「浮若鳧」與「飛若梭」的比喻十分形象傳神，分別描繪出上灘船的平穩與下灘船的快捷情態，尤其是「浮若鳧」的比喻發人所未發，非親自目睹且又善比喻者不能道出。接下四句從船夫快意角度寫「浙江之灘」的「平易」，「快意各不歌」謂船順流而下簡直如御風而行，毫不費力，已無須因撐船吃力而唱船歌了，至於行船難的老話亦可暫且不提，這裡只有「多船少船」時的差異而已。後四句寫作者的快意，又採用兩個比喻：從船頭看去，遠山起伏如女子的黛眉，十分好看又頗神奇；從船尾看去，月光下流水閃亮，有如玻璃在晃動，後一比喻亦新穎獨特。由於下灘船快，作者明日即可到目的地，不禁十分興奮，並關心起對面「來船今夜泊何處」。此看似閒筆，實則不閒。全詩長短句相間，幾乎句句不離「船」字，又採用對偶排比句式，讀來節奏感甚強，給人以身歷其境之感。此詩寫行旅之情，一反抒寫寂寞愁緒的常見題旨，而代之以表現快慰愜意的感受，別具一格，不落窠臼，予人新鮮的體驗，詩的句式、風格與詩意也甚協調。

茅店

袁枚

【題解】這首五律作於乾隆十七年（西元一七五二年）赴陝西途中。茅店，茅草房客店。

薄暮❶投茅店，昏昏倦似泥。草聲驢口健，簾影客❷頭低。几仄❸燈依壁，風停柳臥堤。故鄉❹何處望？斜月亂山西。

【注釋】❶薄暮　傍晚。《楚辭・天問》：「薄暮雷電歸何憂？」❷客　作者自稱。❸几仄　狹小的桌子。仄，狹窄。❹故鄉　此處實指定居處南京隨園。

【語譯】傍晚時分投宿一家茅草客店，頭腦昏沉渾身累得似一堆爛泥。毛驢牙口好傳出吃草的聲響，我這旅客在簾影裡低著頭。店內桌几狹小油燈靠著牆壁，店外狂風停息了柳樹臥倒在河堤上。故鄉迢迢何處能望見呢？只見一勾殘月斜掛在亂山的西面。

【研析】此詩首聯點題，寫薄暮投宿茅店疲憊不堪的情態，體力不支，癱軟似泥，後句的比喻極寫疲乏之狀，甚為傳神。頷聯以「驢」與「客」相對，驢一天路程儘管肚飢，但牙口很好，吃了草亦就滿足了；而人則不然，人有思想有感情，「簾影客頭低」，描繪出作者鬱悶冥想之狀。頸聯轉寫茅店內外的荒涼冷寂：室內桌几破舊狹窄，油燈靠著牆壁發出慘淡的光；室外大風過後，柳樹臥倒在河堤上。如此殘敗之景，自然又激發詩人對山清水秀、竹樹叢生之隨園的懷念，但是遠離家鄉，望亦不見，只看見斜月掛在亂山之西而已。尾聯之景又預示著天快亮了，新的征途又在前頭，一種無可奈何的愁緒溢諸墨楮之間。作者本來對此次復出就不是心甘情願，行旅又如此辛苦乏味，定生懊悔之意。詩用白描手法敘事寫景，不著議論，也未直接抒懷，純以樸素的文字與鮮活的形象，蘊藉其羈旅的愁懷。

李家寨曉發

蔣士銓

【題　解】此詩作於乾隆九年（西元一七四四年）作者由山西返回家鄉江西鉛山縣途中，抒發清晨從李家寨出發時的客路羈愁。

雞聲催落月❶，客路斷魂❷時。破廟狐吹火❸，孤墳鬼唱詩❹。曉寒憐僕病，道遠惜驢疲。殘夢猶堪續❺，徐行正未遲。

【注　釋】❶雞聲催落月　化用溫庭筠〈商山早行〉「雞聲茅店月」之意。❷斷魂　形容哀傷。❸狐吹火　據《魏書・管輅傳》注：某主人家多次失火，管輅占卜，說有一角巾諸生，會幫忙消災。後諸生把刀出門，見一小物如獸經過，手中持火，以口吹之，諸生舉刀斷其腰，視之乃狐。自此某人不復有災。❹孤墳鬼唱詩　《通幽記》載：蘇州虎邱寺僧夜見二白衣人樓上題詩，乃鬼語。李賀〈秋末〉：「秋墳鬼唱鮑家詩。」❺殘夢猶堪續　用劉駕〈早行〉「馬上續殘夢」意。

【語　譯】雞聲催落了茅店上空的月亮，正是我踏上旅途心情哀傷的時候。破廟裡好像有野狐吹著火把，孤墳處似聽到妖鬼在唱詩歌。清晨寒冷疼愛奴僕生病了，道路遙遠憐惜毛驢疲勞。騎上毛驢還可繼續殘夢，緩緩行進也不算遲。

【研　析】此詩前兩聯基本寫景。首聯點題，描寫「曉發」時的情景，茅店雞聲陣陣，西斜殘月已墜落，此時上路遠行，令詩人倍覺傷懷。「斷魂」二字可見全詩的感情基調。頷聯所寫狐鬼乃是想像之景，借用傳說故事，寫曉發時路途之陰森淒冷的氣氛，這是令詩人「斷魂」的原因。後兩聯抒情。頸聯寫對僕從與毛驢的憐惜之意，而「僕病」、「驢疲」皆顯示行役之艱苦，作者深有體驗，不能不「憐」而「惜」之。尾聯響應首聯，寫「曉發」時自己仍睡意朦朧，可以騎在毛驢上接著做夢，不妨讓毛驢慢慢行走，此仍是極力表現行旅之苦與累。此詩從頭至尾，皆貫穿「曉發」的紅線，前兩聯重在寫精神上的淒苦、孤寂，後兩聯重在寫體力上的疲乏不堪，總的是抒發對羈旅生涯的厭倦與無奈。詩境幽冷勁峭，有賈島之風。

牧馬歌

沈　峻

【題　解】此詩代西北邊塞的牧馬人抒發思鄉之情。詩中「牧馬人」顯然不是土著，而是由於某種原因被迫在天山下牧馬的人。

【作　者】沈峻（生卒年不詳），字丹厓，號存圃。天津人。乾隆副貢，官廣東吳川知縣。有《欣遇齋集》。

朝牧馬，天山下；夕牧馬，黃蘆❶野。馬鳴風颼颼，苦水❷咽不流。

安得❸馬肥四足強，送我還故鄉！

【注　釋】❶黃蘆　枯黃的蘆葦。❷苦水　指草野下苦澀的溪水。❸安得　怎麼能夠。

【語　譯】清晨牧馬去，遊蕩在天山之下；傍晚牧馬回來，看見黃蘆遍野。駿馬悲鳴風聲颼颼，苦水嗚咽阻塞不流。怎能養得馬肥四蹄健壯，送我飛速回到故鄉！

【研　析】全詩八句：兩次換韻腳，自然分為三個層次。第一層四個三字句，構成兩組對稱句，寫出牧馬的時間與空間，早出晚歸，在天山腳下的放牧生活單調乏味。第二層兩個五言句乃進一步寫放牧生活的艱辛與內心的悲傷，寒風凜冽，駿馬悲鳴，連溪水亦阻塞，並發出哀泣之聲，所寫之景塗有濃郁的感情色彩，實乃牧馬人悲苦心境的外現。第三層是一個七字句，一個五字句，抒寫渴望返回家鄉的強烈願望，而仍扣緊「牧馬人」的身分，即要養出好馬送自己回鄉。全詩句式看似長短自由，實際基本是由三言而五言而七言的遞增句式，感情亦逐層遞進，直至高潮。

曉起

趙翼

【題解】此詩寫作者在旅店晨起時所感所見，表現出羈旅生涯的疲憊與艱苦。

茅店荒雞叫可憎，起來半醒半懵騰❶。分明一段勞人❷畫，馬齧❸殘芻❹鼠瞰❺燈。

【注釋】❶懵騰　朦朧迷糊。❷勞人　勞苦的人。《詩・小雅・巷伯》：「驕人好好，勞人草草。」❸齧　咬，此指咀嚼。❹殘芻　剩餘的馬料。❺瞰　窺探。

【語譯】旅店的雞鳴驚醒了美夢真是可恨，起來半是清醒半是朦朧。這分明是一幅「旅人辛苦圖」，更有馬兒嚼著料草老鼠窺著油燈。

【研析】此詩上聯寫「曉起」時所感即心理與情態。因為前一天長途跋涉，所以作者很想好好酣睡一夜以解除疲乏，不料旅店雄雞老早就啼叫，吵醒了作者的美夢，故曰「荒雞叫可憎」；勉強起來後睡意未消，故曰「半醒半懵騰」。此聯寫作者疲憊之狀，十分真實傳神。下聯寫「曉起」時的所見，第三句乃是作者跳出詩境反觀自己，對上聯的一個概括，好像「一段勞人畫」，寫勞苦之狀。尾句又寫與「勞人」相陪襯之物：室外馬棚裡馬在咀嚼剩餘的料草，準備吃飽上路；室內老鼠則窺探油燈，準備旅客一離開即偷油吃，二者構成「曉起」時旅店內外的環境，荒寂簡陋，亦襯托出羈旅之艱辛。此詩緊扣「曉起」這一短暫時間的所感所見，濃縮抒寫，顯示出詩人選材提煉的藝術功力，而寫人的心理情態與動物的情狀，採用白描手法，亦均逼真傳神。

金陵曉發

姚鼐

【題解】此詩寫作者於一個初春的拂曉，從金陵（今南京）秦淮河上船出發時所見，藉以抒發內心鬱積的一種壯美兼悲慨之情。這種感情與長期羈旅生涯的坎坷有關，亦與其壯志難酬的遭際相聯。

【作者】姚鼐（西元一七三一－一八一五年），字姬傳，一字夢穀，室名惜抱軒，人稱惜抱先生。桐城（今屬安徽）人。乾隆二十八年（西元一七六三年）進士，改庶吉士，後授兵部主事，累遷至刑部郎中，記名御史。四庫全書館開，一度薦為纂修，後乞病歸，歷主江南紫陽、鍾山諸書院四十餘年。姚氏繼方苞、劉大櫆之後為桐城派散文大家，所為文高簡深古。論詩主雅正，提倡表現民瘼國事，符合興觀群怨之旨。詩作雄放。有《惜抱軒集》、《古文辭類纂》等。

湖海茫茫曉未分，風煙❶漠漠棹❷還聞。連宵雪壓橫江❸水，半壁山❹
騰建業雲。春氣臥龍將跋浪❺，寒天斷雁不成群。乘潮鼓楫❻離淮口❼，擊劍❽悲歌下海濆❾。

【注釋】❶風煙 指水霧。❷棹 船槳。❸橫江 今安徽蕪湖至江蘇南京的一段長江，素以風高浪大著稱。❹半壁山 原在湖北陽新之長江南岸。這裡指代建業（南京）附近的山峰。❺跋浪 撥開波浪。杜甫〈短歌行〉：「鯨魚跋浪滄溟開。」❻鼓楫 划槳。❼淮口 秦淮河口。❽擊劍 指拍打著劍鞘。❾海濆 大海水波湧起的地方。此實指長江。

【語譯】湖海遼闊迷茫還未見到晨光，水上霧氣瀰漫可聽到槳聲。連夜的大雪壓平了橫江的狂濤，江畔山峰騰起了南京的飄雲。春氣溫和，臥龍將要撥開水浪，寒天料峭，孤雁不能成群飛翔。此際我乘潮划槳離開秦淮河口，擊劍悲歌直駛向長江。

【研析】此詩首聯寫曉發時之景，詩人彷彿揮動如椽大筆，渲染出「湖海茫茫」、「風煙漠漠」的江海全景式畫面，境界闊大雄渾，又幽遠深邃，但亦浸潤著詩人的孤寂之感。頷聯寫曉發之際對山水之審美感受。往日風高浪險的橫江此時因「連宵雪壓」而顯得靜穆，而江畔山峰又騰起團團雲霧，此景亦柔亦剛，亦靜亦動，且以柔襯剛，以靜襯動，詩人感情亦為之振奮起來，充溢著陽剛壯美之情。頸聯由自然山水轉寫所想所見之自然生物，寫春的氣息悄然傳來，水中冬眠的臥龍已蘇醒，即將跋浪穿行，感情為之一揚，此乃想像之景。天上孤雁獨飛，感情又為之一抑。此聯跌宕起伏，反映作者內心處於矛盾狀態。而尾聯終於是昂揚進取的思想占了上風，儘管「湖海茫茫」，儘管「寒天斷雁」飛，詩人既已登船，就義無反顧，決意鼓楫進發，進入長江通向海濆。「乘潮鼓楫」、「擊劍悲歌」，皆顯示弄潮兒之勇、志士之壯。這樣看來，作者的「金陵曉發」，不失為豪壯之行，與一般行旅詩之悲苦鬱悶是全然不同的思想境界，令人耳目一新。

全詩在「馳驟中有頓挫」（〈與石前姪孫瑩〉），忽而豪放勁健，忽而沉著悲慨，但顯示出了陽剛之氣，頗得杜詩之神。詩之結構以「曉」起，以「發」終，中間寫「金陵」風景，可謂匠心獨運，寫盡詩題之義。詩人於「曉發」這一短暫時間裡，包容了無限廣闊的空間，揭示出內心跌宕的感情波瀾，可謂功力不凡。

三月一日道中偶成

黃景仁

【題　解】這首七律作於乾隆二十八年（西元一七六三年）農曆三月一日旅途中，主要抒發懷人惜時之情。

馬上年華似擲梭❶，雨顛風馳奈愁何❷？三分花事❸二分去，九十春光六十過。幾陣簫聲山店遠，一鞭柳色酒旗多。壓鞍詩思何能遣？半為懷人❹感逝波❺。

【注　釋】❶似擲梭　比喻時光流逝很快，像投梭織布。《雲笈七籤》卷一一三：「紅顏三春樹，流年一擲梭。」

❷奈愁何　對愁苦怎麼辦。❸花事　關於花的情事。楊萬里〈買菊〉：「如今小寓咸陽市，有口何曾問花事。」❹懷人　思念親人。《詩・周南・卷耳》：「嗟我懷人，寘彼周行。」❺逝波　時間如水流逝。《論語・子罕》：子在川上曰：「逝者如斯夫！不舍晝夜。」

【語　譯】馬上奔波年華如擲梭一樣流失，在風雨中顛簸，愁緒滿腹又無可奈何！觀花的美事，三分去了二分；賞春的佳日，九十天卻有六十天過去了。幾陣簫聲從遠處山店傳來，一行柳色映著幾幅搖曳的酒旗。壓鞍的詩情如何來排遣呢？半為懷念親人，半為嘆惜時光似水。

【研　析】此詩首聯描繪出旅途上風雨奔波的艱辛情景，並抒發年華似水流的愁緒。「似擲梭」，採用比喻；「雨顛風馳」，描繪真切。頷聯承首聯「愁」字，抒發傷春之意，為春光即逝而傷感，兩句皆採用數詞，別致地表現出時已暮春之意。頸聯一轉，寫於孤寂旅途中心緒愁悶之際，因聞簫聲而知山店在遠處，望柳色而見「酒旗」紛飛，有了可以歇腳飲酒之地，愁緒似乎有些緩解。尾聯點明題旨。詩人在旅途中難免有詩情要抒發，「壓鞍」二字絕妙，極寫詩情之濃郁沉重，這是因為長年「馬上」，既思念親人，又感嘆時光像流水一樣消逝，都要形諸詩中，一股悵惘之意令人回味不盡。全詩籠罩著一種淡淡的傷感情緒，但並不悲哀。語言精美，注意錘煉，顯示出詩人的才能。

舟過丹徒，夜半與夫子登山宵行

王采薇

【題解】作者於一個夏夜隨丈夫孫星衍在長江乘船到江蘇丹徒，乃捨舟上岸，登山岸行欣賞夜景，而寫下此五律。

【作者】王采薇（生卒年不詳），一名薇玉，字玉珍。武進（今江蘇常州）人。經學家孫星衍之妻。有《玉珍集》。

幽行已三里，村落半摛扉❶。雙鳥時依樹❷，孤螢不上衣。月高人影小，潮定櫓聲稀。沿水星星火❸，歸驚宿鷺飛。

【注釋】❶摛扉　開著門。❷雙鳥時依樹　從賈島〈題李凝幽居〉「鳥宿池邊樹」化出。❸星星火　指漁船燈火。

【語譯】暗中行走了三里路程，見村落大半人家門還開著。小鳥雙雙相依睡在樹上，孤螢獨飛遠離人的衣衫。明月高懸時人影顯得很小，潮水平息後櫓聲稀少了。沿江漁火星星點點，歸船驚得宿鷺飛起來。

【研析】此詩寫出江南小城獨具特色的夜景，意境深遠、清幽。首聯點題，寫夜半與夫子登山岸行。「幽行已三里」，顯出夜遊興致之高，「村落半摛扉」，描寫小城夜不閉戶，可見民風淳樸。頷聯移步換景，繼寫「村落」之外靜謐清寂的景觀：樹枝上鳥兒成雙作對，相依而眠，草叢中螢火蟲則孤單地飄飛，怕湊近行人。雖然鳥蟲無聲，而頗具性靈。頸聯視野轉向夜空與江面，頓覺意境壯闊深遠：夜空空闊益顯得明月高高懸掛，而月下人影更見渺小；江面潮水平息，航船夜泊，故沒有櫓聲。這一聯夜景仍顯得靜謐之極。尾聯視線由遠處又收回到江邊，寫沿江漁火點點，宛如星星，煞是奇妙，但亦偶有夜行船駛來，槳聲驚得水邊宿眠的鷗鷺等水鳥撲喇喇飛起，劃破夜之寂靜，為自然增添短暫的聲響與動態，但很快復歸於寧靜。

此詩寫夜景基調是一個靜字，又靜中有動，以動襯靜。詩人注重客觀描繪，感情色彩不濃，但驚喜之意自可體味。詩境大小兼具，細微處可及雙鳥相依，孤螢獨飛；宏大處則月高潮平，漁火如星。四聯之景移步換形，每一聯都是一幅圖畫，全詩即構成丹徒之夜的丹青長卷，優美靜謐而奇妙。

騾夫夜唱

宋　湘

【題　解】此詩作於嘉慶十九年（西元一八一四年）作者出守雲南曲靖府時，在一個月夜途中，詩人聽騾夫夜唱而生思鄉之情，而寫下這首七絕。

騾夫夜唱絕堪聽❶，霜月❷初高酒滿瓶。消得客愁添得淚，他鄉水綠故山青❸。

【注　釋】❶絕堪聽　最值得聽。❷霜月　潔白如霜的月亮。謝朓〈同羈夜集〉：「霜月始流砌，寒蟬早吟隙。」❸他鄉水綠故山青　作者原注：「適聞其唱云：『青山綠水，故鄉來到他鄉。』風致乃爾。」意謂他鄉山水與故鄉一樣青綠。故山，故鄉的山。

【語　譯】夜色中騾夫的小調唱得很動聽，秋月剛升起來，美酒裝滿瓶中。借酒似乎消了客愁，卻添了兩行思鄉的眼淚，他鄉的綠水使我想到故鄉的青山。

【研　析】上聯寫景。景是明月初升的晚上，趕車的騾夫悠然地哼起鄉村小調：「青山綠水，故鄉來到他鄉。」詩人坐在車上，手裡捧著酒瓶，邊聽曲邊飲酒，旅程似乎很愜意。下聯抒情。詩人聽曲飲酒，似乎已「消得客愁」，未料客愁剛消卻又流出思鄉淚，因為他鄉的山青水綠引起了作者對家鄉山水的深切思念。陳衍評宋湘「近體能宗杜」（〈戲用上下平靜作論詩絕句三十首〉之二十七），以此詩而言，就頗得杜詩沉鬱頓挫之致，典型的是第三句，貌似自相矛盾的描寫，實際表現出感情的曲折變化，情思顯得沉鬱豐厚。

西陵峽

孫原湘

【題　解】西陵峽是長江三峽之一，在今湖北宜昌西北。兩岸懸崖峭壁，水勢湍急。作者曾穿越西陵峽，親歷其險境，乃將所見所感形諸筆墨，寫出這首令人驚心動魄、發人深思的行旅之作。

【作　者】孫原湘（西元一七六〇—一八二九年），字子瀟，號心清。昭文（今江蘇常熟）人。嘉慶進士，授翰林院庶吉士，充武英殿協修官，後因疾辭官。與舒位、王曇齊名，稱為「三君」。詩主性情，為袁枚弟子。有《天真閣集》。

一灘聲過一灘催，一日舟行幾百回。郢❶樹碧從帆底盡，楚❷雲青向櫓前來。奔雷峽斷風常怒，障日風多霧不開。險絕正當奇絕處，壯遊毋❸使客心哀。

【注釋】❶郢　楚都名。此指代楚地，今湖北一帶。❷楚　指今湖北一帶。❸毋　不要。

【語譯】一灘的濤聲剛過一灘又急催，一日船行，穿越險灘有幾百回。青碧的郢樹背向帆底都消失了，青灰的楚雲面對船櫓又飛過來。水激奔雷使峽岸斷裂風常吼叫，山高蔽日，陰風雖多但雲霧吹不開。險到極點正是奇到極致之處，壯遊三峽莫叫旅客心裡悲哀。

【研析】此詩首聯寫西陵峽中灘之險與灘之多，令過峽者精神產生緊張畏懼；而前句連用兩句「一灘」，則形成一種險灘催逼、接連不斷的動態感；後句「一日」與「百回」相對，則極寫險灘密佈，有令人應付不暇的感覺。頷聯則寫險境中西陵峽的美妙風景，節奏由首聯的急促轉為舒緩，如同人屏息之後長呼一口氣。前句寫楚地的碧樹在船尾消失，後句寫峽江雲氣迎面撲來，視角相反，但都暗示著船在行進當中，而「碧」與「青」色彩字的用法乃學習杜甫詩「綠垂風折筍，紅綻雨肥梅」句，旨在突出色彩之美。頸聯又轉寫西陵峽之「險絕」，詩的節奏感又加強，特別前句突出雷、峽、風的動態，筆力剛勁；後句則寫峰、日、霧的靜態，筆力較柔和。剛柔相濟。尾聯乃作者抒懷，先把所聞所見予以哲理性昇華，「險絕正當奇絕處」，這正是「無限風光在險峰」之理；後句再以此哲理激勵自己與旅客，如此豪壯的三峽之遊，使人得到崇高之美的精神享受，因此無須為危險而哀傷。至此詩境乃由感性境界上升到理性境界，給人更多的思想啟迪。

七月十四日夜京師望月

張問陶

【題解】乾隆五十三年（西元一七八八年）作者遠離故鄉，赴京舉順天鄉試。農曆七月十四日作者遙望京城明月，乃生思念家山之情，寫下這首五律。

萬里故鄉月，紛紛❶照客❷衣。天長蟾❸影遍，人倦露華❹稀。旅館
秋歸早，家山夢到稀。別來無一字，流恨滿清暉❺。

【注釋】❶紛紛　形容月光。❷客　作者自稱。❸蟾　指代月亮。因俗傳月中有蟾蜍。❹露華　露水。❺清暉　同「清輝」。月光。杜甫〈月夜〉：「清輝玉臂寒。」

【語譯】萬里明月來自我的故鄉，滿天的月光映照著我的衣裳。廣闊的夜空把月色遍地拋灑，睡

意朦朧涼露點點滴落。客居旅館覺得秋意來得很早，懷念家園但睡夢中很少還鄉。別家至今未收到一個字，離愁別恨好似到處流淌的月光。

【研　析】此詩從頭到尾除頸聯外，其餘三聯都扣住「月」作文章，只是名稱由「故鄉月」改為「蟾影」、「清暉」而已，可見作者構思之匠心。首聯點題寫「京師望月」，想像京師之月是「故鄉月」，從萬里之外飄到京師上空，來照耀自己遊子的衣裳，這一奇思正是詩人望月而思鄉的別致表現。頷聯描寫月夜之空闊淒清，以及自己疲乏孤寂的情態，顯示出羈留京師的艱辛。上兩聯是寫景。頸聯抒懷，「旅館秋歸早」切合題義「七月十四日夜」，表明時已初秋；而覺秋「歸早」為詩人的心理感受，乃不慣久居京師渴望歸鄉所致。「家山夢到稀」，則更深刻地抒發了思鄉之切。詩人渴望於夢中回鄉以解除鄉愁，但做夢太少無法慰藉鄉思。這樣就比寫夢中常返鄉更有意味。尾聯進一步說連家書都未收到一個字，則其離愁別恨無以復加，以致京師月的清暉都看作「流恨」，尾句不僅形象生動，而且感情深厚。詩以「萬里故鄉月」之月開篇，又以「流恨滿清暉」之月收束，思鄉之情終於充分抒發，但詩即此戛然而止，餘味不盡。

邳州道中

程恩澤

【題　解】此詩作於今江蘇邳縣道上，抒發渴望回鄉安居樂業，厭倦仕旅生涯的感情。當為晚年之作。

【作者】程恩澤（西元一七八五—一八三七年），字雲芬，號春海。歙縣（今屬安徽）人。嘉慶十六年（西元一八一一年）進士，官至戶部右侍郎。詩學韓愈、黃庭堅，為晚清宋詩派先導。有《程侍郎遺集》。

十六年來此重過，石梁❶全圮❷水增波。樹如客❸鬢凋疏早，路似人心坎廩❹多。但使耕桑歡畎畝❺，不勞詞賦動關河❻。行蹤已踏天涯半，豈料羸驂❼困碾窩❽？

【注釋】❶石梁　石橋。❷圮　坍塌。❸客　旅客。主要指作者自己。❹坎廩　困頓不得志。《楚辭・九辯》：「坎廩兮貧士失職而志不平。」❺畎畝　田地。《孟子・告子下》：「舜發於畎畝之中。」❻不勞詞賦動關河　反用杜甫〈詠懷古迹〉「庾信平生最蕭瑟，暮年詩賦動江關」意。❼羸驂　瘦弱的馬。驂，原指一車三馬中旁邊的馬。此作者自喻。❽碾窩　碾盤旁牲口踩出的蹄印。

【語譯】十六年後重又經過此地，石橋全坍塌了，河水漲起洪波。樹如遊客的鬢髮禿得太早，路似旅人的心境坎坷甚多。但求快活地耕田種植桑麻，不必苦心作賦去懷念關河。我的行蹤已踏遍天涯大半的路程，怎料到瘦馬困在這碾盤的蹄窩裡了呢？

【研析】此詩首聯實寫重過邳州道中所見，此時距前次經過此處已十六年，而今見石橋斷塌，水波上漲，流露出人世滄桑、時光流逝的傷感情懷，而十六年兩次奔走邳州道中，又可見其羈旅生涯之漫長。頷聯乃承首聯人世滄桑之感，半虛半實，既寫客觀自然的變化，更寫本人心境的變化，詩人以一「如」一「似」就將客觀與主觀連結在一起，比喻新穎精警。無論自然之物還是人之心境都顯得衰老困頓，這當與作者長期混跡官場，對其中的種種弊端已有深入認識有關。頸聯則自然轉入抒發渴望鄉居以耕田種麻為樂，而厭倦如同北朝詩人庾信那樣長年奔波他鄉。但事與願違，尾聯回顧自己的人生旅程，雖「行蹤已踏天涯半」，照理該歇腳了，但卻又無決心與魄力，仕途畢竟有利祿可圖，因此只能像一匹瘦馬繼續圍著碾子轉圈。這反映了封建士大夫典型的矛盾心態。作者詩學昌黎、山谷，從此詩頷聯之奇喻，尾句之勁硬，即可見端倪。

反行路難

蔣湘南

【題　解】道光五年，作者作為幕僚隨同陝甘學政周之楨視學西北邊塞，壯遊使他開闊了眼界，振奮了精神，繼〈行路難〉之後，又寫了此首〈反行路難〉，一掃行旅詩之思鄉傷感的情調，而反樂府古題〈行路難〉之意，抒發了大丈夫有志四方行的豪邁情懷，立意深刻，格調高昂，堪稱別出心裁的力作。

【作　者】蔣湘南（西元一七九五—一八五四年），字子瀟。固始（今屬河南）人。回族。道光十五年（西元一八三五年）舉人，會試不第，補教諭不就。專事遊幕講學。詩文奇古，闢前人未開之境。有《春暉閣詩鈔》。

「出門一時難，在家千日好❶。」此特食肉人❷，坐守妻妾老。丈夫有志四方行，一喝晴天霹靂聲。未許井蛙❸修邊幅，要令鼓刀❹知姓名。上書自薦非所恥，侏儒臣朔誰生死❺？慷慨著書多「罪言」❻，英雄結客叱兵子❼。一詩能向雞林❽走，五嶽先人更招手❾。憂患才成識字才，風霜不上庸人口。君不見龍門作史❿遊名山，班超投筆⓫來玉關⓬！學書學劍宜如此，樂府莫歌〈行路難〉⓭！

【注釋】❶出門一時難二句　作者自注為諺語。❷食肉人　指官高祿厚者。《左傳・莊公十年》：「肉食者鄙。」❸井蛙　井底之蛙，喻見識短淺平庸的人。《莊子・秋水》：「井蛙不可以語于海者，拘于虛也。」❹鼓刀　用〈離騷〉「呂望之鼓刀兮，遭文王而得舉」典，王逸注：呂望（姜尚）未遇時，鼓刀屠於朝歌也。此「鼓刀」以動刀的屠夫喻未遇者。❺上書自薦非所恥二句　西漢東方朔向漢武帝上書自薦任太中大夫，但未被重用，乃云：「侏儒長三尺餘，奉一囊粟，錢二百四十；臣朔長九尺餘，亦奉一囊粟，錢二百四十。侏儒飽欲死，臣朔飢欲死。」（《漢書・東方朔傳》）❻慷慨著書多罪言　據《新唐書・杜牧傳》：「牧追咎長慶以來朝廷措置乏術……皆國家大事，嫌不當言而言，實有罪，故作『罪言』。」此處用此典，指大丈夫要敢於論國家大事。❼英雄結客叱兵子　《三國志・蜀書・劉巴傳》裴松之注引《零陵先賢傳》：「大丈夫處世當交四海英雄，如何與兵子共語乎？」兵子，對兵士的蔑稱。❽雞林　古國名，朝鮮半島的新羅。唐詩人劉禹錫曾寫詩贈送新羅國的源中丞。❾五嶽先人更招手　傳說五嶽有神仙。先人，即仙人。❿龍門作史　指司馬遷作《史記》。司馬遷生於夏陽（今陝西韓城），在龍門附近，故代稱。⓫班超投筆　東漢名將班超投筆從戎，赴西域活動，達三十一年，平定了匈奴等貴族的變亂，保證了絲綢之路的暢通。⓬玉關　玉門關，指代西域邊塞。⓭行路難　樂府〈雜曲歌辭〉篇名。《樂府解題》云：「〈行路難〉，備言世路艱難及離別悲傷之意。」

【語　譯】人常說：「出門一時都艱難，在家千日亦安好。」這就是高官厚祿者，為何要坐守妻妾直到衰老。大丈夫有志向要出行四方，大喝一聲如同青天響霹靂。不誇井底之蛙會巧打扮，要叫操刀的姜尚宣揚姓名。東方朔上書自薦算不上羞恥，豈可讓侏儒撐死而賢士卻餓死！杜牧慷慨議論多不當的「罪言」，英雄結交英雄而貶斥兵卒。一首詩歌能渡海傳到新羅，五嶽的仙人在山頂招手。飽經憂患方能造就才人，庸人懼怕征途霜風吼。君不見司馬遷為作《史記》曾遊遍名山，班超投筆從戎遠到了玉門關！學文學武都應該這個樣，莫唱樂府的老調〈行路難〉！

【研　析】全詩二十句，四句一轉韻，自然分為五個層次。第一層次引用諺語破題，嘲諷「食肉人」目光短淺，貪圖安逸，坐守家中直到老死。此從反面提出志士應該壯遊四方的詩旨。第二層次乃針對「食肉人」之平庸，從正面提出「丈夫有志四方行」的主旨，筆調勁健，特別是「一喝晴天霹靂聲」的誇張描寫，塑造出「丈夫」的英武形象。這一層次三四句又通過對比，貶斥井底之蛙一生不離淺井，而褒揚姜尚式的人物胸懷大志。至此「行路」的含義已被引申深化，不僅指自然征途，更指人生道路。接下第三層次四句乃借助歷史典故，謳歌大丈夫為實現大志而在人生之路上的努力奮鬥。前兩句寫毛遂自薦者如東方朔；第三句寫慷慨著書，積極關心國家大事者如杜牧；

第四句寫結交英雄志士為友，相互激勵，共同奮進。第四層次則又轉寫自然旅途之漫遊，借用歷史與傳說，讚許詩通海外及人登五嶽的奮發，並指出一個人只有不畏艱難險阻才能成才，而懼怕旅途風霜的庸人一事無成。最後一層次乃舉出漢代壯遊而大有作為的司馬遷與班超為例，證明無論學書（文），還是學劍（武），都應該不怕自然旅途與人生道路的雙層行路難，才能建立豐功偉績，收束得十分有力。

此詩為長篇歌行體，抒情與議論相輔相成，抒情充溢豪氣，議論十分精闢，內容亦豐富，引證廣博，諺語、典故、傳說鎔於一爐，都恰到好處，而無掉書袋之弊。全詩特別具有一種「反行路難」的氣勢，從「行路」昇華為「人生」，給人以鼓舞與啟迪。

渡桶口

鄭珍

【題解】道光十四年（西元一八三四年），作者從安徽歙縣程恩澤處返回故鄉遵義，此詩作於途中的渡桶口渡口。渡桶口當在貴州境內烏江畔。

門前❶溪水如奔馬，流入烏江❷到此津❸。我向津頭問江水：朝來應見白頭人❹？

【注　釋】❶門前　此指故鄉遵義家門前。❷烏江　長江上游支流，在貴州北部和四川東南部。❸津　指渡桶口。❹白頭人　白髮人。劉長卿〈覽鏡〉：「朝來明鏡裏，不忍白頭人。」此指作者父母。

【語　譯】家鄉門前的溪水猶如野馬狂奔，瀉入烏江一路流到此處渡桶口。我來到渡口頭詢問烏江水：早晨來時應已見到了白髮人？

【研　析】此詩構思巧妙，想像奇特，意境深遠。作者的神思由近及遠，又由遠而近，以懷鄉思親之情將眼前渡口與家鄉門前溪水貫通起來，打破空間阻隔。首句乃回想老家門前溪水，「奔馬」之喻寫出其流速之快與氣勢之猛。因「門前溪水」與烏江相通，所以又想像其流入烏江後又流到了渡口。這樣「江水」就宛如故鄉人，自然瞭解家中事，於是就有了下聯作者詢問江水之奇思：它早晨來時應該看見過家鄉的白髮雙親。那麼有關雙親的種種問題，都可以讓「江水」回答了，作者彷彿得到了某種慰藉。作者思念故鄉與親人的心情就這樣巧妙含蓄地表現出來。

七、送別・友情

送友人出塞（選一）

吳偉業

【題解】詩題「友人」據程穆衡注為「吳茲受，松陵（今屬江蘇吳江）人」，《明詩綜》稱：「吳晉錫，字茲受，崇禎庚辰進士，除永州推官」，為著名詩人吳兆騫之父。「出塞」指出零支塞。但細味此友人乃流放之人，也可能即是吳兆騫。此詩為作者送友人出零支塞時所作，詩充溢哀傷情調。作者對友人的勸慰之言則飽含深厚的友情。

魚海❶蕭條萬里霜，西風一哭斷人腸。勸君休望零支❷塞❸，木葉山❹頭是故鄉。

【注釋】❶魚海　湖名。當即捕魚兒海之簡稱，在今內蒙古境內。❷零支　又名令支。古國名。在今河北遷安西。❸塞　關塞。❹木葉山　在今內蒙西拉木倫河與老哈河合流處，是契丹族的先世居地。此指友人去處。

【語　譯】此去的魚海萬里蕭條遍佈寒霜，秋風悲號令人斷腸。勸君不要回望零支關塞了，木葉山頭將是你的故鄉。

【研　析】上聯代友人想像出塞後的情景，瀰漫著悲涼的氣氛：時值深秋，北方已寒冷，為之擔憂，移情入景則覺「西風一哭」，擬人手法益增生離死別的悲涼氣氛，足以「斷人腸」，既斷友人之腸，亦斷作者之腸，二人本是心心相印的。下聯作者故發曠達之語，勸慰友人出塞後不要再留戀這裡，要把目的地當做故鄉，實為無奈之語，因為只有這樣想才能在邊塞勇敢地生活下去。作者語語沉重，用心良苦，反映了對友人的深切同情與體貼。

再步同韻送徐存永遊大梁（選一）

周亮工

【題　解】此詩為步韻組詩七首之一。作者送友人徐存永赴大梁（今河南開封），那裡是作者家鄉，對於家鄉風物氣候自然十分熟悉。

【作　者】周亮工（西元一六一二—一六七二年），字符亮，一字減齋，號櫟園，人稱櫟下先生。祥符（今河南開封）人。明崇禎進士，官御史，明亡後投奔南京福王。清兵南下，周氏降清，官至福建左布政使、戶部右侍郎，後被劾入獄，旋得釋放，又因事擬判死刑，遇赦獲免，不久病死。周氏工古文詞，詩崇杜甫，論詩主性情，反格調。詩構思巧妙，有新意。有《賴古堂集》、《樹影》等。今有影印本《周亮工全集》。

弓衣❶短鋏❷擁黃塵，村酒❸閒斟客思❹新。磧❺裏桃花猶未發，羈人❻馬上已殘春❼。

【注　釋】❶弓衣　弓的外罩。❷短鋏　短劍。❸村酒　農家釀製的土酒。❹客思　旅居他鄉的情思。❺磧　淺水中的沙石。❻羈人　在外作客的人。❼殘春　暮春。

【語　譯】弓衣短劍落滿了征途的黃塵，閒斟村酒可除客旅的愁悶。沙石灘上桃花還未盛開，馬上遊客已看見落英繽紛。

【研　析】友人遊大梁，而大梁是作者的故鄉，這不能不勾起作者的客思，因此他如數家珍般地向友人介紹此去一路的景觀，如同「旅行指南」，自然其中也寓有對友人的關照之意。詩中所描寫的乃是想像之景。詩人想像此去一路灰塵較大，但沿途有村酒可斟，能解除羈旅之愁；又告訴友人大梁春天短暫，桃花還未開透就進入暮春。景色雖不及江南秀麗，但「誰不說俺家鄉好」，作者顯然希望友人亦熟悉並熱愛他的家鄉。此詩娓娓道來，語言平易自然，既寫友情兼寫鄉思，內涵較豐富，而感情的抒寫並不直白，頗為含蓄有致。

送吳仁趾

吳嘉紀

【題　解】詩題中吳仁趾名吳麟，仁趾為其字。歙縣（今屬安徽）人，客居揚州，學詩於作者。此詩寫作者於長江北岸送吳仁趾渡江去南京，既抒發友情，亦抒寫弔古傷今之感慨。

鳳凰臺❶北路迢迢，冷驛❷荒陂❸打暮潮。汝❹放扁舟去懷古❺，白門❻秋柳正蕭蕭❼。

【注釋】❶鳳凰臺　在今南京市南。李白〈登金陵鳳凰臺〉：「鳳凰臺上鳳凰遊，鳳去臺空江自流。」❷驛　驛站。❸荒陂　荒蕪的圩岸。❹汝　你。❺懷古　追念古昔。張衡〈東京賦〉：「望先帝之舊墟，慨長思而懷古。」❻白門　指代南京。六朝時，都城建康（今南京）的正南門宣陽門世稱「白門」，故代稱南京。❼蕭蕭　形容秋柳搖落聲。

【語譯】此去鳳凰臺北端的水路很遙遠，冷驛荒圩外拍擊著長江的晚潮。你今天乘一隻小船去追念古昔，白門秋柳的枯葉正蕭蕭地落下。

【研析】此詩上聯寫送別之時的情景。遠望鳳凰臺北端之水路遙遙，近看驛站冷清，江岸荒涼，長江拍擊著暮潮，「暮潮」又暗示送別時已是黃昏時分，更顯格調蒼涼，心情壓抑，籠罩著離別的傷感氣氛。下聯則抒情，告訴乘船去南京懷古的友人，南京此時正秋柳搖落，一派蕭條，所謂「金陵王氣黯然收」（劉禹錫〈西塞・山懷古〉）。作者「生于明季，遭逢荒亂，不免多怨咽之音」（《四庫全書總目提要》）。南京曾為明故都，如今「秋柳正蕭蕭」，顯然寄託著詩人弔古傷今的無限悲慨，因此詩之意旨已不囿於一般的送友離別之什，又兼具故國之思。

寧人別後復來，留滯旬日，會面者再，今知定行矣，復往送之，口占一絕句

歸　莊

【題　解】作者於順治九年（西元一六五二年）至江蘇淮陰教書，顧炎武（寧人）曾兩次來淮陰。第一次見面後作者有〈中秋前十日，淮浦送顧寧人歸吳〉詩，第二次即「別後復來」，顧炎武在淮陰停了十來天，兩人多次相會。當顧氏決定要離開後，作者又去送行，並口吟此絕句。

重上河梁❶白日曛❷，征帆❸從此逐行雲。羈人❹不作別離惡❺，常念良規❻如對君。

【注　釋】❶上河梁　典出託名李陵〈與蘇武詩〉：「攜手上河梁，游子暮何之？」意謂分別。河梁，指橋。❷曛　昏暗。庾肩吾〈和劉明府觀湘東王書〉：「林殿日先曛。」❸征帆　遠行之帆。❹羈人　作者自稱，時於淮陰作客教書。❺惡　恨。❻良規　指顧炎武對自己有益的教誨。

【語　譯】再次告別時夕陽已經昏暗了，風帆遠行從此追隨著流雲。旅人分手不要做出離別怨恨的樣子，我會常記住您的教誨如同面對您本人一樣。

【研　析】大凡古人送別之作多寫得感慨悲傷，情意綿綿，但作者與顧炎武皆為抗清志士，其友情

以抗清復明之志為基礎，不太會英雄氣短，兒女情長。此詩送顧炎武「征帆」遠行，而顧氏此行實際是繼續為實現抗清大業而奔走，不是一般的友人離別，故此詩能跳出古代送行詩之窠臼而「不作別離惡」。作者毫不傷感，因為他認為只要牢記好友的「良規」，不失民族氣節，這就如同與好友仍然相聚一樣，不會感到孤單無聊。儘管上聯的情景也有幾許不捨之意，但下聯立即轉折情思，云「不作別離惡」，而顯得胸襟開闊，思想境界自不同於凡夫俗子。此詩正如作者稱許費仲雪之詩所云：「剛骨氣雄，芒寒色正，安得以尋常詩人擬之？」（〈費仲雪詩序〉）

寄陳伯璣金陵

王士禛

【題　解】此詩作於康熙元年（西元一六六二年）王士禛在揚州任推官時。陳伯璣名允衡，江西南城人，有才學，但貧困多病，客居金陵（南京）。曾數次來揚州謁見王氏，王氏安排他住古文選樓，生活上給予照顧。二人友情甚篤。

東風作意❶吹楊柳，綠到蕪城❷第幾橋❸？欲折一枝❹寄相憶，隔江

殘笛雨瀟瀟❺。

【注　釋】❶作意　起意；有意。杜甫〈漫興〉：「誰謂朝來不作意，狂風挽斷最長條。」❷蕪城　陳沂《南

畿志》：「蕪城在揚州北，即古邗溝城，後荒蕪。」此指代揚州。❸第幾橋　針對揚州有二十四橋而言。❹折一枝　折柳贈人，寄託相思之情。❺隔江殘笛雨瀟瀟　化用皇甫松〈憶江南〉「夜船吹笛雨瀟瀟」之意。江，即長江。瀟瀟，小雨貌。

【語　譯】春風有意吹拂著楊柳，楊柳已經綠到揚州的第幾橋了呢？正想折一枝楊柳寄去相思之情，隔江小雨中似乎傳來他殘笛幽怨的聲音。

【研　析】上聯描寫春天降臨，而前句獨寫風中的「楊柳」飄揚，不僅因為楊柳泛綠是春天的象徵，更因為楊柳的意象與友人分離有關係。「東風作意吹」，使春風別有情致。後句以「第幾橋」疑問句出之，有問春深幾許之意，「蕪城」則點明自己所在地點。揚州一片綠柳時，當激起詩人對昔日與陳伯璣相聚時情景的回憶，以及對孤獨客居南京的友人的思念。下聯即抒發思念之情。但是詩人並不直陳其情，前句以「欲折一枝寄相憶」的念頭曲折出之。但二人相隔大江，又是雨瀟瀟，是無法「寄相憶」的，因此後句只能遙想那隔江雨瀟瀟處友人之情狀，可能他正吹著哀怨的笛音，傾訴內心的孤寂與貧困吧？全詩境界清幽，化用典故而令人不覺，又添典雅之致，感情含蓄，韻味深長，堪稱神韻詩佳什。

道別

宋犖

【題　解】詩題為〈道別〉，但未點明與何人道別，它只是抒發一種思念遠去朋友的感情，因此無具體道別對象亦無關緊要。

【作　者】宋樂（生卒年不詳），字玉才。常熟（今屬江蘇）人。

別路風光早，江南芳草天。人心似春色，千里逐君船❶。

【注　釋】❶人心似春色二句　化用王維〈送沈子福歸江東〉「惟有相思似春色，江南江北送君歸」與李白〈江夏行〉「眼看帆去遠，心逐江水流」之意。逐，追隨。君，指作者友人。

【語　譯】離別的路上春光來得很早，江南的芳草長滿河畔。我思念的心化作春色，千里追隨著你的行船。

【研　析】此詩首句點明道別的時間，是「風光早」即早春時節。次句點明道別的地點，是江南某長滿芳草的河畔。後兩句則抒發對乘船遠去的朋友的牽掛之意，詩人化用唐人詩意，如王維的「惟有相思似春色」與李白的「心逐江水流」，將二詩融合在一起，使其抽象情思即「心」具象為明媚的「春色」，千里航程上都伴隨著朋友。因為春色處處有，作者的「心」亦處處在，兩人似乎仍親密地團聚在一起。此採用黃山谷所謂「奪胎換骨」一類方法，雖是化用前人詩句，但用以抒發自己的感情亦還貼切自然。

雨泊話舊

沈德潛

【題　解】此詩寫作者在旅途某地夜泊時，與好友邂逅的感受。

寒雨蕭蕭❶夜打篷，篷窗相對❷一燈紅。十年無限存亡感，并入空江話雨中❸。

【注　釋】❶蕭蕭　秋雨聲。李商隱〈明日〉：「凭欄明日意，池闊雨蕭蕭。」❷相對　指作者與友人相對。❸話雨中　雨中話舊。

【語　譯】秋雨蕭蕭敲打著船篷，與好友倚著篷窗相對，只有燈盞火紅。十年離別有無限的生死感慨，在雨中盡情地傾訴，盡散落在空江之中。

【研　析】上聯描寫與友人在船篷內聽著蕭蕭雨聲，守著熒熒燈火，有一種沉悶蒼涼之感，已預示著下聯感慨的題旨方向，不會是歡愉，更不會是激動。果然下聯乃寫二人傾訴的是十年生死存亡之事，是故友重逢的萬千感慨。作者寫詩不甚重典故，欣賞「羌無故實而自高」（《說詩晬語》）之作。此詩亦不乞靈古人典故，而是即景抒情，借助寒雨蕭蕭的環境及故人重逢、相對孤燈的境界，把那種故友重聚話舊，如同夢寐、悲喜交集的存亡之感，盡付於「空江」之中，含蓄蘊藉，「餘情動人」(同上)。

別常寧

袁　枚

【題　解】乾隆元年(西元一七三六年)作者從家鄉赴桂林探望叔父，受到廣西巡撫金鉷賞識，乃推薦他赴京應博學鴻詞試。叔父家有小僮僕常寧，與二十一歲的袁枚關係密切，二人建立了真誠的友誼。袁枚遠行，常寧送別，二人分手之際依依不捨，袁枚乃寫下此詩。

六千里外❶一奴星❷，送我依依遠出城。知己那須分貴賤，窮途容易感心情❸。灕江❹此後何年到？別淚臨歧❺為汝❻傾。但聽郎君❼消息好❽，早持〈僮約〉❾赴神京❿。

【注　釋】❶六千里外　此指作者赴京後與桂林相距遙遠。❷奴星　奴僕，此謂常寧。係作者叔父袁鴻家奴僕。❸感心情　感知對方內心的情誼。❹灕江　此指代廣西桂林。❺臨歧　即臨岔路，面對惜別之地。高適〈別韋參軍〉：「丈夫不作兒女別，臨歧涕淚沾衣巾。」❻汝　你，指常寧。❼郎君　此袁枚自稱。❽消息好　指中進士。❾僮約　西漢王褒撰，內稱僕人若來當幫助其解決生計。❿赴神京　指來北京，意謂幫助常寧安排生活。

【語　譯】六千里外的叔父家有個小奴僕，依依不捨地送我離開桂林城。既為知己哪裡要分別誰貴誰賤，我正處窮途最易感知真正的友情。灘江一別此後哪年能重新回來呢？分手之際悲淚如雨為你傾瀉。一旦聽到我袁某人中了進士，你要早持〈僮約〉盡快來北京找我。

【研　析】首聯點題寫別常寧情景，表現小奴星「依依」不捨之情。頷聯議論寫自己的感受，前句表現了人生知己不分貴賤的思想，難能可貴，是詩人切身的體驗，在他寄人籬下的「窮途」，曾感受到常寧淳樸善良的心靈。頸聯轉寫自己分別時的惜別之情，想到此次離別不知何時才能返回，乃悲從中來，於是出現了「別淚臨歧為汝傾」這感人的一幕。尾聯是設想自己此次進京應試，可能步入仕途，那麼有機會幫助常寧擺脫貧困的，這既是對常寧的安慰，也是對常寧未來生活的關心。雖然因為落第，作者這一設想未能實現，但詩人的品格仍是值得稱道的。此詩寫得樸素、平易，如同口語，而感情真摯。

淮上有懷

姚　鼐

【題　解】此詩描寫作者在淮水之畔與一位具有豪俠之風的朋友餞別時的情景，並抒發了朋友遠去後的孤獨之感。

吳鉤❶結客❷佩秋霜❸，臨別宴郊各盡觴❹。草色獨隨孤棹❺遠，淮陰❻春盡水茫茫。

【注釋】❶吳鉤　原指吳地所造的一種彎刀，後泛指鋒利的刀劍。李賀〈南園〉：「男兒何不帶吳鉤，收取關山五十州。」❷結客　指客結（吳鉤）。❸秋霜　形容吳鉤色冷如霜。張華〈博陵王宮俠曲〉：「吳刃鳴手中，利劍嚴秋霜。」❹盡觴　乾杯而盡興。李白〈金陵酒肆留別〉：「金陵子弟來相送，欲行不行各盡觴。」❺孤棹　遠去的孤舟。棹，船槳，此代船。❻淮陰　指今江蘇淮陰，有大運河、新淮河流經境內。

【語譯】客子佩帶的吳鉤好似秋霜，我們在郊外餞別盡情地暢飲。離別後草色隨著客子的孤舟遠去，暮春時節淮陰河水顯得空茫茫。

【研析】此詩首句描寫朋友的形象，充滿讚賞之意，他身佩吳鉤，自有建功立業的雄心，此行當是去闖天下。次句寫二人在淮陰郊外餞別乾杯，既顯示出豪爽的氣概，亦飽含惜別之情。但是送君千里終有一別，佩帶吳鉤的朋友還是乘船遠去了，第三句寫淮水岸邊草色隨孤舟一起通向遠方，彷彿在陪同朋友，其中自然富有作者的相思之情，所謂「惟有相思似春色」（王維〈送沈子福歸江東〉）。尾句寫暮春時節淮水茫茫的景象，景中有情，此乃暗示朋友已去，淮水空茫茫，留給詩人的只是空曠與孤寂。我們彷彿看到詩人在淮水邊上佇立，久久不肯離開的身影。此詩風格前兩句有雄偉矯拔之氣，後兩句乃具陰柔之美、溫深徐婉之境，陽剛與陰柔二美完美地統一於詩中。姚瑩評姚鼐詩「是盛唐諸公三昧」，由此詩可見一斑。

將出都門留別黃二（選一）

洪亮吉

【題解】此詩作於乾隆四十六年（西元一七八一年），當時作者將離開北京去西安，與黃景仁告別而作此詩。黃氏排行第二，故曰黃二。

拋得白雲溪❶畔宅，苦來燕市❷歷風塵。才人命薄如君❸少，貧過中年❹病卻春❺。

【注釋】❶白雲溪　一名雲溪，作者與黃景仁家鄉武進的溪流。❷燕市　指北京。❸君　指黃景仁。❹中年　時黃景仁三十四歲。❺病卻春　即身體卻生病。

【語譯】你拋開白雲溪畔的茅草屋，辛苦來到京城歷盡風塵。才子都命薄但像你這樣命薄的卻很少，不僅半生貧困而且疾病纏身。

【研析】作者與黃景仁既為同鄉，又是知交，二人齊名江左，號「洪黃」，朱筠譽為「如龍泉、太阿（按：皆寶劍名），皆萬人敵」（法式善〈洪稚存先生行狀〉）。但黃氏「才人命薄」，大半生貧困，又多病，故作者十分同情。此時二人在異鄉北京分手，留下黃氏一人在京，作者心中不能不充滿擔憂，並為黃氏仕途多舛而感不平。詩上聯記黃氏遠離家鄉，來北京謀職、歷盡風塵艱辛，已含同情之意。下聯乃抒懷，認為才人雖命薄，但像黃氏這樣薄命者實在太少了，他不僅半生貧困，而且疾病纏身。故作者不僅同情，而且為之擔憂、不平了。作者《北江詩話》推重「情之纏綿悱惻，令人可以生，可以死，可以哀，可以樂」，並舉託名李陵的「攜手上河梁」之送別詩為「情之至」。其「留別黃二」正是感情悱惻之新「河梁」詩。

與稚存話舊二首（選一）

黃景仁

【題　解】此詩作於乾隆四十四年（西元一七七九年）。此年作者羈留京都，洪亮吉（字稚存）五月亦來北京，起初就寄寓於作者書齋中，故頗多長談敘舊的機會。二人自幼相交，堪稱知己，才有此推心置腹、肝膽相照之作。詩著重表現了二人共同的襟抱，其中又飽含二人相互理解的深厚友情。

身世無煩❶計屢更❷，鷗波浩蕩❸省❹前盟❺。君更多故❻傷懷抱，我近中年惜友生❼。向底處❽求千日酒❾？讓他人飽五侯鯖❿。顛狂⓫落拓⓬休相笑，各任天機⓭遣世情。

【注　釋】❶無煩　無須。❷屢更　屢次改變。❸鷗波浩蕩　即杜甫〈奉贈韋左丞丈二十二韻〉「白鷗沒浩蕩」

之意。❹省　察看。❺前盟　即鷗盟，謂與鷗鳥訂盟同住在水雲鄉裡，指歸隱之盟約。❻多故　變故很多。❼友生　朋友。《詩・小雅・棠棣》：「雖有兄弟，不如友生。」❽底處　何處。❾千日酒　《搜神記》：「狄希，中山人也，能造千日酒。飲之，千日醉。」此指令人久醉的烈酒。❿五侯鯖　指名貴的酒肴。《西京雜記》：「五侯不相能，賓客不得來往。婁護豐辯，傳食五侯間，各得其歡心，競致奇膳，護乃合以為鯖，世稱五侯鯖。」鯖，魚和肉的雜燴。⓫顛狂　放蕩不羈。⓬落拓　窮困失意。⓭天機　天然靈性。《莊子・大宗師》：「其嗜欲深者，其天機淺。」

【語　譯】無須為個人的境遇屢次改變人生的宗旨，浪中白鷗知道我們曾有歸隱的誓盟。你變故頗多精神深受創傷，我已近中年特別珍惜我們的友情。何處能找到令人長醉的千日酒呢？任他人去飽嘗名貴的五侯鯖吧。我們都放蕩困頓不必互嘲，可各任隨靈性作詩賦詞排遣世情。

【研　析】此詩首聯表白自己與洪亮吉共同的人生宗旨即歸隱之盟，是不會因為身世遭際的變化而一再變更的，而要恪守到底。當然，歸隱之盟未必是二人的初衷，他們都渴望仕途上有所作為，只是屢屢碰壁，才有此無奈之想。頷聯即回顧二人之遭際與心態：洪氏曾經歷許多變故包括喪母之痛，所以內心創傷很重；自己已近中年，卻一事無成，貧困孤獨，所以特別珍惜與洪氏的友情。頸聯一轉則表現二人的操守品格：到何處覓得千日酒消愁，「但願長醉不用醒」（李白〈將進酒〉），可避開人世的種種汙濁；而絕不會效仿《西京雜記》中的小人婁氏，去逢迎權貴，以求分得殘羹。尾聯則表白發憤抒情，以與洪氏共勉；我們放蕩不羈，貧困失意，不必相互嘲笑，還是憑藉各自的靈性吟詩作詞去排遣對社會的憤懣吧！詩人只能作詩。

此詩內涵豐富深厚，全面展示了作者的情懷，以及與洪亮吉心心相印的友誼，無愧為友情詩之力作。詩人對社會現實的不滿、怨恨雖達極致，但卻以曠達之語抒發，又多處用典，就更顯沉鬱頓挫。

送劉三

龔自珍

【題　解】這是寫給青年義士劉鍾汶的送別詩，劉三，名鍾汶，字方水，排行第三，故稱劉三，為年輕俠士。

劉三今義士，愧殺讀書人。風雪銜杯❶罷，關山拭劍行。莫❷年須閱歷，俠骨豈沉淪？亦有恩仇托，期❸君共一身。

【注　釋】❶銜杯　指飲酒。❷莫　「暮」的本字。《論語・先進》：「莫春者，春服既成。」❸期　期望。

【語　譯】劉三真是當今的義士，愧殺我們這迂腐的讀書人。風雪中飲盡餞別酒，擦亮了寶劍就向關山遠行。暮年必須有豐富的閱歷，俠骨怎能自甘沉淪呢？我亦有恩仇要託付，期望您一併承擔起來。

【研　析】劉三仗劍遠行，當有其雄心壯志，作者本身亦是一身俠骨的人，故此詩絕無臨歧流淚的傷感，有的只是對義士的稱讚、激勵與重託。首聯以百無一用的迂腐書生相陪襯，讚許劉三的義士風骨，反映了作者的人才觀，即對能為國為民排難解憂的人才的重視，「愧殺」二字充分反襯出劉三的非凡才幹。頷聯乃具體描繪劉三的英武之氣，詩人抓住「銜杯」、「拭劍」兩個具有典型意義的動作，並襯以「風雪」、「關山」的典型環境，塑造出俠士的生動形象，並暗寓詩題之「送」意。大凡送別，總要說些臨別贈言。但詩人不說兒女情長的話，而是激勵劉三仗劍壯遊：劉三此時年紀尚輕，應該增加閱歷，暮年才可無悔；而作為義士所具有的英雄氣概亦不可使其消沉，而應在生活、鬥爭中磨練。出於對劉三的信任與二人肝膽相照的友情，尾聯則對劉三提出重託，即所謂「恩仇托」，其意比較籠統，但作為立志改革、胸懷天下的人，龔自珍不會為個人恩怨委託劉三去幫他了斷，其所託必是事關國計民生的大恩大仇，希望劉三與他一起為實現政治理想而奮鬥。尾句一改「劉三」的稱呼而為尊稱「君」，則顯示此託並非戲言，乃是鄭重其事，十分嚴肅認真的。

此詩重在議論，但內含情感，故無「以議論為詩」的枯燥之弊。詩中沒有一般送別詩依依不捨的情景抒寫，充溢著陽剛之氣，堪稱壯別之佳作。

香港餞別

洪仁玕

【題　解】咸豐九年作者由香港出發，赴南京投身太平天國。此詩即寫與香港朋友餞別時的所見所感，抒發了縱橫天下的「英雄」之志。

【作　者】洪仁玕（西元一八二二—一八六四年），別字吉甫，號益謙。花縣（今屬廣東）人。洪秀全族弟。和洪秀全一起創辦拜上帝會。咸豐二年（西元一八五二年）逃亡香港，以躲避清統治者追捕。咸豐九年到南京，受封干王，總理政事。同治三年（西元一八六四年）八月，天京失陷後為護衛幼天王西撤兵敗被俘，在南昌就戮。其詩文多反映天國活動，氣勢豪放。有《回港舟中詩》、《誅妖檄》等。

枕邊驚聽雁南征，起視風帆兩岸明。未挈❶琵琶揮別調，聊將詩句壯行旌❷。意深春草波生色，地隔關山雁有情。把袂❸揮舟❹爾莫顧❺，英雄從此任縱橫。

【注釋】❶挈　提。❷行旌　原指旌門，古代王者出行，樹旌為門，作為餞別之處。此指餞別的地方。❸把袂　拉住衣袖。❹揮舟　搖船啟航。❺爾莫顧　即莫顧爾，不回望、不依戀送行的朋友。

【語譯】枕邊驚聽到大雁南飛的叫聲，起望兩岸的風帆很是明亮。沒有手提琵琶演奏離別的曲調，聊且口吟詩句以壯行色。友誼深似春草使波濤添了綠色，地域遠隔關山大雁懷有真情。握別啟航不再回望眾友人，英雄此去將任意縱橫天下。

【研析】此詩首聯寫景，大雁南征，風帆遠行，此景正與作者即將出征的心境相合，或者說借此景抒發其急切遠行的心情。寫二景一著眼於聽覺，一著眼於視覺，角度不同。頷聯寫餞別時的情景，兩句一反一正：無須用琵琶彈奏哀傷的離別曲調，只須口吟慷慨的詩句以壯行色。因為此行不是生離死別，而是投身太平天國，顯示出作者餞別時豪邁的情懷。頸聯一轉則抒寫與朋友的友情，前句以春草喻深情，足以感染得波濤生色；後句以大雁為喻，即使遠隔關山自己仍懷有對朋友的真情。尾聯則以雄邁之筆寫自己毅然乘船遠去，義無反顧，絕不依戀回頭，並慨然以「英雄」自任，表示從此縱橫天下，去扭轉乾坤的凌雲壯志。作者後到南京被封千王，總理朝政，實現了「英雄從此任縱橫」的誓言。此詩意境壯闊，格調高昂，激情跌宕，具有振奮人心的力量。

送王曉滄之汀州

丘逢甲

【題解】王曉滄為作者詩友，作者的《嶺雲海日樓詩鈔》中與王唱和之作頗多，可知兩人志趣相投，感情甚篤。當王曉滄北上汀州，頓生離愁別恨。汀州，治所在今福建長汀。

韓江❶別思滿扁舟，春水新添五尺流。一路青山送眉嫵❷，鷓鴣聲❸裏到汀州。

【注釋】❶韓江　汀江源出福建寧化西南，南流經長汀、上杭、永定諸縣，至廣東大埔以下稱韓江。❷送眉嫵　比喻青山如嫵媚情深的眉毛相送。王觀〈卜操作數〉：「水是眼波橫，山是眉峰聚。」❸鷓鴣聲　古代詩詞常以鷓鴣作為行旅愁苦艱辛的意象，其叫聲似「行不得也哥哥」。辛棄疾〈菩薩蠻〉：「江晚正愁予，山深聞鷓鴣。」

【語　譯】在韓江上航行離情裝滿了小船，春水驟漲新添了五尺激流。一路上青山如黛眉深情相送，在鷓鴣啼聲裡駛入了汀州。

【研　析】此詩首句「別思滿扁舟」，化無形為有形，一「滿」字極寫離情之濃重。次句「春水新添」，暗示水量大因而船駛得輕快，對「別思」當有所沖淡。而第三句一路有秀麗如眉的青山相送，風光宜人，青山又彷彿是詩人的身影在陪伴，友人當有所慰藉。尾句那「行不得也哥哥」的鷓鴣聲詩意又由揚而抑，它正是詩人內心的呼喚，似乎對友人的前途有所擔憂，這當與作者對國家政治形勢的關切相連。作者乃是有情人，於國、於鄉、於友皆然。此詩語言生動流暢，又善用借喻修辭格，頗具情趣。從感情脈絡看，首句抑，二三句揚，尾句又轉入抑，起伏跌宕，毫不呆板。

獄中贈鄒容

章炳麟

【題　解】光緒二十九年（西元一九〇三年）六月三十日與七月一日，因「蘇報案」作者與鄒容被清廷勾結的上海租界工部局先後逮捕入獄。此詩即作於巡捕房，既懷念、讚揚戰友鄒容，又抒發二人肝膽相照、戰鬥到底的無畏精神。鄒容，字蔚丹，四川巴東人。一九〇二年曾留學日本，次年回國在上海參加愛國學社，與章炳麟一起倡導革命，是年寫作《革命軍》，觸犯清廷，被捕入獄。一九〇五年病死獄中，年僅二十一歲。

【作　者】章炳麟（西元一八六九—一九三六年），字枚叔，後改名絳，號太炎。餘杭（今屬浙江）

人。自幼痛恨異族統治，不應科舉。嘗受學俞樾，通經史、訓詁之學。甲午戰爭後參加同盟會，主編《民報》。辛亥革命後，任總督府樞密顧問。因反對袁世凱被追捕，三入牢獄，而革命之志不移。所為文氣勢磅礴，宣傳革命思想。詩蒼勁渾厚，獨為五言。有《章氏叢書》、《章氏叢書續集》。

鄒容我小弟❶，被髮❷下瀛州❸。快剪刀除辮❹，乾牛肉作糇❺。英雄一入獄，天地亦悲秋。臨命❻須摻手❼，乾坤❽只兩頭❾。

【注釋】❶小弟　作者比鄒容年長十二歲，故稱其為小弟。❷被髮　披髮，未束髮，指未滿十八歲的少年。❸瀛州　神話中東海的仙山，此指代日本。❹除辮　指鄒容在日本時曾與同學痛毆清廷南洋學生監督姚文甫，並剪掉其辮子，高懸示眾，作為對他破壞留學生革命的懲罰。❺糇　乾糧。❻臨命　臨死。❼摻手　拉手。❽乾坤　天地。❾兩頭　指作者與鄒容二人的頭顱。

【語譯】鄒容是我的小兄弟，年少求學東赴日本。他曾快刀剪掉了奸人的長辮，也曾以乾牛肉作為乾糧。一旦英雄進了監獄，天地也悲淚灑清秋。臨死時還執手相互激勵，天地間昂立著兩顆不屈的頭顱。

【研析】此詩首聯與頷聯乃回憶鄒容革命的歷史及英雄的壯舉。首句「鄒容我小弟」如同口語，卻極有感情，不啻親兄弟。次句寫當年鄒容年少志高，東赴日本追求真理。頷聯則回憶鄒容在日留學時快刀剪奸人髮辮的壯舉，以及回國後為宣傳革命含辛茹苦、寢食無定的獻身精神。前兩聯把鄒容這位年輕有為的革命者形象描繪得栩栩如生。作者的讚譽之意不言而喻。後兩聯則轉為抒發獄中悲慨與豪放之情。頸聯寫鄒容入獄，天怒人怨，抒發了對革命戰友的痛惜與對清廷的義憤。尾聯則表達了願與鄒容生死與共的革命友情與視死如歸的英雄氣概。此詩感情豐富，兼具溫和、沉鬱、悲慨與豪壯，充分而多層次地表露了作者的內心世界。語言平易，口語化，與作者文辭古奧的主體詩風格迥然相異，這是由詩人所處的環境以及本詩內容所決定的，詩人已無心雕字琢句了。

柬徐寄塵二首（選一）

秋瑾

【題解】此詩係作者寫給徐寄塵的「信」。徐寄塵名自華，字寄塵，號懺慧。石門（今浙江桐鄉）人。曾任潯溪女學校長，與秋瑾友情甚篤。

何人慷慨說同仇❶？誰識當年郭解❷流❸？時局如斯危已甚❹，閨裝
願爾換吳鉤❺。

【注釋】❶同仇　同心協力對付仇敵。《詩・秦・無衣》：「修我戈矛，與子同仇。」❷郭解　據《史記・游俠列傳》：郭解字翁伯，西漢河內軹縣（今河南濟源）人，以行俠仗義聞名。❸流　流輩；同一流的人。❹時

局如斯危已甚　指中國局勢面臨被西方列強瓜分而滅亡的危險。❺吳鉤　古代吳地所製的彎刀，後泛指鋒利的刀劍。

【語　譯】有誰慷慨許諾協力對付敵仇呢？有誰還知道當年的俠士郭解一流的人呢？時局如此緊迫已危在旦夕，切望你能脫下閨服佩上吳鉤。

【研　析】詩人女友徐寄塵雖同情革命，但置身事外，並未投身革命，作者稱她「家庭苦戀太情痴」，「百首空成花蕊詞」（同題另詩）。在祖國面臨淪亡的危急之秋，作者既為國家計，亦為朋友急，乃賦詩激勵之。詩前半首連發二問，含蓄地勸說徐寄塵應修戈矛，同仇敵愾，像古代俠士郭解一樣，奮起抗爭，這「何人」、「誰」意在說應該包括你徐寄塵。下半首則直言無諱地指出時局「危已甚」，神州陸沉，形勢逼迫，每個有血性的中國人都應該走出家庭書齋，拿起武器，挽救危亡的民族，而從女性的角度出發，則勸徐寄塵換下閨服而佩上吳鉤，進行鐵血的戰鬥。作者以詩柬友人，激勵其奮起革命，而其本身的革命者形象亦呼之欲出。

八、景物・風情

瀑　布（選一）

閻爾梅

【題解】瀑布，指江西廬山香爐峰瀑布。「廬山瀑布數十里，惟出自香爐峰者獨長，乃真瀑布。」（原注）

環穿❶松竹走銀漿，跌落懸崖❷萬丈長。聲到山根光四射，漂紅滿澗出鄱陽❸。

【注釋】❶環穿　回環曲折穿行。❷懸崖　指廬山香爐峰懸崖。❸鄱陽　鄱陽湖，在江西省北境。湖水北經湖口入長江。廬山在湖西北，故其溪水北流如出鄱陽湖口一樣。

【語譯】銀色山泉回環穿行在松竹之間，跌落懸崖後有萬丈之長。響聲傳到山腳銀光四射，滿澗漂紅載著晚霞出了鄱陽湖。

【研析】此詩寫廬山香爐峰的景觀，有聲有色，極盡壯美之致。首句寫瀑布之源，乃是由山頂松竹間奔流的銀色泉水所匯成，「環穿」、「走」皆傳出山泉的動態神韻。次句寫山泉跌落懸崖形成瀑布時之壯美，「萬丈長」乃誇飾「真瀑布」之「獨長」。第三句則寫瀑布落到山腳時的景象，其聲如雷，其光四射，震人耳，眩人目。第四句寫瀑布之水瀉入山澗，北注長江，如流出鄱陽湖一樣，妙在「漂紅滿澗」，暗示時當傍晚，夕照滿澗，可謂壯麗已極。全詩從動態角度描寫出瀑布的流動過程，而且濃彩重墨，意境壯麗，極具氣勢。

小孤山

黃宗羲

【題解】小孤山在江西彭澤北的長江中，巋然獨立，無所依傍，故得名。民間把「小孤」訛稱「小姑」，並把其對岸的「彭浪磯」稱為「彭郎」，說它們是一對夫妻。

魚梁❶櫛比❷魚鷹舞，洲盡蛾眉❸即小姑❹。道是文螺❺初出水，又疑高髻❻未經梳。書箱慚愧無絲履❼，小舫依稀在畫圖。錯誤從來非一字，行人❽何必辨姑、孤？

【注　釋】❶魚梁　水中修築的狀似橋梁的堰坎，用以捕魚。❷櫛比　像梳齒一樣密密排列。❸蛾眉　指代美女。白居易〈長恨歌〉：「宛轉蛾眉馬前死。」❹小姑　小孤山，訛稱小姑山。❺文螺　有花紋的青螺。❻高髻　美女高聳的髮髻。小孤山又名髻山。❼絲履　絲繡的鞋。❽行人　行旅之人。

【語　譯】魚梁密似梳齒，魚鷹在上空飛舞，江洲那邊的美女就是小姑山。說它是美麗的青螺剛剛出水，又疑是高聳的髮髻未經過梳理。書箱裡慚愧沒有美人的繡鞋，小船彷彿游入山水的畫中。人間錯誤從來不計較一個字，過往的旅人何必去分辨姑與孤？

【研　析】這首七律生動描繪了小孤山的秀美風姿，並借題發揮，抒發了對世事的感慨。首聯寫小孤山的環境，並點出小孤山。長江中魚梁櫛比，魚鷹飛舞，首句亦靜亦動地表現出於長江中聳立之峭拔秀麗、宛若美女的「小姑」。次句以擬人手法表現對小孤的審美觀照。頷聯乃採用比喻手法寫「小姑」之美，前句比作美麗的青螺出水，在碧波映襯下，分外清秀；後句比作美人的高聳髮髻，「未經梳」寫出朦朧之美。頸聯轉寫作者的心理活動，作為讀書人書箱無繡鞋之類可贈「美人」，甚是慚愧，有負如此美妙的江山，此從側面寫小孤山之美；又覺小船似游在畫圖中，令人賞心悅目，則從正面讚嘆小孤山之美。尾聯卻由「小孤山」與「小姑山」名稱之「錯誤」，生出感慨，但十分含蓄，其言外之意當是人間錯誤之事甚多，如江山易主，明朝滅亡的大錯，才是令人遺恨千古的，而對於「姑、孤」之錯大可不必去細究。全詩緊扣「小孤山」落筆，前半寫景，後半抒懷，並引申開去，寓意深刻，並非單純模山範水之作。

曉發萬安口號（選一）

龔鼎孳

【題解】萬安在江西中部，贛江縱貫其間。詩人清晨於萬安乘船出發赴廣州，途中口吟此詩，描寫了贛江的水勢以及哲理的感悟。

急流噴沫鬥雷霆❶，險過江❷平響亦停。
任說波濤千萬疊，能移孤嶂❸插天青？

【注釋】❶鬥雷霆　形容急流響聲如雷。杜甫〈白帝〉：「高江急峽雷霆鬥，翠木蒼藤日月黃。」❷江　指贛江。江西最大河流。中上游多礁石險灘，下游江面寬闊。❸孤嶂　單獨的高山。

【語譯】急流飛珠噴沫響如驚雷，越過險灘贛江平闊濤聲也停息了。任憑波濤千疊萬疊氣勢懾人，怎能移動青翠孤峰插入蒼穹呢？

【研析】此詩首句寫贛江上游之險，急流噴沫，驚濤撞擊峽谷，似雷霆爭鬥，發出轟鳴，大有「高江急峽雷霆鬥」之概。次句寫船至下游，江平濤息。當詩人從緊張狀態中解脫出來，回顧驚險的航程，乃產生一種哲理的體悟：「任說波濤千萬疊，能移孤嶂插天青？」波濤再兇猛，青山仍巋然屹立，直插雲霄，不曾移動半分，而且波濤愈猛，愈襯托出青山的堅定不移。在人世的「急流」

中，氣節堅定者就是不可動搖的「孤嶂」。但作者屈節仕清，當為此而感到慚愧。

燕子磯

施閏章

【題解】順治三年（西元一六四六年）秋日，詩人登上位於南京北郊觀音門外的燕子磯頭，近觀遠眺，即景抒懷，寫下此詩。磯，指水邊突出的岩石。燕子磯面臨長江，三面懸絕，形似燕子展翅欲飛，故名。

絕壁寒雲外，孤亭❶落照間。六朝❷流水急，終古白鷗閒。樹暗江城❸雨，天青吳楚山❹。磯頭誰把釣？向夕未知還。

【注釋】❶孤亭　當指燕子磯觀音閣。❷六朝　東吳、東晉與南朝宋、齊、梁、陳皆建都南京，史稱「六朝」。❸江城　指南京城。❹吳楚山　指長江下游一帶青山。

【語譯】絕壁矗立在秋雲之外，孤亭沐浴在霞光之間。六朝有興衰而長江不改其湍急，千古滄桑而白鷗始終悠閒。秋雨淒迷使南京城樹木晦暗，亦使吳楚山色蒼翠天變得更青了。磯頭是誰正把竿垂釣呢？太陽已銜山了還不知回家。

【研析】從視覺角度而言，此詩是仰視、俯視與平視相結合。首聯描寫尚未登燕子磯時仰視所見，勾勒出燕子磯整體的空間意象。所寫的是特定時空環境中的燕子磯：「寒雲外」固然襯托出「絕壁」之高峻，又暗示出深秋時節；「落照間」固然描寫夕陽輝映，亦表示黃昏時分。此時「絕壁」與「孤亭」正處於深秋黃昏的氛圍中，顯得冷寂靜穆。頷聯寫立於磯頭俯視長江之景。「流水急」冠以「六朝」，則長江具有了歷史感，意謂六朝歷史雖已為陳跡，但長江卻不減其奔騰的氣勢；「白鷗」悠閒飛翔，而冠以「終古」，則寓有人世滄桑，但江鷗自然本性不變。此聯以「流水」之「急」與「白鷗」之「閒」對照，張弛有致，相映成趣，詩境深邃，隱含作者對人世滄桑而自然不變的慨嘆。頸聯又轉向環望江岸景色，由近及遠，明暗相襯，陰暗對比，層次豐富，境界空闊。尾聯乃點出人，「磯頭」與「絕壁」呼應，「向夕」與「落照」呼應，詩又回到燕子磯上，那位垂釣者頗有隱者嚴子陵之風，詩人傾慕之情盡在不言中，為詩增添了「神骨俱清，氣思靜穆」（陳文述〈書施愚山詩鈔後〉）之韻味。

錢塘觀潮

施閏章

【題解】康熙七年（西元一六六八年）秋，詩人閒居無事，曾赴杭州一帶旅遊，並於海寧觀潮。此詩即描寫觀賞錢塘江八月大潮時所見的雄壯聲勢，以及由此引起的感慨。

海色雨中開，濤飛江上臺❶。聲驅千騎疾，氣卷萬山來。絕岸愁傾覆，輕舟故溯洄❷。鴟夷有遺恨❸，終古使人哀。

【注釋】❶臺　指觀潮臺。❷溯洄　逆潮而上。❸鴟夷有遺恨　用春秋吳國大夫伍子胥，因諫吳王夫差應提防越國報復，被吳王賜劍自殺，屍體被皮口袋包裹，投入錢塘江，後化為潮神而千古有遺恨的典故。鴟夷，皮製的口袋。也作「鴟鶇」。

【語譯】大海的顏色因秋雨飄灑而更顯迷濛，江潮澎湃飛濺上觀潮臺。濤聲好似千騎疾馳而過，氣勢如同捲起萬山傾倒下來。真擔心險岸的堤壩塌陷了，人駕輕舟還故意逆潮而上。潮神伍子胥難消心頭遺恨，他忠而被謗千古以來都使人哀傷。

【研析】詩人觀潮時恰逢秋雨，故所見別具壯采。首聯前句寫秋雨中大海迷濛壯闊的遠景，後句寫江潮捲來直濺觀潮臺的近景，遠近相映，有立體感。此聯亦暗示作者登臺觀潮之意。頷聯承首聯「濤飛」意，以比喻誇飾之筆盡力渲染大潮之壯觀景象。前句寫其聲響，如千匹鐵騎疾駛，聲震耳膜，使天地為之搖撼；後句寫其氣勢，彷彿捲裹萬座大山一起壓下，驚心動魄，風雲為之變色，充溢宇宙陽剛之氣。頸聯則寫觀潮人之心態與弄潮人風貌。觀潮人之「愁傾覆」，間接寫潮之偉力；弄潮人之「故溯洄」，又添潮之壯采。尾聯乃在寫景基礎上，借伍子胥死後為潮神之典，抒寫作者內心的「遺恨」與悲哀。詩人一年前於江西分守潮西道時，竟被裁決歸里，亦如伍子胥一樣忠而見疑，有志難伸，所以才發出感嘆。詩亦由豪壯而轉為悲慨，詩意顯得沉鬱深刻。此詩風格雄渾豪宕，與〈燕子磯〉之平淡淵雅迥然相異，可見詩人風格多樣，春蘭秋菊，各有一時之秀。

飛來船

王夫之

【題　解】作者於明亡後隱居家鄉湖南衡陽之石船山，埋首著述。這詩就描寫處於衡陽地段之湘江石船山的美妙風景，亦寄寓作者晚年恬淡閒適的心境。飛來船，指石船山。

偶然一葉❶落峰前，細雨危煙❷懶扣舷❸。長借白雲封幾尺❹，瀟湘❺春水坐中天❻。

【注　釋】❶一葉　指一葉扁舟，即「飛來船」，形容石船山。❷危煙　高懸的煙霧。❸扣舷　手擊船邊。多用為歌吟的節拍。❹封幾尺　界定幾尺範圍。❺瀟湘　湘江別稱。❻坐中天　指坐於水中之天上。中天，空中。杜甫〈後出塞〉：「中天懸明月」。

【語　譯】如同一葉扁舟偶然飛落在了青峰的面前，細雨煙霧裡已經沒有心思去敲擊船舷。它長借幾尺白雲鋪在四周，瀟湘春水中好像坐在雲霄裡面。

【研　析】此詩首句點題，起勢突兀，寫石船山彷彿一艘「飛來船」從天外而降，化靜為動，極有氣勢。詩人不明言「船」，而以「一葉」代之，又寫出輕飄的動感。此「船」停在峰前，彷彿為迷濛清幽的山水所陶醉，故爾索性拋錨休憩：「細雨危煙懶扣舷。」似乎「船主」已進入忘我之境。

三四句又寫「飛來船」似乎以此為歸宿，欲借水中白雲定的幾尺範圍作為自己的領地，可以永久地坐於水中天而悠然自得。後兩句意境空靈，「飛來船」停留在湘江春水中的白雲青天之間，真如同置身於世外桃源。正是在這審美觀照中，作者心靈彷彿受到陶冶，亦產生一種返歸自然的解脫。

作者論詩「有大景，有小景，有大景中小景」，並認為可「以小景傳大景之神」。此詩即是此類佳作。詩人以「一葉」小舟而「借白雲封幾尺」的「小景」，傳出「瀟湘春水」、「細雨危煙」之「大景」的恬靜、清幽之「神」。此詩的奧妙更在於借石船山即「飛來船」的形象寄寓自己的個性，那高飄於白雲春水之上的石船山正是詩人自己的寫照。

鴛鴦湖棹歌一百首（選一）

朱彝尊

【題解】康熙十三年（西元一六七四年），作者「旅食潞河（今北京通州以北的運河），言歸未遂，爰憶土風」（小序），寫下大型組詩《鴛鴦湖棹歌一百首》。此選其一，描寫家鄉浙江嘉興鴛鴦湖（今稱南湖）的美麗風光，以慰鄉思。

百尺紅樓❶四面窗，石梁❷一道鎖晴江❸。自從湖有鴛鴦目❹，水鳥
飛來定是雙。

【注　釋】❶百尺紅樓　指鴛鴦湖中的煙雨樓，五代時建築。❷石梁　石橋。❸晴江　疑指流入鴛鴦湖的水流。❹目　名稱。

【語　譯】百尺高的紅樓四面都開著窗戶，一道石橋鎖住了日下的波光。自從此湖有了「鴛鴦」的名稱，水鳥飛來一定都是結對成雙的。

【研　析】鴛鴦湖在嘉興東南。美不美，家鄉水，當詩人在異鄉回憶心中的鴛鴦湖風光時，就把它寫得百般美好。上聯寫其景象，不僅自有「百尺紅樓」高聳，可迎四面來風，而且有「石梁一道」如彩虹橫鎖晴江，襯托得鴛鴦湖美麗而壯觀。此為實景。下聯轉寫鴛鴦湖，是虛寫，借助「鴛鴦湖」這名目，想像只有水鳥雙雙飛來才與之相稱，連名稱都美妙無比，那就更不用說湖水本身了。這種描繪與想像透露出作者作為嘉興人的自豪與對故鄉的思念。

瀧中（選一）

屈大均

【題　解】〈瀧中〉原有小序云：「瀧在樂昌縣（今屬廣東）北，凡有六：曰穿腰瀧，曰梅瀧，曰寒瀧，曰金瀧，曰白茫瀧，曰垂瀧。」瀧，指湍急的河流。此詩寫於瀧中順流而下時的驚險情景。

舟隨瀑水天邊落，白浪如山倒翠微❶。巨石有時亦卻立❷，白鷺欲下復驚飛！

【注　釋】❶翠微　指青翠的山崖。❷卻立　退立。

【語　譯】小船隨著瀑布從天邊落下，白浪如山似要摧倒青翠的山崖。巨石有時亦好像退後而立，白鷺想落下嚇得又驚飛起來！

【研　析】作者論詩崇尚雄奇變化，「使天地萬物皆聽命於吾筆端，神化其情，鬼變其狀」（〈六瑩堂詩集序〉）。此詩即是這一詩學思想的實踐，詩寫瀧中急流可謂極盡「神化鬼變」之情狀。首句寫瀧中之水乃諸峰瀑布匯成，水從天而落，故「舟隨瀑水」亦「天邊落」，極寫瀧水之險；次句寫白浪之兇猛，足以摧倒青翠的崖岸，可見瀧水之力；第三、四句寫水流之快，巨石彷彿朝後退立，江鷺則無法降落，降而復驚飛，尾句細節甚生動傳神，且具情趣。全詩從不同角度寫瀧水險、力、速，表現出大自然的雄奇力量，讀來令人驚心動魄，產生崇高之美感。

江　上　　王士禛

【題　解】順治十七年（西元一六六〇年）作者在南京充江南同考官。此詩即作於此時，描寫的是秋雨之夕長江小景。作者對此五絕很欣賞，認為屬於「一時佇興之言，知味外味者，當自得之」（《香祖筆記》），即乃靈感襲來時所作，富有神韻。

蕭條❶秋雨夕，蒼茫楚江❷晦。時見一舟行，濛濛❸水雲外。

【注　釋】❶蕭條　寂寞；冷落。《楚辭．遠游》：「山蕭條而無獸兮。」❷楚江　指長江下游。古時長江下游屬楚國故稱「楚江」。❸濛濛　小雨迷濛貌。

【語　譯】在冷清的飄著秋雨的傍晚，蒼茫的長江水色很陰暗。偶爾看見駛過了一葉扁舟，漸漸地消失在迷濛的水雲之外。

【研　析】此詩首句點明時間，一個寂寞冷落而秋雨綿綿的黃昏。次句點出地點長江岸邊。此時只見長江蒼茫昏暗，朦朧迷離。在這樣的時空環境中，第三句推出「時見一舟行」的主體意象，給昏暗沉寂的江面增添了幾分生氣與動感。但這「一舟」並非歸舟，而是駛向大江盡頭，消失於「濛濛水雲外」，意境深邃，顯示一種朦朧含蓄的美。至於小船駛往哪裡，前途如何，皆令讀者關注。讀者的思緒自然追隨著小船遠去，沉入遐思的境界中。

海上雜詩（選一）

宋　犖

【題　解】康熙二十二年（西元一六八三年）秋，作者因公事來到今河北秦皇島市東的山海關，寫組詩二十四首。此為其一，描繪登臨山海關所見壯闊風光，並寄寓了內心的豪情。

傑閣❶從前代，平看碧海❷流。千年留碣石❸，一髮❹辨登州❺。潮送斜陽落，風傳絕塞秋。倚欄聊詠志，俊鶻❻下荒洲。

【注釋】❶傑閣　樓閣的美稱。指山海關與長城銜接處的奎光閣，明代所建。❷碧海　指渤海。❸碣石　碣石山，在河北昌黎城北。曹操〈步出夏門行〉：「東臨碣石，以觀滄海。」❹一髮　一線。❺登州　治所在今山東蓬萊，在山東半島的北端。❻俊鶻　矯健的鷹。

【語譯】高聳的樓閣是前代所構建，登閣平望見到了碧海的水流。這裡留下了千載的碣石，隱隱一線辨出是登州。晚潮送走了落日，西風吹遍了清秋的邊塞。憑欄聊且吟詠著壯志，忽見一隻蒼鷹矯健地飛向了海上的荒洲。

【研析】此詩首聯寫登閣觀海，起得平穩，寫出大海碧綠之色以及湧動之狀，境界空闊雄渾。登高往往發思古之幽情，故頷聯寫西望碣石山，南望蓬萊。碣石山秦皇、漢武皆曾登臨，曹操東征歸來，亦曾「東臨碣石，以觀滄海」，因此「碣石」乃千年歷史的象徵，與歷代風流人物的豐功偉績相聯繫，又與山海關相距不遠，自然為作者所關注。登州蓬萊，傳說中為海上仙山，秦皇、漢武為求不死之藥亦曾蒞臨，又引起作者的感慨。此聯前句著眼於時間「千年」，後句著眼於空間，「一髮辨」即辨認遠方水天一線處之登州。至於詩人是否真能看到「碣石」與「登州」並不重要，要旨在於寫詩人登臨時懷古的一種內心感受。頸聯又轉寫自然風光，海上晚潮送走了夕陽，秋風為關塞送來秋涼，一「送」一「傳」皆將「潮」與「風」擬人化，富於詩意。尾聯思緒先從遠處收回到自身，因為見到如此壯闊之景色，產生了思古之幽情，所以要倚欄歌詠內心的壯志；但後句思緒突然又放開，寫見一隻鷹隼突然矯健地衝向海中荒洲，這似乎是詩人壯志的具象，顯得蒼勁有力，啟人聯想。周斯盛稱作者這組詩「萬象入新句，奇懷一以舒」（《讀〈海上雜詩〉次牧仲用山谷韻》），衡以此詩，堪稱的評。

晚泊

洪昇

【題解】此詩描寫作者夜泊吳越之地一條寒江上的景象。

空江煙雨晚模糊，越嶠吳峰❶定有無❷？宿露連拳❸魚潑剌❹，敗蘆❺
深處一燈❻孤。

【注釋】❶越嶠吳峰　指吳越之地的山峰。嶠，尖而高的山。❷定有無　究竟有沒有。❸連拳　即「連蜷」，蜷曲的樣子。指作者蜷曲而臥。❹潑剌　魚躍出水面的響聲。沈與求〈舟過北塘〉：「跳魚潑剌聲。」❺敗蘆　衰敗的蘆葦。❻一燈　指船上的燈火。

【語譯】傍晚時分秋江空清寂煙雨模糊，近處的吳峰越山都難辨其有無了。蜷臥宿露時聽見跳魚的潑剌聲響，敗蘆深處亮著如豆般孤獨的燈火。

【研析】此詩極力渲染的是一幅空寂孤獨的意境。上聯描寫時當夜幕降臨，有滿江煙雨，因此連附近的山峰亦難辨有無。此寫大景，空曠朦朧而寂靜無聲。下聯寫晚泊所聞與所見江上小景：所聞是偶爾江魚騰空，濺起一聲「潑剌」，又復歸於空寂；所見是敗蘆深處船上一盞如豆燈火，也襯托出江上的孤寂淒清與黑暗。全詩視覺意象與聽覺意象相結合，又以動形靜，以亮襯黑，顯示出藝術辯證法。而「空江」之迷濛淒清與作者羈旅之心境正相一致。

北固山看大江

孔尚任

【題解】北固山在江蘇鎮江市北，有南、中、北三峰，北峰三面臨長江。詩人於一個秋日登上北固山之北峰，極目遠望，寫下這首七絕，描繪所見壯麗景觀。

孤城鐵甕❶四山圍，絕頂❷高秋坐落暉❸。眼見長江趨❹大海❺，青
天卻似向西飛。

【注釋】❶鐵甕　江蘇鎮江城別名。因其以甓砌城，若鐵甕一般，故名。❷絕頂　峰頂。杜甫〈望嶽〉：「會當凌絕頂，一覽眾山小。」❸落暉　落日餘暉。❹趨　奔赴。❺大海　指東海。

【語譯】孤城鎮江四面被青山包圍著，天高氣爽的秋季我登上北固山的峰頂，坐浴著落日的餘

暉。眼望長江滾滾奔赴東海，青天白雲卻似向西面倒飛。

【研　析】此詩上聯以鳥瞰角度寫題意「北固山」，大筆寫有「鐵甕」之稱的鎮江城地理環境。它四面環山，地形險要。首句實乃作者所處地點，即在北固山頂居高臨下環視所見的四山圍城的奇特景觀。次句點出時間，是於秋高氣爽之日的黃昏，沐浴著夕陽餘暉，坐賞風景。下聯寫題意「看大江」所見之奇觀。第三句寫長江波濤滾滾，向東流入大海，似乎平平無奇，而第四句「青天卻似向西飛」，卻呈現奇觀：「青天」本是靜止的，但由於東去大江之反襯，即化靜為動，卻似向西倒飛。真是「無理而妙」，具有「別趣」。這奇妙景觀實際寫出了長江奔騰向東的氣勢，詩人之審美喜悅亦不言而喻。

舟夜書所見

查慎行

月黑❶見漁燈，孤光❷一點螢。微微風簇❸浪，散作滿河星。

【題　解】此詩寫作者夜泊河上，於船中所見之河上小景。

【注　釋】❶月黑　實為無月之夜。盧綸〈和張僕射塞下曲〉：「月黑雁飛高，單于夜遁逃。」❷孤光　孤燈。沈約〈詠湖中雁〉：「單泛逐孤光。」❸簇　簇擁。

【語　譯】漆黑的河面上亮著一盞漁火，孤獨的火光好似一點螢火蟲。夜風微微簇擁著千層細浪，漁燈倒影碎作了滿河的星星。

【研　析】此詩前兩句寫靜景，遠處河面漆黑，唯見一盞漁燈孤獨地亮著，猶如一點螢火的比喻，凸顯了境界之淒清陰冷。後兩句筆勢一宕，又幻化出動態奇觀：微風吹來，蕩起河面層層細浪，河面「孤光」的倒影被碎成「滿河星」。「滿河星」的比喻自然是誇張之筆，極盡漁燈倒影變幻之妙。後兩句境界由靜而動，由黑而亮，由陰冷而明暖，不乏情趣。此詩採用白描手法，想像奇特，比喻貼切，堪稱寫景上品。

中秋夜洞庭湖對月歌

查慎行

【題　解】康熙二十一年（西元一六八二年），作者從貴陽返鄉浙江，次年中秋時節船經湖南岳陽洞庭湖，乃作這首七古詩，描繪了八月十五洞庭湖月夜之奇景壯觀。

長空霾雲❶莽千里，雲氣蓬蓬❷天冒❸水。風收雲散波乍平，倒轉青天作湖底。初看落日沉波紅，素月欲升天斂容❹。舟人回首盡東望，吞吐故在馮夷❺宮。須臾忽自波心上，鏡面橫開十餘丈。月光浸水水浸天，一派空明互回蕩。此時驪龍潛最深，目眩不得含珠吟❻。巨魚無知作騰踔❼，鱗甲一動千黃金❽。人間此境知難必，快意翻❾從偶然得。遙聞漁父唱歌來，始覺中秋是今夕。

【注釋】❶霾雲　陰雲。❷蓬蓬　氣盛貌。❸冒　覆蓋。❹天斂容　比擬天之容顏變得肅穆，等待月亮升起。❺馮夷　黃河之神，河伯。泛指水神。❻此時驪龍潛最深二句　用《莊子．列禦寇》典：「夫千金之珠，必在九重之淵，驪龍頷下。」驪龍，黑色的龍。目眩，眼睛發花。❼騰踔　飛騰跳躍。❽千黃金　千片黃金。❾翻　反而。

【語譯】天空的烏雲密佈千里莽莽蒼蒼，雲氣蓬蓬覆蓋著萬頃湖水。風收雲散波濤忽然平息，青天好似倒轉鋪在了洞庭湖底。才看夕陽西沉映紅了波濤，又見皎月欲升天空變得肅穆；船夫一起回頭向東瞭望，明月欲出未出還在水神宮殿裡。片刻之間明月忽從波心躍起，湖面如鏡劃開十餘丈。月光浸潤著湖水湖水浸潤著青天，一片空明中水月相摩蕩。此時驪龍潛伏在湖水深處，月照得眼花不能銜珠而吟了。巨魚無知猛然騰空跳起，月映片片鱗甲好似黃金。人間如此仙境很難再遇見了，賞心悅目之景反從偶然得來。遙聞漁父吟唱著船歌歸來，才覺中秋佳節就是今夕。

【研析】全詩二十句，四句一轉韻，自然分成五個層次。

第一層次從洞庭湖中秋夜天氣變化開篇。前一夜洞庭湖曾風雨大作（作者先有〈八月十四夜洞庭舟中風雨再寄德尹黔南〉詩為證），如果中秋夜仍然風雨不停則無法賞月，該是莫大遺憾。所幸長風吹千里陰雲，雨水化作「雲氣」，「風收雲散」，終於波平如鏡，青天清晰映入湖底，明月東升有望矣。作者此刻的心情自然異常興奮，因此下筆甚為雄放，意境壯闊。第二層次乃寫「風收雲散」後，夕陽西沉，明月即將升起時的景象，天空靜穆，舟人盡東望，皆莊重地等待一個美麗生命的誕生，但作者欲揚先抑，好事多磨，明月並不輕易露面，「吞吐」二字極妙，寫出其欲出未出之狀，這就造成一種神秘感，亦抬高了明月身價。第三層次乃正式寫月亮升起時的奇妙景觀。由於洞庭湖廣闊無際，明月從天邊升起，看去就似從波心中升起一樣，而在明月露出水面的瞬間，伸出一條十餘丈的光柱，似乎把明鏡般的湖面劃開，可謂奇絕。待明月升上夜空，則月光浸入湖水，湖水又浸潤著水中青天，水月相接，月明、水明、天明，上下空明，把洞庭湖中秋月夜的獨特景觀描寫得十分逼真。第四層次乃轉寫明月升天後龍魚的反應：驪龍「目眩不得含珠吟」，乃想像之景；巨魚騰踔，借明月增添鱗甲之美則是實景，月夜亦顯得具有生命的活力。第五層次先發表「觀感」，總結如此人間仙境難再，十分僥倖偶然看到；後以漁父唱歌點題，今夕乃「中秋」對月，詩隨即終篇。

此詩按時間為序，描寫「對月」之景，先寫月升前天氣變晴，繼寫日落「素月欲升」，最後寫明月「自波心上」以及升入夜空，層層推進，結構分明。全詩以月為中心意象，以水、風、雲為輔助意象，並借魚、龍、舟人反襯，多側面地描繪洞庭中秋夜，構思謀篇頗見匠心，而詩篇筆力能放能收，亦剛亦柔，顯示作者非凡的功力。

冷泉關

趙執信

【題　解】康熙二十三年（西元一六八四年）秋冬之交，作者在山西太原主持鄉試後返回故鄉山東益都（今淄博），途經山西靈石縣北之冷泉關，乃有這首描寫冷泉關初冬之景的七絕，並暗寓歸鄉的急切、喜悅。

霜凝疏樹❶下殘葉，馬踏寒雲穿亂山❷。十月行人❸覺衣薄，曉風吹
送冷泉關❹。

【注　釋】❶疏樹　枝葉稀疏的樹。❷亂山　參差不齊的群山。❸行人　旅人。作者自稱。❹冷泉關　在山西靈石北四十里，為南北咽喉。

【語　譯】疏樹凝著銀霜飄落下殘葉，駿馬踏著冬雲穿越過亂山。初冬天寒旅人覺得衣衫單薄，晨風把人吹送上冷泉關。

【研　析】此詩首句描寫「疏樹」意象，寫其結銀霜，飄殘葉，旨在顯示初冬之蕭瑟淒涼。次句寫行程中寒雲密佈，群山起伏，景象壯闊清寂。第三句乃轉寫「行人」即自身，因天冷風寒而「覺衣薄」，但仍早早趕路，可見歸鄉心切。尾句則把凜冽的「曉風」，當做「送」自己入關的朋友，

不嫌其冷，而反覺其親切，又可知作者因入關離家益近而心情喜悅。全詩以蒼涼之境暗襯歸鄉之喜，別具一格。

杭州半山看桃花

馬曰璐

【題解】半山位於杭州艮山門外，春日盛開桃花，此詩即以濃彩重墨描繪了半山桃花的絢麗風光，抒發了作者愛春、惜春之情。

【作者】馬曰璐（約西元一七三六年前後在世），字佩兮，號南齋，又號半槎。祁門（今屬安徽）人。寄居揚州。國子監生，候選知州。乾隆元年（西元一七三六年）舉博學鴻詞，不赴。與其兄馬曰琯稱「揚州二馬」。二馬鹽商，但藏書極富，其小玲瓏山館吸引了大批文人。馬曰璐詩筆清刻。著有《南齋集》。

山光焰焰❶映明霞，燕子低飛掠酒家。紅影❷到溪流不去，始知春

水戀桃花。

【注釋】❶焰焰　火初燃微燒貌。❷紅影　指桃花在水中的倒影。

【語譯】滿山火光微燃輝映著朝霞，春燕低飛掠過了酒家。紅影印在溪中流淌不去，才知是春水

多情眷戀著桃花。

【研　析】此詩首句以比喻的手法描繪出遠看半山桃花時的審美感受，那爛漫桃花猶如「山光焰焰」，格外熱烈、火紅，充滿了春天的生命力，而且桃花與明霞相映，更顯得燦爛無比。次句筆鋒一轉，寫山前「燕子低飛掠酒家」，從結構上講首句是揚，此句是抑，造成頓挫之致；從視線上講，是由仰看「山光」，借燕子「低飛」牽引向酒家旁的「春水」，改作俯視，從而推出詩的又一幅畫面：「紅影到溪流不去，始知春水戀桃花。」桃花火紅的倒影印在溪水中，但「紅影」與「桃花盡日隨流水」（張旭〈桃花溪〉）之「桃花」不同，桃花影子是流不去的。作者把這現象感情化，看成是「春水戀桃花」，不放走它，可謂妙絕。這種戀情，正是詩人對桃花對春色之迷戀。此詩寫桃花，開篇並不點明，而是先以「山光」、「紅影」代之，直至最後才揭穿「謎底」，宛如畫龍最後點睛，使全詩頓時更加鮮活有致。

梅花塢坐月

翁　照

【題　解】此詩描寫作者月夜於家鄉江陰的梅花塢之所見所感，勾畫出一幅清寂的梅塢月夜圖，寄寓了高潔的情操。

【作　者】翁照（西元一六八三—一七六八年），初名玉行，字朗夫，一字霽堂。江陰（今屬江蘇）人。太學生。性醇謹，待人以誠以禮。工章奏，往來江淮、燕豫間，大吏爭延幕下。晚約沈德潛結廬吳地採葑溪，未遂而卒。有《賜書堂詩文集》。

靜坐月明❶中，孤吟破清冷。隔溪老鶴來，踏碎梅花影。

【注釋】❶月明　月光。

【語譯】我靜坐在月色中，獨自吟誦著想驅散夜的清冷。小溪對岸有仙鶴翩然飛來，它漫步著踏碎了滿地的梅花影。

【研析】此詩前兩句寫人，後兩句寫鶴。人在月光如水之夜，靜坐梅花塢畔，此時萬籟無聲，詩人一定有無限感慨，借詩言志，於是獨自低吟起詩句來，至於所吟者何無關宏旨，重要的是詩抒發了作者的志向、情懷，亦驅散了月夜清冷的氣氛。仙鶴隔溪飛來，悠閒地漫步於梅花林裡，踏碎了月光下的梅花影。此鶴的意象不一定是實景，很可能是作者所虛構，因為鶴在古詩中向來是高潔之物，多為隱逸的象徵，故借來一用；梅花亦孤高脫俗，品格不凡。宋代隱逸詩人林逋就種梅養鶴，稱為「梅妻鶴子」，可以為證。因此此詩中後兩句出現的鶴與梅，實乃詩人品格的外現，藉以寄寓自己超俗脫凡的操守。全詩格調清幽，意境雋永，詩旨含蓄，耐人品味。

靈隱寺月夜

厲　鶚

【題　解】靈隱寺在杭州西湖靈隱山下，作者於深秋一個月夜曾遊靈隱寺，後寫出這首五律，描繪出月下靈隱寺頗具佛界特點的景觀。

夜寒香界❶白，澗曲寺門通。月在眾峰頂，泉流亂葉中。一燈❷群動息❸，孤磬❹四天❺空。歸路畏逢虎，況聞巖下風❻。

【注　釋】❶香界　指佛界。《維摩詰經・香積品》：「有國名眾香，佛號香積，其界一切，皆以香作樓閣。經行香地，苑園皆香。」此指代靈隱寺一帶。❷一燈　指寺內長明燈。❸群動息　萬物寂靜。陶潛〈飲酒〉：「目入群動靜。」❹磬　指寺廟中的鳴器。❺四天　指四禪天，佛教所謂色界諸天。❻巖下風　意謂有虎出沒，用「龍從雲，虎從風」之典。

【語　譯】夜氣陰冷佛界罩著白光，澗水蜿蜒與寺門相通。明月高懸在群峰之上，山泉流淌在亂葉之中。只有一燈長明，萬物都很寂靜，孤磬單調，四禪天更顯得虛空。歸去途中本已害怕遇見老虎，何況又聽到巖下捲起了疾風。

【研　析】此詩首聯點題，前句暗示「月夜」時分，後句則表明「靈隱寺」處所。此聯寫出靈隱寺月夜之幽冷清寂。頷聯承首聯處所再作描寫。「月在眾峰頂」是「香界白」的形象化，「泉流亂葉中」是「澗曲寺門通」的具體化。此聯寫出靈隱寺環境的僻靜、荒寂，前句寫月色，後句寫泉聲，一靜一動。頸聯轉寫寺內景象，並與寺外相勾通，仍是一靜一動：寺內長明燈通亮，與寺外明月相映，照著寂靜的萬物；寺內單調的磬聲傳向寺外的天空，更顯得寺夜虛靜。大約作者忍受不了寺內外的荒寂，或許已經盡興，尾聯寫其披著月色歸去。由於夜深地僻，所以懼怕遇上野獸，一旦忽然聽到巖下傳來風聲，疑有猛虎出現，其內心當更加膽怯，但詩寫至此，在令人緊張的氣氛中，戛然而止，留給人不盡的遐思。厲鶚詩好用代字僻典，力求醇雅。此詩則純用白描，用典亦不多，但仍不失典雅之致。

江晴（選一）

鄭燮

【題解】此詩寫長江晴日之景。

霧裏❶山疑失，雷鳴雨未休。夕陽開❷一半，吐出望江樓。

【注釋】❶霧裏　雲霧包圍。❷開　即露。

【語譯】雲霧包裹著江峰，疑似江峰消失了，電閃雷鳴，暴雨下個不停。頃刻雨霽夕陽露出半張臉，雲霧散處吐出望江樓。

【研析】此詩有兩大特點。一是以雨襯晴。陰晴乃相對而言，唯有先寫陰雨，才更顯出亮晴之美。故上聯先寫雷雨之景並不離題，乃旨在反襯雨後江晴之景，使下聯所寫那雲霧中露出一半的鮮紅夕陽，那矗立江邊、沐浴斜暉的望江樓，皆格外壯觀。二是語言淺近如話，但並不俗，亦不熟，其選用動詞極其生動傳神，「裹」、「失」、「開」、「吐」，都活靈活現地突出自然景物之動態美，頗為雄渾有力，亦顯示出作者觀察之細緻、體驗之真切與表現之高超。

西山

劉大櫆

【題解】此詩描繪北京西山賽似江南的明媚春色。西山，在北京西郊，太行山支脈的總稱。

【作者】劉大櫆（西元一六九八—一七七九年），字才甫，號海峰。桐城（今屬安徽）人。副貢，官黟縣教諭。桐城派古文家。亦能詩。有《海峰文集》、《海峰詩集》。

西山過雨染朝嵐❶，千尺平岡百頃潭。啼鳥數聲深樹裏，屏風十幅寫江南。

【注釋】❶嵐　山林中霧氣。

【語譯】西山被雨洗得蒼翠，又染綠了山林早晨的水氣，千尺的平岡映入了百頃的碧潭。叢林深處傳來數聲鳥啼，西山好似一幅幅屏風描繪出江南春色。

【研析】此詩首句寫西山之色，雨洗青山更加蒼翠，而山色又染綠了朝嵐。次句寫西山寬闊平整，又有碩大水潭，山水相襯，可見地理環境優美。第三句寫西山之幽靜，採用「鳥鳴山更幽」（王籍〈入若耶溪〉）的反襯寫法，借「啼鳥數聲」襯托出山林清幽之美。尾句則總寫西山之美，採用比喻，把座座山峰比作一幅幅「屏風」，描畫出西山江南一樣秀麗的春色。全詩如同一幅水墨山水畫，彌漫著水氣。

葑門口號（選一）

錢　載

【題　解】此詩作於乾隆五年（西元一七四〇年）。葑門是蘇州城之東門，作者於一夏日步出葑門，見到田野風光，乃口吟三首七絕。此為其一，描寫蘇州農家風光。

滅渡橋❶回❷柳映塘，南風吹郭❸不勝香。湖田半種紫芒稻❹，麥笠❺
時遮青苧娘❻。

【注　釋】❶滅渡橋　一名覓渡橋。在蘇州市葑門外。❷回　指橋旁曲折、迂迴之處。❸郭　外城。❹紫芒稻　紫穗稻。皮日休〈橡媼嘆〉：「山前有稻熟，紫穗襲人香。」❺麥笠　用麥秸編成的笠帽。❻青苧娘　穿青色苧麻夏衣的女子。楊維楨〈過沙湖〉：「唱歌賣魚赤鬚老，打鼓踏車青苧娘。」

【語　譯】滅渡橋旁曲折的地方柳絲映入了池塘，南風吹來城外濃郁的稻香氣。湖田大半栽種著紫芒稻，麥笠遮住了青衫女子的臉龐。

【研 析】此詩首句將「葑門」具體化，特指滅渡橋旁的水鄉風光，柳絲長長，映入池塘，構成夏日恬靜的畫面。此句寫視覺所見。次句轉寫嗅覺，聞到南風挾來的濃郁香氣，「不勝香」乃誇張香氣之濃。香從何來？此句乃過渡，接下第三句即點出香氣之所自：「湖田半種紫芒稻。」皮日休云：「山前有稻熟，紫穗襲人香。」（〈橡媼嘆〉）可見紫芒稻比一般稻香氣濃郁。作者的視線迎著「南風」望去，不僅看到「紫芒稻」，更看見了稻田裡忙碌的人，那頭戴麥笠，身穿青布麻衫的農家婦女，是典型的吳中婦女打扮，為詩增添了地方風情。而吳中婦女的勤勞樸素，自然亦為作者所讚嘆。王昶《蒲褐山房詩話》評錢載曰：「先生詩率然而作，信手便成，不復深加研煉。」此詩寫蘇州水鄉風情，即彷彿不加思索，隨口而吟，有自然天成之妙。

推窗

袁枚

【題 解】此詩作於乾隆二十三年（西元一七五八年），時隱居南京小倉山隨園。此詩即描寫隨園小景以及詩人的感受。

連宵❶風雨惡，蓬戶❷不輕開。山似相思久，推窗撲面來。

【注　釋】❶連宵　連夜。❷蓬戶　用蓬草編成的門戶，形容住屋簡陋。

【語　譯】連夜的風雨很兇狂，連蓬門都不敢輕易打開。青山好似相思很久了，雨霽一推窗，山色就撲面而來。

【研　析】此詩前兩句寫風雨連宵，來勢又猛，門窗都不敢開。作者是酷愛山水之人，以親近大自然為樂，但因「風雨惡」而被關閉在屋內，如處牢籠，自然十分憋悶。一「惡」字既寫出風雨之猛，亦寫出內心的感受。後兩句則「柳暗花明」，寫風停雨霽，詩人終於可以打開窗戶，欣賞大自然清新的風光了。但詩人不寫自己看山，卻寫青山思念自己已久，因此一旦見詩人推窗，即撲面而來，迫不及待。山在詩人筆下變靜為動，化無情為有情，靈活有致，顯出性靈詩虛靈活潑的特色。

同金十一沛恩遊棲霞寺望桂林諸山

袁　枚

【題　解】作者於乾隆元年（西元一七三六年）赴桂林，探望在廣西巡撫金鉷幕府中供職的叔父。在夏六月的一天與排行第十一的金沛恩（當是金鉷之子）出遊桂林城外棲霞山，並環顧桂林群山而有此作。

奇山不入中原❶界，走入窮邊❷才逞怪。桂林天小青山大，山山都立青天外。我來六月遊棲霞❸，天風拂面吹霜花。一輪白日忽不見，高空都被芙蓉❹遮。山腰有洞五里許，秉火直入沖烏鴉。怪石成形千百種，見人欲動爭谽谺❺。萬古不知風雨色，一群仙鼠❻依為家。出穴登高望眾山，茫茫雲海墜眼前。疑是盤古死後不肯化❼，頭目手足骨節相鉤連；又疑女媧一日七十有二變❽，青紅隱現隨雲煙。蚩尤❾噴妖霧，尸羅❿袒右肩，猛士植竿髮⓫，鬼母⓬戲青蓮⓭。我知混沌⓮以前乾坤⓯毀，水沙激蕩風輪⓰顛。山川人物鎔在一爐⓱內，精靈⓲騰踔⓳有萬千，彼此游戲相愛憐。忽然剛風⓴一吹化為石，清氣既散濁氣堅㉑。至今欲活不得、欲去不能，只得奇形詭狀蹲人間。不然造化㉒縱有千手眼，亦難一一施雕鐫。而況唐突㉓真宰㉔，豈無罪，何以耿耿㉕群飛欲刺天㉖？金臺公子㉗酌我酒，聽我狂言呼否否㉘；更指奇峰印證之，出入白雲亂招手。幾陣南風吹落日，騎馬同歸醉兀兀㉙。我本天涯萬里人，愁心忽掛西斜月㉚。

【注釋】①中原　泛指黃河流域平原地區。②窮邊　指荒遠之地桂林。③棲霞　棲霞山，在桂林城外。④芙蓉　蓮花。喻桂林諸山狀如蓮花。⑤谽谺　原為山深貌。此處形容山石似張口貌。⑥仙鼠　蝙蝠。⑦盤古死後不肯化　《述異記》：「盤古氏之死也，頭為四嶽，目為日月，脂膏為江海，毛髮為草木。」盤古，神話中開天闢地首出創世的人。化，化身。⑧女媧一日七十有二變　《楚辭・天問》王逸注：「傳言女媧人頭蛇身，一日七十化。」女媧，神話中人類的始祖。⑨蚩尤　神話中戰神，能呼風喚雨，與黃帝戰，失敗被殺。⑩尸羅　據《拾遺記》：沐胥國有術士尸羅，「善蠱惑之術，噴水為氛霧，暗數里間」。⑪猛士植竿髮　張衡〈西京賦〉：「(夏)育、(烏)獲之儔……植髮如竿。」⑫鬼母　《述異記》載：「南海小虞山中有鬼母，能產天地鬼，一產十鬼。朝產暮食之。」⑬青蓮　青色蓮花，原產印度。此喻山花。⑭混沌　古人想像中的世界開闢前的狀態。《白虎通・天地》：「混沌相連，視之不見，聽之不聞。」⑮乾坤　指天地。⑯風輪　佛教語。《華嚴經》：「金輪水際，外有風輪。」此即指狂風。⑰一爐　指天地間。賈誼〈鵩鳥賦〉：「天地為爐兮，造化為工。」⑱精靈　鬼神之類。⑲騰踔　跳躍。⑳剛風　道家語，指高空的風。《朱子全書・理氣一》：「問天地有形質否？曰：只是個旋風，下軟上堅，道家謂之剛風。」㉑清氣既散濁氣堅　《藝文類聚》卷一引《三五曆紀》：「天地開闢，陽清為天，陰濁為地。」此句指混沌開而分天地。㉒造化　此謂創造化育自然者。㉓唐突　冒犯。㉔真宰　假想中的宇宙主宰者。此謂天。㉕耿耿　內心不平。㉖群飛欲刺天　韓愈〈祭柳宗元文〉：「一斥不復，群飛刺天。」此指山勢欲刺破青天。㉗金臺公子　即詩題中的金沛恩。㉘否否　不然。㉙醉兀兀　醉沉沉。蘇軾〈鄭州別後馬上寄子由〉：「不飲胡為醉兀兀？」㉚愁心忽掛西斜月　本李白〈聞王昌齡左遷龍標遙有此寄〉「我寄愁心與明月，隨風直到夜郎西」之意。愁心，憂愁之情思。

【語譯】奇山不會進入中原的地帶，走入荒遠的邊區才能呈現雄怪的姿態。桂林天空很窄小而青山卻十分高大，座座山峰都爭先矗立在青天之外。六月炎夏我來遊覽棲霞山，高天的冷風拂面好似吹來了霜花。一輪太陽忽然不見了，高空都被蓮花般的山遮住。山腰有棲霞洞長約五里多，手執火把直入沖飛了烏鴉。怪洞石頭顯示千百樣式，見人就要動起來爭著張口露牙。千萬年來洞中不進風雨，一群蝙蝠以洞為家。步出洞口登上山頂環望眾山，茫茫雲海就墜落在眼前。我懷疑群山是盤古死後不肯變化其身，於是頭眼手腳骨節相互鉤連；又疑山光是女媧一日七十二變，隨著雲煙青紅變幻忽隱忽現。雲氣好似蚩尤在呼雨化作妖霧，又似尸羅袒肩作法噴吐水煙，竹竿如同猛士的怒髮，山花宛若鬼母戲弄的青蓮。我知混沌以前天地都毀壞了，洪水席捲沙石狂風大作。山川人物鎔化在天地的火爐內，神怪活潑跳躍有萬萬千，彼此戲鬧玩耍又相互愛憐。忽然剛風一吹精靈都化為山石，清氣已飄散濁氣凝結的山石更堅硬。它們至今想活不得、想走也不能，只得奇形怪狀地蹲踞在人間。否則造化即使具有千手千眼，亦難以一一雕刻得如此活靈活現。何況冒犯老天乃是滔天大罪，怎能心懷怨氣欲飛刺蒼天呢？金家府上公子為我斟上美酒，聽我一通狂言連連搖頭呼否否，我又手指四周奇峰作印證，群山出沒雲霧中齊向我招手。幾陣南風掠過吹落了銜山的夕陽，我們二人騎馬回衙醉得雙眼都斜了。我本來是萬里天涯作客的人，一顆愁心忽然飛掛上西沉的月亮。

【研　析】這首詩採用參差不齊的歌行體，並以逸群之才、騰空之筆驅遣古代神話傳說與佛道典籍中的奇人異事，比喻之，鋪寫之，賦予了「桂林諸山」以神奇的色彩，灌注以飛動的氣勢，使「桂林諸山」具有了新奇眩目的靈性，同時亦顯示出當時年僅二十一歲的年輕詩人壯闊的胸襟與非凡的才思。

詩頭四句先概括性地總寫桂林諸山之奇特風貌。前兩句意謂如此「奇山」在中原是看不到的，它只在廣西這邊遠之地「逞怪」，一落筆山即具有了靈性。後兩句則突出桂林山之大與高，以「山」與「天」相對照，因山大並多故天顯得小，因為山高故矗立「青天外」，寫得壯闊而有氣魄。

接下四句寫作者於六月出遊棲霞山所感所見。「天風拂面吹霜花」，形容風寒，六月酷暑而覺風吹霜花，可見棲霞山之高，可謂「高處不勝寒」（蘇軾詞）。「芙蓉」形容棲霞山如蓮花，遮滿了高空，連「白日」都「忽不見」即被群山吞沒，此亦是誇張棲霞山之高大。

再接下六句轉寫進入山腰棲霞洞之景象，極力描摹山洞的陰森冷寂與神奇古老，須「秉火直入」，可見洞中之昏黑陰冷。這裡「萬古」與世隔絕，是「烏鴉」與「仙鼠」的領地，因此一見有生人闖進，則烏鴉銜突，蝙蝠紛飛，甚至連千百種「怪石」亦成了精怪，好似齜牙咧嘴來嚇唬生人。作者入洞不啻於探險，但若沒有「入虎穴」的精神，又怎能一睹如此罕見的自然奇觀呢？

後面十句繼寫作者出洞後「登高望眾山」之狀，詩人以如椽之筆極力鋪排其非凡的想像：在「茫茫雲海」之中，眾山有的像神話中開天闢地的盤古死後所變，「頭目手足骨節相鉤連」，寫出山勢崚嶒瘦硬之狀，此用《述異記》典；有的山色像神話中煉石補天的女媧善於變化，「青紅隱現」於山霧之中；有的像傳說中的蚩尤噴出團團妖霧，像沐胥國的術士尸羅，「噴水為氛霧，暗數里間」（《拾遺記》），此寫山被雲霧籠罩；有的山樹木茂盛，似古代傳說中的猛士夏育、烏獲「植髮如竿」（張衡〈西京賦〉）；有的山長滿花草，如傳說中南海小虞山的鬼母，正與小鬼嬉戲青蓮。此十句寫眾山險峻、山色變化與雲霧、林木等形象，皆與神話傳說相聯繫，為桂林名山塗抹上濃厚的神奇色彩，令人為作者「想落天外」（袁枚語）的構思而驚嘆不已。

最為精彩的是作者接下以十四句描述對桂林山水「奇形詭狀」得以形成的神思奇想。他認為眼前凝固的山巒都是原來有生命的「精靈」所變，所謂「我知」實際是「我想像」，在天地混沌不分以前，水石激盪，狂風大作，那時「山川人物鎔在一爐內」，有無數「精靈」都「化為石」，清氣化為天，濁氣化為地。於是「精靈」「欲活不得、欲去不能，只得奇形詭狀蹲人間」。這是說桂林眾山有如此「奇形詭狀」，乃是天地自然形成，否則造化即使有千手觀音一樣的「千手眼」，亦不能雕刻成這樣的千姿百態；群山亦不可能心懷怨氣欲飛刺青天。這段奇想雖然荒誕不經，但說明桂林諸山在作者心目中是有靈性的，而他對靈性之被扼殺是充滿同情的。他本是自由曠達之人，這其中亦寓有對社會現實的某種憤慨。

詩最後八句又回到現實，主要寫他歸去時的心態。「金臺公子」聽罷作者的「狂言」卻連聲否定，可見他是個缺乏幻想的實在人，作者乃故意戲弄他：「更指奇峰印證之」；「出入白雲亂招手」，雲中眾山打招呼，彷彿眾山確是「精靈」。當日落西山時，兩人才喝得醉醺醺騎馬同歸。「幾陣南風吹落日」一句頗妙，好像太陽不是自己落下，而是被南風吹落，這是誇飾山風之烈。作者於飽覽桂林諸山奇觀之後，忽然產生一種愁緒。因為桂林雖美，不是久居之地。此時作者尚未登第，壯志未酬，又思念故鄉杭州，故有「我本天涯萬里人，愁心忽掛西斜月」之句。作者身在「窮邊」桂林，只能把其「愁心」寄託於「西斜月」，因為此「月」既照著桂林，也照著故鄉，同時亦照著作者嚮往的京都，可謂「千里共嬋娟」（蘇軾詞）也。

作者在這首歌行中以獨特的審美眼光，展開上天入地的神思，借活脫的形象、奇妙的比喻，描繪出桂林諸山鮮明壯美的特徵，並寄寓內心一種不平之氣，是一篇極具藝術個性的性靈詩。

富春至嚴陵山水甚佳（選一）

紀昀

【題解】富春江乃錢塘江從浙江桐廬到蕭山一段的別稱。嚴陵即富春山，因東漢嚴光（子陵）嘗隱居於此而得名。這一帶景色殊佳，向為人所稱道。詩人從杭州乘船，沿富春江至嚴陵，為天下獨絕的奇山異水所陶醉，並寫下七絕。

【作者】紀昀（西元一七二四－一八〇五年），字曉嵐，一字春帆，晚號石雲。直隸獻縣（今屬河北）人。乾隆進士，官至禮部尚書，協辦大學士，謚文達。曾任四庫全書館總纂官。著有筆記小說集《閱微草堂筆記》。亦工詩。今有校點本《紀曉嵐全集》。

沿江無數好山迎，才出杭州眼便明。兩岸濛濛空翠❶合，玻璃鏡裏一帆行。

【注釋】❶空翠　指山樹竹泉等朦朧的青翠之色。

【語譯】沿著富春江有秀麗的群山相迎，才出了杭州就覺得眼睛明亮起來。兩岸迷濛的青翠之色連成一片，在玻璃鏡上有一帆正在滑行。

【研析】此詩首句點題，寫船沿富春江航行，兩岸秀麗的群山好似東道主熱情地列隊相迎，彷彿具有性靈，使詩人倍感親切。這實際上抒寫詩人對兩岸青山的好感。次句虛寫離開杭州所見美景，從「眼便明」即主體感受角度寫風景之佳，使人覺得進入人間仙境一樣，眼界大開。後兩句乃承「眼便明」意實寫美景，一句寫「兩岸」，一句寫江中。兩岸蒙蒙空翠，「空翠」內涵甚寬廣，將青山碧泉翠竹綠樹在雲氣中的色彩盡囊括在內，它們連成一派，構成綠色世界，令人心曠神怡。江中則水平如鏡，船行江上，十分迅捷平穩，彷彿在玻璃上滑動，使人異常舒適，簡直是一種享受。此詩景致優美，而語言樸素，恰似中國水墨畫，淡中見色。

七里瀧

蔣士銓

【題　解】此詩作於乾隆十二年（西元一七四七年）。此年詩人由江西鉛山河口登舟，循浙江北上會試，此詩寫入浙後所見所感。七里瀧在浙江桐廬城西南富春山西，兩岸山巒夾錢塘江而立，水流湍急，連亙七里，故稱七里瀧。

七里嚴灘❶繞富春❷，壓篷青重❸亂山橫。桐江❹水似離心曲❺，一
片風帆萬艣聲❻。

【注　釋】❶嚴灘　即七里瀧，又名七里灘、七里瀨。因北岸富春山傳為東漢嚴光歸隱釣魚處而得名。❷富春

富春山。❸青重　指濃厚的山影。❹桐江　錢塘江自建德梅城至桐廬段的別稱。七里瀧即在桐江一段。❺離心曲　喻嘈雜的樂曲。❻艫聲　指櫓聲。艫，船尾。

【語　譯】七里嚴灘的急流圍繞著富春山，船篷上重壓的是亂山橫亙的影子。桐江好似演奏著一支嘈雜的樂曲，只看見一片風帆卻聽到萬櫓的聲響。

【研　析】此詩寫七里瀧風光有其獨到的審美發現與感受，堪稱別出心裁，迥不猶人。首句點題，寫七里瀧沿富春山而流之情狀，並引出「富春山」。次句乃寫富春山，但角度奇妙，借所乘船之船篷上的陰影來表現兩岸之「亂山橫」，既寫了山，又寫了船，一箭雙鵰。一「壓」字用得絕，寫出山的沉重，實亦作者心境的反映。第三、四句乃寫聽覺意象，桐江水的濤聲與江上航船不絕的「艫聲」相應和，嘈雜而不協調，恰似「離心曲」，既寫出水聲之低咽感，亦藉以表現詩人鬱塞煩亂之心緒。詩人在寫於同年的〈杭州〉詩有「一肩書劍殘冬路，猶檢寒衣索稅錢」之句，表現其作為「青衫舊」之窮書生的坎坷境遇，抒發懷才不遇的鬱塞磊砢之氣。這正是「離心曲」的內涵。因此全詩給人沉重壓抑之感，雖寫景而自具性情。

努灘　趙　翼

【題　解】努灘在貴州古州（今榕江）都江段。乾隆三十六年（西元一七七一年）作者由廣州出發，赴任貴州分巡貴兵備道，經廣西溯江而上至努灘，以此五律寫出努灘危磯險峻、壯美的景觀與自己行船的感受。

疊疊危磯❶矗，江心截流渦。千尋❷鏈交鎖，十萬劍橫磨。篙逆濤頭刺，舟穿石罅❸過。灘名應記取，努力慎風波。

【注釋】❶危磯　高聳的岩石。磯，一般指水邊岩石。❷尋　八尺為一尋。❸石罅　石縫。

【語譯】磯石重疊高高地矗立著，截住了江心的急流漩渦。堅固得好似千尋鐵鏈交鎖起來，峻峭如同十萬寶劍橫磨過一樣。長篙逆迎著浪頭猛刺，輕舟沿著石縫裡穿過。「努灘」命名應該牢記在心，努力搏進要小心風浪不測。

【研析】此詩開篇就突出江心危磯的峻峭形象：一寫其廣度，層層疊疊；一寫其高度，「危」而「矗」。這片危磯不是在江邊，而是矗立在「江心」，截住急流漩渦，這自然造成努灘行船的危險。頷聯則具體描寫江心危磯的特點：一是牢固，彷彿被千尋鐵鏈交鎖，任憑風吹浪擊，不可動搖；二是峻峭挺拔，如同磨得鋒利的寶劍直刺天空，激起浪濤，構成行船的障礙。因此頸聯寫行船的艱難與驚險。長篙逆著大浪須猛力刺入水中撐行，輕舟小心翼翼要穿過磯石縫隙前進，船隨時有浪吞石撞之虞。尾聯乃引出哲理，既行「努灘」，就應「努力慎風波」：一是拼力搏進，二是小心風浪。這不僅是指航程，亦指仕途，是詩人對自己的告誡。此詩意象雄奇，筆力遒勁，是一首陽剛壯美之作。

山行

姚鼐

【題解】這首七絕寫作者於春日之行所見農家風光，反映了忙碌的農事，以及對農村風光的熱愛。

布穀飛飛❶勸早耕，春鋤❷撲撲❸趁初晴。千層石樹通行路，一帶山田放水聲。

【注釋】❶飛飛　重言飛，形容布穀鳥輕快不停地飛。曹植〈野田黃雀行〉：「黃雀得飛飛。」❷春鋤　《爾雅》注為「白鷺也」。❸撲撲　白鷺振翅飛的樣子。

【語譯】布穀鳥飛來飛去在勸農夫早點春耕，趁著天剛放晴白鷺撲撲地振翅。層層石樹貫通著行路，綢帶似的山田傳來嘩嘩的放水聲。

【研析】此詩前兩句寫春日的禽鳥布穀與白鷺，描寫其「飛飛」、「撲撲」之形態，十分生動傳神，寫禽鳥乃因二者皆與農事相關。布穀飛來飛去是勸人春耕，「春鋤」白鷺又兼具「春鋤」之意，寫農人耕田。後兩句寫山景，石樹層層疊疊，顯示出蓬勃生機，而且貫通一條山路，作者正是沿山路而行。第三句點題，尾句寫聽到附近山田傳來的放水聲，暗示農人正在引水澆田，忙著耕種，詩即在嘩嘩水聲的音韻中結束。作者彷彿正駐足傾聽這山村「樂聲」。全詩文筆樸素，疊字運用巧妙，特別對仗工整，彷彿七律中間兩聯，具音韻之美，又不覺呆板。

望羅浮

翁方綱

【題解】羅浮，山名，在廣東省東江北岸，增城、博羅、河源諸縣間。山多洞壑飛瀑，道教稱為「第七洞天」，自古為粵中遊覽勝地。

【作者】翁方綱（西元一七三三—一八一八年），字正三，號覃溪，又號蘇齋。直隸大興（今屬北京）人。乾隆進士，官至內閣學士。翁氏潛心研究經術，長於考訂，亦精通書畫詞章。論詩倡導肌理說，詩作有以考據為詩之弊，亦不乏白描之什。有《復初齋文集》、《復初齋詩集》等。

只有濛濛意，人家與釣磯❶。寺門鐘乍起，樵客徑❷猶非❸。四百層泉落，三千丈翠飛。與誰參❹畫理？半面盡斜暉。

【注釋】❶釣磯　釣魚臺。❷樵客徑　打柴人的路。❸猶非　指小路辨不清。❹參　探究。

【語譯】遠望只見暮靄空濛濛的意境，近看是幾處人家與釣臺。山寺的鐘聲驀地飄出門外，羊腸小路已辨認不清。四百條山泉從雲天落下，三千丈瀑布似翠玉紛飛。此時與誰去探究繪畫的道理呢？半壁羅浮山塗抹著斜暉。

【研　析】這首五言律詩寫羅浮山，選取了遠望的空間角度，又是在黃昏的特定時間，因此寫來頗有特色，自出新意。詩首聯分別寫望羅浮山的遠景與近景。遠景寫羅浮山全貌，它籠罩在一片迷茫的暮靄之中，虛無縹緲；近景是山下幾處人家與釣魚臺，隱約可見。這一聯顯示出暮色中羅浮山朦朧靜謐的景致。頷聯承首聯意，繼續描寫羅浮黃昏景物的靜寂迷茫。前一句寫山上遠處寺院的晚鐘突然敲響，鐘聲餘音嫋嫋，益襯托出羅浮山的幽靜。後句寫山上樵夫砍柴的小路還分辨不清，因為那裡是霧氣繚繞。頸聯「四百層泉落，三千丈翠飛」，則轉向寫遠望羅浮山之泉水飛瀑，這更是羅浮山的奇觀。如果說前兩聯顯示羅浮陰柔之優美，那麼此聯則寫羅浮的陽剛之壯美，這樣就顯出羅浮多層次之美。前一句寫羅浮飛泉之多，羅浮山有峰巒四百餘座，峰峰有泉水跌落，故有「四百層泉落」這樣的壯觀；後一句寫飛泉之高，李白〈望廬山瀑布〉曾云「飛流直下三千尺」，亦甚誇張，此處云「三千丈」更是誇張之句。「翠飛」形容瀑布傾瀉，如翠玉飛濺，又可見瀑布的色彩美。這一聯意境壯闊，氣勢飛動。亦唯有「望羅浮」才能寫出羅浮飛泉廣度與高度的全景。詩的尾聯「與誰參畫理？半面盡斜暉」，又總寫羅浮的西半面被夕陽映照，這樣羅浮山就如同一幅畫卷被塗抹上一層金色斜暉，更加壯麗非凡。此時詩人獨自「望羅浮」，他遺憾的是不能把觀賞這幅天然圖畫的奧妙向人表述，以共享羅浮之美。這種心情同樣是含蓄地讚美羅浮之景觀。

作者是清代乾隆詩人，曾提倡「肌理說」，以學問考據為詩，詩中喜歡堆砌典故，被袁枚譏為「誤把抄書當作詩」（〈仿元遺山論詩絕句〉）。但這首五律卻無此弊，而純然是以白描手法描寫羅浮，形象亦較為鮮明，特別是頸聯更出色。此詩對翁方綱來說可算是難得之作。

雲溪競渡詞十二首（選一）

洪亮吉

【題　解】嘉慶六年（西元一八〇一年），作者從伊犁回到故鄉武進（今江蘇常州），五月端午家鄉雲溪河上舉辦賽龍舟活動，作者觀後寫下十二首詩。此詩為其中一首，描寫雨中雲溪競渡的熱烈場景，反映了江南的民俗風情，而作者緊張、興奮的心情亦洋溢字裡行間。

怒雷❶激電滿平川❷，艇子❸如風不及旋。齊向白雲尖上立，萬堆蠟屐❹雨聲圓❺。

【注　釋】❶怒雷　既寫龍舟競渡時的鑼鼓喧鬧聲，又指自然界雷雨。❷平川　廣闊平坦之地。❸艇子　一種輕快的小船。❹蠟屐　塗蠟的木板鞋。❺雨聲圓　指雨聲圓潤，通感手法。

【語　譯】雷電夾雜著鑼鼓聲震動了平川，小艇疾馳如風來不及回旋。健兒齊向溪中的白雲尖上挺立著，雨敲打著河岸萬堆木鞋聲韻清圓。

【研　析】此詩首句寫雲溪競渡時的激烈熱鬧情景。「怒雷激電」意思雙關，對照尾聯「雨聲」可知當時確實電閃雷鳴；但賽龍舟，船上岸上又都敲鑼擂鼓助威，因此亦比喻鑼鼓聲。雷聲加上鼓聲，響徹平川，更增添了競渡活動的豪壯熱烈氣氛。次句乃寫賽船拼命向前的情景，疾馳如風的比喻寫艇子行駛之速，一閃而過，要想回旋根本不可能，令人為之屏聲靜氣。第三句則寫參賽的健兒的英武風姿，由於雷雨大作，雲溪浪高，水中似乎映入天上白雲，則健兒們駕船行駛在浪尖上，即如同「白雲尖上立」一樣，叫人不能不為之喝彩。這句自然是誇飾而不是寫實，因為雨中溪上是否可見白雲還是個問題，要旨是這樣寫可表現健兒的英武丰采。尾句則推出一個「萬堆蠟屐」的空鏡頭，意境含蓄寧靜，此暗指比賽已結束，雲溪兩岸堆滿萬眾冒雨爭看競渡，而被擠丟的木板鞋，引起人的聯想。「萬堆」自然亦是誇張，「雨聲圓」又襯托出雲溪競渡後江南水鄉的溫馨的情調。洪亮吉論詩重「氣」，此「氣」兼指詩人的激情與作品的氣勢。此詩前三句皆充溢激情與氣勢，這又與尾句的陰柔相互映襯，剛柔相濟。

觀夜潮

吳錫麒

【題　解】此詩寫夜觀錢塘潮之所見所感。觀錢塘潮最好的地點是浙江海寧，最佳時期是農曆八月十七、十八。此詩作者乃在杭州錢塘江畔「高樓」（即六和塔）上觀潮，其氣勢雖不及海寧潮，但「觀夜潮」卻獨具特色，另有一番感受。

【作　者】吳錫麒（西元一七四六—一八一八年），字聖徵，號穀人。錢塘（今浙江杭州）人。乾隆四十年（西元一七七五年）進士，改庶吉士，授編修，官至國子監祭酒。後以親老乞養歸里。主講揚州、安定等書院。擅長駢文、散曲，亦工詩。有《有正味齋集》等。

高樓❶極目大江❷寬，為待潮生夜倚闌❸。隔岸忽沉燈數點，如山湧到雪千盤。魚龍❹卷地秋風壯，星斗搖天海氣寒。明月漸低聲已歇，一枝塔影臥微瀾。

【注釋】❶高樓　實指高塔，即杭州月輪山的六和塔。❷大江　指錢塘江。❸闌　欄杆。❹魚龍　魚和龍。

【語譯】高樓上遠望錢塘江很寬闊，為等潮生夜半還倚著欄杆。隔岸背景數點燈火忽然沉下去了，如山的潮頭湧來似白雪千團。魚龍翻騰掀起了秋風猛烈，星斗搖動水中天攪得海氣寒冷。待明月漸低潮聲亦漸消歇的時候，只見一枝塔影靜臥在細浪之間。

【研析】此詩首聯寫登樓候潮的情景。兩句乃倒裝，因自己夜晚倚欄等待夜潮到來，故放眼遠望，見月光下錢塘江茫茫一片，江面廣闊。秋夜本風寒露涼，但作者全然不顧，可見其對觀夜潮之嚮往。頷聯乃寫「潮生」時的景觀，寫得細緻而壯觀。前句「隔岸忽沉燈數點」，非親見者不能道，形象而真切，暗示由於夜潮已「生」，遠處江濤掀起，一下子遮住作者望「隔岸」的視線，於是隔岸燈火彷彿沉下江中消失了。後句則寫江潮湧到眼前，彷彿雪山驟然傾倒，白浪如雪團簇擁，比喻亦巧妙。頸聯又繼續描寫夜潮景觀。前句想像水中有魚龍翻騰，捲起洪波大潮，又嘯氣成風，十分猛烈，此寫夜潮之力；後句又想像映入江中的星斗，在水中天搖撼，已攪得夜潮寒氣逼人，此寫夜潮之氣。「星斗」點出「夜潮」，「寒」又與「雪」相應。此聯將「夜潮生」之景寫到了極致。

尾聯則以退潮收束全詩。「明月漸低」寫時間的流逝；「聲已歇」寫退潮，「已歇」之聲，又暗示潮生時之有聲威。「一枝塔影臥微瀾」，寫出潮退後江面之平靜，亦點明「高樓」即「塔」。「一枝」、「臥」皆見煉字之功。尾聯筆力柔和，與潮生時的筆力雄壯，造成對比，可見此詩剛柔相濟。全詩四聯皆景，以時間為序，層次井然；但景中含情，焦急、興奮、恬靜皆不言自明。

記四月一日風雨二絕句（選一）

黎　簡

【題　解】此詩寫初夏四月一日龍捲風降臨時令人驚心動魄的奇特景象，題材罕見，新人耳目。

東塘飛水過西塘，西塘盡魚❶飛上桑。村口船篷如亂鳥，隔江飛落打禾場。

【注　釋】❶盡魚　魚全都。

【語　譯】東塘池水飛過了西塘，西塘的游魚全都飛上了桑樹。村口江邊的船篷散亂如驚鳥，飛過江面落在了打禾場上。

【研　析】全詩重在寫龍捲風的巨大力量。首句寫風捲水，次句寫風捲魚，後兩句更匪夷所思，寫風捲船。作者同題另詩有注云：「甘竹灘下小舟，人方飲食，忽失杯匕，若病暈眩，即落橫江沙田上，舟不壞。」正可與「隔江飛落打禾場」相參照。此詩連用三「飛」字而不覺其重複，唯「飛」字方能顯示出龍捲風肆虐之淫威與破壞力：塘水飛，塘魚飛，甚至小舟亦飛，真乃罕聞之事。此詩亦暗寓作者對龍捲風破壞性的憂慮感。洪亮吉論作者詩「如怒猊飲澗，激電搜林」（《北江詩話》），比喻其詩之凌厲氣勢，此詩足以當之。

冬日過西湖（選一）

黃景仁

【題　解】此詩作於乾隆三十八年（西元一七七三年）冬日作者再遊杭州時，描寫出冬夜西湖的清幽意境及對西湖的深情。

湖上群山對酒尊❶，無山無我舊吟魂❷。不須剪紙招魂❸去，留伴梅花夜月痕❹。

【注　釋】❶酒尊　酒杯。尊，同「樽」。❷舊吟魂　舊日的詩魂。此指昔日吟詠西湖山水之詩情。❸剪紙招魂　杜甫〈彭衙行〉：「剪紙招我魂。」此指招回詩魂。❹月痕　月色。

【語　譯】西湖上舉杯邀請群山共飲，沒有一座青山沒有我往日的詩魂。不必剪紙招山中詩魂隨我歸去，姑且留它在西湖陪伴著梅花月痕。

【研　析】此詩首句寫西湖上泛舟，面對湖畔青山飲酒。在詩人筆下「群山」如同老友，可以共對酒樽，彷彿彼此相知相熟。次句由群山而聯想到自己屢遊杭州，多有吟詠，舊日詩魂已附麗於西湖山水，與西湖山水結為一體，因此今日更覺西湖山水之親切有情。後兩句乃承「吟魂」而抒懷：不須剪紙把詩魂招回去，就讓它留在西湖群山之間，陪伴這孤山梅花與平湖秋月。吳蔚光〈書仲則詩後〉稱黃景仁「千秋留逸氣，一往有深情」，此詩即表現對西湖青山、梅花、月色的一往深情。而此詩意境之清奇幽深，頗近唐人李賀，故管世銘〈追悼黃上舍〉曰：「才奇昌谷多鄰鬼，狂甚琅琊竟死情。」可謂知言。

太湖舟中

孫原湘

【題　解】此詩寫作者於蘇州太湖舟中所見太湖景觀，顯示出江南水鄉的風貌，並有獨特的審美發現。

只有天圍住，清光萬頃圓。四無雲障礙，一氣❶水澄鮮。日映鷺皆雪，風吹帆欲仙。蓮花波上立，知是莫釐❷顛。

【注　釋】❶一氣　一片。杜甫〈同諸公登慈恩寺塔〉：「俯視但一氣，焉能辨皇州？」❷莫釐　莫釐峰，即太湖洞庭東山，因隋將莫釐曾住此而得名。

【語　譯】只有青天罩住了太湖，萬頃波光清亮如大圓鏡。四方遼闊無雲障礙，一片澄澈湖水清鮮。太陽照著白鷺羽毛似雪，風吹著船帆飄飄欲飛去。似一朵蓮花波中挺立著，知道那是莫釐峰的峰顛。

【研　析】此詩前兩聯著眼於天與水寫太湖全景。首聯與頷聯之首句，皆寫作者於太湖舟中所見青天的形象與感受：「只有天圍住」，「四無雲障礙」，寫天空清朗無雲，天宇遼闊，彷彿把太湖籠罩、「圍住」一樣。首聯與頷聯的次句則皆寫太湖水：「清光萬頃圓」，「一氣水澄鮮」，一寫湖面廣闊，碧光萬頃，「圓」是作者獨特的感受，因太湖平靜無波，反映天光，彷彿碩大的圓鏡，有一種主觀與客觀相諧和之感；二寫太湖水澄澈無染，清新宜人，一「鮮」字亦感受獨到。頸聯、尾聯則選寫太湖中的典型風物，皆是近景：一是湖中飛翔的白鷺，在陽光照耀下，羽毛白似雪，十分亮麗；二是湖中船帆，在清風催動下輕快行駛，似乎飄飄欲仙，為寧靜的畫面增添了動感與生氣；三是寫莫釐峰，而以「蓮花波上立」作喻，化大為小，化靜為動，活潑有致。孫原湘屬性靈派詩人，此詩即不乏性靈詩的特色。

嘉定舟中（選一）

張問陶

【題　解】乾隆五十七年（西元一七九二年），作者自成都登舟水路返京，途至四川嘉定府（今四川樂山市）樂山，寫下兩首七絕。此其一，乃描寫在岷江船上所見樂山奇麗山水的佳作。

凌雲❶西岸古嘉州❷，江❸水潺湲❹抱郭❺流。綠影一堆漂不去，推船三面看烏尤❻。

【注釋】❶凌雲　山名。在樂山市岷江東岸。❷古嘉州　即嘉定府。此指其治所今四川樂山市。❸江　岷江。❹潺湲　水徐流貌。《九歌・湘夫人》：「觀流水兮潺湲。」❺郭　外城。此指樂山城郭。❻烏尤　山名。一名烏牛山。在凌雲山側，屹立水中。

【語譯】凌雲山西岸就是古嘉州，江水緩緩地環抱著城郭流淌。彷彿是一堆綠影漂不去，推引著小舟從三個方向來觀賞烏尤山。

【研析】此詩前兩句寫「古嘉州」即嘉定（今四川樂山市）依山臨水的地理形勢及奇麗壯美的地理環境。嘉定在岷江之西，東岸是凌雲山，此山有著名的樂山大佛，而岷江則繞著嘉定城郭流淌，「抱」字用得形象。後兩句則寫遠望江中烏尤山之奇美。第三句「綠影一堆漂不去」，以「綠影一堆」寫烏尤山之倒影，顯示山之綠，水之清，真似一幅水墨畫，極富神韻，「漂不去」顯示山之靜止凝固狀態，與江水之流動變化相映成趣。尾句則點出「綠影」乃烏尤山，而「推船三面看」，寫作者圍繞著烏尤山從不同角度觀賞山景，既寫出烏尤山的多種丰姿，更反映出作者看山的濃郁興趣。

夏日雜詩（選一）

陳文述

【題　解】此詩描寫作者於水鄉夏末之夜的所見所感，反映出夏秋之交江南水鄉的風情與氣候變化。

【作　者】陳文述（西元一七七一－一八四三年），字退庵，號雲伯。錢塘（今浙江杭州）人。嘉慶舉人，官江蘇江都縣知縣。初詩學西崑體，晚年轉為雅正。有《碧城仙館詩鈔》等。

水窗❶低傍畫欄❷開，枕簟❸蕭疏❹玉漏❺催。一夜雨聲驚到夢，萬荷葉上送秋來。

【注　釋】❶水窗　房屋臨水之窗。❷畫欄　雕花的欄杆。❸枕簟　枕席。❹蕭疏　原指凋零稀落。此指枕席疏落涼爽，適於夏日用。❺玉漏　華美的漏壺，以滴水計時。

【語　譯】臨水的小窗低傍著雕欄敞開，枕席涼爽宜人聽著玉漏聲入睡。一夜淅瀝雨聲驚醒了夢，覺得萬片荷葉把秋氣送來了。

【研　析】此詩首句寫江南民房臨水開窗的獨特景致：夏夜水窗低傍雕欄盡敞開，可汲取水上涼氣，沖淡暑熱。次句寫江南夏日臥具竹編枕席疏落涼爽，適合消暑，使人在玉漏聲中安然入睡。

第三句寫夢中聽到夜雨聲傳來，此雨乃綿綿細雨，故有「一夜」之長，而此「雨聲」，當是雨打居室附近池塘荷葉之聲，因此才有尾句「萬荷葉上送秋來」的聯想與感受。這一句並非次日清晨詩人漫步荷塘所見，而是半睡半醒時的感覺。此「一夜雨」預告著新秋即將降臨，酷暑已經過去。尾聯「到」、「送」皆將「雨」人格化，富有情趣。全詩語言淡雅，意境清幽，寫出詩人閒適的心境。

三湘棹歌・蒸湘

魏　源

【題　解】作者於詩題後自注云：「楚水入洞庭者三：曰蒸湘（引者按：即湘江），曰資湘（引者按：即資水），曰沅湘（引者按：即沅江），故有三湘之名。」又說：「予生長三湘（引者按：作者係湖南邵陽人，資湘流經其故鄉），溯洄雲水，爰為棹歌（引者按：即船歌）三章……寄湖山鄉國之思。」此詩為其中第一章，是描寫湘江之水的，意境清新綺麗，堪稱詩中有畫。詩中的湘水又融入作者對故鄉秀麗山川的讚美之情，兼寓欲改造湘江水力資源之意。

溪山雨後湘煙❶起，楊柳愁殺鷺鷥喜。棹歌一聲天地綠，回首浯溪已十里❷。雨前方恨湘水平，雨後又嫌湘水奔。濃如酒更碧如雲，尉不

能平剪不分。水復山重❸行未盡，壓來七十二峰❹影。篙篙打碎碧玉屏，
家家汲得桃花井❺。

【注　釋】❶湘煙　指湘江的水氣雲霧。❷棹歌一聲天地綠二句　從唐人柳宗元〈漁翁〉「欸乃一聲山水綠，回看天際下中流」二句化出。浯溪，湘江的支流，源出祁陽縣松山。❸水復山重　指湘江兩岸山巒重疊，支流眾多。借用宋人陸游〈遊山西村〉「山重水復疑無路」中語。❹七十二峰　指衡山的祝融、天柱、回雁等七十二峰。❺桃花井　指流入湘江桃花汛的水井。

【語　譯】雨後山溪瀉入湘江雲霧升起來，楊柳淋雨愁苦而鷺鷗戲水喜歡。唱一聲船歌湘江映得天地都變綠了，回頭一望浯溪已拋出十餘里地。雨前才恨湘水平緩沒有活力，雨後又嫌湘水湍急好似馬奔。湘水醇美如酒又青碧似雲，水波似羅緞熨不平又剪不開。山巒重疊支流紛紜航程遙遠，撲面壓來衡山七十二峰的倒影。篙篙打碎好似碧玉屏風的群峰倒影，家家都能汲來井中的湘江桃花汛。

【研　析】此詩特地選取雨後水勢猛漲時的湘江展開描繪，就更能顯示湘水充盈之美及其水力資源豐厚的特點。為此詩人落筆即云「溪山雨後湘煙起」，這是描寫山溪水漲注入湘江，使湘江顯出煙波浩蕩、水氣迷濛之狀。「楊柳愁殺鷺鷗喜」一句出人意料，可謂「詩有別趣，非關理也」（嚴羽《滄浪詩話》）。作者把禽木人格化了，顯得很有情趣。「楊柳愁殺」是因為淋雨過於濕重，而難以輕揚作婀娜之狀；「鷺鷗喜」是因為水勢豐盈，更便於嬉水作樂。「愁」是對「喜」的反襯，「喜」

則是詩人感情的曲折表現而移之於「鷺鷗」，即喜見湘江水力資源之豐富。「棹歌一聲天地綠，回首浯溪已十里」是寫雨後湘江水滿，不僅映得天地皆一片青綠，春意更濃；而且船行似箭，彷彿一聲船歌的瞬間已飄出十里之遠。前一句又給人以是一聲船歌唱出了綠色天地的奇妙美感，詩意分外濃郁。

如果說上面幾句詩基本上是間接寫湘江之水，那麼下面的詩句則轉入直接抒寫對湘江之水的審美感受。「雨前方恨湘水平，雨後又嫌湘水奔」，這兩句寫湘水雨前與雨後變化之大，但詩人遺憾其無雨時水量不足，降雨後水量過大，這其中含有湘江之水利有必要改造的意思。湘水在詩人眼中主要是作為審美對象來觀照的，因此詩人筆鋒飽蘸彩墨描繪其綺麗多彩的審美特徵：「濃如酒更碧如雲」，形容湘水水質醇美、水色清碧，採用明喻手法，別致不俗；「熨不能平剪不分」，描繪湘水波濤起伏、渾然浩蕩，採用借喻手法，奇妙新穎，把水當做綢緞，故可「熨」可「剪」。這兩句寫盡湘水本身的多樣美。湘水之美還借助於山，當一路行舟山水相映，更見湘江風光之旖旎：「水復山重行未盡，壓來七十二峰影。」「水復山重」一句較平，接下一句則奇極：「壓來七十二峰影」，意境空闊，宛若丹青妙手渲染出的一幅水墨畫。「峰影」曰「壓」很奇警。因雨後「湘水奔」，故惟用「壓」字才能顯示峰影的凝重之感，亦增添了湘水青碧如墨的色彩感。最後兩句更寫得神思飛越，意味雋永。「篙篙打碎碧玉屏」句寫船在七十二峰側行進的情景。「碧玉屏」喻秀麗的「七十二峰影」，因倒映在水中故可「打碎」，此景可謂奇絕！而「家家汲得桃花井」的千家萬戶該飲而陶醉了！詩人熱愛故鄉山水不僅在於其秀麗，而且在於其哺育了故鄉人民，從而使詩的思想境界得到昇華。

此詩為七古體，寫來十分自由。其一十二句四句一換韻，結構的轉化也很大，跡近於憑意識流動來運筆。比喻之新穎奇妙更增添了湘水之美。

秋日漫興

沈瑾學

【題　解】這是一幅江南農村的民俗畫，寫出秋日蘇州鄉村的生趣與鄉趣，以及作者閒適自得的心境。

【作　者】沈瑾學（西元一七九九—一八四七年），字詩華，一字秋卿，人稱沈四山人。元和（今江蘇蘇州）人。畢生務農，鄙薄科舉。有《沈四山人詩集》。

小小一村三十家，家家結個竹籬笆。田角綠擎芋頭葉，豆棚黃上絲瓜花。老牛雖瘦不偷力❶，濁酒譬無聊免賒。最是網船❷相識熟，尋常買得賤魚蝦。

【注　釋】❶偷力　偷懶省力。❷網船　捕魚的船。

【語　譯】小小村莊有三十來戶人家，家家戶戶的屋前編結著竹籬笆。田角的芋頭舉著綠葉，豆棚的絲瓜開滿黃花。老牛雖瘦弱卻不肯偷懶，家酒清薄可免去欠賒。更有打漁的朋友彼此相熟，幾個銅板就買來賤價的魚蝦。

【研　析】此詩首聯是秋日鄉村的全景，小小村莊三十來戶人家，家家屋前編著竹籬，顯得恬靜和諧，具有農家的生活特色。頷聯則寫籬笆內的局部小景：田角的芋頭綠葉，豆棚上的絲瓜黃花，黃綠相映，色彩豔麗，亦是典型的農家小院風情。而一「犖」一「上」，又化靜為動，活潑有趣。頸聯則轉寫秋日的牛與人，牛雖老而勉力耕田，人雖窮而安貧樂道，寫出農村自給自足的經濟生活以及作者知足常樂的心態。尾聯乃補足鄉居生活的樂趣，作者與漁民關係融洽，可賤價買來魚蝦下酒，更顯出其心滿意足的生活樂趣。此詩前六句寫景，後兩句記事，純然白描，語言淳樸如話，散發著濃郁的鄉土氣息。詩人善於多角度描繪江南農村的風土人情，這與作者畢生躬耕自然分不開。

山　雨

何紹基

【題　解】道光二十四年五月，作者赴貴州任鄉試主考官，途中遇山雨而有此詩，描寫貴州山區的獨特風光。

【作　者】何紹基（西元一七九九—一八七三年），字子貞，號東洲，晚號蝯叟。道州（今湖南道縣）人。道光十六年（西元一八三六年）進士，選庶吉士，授編修，出任四川學政。後因言事得罪歸。主山東、湖南、浙江等地書院講席。通經史小學，詩宗蘇軾、黃庭堅，為晚清宋詩派重要作家。詩題材不廣。有《東洲草堂詩集》、《東洲草堂文鈔》。

短笠團團避樹枝，初涼天氣野行宜。谿❶雲到處自相聚，山雨忽來人不知。馬上衣巾任沾濕，村邊瓜豆也離披❷。新晴放盡峰巒出，萬瀑齊飛又一奇。

【注釋】❶谿　山谷。❷離披　紛亂。

【語譯】短笠圓圓的避開了野樹枝條，初涼天氣遊山非常適宜。谷雲到處飄浮自會相聚，山雨忽來遊人難以預知。馬上衣巾任憑雨水沾濕了，村邊的瓜豆亦枝葉紛亂。雲消霧散峰巒都露了面，萬瀑齊飛又是一個奇觀。

【研析】此詩首聯寫山行情景，這裡林密山高。因為林密，所以人頭戴圓斗笠，又高騎馬上，要時時躲避頭上樹枝；因為山高，所以雖盛夏而仍覺天氣涼爽宜人。頷聯寫雲雨：山谷水氣升騰飄浮，時時匯成雲團；而夏日山雨突然而來，倏然而去，令人無法預測其蹤跡。此聯寫出夏日山中雲雨奇幻多變的特徵，十分形象。頸聯乃寫作者的心態：「馬上衣巾任沾濕」，山雨濕了作者的衣巾，但他毫不在意，任隨自然，泰然處之，頗有蘇軾「一蓑風雨任平生」（〈定風波〉）之意；而「村邊瓜豆也離披」，又以紛亂橫陳的瓜豆作陪襯，彼此雨中情態皆不甚雅觀，可相映成趣。這又表現了詩人幽默豁達的個性。尾聯寫雨止後的山景：雲霧散後，峰巒露出，雨後山色青翠欲滴，陽光一照，更顯秀麗，而雨水化作萬道瀑布從山上瀉下，更是壯美之極，堪稱「一奇」。「又」字是相對「新晴放盡峰巒出」而言，故尾聯實寫「兩奇」。此詩結構頗有特色，四聯詩句奇聯寫人，偶聯寫景，寫人重在寫感受心態，寫景重在寫變化莫測。景變而人生態度不變。

十一月十四日夜發南昌月江舟行

陳三立

【題　解】作者於光緒二十九年（西元一九〇三年）農曆十一月十四日夜，從江西南昌畔贛江乘舟赴南京。此詩就描寫舟行於月夜寒江時所見的景色。

露氣如微蟲，波勢如臥牛。明月如繭素❶，裹我江上舟。

【注　釋】❶繭素　白色的繭絲絹。

【語　譯】露氣浮動就像小蟲子，波浪起伏如同臥牛。月光好似繭絲絹，團團裹住我江上的小船。

【研　析】此詩寫露氣，寫波勢，寫月光，皆有獨特的審美感受與高超的表達技巧，巧譬奇喻，妙語如珠，堪稱絕唱。詩第一句「露氣如微蟲」，寫冬夜江上之露氣好像微小蟲子，把無生命的「露氣」比喻為活動的「微蟲」，可謂獨出心裁，奇特別致。這個比喻寫出「露氣」的浮動感，也寫出沾在肌膚上有一種如微蟲爬動的癢絲絲的觸覺，作者的感受相當細膩。這是寫江上空間景象。第二句「波勢如臥牛」仍是比喻，寫江中波濤好像一頭頭伏臥的水牛，生動地表現出「波勢」的巨大和起伏之狀。「微蟲」與「臥牛」一小一大，相映成趣。「明月如繭素」是又一奇喻，這句實際是寫月光好像繭絲絹，顯示出月光的皎潔又帶點朦朧的美。作者所乘的「江上舟」此刻正沐浴在月光之中。但詩人卻獨具匠心，以「裹我江上舟」言之，其中一「裹」字用得極妙，它從「繭素」這一喻象中生發而出，形成了意象疊加。船被「繭素」四周包裹起來，那麼「江上舟」亦顯得朦朧皎潔了。作者簡直是在如夢如幻的境界中航行，享受到贛江月夜航行的奇特的美。

在歷代寫月夜山水的作品中像這首詩這樣連用三個排比句式的比喻，又用得如此新穎而不落窠臼，誠屬罕見。所以近代詩論家狄葆賢評此詩說：「奇語突兀，二十字抵人千百。」此譽毫不過分。

潼關

譚嗣同

【題解】此詩為光緒八年（西元一八八二年）春，作者自家鄉湖南赴甘肅探父，途經陝西潼關所作。潼關在潼關縣北，地處陝西、山西、河南三省要衝，潼關建山坡上，下臨黃河。作者時十七歲，氣雄志高。此詩既寫出潼關的壯美之景，亦抒發了愛國激情。

終古❶高雲簇❷此城，秋風吹散馬蹄聲。河❸流大野猶嫌束❹，山❺入潼關不解❻平。

【注釋】❶終古　久遠。❷簇　聚集。❸河　黃河。❹束　拘束；不舒展。❺山　華山。❻解　懂得。

【語譯】千古的高雲籠罩著潼關城，秋風吹散了古今的馬蹄聲。黃河流入曠野猶嫌舒展不開，華山入關後只知高峻不懂平坦。

【研析】此詩首句點出潼關，而寫其雄矗半山、居高臨下的險峻之勢，以「終古高雲」籠罩之來襯托。雲而曰「終古」，則不僅寫出關城之空間感，又寫出其深沉的歷史感，使人聯想到這古來兵家必爭之地的滄桑歲月。次句寫馳馬來到關前，秋風蕭瑟，吹散了馬蹄聲，這亦含有歷代征伐的戰馬之蹄聲均被吹散之意，同樣是古今貫通。後兩句乃寫自己登上關城之所見壯闊景象：北望黃河流經曠野，無所羈勒，似乎曠野仍無法容納其水勢，而覺空間狹窄；南望華山高峻峭拔，似乎入了潼關就只知高聳而不知平川為何物。一是要沖決一切束縛，二是要「出人頭地」，河與山被人格化，因為其中寄寓了青年詩人改造舊世界的雄心壯志。全詩意境闊大，筆力雄放，激情澎湃，正所謂「拔起千仞，高唱入雲」（〈致劉松芙書二〉）。

九、邊塞・異域

塞下曲（選一）

顧炎武

【題解】此詩作於順治四年（西元一六四七年），距明亡已是第四個年頭。詩用古樂府題，借追悼明邊塞戍邊將士之題材，暗寓復國無望的悲痛。

趙信城❶邊雪化塵，紇乾山❷下雀呼春。即今三月鶯花❸滿，長作江南夢裏人❹。

【注釋】❶趙信城　古城名，在匈奴境內。地處今蒙古高原杭愛山一帶。據《史記・匈奴列傳》裴駰《集解》：漢翕侯趙信出兵不利，降匈奴。匈奴築城居之。是為趙信城。❷紇乾山　今稱紇真山，在山西大同東。❸三月鶯花　丘遲〈與陳伯之書〉：「暮春三月，江南草長，雜花生樹，群鶯亂飛。」❹夢裏人　指實際已不在的人，即屍骨。陳陶〈隴西行〉：「可憐無定河邊骨，猶是春閨夢裏人。」

【語　譯】趙信城邊的積雪消融化出塵土，紇乾山下的鳥雀啼鳴呼喚著陽春。而今已是三月鶯飛花滿樹的時節，戍卒已永遠成為江南春閨夢裡的人。

【研　析】此詩上聯寫邊塞冬去春來的景象，積雪消融，裸露出大片黑黝黝的土地，鳥禽婉轉地唱著歌，歡呼著春天的降臨。感情基調似乎比較歡快，但其目的在於反襯下聯所抒寫的悲哀。下聯乃寫戍邊將士的命運，時間又流逝了一年，在這江南三月春光明媚的日子，戍卒本該返回家鄉，而家鄉的妻子自然如王昌齡筆下的「閨中少婦」一樣，「忽見陌頭楊柳色」（〈閨怨〉）而思念丈夫，渴望其回鄉，卻不知這些戍邊將士已經如陳陶〈隴西行〉中所寫的那樣，化作了「無定河邊骨」，長作「春閨夢裏人」，即戰死邊塞、長眠塞外了。尾句有人認為是寫將士做夢回江南，大謬不然。此詩還有其象徵意義，那「夢裏人」亦是故國的化身，它已經永遠的滅亡了，令作者悲愴之極。此詩化用唐詩意境，蘊藉含蓄，賦予了深刻的亡國之痛。

觀獵

朱彝尊

【題　解】此詩作於康熙四年（西元一六六五年），時作者在晉北壯遊，一日看到邊塞圍獵的精彩場面，乃寫此詩。

白狼堆❶近雪嵯峨❷，風卷黃雲入塞❸多。盡道打圍❹春更好，夕陽飛騎兔毛河❺。

【注　釋】❶白狼堆　在山西北部應縣西北。❷雪嵯峨　指雪堆因地形高而顯得高峻。❸塞　邊塞。❹打圍　打獵。❺兔毛河　在晉西北右玉、左雲縣境。亦在應縣西北。

【語　譯】走近白狼堆見到積雪聳立在高坡上，狂風裹捲起黃雲落入邊塞。都說春天打獵遠比冬季更好，夕陽下飛騎追到了兔毛河。

【研　析】此詩前兩句乃著意描寫邊塞春天的風光，亦是勾勒圍獵的地理環境。此時雖說是「春」日，但白狼堆一帶仍「雪嵯峨」，山上積雪尚未消融，透出料峭春寒，顯得冷寂；而狂風席捲起黃沙，變作迷濛的黃雲落下，又見邊塞之荒涼。環境雖然惡劣，但透出一種荒漠崇高之美。在這樣的時空環境圍獵，更顯出獵手的陽剛之氣。後兩句乃推出圍獵的場面，第三句點出「打圍春更好」，作為過渡；然後以夕陽、飛騎飛兔毛河一組意象生動精煉地構成圍獵的動人情景，堪稱「塞北圍獵圖」。「夕陽」點出傍晚時分，「飛騎」寫獵手追捕獵物的矯健英姿，「兔毛河」寫出圍獵地點，實指白狼堆至兔毛河一片廣闊的荒野。此詩無一字直接寫健兒本身，但健兒的風貌卻彷彿可見，而作者驚訝、讚嘆之意盡在不言中。

塞上曲（選一）

屈大均

【題　解】順治十五年（西元一六五八年）作者曾有塞北之行，意在聯絡抗清義士。〈塞上曲〉二首即寫於此時。這裡選其一首，乃描寫塞北太行山磅礴險峻的壯美形勢，並抒發易代的感慨。

太行❶天下脊，萬里翠微❷寒。日月相摩蕩，龍蛇此鬱盤❸。雲橫三晉❹暗，水落九河❺乾。亙古❻飛狐❼險，憑誰封一丸❽？

【注　釋】❶太行　太行山。綿亙今山西、河南、河北三界。❷翠微　指山色青翠。❸鬱盤　迂迴盤踞。❹三晉　春秋戰國時趙、魏、韓瓜分晉國為三晉，指今山西及河北、河南部分地區。❺九河　古代黃河自河南孟津向北流，分為眾多支流，統稱九河。❻亙古　自古以來。❼飛狐　飛狐口。在今河北蔚縣東南六七里，太行八陘之一。❽封一丸　用《後漢書・隗囂傳》典：東漢隗囂的部將王元勸隗反叛，曰：「元請以一丸泥，為大王東封函谷關。」此指以少數兵力足以守住飛狐口，阻擋敵人入侵。

【語　譯】太行山樹起了天下的脊梁，萬里峰巒青翠山色清寒。紅日與皎月交替升降映照著峰頂，似有大龍長蛇在這裡盤踞。烏雲橫佈三晉大地都變得昏暗，水勢跌落九河支流都要乾枯。自古以來飛狐關口為天險，如今靠誰率領精兵扼守險關？

【研　析】此詩首聯點出太行山，寫其整體風貌，筆力雄渾，境界壯闊。前句寫太行山之高峻堅固，彷彿中華國土的脊梁。但「天下脊」之喻不僅寫其外形雄壯，亦寫出其地勢的重要。後句寫其範圍寬廣，橫亙萬里，山色青翠，「寒」字又點出所寫乃秋天的太行山。接下兩聯乃從不同角度渲染太行山之壯美。頷聯前句承首聯前句，寫日月摩蕩著太行山峰降落，是直接寫山之巍峨；後句承首聯後句，寫山脈蜿蜒起伏，如青色的龍蛇迂迴盤踞，間接寫其鬱鬱蒼蒼，寒氣逼人。頸聯又寫地勢對周圍環境的影響：太行之雲一旦升起，整個三晉地區就不見陽光；而太行山水勢一下降，那麼黃河下游的支流亦乾枯。這皆可見太行作為「天下脊」之重要。尾聯寫太行山之飛狐關口，它本為天險，一夫當關，萬夫莫開，可以擋住來犯之敵。此與首句「天下脊」亦相應。但是由於沒有精兵良將扼守，因此竟擋不住清兵之南下，不由得感嘆：有誰能守住這天險呢？有天險而無良將仍不能卻敵，更無法復國。此感嘆當與聯絡義兵未成有關。此詩寫景視野深廣，想像奇特，意境宏大，而且寓意深刻，是邊塞詩之力作。

夜行

吳兆騫

【題　解】順治年間作者因科場案流放寧古塔（今黑龍江寧安）二十餘年，此詩即描寫流放時期春日夜行所見關外風光，兼抒思鄉之情。

【作　者】吳兆騫（西元一六三一－一六八四年），字漢槎。吳江（今屬江蘇）人。順治十四年（西元一六五七年）舉人。因科場案流放寧古塔達二十餘年，後經納蘭明珠營救，終得放還，其流放後詩作描寫塞外風光，詩風豪放。有《秋笳集》。

驚沙莽莽颯❶風飆❷，赤燒❸連天夜氣❹遙。雪嶺三更人尚獵，冰河四月凍初消。客❺同屬國思傳雁❻，地是陰山❼學射鵰。忽憶吳趨❽歌吹地，楊花樓閣玉驄❾驕。

【注釋】❶颯　形容風聲。宋玉〈風賦〉：「有風颯然而至。」❷風飆　狂風。❸赤燒　指晚霞紅似火燒。李端〈茂陵山行〉：「古道狂風落，平蕪赤燒生。」❹夜氣　指春夜寒氣。❺客　作者自稱，流放異鄉故稱。❻屬國思傳雁　指漢代蘇武。他出使匈奴被扣十九年。後借雁足傳書，才得以回國。任典屬國。❼陰山　在內蒙古中部。❽吳趨　吳門，吳地，蘇州一帶。作者故鄉在江蘇吳江。❾玉驄　白馬。

【語譯】驚沙鋪天蓋地，狂風肆虐呼號，晚霞似火燒得春夜都不見寒氣。雪山三更時分還有健兒在捕獵，冰河四月份堅冰才消融。謫客如同蘇武渴望著雁傳書，陰山邊地正好練習射大鵰。忽憶江南此時已是歌舞之地，酒樓飛飄著楊花，可騎上白馬去郊外踏青了。

【研析】此詩首聯一開篇即點題，描寫關外夜行所見荒莽的景象，一是驚沙狂風，一是晚霞似火，雖然環境惡劣，景象荒涼，但卻壯觀有氣勢，特別是「赤燒連天」增添了暖色。頷聯又著重突出所見乃荒原春景，而獨具特色；群山積雪未消，但畢竟不是數九寒冬，所以半夜三更還有人借著月色捕獵禽獸；冰河到了四月，堅冰才開始解凍，又顯示關外春色來得遲，春寒仍很重。作者就是在這樣荒涼嚴寒的天地裡生活，熬過了一年又一年。頸聯即寫自己異地生活的心情與態度。作為流放邊塞的他鄉客，不能不想起西漢時囚居匈奴的蘇武，自己與他身分雖不同，希望也有大雁為他向朝廷傳遞書信，早日赦歸的心願則相同。關外雖苦，但流放之命運已定，亦只能既來之則安之，且入鄉隨俗，不妨在邊地學學騎射，又可見作者之曠達堅強。儘管如此，思鄉之情終難消泯，尤其到了春天，更加懷念家鄉江南吳江一帶人們跳舞唱歌，踏青春遊的生活，那裡的綠水青山與這裡的狂風冰雪適成強烈對比。此詩寫關外風光壯闊荒涼，並不淒清冷寂，寫懷念故鄉，但並不悲哀。這與關外的風雪磨練和詩人堅強的性格、豪邁的胸襟密切相關。

青銅峽

嚴禹沛

【題　解】青銅峽是黃河上游的峽谷，在今寧夏青銅境內。這首詩題為青銅峽，實際上著筆處是流經青銅峽口的黃河之水。意境闊大，筆力雄健，壯麗的景觀中寓有詩人深沉的感嘆。

【作　者】嚴禹沛（生卒年不詳），字武遷。常州（今屬江蘇）人。康熙五十四年（西元一七一五年）進士，官中衛知縣。有《西圃草堂詩集》。

青銅峽口過輕舟，百八亭亭塔影浮❶。奇絕兩山中擘❷處，黃河千古自東流。

【注釋】❶百八亭亭塔影浮 作者原注稱青銅峽兩山「上有古塔一百八座」。亭亭，聳立貌。❷擘 剖開。

【語譯】青銅峽口駛過了一艘艘輕快的小船，一百零八座亭亭古塔的倒影浮現在河中。最奇絕的是兩山中間剖開之處，一條黃河千古以來自是向東流淌著。

【研析】此詩首句中「青銅峽口」四字點題，明確點出詩人吟詠的山水所在；「過輕舟」先寫峽口水流之急，它使人自然聯想起李白〈早發白帝城〉詩：「兩岸猿聲啼不住，輕舟已過萬重山。」那是寫長江三峽一帶水流似箭，而有船行輕快之感。青銅峽口同樣水流甚急，但詩人也不明言，而以船顯得輕快襯托之，就顯得形象生動。這句是寫青銅峽口水流的動態美。第二句「百八亭亭塔影浮」，是進而寫峽口水面之清（此處是黃河的上游）。青銅峽兩山「上有古塔一百八座」。此詩的鏡頭始終對準峽口水流，並未仰視山上，所以只見水中有一百零八座亭亭聳立的古塔之倒影。「塔影」使峽口顯得豐富多姿，平添了多少美感！它們本是靜態的，但因為水在流動，又具有了「浮」的動態感。這句詩的畫面中的「塔影」，又可啟發讀者聯想到畫面外的山上古塔，二者相映，使意境顯得壯闊，富於立體的感覺。詩的前兩句無一字寫水，更未點出什麼水流經峽口，是暗寫青銅峽口的黃河，甚為含蓄有致。它們好像是一臺戲的開場鑼鼓，在為主角出場亮相作鋪墊渲染。後兩句則點明主角「黃河」。「奇絕兩山中擘處」，這是為主角提供的舞臺，又是回應了第一句中的「青銅峽口」。青銅峽明明是「兩山相夾，黃河經其中」（作者詩題自注），但詩人卻故意說是山被誰從中「擘」即剖開的，一個「擘」字有千鈞之力，亦顯示出青銅峽的「奇絕」之處。正是在這「奇絕」的舞臺上，詩的主角公開出場了：「黃河千古自東流」！它顯得氣勢磅礴，又發人深思。

黃河千古自是東流到海，這是任何力量與障礙都無法改變的前進方向。結句足以引發讀者歷史與哲理的遐思。

黎峨道中（選一）

查慎行

【題解】康熙十八年（西元一六七九年）作者從軍雲南。在由黎州（治所在今雲南華寧）至峨山縣途中目睹仡佬族風情乃寫下此詩。

青紅顏色裹頭妝，尺布縫裙❶稱❷膝長。仡佬打牙❸初嫁女，花苗❹跳月❺便隨郎❻。

【注釋】❶裙　指桶裙，以一幅布橫圍腰間。❷稱　適合。❸仡佬打牙　打牙仡佬。中國少數民族之一，散居貴州、廣西及雲南諸省。舊分花仡佬、紅仡佬、打牙仡佬等。❹花苗　少數民族苗族。❺跳月　中國西南苗、彝等族一種風俗。每年暮春時未婚男女，於月夜盡情跳舞，謂之跳月。男女相愛者通過跳月可結為夫妻。❻便隨郎　就相中了情郎，私訂了終身。

【語譯】青紅的彩巾包裹著頭髮，身穿尺布的桶裙正好齊膝長。打牙仡佬剛嫁了閨女，花苗跳月時就已與情郎私訂了終身。

【研　析】詩前兩句描摹仡佬族新娘的俏麗妝束，頭包青紅顏色彩巾，身穿齊膝桶裙，極富民族特色。第三句乃點明姑娘的身分，是打牙仡佬剛出嫁的新娘，第四句則富有調侃意味，她在「跳月」時定已相中了情郎，反映少數民族婚戀自由的風俗。詩題材新鮮，語言樸素，採用白描手法，寫人十分形象傳神。詩散發著西南邊區人民濃郁的生活氣息。

塞垣卻寄（選一）

納蘭性德

【題　解】此詩乃作者於「塞垣」即邊塞城牆上吟成的七絕，「卻寄」即再寄，「寄」有寄情抒懷之意。詩描寫邊塞山高天寒的地理氣候，並抒發了男子漢的陽剛之氣。

【作　者】納蘭性德（西元一六五一—一六八五年），初名成德，字容若。滿洲正黃旗人。宰相明珠之子。幼年即習騎射，稍長工文翰。受業徐乾學之門。康熙十四年（西元一六七五年）進士，授一等侍衛。曾奉使塞外。納蘭性德乃著名詞人，有《飲水》、《側帽》二集，清新雋秀。亦工詩，感情細膩。有《通志堂集》等。

絕塞❶山高次第❷登，陰崖❸時見來年冰。還將妙寫簪花❹手，卻❺
向雕鞍❻試臂鷹❼。

【注釋】❶絕塞　原指極遠的邊塞。馬戴〈贈友人邊遊回〉：「遊子新從絕塞回。」此當指「塞垣」。❷次第　依次。指沿石梯逐級登上。❸陰崖　曬不到太陽的山崖北側。❹簪花　字體之一，其字跡娟秀，猶如美女簪（插戴）花。《牡丹亭・閨塾》：「是衛夫人傳下美女簪花之格。」❺卻　再。❻雕鞍　用彩畫裝飾的馬鞍。晁以道〈西池唱和〉：「柳外雕鞍公子醉，水邊紈扇麗人行。」❼臂鷹　用胳膊架鷹去打獵。《後漢書・梁冀傳》：「……又好臂鷹走狗。」

【語　譯】關塞的山高峻只能逐級朝上攀登，山崖北側時見來年不化的堅冰。還要以書寫簪花格的文士手，再騎馬架鷹去打獵。

【研　析】此詩首句寫作者攀登高山的關塞，「次第登」寫出逐級攀登之狀，顯示山高不可一步登天；次句寫登山途中時時看見北崖「來年冰」，「來年冰」暗示山高天寒，冰雪多年不化。在這樣的背景下，後兩句乃推出抒情主人公的形象，主人公為這絕塞風光激起豪情。據韓菼〈進士一等侍衛納蘭君神道碑〉，納蘭氏「工書，妙得拔鐙法，臨摹飛動」，此即「妙寫簪花手」之謂也。他更工詩擅詞，又「善騎射，自在環衛，益便習，發無不中」（徐乾學〈通議大夫一等侍衛進士納蘭君墓誌銘〉），可見他文武雙全。「還將妙寫簪花手，卻向雕鞍試臂鷹」，正是能文能武的詩人的「自我寫照」。此詩一掃作者詩詞哀婉之主體風格，而充溢宏放之氣，儼然橫槊賦詩，令人感佩。

曲峪鎮遠眺

嚴遂成

【題　解】曲峪鎮在今山西河曲，北靠內蒙，西傍陝西，地處邊塞。此詩即描寫作者於曲峪鎮遠眺所見塞外秋景，雖蕭殺荒涼，但境界壯闊，充溢著朔方的崇高美。

【作　者】嚴遂成（西元一六九四－？年），字崧瞻，一作崧占，又字海珊。烏程（今浙江湖州）人。雍正二年（西元一七二四年）進士，官嵩明州知州。善詩，詠史詩尤工。後人以之與厲鶚、錢載、王又曾、袁枚、吳錫麒為「浙西六家」。有《海珊詩鈔》等。

地近邊秋殺氣❶生，朔風❷獵獵❸馬悲鳴。雕盤大漠寒無影，冰裂長河夜有聲。白草❹衰如征髮❺短，黃沙積與陣雲❻平。洗兵❼一雨紅燈濕，羊角魷魚堠火明❽。

【注　釋】❶殺氣　既指秋天的肅殺之氣，亦指戰爭的殺戮之氣。詩原注：「時西陲方用兵。」❷朔風　北方的寒風。❸獵獵　形容風聲。❹白草　關外一種草，枯後變白。❺征髮　征人的頭髮。❻陣雲　形容雲層堆積排列如兵陣。❼洗兵　指出兵遇雨。梁簡文帝〈隴西行〉：「洗兵逢驟雨，送陣出黃雲。」❽羊角魷魚堠火明　詩原注：「前明邊堠，掛紅燈其上，以魷魚皮為之，膠以羊角，雨濕不壞。」魷魚，即魚頭骨皮。魷，原意為魚的頭骨。堠，古代瞭望敵情的土堡。

【語　譯】地近邊陲的寒秋充滿了肅殺之氣，北風獵獵地吹，戰馬悲鳴。大鵰盤旋，沙漠冷寂沒有投影，長河冰凍，黑夜迸發碎裂之聲。白草衰敗就如征人的短髮，黃沙堆積好似與陣雲齊平。出兵遇雨紅燈濕淋淋，魚皮羊角紅燈懸掛在土堡上仍然燈火明亮。

【研　析】此詩首聯開篇乃描寫曲峪鎮一帶總體風貌。「地近邊秋」兼寫時空，點明寒秋、邊塞的氣候與地理環境；「殺氣生」則為全詩主旨：既指秋天的肅殺之氣，使萬物凋零；又指用兵的殺戮之氣，籠罩戰鬥氣氛。故又以「朔風獵獵」寫肅殺之氣，以「馬悲鳴」寫殺戮之氣。中間兩聯乃承首聯的「殺氣」，分別選取秋塞典型的局部景物勾勒其荒涼壯闊的意境以及暗藏的「殺氣」。頷聯寫荒漠之大鵰與冰河，頸聯寫邊秋之白草與黃河，有聲有色，天上地下，多視角多層次地寫出遠眺所見景象，而「如征髮」、「陣雲平」之喻，又暗寓邊塞「用兵」之意。尾聯乃專寫用兵之「殺氣」，借雨中不濕的「紅燈」寫出戍邊士卒枕戈待旦，不敢有絲毫鬆懈的警戒狀態與臨戰氣氛，堪稱畫龍點睛之筆。作者眺望秋塞風物不僅無悲涼之意，反而內心充滿豪情勝概，因此下筆亦無哀怨淒清之語，而顯得雄壯有力。

平定準噶爾鐃歌

趙　翼

【題　解】康熙二十九年（西元一六九〇年）至乾隆二十年（西元一七五五年），清政府多次用兵平定準噶爾部叛亂。準噶爾部為衛拉特蒙古四部之一，後兼併衛拉特其餘三部，勢力達新疆天山南北。該部貴族首領噶爾丹等又勾結沙俄，製造分裂，破壞統一。康熙三十六年康熙帝親征，噶爾丹進退無地，飲毒藥自盡。從此，阿爾泰山以東皆歸清版圖。此詩即描寫平定準噶爾的一次戰鬥勝利之後，將士即將還軍的情景。鐃歌，原為漢樂府〈鼓吹曲〉的一部，用以激勵士氣及宴享功臣。此詩乃詩人仿鐃歌之體而作。

塞垣❶不日❷整軍還，壯士長歌入漢關❸。笑把赫連刀❹自洗，翻❺嫌未帶血花斑。

【注釋】❶塞垣　關塞城牆。此指代關塞。❷不日　指時間很短。❸漢關　原指漢朝邊關。王昌齡〈出塞〉：「秦時明月漢時關，萬里長征人未還。」此即指邊關。❹赫連刀　一種少數民族的刀。赫連為匈奴姓氏之一。❺翻　反而。

【語譯】不久即將告別關塞整軍而還，戰士將高唱凱歌進入邊關。含笑把赫連寶刀拿來清洗，反嫌它未曾沾染敵人的斑斑血花。

【研析】此詩前兩句寫平定準噶爾之後，戰士即將凱旋時的喜悅心情，以及想像中「壯士長歌入漢關」的英武雄壯的軍容。後兩句則寫準備「整軍還」時的情景，可寫之處甚多，但詩人僅選取一個洗刀的細節，卻蘊含豐富的意義。「赫連刀」作為戰鬥武器，卻「未帶血花斑」，這意味清軍力量甚強，敵人不堪一擊，甚至不少士兵兵不血刃即取得勝利，致使「壯士」未能過殺敵之癮，詩以「嫌」字寫盡其遺憾之意。趙翼頗重詩之「氣」，如稱譽元好問「多豪健英傑之氣」（《甌北詩話》）。此詩正是以氣勝之作，無論是即將凱旋的「壯士」，「長歌入漢關」的軍容，還是笑洗赫連刀之情態，皆充溢著豪健英傑之氣，顯示出正義之師戰鬥的激情與勝利的自豪。

雞籠積雪

朱仕玠

【題解】雞籠即大雞籠山，位於臺灣基隆港口東側大雞籠嶼，因形如雞籠故得名，在臺灣島北端。該地屬副熱帶氣候，但此山卻「極寒有雪，矗立巍然」（《淡水廳誌》）。此詩即寫遠望雞籠山積雪的奇觀。

【作　者】朱仕玠（約西元一七五三年前後在世），字壁豐，號筠園。建寧（今屬福建）人。乾隆十八年（西元一七五三年）拔貢生，授德化教諭，後升河南內黃知縣，但未上任即去世。朱氏能古文，尤工詩。有《筠園詩稿》、《紅蕉山房詩錄》等。

試上高樓倚畫闌❶，半空積累布晴巒。誰知海島❷三秋❸雪，絕勝峨眉❹六月寒！

【注釋】❶畫闌　雕花的華美欄杆。❷海島　指臺灣島。❸三秋　農曆九月，晚秋。❹峨眉　四川峨眉山。

【語譯】嘗試登樓倚欄去眺望，見半空晴巒積累著白雪。誰知海島雞籠山的晚秋雪，其寒冷遠勝過峨眉山六月的積雪！

【研　析】此詩首句「試上高樓倚畫闌」，寫遠望「雞籠積雪」的地點或角度：站在高樓上倚著漂亮的欄杆，憑欄遠眺，這樣視野會更加開闊。次句「半空積累布晴巒」，是寫樓上人遠望所見：皚皚白雪佈滿晴空下的雞籠山，如同「積累」在「半空」之中，形象地寫出山高雪厚的奇觀。但此句作者故意「賣關子」，並不明言是何物「半空積累布晴巒」，以造成一種懸念，逗引起讀者繼續讀下去的興趣。果然第三句「誰知海島三秋雪」，才點出是海島之「雪」「半空積累布晴巒」。「誰知」有出乎意料之意。「海島」臺灣屬副熱帶氣候，本來無雪，何況此時只是九月，並非寒冬臘月，因此樓上人或作者對看到此景有不勝驚奇之感。四川峨眉山頂於盛夏六月，亦有積雪，清代鍾岳《峨嶺雪》所謂「炎天猶自擁瓊瑤」，已算新奇，但那裡是溫帶，山又高；而雞籠的「三秋雪」則更罕見。兩相比較，其奇寒遠勝於峨眉山。故末句云「絕勝峨眉六月寒」，其中充滿了作者的驚嘆之意。

這首七絕基本上前兩句寫客觀之景，後兩句寫主觀感受，相互銜接自然，稱得上天衣無縫。寫「積雪」採用的是類似畫龍點睛的手法，先描寫「積雪」的狀態，後點明是「三秋雪」，更加突出「雞籠積雪」這一景觀的新奇之感。

黃河曲

姚鼐

【題解】此詩描寫西北甘肅邊塞的風景，意境闊大，風格蒼涼，感情沉鬱。

黃河繚繞漠❶南山❷，秋盡蒲昌❸雁盡還。萬里白雲飛不去，朝朝長結玉門關❹。

【注釋】❶漠　寂寞無聲。❷南山　走廊南山，屬祁連山脈。在甘肅西部與青海東北部，位河西走廊南，故又稱走廊南山。❸蒲昌　古縣名。即今新疆鄯善。❹玉門關　漢武帝置。古址在今甘肅敦煌西北。

【語譯】黃河回繞在寂寞的南山之間，深秋時蒲昌的大雁都已經南飛了。萬里白雲永遠飛不去，天天都聚結在玉門關。

【研析】此詩描寫角度有一明顯特點，即基本上是仰視。首句寫九曲黃河回繞沉寂的南山，視角即由平視而升高，唯仰視才看得清巍峨的南山，一「漠」字寫出邊塞的荒寂之感。次句則寫由於仰視所見之南飛的大雁，「秋盡蒲昌」乃是聯想此雁是因深秋天冷而從新疆蒲昌飛來南歸。接下兩句寫「萬里白雲」之「長結玉門關」，仍是仰望所見，「萬里」顯示出邊地寥廓之感，而「春風不度玉門關」（王之渙〈涼州詞〉），白雲聚結在玉門關這苦寒之地而不能飛去，此擬人化手法，寄寓了作者悲涼之意。應該指出此詩所寫乃虛構之景，並非親眼所見實景，意在抒發一種悲涼的情懷。全詩意境闊大，風格蒼涼，感情沉鬱。

伊犁紀事詩四十二首（選二）

洪亮吉

【題　解】嘉慶四年（西元一七九九年）作者因上陳時政，內有「視朝稍晏，小人熒惑」之語，得罪皇帝與權臣，幾被殺頭，後免死而發配新疆伊犁，交保寧將軍管束。次年赦歸，乃回憶伊犁時期生活，寫下〈伊犁紀事詩四十二首〉。這裡選析的一首，描寫「伊犁大風時，飛石拔木」（原注）的駭人心目的景象。

畢竟誰驅澗底龍，高低行雨❶忽無蹤。危崖❷飛起千年石，壓倒南山合抱松❸。

【注　釋】❶行雨　佈雨。蘇軾〈雨中飲酒〉：「已煩仙袂來行雨，莫遣歌聲便駐雲。」❷危崖　高峻的山崖。❸合抱松　指樹幹粗大的松樹。合抱，兩臂圍攏。蘇軾〈贈嶺山老人〉：「青松合抱手親栽。」

【語　譯】到底是誰在驅趕澗底龍，上下耕雲播雨忽然沒了蹤影。懸崖狂風飛起了千年巨石，壓倒了南山的合抱巨松。

【研　析】作者頗喜盛唐岑參邊塞詩，曾評曰：「大抵讀人之詩，又必身親其地，身歷其險，而後知驚心動魄者實由於耳聞目見所得之，非妄語也。」（《北江詩話》）這雖然從鑑賞角度而言，但用於創作亦是同理。他的伊犁紀事詩就是「身親其地，身歷其險」而令人「驚心動魄」之作。此詩前兩句借傳說中興雲佈雨的「龍」，比喻風從山澗中驟然而起，且又來去無蹤。這寫出新疆氣候變幻無常的特點。後兩句乃專寫狂風捲起之時的威力，足以使高崖千年巨石飛起，落下時可壓倒合抱巨松，雖不無誇張，但寫得筆力千鈞，極具氣勢，有一種崇高之美。

鑿得冰梯向北開❶，陰崖❷白晝鬼徘徊❸。萬叢磷火❹思偷渡❺，盡附❻牛羊角上來。

【注　釋】❶鑿得冰梯向北開　作者原注：「冰山為伊犁適葉爾羌要道，嘗撥回戶（維族）二十人，日鑿冰梯，以通行人。」冰梯，指於冰山上開出的臺階。❷陰崖　朝北無陽光的山崖。❸鬼徘徊　暗指喪生於陰崖的人很多。❹磷火　即鬼火。❺偷渡　指翻越冰山。❻附　依附。

【語　譯】在冰山上鑿出梯道通向北坡，陰崖下面白天似乎有鬼魂在徘徊。叢叢鬼火暗想度過冰山，都依附在牛羊犄角上翻過山崖。

【研　析】此詩描寫伊犁冰山的獨特景象，意境淒苦幽冷，一如作者流放時的心境。冰山險峻，需開鑿冰梯才能翻山通行。首句即寫回戶鑿冰梯「向北開」，又自然引出次句之「陰崖」即北崖，那裡「白晝鬼徘徊」，這當然是虛構想像之景，實際是暗示由於冰山險峻本無階梯，所以常有人喪生於陰崖下變為鬼魂。而白日「鬼」亦徘徊，又可見陰崖之苦寒荒寂而無人跡。後兩句乃由「鬼」

而引出「萬叢磷火」，「磷火」即鬼的具象，連鬼亦「思偷渡」即翻越「陰崖」，離開這苦寒之地，可見環境之險惡。尾句「盡附牛羊角上來」，寫鬼火依附於牛羊角上翻越冰山，亦堪稱奇思。此詩所寫冰山之險峻苦寒是真實的，但所寫「鬼」則是虛構的，是作者主張詩有「奇趣」思想的表現。

秋已盡，琉球溽暑如盛夏，晡時雨過涼生喜賦

趙文楷

【題解】作者是清嘉慶丙辰（西元一七九六年）狀元，曾奉使琉球。詩題較長，其中「秋已盡」，說明是秋末冬初時節。「琉球」，古國名，隋時建國，即今琉球群島，在日本九州島與臺灣之間。「溽暑」指像盛夏一樣濕熱。晡時，黃昏時。作者從中國出使琉球，對島國的特殊氣候與奇異風光頗有新鮮之感。此詩寫琉球秋盡仍熱如盛夏；一天黃昏降下大雨，海島景色極盡變化之妙。詩題雖云「涼生喜賦」，但仍蘊含著作者對異域氣候的不適應與思念祖國的愁緒。

【作者】趙文楷（西元一七六〇—一八〇八年），字逸書，號介山。太湖縣（今屬安徽）人。嘉慶元年狀元，授修撰，官至山西雁平道，曾奉使琉球。有《石板山房詩集》。

雷聲隱隱復隆隆，樹杪❶微微少女風❷。山雨忽來收返照❸，海雲初起落長虹。無情溽暑❹經秋後，未老衰顏滿鏡中。遙想長安❺詞賦客，

薄寒❻終日對簾櫳❼。

【注釋】❶樹杪　樹梢。❷少女風　西風，八卦之一的兌為少女，屬西方之卦，故稱。此指秋風。❸返照　夕陽餘暉。❹溽暑　濕熱的氣候。❺長安　指清代國都北京。❻薄寒　輕寒。❼簾櫳　竹簾窗戶。

【語譯】遠處的雷聲隱隱響起又隆隆大作，樹梢微顫掠過一陣秋風。山雨忽來收斂了夕陽的餘暉，海雲剛起時又降下了彩虹。經歷了秋後無情的濕熱天氣，未老先衰的面容映在鏡中。遙想北京的填詞作賦客，初冬時節只能整日在家面對著窗戶。

【研析】此詩首聯描寫山雨降臨前的自然變化。前一句「雷聲隱隱復隆隆」，先從聽覺角度描寫雷聲，相當細緻，「隱隱」寫雷聲在遠處，「隆隆」則寫雷聲滾到近處，雷聲由遠而近。後一句繼從視覺角度寫西風微吹，風是無形的，但借「樹杪」即樹梢「微微」搖晃而具象化，可見雨的「使者」已經到來。在「雷聲」與「少女風」之後尾隨而來的則是大雨，頷聯分別描寫降雨時與「雨過」後海天景色變化：「山雨忽來收返照，海雲初起落長虹。」前句寫山雨突然降落，收斂了黃昏時夕陽的餘暉；後句寫山雨又突然而止，海天升起一片雲霧，又掛起一道長虹。這一「起」一「落」，頗為生動傳神。這一聯寫出了海島陰晴無常的天氣特點。在對海景的審美觀照中，作者不僅感受到了「溽暑」後「涼生」的快感，亦欣賞到大自然絕妙的表演，得到一種美的享受。

但是作者畢竟身在異國他鄉，他對這裡的「溽暑」並不適應，再加上思念鄉國之情日益深重，自然產生一種愁緒，以致發生感嘆。頸聯云：「無情溽暑經秋後，未老衰顏滿鏡中。」意謂經歷了秋後無情的濕熱氣候，照鏡時發現人雖尚年輕而顏面已衰老。這主要不是氣候所致，而是內在心情的反映。這種心情的具體內容就是尾聯所云：「遙想長安詞賦客，薄寒終日對簾櫳。」「詞賦客」，當是作者的詩友。在中國此時已是初冬薄寒時節，與此地氣候大不相同，作者想像朋友此時大概只能終日在室內對著竹簾與窗戶揮毫作詩吧！這種氣候的對比，是對琉球「溽暑」的襯托，其中亦充溢著一種懷念「長安」與「詞賦客」的深情，留給讀者的是一種孤寂悲涼之感。

此詩前兩聯寫景，後兩聯抒情，寫景細緻，抒情含蓄，「喜賦」中飽含著鄉國之思。

花仡佬一首

舒位

【題解】此詩乃作者嘉慶二年（西元一七九七年）赴貴州時所作。花仡佬為中國少數民族仡佬族之一種，散居於貴州、廣西、雲南諸省。

羊樓❶高接半天霞，杉葉陰陰仡佬家。減卻腰圍餘幾許❷？桶裙❸量就一身花。

【注釋】❶羊樓　作者原注：「屋宇去地數尺，架巨木，上覆杉葉，如羊柵，稱為羊樓。」❷幾許　多少。《古詩十九首》：「河漢清且淺，相去復幾許？」❸桶裙　作者原注：「仡佬種不一，所在多有男女以幅布圍腰，旁無襞績（衣褶），謂之桶裙。花布為花佗佬。」

【語　譯】羊樓高聳連接起半天彩霞，幽暗的杉葉覆蓋著佗佬家的屋頂。一幅花布裹住腰肢就無多餘的了，變成一條桶裙綻開滿身的花朵。

【研　析】此詩描寫花佗佬族的生活風俗，宛如一幅圖畫。上聯寫佗佬族的頗具特色的居所「羊樓」，前句寫其高接雲霞，次句寫其杉葉鋪出綠陰，羊樓十分簡樸，但紅綠相映，極富色彩美。下聯則寫在這別致的生活環境中居住著的佗佬人，著重寫其富於民族特色的桶裙之美，「一身花」尤含詩情畫意。詩寫得平易如畫，筆墨素淡，但如中國畫之「墨分五色」一樣，素淡中自見色彩。

出嘉峪關感賦（選一）

林則徐

【題　解】此詩作於道光二十二年（西元一八四二年）作者流放新疆伊犁途中。嘉峪關在甘肅酒泉西，作者出嘉峪關後感賦四首。此詩為其一，旨在描寫嘉峪關的雄險，抒發其浩蕩襟懷。

嚴關❶百尺界❷天西，萬里征人❸駐馬蹄。飛閣遙連秦樹❹直，繚垣❺
斜壓隴雲❻低。天山巉峭❼摩肩立，瀚海❽蒼茫入望迷。誰道崤函❾千古
險？回看只見一丸泥❿。

【注釋】❶嚴關 險要的關隘。此指嘉峪關，以險峻著稱。❷界 分界。❸萬里征人 作者自稱。❹秦樹 陝西一帶的樹。杜甫〈送張二十參軍赴蜀州因呈楊五侍御〉：「西行秦樹直，萬點蜀山尖。」❺繚垣 綿亙的城牆。❻隴雲 甘肅一帶的雲。❼巉峭 峻峭。❽瀚海 指戈壁沙漠。❾崤函 指崤山函谷關。崤山在河南省西部，秦嶺東段支脈。函谷關，在今河南靈寶東北王垛村。戰國秦置。❿一丸泥 此指嘉峪關地勢險要，只須少數兵力即可守住。借用《後漢書・隗囂傳》「以一丸泥，為大王東封函谷關」典。

【語譯】百尺雄關界隔了西天的雲空，萬里征人到此勒馬停住了。城樓飛閣遙連著秦川的綠樹，城牆蜿蜒斜壓著隴上的雲氣。天山諸峰峻峭並肩矗立，戈壁灘蒼茫一片黃沙迷濛。誰說崤山函谷是千古雄關呢？回看嘉峪關封關只需一丸泥而已。

【研析】此詩首聯點出嘉峪關，略寫其概貌，遠望關城雄峙西天，彷彿把西邊雲空分隔開，顯得極其巍峨。而作者從浙江鎮海出發，被流放去新疆伊犁，所以自稱「萬里征人」。他關前下馬，上關四望，故頷聯乃詳寫此關的雄姿。前句是東望，見城關飛閣彷彿與秦地綠樹遙遙相連；後句寫西眺，只見其城牆蜿蜒如走蛇龍，彷彿壓低了隴地煙雲：皆寫出關的磅礴之勢。頸聯一轉乃遙望想像中的前路新疆之景：天山峻峭比肩，矗入雲天，此寫仰視；戈壁黃沙漫漫，一片迷濛，此寫平視。一「迷」字頗堪品味，有前程難測之意。尾聯乃點題，抒發出嘉峪關後再回看時的感慨。崤山函谷關自然是千古險地，但嘉峪關亦不含糊，丸泥同樣可以封關，這裡借用了《後漢書・隗囂傳》的典故，極力寫嘉峪關之雄，正如同題另詩所云：「除是盧龍天下險，東南誰比此關雄？」詩人一路歷盡千辛萬苦，但詩人並無憂傷哀怨之態，關注的還是雄關卻敵這樣的國家大計，可見胸襟不凡。因此全詩寫景則雄壯，抒情則慷慨，風格雄渾有力。

三個泉

史善長

【題　解】此詩為作者流放新疆途經三個泉時所作，既描寫了戈壁沙漠景象，又抒發了作者博大的襟懷。三個泉，在今新疆木壘哈薩克自治縣東。

【作　者】史善長（生卒年不詳），字春林。山陰（今浙江紹興）人。曾任江西餘幹縣知縣，因失察革職，流放新疆。

漠漠❶荒沙黯淡天，果然涓滴勝金錢。願教吸盡西江水❷，噴作戈灘❸百道泉。

【注　釋】❶漠漠　寂靜無聲貌，又作密佈貌。此處二義兼有。❷西江水　活用《莊子・外物》典：莊周向監河侯借糧，監河侯答以等到向百姓徵來財物時再借給莊周三百金。莊周聽後作喻說：他遇到一條鮒魚困於車轍之中，希望有斗升之水救活牠，他回道：「諾，我且南游吳越之王，激西江之水而迎子，可乎？」可見「西江水」乃救命水。西江在長江上游四川部分，那裡水急浪大。❸戈灘　新疆戈壁灘，沙漠。

【語　譯】寂靜的荒沙密佈，天空一片灰暗，這裡果然點滴的泉水勝過了金錢。渴望來日能吸盡西江的碧水，噴作戈壁沙灘的百道清泉。

【研 析】此詩首句先描寫出三個泉所處的戈壁地理環境，「漠漠荒沙黯淡天」，戈壁灘上死氣沉沉，黃沙密佈，詩以「漠漠」疊聲詞形容之：那裡乾旱荒涼，地上一片「荒沙」，天空也是「黯淡」無光，灰濛濛的。這句從天與地立體空間寫出戈壁的全貌，概括而形象。沙漠自古是不毛之地，乾旱無水，唯獨行到「三個泉」卻發現了水，這不能不叫乾渴的旅遊者為之一喜，它顯得多麼珍貴啊！作者情不自禁地讚嘆道：「果然涓滴勝金錢。」因為金錢畢竟不是萬能的，在沙漠中就買不到水。一個「勝」字突出了水在沙漠中的貴重，也即三個泉在沙漠中的無可比擬的價值。它是生命之泉，是沙漠中跋涉者的救命之泉。但是水在廣漠無垠的戈壁灘上是罕見的，「三個泉」對整個戈灘沙漠來說只是「杯水車薪」，過了此處，就仍然是無邊的旱渴荒寂。因此作者不由發生奇想或者說渴望：「願教吸盡西江水，噴作戈灘百道泉。」這兩句詩寫得氣魄宏放，其中一「吸」一「噴」尤見力度，極盡誇張之致。「西江水」指長江上游四川部分，那裡水急浪大，用《莊子・外物篇》典。另外，宋詞人張孝祥〈念奴嬌・過洞庭〉有「盡挹西江，細斟北斗」之句，當對作者「吸盡西江水」的想像有所啟發。詩人幻想引來西江水改變沙漠的環境，「噴」出「百道泉」來滋潤乾燥的沙漠，處處為旅人征夫提供清涼解渴的泉水，這個願望是那麼殷切，那麼美好，充滿了人道主義精神。此時，佇立在三個泉邊的詩人，在精神上是很崇高的。

阮元在為史善長《秋樹讀書樓遺集》所作序中說：「史君足迹半天下，名山大川游歷殆遍，其詩得江山之助，如雲峰霞壁，天展畫圖，綿漪文漣，自成繡錯，所以名章俊語，絡繹間出也。」此詩可為一證。

臺灣竹枝詞三首（選二）

黃逢昶

【題　解】光緒年間作者曾赴臺灣任職，寫下組詩〈臺灣竹枝詞三首〉。這裡選析前兩首。

【作　者】黃逢昶（生卒年不詳），字曉墀。湘陰（今屬湖南）人。光緒年間曾從政臺灣。有《臺灣雜記》等。

海天鼇柱❶峙中流，千里臺疆❷水上浮。雪浪銀濤環四面，我來疑
即是瀛洲❸。

【注　釋】❶鼇柱　又稱鼇足。用《淮南子・覽冥》典：「往古之時，四極廢，九州島裂，天不兼覆，地不周載，於是女媧煉五色石以補蒼天，斷鼇足以立四極。」❷臺疆　臺灣海疆，指臺灣島。❸瀛洲　傳說中的海上仙山。《史記・秦始皇本紀》：「海中有三神山，名曰蓬萊、方丈、瀛洲，仙人居之。」

【語　譯】海天的鼇柱矗立在中流，千里臺灣島在水上漂浮著。雪浪銀濤環圍在海島的四面，我登上寶島懷疑來到了仙山。

【研　析】此詩寫臺灣整體風貌。作者基本上採取居高臨下的鳥瞰角度，視野廣闊，以氣勢磅礴取勝，表現出臺灣的地理特點。首句採用一個比喻或者說典故，寫出臺灣的地貌特徵：「海天鼇柱

峙中流。」「鼇柱」，又稱「鼇足」，是古代神話中作為天柱的大龜四足。臺灣三分之二為山地，東有海岸山脈，西有玉山及阿里山，北有大屯火山，南有北大武山等，宛如「鼇柱」撐起海天，使臺灣聳立於東海的水流之中，有一種崇高之感。次句「千里臺疆水上浮」，又寫臺灣疆域狹長之狀。臺灣略成棱形，南北長三百九十四公里，「千里臺疆」誇飾其長度。「水上浮」三字尤妙，不僅使臺灣具有了動態，它彷彿在大海中浮動，與「鼇柱」的比喻相呼應；又表現了「臺疆」的這一特殊的地理特徵。正因為「水上浮」，才有第三句「雪浪銀濤環四面」的壯觀，臺灣處於汪洋大海之中，被雪白的浪濤所包圍，雪浪似為翡翠般的寶島鑲嵌上一條白銀的花邊，真是美如珍寶。尾句「我來疑即是瀛洲」，又從鳥瞰與旁觀的角度轉到寫自處寶島上的審美感受，作者疑惑自己來到了傳說中的仙山瀛洲，享受到非凡境可比的仙境之美妙。李白〈夢游天姥吟留別〉曾云：「海客談瀛洲，煙濤微茫信難求。」作者則半信半疑自己發現了「難求」的海上「瀛洲」——「臺灣」，這就把作者對寶島臺灣的讚美之情含蓄地表達出來。

電光時掣❶日光斜，萬景遙涵❷映白沙。楓落潮頭秋色晚，登崘如踏紫金蛇❸。

【注釋】❶電光時掣　指空中電光時時閃耀。❷遙涵　遠涵，此指遠照。❸登崘如踏紫金蛇　作者原注：「宜蘭縣有蛇崘，海沙飛積，逶迤六十里，酷似蛇形。每歲秋晴，士女遊覽，紛紛爭集。過客登樓愛晚，題句甚多。」

【語　譯】電光不時閃耀夕陽已西斜了，照亮島上的萬物輝映著白色的海沙。楓葉飄落在潮頭上秋色已很深了，登上海濱蛇侖如同踏著紫金色的長蛇。

【研　析】此詩專寫位於臺灣東北部的宜蘭縣海濱蛇侖的秋色，色彩絢麗，風光奇異，富有濃郁的海島特色。詩前兩句寫海天與沙灘的大景，後兩句則轉寫在大景陪襯下的蛇侖楓葉的小景，突出秋色之美。「電光時掣日光斜」一句，先描寫海濱天空傍晚時的景色變幻：「電光時掣」，指天空中電光一閃一閃；「日光斜」謂夕陽餘暉映照。海天之上閃電的銀光與夕陽的金光相互輝映，耀眼奪目，令人眼花繚亂，是海島特有的迷人景觀。「萬景遙涵映白沙」一句的視角又從海空轉到海灘：「萬景遙涵」即「遙涵萬景」，是指「電光」與「日光」包涵或照耀著地上的各種景物；「映白沙」謂更與海灘上白沙相映照，使大片「白沙」亦一閃一亮，顯得晶瑩如玉。這「白沙」處即是宜蘭縣海濱之蛇侖。詩後兩句「楓落潮頭秋色晚，登侖如踏紫金蛇」，即寫蛇侖秋色。時已屆晚秋，楓林如染，紅葉飄墜。有的飄落於潮頭之中，更多的是灑滿海灘。前一句使人想起唐人杜牧〈山行〉「停車坐愛楓林晚，霜葉紅於二月花」的名句，但境界大不相同。杜詩乃寫樹上紅葉如春花般紅豔的意象，此詩則寫飄落的紅葉鋪滿蛇侖，在夕陽的映照下使整個蛇侖海灘彷彿變成逶迤六十里長的「紫金蛇」，意象新穎，色彩奇麗，這更是大陸上難以欣賞到的海外瑰麗風光。作者心中充滿了新鮮驚喜的審美愉悅。

此詩作者如同丹青妙手，頗善於著色，宜蘭海天沙灘蛇侖之美全在於色彩濃豔，故雖已「秋色晚」而毫無蕭瑟之感。這正是臺灣秋色迥異於大陸秋色的美妙之所在。

雪　山

蕭　雄

【題　解】這是一首描寫新疆天山夏季積雪奇景的詩。當時作者在新疆從軍。作者對此詩原有注云：「自蔥嶺而來，萬餘里天山，上皆積雪，莫知其深。低處者，夏日融消，為河水所自出。其高處則終歲不改其白。夏日平原寒氣猶重。」

【作　者】蕭雄（生卒年不詳），益陽（今屬湖南）人。光緒年間曾從軍新疆。有《聽園西疆雜述詩》。

萬壑群峰遠障天，峰峰積雪斷仍連。近山六月寒侵骨，不解沖寒❶
尚有蓮❷。

【注　釋】❶沖寒　頂著嚴寒。❷蓮　指雪蓮。

【語　譯】萬壑的群峰遮住了青天，峰峰都積滿的雪斷開又連接。六月時節走近山巒仍覺寒氣透骨，更不明白還有雪蓮衝破寒氣盛開著。

【研　析】作者寫「雪山」採取「遠」與「近」相結合的角度。前兩句寫遠望雪山，唯此才可見「萬餘里天山」的整體風貌，顯得空間廣闊，意象恢宏。「萬壑群峰」即指天山的群體，具有一種雄渾磅礴的氣勢；「遠障天」，乃描摹天山遮天蔽日、巍峨矗立的壯觀，突出其高。因為天山「高處則終歲不改其白」，所以作者自然望見「峰峰積雪斷仍連」。「峰峰積雪」，表明無一例外，它們在陽光下當閃耀著銀光，猶如一天靜止的白雲，極其奇麗壯美；「斷仍連」則寫群峰逶迤連綿「萬餘里」之長，宛如「積雪」的萬里長城。這兩句分別從縱向與橫向兩個方面寫雪山，把天山的總體風貌完整地、立體地表現出來。後兩句又寫「近山」的感受，則細緻入微，點出「六月」這一盛夏季節很重要。在內地此時正是「烈日炎炎似火燒」，汗流浹背，酷熱難熬，但在天山附近，因「夏日平原寒氣猶重」，故有「近山六月寒侵骨」的奇特感受。「寒侵骨」寫寒氣透入骨髓，極言天山腳下之「寒氣猶重」，此乃「積雪」所散發的寒氣，雖六月炎陽亦無法消除。此可謂一奇，但更奇的是作者「近山」後又發現天山一獨有的奇物——「蓮」，即雪蓮。作者原注云：「又有雪蓮，結片如刀，長二尺餘，寬約二寸，微曲面薄，剖之有實如紙，如小白蝶，極薄且輕，近息欲飛。」雪蓮是天山特產，生於高山積雪岩縫中，「沖寒」謂冒著嚴寒的氣候。作者是來自內地的人，對雪蓮能「沖寒」而生長感到不理解，故云「不解沖寒尚有蓮」，但「不解」中又隱含對雪蓮頑強生命力之欽佩。雪蓮不愧是雪山之魂！

此詩粗獷而不乏細膩之致，「雪山」雄偉亦具旖旎風情，令人讀之耳目一新。

日本雜事詩（選一）

黃遵憲

【題　解】《日本雜事詩》作於光緒五年（西元一八七九年），當時作者在日本任使館參贊。原為一百五十四首，光緒十六年重新增刪成二百首。每詩後均有小注。

拔地❶摩天❷獨立高❸，蓮峰❹湧出海東濤。二千五百年前雪，一白茫茫積未消❺。

【注釋】❶拔地　特出於地面之上。吳融〈赴闕次留獻荊南成相公〉：「拔地孤峰秀，當天一鶚雄。」❷摩天　迫近天空，形容極高。李白〈古風〉：「吾觀摩天飛，九萬方未已。」❸獨立高　作者原注：「直立一萬三千尺，下跨三州者，為富士山，又名蓮峰，國中最高山也。」❹蓮峰　即富士山。❺一白茫茫積未消　作者原注：「峰頂積雪，皓皓凝白，蓋終古不化。」

【語譯】拔地沖雲獨立高聳，蓮峰巍峨湧出了東海的波濤。二千五百年前峰頂的積雪，白茫茫至今未曾消溶。

【研析】此詩描寫日本富士山的雄姿，意境闊大，元氣淋漓，彷彿以雄渾的大筆勾出的山水畫，讀之使人胸襟為之開闊。首句寫其高，拔地摩天。次句寫其形，恰似蓮花湧出大海之東的波濤中。後兩句寫積雪，一寫其時間之長，二寫其白茫茫千古未消之色。抓住了富士山的兩個特徵，極力誇飾，想像豐富，正如邱菽園〈詩中八賢歌〉所譽：「奇思壯采黃京卿。」而寫富士山的形象使人對作者堅持維新理想千古不渝的情操產生聯想，亦是順理成章的。

登巴黎鐵塔

塔高法國三百邁突❶，當中國千尺。人力所造，五部洲❷最高處也。

黃遵憲

【題　解】此詩作於光緒十七年（西元一八九一年）九月，時作者由英國赴任新加坡總領事，途經法國，曾登上著名的巴黎艾菲爾鐵塔。此塔乃兩年前為慶祝法國大革命一百週年而建造。塔基一百二十五平方公尺。塔高三百二十餘公尺。塔分三層，每層都有平臺與酒吧等。此詩即描寫了作者登巴黎鐵塔所見的壯觀景象，以及對歐洲歷史與現實的緬懷與評判，對國家強盛的嚮往。

拔地崛然起，峻崢矗百丈。自非假羽翼，孰能躡履❸上？高標懸金針，四維❹掛鐵網。下豎五丈旗❺，可容千人帳❻。石礎❼森開張❽，露闕❾屹相向。游人企足看，已驚眼界創。懸車倏上騰，乍聞轆轤響❿；人已不翼飛，迥出空虛上。并世無二尊，獨立絕依傍。即居最下層，高已莫能抗。蒼蒼⓫覆大圜⓬，森芒⓭列萬象。呼吸通帝座⓮，疑可通肸蠁⓯。

自天下至地，俯察不復仰。但恨目力窮，更無外物障。離離⑯畫方罫⑰，萬頃開沃壤。微茫一線遙，千里走河廣⑱。宮闕與城壘，一氣作蒼莽。不辨牛馬人⑲，沙蟲⑳紛擾攘。我從下界㉑來，大小頓變相。未知天眼㉒窺，么麼㉓作何狀？北風冰海㉔來，秋氣何颯爽！海西數點煙，英倫㉕鬱相望。緬昔百年役㉖，裂地爭霸王。驅民入鋒鏑㉗，傾國竭府帑㉘。其後拿破倫㉙，蓋世氣無兩。勝尊天單于㉚，敗作降王長。歐洲古戰場，好勝不相讓。即今正六帝㉛，各負天下壯。等是蠻觸爭㉜，紛紛校㉝得喪。嗟我稊米㉞身，尪弱㉟不自量。一覽小天下㊱，五洲如在掌。既登絕頂高，更作凌風想。何時御氣㊲游，乘球恣來往？扶搖九萬里㊳，一笑吾其儻㊴。

【注釋】❶邁突　即公尺。❷五部洲　五大洲。❸躡履　穿著鞋子。❹四維　四方。❺五丈旗　語出《史記·秦始皇本紀》：「作阿房宮，上可以坐萬人，下可以建五丈旗。」此處指大旗。❻可容千人帳　《太平御覽》卷六九九：「(隋)煬帝北巡，欲夸戎狄，令宇文愷為大帳，其下坐數千人。」此處借比鐵塔底座範圍甚廣。❼石礎　石墩。❽森開張　形容石墩密佈，向四面伸張開去。杜甫〈天育驃騎圖歌〉：「卓立天骨森開張。」❾露闕　宮門。此指鐵塔底層大門。❿懸車倏上騰二句　作者原注：「登眺之處，分為三層。其下層高五十邁突，當中國十六丈四尺。」⓫蒼蒼　指天色。⓬大圜　天穹。⓭森芒　遼闊而繁密貌。⓮呼吸通帝座　語出馮贄《雲仙雜記》：「李白登華山落雁峰，曰：『此山最高，呼吸之氣，想通天帝座矣。恨不攜謝朓驚人詩來，搔首向青天耳。』」帝座，星名，原指小熊星座第二星。此泛指天上星座。⓯肸蠁　王先謙《漢書補注》：「余謂肸蠁自訓響布，謂聲響四布也。《說文》：『蠁，知聲蟲也。』凡言肸蠁者，蓋蟲入則此蟲知之，其應最捷，故以喻靈感通微之意。」指神靈感應。⓰離離　繁密貌。⓱方罫　圍棋上方格子。⓲河廣　《詩・王風・河廣》：「誰謂河廣？」此指流經巴黎城的塞納河。⓳不辨牛馬人　用《莊子・秋水》「兩涘渚崖，不辨牛馬」之典。⓴沙蟲《抱朴子》：「周穆王南征，一軍盡化。君子為猿為鶴，小人為蟲為沙。」㉑下界　道佛教稱人間所居處，與「上界」相對。㉒天眼　佛教語。《大智度論》：「天眼通者，於眼得色界四大造清淨色，是名天眼。天眼所見自地及下地六道中眾生諸物，若近若遠，若覆若細，諸色無不能照見。」可見天眼能無所不見。㉓么麼　細小之物。班超〈王命論〉：「又況么麼，不及數子。」李善注：「《通俗文》曰：『不長曰么，細小曰麼。』」㉔冰海　指北冰洋。㉕英倫　指英國。㉖緬昔百年役　作者原注：「西元一千三百餘年，法國絕嗣，英王以法王四世非立外孫，欲兼王法國，法人不允，遂開戰爭。凡九十餘年，世謂之百年之役。」㉗入鋒鏑　捲入戰爭。鋒鏑，刀箭。㉘府帑　國庫所藏金帛。㉙拿破倫　即拿破倫・波拿巴（西元一七六九—一八二一年），法蘭西第一帝國皇帝。一八一二年率兵攻俄，大敗。一八一四年，歐洲反法聯軍攻陷巴黎。拿破倫被放逐厄爾巴島。一八一五年再返巴黎，建立百日王朝。一八一五年於滑鐵盧之役戰敗，流放於聖赫勒拿島。一八二一年死於島上。以下幾句乃寫拿破倫小史。㉚天單于　漢時匈奴稱其君長為天單于。此喻拿破倫。㉛六帝　指歐洲英、俄、德、意、奧五國皇帝與法國總統。㉜蠻觸爭　《莊子・則陽》：「有國于蝸之左角者曰觸氏，有國于蝸之右角者曰蠻氏，時相與爭地而戰，伏屍數萬，逐北旬有五日而後反。」此指雙方因小利而互相殘殺。㉝校　計較。㉞稊米　小米。《莊子・秋水》：「計中國之在海內，不似稊米之在太倉乎？」㉟尫弱　瘦弱。㊱一覽小天下　杜甫〈望嶽〉：「一覽眾山小。」此極言鐵塔之高。㊲御氣　駕馭大氣。㊳扶搖九萬里　語出《莊子・逍遙遊》：

「搏扶搖而上者九萬里。」形容盤旋而上的暴風。㊴儻　惝恍，即迷迷糊糊。

【語譯】巴黎鐵塔拔地而起，像峻峭的山峰矗立百丈之高。若非憑藉著一雙翅膀，誰能腳穿鞋子攀登而上呢？塔尖高懸著避雷針，塔身四周掛著鐵網。塔基下可豎起大旗，可設容納千人的大帳。石墩密排氣象森嚴，拱門屹立相互對望。遊人踮起腳跟來看，已驚眼界大開。懸車如電疾速向上升，剛剛聽到轆轤作響，眨眼遊人不翼而飛，遠遠站到了青天之上。舉世沒有第二尊這樣的鐵塔，獨立空中無須依傍什麼。即使處在最下層，其高已經沒什麼可以相抗衡。仰視見青蒼之色覆蓋著天空，四顧見森然羅列著萬象。呼吸的氣息通到了星座，懷疑可與神產生感應。懸車從天上降至地上，俯察四野不必仰頭。只恨眼力看不太遠，面前本無外物遮擋。大地上密密痲痲畫著方格，萬頃平川開出了肥沃的土壤。遠處有微茫的一條線，是千里流淌的塞納河。宮殿與城堡，連成了一氣莽莽蒼蒼。不辨人世牛馬與男女，只見沙蟲紛紛地忙亂。我本從下界來到這裡，所見萬物大小頓時變了樣。不知天眼如果窺探我，我將變成何等細小的形狀！北風從北冰洋吹來，秋氣多麼颯爽！大海西頭有幾點煙，那是英倫樹林鬱鬱相望。緬懷昔日與法國的百年戰役，是列強掠地爭做霸王。驅趕百姓投入戰火，用盡了國庫所藏金帛。其後崛起的拿破倫，霸主的氣焰舉世無雙。一旦勝利就尊貴如天單于，一旦失敗就變作階下囚。從來歐洲的古戰場，諸國好勝互不相讓。而今正有六大國的皇帝與總統，各個都自負天下最豪強。他們如同蠻觸相互殘殺，紛紛計較得與失，嘆我渺小如粟米，瘦弱無力還不自量，登塔一覽覺得天下很小，五洲風雲如在手掌。既已登上絕頂高處，還更想凌風嘗試飛翔。何時能夠駕氣四遊，乘著汽球任意來往呢？身裹風暴飛行九萬里，一笑我已靈魂恍惚飄蕩了。

【研 析】全詩可分四部分，第一至十二句為第一部分，鋪寫鐵塔的外觀之高峻碩大。頭四句寫鐵塔拔地而起、百丈摩天的形象，並以人非假羽翼而不能上反襯之。接下六句寫塔之結構並突出其塔基之碩大，以「下豎五丈旗，可容千人帳」之典誇飾之。最後兩句以遊人驚嘆「眼界創」襯托之。第十三句至第四十句為第二部分，抒寫乘飛車登塔時的所感所見。其中寫到飛車上升之快，再寫塔之高；又寫飛車下降所見地域之廣袤，四野之空闊，以及塞納河、宮殿城堡之蒼莽，並抒發對人世紛爭的慨嘆。最後回顧自身，想像天眼中自己的渺小。第四十一至五十八句為第三部分，主要是抒懷。由遠望英倫，聯想到歐洲的百年之戰，特別突出拿破倫的成敗，並對現實中歐洲六國的互相殘殺表示厭惡，表現了對國家強盛與世界和平安寧的渴望。最後十句為第四部分，作者反思個人的價值以及對自由境界的嚮往，充滿浪漫的奇思。

此詩為五古長篇，從頭至尾用一個韻，頗見功力。此詩基本採用賦的寫法，鋪排具體生動，又輔以想像；詩以記敘為主，又夾以抒情議論，成功地描寫出巴黎鐵塔的壯觀以及內心的感慨。當然此詩最值稱道的是為我們展示了域外之景，介紹了歐洲的歷史與現實，構造了新鮮的意境，與唐人杜甫、高適的〈登慈恩寺塔〉之作相比，蒼茫之氣雖相似，而思想境界迥然不同，此乃時代進化所致也。

己亥二月，由日本乘和泉丸渡太平洋

康有為

【題　解】光緒二十五年（西元一八九九年）農曆二月，作者由日本乘和泉丸號輪船前往加拿大。此詩即作於大海上，描繪了太平洋上的異域風光。

老龍噓氣❶破滄溟❷，兩戒❸長風萬里❹程。巨浪掀天不知遠，但看海月夜中生❺。

【注　釋】❶老龍噓氣　韓愈〈雜說〉：「龍噓氣而成雲。」此「老龍」喻船，「噓氣」喻噴煙雲。❷滄溟　指大海。梁簡文帝〈昭明太子集序〉：「滄溟之深，不能比其大。」❸兩戒　作者另詩〈蘇村臥病抒懷〉有「山河兩戒誰能考」之句。「兩戒」之說始於唐代，《唐書・天文志》載，天文學家僧一行認為，山河分為南北之戒。北戒約在今青海、陝北、山西、河北，遼寧一線；南戒約在今四川、陝南、河南、湖北，湖南、江西，福建一線。兩戒之間乃中原。此借用其意指亞洲與美洲之間的太平洋。❹長風萬里　《宋書・宗愨傳》：宗愨嘗曰：「願乘長風破萬里浪。」❺但看海月夜中生　化用唐人張若虛〈春江花月夜〉「海上明月共潮生」之意。

【語　譯】海輪如老龍吐氣噴煙破浪航行，太平洋上長風浩蕩有萬里航程。大海巨濤掀天不知遠近，只看見海上明月冉冉升起。

【研　析】此詩所描寫的「老龍」般的海輪，太平洋上的「長風」巨浪，以及大洋上看「海月夜中生」等景象，構成古人詩中所未見的新意境，開拓了人的眼界，豐富了景物詩的題材，新人耳目。康有為論詩曰：「意境幾于無李、杜，目中何處著元明？」（〈與菽園論詩兼寄任公孺博曼宣〉）此詩之意境正是李、杜所無的，體現出「詩界革命」精神。但詩之磅礴氣勢、雄渾筆力則近李、杜，仍繼承了古詩傳統。

歸舟見月

梁啟超

【題　解】自戊戌（西元一八九八年）政變失敗後，作者出走海外，十餘年後才回國。此詩即作於大海歸途中，描寫了歸舟望月的景象，抒發了思念祖國的情懷。

瀛海❶團團月，相望幾百回。即看桂影❷瘦，長是露中開。照夢成
深憶，窺愁❸又獨來。十年往還路，為汝❹一徘徊。

【注　釋】❶瀛海　大海。《論衡・談天》：「九州島之外，更有瀛海。」❷桂影　傳說月中有桂樹。此指月中桂花樹的影子。❸窺愁　指月亮似在窺探自己的愁緒。❹汝　指月亮。

【語　譯】大海上的明月分外地圓，我們彼此相望足有幾百回了。近看月中桂樹的影子很清瘦，只

因桂花總是在涼露時節開放。它曾照我思鄉夢，已成了深深的記憶，今窺探我的愁緒，悄悄又獨自來。十年往返的路途中，多少夜晚我為你徘徊。

【研　析】此詩前兩聯寫景，後兩聯抒懷。首聯寫遠看大海上空的明月，懸掛在高空，上下空闊無物，顯得格外圓，所謂「團團月」。此月「相望幾百回」，顯得對海上月已十分熟悉，有一種親切感。頷聯寫近看實即是細看月中之桂影，它顯得很清瘦，因為它一直在涼露秋天開花；月桂的環境淒冷，形象孤獨，此乃作者移情入景，寄寓個人的海外生活的孤寂，亦暗寓祖國衰弱之意。頸聯寫月亮之「照夢」、「窺愁」，將月擬人化，這實際上是間接抒發作者懷念祖國的愁緒，寫得壓抑低沉。尾聯則直抒胸臆，點明題旨，表白自己十餘年來，對故國明月的思念強烈。詩以月始，以月終，每聯皆緊扣住「月」的意象。月是祖國的化身，寫對月的感情就是寫對祖國的深情。

中元節自黃浦出吳淞泛海

陳去病

【題　解】一九〇八年中元節（農曆七月十五日），作者從上海港乘船出吳淞口渡海赴廣州從事革命活動。這首七律即寫他出吳淞口時所見的海上壯觀，意境恢宏闊大；並抒發了高歌慷慨的革命情懷，筆觸蒼勁有力。

【作　者】陳去病（西元一八七四—一九三三年），原名慶林，改名巢南，又改去病，字佩忍，又字伯儒、拜波，號病倩。吳江（今屬江蘇）人。曾參加維新變法運動，加入同盟會。與柳亞子等組織南社。詩多感慨時事，悲涼蒼勁。有《浩歌堂詩鈔》、《巢南詩》、《詩學綱要》等。

舵樓高唱大江東❶，萬里蒼茫一覽空。海上波濤回蕩極❷，眼前洲渚❸有無中。雲磨雨洗天如碧，日炙風翻水泛紅。唯有胥濤若銀練，素車白馬戰秋風❹。

【注釋】❶大江東　指蘇軾〈念奴嬌・赤壁懷古〉「大江東去」之句。❷回蕩極　在天地四極間回蕩奔湧。❸洲渚　水中小塊陸地。❹唯有胥濤若銀練二句　用伍子胥死後化為濤神，「時乘素車白馬在潮頭之中」的典故，寫海潮之洶湧。

【語譯】站在船樓高唱「大江東去」，大海萬里蒼茫一望無際。海上波濤回蕩在天地四極之間，眼前的洲渚隱現似有似無。白雲磨暴雨洗天空青碧，太陽烤狂風捲海水泛紅。只有海潮翻騰好似白色的綢絹，濤神駕馭著素車白馬正與秋風搏擊。

【研析】此詩首聯落筆即不凡，勾勒出輪船駛出吳淞口時所見大海的總體風貌，顯示出豪邁的意氣、奮發的精神。詩人佇立在樓船上即景抒懷，情不自禁地高聲吟誦起蘇軾〈念奴嬌・赤壁懷古〉「大江東去」之句。這不僅是目之所見：滾滾長江東流入海，一往無前；更是借蘇詞豪壯的氣勢以宣洩自己革命的激情，正是「此去壯圖如可展，一鞭晴旭返中原」（陳去病詩句）！詩人登高遠望，只見大海萬里蒼茫，水天空闊，前途無量，詩人對南下廣州充滿信心。頷聯「海上波濤回蕩極，眼前洲渚有無中」，則具體描寫了海上景物。前句寫萬頃波濤在天地四極間回蕩奔湧，後句寫塊塊洲渚在雲水中時隱時現；一顯得氣勢澎湃，一顯得縹緲變幻，亦實亦虛，相互映襯。頸聯一轉，描寫海天色彩的絢麗，遣詞精警奇特：「雲磨雨洗天如碧，日炙風翻水泛紅。」前句作者自注云：「烈日中忽遇陣雨。」天空經過烈日烤曬與海風吹捲，波濤閃著血紅色，顯得耀眼奪目。如此壯麗的海上畫卷真令作者胸膽為之開張，充溢著沸騰的熱血。但是詩人此行畢竟不是為了觀光賞景。他內心蘊藏著憂國憂民之情，肩負著挽救民族危亡的重任。一想到此，眼前的海潮即激發了詩人的鬥志。故尾聯云：「唯有胥濤若銀練，素車白馬戰秋風。」此聯表面上是描寫海潮宛若白絹在秋風中席捲而來的壯美景象，實際上內含著深刻的寓意，為全詩塗抹上一層悲壯的色彩。這一聯用了春秋吳國大夫伍子胥的典故。詩人寫海潮「素車白馬戰秋風」，就是藉以讚嘆伍子胥忠貞愛國、仇視昏君的精神。當時中國自鴉片戰爭之後清王朝日益衰朽，康梁變法維新力圖挽救國家危亡，卻遭到清王朝殘酷鎮壓。作者與同盟會成員正是要發揚伍子胥精神來富國強兵，推翻清王朝封建統治，亦要「素車白馬戰秋風」，衝蕩出一個新世界。

此詩格律嚴整，景觀壯美，寓意深刻，詩風豪放，雄渾有力，不愧是異域詩中上乘之作。

輪船記事（選一）　　秋　瑾

【題　解】光緒三十年（西元一九〇四年）春，秋瑾為挽救多難的祖國，登船東渡日本留學，探求革命真理，寫下了一組〈輪船記事〉。這裡選析的一首，描寫於赴日輪船上所見大海壯麗的風光，並抒發了「隻身東海挾春雷」（〈黃海舟中日人索句并見日俄戰爭地圖〉）的豪壯情懷。

水天同一色❶，突兀聳孤巒❷。望遠胸襟暢，凭窗眼界寬。銀濤疑壁立，青海逼人寒。咫尺❸皇州❹近，休歌〈行路難〉❺。

【注釋】❶水天同一色　從王勃〈滕王閣序〉「秋水共長天一色」句化出。❷孤巒　獨峰，比喻輪船。❸咫尺　比喻距離極近。咫，古代長度，合今制市尺六寸多。❹皇州　國都。此指日本東京。❺行路難　為樂府〈雜曲歌謠〉篇名。《樂府解題》云：「〈行路難〉備言世路艱難及離別悲傷之意。」

【語譯】水天茫茫一色，輪船高聳宛如峰巒。望遠胸襟真開闊，憑窗眼界很寬廣。銀濤騰空疑似水牆陡立，大海搖盪海氣寒清。東瀛京都近在眼前，無須再唱〈行路難〉了。

【研析】此詩首聯一開篇即寫輪船已航行於大海的萬頃波濤之中。前句寫作者放眼遠望，只見碧海與青天相連接，渾然一色，空闊無際。後句似寫海中有孤島突兀聳立，實際是暗喻大輪船在海面上如「聳孤巒」，為空寂的大海增添了奇觀。頷聯是抒情。作者東渡施展抱負，心情原本就暢快，此時遠望「水天同一色」的海上風光，怎能不更覺胸襟舒張？內心充滿了「須把乾坤力挽回」（〈黃海舟中……〉）的雄心壯志。頸聯「銀濤疑壁立，青海逼人寒」又是寫景，此聯寫對大海波濤的審美感受。前句著重於視覺感受，銀濤騰空好像牆壁一樣陡立，形象精警，生動地描寫出海浪高捲之狀。後句轉寫觸覺感受，輪船向東北方向航行，此時屬暮春三月，春寒未盡，大海水氣濕冷，故覺寒氣逼人。此聯寫出航程的艱險一面，這亦如同作者的人生道路一樣，既空闊又坎坷。尾聯寫作者所乘輪船即將順利抵達東京，「壁立」的「銀濤」，「逼人寒」的「青海」已甩在身後，她為一路順風而欣慰，同時亦以此句明志，即在未來的人生征途上亦應該奮發進擊，充滿必勝的信念，而無須慨嘆世路艱難與沉浸於生離死別的兒女情長之中，顯示出「鑒湖女俠」之「伉爽明決，意象自雄」的英雄氣概，表現出「粉身碎骨尋常事，但願犧牲保國家」（〈無題〉）的決心。

此詩基本採用上聯寫景記事，下聯抒懷明志的結構。詩風奇警雄健，詩如其人，一掃閨秀纏綿悱惻、哀感頑豔之風。

淀江道中口占

蘇曼殊

【題解】此詩口吟於宣統元年（西元一九〇九年）作者赴淀江看望義母河合仙的途中。淀江，日本江名，在本州島近畿地方，源於琵琶湖，注入大阪灣。此詩描寫春日淀江道中所見農村風光，頗近於中國江南三月之景，並流露出喜悅的心情。

孤村隱隱起微煙，處處秧歌競插田。羸馬❶未須愁遠道，桃花紅欲上吟鞭❷。

梢。」

【注　釋】❶羸馬　瘦弱的馬。❷吟鞭　詩人的馬鞭。此指作者的馬鞭。辛棄疾〈鷓鴣天〉：「搖斷吟鞭碧玉梢。」

【語　譯】孤村隱約飄起了淡淡的炊煙，處處唱起秧歌鄉民正忙於種田。瘦馬不必顧慮道路遙遠，桃花紅豔直欲染上馬鞭了。

【研　析】作者天性清逸，善詩又工畫。他一旦以畫家的審美眼光觀照自然風物並反映在詩內，就如同唐代詩人兼畫家王維之作一樣「詩中有畫」。此詩就是一幅春意盎然、色彩明麗的日本鄉村圖畫。上聯描寫遠處「孤村隱隱起微煙」作為畫面的背景，及近處「處處秧歌競插田」與「桃花紅」作為畫面的襯景，實際也是表現淀江道的環境。下聯則引出大道上奔馳的羸馬與詩人之鞭，作為畫面的主體，層次分明。桃花之紅與秧苗之綠，相互映襯，景色秀麗，而「桃花紅欲上吟鞭」之警句更寫出春意濃烈之景，令人心曠神怡，並充滿即將重見義母的喜悅。所謂「未須愁遠道」，既是勸慰羸馬，亦是自我安慰，路程雖遠，但景色宜人，亦就不必煩悶了。

十、詠史・懷古

采石磯

吳偉業

【題解】采石磯原名牛渚磯，三國時更名。在今安徽馬鞍山市長江東岸，為牛渚山突出長江而成，江面較窄，形勢險要，自古為江防重地。明開國功臣常遇春曾率軍攻取采石磯，擊潰元軍。常遇春（西元一三三〇—一三六九年），字伯仁，懷遠（今屬安徽）人。善射，有勇力。元末參加朱元璋軍，與大將徐達共同領兵，為副將軍。明洪武二年（西元一三六九年）與李文忠攻克開平（治今內蒙古正藍旗東閃電河北岸），還師時病故，追封開平王。詩人經過采石磯乃寫下此五絕以憑弔常遇春。

石壁千尋❶險，江流一矢爭❷。曾聞飛將上❸，落日弔開平❹。

【注　釋】❶尋　古代長度單位。八尺為一尋。❷一矢爭　形容江流水勢湍急，似一箭飛射。❸曾聞飛將上　據《明史・常遇春傳》：「兵薄牛渚磯。元兵陳磯上。舟距岸且三丈餘，莫能登。遇春飛舸至，太祖麾之前，（遇春）應聲奮戈直前。敵接其戈，乘勢躍而上，大呼跳蕩。元軍披靡。諸將乘之，遂拔采石，進取太平。」此句即寫常遇春身先士卒攻占采石磯之英勇。飛將，即「飛將軍」，原指「漢之飛將軍」李廣。此喻常遇春。❹開平　即開平王常遇春。

【語　譯】石壁千尋險立難上，江流似箭飛射非常湍急。曾聞飛將躍身登上了采石磯，夕陽如血還在憑弔著開平王。

【研　析】此詩寫得英風豪氣逼人，這取決於其所歌詠的對象乃是明開國名將，與故國當時正如旭日初升的客觀形勢。詩上聯極力渲染采石磯形勢，極寫壁高流急，突出地勢之險要，旨在襯托下聯「飛將上」之英勇非凡。下聯前句以漢代猛將李廣之「飛將軍」稱號比喻常遇春，可見對常遇春的極度欣賞與欽佩。而後句「落日弔開平」，以夕陽西沉想像為是在憑弔開平王，實際是抒發自己的憑弔之意。落日的意境並不淒婉，而是恢宏悲壯，真乃大手筆。細品詩意，作者讚賞明初開國大將而憑弔之，實暗寓憑弔故國之思。

題韓蘄王廟

尤侗

【題　解】韓蘄王廟在江蘇鎮江市通吳門外，為祭祀南宋抗金名將韓世忠而建。韓世忠與岳飛齊名，生前力主抗金，曾大敗金兵於黃天蕩、大儀，大振國威，但後遭奸臣秦檜迫害，被罷兵權而閒居杭州。死後被宋孝宗追封為蘄王，謚忠武。這首懷古詩乃作者憑弔韓蘄王廟後所作。詩歌詠了韓世忠的歷史功績及坎坷遭遇，抒發了敬仰之情。

【作　者】尤侗（西元一六一八—一七〇四年），字同人，更字展成，號悔庵，又號西堂。長洲（今江蘇蘇州）人。順治拔貢，授水平推官。康熙十八年（西元一六七九年）試博學鴻詞，授翰林院檢討，參加修《明史》。三年後告歸，隱居二十餘年。沈德潛評他「少時專尚才情，詩近溫（庭筠）、李（商隱）；歸田以後，仿白樂天」（《國朝詩別裁集》）。有《西堂全集》。

忠武❶勳名百戰回，西湖❷跨蹇❸且銜杯❹。英雄氣短莫須有❺，明哲保身❻歸去來❼。夜月靈旗❽搖鐵甕❾，秋風石馬❿上琴臺⓫。千年遺廟⓬還香火，杜宇⓭冬青⓮正可哀。

【注　釋】❶忠武　韓世忠死後謚號「忠武」。❷西湖　指杭州西湖。❸蹇　蹇驢，即跛驢。❹銜杯　指飲酒。❺莫須有　《宋史・岳飛傳》：「獄之將上也。韓世忠不平，詣（秦）檜詰其實。檜曰：『飛子雲與張憲書雖不明，其事體莫須有。』世忠曰：『莫須有三字何以服天下？』」後以無罪蒙冤稱「莫須有」，意也許有。韓世忠亦被秦檜以「莫須有」罪名讒害罷了兵權。❻明哲保身　《詩・大雅・烝民》：「既明其哲，以保其身。」指深明事理者可保全自己。❼歸去來　晉陶淵明有〈歸去來辭〉抒寫歸隱之樂。❽靈旗　《漢書・禮樂志》：「招搖靈旗，九夷賓將。」靈旗，指畫招搖（星宿名）旗以征伐。漢武帝伐南越，首製靈旗，上畫日月七星。

❾鐵甕　指江蘇鎮江城。因城內外用甓砌城牆，其堅固如鐵甕而得名。❿石馬　石雕的馬。古時多列於帝王貴族墓前。此指漢大將軍霍去病墓前石馬。⓫琴臺　指韓世忠墓地，在今蘇州靈巖山。⓬遺廟　韓蘄王廟。在江蘇鎮江市通吳門外。⓭杜宇　杜鵑，傳為蜀王杜宇的魂魄所化。此喻宋高宗。⓮冬青　史載元楊璉真伽曾發掘宋皇陵，林景熙等收遺骨重葬，並種冬青於冢上。

【語　譯】「忠武」的勳名卓著身經百戰，罷官後在西湖畔騎驢還借酒澆愁。英雄氣短只因「莫須有」之罪，明哲保身只能歌吟「歸去來兮」了。昔日夜月清涼靈旗在鎮江城頭招搖，今朝秋風蕭颯石馬上了琴臺。千年古廟香火燃燒不斷，冬青冢上杜鵑的叫聲正悲哀。

【研　析】此詩首聯寫韓世忠榮辱浮沉的一生。前句寫其軍旅生涯，身經百戰，死後博得「忠武」之威名，可見其功高蓋世；後句寫其被罷官後迫閒居杭州，過著騎驢遊湖、飲酒買醉的閒散生活。兩相對照，發人深思。頷聯乃承首聯意進一步敘寫。前句指其因「莫須有」之罪被秦檜陷害，收去兵權，使抗金英雄為之氣短；後句寫韓世忠只能走陶淵明歸隱之路，高唱「歸去來兮」，寫出其無可奈何與自己的同情。頸聯一轉，乃寫作者憑弔韓蘄王廟時的聯想，面對夜月鎮江城頭，似見蘄王出征的靈旗仍在飄揚，此指高宗建炎四年（西元一一三〇年），韓世忠曾於鎮江率兵八千人抗拒金兵十萬眾，迫使金兀朮不敢渡江，此想像其生前；作者又遙望蘇州韓世忠墓，似見漢將霍去病墓前石馬在秋風中奔到靈巖山之韓世忠墓前，護衛這位英雄，此想像其死後。此聯充分顯示了韓世忠的英雄之氣，表現了作者的崇敬之情。尾聯乃點題，「千年遺廟」寫其古老，乃誇飾之詞，實際並無千年；「還香火」寫出後代百姓對他的敬仰。而寫冬青冢上悲鳴的杜宇，則是以宋高宗的投降賣國所遭到的悲慘命運反襯愛國英雄的崇高偉大。全詩對韓世忠充滿同情與欽佩之情。此詩鎔評論、敘事、寫景於一爐，韓蘄王形象亦躍然紙上。

吳宮詞

毛先舒

【題　解】這是一首歌詠西施的七絕。西施是春秋越國的美女，越王句踐採納范蠡之計將她進獻給吳王夫差，讓她迷惑吳王，而吳王果然中計，對之百般寵愛，特為她在蘇州靈巖山建造館娃宮即「吳宮」，並沉湎酒色，放鬆鬥志，從而導致吳國滅亡。歷代題詠西施之作甚多，題旨不一，此詩立意又獨闢蹊徑，它寫的是西施作為特殊身分的人物在吳宮中的內心矛盾。被王士禛譽為「意未經前人道過」（《漁洋詩話》），向人提供了認識與理解西施的新角度。

【作　者】毛先舒（西元一六二〇—一六八八年），初名駿，字稚黃。錢塘（今浙江杭州）人。明諸生。與毛奇齡、毛際可齊名，有「浙中三毛，文中三豪」之稱。有《東苑詩鈔》、《詩辯坻》等。

蘇臺❶月冷夜烏棲，飲罷吳王❷醉似泥。別有深恩酬不得，對君歌
舞背君❸啼。

【注　釋】❶蘇臺　姑蘇臺，在今蘇州西南胥山上。臺橫廣五里，上有春宵宮，為吳王宴飲遊樂處。李白〈烏

棲曲〉：「姑蘇臺上烏棲時，吳王宮裏醉西施。」❷吳王　指春秋吳國君主夫差。❸君　指吳王夫差。

【語　譯】姑蘇臺月色清冷夜烏已經棲息了，吳王還沉湎酒色爛醉如泥。國君恩寵深厚難以回報，西施只能對君歌舞背君哭泣。

【研　析】此詩前兩句寫吳王夜飲吳宮爛醉如泥的情景。首句寫「蘇臺」（實指吳宮）月冷烏棲的時空環境，表明已是夜深人寢的時分，但吳王卻仍沉溺於「夜生活」，與嬪妃們宴飲淫樂，而且喝得爛醉如泥，可見其荒淫無度。首聯表面上未寫西施，實際上陪吳王宴飲的主要是西施，正含有李白〈烏棲曲〉所謂「姑蘇臺上烏棲時，吳王宮裏醉西施」之意。而後兩句則正式寫西施，第三句「別有深恩酬不得」，寫西施心態。她雖是負有「使命」來吳國的，但深得吳王真心寵愛，作為一個出身鄉村的善良女子，她對吳王不能不產生感恩之情。照常理，「滴水之恩，當湧泉相報」，但她是代表著越國的利益，從根本上與吳國是勢不兩立的，不可能真正酬報吳王。個人的情感與國家的利益發生衝突，這使她內心感到痛苦，於是就有了「對君歌舞背君啼」的雙重人格。在吳王面前亦歌亦舞，似乎十分痛快；而背著吳王又為自己的「欺騙」而痛哭流淚。於是作者筆下的西施已被抹去了「神聖」的光環，她不再是一個「女政治家」式的女人，而是亦具有普通人情感的女子，這使人感到真實親切，是一個全新的西施形象。作者於詩主張「含蓄」，「旨歸醞藉」，表現要「微而婉」，反對「意露」。（見《詩辯坻》）此詩正是這種思想的表現。

玉鉤斜

汪　琬

【題　解】「玉鉤斜」乃古地名，「隋煬帝葬宮人處」（《廣陵志》），遺址在今江蘇揚州西北。作者憑弔古蹟，回憶隋煬帝因驕奢淫逸而滅亡的歷史，不勝感慨，乃有此詩。

月觀❶淒涼羅歌舞，三千豔質❷埋荒楚❸。寶鈿❹羅帔❺半隨身，踏
作吳公臺❻下土。春江❼如故錦帆❽非，露葉風條❾積漸稀。蕭娘❿行雨⓫
知何處？惟見橫塘蛺蝶⓬飛。

【注　釋】❶月觀　揚州城北古蹟。《揚州府志》：「（劉）宋徐諶之為南兗州刺史，以廣陵城北多陂津，水物豐盛，乃建風亭、月觀、吹臺、琴臺。」❷豔質　指美女。❸荒楚　荒蕪的荊棘。❹寶鈿　華美的首飾。❺羅帔　絲織的披肩。❻吳公臺　在揚州城西北。初為沈慶之所築，陳朝吳明徹又修建，故稱。❼春江　實指運河。❽錦帆　錦製的船帆。指隋煬帝三下揚州，所乘龍舟皆掛錦帆。李商隱〈隋宮〉：「玉璽不緣歸日角，錦帆應是到天涯。」❾露葉風條　指柳。隋煬帝開運河，於堤上遍植楊柳。❿蕭娘　指隋煬帝蕭后。隋亡後被突厥所掠，唐太宗滅突厥迎歸。⓫行雨　宋玉〈高唐賦〉敘楚王遊高唐，夢神女侍寢，神女自稱「旦為行雲，暮為行雨」。⓬蛺蝶　蝴蝶。

【語　譯】月觀淒涼曾經上演過歌舞，那三千宮女已成為了荒蕪荊棘中的枯骨。她們常隨身佩戴的頭飾披肩，今日已踏作了吳公臺下的泥土。春江依舊流淌而昔時的錦帆已不見了，隋堤的楊柳枝葉也漸漸稀疏了。蕭娘的文采風流已不知何處去，只見橫塘蝴蝶在款款飛舞。

【研　析】此詩從頭至尾採用古今對照的結構，以今襯古，以古鑑今，發人深思。詩開篇兩句點出「月觀」（實即代表玉鉤斜），當年隋煬帝下揚州，玉鉤斜絲竹盈耳，宮女輕歌曼舞，是極為繁華之地；而今卻冷落淒涼，那三千明眸皓齒的宮女亦早已埋入荒蕪的荊棘叢中，玉鉤斜成為「隋煬帝葬宮人處」。這個昔盛今衰的變遷乃全詩的一條主線。三、四句則進一步描寫「三千黸質」的結局：當年她們頭戴寶鈿，身披羅帔，何等婀娜迷人，而今卻成為吳公臺下泥土，任人踐踏。她們所代表的奢侈生活已成為歷史陳跡。第五、六句則寫揚州的大運河，它春水奔流，風貌似乎未改，但已看不見昔日隋煬帝下揚州時的龍舟錦帆；連河堤上的隋柳亦漸枯萎。這同樣寫出隋煬帝因奢侈而滅亡。最後兩句又由隋煬帝而聯想到蕭后，當年的風流人物，今亦不知何處覓其蹤跡，人們看見的只是池塘上蝴蝶緩緩飛舞。詩以空寂之景結束，意味深長。

此詩以玉鉤斜的昔盛今衰，慨嘆因奢侈而加速滅亡的可悲結局，並引起人們對現實的思考，亦引起對滄海桑田的歷史變遷的深思，容量頗大。全詩境界荒寂。雖然「春江」二字透露出時當春季，但詩中分明透露出類似秋天的蕭瑟，這是作者淒冷的心境所致，而遣詞造句皆塗抹上淒涼的色彩，讀後令人感情壓抑，又促使人不能不深思。

明妃曲

朱彝尊

【題解】「明妃」即王昭君，名嬙，西漢南豐秭歸（今屬湖北）人。晉避司馬昭諱改稱明妃或明君。漢元帝時入宮，但後宮美女甚多，元帝召宮女皆按畫工所畫圖召見。宮女多行賄畫工，以求美化。傳說昭君拒絕行賄畫工，畫工故意將她畫醜，故始終未被召。竟寧元年（西元前三三年）匈奴呼韓邪單于入朝求和親，元帝為和親，乃決定派一宮女嫁給單于。昭君請行，於是有「昭君出塞」之舉。

上林消息斷歸鴻❶，記抱琵琶❷出漢宮。紅頰近來憔悴甚，春風❸更遜畫圖中❹。

【注釋】❶上林消息斷歸鴻　用《漢書・蘇武傳》典：漢使赴匈奴，稱天子射上林中，得大雁，足繫帛書，言蘇武等在大澤中，迫使匈奴單于承認蘇武等確實還在。上林，西漢宮苑名，此代漢宮。此句反用蘇武之典。❷抱琵琶　王昭君善彈琵琶，相傳出塞時曾馬上抱琵琶，並彈奏自作的〈昭君怨〉，抒寫入宮不遇之悲。❸春風　即春風面。杜甫〈詠懷古迹五首〉詠明妃云：「畫圖省識春風面。」指王昭君的容貌。❹畫圖中　白居易〈明君詠〉：稱其「愁苦辛勤憔悴盡」，「如今卻似畫圖中」。據《西京雜記》：「（漢）元帝後宮既多，不得常見，乃使畫工圖形，按圖召幸之。時宮人皆賂畫工，獨王嬙不肯，遂不得見。」

【語譯】沒有大雁帶來故國的消息，還記得懷抱琵琶淚別漢宮的情景。臉頰近來特別憔悴，風姿遠遜當年畫中的面容。

【研析】後人題詠昭君之什甚多，立意各不相同。杜甫說「畫圖省識春風面」，認為從圖畫中還是可以大致看出昭君的美貌；白居易說「如今卻似畫圖中」，言其出塞後容顏愁苦憔悴與畫圖相仿；王安石則云「意態由來畫不成」（〈明妃曲〉），謂昭君的美妙是難以畫出來的。此詩立意承白居易意而予以出新。上聯從回憶的角度抒寫，但兩句實際是倒裝句，意謂先是抱著琵琶出漢宮，然後才感嘆漢宮的消息斷。下聯是以今日的容貌來表現思念之深，不僅紅頰憔悴甚，而且「春風更遜畫圖中」，又比白居易所說「如今卻似畫圖中」更進一步。其所以如此「憔悴甚」是因為首句所說的「上林消息斷歸鴻」，內心痛苦所致。詠史詩一般多有寄託，作者詠昭君實際亦寄寓其對故國的懷念。

蟂磯靈澤夫人祠二首（選一）

王士禛

【題解】作者《漁洋詩話》記云：「蕪湖江岸有蟂磯，上有昭烈孫夫人祠。余甲子使粵歸，過之，題二詩云：（略）」靈澤夫人祠，即昭烈孫夫人祠，建於蕪湖江岸蟂磯上。孫夫人為蜀漢昭烈帝劉備之妻，東吳孫權之妹。作者於康熙二十三年甲子（西元一六八四年）祭告南海歸，次年途經蕪湖，憑弔了靈澤夫人祠，寫詩二首。此為其一，從孫夫人角度慨嘆吳、蜀之亡。

霸氣❶江東❷久寂寥，永安宮❸殿莽蕭蕭❹。都將家國❺無窮恨，分付潯陽❻上下潮。

【注　釋】❶霸氣　指三國東吳孫權昔日稱霸的氣勢。❷江東　指東吳。❸永安宮　蜀漢行宮，在四川奉節白帝城，劉備死於此。❹莽蕭蕭　指雜草叢生，蕭蕭有聲。意指蜀漢滅亡。❺家國　吳國為孫夫人家，蜀國為其國。❻潯陽　古郡名，今江西九江市，在長江邊。沈德潛釋曰：「潯陽以上為劉，潯陽以下為孫。夫人之恨，真無窮矣。」(《國朝詩別裁集》)

【語　譯】孫權稱雄江東的霸氣已沉銷很久了，劉備歸天的永安宮殿也荒草叢生。孫夫人把家與國的無窮怨恨，一併交付給潯陽上下的長江潮了。

【研　析】上聯以江東霸氣寂寥與永安宮莽蕭蕭的情境寫出東吳之亡與蜀漢之亡，頗為含蓄，又具有歷史興亡的感慨色彩；同時為寫孫夫人提供了時代背景。下聯乃轉向寫孫夫人的「家國無窮恨」。孫夫人身分特殊，她既是東吳國君孫權之妹，又是蜀漢國君劉備之妻，因此對吳、蜀皆有感情。吳、蜀之亡使她既有家仇，亦有國恨。如此巨大的思想負擔壓在一個女子身上該何等沉重。而寫其祠立在長江岸，只能把「家國無窮恨」都交付給長江之潮，意謂她只有死後才能擺脫這巨大的思想包袱，不無同情之意。作者對孫夫人矛盾心境的揣測頗有見識。作者七絕詩以「神韻」擅長，大多風格沖淡、清奇，但亦不盡然，此詩氣勢沉雄，格調蒼老，可見作者詩之另一面目，但詩仍不乏「神韻」，大可啟人深思。

三閭祠

查慎行

【題解】三閭祠在湖南有多處，如長沙、汨羅、溆浦皆有，均為紀念偉大的愛國詩人屈原所建。屈原曾任楚國的三閭大夫，故稱三閭祠。作者於康熙二十一年（西元一六八二年）由貴陽返浙江，次年到湖南，曾遊洞庭湖，有〈中秋夜洞庭湖對月〉，其憑弔的三閭祠可能是洞庭附近的汨羅三閭祠。具體是哪座三閭祠並不十分重要，重要的是此詩抒發了作者對屈原的崇敬，並寄寓了個人對現實的不滿。

平遠江山極目回，古祠漠漠❶背城開。莫嫌舉世無知己，未有庸人不忌才。放逐❷肯消亡國恨？歲時猶動楚人哀❸。湘蘭沅芷❹年年綠，想見吟魂❺自往來。

【注釋】❶漠漠　寂靜貌。❷放逐　指屈原先後被楚懷王與頃襄王放逐。❸歲時猶動楚人哀　傳說屈原農曆五月五日投江自盡，故每年五月五日楚人龍舟競渡、吃粽子以寄託對屈原的哀思。❹湘蘭沅芷　湘、沅，湖南二水名。蘭、芷，香草。屈原作品中常提及。❺吟魂　詩魂，指屈原之魂。

【語譯】放眼望去江山平遠迂迴，古祠清寂背倚著關城敞開。不必遺憾舉世缺乏知己，從來沒有庸人不忌妒賢才的。放逐自盡怎能消除掉亡國的大恨？每逢忌日都牽動著楚人的悲懷。湘蘭沅芷年年翠綠，想見詩人的魂魄會自由地往來。

【研析】此詩首聯點題。首句寫三閭祠環境，四周是平遠迂迴的山巒；次句寫三閭祠地點，背依城關。首聯渲染出三閭祠靜穆清幽的氣氛，接下兩聯乃回憶屈原的一生遭際，但不是平鋪直敘，而是滿懷激情，以議論的形式表現，主觀色彩濃郁。據《史記・屈原賈生列傳》載：屈原「博聞強志，明于治亂，嫻于辭令。入則與王圖議國事，以出號令；出則接遇賓客，應對諸侯」，是難得的賢才。但受上官大夫忌恨、陷害，被楚王所疏遠。他慨嘆曰：「舉世皆濁我獨清，眾人皆醉我獨醒，是以見放。」（《楚辭・漁父》）這就是頷聯的內涵：舉世無知己、庸人忌賢才。但作者加以「莫嫌」、「未有」即具有了感情色彩，似乎是對屈原之魂的安慰，亦加入了自己的現實感受。屈原在楚懷王、頃襄王朝兩次被流放，西元前二七八年得悉秦將白起攻陷郢都，終於投身汨羅以殉國，引起楚國人的悲悼崇敬之情。這是頸聯的內涵，作者以問句抒寫屈原雖然放逐自盡，卻難消其「亡國恨」，表現了作者對詩人的深刻理解，寄寓了作者對忠君愛國的屈原的感佩之情。尾聯乃從回憶遐思中返回現實，寫三閭祠一帶「湘蘭沅芷年年綠」，以顯示其不朽的生命力。這些意象常出現在屈原詞賦中，因此它們亦是屈原愛國精神的象徵。屈原的精神正是「年年綠」而不死的蘭芷。故尾句想像詩人不泯的詩魂，時常往來於「湘蘭沅芷」之間，亦是順理成章的。此詩首尾二聯寫景，中間兩聯議論抒懷。寫景境界闊大，議論感情色彩濃烈，是一首感人肺腑的懷古詩。

秣陵懷古

納蘭性德

【題解】秣陵即今南京，又稱金陵。歷史上是六朝國都，明初國都即建於此，大明覆滅後，南明弘光朝亦建都於此。當作者來到秣陵，不禁「慨長思而懷古」（張衡〈東京賦〉），寫下這首七絕。

山色江聲❶共寂寥❷，十三陵❸樹晚蕭蕭。中原事業❹如江左❺，芳草何須怨六朝❻？

【注釋】❶山色江聲　指南京鍾山之色、長江之聲。❷寂寥　無形無聲之狀。歐陽修〈秋聲賦〉：「其意蕭條，山川寂寥。」❸十三陵　明代自成祖到思宗十三個皇帝的陵墓，在北京昌平天壽山南麓。❹中原事業　指北京明王朝的大業。❺江左　指南京歷代覆滅的六朝。❻六朝　原指先後建都南京的東吳、東晉與南朝宋、齊、梁、陳六朝。此指代亦建都南京的南明弘光朝。

【語譯】鍾山翠色與長江濤聲都已消失了，秋晚十三陵的樹木亦變得蕭疏。大明王朝與六朝的命運相同，何必埋怨南明的芳草枯凋呢？

【研析】清代漢族詩人頗多秣陵懷古之作，幾乎一律是抒寫亡國之哀與故國之思。但作者乃滿族人，是清王朝統治集團的一員，當他站在新興清王朝的立場上看明朝與南明弘光朝的滅亡，與漢人自有不同的感受，詩之立意迥異於漢族文士的秣陵懷古。他認為明亡清興乃是自然合理的，無可責怪的。這是他的真情實感，亦是自然合理之言。

此詩前兩句，寫南明與大明已經滅亡的史實，但採用形象化手法。首句寫金陵的「山色江聲」的「寂寥」，暗示南明王朝的覆滅；次句又以北京十三陵的秋樹蕭瑟，顯示大明王朝的滅亡。三、四句乃發議論，對歷史的變遷提出其獨到的見解：既然連大明的中原事業都已如歷代江左六朝一樣走到了盡頭，那麼又何必再哀悼秣陵的南明小王朝如芳草凋零呢？此論發人所未發，亦堪稱卓識。詩的表現仍形象委婉，盡量讓形象說話。其《原詩》批評云：「矮子觀場，隨人喜怒，而無自有之面目，豈不悲哉？」而此詩則正有其自己的「面目」。

三垂岡

嚴遂成

【題解】三垂岡在今山西屯留東南。唐末晉王李克用曾於此置酒宴。其子李存勖後又於此破後梁軍隊，解潞州之圍。作者於秋日登臨三垂岡，詠嘆李克用與李存勖父子史事，寫下這篇名作。袁枚曾評此詩曰：「海珊自負詠古為第一，余讀〈三垂岡〉等作，果然。」（《隨園詩話》）

英雄❶立馬起沙陀❷，奈此朱梁❸跋扈❹何！隻手難扶唐社稷，連城

且擁晉山河❺。風雲帳下奇兒在，鼓角燈前老淚多❻。蕭瑟三垂岡畔路，
至今人唱〈百年歌〉。

【注　釋】❶英雄　指沙陀人晉王李克用。其父朱邪赤心因協助唐朝平龐勛有功，賜姓名為李國昌。李克用又因平黃巢有功被封晉王。❷沙陀　古代部落名。❸朱梁　指後梁太祖朱全忠。朱氏原名朱溫，初從黃巢，後降唐封梁王，賜名全忠。天佑四年（西元九〇七年）廢唐昭宣帝自立，國號梁。❹跋扈　指朱全忠氣焰囂張，連年戰敗李克用，李克用對他無可奈何。❺晉山河　《左傳・僖公二十八年》：「表裏山河，必無害也。」杜預注：「晉國外河而內山。」此指李克用管轄地區。❻風雲帳下奇兒在二句　《新五代史・唐莊宗紀》：「（李）存勖，克用長子也。初，克用破孟方立于邢州，還軍上黨，置酒三垂岡，伶人奏〈百年歌〉，至于衰老之際，聲辭甚悲，座上皆淒愴。時存勖在側，方五歲，克用慨然捋鬚，指而笑曰：『吾行老矣，此奇兒也。後二十年，其能代我戰于此乎？』」奇兒，指李存勖。後來他果然於三垂岡大破梁軍。

【語　譯】英雄李克用橫刀立馬崛起於沙陀，但是面對朱溫的跋扈他也無可奈何。他勢力單薄難以扶持唐社稷了，城池連綿只能暫且擁有晉山河。鼓角燈前自己老淚縱橫，可喜風雲帳下有奇兒在。秋意蕭瑟時節行走在三垂岡畔的路上，聽到人傳唱淒愴的〈百年歌〉。

【研　析】此詩首聯與頷聯評說晉王李克用的歷史功過，流露出對「英雄」力薄的慨嘆惋惜之意。詩開篇一句以「英雄立馬起沙陀」描繪李克用的威武形象，無疑含有讚賞之意，對唐王朝來講他是有功之臣，在感情上此為揚。但接下三句感情則跌宕為抑，寫其在與梁王朱全忠的爭戰中，連

連失利，無法扼制梁王的飛揚跋扈，扶持唐朝社稷，而只能據守其「晉山河」，作者對此又深感嘆惜。頸聯乃轉寫李克用之子李存勖，描繪李克用「破孟方立于邢州，還軍上黨，置酒三垂岡」的情景，此聯邏輯上應倒置，克用先是感慨自己年老而垂淚，然後又為帳下有「奇兒」而欣慰。後句為前句之襯托，益顯其兒之不凡。此兒之奇非虛譽，因為後來他終於繼承父志，滅梁建後唐。作者對李存勖的讚譽之情亦在「奇兒」二字流露出。尾聯乃回到現實，此時秋意蕭瑟，三垂岡亦已無當年古戰場的氣氛，人們只能唱唱當年的〈百年歌〉，回憶那段歷史往事而已，顯出作者惆悵之意。此詩寫得悲壯雄奇；詠史可稱成功。但純粹詠史，作者懷古而未慨今，終覺立意欠深厚。

祖龍引

朱瑄

【題解】「祖龍」為秦始皇別名。「引」，文章體裁之一，「祖龍引」即「祖龍歌」之意。這首詠史詩對有「千古一帝」之稱的秦始皇為長生不老而尋仙求藥之舉進行了辛辣嘲諷。

【作者】朱瑄（約西元一七六六年前後在世），字樞臣。吳縣（今江蘇蘇州）人。乾隆中期前後在世。《國朝詩別裁集》錄其詩。

徐市❶樓船❷竟不還，祖龍❸旋已葬驪山❹。瓊田❺倘致❻長生草❼，
眼見諸侯❽盡入關❾。

【注　釋】❶徐市　一作「徐福」。秦方士，齊人，秦始皇命他率童男女數千人乘樓船入海上神山覓不死之藥。但十年不得，徐市樓船亦未回來。❷樓船　一種大船。❸祖龍　指秦始皇。《史記・秦始皇本紀》：「(三十六年)秋，使者從關東夜過華陰平舒道，有人持璧遮使者曰：『為吾遺鎬池君。』因言曰：『今年祖龍死。』使者問其故，因忽不見，置其璧去。使者奉璧具以聞。始皇默然良久，曰：『山鬼固不過知一歲事也。』退言曰：『祖龍者，人之先也。』」《集解》引蘇林曰：「祖，始也；龍，人君象。謂始皇也。」此為「祖龍」名的來歷。❹驪山　在今陝西臨潼城南。始皇墓在驪山東北麓。❺瓊田　玉田。指海上蓬萊仙境。❻倘致　假使能得到。❼長生草　《十洲記》：「東海祖洲上有不死之草。」❽諸侯　指六國軍隊。❾關　指函谷關。在今河南靈寶東北王垛村。戰國秦置。唐太宗〈帝京篇〉：「秦川雄帝宅，函谷壯皇居。」為軍事咽喉之地。

【語　譯】徐市樓船入海求藥竟沒回還，始皇瞬間歸天葬在驪山。假使生前採到了仙境的長生草，也只能親眼看見六國諸侯殺進了函谷關。

【研　析】此詩前兩句敘事，後兩句議論。敘事一寫始皇派徐市入海求藥，以期長生不死，可惜徐市最後竟不歸還，始皇上了大當。二寫既然無長生藥，始皇終於難逃葬身驪山墓的命運。這兩句作者貌似客觀記事，但兩相對照，自見諷刺鋒芒。後兩句議論乃採用「以退為進」的方法：假使始皇終於得到長生草而未死，那麼他的種種倒行逆施亦必將招致六國諸侯餘部重新結集，他看到的將是諸侯一起殺入函谷關，推翻他的統治。這個設想內涵十分深刻，對始皇的批判可謂入木三分。故沈德潛評曰：「祖龍有知，亦應齒冷。」(《國朝詩別裁集》)當然，此詩詠秦始皇之可悲命運，亦足以為當朝帝王戒，自有其現實意義。

馬嵬（選一）

袁枚

【題解】作者於乾隆十七年（西元一七五二年）赴陝西任職，途經馬嵬坡。馬嵬坡在陝西興平西，相傳晉人馬嵬在此築城，故名。唐安史之亂，唐玄宗自長安逃往四川，經馬嵬坡村，禁軍譁變，要求殺死權奸楊國忠，又迫使玄宗命楊貴妃自縊，玄宗為保全自己，只能照辦。作者緬懷歷史，寫下四首七絕，此為其一。

莫唱當年〈長恨歌〉❶，人間❷亦自有銀河❸。石壕村❹裏夫妻別，
淚比長生殿❺上多！

【注釋】❶長恨歌　唐代詩人白居易所作長篇敘事詩，內容為描寫唐玄宗與楊貴妃的愛情故事。❷人間　指平民社會。❸銀河　據傳說，牛郎與織女相愛，為王母娘娘拆散，以銀河分隔之。此喻使夫妻分離的力量。❹石壕村　在河南陝縣西南。唐代大詩人杜甫曾寫〈石壕吏〉詩，內容為描寫安史之亂時唐軍徵兵服役，逼迫一對老年夫妻悲慘離別的故事。❺長生殿　在陝西驪山華清宮內，為唐玄宗與楊貴妃居處。

【語譯】不要吟唱當年的〈長恨歌〉了，人間亦有銀河劃出阻隔。不見石壕村裡夫妻分別時，眼淚比玄宗、貴妃流得還要多！

【研　析】袁枚認為詠史詩應「借古人往事，抒自己之懷抱」（《隨園詩話》），亦即獨抒性靈。此詩即是以歷史上的唐玄宗與楊貴妃於馬嵬坡之死別與杜甫〈石壕吏〉所描寫的平民百姓之生離相對照，而把同情之淚灑向後者，認為「石壕村裏夫妻別，淚比長生殿上多」，百姓之痛苦遠甚於帝王之不幸，從而表現了「君為輕，民為貴」的民本思想。上聯寫白居易〈長恨歌〉，是暗寫馬嵬的主角唐玄宗與楊貴妃的死別，下聯寫石壕村夫妻別，是暗用杜甫〈石壕吏〉的故事，二事皆發生在安史之亂時，故事的主角又同為夫妻，這是二者可以比較的條件，所以讀來並不突兀。但此詩題為〈馬嵬〉，實際並未直接寫馬嵬之事，只是抒寫經過馬嵬坡引起的感慨而已，屬於借題發揮。此詩與袁枚另一七絕〈靈武〉曾被吳應和評為「一沉痛，一淒婉，皆足以動人，與樊川（按：指杜牧）、義山（按：指李商隱）詠古諸作并傳無疑」（《浙西六家詩鈔》評語），評價不可謂不高。

烏江項王廟

蔣士銓

【題　解】乾隆十七年（西元一七五二年），作者北上進京赴禮部恩科會試途中，憑弔烏江項王廟而有此詩。烏江，在安徽和縣東北。楚漢相爭末期，項王項羽被劉邦戰敗於垓下，率八百餘人突圍南走，欲東渡烏江，未果，乃自刎於烏江。後人建項王廟以祭祀之。此詩充滿激情地謳歌了項王的英雄豪氣以及純真慷慨的性格。

喑嗚❶獨滅虎狼秦❷，絕世英雄自有真。俎上❸肯貽天下笑？座中惟覺沛公親❹。等閒割地❺分強敵❻，慷慨將頭贈故人❼。如此殺身猶灑落❽，憐他功狗與功臣❾。

【注　釋】❶喑嗚　怒斥聲。《史記・淮陰侯列傳》：「項王喑啞叱咤，千人皆廢。」❷虎狼秦　《史記・蘇秦列傳》：「夫秦，虎狼之國也。」❸俎上　《史記・項羽本紀》：楚漢相爭於廣武，相守數月，項王患之。為高俎，置太公（按：劉邦父）其上，以烹殺其父脅漢王退兵。未果，後乃與漢約，歸太公。俎是古代斬肉用的砧板。❹座中惟覺沛公親　《史記・項羽本紀》載，項王與沛公劉邦宴飲鴻門。項王謀臣范增欲殺沛公，項王未忍殺之，反待之甚親熱。❺割地　《史記・項羽本紀》：項王乃與漢約，中分天下，割鴻溝以西者為漢，鴻溝而東者為楚。❻強敵　指劉邦。❼慷慨將頭贈故人　《史記・項羽本紀》：項王身披十餘創，顧見漢騎司馬呂馬童，曰：「若非吾故人乎？吾聞漢購我頭千金，邑萬戶，吾為汝德。」乃自刎而死。❽灑落　瀟灑磊落。❾功狗與功臣　《史記・蕭相國世家》：劉邦嘗語諸將：「夫獵，追殺獸兔者，狗也。而發蹤指示獸處者，人也。今諸君徒能得走獸耳，功狗也；至于蕭何發蹤指示，功人也。」此借劉邦語指漢之武將功臣。

【語　譯】叱咤風雲獨滅了強秦虎狼之國，蓋世的英雄自有其純真之處。俎上遊戲，怎肯貽笑天下？鴻門宴中，只當沛公是親人。以鴻溝為界，隨便分地與強敵，烏江之畔，慷慨割頭贈予故人。如此殺身真是瀟灑又磊落，可憐的功狗功臣誰可與之相提並論！

【研　析】此詩首聯乃總寫項王。一讚其滅秦之功，二讚其純真之性。前句著眼於事業，後句著眼於其為人，可以說比較全面地概括出項王的長處。此聯基本上是虛寫。中間兩聯乃實寫項王一生四件大事，藉以反映其真率耿直、胸無城府、以及慷慨磊落的品性。「俎上」句寫項王曾將劉邦父置高俎上，作出欲烹殺之狀威脅劉邦退兵，但劉邦並不害怕，還說希望分他一杯湯喝，項王最終還是把太公歸還於劉邦。實際上他並不真想烹殺太公，為天下人恥笑。此舉近乎兒戲，可見其純真之性。「座中」句寫鴻門宴，他不顧范增的提醒，終不忍殺沛公，反當他是親人，可見仁慈之心。「等閒」句寫其與漢王約，中分天下，將地分給強敵劉邦，表現得大度磊落。「慷慨」句寫其烏江之刎，還不忘將頭顱贈給故人呂馬童去領賞，可見其慷慨之氣。作者對此四件史實雖未加評論，但欽佩之情不言自明。其遣詞用字，如「肯貽」、「惟覺」、「等閒」、「慷慨」均具有感情色彩。尾聯又將項王灑落自殺與劉邦之功狗功臣相比，前者雖死亦非後者可及，益顯項王的英雄氣概。人評此詩「一片憐才盛心，應使古人淚下幾許；從前作者俱橫使議論，不粗則淺耳」（李宗瀚），「豪氣千丈，足制項王身分，一結尤妙」（王文濡），俱中肯綮。

題吟薌所譜蔡文姬歸漢傳奇（選一）

趙翼

【題解】此詩為作者讀罷張吟薌寫的《蔡文姬歸漢傳奇》所作，為組詩八首之一。張吟薌，吳縣（今江蘇蘇州）人，其所作傳奇未見傳本。蔡文姬名琰，字文姬，蔡邕之女。漢末大亂為董卓部將所虜，後嫁南匈奴左賢王，居匈奴十二年。終被曹操以金璧贖歸，再嫁董祀。此詩記敘了文姬的不幸遭遇，並作出了自己的評價。

也似蘇卿❶入塞秋，黃沙漠漠帶氈裘❷。諸君莫論紅顏汙❸，他是男兒此女流。

【注釋】❶蘇卿　蘇武（西元前一四〇—前六〇年），字子卿，西漢杜陵（今陝西西安）人。天漢元年（西元前一〇〇年）以中郎將出使匈奴，被扣留而不肯降。後流放到北海（今貝加爾湖）牧羊。歷盡艱辛，堅持十九年，終返回祖國。❷氈裘　毛氈製成的衣袍。傳蔡文姬作〈胡笳十八拍〉：「氈裘為裳兮，骨肉震驚。」❸紅顏汙　指蔡文姬入匈奴嫁左賢王事是失節受汙。

【語譯】她也似蘇武寒秋入塞，黃沙茫茫身披著毛氈裘。諸君莫論文姬蒙受汙垢，蘇武是男兒文姬卻是女流。

【研析】此詩前兩句描繪文姬在塞外匈奴處的艱苦生活。其被俘匈奴如同蘇武寒秋入塞，羈留在那黃沙茫茫的荒野之地，且穿上粗糙的氈裘，其心情十分痛苦，正如其〈悲憤詩〉所云：「處所多霜雪，胡風春夏起。翩翩吹我衣，肅肅入我耳。感時念父母，哀嘆終無已。」作者的記述飽含同情之意。特別是將文姬入塞與忠貞愛國的蘇武相提並論，可見文姬在其心目中的地位之高。接下兩句則從反駁的角度，給予明確評價。文姬嫁匈奴人，從傳統觀點來看是失節，是蒙「汙」，故為「諸君」所詬。但詩人別具隻眼，認為文姬作為一個弱女子而歸匈奴人，實出無奈。她在那裡懷念故鄉，飽嘗骨肉分離的痛苦，與蘇武無異；而最終不忘故國，終於歸漢，仍顯示了高尚節操。在嫁匈奴這個問題上不能與蘇武採用一個尺度評判，蘇武畢竟是男子漢，而文姬只是一個「女流」。

此評價並非重男輕女，而是實事求是，亦體現了作者所主張的詩創作應追求的「新意」。

讀史六十四首（選一）

洪亮吉

【題　解】此詩所詠「史」嚴格說來並非真實存在的歷史，而是屬於傳說。但魯陽揮戈、后羿射日已是盡人皆知之事，似乎亦當做了「史」。作者「讀史」後突發奇想而有此作。

魯陽戈❶已嫌多事，第一尤憎后羿❷弓。正要不分昏與旦❸，懸他十日照寰中❹。

【注　釋】❶魯陽戈　傳說戰國時楚國魯陽公曾與人作戰，因日暮，即「援戈而揮之，日為之返三舍」（《淮南子・覽冥》）。「三舍」即九十里。❷后羿　傳說遠古之時，十日並出。堯派善射者后羿射掉九日。事見《淮南子・本經》。❸昏與旦　黑夜與白晝。❹寰中　猶言天下。

【語　譯】魯陽揮戈已嫌多事了，后羿彎弓射日最是可憎。我正希望不分黑夜與白晝，高懸著十日照得天下通明。

【研　析】全詩主旨是評說后羿射日之事。首句寫「魯陽戈已嫌多事」乃作為陪襯，意在逼出「第一尤憎后羿弓」。魯陽揮戈、后羿射日原意是表現人戰勝自然的偉力，自然是無可非議的。但作者論詩標舉「奇趣」，主張「另具手眼，自寫性情」（《北江詩話》），為表現其獨有的思想感情，乃馳騁奇思，有意翻案，而對后羿射日表示憎恨。他嚮往的是沒有黑暗，十日並照，天下永遠是光明的世界。朱庭珍評洪亮吉詩「有筆力，時工鍛鍊，往往能造奇句」（《筱園詩話》），正指此類佳作。但是此詩不是抒寫兒童式幻想，作者憎惡製造黑暗者，有其對現實的不平之氣。這只要聯繫嘉慶年間社會狀態以及作者的流放經歷即不言而喻。

秦淮

黃景仁

【題解】詩題「秦淮」指南京秦淮河。南京乃南朝金粉之地，秦淮河亦曾處處秦樓楚館，夜夜急管繁弦。只是秦淮河隨著歷史的變遷不斷興衰交替。當作者漫遊秦淮時不禁有昔盛今衰之感，而寫下此詩。

淒涼苔蘚掩金釵❶，無復笙歌動六街❷。回首南朝❸無限事，杜鵑❹
聲裏過秦淮❺。

【注釋】❶金釵　指南朝女子的頭飾。❷六街　原指唐都長安的六條中心大街。後泛指京都的大街和鬧市。韋莊〈秋霽晚景〉：「秋霽禁城晚，六街煙雨殘。」❸南朝　即宋、齊、梁、陳，皆建都金陵。❹杜鵑　傳說為周末蜀國君主杜宇死後的魂魄所變，古詩中作為悲哀的象徵。❺秦淮 南京秦淮河。

【語　譯】淒冷的苔蘚埋住了昔日的金釵，不再有笙歌在鬧市響了。回思南朝古都有多少興亡事，在杜鵑聲中小船駛過了秦淮河。

【研　析】此詩基本採用今昔對照的手法，以昔日之盛襯托今日之衰。昔日是以金陵秦淮的繁華時期「南朝」為象徵，這樣可形成強烈的反差，作者的諷世之意亦就不難理解了。詩前兩句寫今日秦淮之衰敗蕭條，但每句皆採用對照手法。「淒涼苔蘚」是今衰之象徵，而「金釵」則象徵秦淮河畔燈紅酒綠、粉黛金釵的昔日之盛，只是昔盛已被今衰掩住而已。「笙歌動六街」亦是昔日之大街鬧市繁華的表現，但「無復」二字將其輕輕抹去，剩下的是空寂蕭條。第三句「回首南朝無限事」乃呼應前兩句寫南朝之繁華興盛，當然亦回首了南朝的衰亡，但「回首」的是流逝的歲月之河，現實的秦淮河又如何呢？杜鵑聲聲悲啼，亦不是好兆頭。作者的言外之意是乾隆盛世亦不再那麼輝煌了。詩懷古而嘆今，詩意含蓄而深刻。

讀桃花扇傳奇偶題八絕句（選一）

張問陶

【題　解】《桃花扇》傳奇為清戲劇家孔尚任所著。劇中以明末復社名士侯方域與秦淮名妓李香的愛情故事為線索，反映南明弘光王朝的腐朽與覆滅。劇中桃花扇原係侯、李定情的宮扇，後李香因抗拒權奸馬士英逼嫁而以頭撞壁，血染扇面，楊龍友乃點染成桃花而成「桃花扇」。最後寫清兵破南京，侯、李相會棲霞山中，共約出家。作者於乾隆五十六年（西元一七九一年）讀《桃花扇》傳奇寫八首絕句，此選其一。詩肯定了《桃花扇》的深刻意義，並以侯、李相比照，讚揚了堅貞剛烈的風塵女子李香。

竟指秦淮❶作戰場，美人扇❷上寫興亡❸。兩朝應舉侯公子❹，忍對❺桃花❻說李香❼！

【注　釋】❶秦淮　秦淮河。青樓聚集地。❷美人扇　即桃花扇。❸寫興亡　孔尚任《桃花扇本末》云：「南朝興亡，遂繫之桃花扇底。」指借離合之情，寫興亡之感。❹兩朝應舉侯公子　指侯方域既曾應試明朝，又應試清朝且中河南鄉試副榜舉人未守晚節事。侯公子，侯方域（西元一六一八—一六五五年），字朝宗，河南商丘人。明末與方以智、陳貞慧、冒襄齊名為「四公子」。❺忍對　怎忍對。❻桃花　指染有李香血的桃花扇。❼李香　明末秦淮名妓，又名李香君。

【語　譯】竟然把秦淮青樓當做了戰場，一把美人扇寫盡了國家興亡。應試兩朝的名士侯大公子，怎忍心面對「桃花」再說起李香！

【研　析】此詩首句寫《桃花扇》之題材新穎，竟然把秦淮河畔青樓作為各種矛盾的焦點，其中演出了不少民族鬥爭、階級矛盾的活劇，內涵十分豐富。次句則寫出《桃花扇》深刻的主題，借一把桃花扇反映出權奸誤國，加速南明王朝的滅亡的歷史。孔尚任於《桃花扇小識》中的一段說明可以幫助我們理解此詩的前兩句意思，「其不奇而奇者，扇面之桃花也；桃花者，美人之血痕也，血痕者，守貞待字，碎首淋漓不肯辱于權奸者；權奸者，魏閹之餘孽也；餘孽者，進聲色，羅貨利，結黨復仇，隳三百年之帝基也。」詩後兩句則對《桃花扇》主人公亦是明末清初兩個歷史人物給予了褒貶不同的評價。其一是侯方域，作為明末四公子之一，又是復社名士，卻參加清朝鄉試，喪失晚節，令人遺憾；其二是妓女李香與權奸勢不兩立，為守節操不惜「碎首淋漓」，令人讚嘆。說後者足以使前者愧對桃花扇血，無地自容，則更襯托出李香的品格。

詠史

龔自珍

【題解】此詩作於道光五年（西元一八二五年）。詩題雖明言「詠史」，但重在慨今，對清代上流社會的腐敗進行了尖銳的揭露與抨擊，並對下層知識分子的心態亦予以揭示。

金粉東南十五州❶，萬重恩怨屬名流。牢盆❷狎客❸操全算❹，團扇才人❺踞上游❻。避席❼畏聞文字獄❽，著書都為稻粱謀❾。田橫五百人安在❿，難道歸來盡列侯⓫？

【注釋】❶金粉東南十五州　形容長江下游一帶繁華奢靡。金粉，婦女化妝用的水銀鉛粉。❷牢盆　煮鹽器具。此指鹽政。❸狎客　指鹽商門下的食客。❹全算　全盤計畫。❺團扇才人　東晉王導的孫子王珉好手執團扇，清談玄學，不懂政事。此指趨炎附勢的無聊文人。❻上游　喻上流社會。❼避席　離座。❽文字獄　指統治者從知識分子著作中摘取字句、羅織罪名進行迫害。❾稻粱謀　為衣食生計做打算。杜甫〈同諸公登慈恩寺塔〉：「君看隨陽雁，各有稻粱謀。」❿田橫五百人安在　據《史記・田儋列傳》：田橫，秦末狄人。楚漢相爭時，與其兄田榮占齊地自立齊王。漢滅楚後田橫與其屬下五百人逃往海島。劉邦招降，在赴洛途中自殺，島中五百人聞後亦皆自殺。此「五百人」喻抗清義士。⓫列侯　漢制，群臣異姓因功封侯者稱列侯。

【語譯】脂粉香濃的東南有十五個州，恩怨叢生爭鬥的盡是名流。鹽商清客居然掌管了全局，紈綺子弟競相占據著上游。他們離席獨處怕聽文字冤獄，著書作文只為衣食生計做打算。當年田橫五百壯士今在何處，難道歸順都能封上列侯嗎？

【研析】此詩首聯開篇即慨今，極寫東南上流社會的奢侈淫靡之風。東南向來是中國富庶之地；有蘇、杭、南京等繁華城市，稱得上秦樓楚館，粉黛金釵，紙醉金迷。但享受者並非平民百姓，而是達官名士之流。而名流不僅物質生活豪奢，精神世界亦極其空虛墮落，相互勾心鬥角，恩怨不斷，搞得烏煙瘴氣。詩人諷刺之意甚明。頷聯再進一步揭露不學無術、趨炎附勢的「名流」還控制政局，占據要津，害國殃民，雖似客觀記敘，但內含憤慨之氣。在寫足上層名流的眾生相後，頸聯乃轉寫處於下層的知識分子現狀，亦一寫其精神，一寫其物質。精神上由於文字獄的陰影沉重，使他們噤口如蟬，提心吊膽，苟且偷生；物質上則十分清貧，只能寫些換米糊口的文字，至於「發憤著書」、「但歌生民病」的著書傳統已置之腦後矣。對此詩人頗有慨嘆之意。以上三聯皆慨今，尾聯乃「詠史」。此聯引來田橫與五百壯士誓死不被劉邦招降的史實，發表議論，認為即使

「田橫五百人」順從劉邦，亦未必都封侯，但以反詰句式表達，否定之意更顯強烈。此聯雖係詠史，有其弦外之音，聯繫現實，今日的「田橫五百人」式人物即使「歸來」，在「牢盆狎客操全算」、「團扇才人踞上游」的現實中，哪有他們的立足之地呢？詩人對現實弊病的認識可謂入木三分。與一般詠史詩不同，此詩重點是慨今，詠史只作為陪襯，這實在是作者憂國傷時之情過於強烈，非如此不能盡泄胸中之憤慨。

饒平雜詩（選一）

丘逢甲

【題　解】作者曾到廣東饒平，作詩十六首。此選其一，乃憑弔百丈埔娘娘廟遺址後所作。娘娘廟係為祭祀南宋末抗元女豪傑、張世傑夫人許娘娘所造。但作者看到已是廢廟，滿目蒼涼，不勝感慨。

戰裙❶化蝶野雲香，百丈埔前廢廟❷涼。碧繡苔花殘瓦盡，更無人
拜許娘娘❸。

【注　釋】❶戰裙　指許氏戎裝。❷廢廟　指已荒廢的祭祀許氏的「娘娘廟」。❸許娘娘　南宋末抗元女傑許氏，張世傑夫人，大戰元兵，殉節於廣東饒平百丈埔。

【語　譯】戰裙化作蝴蝶野雲也生香，百丈埔前廢廟十分蒼涼。碧綠苔花遮蓋住遍地的碎瓦片，已沒有人來祭拜女傑許娘娘了！

【研　析】許娘娘是一位具有民族氣節之巾幗英雄，大戰元兵而殉節於饒平百丈埔。首句「戰裙化蝶野雲香」的想像，正是對許氏崇高精神的讚美，而蝴蝶、香雲則是其精神不死，千古流芳之象徵。但是今日之娘娘廟卻已成廢墟，殘磚斷瓦亦被蒼苔遮掩，更無人來此地祭掃這位民族英雄了。作為一個愛國詩人，詩人的記述乃是針對現實某些人忘卻臺灣淪陷、忘卻民族恥辱而發出的憤慨之聲，全詩籠罩著一種悲涼的氛圍。但詩人卻並未忘「拜許娘娘」，因其復國之血正「鬱未涼」，而「其心之苦，奚讓宋、明末祚遺民」（江琮〈丘倉海傳〉）！

秋登越王臺

康有為

【題　解】此詩作於光緒五年（西元一八七九年）秋日登廣州越秀山上越王臺之後。作者登高遠眺，懷古思今，既有慷慨之志，又有憂憤之情，反映了青年政治改革家處於國事危亡之秋時的複雜心態。

秋風立馬越王臺❶，混混❷龍蛇❸最可哀。十七史從何說起❹，三千劫❺幾歷輪回❻？腐儒❼心事呼天問❽，大地山河跨海來。臨睨❾飛雲橫八表❿，豈無倚劍嘆雄才？

【注　釋】❶越王臺　相傳為西漢初南越王趙佗所建。在今廣州市北越秀山上。❷混混　紛亂混雜。❸龍蛇　喻被埋沒於草莽之英雄。《左傳・襄公二十一年》：「深山大澤，實生龍蛇。」❹十七史從何說起　用文天祥語。文天祥被元兵俘虜，元人要他舉出歷史興亡之例。文天祥回答：「一部十七史，從何說起！」（薛應旂《宋元通鑑》卷二一八）❺劫　佛教語。佛教認為世界毀滅一次為劫。❻輪回　佛教語。指生死輪迴、交替。❼腐儒　杜甫〈江漢〉：「江漢思歸客，乾坤一腐儒。」此作者自稱，有堅持操守不變之意。❽呼天問　向天呼問。屈原曾作〈天問〉以發憤。此有以屈原自況之意。❾臨睨　踞高俯視。❿八表　八方之外。

【語　譯】秋風颯颯立馬在越王臺上，世事紛雜龍蛇蟄伏最是可哀。十七史興亡不知從何說起，三千次劫難經歷過多少次輪迴呢？腐儒滿懷心事怒向蒼天呼問，大地的山河跨越南海而來。踞高俯視風雲飛捲在八方之外，慨嘆中華難道沒有倚劍的雄才嗎？

【研　析】此詩首聯首句點題，寫出「秋登越王臺」之意，亦描繪出詩人的自我形象。秋風颯颯，立馬高臺，縱目遠眺，顯得何等氣宇軒昂。「立馬」二字不一定是寫實，但唯有這樣寫才更顯英武。只是作者的心情卻並不舒暢，而是充溢鬱塞不平之氣，感嘆世道不公，英雄如龍蛇埋沒草莽之中，沒有騰飛機遇。此「龍蛇」顯然包括壯志難酬的作者在內。頷聯則承首聯「可哀」之意，回憶中華民族的多災多難的歷史。「觀古今于須臾，撫四海于一瞬。」（〈文賦〉）短短十四字囊括盡民族的興亡滄桑史，飽含作者的憂患意識。此雖反思歷史，實際亦包括鴉片戰爭之後的「最可哀」的社會現實。頸聯則從反思歷史回歸現實，「腐儒心事呼天問」一句抒懷，含意頗豐。這裡連用杜甫、屈原的兩個典故，正有以杜、屈自況之意，因為其憂國憂民的思想乃是一脈相承的。「呼天問」，乃極寫「心事」之憤慨。「大地山河跨海來」一句則寫景，壯麗山河宛如跨海而來，具有氣勢，又激起作者的一腔豪情。尾聯即是作者豪情的表現，他踞高四望，見風起雲飛，八方無際，胸襟為之壯闊；有如此壯麗的江山，如此悠久的歷史，我堂堂中華古國，難道沒有倚劍天外、改天換地的英雄豪傑嗎？雖然加一「嘆」字，但並無「哀」意，聯繫首聯，可以想見此「雄才」正是暫時蟄伏而終要騰飛的「龍蛇」。此聯表達了作者振興中華的高遠志向，壯懷激烈。

此詩懷古並不拘泥於某具體人與事，而是包舉天地，縱覽宇宙，具有磅礴的氣度、恢宏的境界，足以抒發青年改革家的內心世界。

謁岳武穆祠有感

八指頭陀

【題　解】作者是愛國詩僧，光緒二年（西元一八七六年）遊覽杭州拜謁了岳飛祠而有此詩。岳飛死後追謚「武穆」，故祠稱岳武穆祠。岳飛家鄉河南湯陰亦有岳飛祠，但此詩所寫因提及岳墳，故可知為杭州岳祠。此詩熱情歌頌了岳飛的愛國精神，亦深刻諷刺了南宋朝廷的苟且偷生。詩的主題乃針對晚清國情而發，有其現實意義，旨在激發人民的愛國情操，避免中國被西方列強吞噬的悲劇。

【作者】八指頭陀（西元一八五一—一九一二年），釋敬安，字寄禪，俗姓黃，名讀山。湘潭（今屬湖南）人。因在佛前燃指，燒掉其二，故號八指頭陀。他雖遁跡空門，但心憂天下，思想處於矛盾之中，是愛國詩僧。有《八指頭陀詩文集》。

南渡❶偏安國已亡，祠宮❷宰木❸尚蒼蒼。士無奇節名難著，地❹有
忠魂❺草也香。風雨湖山猶感慨，往來樵牧❻亦淒涼。若教二帝❼生時返，
血淚人誰灑夕陽？

【注釋】❶南渡　宋靖康二年（西元一一二七年），金兵攻破北宋汴京（今河南開封），擄去徽、欽二帝。於是康王趙構渡江，在杭州建都，建立南宋，史稱此歷史事件為南渡。❷祠宮　指岳飛祠。❸宰木　墳墓旁的樹木。《公羊傳・僖公三十三年》：「宰上之木拱矣。」❹地　岳祠岳墳。❺忠魂　岳飛之魂。❻樵牧　打柴和放羊的人。❼二帝　宋徽宗、宋欽宗父子。

【語譯】渡江偏安的南宋早已滅亡，岳祠岳墓的松柏還是青蒼蒼。士無高風亮節其名難留在青史上，地有愛國的忠魂草也飄著芳香。風雨的湖山還在感慨往昔，往來的樵牧亦自生淒涼。倘若二帝生前就能回來，還有誰會拋灑血淚染紅夕陽呢？

【研析】詩首聯點題。前句寫當年康王南渡，苟且偷生，不思恢復中原，但其建立的南宋小王朝早已灰飛煙滅的史實，作為反襯而推出岳祠岳墳四周的青翠繁茂的古木。這「蒼蒼」之「宰木」

無疑象徵著岳飛的愛國精神。因此頷聯承此意直接謳歌岳飛之「奇節」與「忠魂」，讚「奇節」從反面的角度來寫，讚「忠魂」從正面來寫，正反結合，則可避單調之弊。岳飛就是有「奇節」的民族英雄，所以名垂青史，岳飛之忠魂不僅不滅，而且千古傳揚，足以使岳祠前的芳草生香，這美好的想像，反映了作者對岳飛的崇敬。但是頸聯作者感情則轉向悲慨。岳飛雖英勇抗金，卻被投降賣國的秦檜以「莫須有」的罪名害死，抗金大業終於失敗。這一歷史悲劇長久，令後人感慨，那歷經百年風雨的西湖山水彷彿仍在感嘆，普通的百姓亦為之淒涼。當然作者之感慨淒涼亦正在此聯中流露出來。尾聯則想像：如果當初南宋君臣堅持抗金，恢復中原，迎回徽、欽二帝，那麼岳飛亦就不會有如此悲劇，而今日黃昏時分來拜謁岳飛祠的後人亦就不會拋灑悲哀、憤慨的血淚了。此聯寫得較為曲折含蓄，但境界悲壯。岳飛愛國的精神千古不朽，應該萬代弘揚；但岳飛的悲劇令人悲憤，不能再重演。這當是作者寫此詩的真實目的。

十一、詠物・題畫

吉祥寺古梅

林古度

【題解】吉祥寺在今南京市東郊。《江寧府志》記載：寺後有古梅數十畝，鐵幹虯枝，引人觀賞。

【作者】林古度（西元一五八〇—一六六六年），字茂之，一字那之。福清（今屬福建）人。早年曾與竟陵派鍾惺、譚元春來往。明亡隱居南京以終。晚年生活貧困。曾與王士禎唱和於揚州紅橋、平山堂。其早期詩作由王士禎選為《林茂之詩選》二卷。晚年詩作多亡佚。

一樹古梅花數畝，城中客子❶乍❷來看。不知花氣清相逼，但覺深山春尚寒。

【注釋】❶客子　旅居異鄉的人。作者自稱。❷乍　初次。

【語　譯】一株古梅開花占了數畝田地，城中的旅客初次來此處觀看。不知是花氣清冷侵襲肌膚，而覺得是深山裡春寒料峭。

【研　析】詠梅是詠物詩中被寫濫了的題材，古來佳作甚多。但這首詠梅詩，仍不無創新之處。首先在立意上，它不寫梅花的凌霜傲骨，不寫其堅貞氣節，亦不寫其疏影暗香，而是專寫梅花的「清氣」即冷香。在藝術表現上除了首句以誇張手法寫「古梅花數畝」的外觀形象之外，其餘寫梅皆不從梅本身落筆，而著重寫自己的主觀感受。第二句寫「乍來看」，似乎視覺上只粗粗看到「一樹古梅花數畝」，更敏感的是觸覺，感到的是類似深山的春寒料峭砭人肌骨。但第三句又告訴讀者這春寒乃是清冷的「花氣」「相逼」。之所以說「不知」，是因為這種清氣彌漫四處，無所不在，因此使人「不知」。作者之所以對「清氣」敏感，是因為「清氣」是一種冷峻之氣，蘊含高潔之意。而客觀自然的清氣，乃源於作者胸中清氣，於是主客觀達到交融。作為一個明亡而隱居的遺民，對梅花偏愛其清氣亦就不難理解了。因此作者之詠梅亦是言志。

棹歌十首為豫章劉遠公題「扁舟江上圖」（選一）

錢謙益

【題　解】這是一首為豫章（今江西南昌）劉遠公的「扁舟江上圖」題寫的七絕。劉遠公「故相文端公之孫，尚寶西佩之子」（錢曾注）。

扁舟慣聽浪淘❶聲，昨日危沙❷今日平。惟有江豚❸吹白浪，夜來還抱石頭城❹。

【注釋】❶淘　沖刷。❷危沙　高聳的沙堆。❸江豚　亦稱江豬。屬海豚科。體形似魚，長一公尺多。在我國見於沿海一帶，尤常見長江口，有時溯江而上。許渾〈金陵懷古〉：「石燕拂雲晴亦雨，江豚吹浪夜還風。」❹石頭城　古城名。故址在今南京市清涼山。城負山面江。劉禹錫〈西塞山懷古〉：「千尋鐵鎖沉江底，一片降旛出石頭。」

【語譯】小舟聽慣了波濤的沖刷聲，昨日高聳的沙堆今日卻被抹平了。只有江豚跳躍激起的雪白浪花，深夜仍在不停地拍打著石頭城。

【研析】圖畫的景物是靜止的、無聲的，只有空間感而無時間感。但一經作者題詩進行再創作的想像，就化靜為動，化無聲為有聲，既有空間感又有時間感，使畫面猶如實景展現在讀者面前。此詩的中心是寫長江之浪。首句從扁舟角度寫「浪聲」，次句從「危沙」變平寫浪之沖力，第三句借江豚跳躍「吹白浪」寫浪之高起，第四句通過「夜來還抱石頭城」寫浪之日夜不停歇。於是一幅「扁舟江上圖」之江水就不再平面、凝固化，而有了白日與「夜來」的時間延續，有了江豚的想像，以動形靜，寫出長江清冷空寂的境界。此詩作於清初，而詩的感情十分沉鬱，其中寫到「昨日」與「今日」之變遷，寫到江上的空寂，石頭城的淒冷，因此可以想見這與南明王朝覆滅而改朝換代的時代背景有關，有其政治涵義。

精衛

顧炎武

【題解】此詩作於順治四年（西元一六四七年）。精衛是《山海經》傳說中的神鳥。《山海經・北山經》記載：「炎帝之女，名曰女娃。女娃游于東海，溺而不返，故為精衛，常銜西山之木，以湮于東海。」可見這是一種有志向的鳥。「精衛填海」今日已成為一種矢志不移的象徵。此詩寫於鼎革之際，作者歌詠精衛精神實際是寄寓其恢復故國的決心始終不渝。

萬事有不平，爾❶何空自苦，長將一寸身，銜木到終古❷？我願平東海，身沉心不改。大海無平期，我心無絕時❸。嗚呼！君不見西山銜木眾鳥多，鵲來燕去自成窠❹！

【注釋】❶爾　你。指精衛。❷終古　永久。❸無絕時　沒有停止時。❹窠　鳥窩。《玉篇》：「在穴曰窠，在樹曰巢。」

【語譯】人間萬事都有不公平的時候，你何必自己空辛苦，一直以一寸長的身子勞碌飛，銜木到永久呢？我願填平東海，身沉海底志向不改。東海如無填平之日，我填海雄心無停止之時。啊！

君不見西山銜木的鳥兒很多，鵲來燕去只為自己造巢窠！

【研　析】此詩十一句，前八句採用問答的方法，將精衛擬人化，類似於《莊子・逍遙遊》中的寓言。開頭四句是作者問精衛：為何要這樣辛苦空忙碌，幹力不勝任的填海之事，難道永遠這樣幹下去嗎？作者之發問雖是個引子，但以「一寸身」與「木」即小樹枝同所填的汪洋大海相比照，亦突出了精衛填海之舉的艱難。精衛的回答是全詩的主體，表白了自己立志填平東海，不達目的絕不罷休的誓言，語言決絕，意志堅定，令人欽佩。最後三句是作者聽了精衛之言的感嘆，以只顧營造自己巢窠的燕鵲與之相比較，表示了對燕鵲的鄙視，亦襯托出精衛精神的崇高，真可謂「燕鵲」安知「精衛」之志哉！精衛乃是神話中的鳥。作者歌詠這虛無之物，並非心血來潮，乃是寄託自己的抗清復明的志向，表達像精衛一樣不達目的絕不停止的決心，同時亦對那些如燕鵲一樣偷安苟活的降臣進行了嘲諷。

醉詠雁來紅

吳嘉紀

【題　解】雁來紅一名「老少年」，秋季開花，莖葉色紅，待秋風起大雁南飛則顏色愈紅，故名「雁來紅」。作者於秋日飲酒之後，醉寫此詩。

悄然獨立聽啼鴻❶，枝影攲斜❷庭戶❸中。爾❹倚寒風吾倚❺酒，老來顏色一般紅。

【注 釋】❶聽啼鴻 聽大雁叫。❷攲斜 傾斜不平。❸庭戶 庭院。❹爾 你。指雁來紅。❺倚 依靠；依仗。

【語 譯】悄然獨立聆聽大雁的鳴叫聲，雁來紅的枝影橫斜在庭院之中。你憑藉寒風我依仗酒力，老來的顏色我竟與你一般紅。

【研 析】此詩首句寫酒後獨立中庭，四野空寂，唯聽空中傳來南飛大雁的哀鳴，渲染出一種淒涼的氛圍。由「鴻」來則自然引出「雁來紅」，於是次句乃寫雁來紅的外形，它亦立於庭院中，地上佈滿了其橫斜的枝影，同樣顯示出孤寂之意。後兩句乃觸景生情：你倚風而色紅，我仗酒而臉紅，我們「老來顏色一般紅」，彼此彼此。作者的意思是：此「紅」並非花與人的本質，皆是借外物「風」或「酒」刺激而變色。紅雖然象徵著生命力旺盛，但這是一時的假象。作者處於窮困之境，又氣質孤狷，「性嚴冷不易合」（汪楫〈陋軒詩序〉），在這深秋之時，其心情更是孤獨感傷，覺與世不合。其借酒澆愁就是證明。而視雁來紅為侶，聊以調侃慰藉，實際亦是藉以排愁解憂而已。

白菊

屈大均

【題 解】此詩以歌詠冬季盛開的白菊，寄託自己遺世獨立而毫不妥協的崇高節操。詩中形象皆有比興之意。

冬深方吐蕊，不欲向高秋❶。搖落❷當青歲❸，芬芳及白頭。雪將佳色映，冰使落英❹留。寒絕無人見，梅花共一丘。

【注　釋】❶高秋　天高氣爽的秋天。❷搖落　凋零。曹丕〈燕歌行〉：「秋風蕭瑟天氣涼，草木搖落露為霜。」❸青歲　青春之年。李白〈寄淮南友人〉：「紅顏悲舊國，青歲歇芳洲。」❹落英　落花。此指初開不久即凋謝的花。

【語　譯】嚴冬的季節才吐放出花蕊，不願在高秋時就展現出風采。花朵綻放時就開始凋零了，芳香濃郁至枯萎也不改變。白雪映照著花瓣的美色，冰凌把殘花留在了花枝上。酷寒之地雖無人來觀賞，但可與身邊的紅梅並立在土丘上。

【研　析】此詩首聯寫白菊於嚴寒時節才吐蕊，而不同於天高氣爽時逞風流的秋菊，顯示出白菊獨特的個性。頷聯寫白菊之氣節堅貞不渝。雖然白菊花期短暫，正當青春年華花即凋零，但其香氣於枯萎後仍然存在。「青歲」、「白頭」皆將白菊擬人化，這使人想到抗清志士雖然獻出青春年華甚至以身殉節，但其民族氣節千古流芳。頸聯轉寫艱苦的環境不僅未摧毀白菊，反增添了它的美麗風采：白雪映得白菊花更皎潔，冰凌則保留住它本要飄落的花瓣。後句使人想到宋遺民詩人鄭思肖筆下的〈寒菊〉：「寧可枝頭抱香死，何曾吹落北風中！」尾聯寫白菊所處「寒絕」之地，其風骨一般人不能來觀賞，但它並不孤獨，因為還有凌霜傲雪的紅梅陪伴著它，相互映襯。這象徵著抗清志士不為庸夫俗子所理解，但戰友之間卻相互鼓勵，相互支持。作者當然是其中一員，自豪之情溢諸字裡行間。

作者論詩重比興，於詠物詩尤重「言在此而所言卻在彼」，他稱讚友人詠「雪與梅尤其用意深遠」，「使雪與梅之精神旁見側出」。（〈詠物詩引〉）此詩亦正如此。而劉熙載云：「詠物，隱然只是詠懷，蓋其中有我在也。」（《藝概》）此白菊體現的精神正是作為愛國志士的屈大均自我品格的形象顯現。

秋柳四首（選一）

王士禎

【題解】作者於順治十四年（西元一六五七年）秋，與在山東濟南參加鄉試的眾人宴飲於大明湖北渚亭，看到湖畔楊柳千餘株，柳葉變黃，行將搖落，於是悵然有感，寫下〈秋柳四首〉，自稱乃效仿「昔江南王子（按：指梁簡文帝蕭綱），感落葉以興悲；金城司馬（按：指東晉曾任大司馬的桓溫），攀長條而隕涕」（〈小序〉），以抒發悲秋情懷，其中寓悼南明覆滅之意。這組詩寫出後，大江南北和者甚眾，但皆不及原作。這裡選其中第一首。

秋來何處最銷魂？殘照西風❶白下門❷。他日差池春燕影❸，只有憔悴晚煙痕。愁生陌上黃驄曲❹，夢遠江南烏夜村❺。莫聽臨風三弄笛❻，玉關哀怨總難論❼。

【注　釋】❶殘照西風　李白〈憶秦娥〉：「西風殘照，漢家陵闕。」❷白下門　六朝建康（今南京）城西門名。古樂府〈楊叛兒〉：「暫出白門前，楊柳可藏烏。」❸他日差池春燕影　本沈約〈陽春曲〉「楊柳垂地燕差池」。差池，參差不齊，形容燕子飛翔。《詩・邶・燕燕》：「燕燕于飛，差池其羽。」❹黃驄曲　《樂府》曲調名，一名〈黃驄疊曲〉。《樂府雜錄》：「黃驄疊，（唐）太宗定中原所乘馬，征遼馬斃，上嘆息，命樂工撰此曲。」❺烏夜村　村名。據范成大《吳郡志》：晉穆帝后、何准女，其母生后時，群烏夜啼，因名其村為烏夜村。❻三弄笛　《世說新語・任誕》：「王子猷出都，尚在渚下，舊聞桓子野善吹笛，而不相識。遇桓于岸上過，王在船中，客有識之者，云：『是桓子野。』王便使人與相問云：『聞君善吹笛，試為我一奏。』桓時已貴顯，素聞王名，即便回，下車，踞胡牀，為作三調。弄畢，便上車去，主客不交一言。」弄，指吹奏。此處「三弄笛」即吹笛之意，以引出下句。❼玉關哀怨總難論　用王之渙〈涼州曲〉「羌笛何須怨楊柳，春風不度玉門關」之意。楊柳，指〈折楊柳〉曲，抒寫別愁。玉關，玉門關，故址在今甘肅敦煌西北。

【語　譯】清秋何處叫人最傷心呢？是殘陽慘淡西風吹柳的白下門。春日裡春燕的影子在柳條中穿飛，眼前暮靄昏暗柳葉飄零。小路上傳來〈黃驄曲〉使人添愁，皇后發跡的烏夜村舊夢難以重遇了。不要去聽風吹笛曲〈折楊柳〉，「春風不度玉門關」的哀怨難以評論。

【研　析】詩人身在濟南大明湖見柳而有感，但其所詠之柳卻並非眼前之柳，而是遙想南京白下門之柳。這其中的奧妙就在於南京是故國南明之都；寫南京楊柳的盛衰可以象徵南明興亡。首聯一問一答，點出「殘照西風白下門」是最令人傷心之處。「最銷魂」語氣甚重，非一般悲秋所能引發，而「殘照西風」的蒼涼之景，出自李白〈憶秦娥〉「西風殘照，漢家陵闕」，其本義即含國家興亡的意思，因此作者也不是純粹寫景，而有其象徵性。之所以寫「白下門」而不寫別處，是因為古樂府〈楊叛兒〉有「暫出白門前，楊柳可藏烏」之句，可知「白下門」乃南京楊柳繁茂之處。因此寫「白下門」，意即寫白下門之楊柳，可見首聯一開篇即扣題。頷聯正是上承「白下門」即承白下門之楊柳而展開，對比楊柳之「他日」與今天的變化。前句表面上寫「春燕影」之「差池」，實際上此句用沈約〈陽春曲〉「楊柳垂地燕差池」之典，故暗寫春天「楊柳垂地」之美景。後句則寫今日楊柳「憔悴」，它籠罩在暮靄之中，已無春天之生機。「晚煙」又與「殘照」相應。楊柳的衰敗與南明王朝的滅亡自有其比附之意。頸聯連用兩個典故，似乎未扣題；實際上作者雖未寫柳之形，而仍寫柳之神，即採用兩個與楊柳命運相仿的典故，強調「他日差池春燕影」的楊柳美好時光已經無可挽回：這如同〈黃驄曲〉，只能令人生愁，而不能使駿馬復活；又如同江南烏夜村曾出了晉穆帝皇后，但這樣的美夢已經遙遠，難以重溫。這就含蓄地表達了已經覆滅的南明已不可能起死回生，作者對此隱含失望之情。尾聯則以抒發這種失望悲哀收束全詩。兩句仍用一個與柳有關的典故。前句「三弄笛」的典故本意只是吹笛，但因吹笛又引出後句「羌笛何須怨楊柳」之典，這就與「楊柳」掛上了鉤，儘管這是指〈折楊柳〉曲；而由此曲最後引出「春風不度玉門關」之意。如此環環相扣，表白的是春風不再之意，而作者「哀怨」之情亦無法去評說了。此詩幾乎處處用典，因此詩意未免晦澀，這與作者有所顧忌有關。但文辭典雅，顯示了作者的學問根柢。

螢火

趙執信

【題解】此詩約作於康熙二十六年（西元一六八七年）前後，時作者官任右春坊右贊善。此詩詠螢火蟲而寓有深意。

和雨還穿戶，經風忽過牆。雖緣草成質❶，不借月為光。解識幽人❷意，請令聊❸處囊❹。君看落空闊，何異大星芒！

【注釋】❶草成質　《禮記・月令》：「腐草成螢。」古人認為螢火蟲是腐草變的。❷幽人　幽居之人，指隱者。❸聊　暫且。❹處囊　用《史記》戰國趙平原君食客毛遂自喻為錐處囊中，乃穎脫而出之典。

【語譯】隨著雨絲斜穿入門戶，借著輕風忽然飛越了高牆。螢火蟲雖是野草腐敗化為蟲形，卻自己發亮不借用月光。深知隱士歸居田園的用意，就讓自己暫時處在囊中。君看牠一旦飛落在空闊的野上，螢光何異於明星的光亮！

【研析】此詩首聯寫螢火蟲穿飛的情景，生動傳神地描寫出螢火蟲輕飄靈巧的形態，牠在雨中還穿門入戶，起風時仍巧借風力飛越高牆，顯出百折不撓的生命力。頷聯與頸聯乃對螢火蟲發表評論。頷聯論螢火蟲的獨立性，認為牠雖然傳說為腐草化成的，出身可謂低賤，但牠卻依靠自身的特質發亮，並不依賴月亮的光芒，這如同有志者不攀附貴人一樣。頸聯則寫螢火蟲胸懷大志。牠雖然常置身於布袋中照明讀書，但如同幽人隱居遲早要鋒芒畢露一樣，牠也會脫穎而出，體現其自身的價值。尾聯就是描寫螢火蟲一旦飛出布袋，越過高牆，落在空闊的田野中，就會同天上的大星星一樣閃耀光芒。以螢火蟲光與大星之芒相提並論，並說「何異」，這當然是一種誇張之詞，它表現了作者對熒光價值之推重與偏愛，自然是無可非議的。

詩中之螢火蟲實際是對出身低微的寒士的寫照，是對其自強自立、胸懷大志的人格的讚揚，這在「處囊」典故的運用中已露出端倪。

柳（選一）

金農

【題解】此詩乃專詠灞橋柳，作者抓住其被人剪斷送別這一特點立意，並有比興之寄託。

銷魂橋❶外綠匆匆❷，樹亦銷魂客送空❸。萬縷千絲❹生便好，剪刀誰說勝春風❺？

【注釋】❶銷魂橋　即灞橋，在今陝西長安東。為古人送別之橋。稱其為「銷魂橋」，因為江淹〈別賦〉稱：「黯然銷魂者，惟別而已矣。」銷魂，即傷心。❷綠匆匆　指灞橋柳樹綠色保留時間甚短暫。❸樹亦銷魂客送

空　指灞橋送客折柳贈別，使樹亦傷心。❹萬縷千絲　用《南史》典：劉悛之為益州刺史，獻蜀柳數株，條甚長，狀若絲縷。❺剪刀誰說勝春風　反用賀知章〈詠柳〉「不知細葉誰裁出，二月春風似剪刀」之意，恨剪刀「折柳」。

【語　譯】銷魂橋外柳條綠色匆匆消亡，送空客人枝葉折盡樹也悲痛。萬縷千絲但願來年重抽條，折柳贈別誰說剪刀勝春風？

【研　析】此詩首句開篇即點出灞橋柳及其不幸的遭遇。灞橋而稱「銷魂橋」，不僅用江淹「黯然銷魂者，惟別而已矣」之典，而且具有濃厚的感情色彩，暗示出灞橋柳所承擔的獨特的不幸「使命」。「綠匆匆」用語甚奇，「綠」實指柳綠，因為柳條被人不斷折斷用來送別，因此柳之綠色很快即消亡。次句則申明此意，由於送行之人太多，待「客送空」時則柳條折光了，所以不僅橋銷魂，「樹亦銷魂」。「綠匆匆」、「樹亦銷魂」，都將柳人格化，被賦予性情，所以更易令人產生深切的同情。接下兩句則慨嘆灞橋柳的未來命運。既然柳條已被折光，那麼詩人只能企盼「萬縷千絲」於來年春天能重新抽條，那亦可令人欣慰了。但詩人又不能不擔憂明年春風駘蕩之際，還會繼續有剪刀「折柳贈別」，柳樹會重又因「綠匆匆」而「銷魂」。但此意說得婉轉，尾句反用了賀知章〈詠柳〉「二月春風似剪刀」之意。賀詩是讚美二月春風有剪刀般的妙用，可以「裁出」柳樹的「細葉」，它是柳的催生者。而作者則懼怕「剪刀」，因為此剪刀是真剪刀，要剪掉綠色生命，是柳的扼殺者。作者採用反詰句式，可見其對「剪刀」之深惡痛絕。

柳本是美好事物的化身，但此詩之柳卻成了被迫害、遭摧殘事物的象徵。作者並非歌泣無端，而是對現實社會中類似灞橋柳一樣的弱者被剪刀般的惡勢力扼殺現象的一種揭露。正所謂「言在此而意在彼」，灞橋柳可以引出讀者許多聯想。

竹石

鄭燮

【題解】這是作者為自作的竹石圖所寫題畫詩。馬宗霍稱「板橋有三絕，曰畫、曰詩、曰書」（《書林藻鑑》）鄭氏又特別長於畫竹石。此竹石圖又輔以詩、書，可謂珠聯璧合。

咬定青山不放鬆，立根原在破岩中。千磨萬擊還堅勁❶，任爾❷東西南北風！

【注釋】❶堅勁　指身骨堅實剛勁。❷爾　你。此泛指風。

【語譯】緊緊咬定青山不放鬆，竹子原本深深紮根在石縫當中。千磨萬擊身骨仍然堅實剛勁，任憑你刮東西南北風！

【研析】竹作為「四君子」（梅、蘭、竹、菊）之一，往往為封建社會的知識分子賦予某種象徵意義。此詩不僅描繪了竹子紮根於岩石的牢固、堅勁的形象，不怕磨擊、任憑風吹雨打的性格，同時亦寄寓了作者的思想與道德理想，即堅韌不拔、敢於向惡勢力抗爭的操守。詩寫得堅實有力，豪健明快，正是其「文章以沉著痛快為最」（〈濰縣署中與舍弟五書〉）的文學觀點的實踐。

題屈翁山詩札，石濤、石溪、八大山人山水小幅、并白丁墨蘭共一卷

鄭　燮

【題　解】詩題中屈翁山（西元一六三〇—一六九六年），即屈大均，字翁山，廣東番禺（今廣州）人。年輕時參加抗清，廣州失陷曾削髮為僧。詩多抒寫抗清復明的感情，亦反映民生疾苦。石濤（西元一六四二—約一七一八年），清初畫家。姓朱，名若極，全州（今屬廣西）人。曾為僧，法名原濟，字石濤，又號苦瓜和尚、大滌子、清湘老人。擅畫山水，筆墨恣肆，意境新穎。石溪（西元一六一二—？年），清僧，法名髡殘，字石溪，號白先，自稱殘道人。俗姓劉，武陵（今屬湖南）人。後住金陵牛首寺。善寫山水。與石濤並稱「二石」。八大山人（約西元一六二六—一七〇五年），清初畫家，原名朱耷，南昌（今屬江西）人。明寧王朱權後裔。明亡一度為僧，又當道士。八大山人為其別號。善畫水墨花卉禽鳥，亦寫山水，意境清冷。白丁，明僧，字過峰，一字行民，又稱民道人，雲南人，明楚藩之裔。明亡居無定所，晚為香海庵僧本元司書記。年八十餘歿於昆明。工寫蘭，人認為鄭板橋畫蘭學白丁。此詩乃總題上述五人之詩畫，因此不可能描繪具體作品，只是就其人生遭遇以及詩畫共性作形象的表現。

國破家亡鬢總皤❶，一囊詩畫作頭陀❷。橫塗豎抹千千幅，墨點無多淚點多。

【注釋】❶皤 白。❷頭陀 佛教名稱。原意譯為「抖擻」（抖擻煩惱），後也用以稱呼行腳乞食的和尚。此即指和尚。

【語譯】國破家亡鬢髮已經花白了，肩背一袋詩畫出家做了和尚。揮毫橫塗豎抹千百幅畫圖，墨點不多但淚點很多。

【研析】此詩作者之所以挑選五位頭陀及其詩畫作為評述對象，是因為五人之閱歷有其共同點，這就是詩前兩句所描繪的：「國破家亡」，受苦受難，而愁白了頭髮，又都出家當了和尚；「一囊詩畫」則點明五人詩畫家的身分。他們的遭際的共同性亦決定了他們詩畫的特點。「橫塗豎抹」寫其無所羈勒的創作個性與其高超的藝術造詣，「千千幅」自然是誇飾其創作之豐富。但這些並非此詩的要旨，警策之句乃是尾句「墨點無多淚點多」，「墨點」象徵藝術形式，「淚點」象徵其詩畫內蘊的濃烈的感情，即因「國破家亡」而積鬱的悲憤。詩前三句的鋪墊全在於推出這一句。而作者對五位頭陀詩畫家之遭際的同情及對其人品與畫品的崇敬亦不難體會了。

詠木棉花（選一）

杭世駿

【題解】此詩為組詩四首之一，係作者晚年主講廣州粵秀書院時所作。木棉是生長於兩廣以及福建、雲南等地的落葉喬木。春季開大朵紅花，豔若雲霞，又稱英雄樹、烽火樹等。此詩歌詠木棉花，「在借物以寓性情」，其「身世之感」「隱然蘊於其內」。（沈祥龍《論詞隨筆》）

【作者】杭世駿（西元一六九五—一七七二年），字大宗，號堇浦。仁和（今浙江杭州）人。雍正元年（西元一七二三年）舉人，乾隆元年（西元一七三六年）舉博學鴻詞科，官翰林院編修。因言事切直罷歸，晚年主講粵東、揚州書院。學識淵博，擅長史學、經學與小學。其詩寫景酬贈之作為多，柔中有剛。有《道古堂集》。

海珠寺❶裏尋常見，黃木灣❷邊寂寞紅。一樣天南任開謝，無人知
歷幾春風。

【注釋】❶海珠寺　在今廣州南面江中海珠島上。為宋代李昴英徙建。❷黃木灣　位於廣州東南東江經東莞入海口處。

【語譯】海珠寺裡隨處可見其身影，黃木灣邊寂寞地開著紅花，南國處處任憑花開又花謝，沒人

知曉經歷了幾度春風。

【研　析】此詩詠木棉花不刻意描繪其外觀形象，而是寫其生存狀態。這與詩的寓意密切相關。首句寫廣州海珠寺裡的木棉花，乃是隨處可見的平常之物，並未得到如織遊人的青睞。次句寫在黃木灣邊它雖開出火一樣的紅花，但地處偏僻海灣，冷清寂寞，更不為人所關注。後兩句即據此發表議論，意謂木棉不論是長在南國鬧市，還是處於僻角，都是一樣的自開自謝，無人過問你的身世處境，彷彿被遺忘一樣。應該指出的是，詩人筆下木棉被寫得如此淒涼孤寂，並不一定完全符合實情。詩中的木棉是經過詩人「改造」的，在一定程度上被主觀化。這是由作者仕途多舛，晚年又孤身寄寓南國的身世經歷所決定的。作者自以為有滿腹才華，如同豔麗的木棉花一樣，但卻不為當政者所欣賞。這不能不使他鬱積著一腔憤懣，於是借木棉花而宣洩之，木棉乃成為作者性情的寄託之物。所以此詩頗具「詠物之作」，「非沾沾焉詠一物矣」（沈祥龍《論詞隨筆》）的特點。

雞　　袁　枚

【題　解】這首詠物小詩作於乾隆四十一年（西元一七七六年）。雞喻受欺騙者。

養雞縱雞食❶，雞肥乃烹❷之。主人❸計自佳❹，不可使雞知。

【注　釋】❶縱雞食　縱容雞吃食，不加限制。❷烹　燒煮。❸主人　養雞與烹雞者。❹計自佳　養雞的策略自然高明。

【語　譯】養雞要縱容雞吃米，養得肥肥的好煮熟了吃。主人計謀自然很高明，只是不可叫雞知道。

【研　析】袁枚於詠物詩主張：「其妙處總在旁見側出，吸取題神，不是此詩，恰是此詩。」（《隨園詩話》）又云：「詠物詩無寄托，便是兒童猜謎。」（《隨園詩話》）他強調詠物詩不能單純為某物寫照，而應寄寓某種深意，力求能予人思想上的啟迪。這首〈雞〉詩就是一首既詠雞，又含「寄托」的佳作。此詩著眼於「雞」與「主人」的關係構思立意。它的表層涵義很淺顯；雞的主人「養雞縱雞食」，但「主人」之慷慨大方，為的是「雞肥」；而把雞養得肥肥的，最終目的則是「烹之」美餐一頓。養雞者的策略自然是十分高明的，但此計又「不可使雞知」，否則牠是不肯敞開肚子催肥的。詩稱「主人計自佳」寓有諷刺意味，「佳」者，陰險毒辣也，其計「佳」在使雞能安於其暫時的「優裕」地位，而對其最終被「烹」的命運卻懵懂無知。「雞」被蒙蔽，則只知「飽食終日，無所用心」，甚是可憐復可悲。這本是日常生活之小事，不足為奇。但此詩「吸取題神」，即旨在表現詩人對封建社會人際關係的一種深刻認識，自有其深層涵義。這種「主人」與「雞」的關係會使人悟出一種人生哲理，從中彷彿看到了封建社會中許多君與臣、主與奴等欺騙與被欺騙、利用與被利用的可憎的關係，其中積澱著老詩人六十餘年的人生經驗與教訓，其感慨之意全在所詠之「雞」中。

此詩體現了作者所謂「意深詞淺，思苦言甘」（《續詩品・滅迹》）之旨。儘管全是口頭語，大白話，但對現實中人與人之關係的洞察可謂深入骨髓。凡有一定人生體驗的讀者都會從中有所醒悟，有所警惕，有所啟發。

題蘭（選一）

宋湘

【題解】此詩作於嘉慶十八年（西元一八一三年）以前，為〈題蘭〉二首之一。蘭喻君子。

楚山❶無語楚江❷長，留得騷人❸一瓣香❹。風雨勸君多拂拭❺，世間蕭艾❻易披猖❼。

【注釋】❶楚山　楚地之山。指湖北湖南一帶的山。❷楚江　指長江中下游。❸騷人　指屈原。屈原曾作名篇〈離騷〉。李白〈古風〉：「哀怨起騷人。」❹一瓣香　原意指形似瓜瓣的香。此指一瓣心香，即一顆忠心，比喻蘭花。〈離騷〉中多次寫到蘭。同題詩另首有「此花應悔入〈離騷〉」之句。❺拂拭　揩擦。此有珍惜愛護之意。❻蕭艾　艾蒿一類植物。〈離騷〉：「何昔之芳草兮，今直為此蕭艾也？」此即用〈離騷〉意，以賤草喻小人。❼披猖　囂張。韓愈〈贈張籍〉：「紛紛百家起，詭怪相披猖。」

【語譯】楚山寂靜楚江源遠流長，騷人屈原留下了這一瓣心香。風雨瀟瀟勸君多加珍惜它，小心世間的蕭艾最易囂張。

【研　析】蘭花在古代詩人心目中是高潔君子的象徵，這在屈原〈離騷〉中有明顯的表現，如「紉秋蘭以為佩」，「朝飲木蘭之墜露兮」。故王逸〈離騷經序〉稱：「〈離騷〉之文，依詩取興，引類譬喻。故善鳥香草，以配忠貞；惡禽臭物，以比讒佞。」此詩所詠蘭正是〈離騷〉中之「香草」，而「蕭艾」則是其中所寫的「臭物」。明白了這一點，則其詩旨即不言而喻了。此詩首句寫「楚山」、「楚江」，點明此蘭並非泛指，這就暗示了此蘭獨具的價值。次句則指出此蘭與「騷人」屈原的關係。「騷人一瓣香」正是喻蘭，表明此蘭乃是屈原崇高精神的體現。既然如此，作者乃奉勸世上君子應該珍惜蘭，在風雨時時襲來之時，勤加拂拭保護，不要被囂張的「蕭艾」所毀滅，正如〈離騷〉所謂「蘭芷變而不芳兮，荃蕙化而為茅。何昔日之芳草兮，今直為此蕭艾也」。〈離騷〉的象徵意義亦正是此詩後兩句的內在含義，即君子應加強自己「內美」的修養，不要變成「披猖」的「蕭艾」式的小人。作者此意無疑是有感於小人橫行、君子難保節操的社會現狀而發的，只是寫得十分蘊藉。

題郭頻伽先生「水村第四圖」(選一)

汪玉軫

【題　解】郭頻伽即郭麐(西元一七六七—一八三一年)，字祥伯，號頻伽。吳江(今屬江蘇)人，工詩詞古文。與作者同鄉。此詩乃〈題郭頻伽先生「水村第四圖」〉四首之一。

【作　者】汪玉軫(生卒年不詳)，字宜人，號宜秋小院主人。吳江(今屬江蘇)人。嫁同邑陳昌言，備嘗艱辛。家雖貧困，但堅持寫詩。為袁枚女弟子。有朱春生所編《宜秋小院詩鈔》。

深閨❶未識詩人❷宅，昨夜分明夢水村。卻與圖中渾❸不似，萬梅花擁一柴門。

【注釋】❶深閨 指自己身處的閨房。❷詩人 指詩人郭頻伽先生。❸渾 完全。

【語譯】身處閨房沒見過詩人的住宅，昨夜分明夢見了水村。卻與「水村第四圖」全不相似，那裡有萬朵梅花簇擁著柴門。

【研析】一般題畫詩皆就畫作本身所提供的視覺形象為基礎進行想像發揮或寄寓情志。作者作為性靈派女詩人，卻打破歷代題畫詩的舊框框，只是抒寫自己觀畫後的感受，別具一格。詩中根本未描繪水村圖中的形象，而是以夢的形式構思出一幅自己心目中的與丹青「渾不似」的全新的水村圖，那裡「萬梅花擁一柴門」。這夢中之圖顯然比丹青之作的水村圖更具詩情畫意，這是詩人性靈的藝術結晶。因此，此詩令郭頻伽「喜極，即請畫師奚鐵生補畫，一時名士題詠甚多」（惲珠《國朝閨秀正始集》卷一四），於是因畫題詩一變為因詩作畫矣。詩構思別致，超雋能新。

新雷

張維屏

【題解】此詩作於道光四年（西元一八七四年）初春，借詠春雷抒發對新時代的渴望。

造物❶無言卻有情，每于寒盡覺春生。千紅萬紫❷安排著，只待新雷第一聲！

【注釋】❶造物　指創造萬物的大自然。❷千紅萬紫　形容春花爭豔的春景。朱熹〈春日〉：「等閒識得東風面，萬紫千紅總是春。」

【語譯】大自然默默無言卻很有感情，每當嚴寒消盡就覺春意來臨了。千紅萬紫都已安排妥當，只等響起第一聲春雷就百花競開！

【研析】詩題雖曰〈新雷〉，但詩之主角實際是「造物」，即創造萬物的大自然，並被人格化。它雖默默無言，但卻有感情。它的感情即表現在嚴冬之後必然帶來了春天。它甚至在冬末就開始安排了「千紅萬紫」，只等震響第一聲春雷，就會出現百花爭豔的明媚春光。詩人對於造物所醞釀的春天之來臨充滿了期待與信心。

詩中的「造物」具有一種巨大的力量，「新雷」則具有促使春天降臨的決定性作用。作者作為一個渴望國家富強、主張社會變革的愛國詩人，此詩實寓有象徵意義。如果說「新雷」如同龔自珍《己亥雜詩》中的「風雷」一樣象徵著變革，那麼「造物」則是人民大眾的化身，而「千紅萬紫」的春天則是其所嚮往的新時代。

西郊落花歌

龔自珍

【題解】此詩作於道光七年（西元一八二九年）暮春。詩前有小序云：「出豐宜門一里，海棠大十圍者八九十本。花時車馬太盛；未嘗過也。三月二十六日，大風；明日風少定，則偕金禮部（應城）、汪孝廉（潭）、朱上舍（祖轂）、族弟（自穀）出城飲而有此作。」作者因嫌海棠盛開時權貴車馬太多，而不肯去湊熱鬧，反映其孤傲的個性。於三月二十七日大風稍停後，人跡稀少之時，同金、汪、朱及其族弟一行出城飲酒賞花，由於前一日有「大風」，故看到的是落花，正因為是落花，所以呈現出罕見的奇觀，於是寫下這首充滿浪漫色彩的詠落花奇作；並有其深刻的寄託。作者筆下不止一次寫過落花，如「落紅不是無情物，化作春泥更護花」（《己亥雜詩》），就是兩年後的詠落花的名句。作者詠落花都有其思想意義。

西郊❶落花❷天下奇，古來但賦傷春詩。西郊車馬一朝盡，定盦先生❸沽酒❹來賞之。先生探春人不覺，先生送春人又嗤❺。呼朋亦得三四子，出城失色神皆癡❻：如錢塘潮夜澎湃，如昆陽戰晨披靡❼，如八萬四千❽天女洗臉罷，齊向此地傾胭脂。奇龍怪鳳❾愛漂泊，琴高之鯉❿何反欲上天為？玉皇⑪宮中空若洗，三十六界⑫無一青蛾眉⑬；又如先生⑭平生之憂患，恍惚怪誕百出無窮期⑮。先生讀書盡三藏⑯，最喜《維摩》⑰卷裏多清詞⑱。又聞淨土⑲落花深四寸⑳，冥目㉑觀想尤神馳。西方淨國未可到，下筆綺語㉒何漓漓㉓！安得㉔樹有不盡之花更雨新好者㉕，三百六十日長是落花時！

【注釋】❶西郊　指北京西郊豐宜門（舊址在今右安門外）外。❷落花　指海棠落花。❸定盦先生　作者自稱。❹沽酒　買酒。❺嗤　譏笑。❻痴　此指驚呆。❼如昆陽戰晨披靡　指西元二三年劉秀與王莽在昆陽（今河南葉縣境內）作戰，劉秀以少勝多，戰敗了王莽。披靡，原意是草木隨風傾倒，後喻士兵潰敗。此用以比喻落花四散。❽八萬四千　佛家語。極言數目眾多。❾奇龍怪鳳　喻落花。❿琴高之鯉　陸廣微《吳地記》載仙人琴高乘赤鯉飛騰升天之事。⓫玉皇　玉皇大帝。⓬三十六界　據《雲笈七籤》：在玉皇宮和人世間有三十六層天。⓭青蛾眉　指仙女。古代婦女以青黛畫眉。⓮先生　作者自稱。⓯窮期　結束的時期。⓰三藏　指佛教的經藏、律藏、論藏三類佛典。⓱維摩　《維摩詰所說經》。⓲清詞　清麗之詞。此指關於天女散花的記載。⓳淨土　即佛國，西方極樂世界。⓴落花深四寸　《無量壽經》：「又風吹散花，遍滿佛土，隨色次第，而不雜亂，柔軟光澤，馨香芬烈。足履其上，陷下四寸，隨舉足矣，原復如故。」㉑冥目　閉目。㉒綺語　佛教語。《大乘義章》七：「邪言不正，其猶綺色，從喻立稱，故名綺語。」後指詩詞之香豔文字。㉓漓漓　水流貌。此喻文詞流暢不斷。㉔安得　怎麼能。㉕更雨新好者　再落下新的美的花。雨，作動詞用，有降落意。

【語　譯】西郊的海棠落花天下稱奇，古來騷客卻只賦傷春詩。一日西郊清靜無車馬，定盦先生買好美酒來觀賞春花。先生尋找春意無人知曉，先生送別春光有人又嗤鼻。呼來親朋好友也有三四個人，出城看見落花大驚失色神情呆痴：如錢塘夜潮氣勢澎湃，如昆陽晨戰一敗塗地，如八萬四千天女剛洗罷臉，都向此地傾倒下胭脂水。奇龍怪鳳喜歡漂泊在人間，琴高赤鯉為何反要升天去呢？玉皇宮裡冷寂一空如洗，三十六層天中不見一個仙女；又如先生平生所遇之憂患多，恍恍惚惚奇怪百出無盡期。先生讀書飽覽佛教三藏典，最喜《維摩經》寫天女散花的清麗詞。又聽說佛土落花鋪地有四寸厚，閉目想像的翅膀任意飛馳。西方極樂世界無緣到，卻有筆端的綺語流暢不息。怎能讓樹上的鮮花長開又新又美飄落不止，一年三百六十日天天都是落花時的美景！

【研　析】全詩二十六句，明顯分為三個層次。前八句為第一個層次，記自己與朋友赴西郊觀落花，為落花的奇觀而驚呆。開篇「西郊落花天下奇」一「奇」字，為落花的審美價值定了性，而全詩亦正是以酣暢淋漓的筆墨在「奇」字上做足了文章。而第八句「出城失色神皆痴」一句亦甚妙。蓋「痴」源於「奇」，兩句相呼應，就構成了懸念，從而引出中間十句即第二層次對「西郊落花天下奇」的具體形象的描繪。第二層次是全詩的主體，亦是最精彩的文字。作者馳騁奇特的想像，採用一系列奇妙的比喻，充分表現了落花之「天下奇」的形象。「錢塘潮」、「昆陽戰」之喻誇飾落花遍地的磅礡氣勢，「天女」「傾胭脂」之喻描繪落花的豔麗色彩；「奇龍怪鳳」、「琴高之鯉」二喻一寫落花在空中回旋飄舞之態，一寫落花隨風升騰之狀；「玉皇宮」、「三十六界」兩句喻海棠樹花已吹盡，落花如美女下凡，富於神奇意味。上述比喻以自然、歷史、神話、佛典中的形象為喻體，以實喻實；而「又如先生平生之憂患，恍惚怪誕百出無窮期」兩句，則轉以自身遭際為喻，乃以虛喻實，則落花形象又顯得恍惚迷離，難以把握，此句可謂奇中之奇，又暗示了作者內心黯然的一面。最後八句為第三層次，乃結合佛典寫觀罷落花後的感受。作者自稱熟讀佛典，所以又冥目神馳，由落花聯想到佛經裡所載「天女散花」的清詞麗句，想到遍佈佛土的「四寸」厚的「落花」，「憂患」似乎為之消解。作者又自嘆佛國畢竟未到，反倒綺語淋漓寫下那麼多描繪落花的華麗詞藻，他不能真正進入超脫現實的佛國。但詩人並不悲觀，結尾兩句終發出熱情呼喚：「安得樹有不盡之花更雨新好者，三百六十日長是落花時！」作者渴望的是落花氣勢磅礴的奇美境界能永久地存在，具有永恆的生命力。這落花世界無疑是詩人所追求的理想世界的象徵。此詩藝術上筆墨恣肆狂洋，得莊子、李白之神韻；感情則起伏跌宕，意象亦千變萬化；又鎔歷史、佛典、神話於一爐，具有濃郁的浪漫色彩，從而出色地寫出「西郊落花天下奇」的壯觀。

雜詩（選一）

金　和

【題　解】此詩作於咸豐二年（西元一八五二年）之前，借詠追風馬，諷諭權貴壓制人才的社會弊病。雜詩，指寫零星感想和瑣事、不定題目的詩。

【作　者】金和（西元一八一八—一八八五年），字弓叔，號亞匏。上元（今南京）人。他親歷鴉片戰爭與太平軍攻克南京等歷史事變。既有反侵略的愛國思想，同情百姓受苦受難，又仇視太平軍。其詩頗多沉痛慘淡氣象，語言自然清新。有《秋蟪吟館詩鈔》。

千金買駑駘❶，一顧❷失追風❸。追風亦有罪，甘雜❹駑駘中。

【注釋】❶千金買駑駘　此反用《韓非子》典：「古之人君有以千金使涓人（侍臣）求千里馬者。」駑駘，能力低下的劣馬。《楚辭・九辯》：「卻騏驥而不乘兮，策駑駘而取路。」❷一顧　用《戰國策・燕策》典：一賣駿馬者「三旦立于市，人莫與言」，請伯樂「還而視之，去而顧之，一旦而馬價十倍」。一顧，回頭看，指相馬。❸追風　形容馬奔跑得快。曹植〈七啟〉：「駕超野之駟，乘追風之輿。」追風，亦為駿馬名。❹雜　混雜。

【語譯】花費千金竟買一劣馬，相馬一顧可惜失卻追風。如今追風馭電亦有罪，駿馬情願混雜在劣馬中。

【研析】此詩首句寫千金買來劣馬，乃反用《韓非子》千金求千里馬之典，可見買馬者之昏庸無能。次句又反用《戰國策》伯樂相馬之典，謂買馬者雖亦「一顧」卻不識良馬，可謂有眼無珠。後兩句說明之所以難買千里馬，是因為如今千里馬跑得快已「有罪」，為避免招惹災禍，千里馬甘願混雜在劣馬群中，不敢顯示其真本領。千里馬向來是比喻人才的。此詩之「追風」與千里馬同義。「追風」不僅不被「伯樂」所識，而且因其跑得快而「有罪」，只能混雜在「駑駘」中，這顯然是作者對統治者埋沒人才、扼殺人才的抨擊，亦道出了現實用人問題上的弊端。而「甘雜駑駘中」的「追風」自有作者的影子在。此詩短小精悍，而寓意深刻。作者善於反用典故，古今對照，造成諷刺效果，亦值得稱道。

詠小松

陳三立

【題　解】此詩為作者早年所作，以詠小松抒發自己的壯志豪情。作者光緒十五年（西元一八八九年）中進士，官吏部主事，後協助其父湖南巡撫陳寶箴創辦新政，提倡新學，支持維新變法運動，可見是個有作為的人；而這種心胸在其年輕時作的這首〈詠小松〉中即露端倪。

階庭❶三尺小松樹，待長龍鱗❷歲月間。霰雪❸紛紛冰齒齒❹，一尊❺
對汝氣如山❻！

【注　釋】❶階庭　階前庭院內。❷龍鱗　比喻松樹皮。王維〈春日與裴迪過新昌里訪呂逸人不遇〉：「種樹皆老作龍鱗。」❸霰雪　夾冰雹的雪。❹齒齒　排列如牙齒。韓愈〈柳州羅池廟碑〉：「白石齒齒。」❺尊　量詞。此用於小松有敬佩意。❻氣如山　氣壯如山。

【語　譯】庭院中挺立著三尺小松樹，它如蛟龍期待著經歷歲月磨練長出鱗片。任憑霰雪紛飛冰凌如利齒排列，看見你一尊鐵骨氣壯如山！

【研　析】此詩首句點題，寫階庭下一株「三尺小松樹」。「三尺」寫小松樹之長度，顯示「小」意，它猶如一個少年。次句寫小松之志向。松的形狀特別是樹皮類似於龍，因此古人詩中常以龍喻松，如丘逢甲〈韓山書院新小松〉云：「山林鱗鬣尚參差，已覺干霄勢崛奇。只恐庭階留不得，萬山風雨化龍時。」陳三立筆下的小松在歲月磨練中「待長龍鱗」，亦是志在「化龍」而騰上九霄。後兩句寫小松為了這一天的到來，以頑強的意志經受著霰雪寒冰的考驗，顯示出如山的豪壯氣概。這株生機勃勃的小松與血氣方剛、志在改革的作者形象正相一致。因此作者詠小松，實是言自己少年之壯志。

十二、論詩‧說藝

題畫詩

石濤

【題解】此詩實為論畫藝，主要是揭示山水畫的創作真諦。

【作者】石濤（西元一六四二—約一七一八年），姓朱，名若濟。全州（今屬廣西）人。明藩靖江王朱守謙之子。曾為僧，法名原濟，字石濤，以字行，號苦瓜和尚、大滌子、清湘老人。晚年定居揚州，賣畫為生。清初著名畫家，兼工書法和詩。有《苦瓜和尚語錄》等。

天地渾鎔❶一氣，再分風雨四時❷。明暗高低遠近，不似之似❸似之。

【注釋】❶渾鎔　同「混融」。不分彼此，化為一體。古人想像中天地開闢前的狀態。❷四時　春、夏、秋、冬四季。❸不似之似　指外形不像，而精神上相似。

【語　譯】天地原本是混融一氣，後來才分出了風雨四季。圖畫繪出了明暗高低遠近只是形似，得其精神才是真似。

【研　析】詩前兩句描敘客觀自然的不同情態。首句寫「天地渾鎔」、連成一氣的混沌狀態。次句又寫自然分出春夏秋冬四季以及陰晴風雨的多種情態。作為畫家的審美對象，自然界無疑是變幻無窮、多姿多彩的。當畫家把山水花鳥等自然風物經過構思運筆再現於絹紙之上時，描寫出其光線的明暗、位置的高低，距離的遠近，只是起碼的形似要求，最為重要的是「不似之似似之」，即描寫出自然風物的內在精神氣韻，這才是真正的「似」，達到藝術的至境。「不似之似」是中國傳統的美學思想，具有藝術辯證法。作者重申這一觀點，乃是針對自然主義與擬古主義繪畫思想而發的。從東晉顧愷之的「以形寫神」（《歷代名畫記》卷五），到蘇軾的「論畫以形似，見與兒童鄰」（〈書鄢陵王主簿所畫折枝二首〉）等，這些觀點都與「不似之似」的美學思想相通。但石濤「不似之似似之」連用三個「似」，顯得更概括，更全面。「不似」指外形似乎不像，第二個「似」指繪畫的精神氣韻與客觀自然相似，「似之」的「似」則為相像的意思。作者「不似之似似之」的觀點又與其「筆墨乃性情之事」（〈大滌子題畫跋〉）相連，即要求繪畫作品寄寓主觀情思，自然更加深刻。此詩為六言詩，用詞精煉，言簡意賅，特別是尾句含義極其豐富，如今已成為一個著名的美學命題。

戲仿元遺山論詩絕句三十二首（選一）

王士禛

【題解】金代詩人元好問，字裕之，號遺山山人，曾寫有七絕體〈論詩三十首〉，品評歷代著名詩人，對後世影響極大，清代仿作者頗多。王士禛「戲仿」論詩絕句作三十二首。這裡所選一首是評價唐代著名詩人韋應物與柳宗元的詩風與地位的名篇。

風懷澄澹❶推韋、柳❷，佳處多從五字❸求。解識無聲弦指妙❹，柳州那得並❺蘇州？

【注釋】❶風懷澄澹　詩情清雅淡泊。❷韋柳　唐代詩人韋應物、柳宗元。韋應物，長安（今陝西西安）人。官終蘇州刺史，人稱韋蘇州。詩風高雅閒淡。柳宗元，原籍河東解縣（今山西運城西南），曾官柳州刺史，人稱柳柳州。詩風澄澈峻潔。❸五字　指五言詩。❹解識無聲弦指妙　語本《列子・湯問》：「鄭師文從師襄游，柱指鉤弦，三年不成章。師襄云：『可以歸矣。』師文捨其琴嘆曰：『文非弦之不能鉤，非章之不能成，文所存者不在弦，所志者不在聲耳。』」解識，懂得。無聲弦指妙，即「不著一字，盡得風流」（《詩品・含蓄》）之意，喻含蓄之美妙。❺並　並列。

【語譯】詩情清雅淡泊要推舉韋應物與柳宗元，其濃郁詩味多要從其五言詩中去尋求。若說懂得意在言外之奧妙，柳柳州怎麼比得上韋蘇州呢？

【研　析】此詩首句拈出評判對象韋應物與柳宗元，並指出二人共具的詩風「澄澹」。澄澹即清雅淡泊，是唐代山水田園詩人的主體風格，而韋、柳正如蘇軾所評，「獨韋應物、柳宗元發纖穠于簡古，寄至味于淡泊，非餘子所及也」(〈書黃子思詩集後〉)。次句又指出韋、柳澄澹之詩多見於五言。特別是韋應物五言詩尤其著名。如果前兩句是從讚揚的角度評韋、柳二人之同，那麼後兩句則從褒貶評斷的角度寫韋，柳二人之異。第三句「無聲弦指妙」採用《列子・湯問》中的典故，以琴藝喻詩藝之「不著一字，盡得風流」，強調的是「味外味」、「無迹可求」等意在言外的含蓄之美。這正是王士禛所標舉的神韻說的核心思想，亦是其衡量詩人高低的審美尺度。鑑於此，作者認為柳宗元無法與韋應物相提並論，顯示出褒韋貶柳的態度。關於韋，柳二人之高下，歷代詩評家有過不同的看法。其實韋與柳各有所長，很難亦無須分其高下。但由於批評家各人的審美理想不同，標準各異，其或褒韋或褒柳亦是不足為奇的。

填詞

納蘭性德

【題　解】此詩論詞。古代以詩論詩之作甚多，而以詩論詞則少。此篇乃論詞詩的上乘之作，特別是作者既是詩人，又是大詞人，既工詩，又嫻詞，所以彌足珍貴。

詩亡詞乃興，比興❶此焉托❷。往往歡娛工，不如憂患作❸。冬郎❹一生極憔悴，判❺與三閭❻共醒醉❼。美人香草可憐春，鳳蠟紅巾❽無限淚。芒鞋心事杜陵知❾，只今惟賞杜陵詩。古人且失風人旨❿，何怪俗眼輕填詞。詩源⓫遠過詩律近⓬，擬古樂府特加潤⓭。不見句法參差《三百篇》⓮，已自換頭⓯兼換韻⓰？

【注釋】❶比興　比與興，詩六義之二。原指比喻、起興的藝術手法。後與風雅、美刺相連繫，具有了寄託諷諭的含意。此指後者。❷此焉托　即託於此。焉，助詞，表示關係結構，用在倒置的動賓詞組之間，作為賓語「此」提前的標誌。❸往往歡娛工二句　意本韓愈〈荊潭唱和詩序〉：「夫和平之音淡薄，而愁思之聲要妙，歡愉之辭難工，而窮苦之辭易好也。」❹冬郎　唐詩人韓偓，小字冬郎。唐昭宗時官翰林學士，朱溫篡唐後韓偓逃至閩王王審知處。人稱其《香奩集》詩風豔麗柔婉近於詞。❺判　指判合，有配合之意。❻三閭　指屈原，曾任三閭大夫。❼醒醉　《楚辭・卜居》：「眾人皆醉我獨醒。」❽鳳蠟紅巾　據《南唐紀事》：韓偓死後，其箱子裡藏有當年唐昭宗賞賜的已燒殘的龍鳳燭百餘條，金縷紅巾百餘幅，「蠟淚尚新，巾香尚鬱」。❾芒鞋心事杜陵知　指杜甫於至德二年（西元七五七年）腳穿麻鞋逃出失陷的長安，趕赴鳳翔朝見唐肅宗，其「麻鞋見天子，衣袖露兩肘」（〈述懷〉）的忠君愛國情懷，後人未必理解，只有杜甫自己知道。杜陵，指杜甫，其自稱「杜陵布衣」、「杜陵叟」。❿風人旨　詩人的諷諭之義。⓫詩源　指詞的詩源。⓬詩律近　近體的格律詩。⓭加潤　加以變化發展，使之更加溫潤婉麗。⓮三百篇　即《詩經》，凡三百零五篇。⓯換頭　詞分上下片，下片開頭句法字數均變換，故稱換頭。⓰換韻　調換詩詞的韻腳。

【語　譯】詩體衰落詞體才興起，比興亦寄託於詞體。歡娛之言雖往往工巧，但不如憂患之作感人。韓偓一生極困頓憔悴，足可隨從三閭大夫屈原，在眾人醉時而獨醒。美人香草穠麗而含深意，鳳蠟紅巾華美而多熱淚。腳穿麻鞋的忠心杜甫自己知道，今人只知表面欣賞杜陵詩。古人尚且失去詩人的諷諭之義，何怪時人俗眼輕視填詞。詞的詩源要比格律詩還遠，學習樂府還應特別注意創新。難道不見《詩經》句法多參差不齊，早就開始換頭並換韻了？

【研　析】全詩十六句。頭四句提出關於詞的重要觀點：詞亦有比興寄託。詞向來被視為「詩餘」，更有人鄙薄詞乃「小技」，與言志之詩不可等量齊觀。但作者卻強調詞與詩一樣有比興寄託，亦應是「憂患作」才有價值。此說旨在提高詞的價值與地位。這一觀點當受清初詞學大家朱彝尊的影響，朱氏曾倡言「善言詞者，假閨房之言，通於〈離騷〉、變雅之義，此尤不得志於時者所宜寄情」（〈陳緯雲紅鹽詞序〉），以針砭明末清初詞壇「大都歡愉之工者十九，而言愁苦十一焉耳」（〈紫云詞序〉）之弊端。但是稱「詩亡詞乃興」則並不合乎實際，此是為抬高詞的地位而發的偏激之論。中間八句乃列舉古代詩人之作雖有比興寄託，卻頗難為讀者所領悟之例證，以襯托詞亦有比興寄託而更難為人所認知。這是導致人們輕視填詞的一個原因。作者首先舉唐代詩人韓偓詩為例，認為他一生困頓憔悴，與屈原具有類似的遭際抱負，因此其香奩詩亦有其「美人香草」之寄託，如同「鳳蠟紅巾」亦有淚一樣。比喻是否恰當還可商榷，但其用意是說明即使香奩詩亦會有作者的比興之意，還是可取的。另外又舉杜甫詩為例，認為其詩雖有寄託卻並不為一些人所理解，如同詞只被人欣賞表層意思。為此，作者感嘆古人尚且不理解詩之寄託諷諭，也難怪今人輕視「填詞」了。最後四句則從詞與詩的關係上說明詞之不可輕視，詞與詩具有同樣的地位。一是從近處看，其形式音律乃源於古樂府，是在古樂府基礎上發展變化而成的；二從遠處看，則《詩經》已開詞之換頭換韻的先聲，更不可鄙薄詞之審美特性。以儒家經典為證旨在回擊正統文人對詞的輕視，可謂用心良苦。

此詩採用五言、七言、九言的雜言體，韻腳四句一換，脈絡清晰。論詞重在說理，但中間以形象的例證說明，可避免詩之過於議論化，故令人不覺枯燥乏味。

絕句

汪士慎

【題解】此詩乃描述書法創作心境的論書絕句，顯示出揚州八怪特有的狂怪作風與創新精神。

【作者】汪士慎（西元一六八六—一七五九年），字近人，號巢林、溪東外史、左盲生、天都寄客、晚春老人、心觀道人等。歙縣（今屬安徽）人。寓居揚州，為「揚州八怪」之一。善書畫，亦工詩。有《巢林詩集》。

目眩心搖壽外翁❶，興❷來狂草❸活如龍。胸中原有煙雲氣❹，揮灑全無八法❺工❻。

工整規範。

【注　釋】❶壽外翁　作者號之一。❷興　指創作靈感。❸狂草　指草書。❹煙雲氣　喻書法家的內在修養。❺八法　即永字八法，側、勒、努、趯、策、掠、啄、磔。以「永」之八筆為例顯示正楷點畫用筆之法。❻工整規範。

【語　譯】臨書前我眼眩心跳感情激動，靈感襲來狂草飛舞靈活如龍。胸中本有元氣充沛煙雲奔湧，揮灑筆墨時絲毫不講究八法的工巧。

【研　析】此詩首句寫自己臨書前的心態：「目眩心搖」即眼睛發花，心緒激盪，具有一種強烈的創作衝動。這意味著創作靈感襲來，亦即次句所謂的「興來」，而「興來」則不可遏止，此際創作者不可遲疑，應該抓緊時機，執筆疾書，於是有「狂草活如龍」的佳作產生。「活如龍」形容書法線條具有鮮活的生命力，呈現出飛舞的動態美。書法創作除了需要創作靈感之外，更要有日常的生活積累與藝術積累，即具備深厚的內在修養，胸中彷彿湧動著元氣煙雲，一旦靈感觸發，就會隨著筆墨奔湧而出；而此時創作者可以任意揮灑，不必受永字八法的束縛。這充分顯示作者不拘泥死法的創新精神與狂放氣質。此詩自身亦寫得形象飛動，氣勢充沛，與詩人的思想氣質十分吻合。

論詞十二絕句（選一）

厲　鶚

【題　解】作者於雍正十年（西元一七三二年）寫下十二首論詞絕句，這裡所選一首與納蘭性德〈填詞〉意旨相近，亦是標舉詞作的「美人香草」之比興寄託，以提高詞的地位。

美人香草本〈離騷〉❶，俎豆❷青蓮❸尚未遙。頗愛《花間》❹腸斷句：夜船吹笛雨瀟瀟❺。

【注　釋】❶美人香草本離騷　意謂詞人採用美人香草的比興寄託手法源於屈原〈離騷〉。王逸《楚辭章句》：「〈離騷〉之文，依《詩》取興，引類譬喻，故善鳥香草以配忠貞，惡禽臭物以比讒佞，靈修美人以媲于君，宓妃佚女以譬賢臣，虯龍鸞鳳以托君子，飄風雲霓以為小人。」❷俎豆　俎與豆皆為古代祭祀用的器具。後引申為祭祀、崇奉。此指後者。❸青蓮　李白，其號青蓮居士。黃昇曰：「（李白）〈菩薩蠻〉、〈憶秦娥〉二詞為百代詞曲之祖。」（《唐宋諸賢絕妙詞選》）❹花間　詞總集《花間集》。五代後蜀趙崇祚編，十卷，選錄晚唐、五代詞十八家五百首。詞風靡麗，對後世影響很大。❺夜船吹笛雨瀟瀟　借用晚唐詞人皇甫松〈憶江南〉名句，該詞載《花間集》。

【語　譯】美人香草的傳統源於〈離騷〉，詞祖李白距今也並不遙遠。最愛讀《花間集》令人斷腸的詞句：夜船吹笛交織著秋雨瀟瀟。

【研　析】作者乃浙派詞人，其觀點是浙派詞人的共識。如汪森〈詞綜序〉即反對「以詞為詩之餘」，認為「自有詩，而長短句即寓焉」，認為詩詞並無先後。浙派詞人領袖朱彝尊〈陳緯雲紅鹽詞序〉則稱詞辭微而旨遠，「通于〈離騷〉、變雅之義」。本詩作者云「美人芳草本〈離騷〉」，亦正是為強調詞源遠流長、地位正宗，而與〈離騷〉掛鉤。次句則與李白相連，因為李白傳為「百代詞曲之祖」，雖然〈菩薩蠻〉與〈憶秦娥〉是否李白所作還難確定。詩後兩句又表現出對《花間集》的偏愛，頗欣賞其所謂「斷腸句」，此與納蘭性德〈填詞〉推重「憂患作」意思相通。尾句乃引《花間集》中皇甫松〈憶江南〉「夜船吹笛雨瀟瀟」之句收束，窺一斑以見全豹，因為此句就是表現淒楚冷寂意境的「斷腸句」。

讀全宋詩仿元遺山論詩絕句二百首（選一）　謝啟昆

【題　解】作者寫論宋詩之絕句組詩二百首，規模之大可謂罕見。這裡所選一首乃評南北宋之交的著名詩人陳與義。陳與義（西元一〇九〇—一一三三年），字去非，號簡齋。洛陽（今屬河南）人。北宋時任文林郎、太學博士等職。南宋時任禮部侍郎、參知政事。其詩宗杜甫，屬江西詩派。但其詩並不追摹江西詩派黃庭堅詩之生硬拗奇、堆砌典故之風。早期詩詞語明淨，音調響亮，注重形象。南渡後四處奔波，心胸為之開闊，感情沉鬱，詩之精神接近杜甫，頗多感慨時政、憂國憂民之什，風格亦慷慨沉鬱。金元好問（遺山）有〈論詩三十首〉。此仿之。

【作　者】謝啟昆（生卒年不詳），字蘊山，號蘇譚。南康（今屬江西）人。乾隆進士，官至廣西巡撫。其《讀全宋詩仿元遺山論詩絕句二百首》，篇幅之大，可謂罕見。有《樹經堂集》等。

居士❶尋詩❷墨未乾，杏花消息雨聲寒❸。誰言詩到蘇、黃盡❹？萬里南行眼界寬❺。

【注　釋】❶居士　原指北宋詩人陳師道（西元一〇五三—一一〇二年），字無己，號後山居士。❷尋詩　陳師道常閉門作詩，把孩子雞犬都趕出門外。黃庭堅〈病起荊州亭即事十首〉其八稱之為「閉門覓句陳無己」。這裡喻陳與義。❸杏花消息雨聲寒　略改陳與義〈懷天經智老因以訪之〉「客子光陰書卷裏，杏花消息雨聲中」之後句，作為其詩具有形象性的例句。❹誰言詩到蘇黃盡　針對元好問〈論詩三十首〉中「只知詩到蘇、黃盡」而發。蘇、黃即蘇軾、黃庭堅，元好問認為宋詩到蘇、黃其長處與短處均已到頭。此反駁之，但偏於「盡」之長處新意一面。❺萬里南行眼界寬　指陳與義在金人攻陷開封後乃南奔，顛沛流離的生活使他寫下不少憂國傷時之作。

【語　譯】陳與義專心寫詩筆墨似乎未曾乾過，這才有佳句「杏花消息雨聲寒（中）」。誰說詩到蘇黃已經全寫盡了呢？他南行萬里眼界開闊又譜出新詩篇。

【研　析】此詩首句以同為江西詩派的陳師道「閉門覓句」的典故形容陳與義專心刻苦地從事詩歌創作的情景，「尋詩」一般為貶義，此處則為褒義。正因為刻苦創作，才有「杏花消息雨聲寒（中）」這樣明麗、形象的佳句。後兩句則針對元好問「只知詩到蘇、黃盡」提出反詰。因為陳與義南渡後的創作實踐證明好詩未盡。如陳與義的〈傷春〉等詩之沉雄，可與杜甫〈諸將〉媲美，並且是蘇、黃作品中所無的。《四庫總目提要》評陳與義「在南渡之詩人中，最為顯達……至於湖南流落之餘，汴京板蕩之後，感時撫事，慷慨激越，寄托遙深，往往突過古人」，此評可作末句詩的注腳。此詩形象鮮明，語言明淨，朗朗上口。其立意之新穎，亦頗具識見。

仿元遺山論詩（選一）

袁 枚

【題 解】乾隆四十六年（西元一七八一年），作者仿元好問〈論詩三十首〉寫論詩絕句三十八首。但元好問多論古代詩人，袁枚卻「古少今多」（小序），目光注視著當代詩壇。這裡選其一首，乃不點名地批評翁方綱。

天涯有客❶號詅痴❷，誤把抄書當作詩。抄到鍾嶸❸《詩品》❹日，
該他知道性靈❺時。

【注 釋】❶客 當指翁方綱（西元一七三三—一八一八年）。翁氏長於考訂，論詩主肌理說，詩作偏重學問，堆砌典故。❷詅痴 詅痴符。古代方言，指沒有才學而好誇耀的人。《顏氏家訓・文章》：「吾見世人，至無才思，自謂清華，流布醜拙，亦以眾矣。江南號為『詅痴符』。」❸鍾嶸 南朝詩論家，字仲偉，潁川長社（今河南長葛）人。❹詩品 鍾嶸所著中國最早的一部詩論專著。❺性靈 主要指人的性情，同時包括人的靈機。

【語 譯】天涯有位客子可稱為「詅痴」，誤把抄錄古書當成寫詩。等他抄到鍾嶸《詩品》之日，

應該是他知道什麼是「性靈」之時。

【研　析】乾隆詩壇沈德潛鼓吹格調說，翁方綱倡導肌理說，袁枚則揭櫫性靈說，與二說相抗衡。此詩即針砭翁氏以考據為詩之風。翁氏「所為詩多至六千餘篇，自諸經注疏以及史傳之考訂、金石文字之爬梳，皆貫徹洋溢于其中，蓋以學為詩者」（《清史稿．列傳二百七十二》）。其詩堆砌典故，淹沒性靈，故為袁枚所譏。此詩以嘲笑口吻進行調侃，一稱其為「詅痴符」，二說他「誤把抄書當作詩」，又挖苦他一旦抄到鍾嶸《詩品》之日，就該懂得什麼是「性靈」了。因為《詩品》揭示了詩應「吟詠情性」，「陶性靈，發幽思」，以及「羌無故實」等「自然」之旨，而袁枚性靈說內涵主要亦在於此。從此詩可知袁枚性靈說最早的思想淵源之一乃為鍾嶸《詩品》，而非一般論者所說的宋人楊萬里。此詩對於認識袁枚性靈說的淵源及要旨有重要參考價值。詩活潑調侃，極盡嘲諷之能事。

續詩品神悟

袁　枚

【題　解】《續詩品》作於乾隆三十二年（西元一七〇七年），共三十二首，唐司空圖《詩品》二十四首四言詩，是描繪風格意境的論詩詩。袁枚的「續」作，亦採用四言詩，但內容是論創作的。這裡所選其中〈神悟〉一首，論說了詩人應稟性靈與具有靈感的思想，這是其性靈說的含義之一。

鳥啼花落，皆與神通。人不能悟，付之飄風❶。惟我詩人，眾妙❷扶智❸。但見性情，不著文字❹。宣尼❺偶過，童歌滄浪❻；聞之欣然，示我周行❼。

【注　釋】❶飄風　旋風。《詩・大雅・卷阿》：「有卷者阿，飄風自南。」❷眾妙　萬物的玄理。《老子》：「玄之又玄，眾妙之門。」❸扶智　指詩人因諳「眾妙」而聰明。❹但見性情二句　語本皎然《詩式》：「但見性情，不睹文字。」但，只。著，有借助之義。❺宣尼　指孔子。據《漢書・平帝紀》：漢元帝元年追謚孔子「褒成宣尼公」。❻童歌滄浪　《孟子・離婁上》：「有孺子歌曰：『滄浪之水清兮，可以濯我纓；滄浪之水濁兮，可以濯我足。』」滄浪之水，漢水。❼示我周行　語本《詩・小雅・鹿鳴》：「人之好我，示我周行。」周行，最好的途徑。

【語　譯】春鳥啼鳴春花紛落，都與人的心靈相互勾通。如果人們不能感悟，那麼鳥啼花落只能付之旋風。只有我們敏感的詩人，才深諳萬物玄理有而十分聰敏。它表現在內心具有性情，而無須靠文字去指示。當年孔子偶然經過某地，有兒童唱「滄浪之水清」；孔子聽到歌聲非常欣喜，就說這是教人修養的最好的途徑。

【研　析】英國詩人華滋華斯說過：「一朵微小的花朵對於我可以喚起不能用眼淚表達出的那樣深的思想。」（轉引自宗白華《美從何處尋？》）「鳥啼花落，皆與神通」這兩句亦說明人的主觀思想與客觀自然是相互聯繫的。從創作角度而言，外物可以觸發創作靈感。但是「人不能悟，付之飄風」，又說明一個人詩思笨拙，反映遲鈍，那麼亦不會產生創作衝動，「鳥啼花落」之客觀因素不起什麼作用。作者強調詩人應是能夠領悟「鳥啼花落」的人，能由感悟而啟動神思，激發情感，並構思出藝術境界。因為詩人有靈性而深諳萬物的玄理，顯示出異乎常人的聰敏。這反映了袁枚推重天分的思想。而詩人之「眾妙扶智」表現在「但見性情，不著文字」。此「性情」指人的內心靈性，意謂詩人的敏感可以使客觀世界的各種信息都能在心弦上產生顫動，得到回饋，而無須文字的明確指示，自能「神悟」，此所謂「不著文字」也。為此，詩人以孔子作為天賦靈慧而有「神悟」之例證。孔子能從孺子之歌中，引申出做人的道理，得到深刻的啟示。而詩人創作亦是同理，一旦「神悟」就可以產生聯想、想像等心理活動，積極調動起生活與感情的積累，從而寫出佳作。

讀昌黎詩

蔣士銓

【題解】此詩作於乾隆二十九年（西元一七六四年）。昌黎即唐代韓愈（西元七六八—八二四年），其字退之，河陽（今河南孟縣南）人，自謂郡望昌黎（今遼寧義縣），故後世稱為韓昌黎。他於詩文主「氣」與「不平則鳴」之說，詩風雄奇險怪。

巖巖❶氣象雜悲歌，浩氣❷難平未肯磨❸。自古〈風〉、〈騷〉❹皆鬱勃❺，人生不得意時多。

【注　釋】❶巖巖　高峻的樣子。《詩・魯頌・閟宮》：「泰山巖巖，魯邦所詹。」此形容韓愈詩風格險峻。❷浩氣　盛大剛直之氣。❸磨　磨滅。❹風騷　《詩經》之〈國風〉，《楚辭》之〈離騷〉。❺鬱勃　鬱結壅塞。喻〈國風〉、〈離騷〉具有不平之氣。

【語　譯】風格險峻高唱慷慨歌，浩氣凌雲豈肯被滅磨？自古〈風〉、〈騷〉鬱結著不平氣，人生在世失意的時候多。

【研　析】此詩借評昌黎詩重申一條創作規律，即韓愈所說的「凡出乎口而為聲音，其皆有弗平者乎」（〈送孟東野序〉），以及歐陽修所云「內有憂思感憤之鬱積」，「而寫人情之難言，蓋愈窮則愈工」（〈梅聖俞詩集序〉）的觀點。前兩句寫對韓詩的評價，其詩氣象峻拔，慷慨悲歌，這是由於心中「浩氣難平」，必須借詩作以宣洩之。後兩句又由韓詩引申開來，著眼自〈國風〉與〈離騷〉以來整個古典詩歌史，認為優秀之作皆「鬱勃」不平之氣，這是因為人生本來就「不得意時多」。在封建社會，這可以說是創作之真諦，其中自有作者個人的創作體驗。此詩本身蒼勁挺拔，亦鬱勃一股浩氣。

論詩（選一）　　趙　翼

【題　解】〈論詩〉七絕組詩共五首。這裡選析其中一首名篇。此詩借評「李、杜詩篇」，提出詩應不斷發展創新的觀點，這與袁枚性靈說是相通的，亦是為反對沈德潛擬古格調說的保守觀點而發。

李、杜詩篇萬口傳，至今已覺不新鮮。江山代有❶才人❷出，各領風騷❸數百年。

【注釋】❶代有　即代代有。❷才人　有才氣的詩人。❸風騷　此泛指詩歌創作。

【語譯】李白、杜甫的詩篇萬人相傳，到了今日已覺得不新鮮了。江山每代都有才人出現，各自領袖詩壇數百年。

【研析】此詩首句先高度評價李、杜詩篇的成功，它們能「萬口傳」，可見其藝術魅力，不愧為唐代詩歌的最高成就。但次句一轉折，又認為李、杜詩作今日已顯得陳舊。這似乎是貶，其實非也。因為社會在發展，時代精神在更新，李、杜詩反映的是唐代的社會生活，抒發的是唐人的思想感情；而經過一千年的歷史變化，李、杜詩已不能滿足人們現實的需要，人們有理由要求讀到嶄新的作品。作者另一首〈論詩〉云：「詩文隨世運，無日不趨新。」正道出個中道理。後兩句乃由評李、杜生發出作者的詩學觀：江山代代都有才氣橫溢的詩人湧現，他們都能開一代新詩風，各自領袖一代詩壇的。這兩句詩反映了作者辯證發展的詩學思想，對於擬古者不啻當頭棒喝。而作者敢於公開指出「詩仙」、「詩聖」之詩「至今已覺不新鮮」，顯示出非凡的膽識，足令貴古賤今者為之咋舌！

論詩

趙翼

【題解】這是一篇五古體論詩詩。康熙詩壇有王士禛為首的神韻派倡言神韻說，主張詩有「味外味」，重視「象外」之神韻，自有其美學價值。但其末流往往失諸空疏無物。乾隆詩壇則有沈德潛格調說，主張復古，重格律形式；有袁枚性靈說，標舉真性情，提倡創新；還有翁方綱肌理說，重視詩之義理充實，文理細密。作者詩學觀點屬於性靈派，與袁枚桴鼓相應，但又並不完全雷同。此詩主要針砭神韻詩之空言不切題，亦反對擬古，倡導創新，自與袁枚相彷；但標舉「肌理親」則為袁枚所無。不過此「肌理」與翁方綱的「肌理」說不可等量，因為並不推重考據學問，亦不拘泥儒家之義理，主要是要求詩應細緻刻畫物象的本來面目，扣緊題義，寫出「此詩」所應表現的人、時、地、事而不墮入虛空。這一點與翁方綱在一定程度上相近。

「作詩必此詩，定知非詩人❶。」此言出東坡，意取象外神；羚羊掛角眠❷，天馬奔絕塵。其實論過高，後學未易遵。詩文隨世運，無日不趨新；古疏後漸密，不切者為陳。譬如覂駕❸馬，將越而適秦❹；灞滻終南景❺，何與西湖春？又如寫生手，貌施而昭君❻；琵琶春風面❼，何關苧蘿顰❽？是知興會超❾，亦貴肌理❿親。吾試為轉語，案翻老斫輪⓫：「作詩必此詩，乃是真詩人！」

【注釋】❶作詩必此詩二句　語出蘇軾（東坡）〈書鄢陵王主簿所畫折枝二首〉，意謂詩應有言外之意，即「象外神」。❷羚羊掛角眠　嚴羽《滄浪詩話》：「如羚羊掛角，蹤迹難求。」此又源於《傳燈錄》：「道膺禪師謂眾曰：如好獵狗，只能尋得有蹤迹底；忽遇羚羊掛角，莫道迹，氣亦不識。」羚羊掛角喻詩意蘊藉含蓄。❸覂駕　覆駕，不受駕馭。孔穎達〈禮記正義序〉：「覂駕之馬，設銜策以驅之。」❹將越而適秦　想去浙江而走到了陝西。❺灞滻終南景　指灞河、滻河、終南山之景。❻貌施而昭君　指畫的西施，畫出來卻像王昭君。西施，古越國美女。王昭君，漢代美女。❼琵琶春風面　寫昭君出塞懷抱琵琶。春風面，青春美貌。杜甫〈詠懷古迹五首〉其三：「畫圖省識春風面。」❽苧蘿顰　寫西施因心口疼而皺眉。苧蘿，苧蘿村，在今浙江諸暨，西施故鄉。此指代西施。❾興會超　創作興致超邁，不受拘束。❿肌理　原指皮膚紋理。此主要喻詩歌藝術表現細密，亦涉及內容充實。⓫老斫輪　技藝精湛的人。此喻蘇軾為寫詩老手。斫輪，用斧頭削車輪。典出《莊子．天道》。

【語譯】「作詩必是描寫此時事，定知作者不是真詩人。」此言出自蘇東坡，意謂詩要表現象外之神韻：比如羚羊在樹上掛角無蹤跡，比如快馬奔馳在大道不揚塵。其實此論要求太高了，青年學子難以去遵循。詩文本是跟隨社會變化的，無日不在推陳而出新；詩藝古代粗疏後來逐漸細密，言不切題之作已經陳舊。譬如不受駕馭的駿馬，本想奔向浙江卻到了陝西；陝西的灞水、滻水、終南山，怎能與西湖的春景相提並論？又如描摹肖像的畫家，描繪西施卻像王昭君，昭君懷抱琵琶的青春面貌，與皺眉西施有何關係？可知即使興致特別超遠，也該懂得肌理要貼近。我且嘗試改換一種說法，推翻掉寫詩老手之高論：「作詩必是描寫此時事，作者才能說是真詩人！」

【研　析】全詩二十六句。開篇八句為第一層次，為全詩的引言。先引出蘇軾論詩之句「作詩必此詩，定知非詩人」，接下四句對這兩句詩的含義作形象的演繹，認為它們重視象外神韻，而此神韻難以捉摸，如同羚羊掛角，天馬絕塵。後兩句則對蘇東坡之論提出婉轉的批評：持論過高，後學難以把握。接下十四句為第二層次。此層主要論說其重創新、重肌理的思想。頭四句提出觀點，一是詩文與社會發展相關連，時時在推陳出新，二是藝術由疏轉密，密即是「肌理」，此指形式；同時要切題，切合客觀實際，亦是「肌理」，此指內容。這是分別針對格調詩與神韻詩而發的。接下八句採用比喻從反面作論證，十分生動形象。其意主要是說，如果詩「不切」，那麼將離題萬里，不知所云，好像一匹未駕馭的馬，本想去南方卻跑到了北方，又好像一個畫家本想畫西施卻畫成了昭君，兩者毫不相干。因此作詩必須反其道而行之，即詩應親近「肌理」，光是憑超遠的興會天馬行空是不夠的。全詩最後四句作出結論，即推翻蘇軾之高論，改成「作詩必此詩，乃是真詩人」。

此詩結構如同一篇論文，有觀點，有論據，有結論。但「羚羊」、「天馬」、「寫生手」諸喻卻是形象思維的顯現，與議論文字相輔相成，既增添了詩的形象與情趣，又避免了空發議論。

道中無事偶作論詩絕句二十首（選一）

洪亮吉

【題　解】作者於嘉慶五年（西元一八〇〇年）五月遇赦，從新疆伊犁返回原籍，道中無事偶作論詩絕句二十首。這裡選析的是一首評價清初遺民詩人顧炎武與吳嘉紀的論詩絕句，它高度讚揚了顧、吳之氣節秉性。

偶然落墨❶并天真❷，前有寧人❸後野人❹。金石氣❺同薑桂氣❻，始
知天壤❼兩遺民❽。

【注　釋】❶落墨　指下筆寫詩。❷天真　天然本性。王維〈偶然作〉：「陶潛任天真。」❸寧人　顧炎武字寧人。明遺民詩人。❹野人　吳嘉紀號野人。明遺民詩人。❺金石氣　喻堅定不移的氣節。《後漢書・王常傳》：「輔翼漢室，心如金石。」金，指鐘鼎；石，指豐碑。❻薑桂氣　生薑與肉桂之性，喻人個性老辣剛強。《宋史・晏敦復傳》：「況吾薑桂之性，到老愈辣。」❼天壤　天地。❽遺民　改朝換代之後，仍忠於故國不仕新朝的人。

【語　譯】偶然動筆即顯示出天然本性，前面有顧寧人後面有吳野人。他們氣節如金石堅定，秉性如薑桂老辣，才知顧、吳無愧為天地之間的兩位遺民。

【研　析】詩品出於人品。前兩句評價顧、吳二人具天然本性，即使偶然作詩亦會流露，無須偽飾。前兩句乃倒置，旨在突出首句對顧、吳「天真」的讚譽。後兩句則將他們的本性具體化。顧炎武於明亡之後，從事抗清活動，以詩寫亡國之痛與復明之志；吳嘉紀則隱居窮鄉僻壤，甘於貧困，

不仕新朝，以詩抒寫故國之思。前者被人譽為「風霜之氣，松柏之質，兩者兼有，就詩品論，亦不肯作第二流人」（沈德潛《國朝詩別裁集》）；後者亦被人稱為「文章氣節，當時無輩」（《陋軒江村集合刻八卷》袁承業語）。因此作者亦讚其「金石氣同薑桂氣，始知天壤兩遺民」，充滿欽佩嚮往之情。尾句頗耐人尋味。所謂「始知」即初知，似乎以前並不知，其實應理解為現在才真正理解。為何如此講，是因為作者因批評時政而被清朝廷流放新疆，忠而被貶，心中自有憤懣。對比之下，顧、吳二人拒不與清朝統治者合作，保持氣節，反沒有這樣的屈辱與遺際。作者於是終於真正體悟到遺民之可敬。而作者赦歸後終身不再出仕，只是埋首著述，即是「始知天壤兩遺民」的具體行動。

答贈李鏞子孝廉黼平兼柬乃兄和甫

宋　湘

【題　解】此詩是答贈舉人李鏞（黼平）並作為信札給李鏞兄李和甫看的。這實際是一首論詩詩。

泰山之雲東海水，一口吸到腰腹裏。翻身散作霞滿天，元氣❶淋漓❷五色紙❸。

【注　釋】❶元氣　指生氣。❷淋漓　充盛；酣暢。❸五色紙　《鄴中記》：「石虎詔書以五色紙著鳳雛口中。」

此指詩箋。

【語　譯】泰山的白雲與東海的碧浪，一口氣吸進了詩人的腰腹裡。轉身又散作滿天彩霞，落在詩箋上生氣非常酣暢！

【研　析】此詩形象而深刻地揭示了詩人使山水的自然美轉化為詩歌藝術美的審美創造過程。先有「泰山之雲東海水」的山水自然美的客體，其次才有作為審美主體之詩人「一口吸到腰腹裏」的審美觀照及一系列審美創造活動，即在心中把自然美醞釀轉化為審美的意象，最後則把胸中意象轉化為五彩絢麗的含有詩人感情而寫在五色詩箋上的詩意象。此詩語富雄麗，意境開闊，無一句議論，純然以意象表現，堪稱別具一格。詩本身亦寫得「元氣淋漓」，實屬論詩之佳作。

論詩十二絕句（選二）

張問陶

【題　解】〈論詩十二絕句〉作於乾隆五十九年（西元一七九四年）。這裡選其中二首。作者詩論與袁枚相通，前一首論詩絕句亦可為證。後一首論詩絕句論詩歌奇句產生的原因，揭示了詩歌創作的規律。

躍躍❶詩情❷在眼前，聚如風雨散如煙❸。敢為常語❹談何易？百煉❺

工純❻始自然。

【注釋】❶躍躍　心情激動的樣子。韓愈〈韋侍講盛山十二詩序〉：「夫得利則躍躍以喜，不利則戚戚以泣，豈韋侯謂哉！」❷詩情　指創作激情，或曰靈感。❸聚如風雨散如煙　比喻靈感來時勢不可遏，去時又很突然。❹常語　普通平常的語言。袁枚《隨園詩話補遺》：「家常語入詩最妙。」❺百煉　形容對文字錘煉工夫深。❻工純　工夫達到爐火純青地步。

【語譯】內心激盪詩情彷彿在眼前，來如風雨驟至去如雲煙消散。詩中敢寫家常語言談何容易？千錘百煉爐火純青才是自然。

【研析】前兩句論詩歌創作靈感問題。作者採用形象化語言，將「詩情」即創作靈感作為可視之物，呈現在「眼前」：它突然而來，比喻為風雨驟至；它倏然而去，比喻為雲霧消散，可謂傳神地寫出靈感來去無蹤的特點。袁枚〈病中謝薛一瓢〉亦云「興來筆落如風雨」，喻詩情來勢迅猛，二者可謂同出一轍。後兩句乃論詩歌創作人功與自然的辯證關係問題。袁枚說「家常語入詩最妙」（《隨園詩話補遺》），與作者「常語」同義，但「常語」並非信筆塗鴉，因為「人功未極，天籟亦無因而至」（《隨園詩話》），它是「百煉工純」的結果，非此不能達自然天成的高境界。這些觀點都是性靈說的內涵，對於格調說與肌理說有針砭之功。

凭空何處造情文❶？還使靈光❷助幾分。奇句❸忽來魂魄動❹，真如天上落將軍❺。

【注　釋】❶造情文　語本劉勰《文心雕龍・情采》：「昔詩人什篇，為情而造文；辭人賦頌，為文而造情。」此指創造有真情的詩篇。❷靈光　靈異之光，指創作靈感。❸奇句　奇美的詩句。❹魂魄動　使人感到驚奇。李白〈夢游天姥吟留別〉：「忽魂悸以魄動，恍驚起而長嗟。」❺真如天上落將軍　用《史記・李將軍列傳》匈奴稱李廣為漢之「飛將軍」典。

【語　譯】憑空到哪裡去賦出真情詩呢？構思還要借助幾分的靈感。奇句忽然降臨令人驚奇，就如天上降落下「飛將軍」。

【研　析】此詩首句以反詰句式說明具有真性情的詩歌不能「凭空」產生，詩人不能「為文造情」。那麼「情文」該如何產生呢？此詩未言，但在同題另外一詩中已有答案：「寫出此身真閱歷，強於飣餖古人書。」意謂詩要反映親見親歷的社會實踐，詩情源於生活，這無疑是顛撲不破的真理。而前面所選詩云「躍躍詩情在眼前」及此詩「還使靈光助幾分」，又說明詩人創作還必須有靈感，有激情。一個詩人具備了生活與激情兩個條件，才可能妙筆生花，下筆有神，寫出佳什。詩把令人「魂魄動」的奇句之「忽來」，比作「天上落將軍」，相當形象，寫出奇句如瓜熟蒂落、水到渠成的情景。這是詩人創作的感受，真實而可信。乾隆詩壇格調派重詩之形式格調，就有「凭空」之弊；肌理派之向書本討生活，亦缺乏「靈光」之助。作者寫此詩重申創作真諦，其鋒芒所向是十分清楚的。

論詩絕句六十首（選一）

姚　瑩

【題　解】此詩為組詩〈論詩絕句六十首〉中的第二首。這組詩多為評價歷代詩人之什，此首則結合自身創作體驗，從總體上論詩的價值在於其社會功能。

辛苦十年摹漢魏，不知何故遠〈風〉、〈騷〉❶。而今悟得興觀旨❷，
枉❸向凡禽❹覓鳳毛❺。

【注　釋】❶風騷　《詩經》之〈國風〉與《楚辭》之〈離騷〉，皆有比興寄託的諷諭精神。❷興觀旨　指興觀群怨的宗旨。《論語・陽貨》云：「子曰：『小子何莫學乎《詩》？《詩》可以興，可以觀，可以群，可以怨，邇之事父，遠之事君，多識鳥獸草木之名。』」興，指啟發、感染的作用；觀，指觀察、認識社會的作用；群，指相互感染，密切人們關係的作用；怨，指諷諭不良時政的作用。❸枉　徒勞。❹凡禽　凡鳥。喻其所摹漢魏詩。❺鳳毛　鳳凰羽毛。喻〈風〉、〈騷〉的興觀群怨之旨。

【語　譯】十年嘔心瀝血模仿漢魏詩，不知為何遠離〈國風〉與〈離騷〉。今日才懂興觀群怨之宗旨，以前徒勞地從凡鳥身上尋鳳毛。

【研　析】此詩前兩句反省過去十年的創作實踐，犯了一個根本錯誤，即長期以來只知嘔心瀝血地

模仿漢魏詩之皮毛，卻不知探究〈風〉、〈騷〉中所體現的反映現實、批判時政的風人之旨。但前兩句乃是鋪墊與反襯，意在突出第三句所說的詩興觀群怨之旨，詩所應具備的社會功能。作者「悟得興觀旨」，有其時代背景。作者處於鴉片戰爭前後的時代，列強入侵，國事危亡，龔自珍、魏源等提倡改革、富國強兵，並寫下大量反映政治改革志向的詩作。作者受其影響，亦終於認識到詩應該發揮社會作用。詩尾句採用比喻，為以前虛度時光、沒有悟出詩歌的興觀之旨而懊悔。此詩從個人體驗出發，真切自然。

題紅禪室詞尾（選一）

龔自珍

【題　解】《紅禪室詞》為作者詞集名，後改為《無著詞》。作者於詞集末尾題詩三首。此選其一，表達了作者對於詩詞創作之源的看法。

不是無端❶悲怨深，直將閱歷寫成吟❷。可能十萬珍珠字❸，買盡❹
千秋兒女心？

【注　釋】❶無端　無緣無故。❷吟　指詩詞作品。❸珍珠字　喻詩詞文字如珠璣，十分珍貴。❹買盡　即贏盡。

【語　譯】並非無緣無故地悲怨很深，是把閱歷寫成了詩詞作品。筆下渾灑了十萬珠璣字，可能贏得千秋兒女的心嗎？

【研　析】此詩首句「不是無端悲怨深」，從反面角度強調詩詞的深厚悲怨感情有其生活根柢，不是無緣無故而來的。作者於〈己亥雜詩〉又稱「歌泣無端字字真」，那個「無端」有自己亦不明其緣故之意，反映了世事的複雜，並非真的沒有來由。首句又表明詩詞重在有情，特別是「悲怨」之情，這是由當時國事艱危的現實所決定的。次句承首句之意，揭示「悲怨深」之「端」在於作者的親身「閱歷」，是目睹到種種社會弊端而產生悲怨，這種來自現實生活的「歌泣」是真實無飾的。只有這樣真實的悲怨寫成詩詞才有感人的力量，能贏得千秋萬代讀者的心。基於此，作者對自己的作品之流傳後代是有自信之心的。但以委婉的詞句表達：「可能十萬珍珠字，買盡千秋兒女心？」將作品喻為「珍珠」，顯示出孤芳自賞之意。因為用了「珍珠」作喻體，所以尾句又用了「買」字相搭配。令人欣慰的是作者之問，後代已作了肯定性的回答。作者地下有知，亦當莞爾一笑矣！

己亥雜詩（選一）

龔自珍

【題　解】道光己亥十九年（西元一八三九年），作者懷憤辭官還鄉，凡三百十五首大型組詩《己亥雜詩》即作於此時。其內容十分廣泛。這裡所選一首乃論詩詩。詩末自注：「舟中讀陶詩。」

此詩對陶潛其人其詩給予了獨到的評價，見地深刻。

陶潛酷似臥龍豪❶，萬古潯陽❷松菊高❸。莫信詩人竟平淡，二分〈梁甫〉❹一分〈騷〉❺。

【注　釋】❶陶潛酷似臥龍豪　語本辛棄疾〈賀新郎〉：「看淵明酷似，臥龍諸葛。」臥龍即諸葛亮。❷潯陽　位於今江西九江市西南。此指代陶潛，因其籍貫為潯陽。❸松菊高　喻品格像松菊一樣高潔。❹梁甫　即〈梁甫吟〉，樂府楚調曲名。相傳諸葛亮在隆中時好為〈梁甫吟〉。此借比諸葛亮。❺騷　屈原的〈離騷〉。此借比屈原。

【語　譯】陶潛似臥龍先生一般的雄豪，操守如萬古松菊一樣的清高。不要相信陶潛詩始終平淡，其實二分似〈梁甫吟〉，一分則近乎〈離騷〉。

【研　析】此詩前兩句評陶潛其人。陶潛被鍾嶸《詩品》定為「隱逸詩人之宗」，一般人多稱之為「田園詩人」，似乎一心躬耕，渾身靜穆，與世無爭。其實不然。此詩首句開篇即發出人意想之論：「陶潛酷似臥龍豪」。儘管語本辛棄疾詞〈賀新郎〉，但一「豪」字卻是作者所定的氣質，與辛棄疾從風流儒雅上立論迥然不同，作者著眼的是陶潛之慷慨雄豪，即其於〈詠荊軻〉、〈讀山海經〉中所體現出的抗爭精神。言外之意陶潛並非真的不問世事。次句乃讚揚陶潛的高潔品格，似青松秋菊一樣傲雪凌霜，足以萬古流芳。這同樣抓住了陶潛其人的品格本質，堪稱慧眼如炬。詩後兩句則評陶潛詩。對陶詩向有「平淡」之評。如葛立方《韻語陽秋》稱陶詩「平淡有思致」，楊萬里《誠齋詩話》稱陶詩「雅淡」，秦少游則稱陶詩「長於沖淡」（《竹莊詩話》引），不一而足。但作者卻做翻案文章：「莫信詩人竟平淡」，又聯繫其人品而得出「二分〈梁甫〉一分〈騷〉」的新穎評斷，意謂陶詩既表現出諸葛亮一樣的政治抱負，又抒發了屈原一樣的憂憤之情。此真乃入木三分、探驪得珠之論。此詩對於後人認識陶潛其人其詩隱藏於隱逸、平淡之下的深層意旨頗有參考價值。

讀陸放翁集四首（選一）

梁啟超

【題解】此詩為戊戌變法失敗後作者流亡日本時所作，時光緒二十五年（西元一八九九年）。詩表達了讀罷南宋愛國詩人陸游詩集後的感想，高度讚揚了陸游詩的愛國激情，亦寄寓了自己的愛國之志。

詩界千年靡靡❶風，兵魂銷盡❷國魂空❸。集中十九❹從軍樂❺，亙古❻男兒一放翁❼。

【注釋】❶靡靡　柔弱，萎靡不振。《史記・殷本紀》：「北里之舞，靡靡之樂。」❷兵魂銷盡　指將士不畏犧牲的鬥志被消磨殆盡。❸國魂空　指民族精神喪失。❹十九　十分之九。❺從軍樂　指所抒發的抗金豪情。❻亙古　從古至今。鮑照〈清河頌〉：「亙古通今，明鮮晦多。」❼放翁　陸游號放翁。

【語　譯】詩壇百千年來彌漫著柔弱的詩風，軍隊鬥志磨盡民族精神亦蝕空了。此集十有八九卻唱從軍之樂，從古至今男兒大丈夫要數陸放翁。

【研　析】作者評陸游詩集是將它置於千年來的詩史中加以考察比較的。故首句先指出千年來詩壇上流行萎靡不振之風，這種詩專門無病呻吟，寫些風花雪月，如同靡靡之音，消解了軍隊英勇殺敵的鬥志，亦腐蝕了民族自強奮發的精神。但是陸游詩集卻十分之九是「從軍樂」，大部分是謳歌抗金鬥爭，讚美軍旅生活，充滿樂觀豪邁的情懷。作者自注云：「中國詩家無不言從軍苦者，惟放翁則慕為國殤，至老不衰。」這是陸游詩獨具的價值。而這又源於陸游的愛國熱情以及「上馬擊狂胡，下馬草軍書」的豪邁性格。他是詩人，亦是戰士。因此尾句稱他是「亙古男兒」即是自古以來的堂堂男子漢大丈夫，是十分恰當的。而作者的崇仰之中又寄寓其本人欲富國強兵的愛國情思。此詩本身寫得遒勁有力，亦有陸游之風格。

附錄　作者簡介與詩作索引

說明：作者簡介見於該作者首見之詩作。

十畫

古籍今注新譯叢書

【哲學類】

新譯四書讀本　謝冰瑩、邱燮友等編譯
新譯學庸讀本　王澤應注譯
新譯論語新編解義　胡楚生編著
新譯孝經讀本　賴炎元、黃俊郎注譯
新譯易經讀本　郭建勳注譯　黃俊郎校閱
新譯周易六十四卦經傳通釋　黃慶萱注譯
新譯乾坤經傳通釋　黃慶萱注譯
新譯易經繫辭傳解義　吳　怡著
新譯禮記讀本　姜義華注譯　黃俊郎校閱
新譯儀禮讀本　顧寶田、鄭淑媛注譯　黃俊郎校閱
新譯孔子家語　羊春秋注譯　周鳳五校閱
新譯老子讀本　余培林注譯
新譯帛書老子　趙　鋒注譯
新譯老子解義　吳　怡著
新譯莊子讀本　黃錦鋐注譯
新譯莊子讀本　張松輝注譯
新譯莊子本義　水渭松注譯
新譯莊子內篇解義　吳　怡著
新譯列子讀本　莊萬壽注譯
新譯管子讀本　湯孝純注譯　李振興校閱
新譯墨子讀本　李生龍注譯　李振興校閱
新譯公孫龍子　丁成泉注譯　黃志民校閱
新譯晏子春秋　陶梅生注譯　葉國良校閱
新譯鄧析子　徐忠良注譯　劉福增校閱
新譯荀子讀本　王忠林注譯
新譯尹文子　徐忠良注譯　黃俊郎校閱
新譯尸子讀本　水渭松注譯　陳滿銘校閱
新譯鶡冠子　趙鵬團注譯
新譯鬼谷子　王德華等注譯
新譯韓非子　賴炎元、傅武光注譯
新譯呂氏春秋　朱永嘉、蕭　木注譯　黃志民校閱
新譯韓詩外傳　孫立堯注譯
新譯淮南子　熊禮匯注譯　侯迺慧校閱
新譯春秋繁露　朱永嘉、王知常注譯
新譯新書讀本　饒東原注譯　黃沛榮校閱
新譯新語讀本　王　毅注譯　黃俊郎校閱
新譯潛夫論　彭丙成注譯　陳滿銘校閱
新譯論衡讀本　蔡鎮楚注譯　周鳳五校閱
新譯申鑒讀本　林家驪、周明初注譯　周鳳五校閱
新譯人物志　吳家駒注譯　黃志民校閱
新譯張載文選　張金泉注譯
新譯近思錄　張京華注譯
新譯傳習錄　李生龍注譯
新譯呻吟語摘　鄧子勉注譯

新譯明夷待訪錄　李廣柏注譯　李振興校閱

【文學類】

新譯詩經讀本　滕志賢注譯
新譯楚辭讀本　林家驪注譯
新譯楚辭讀本　傅錫壬注譯
新譯文心雕龍　羅立乾注譯
新譯六朝文絜　蔣遠橋注譯
新譯世說新語　劉正浩、邱燮友等注譯
新譯昭明文選　周啟成等注譯
新譯古文觀止　謝冰瑩、邱燮友等注譯
新譯古文辭類纂　黃　鈞、葉幼明等注譯
新譯樂府詩選　溫洪隆、溫　強注譯
新譯古詩源　馮保善注譯
新譯千家詩　邱燮友、劉正浩注譯
新譯詩品讀本　程章燦、成　林注譯
新譯花間集　朱恒夫注譯
新譯南唐詞　劉慶雲注譯
新譯絕妙好詞　聶安福注譯
新譯唐詩三百首　邱燮友注譯
新譯宋詩三百首　陶文鵬注譯
新譯宋詞三百首　汪　中注譯
新譯宋詞三百首　劉慶雲注譯
新譯元曲三百首　賴橋本、林玫儀注譯
新譯明詩三百首　趙伯陶注譯
新譯清詩三百首　王英志注譯
新譯清詞三百首　陳水雲等注譯
新譯唐人絕句選　卞孝萱、朱崇才注譯　齊益壽校閱
新譯唐才子傳　戴揚本注譯
新譯拾遺記　石　磊注譯
新譯搜神記　黃　鈞注譯
新譯唐傳奇選　東　忱、張宏生注譯　侯迺慧校閱
新譯宋傳奇小說選　東　忱注譯
新譯明傳奇小說選　陳美林、皋于厚注譯
新譯容齋隨筆選　朱永嘉等注譯
新譯明散文選　周明初注譯
新譯明清小品文選　鄭　婷注譯
新譯人間詞話　馬自毅注譯
新譯白香詞譜　劉慶雲注譯
新譯幽夢影　馮保善注譯
新譯菜根譚　吳家駒注譯
新譯小窗幽記　馬美信注譯
新譯圍爐夜話　馬美信注譯
新譯郁離子　吳家駒注譯
新譯歷代寓言選　黃瑞雲注譯
新譯賈長沙集　林家驪注譯
新譯揚子雲集　葉幼明注譯
新譯曹子建集　曹海東注譯　蕭麗華校閱
新譯建安七子詩文集　韓格平注譯
新譯阮籍詩文集　林家驪注譯　簡宗梧、李清筠校閱

新譯嵇中散集　崔富章注譯　莊耀郎校閱
新譯陸機詩文集　王德華注譯
新譯陶淵明集　溫洪隆注譯　齊益壽校閱
新譯江淹集　羅立乾、李開金注譯
新譯庾信詩文選　歸　青注譯
新譯初唐四傑詩集　李福標注譯
新譯駱賓王文集　黃清泉注譯　陳全得校閱
新譯王維詩文集　陳鐵民注譯
新譯孟浩然詩集　楊　軍注譯
新譯李白詩全集　郁賢皓注譯
新譯李白文集　郁賢皓注譯
新譯杜甫詩選　張忠綱、趙睿才、綦　維注譯
新譯杜詩菁華　林繼中注譯
新譯高適岑參詩選　孫欽善、陳鐵民注譯
新譯昌黎先生文集　周啟成等注譯　陳滿銘等校閱
新譯劉禹錫詩文選　閻　琦注譯
新譯柳宗元文選　卞孝萱、朱崇才注譯
新譯白居易詩文選　陶　敏、魯　茜注譯
新譯元稹詩文選　郭自虎注譯
新譯李賀詩集　彭國忠注譯
新譯杜牧詩文集　張松輝注譯　陳全得校閱
新譯李商隱詩選　朱恒夫、姚　蓉等注譯
新譯范文正公選集　沈松勤、王興華注譯　葉國良校閱
新譯蘇洵文選　羅立剛注譯
新譯蘇軾文選　滕志賢注譯
新譯蘇軾詞選　鄧子勉注譯
新譯蘇轍文選　朱　剛注譯
新譯曾鞏文選　高克勤注譯
新譯王安石文選　沈松勤注譯
新譯唐宋八大家文選　鄧子勉注譯
新譯柳永詞集　侯孝瓊注譯
新譯李清照集　姜漢椿等注譯
新譯陸游詩文集　韓立平注譯　彭國忠校閱
新譯辛棄疾詞選　聶安福注譯
新譯歸有光文選　鄔國平注譯
新譯唐順之詩文選　馬美信注譯
新譯徐渭詩文選　周　群等注譯
新譯薑齋文集　平慧善注譯　周鳳五校閱
新譯顧亭林文集　劉九洲注譯　黃俊郎校閱
新譯納蘭性德詞　馮　乾注譯
新譯方苞文選　鄔國平等注譯
新譯鄭板橋集　朱崇才注譯
新譯袁枚詩文選　王英志注譯
新譯李慈銘詩文選　潘靜如注譯
新譯聊齋誌異選　任篤行等注譯　袁世碩校閱
新譯閱微草堂筆記　嚴文儒注譯
新譯浮生六記　馬美信注譯
新譯弘一大師詩詞全編　徐正綸編著

歷史類

新譯史記　韓兆琦注譯
新譯漢書　吳榮曾等注譯
新譯後漢書　魏連科等注譯
新譯三國志　吳樹平等注譯
新譯資治通鑑　張大可、韓兆琦等注譯
新譯史記—名篇精選　韓兆琦注譯
新譯尚書讀本　吳　璵注譯
新譯尚書讀本　郭建勳注譯
新譯周禮讀本　賀友齡注譯
新譯逸周書　牛鴻恩注譯
新譯左傳讀本　郁賢皓等注譯　傅武光校閱
新譯公羊傳　雪　克注譯　周鳳五校閱
新譯穀梁傳　顧寶田注譯　葉國良校閱
新譯春秋穀梁傳　周　何注譯
新譯戰國策　溫洪隆注譯　陳滿銘校閱
新譯國語讀本　易中天注譯　侯迺慧校閱
新譯說苑讀本　左松超注譯
新譯說苑讀本　羅少卿注譯　周鳳五校閱
新譯新序讀本　葉幼明注譯　黃沛榮校閱
新譯吳越春秋　黃仁生注譯　李振興校閱
新譯西京雜記　曹海東注譯　李振興校閱
新譯列女傳　黃清泉注譯　陳滿銘校閱
新譯越絕書　劉建國注譯　黃俊郎校閱
新譯燕丹子　曹海東注譯　李振興校閱
新譯東萊博議　李振興、簡宗梧注譯
新譯唐六典　朱永嘉、蕭　木注譯
新譯唐摭言　姜漢椿注譯

【宗教類】

新譯金剛經　徐興無注譯　侯迺慧校閱
新譯高僧傳　朱恒夫、王學均等注譯　潘栢世校閱
新譯碧巖集　吳　平注譯
新譯百喻經　顧寶田注譯
新譯楞嚴經　賴永海、楊維中注譯
新譯梵網經　王建光注譯
新譯圓覺經　商海鋒注譯
新譯法句經　劉學軍注譯
新譯六祖壇經　李中華注譯　丁　敏校閱
新譯禪林寶訓　李中華注譯　潘栢世校閱
新譯維摩詰經　陳引馳、林曉光注譯
新譯經律異相　顏洽茂注譯
新譯阿彌陀經　蘇樹華注譯
新譯無量壽經　邱高興注譯
新譯無量壽經　蘇樹華注譯
新譯妙法蓮華經　張松輝注譯　丁　敏校閱
新譯景德傳燈錄　顧宏義注譯
新譯大乘起信論　韓廷傑注譯　潘栢世校閱
新譯釋禪波羅蜜　蘇樹華注譯
新譯八識規矩頌　倪梁康注譯
新譯永嘉大師證道歌　蔣九愚注譯
新譯華嚴經入法界品　楊維中注譯
新譯地藏菩薩本願經　李承貴注譯

新譯悟真篇　劉國樑、連　遙注譯
新譯无能子　張松輝注譯
新譯坐忘論　張松輝注譯
新譯列仙傳　張金嶺注譯　陳滿銘校閱
新譯抱朴子　李中華注譯　黃志民校閱
新譯神仙傳　周啟成注譯
新譯性命圭旨　傅鳳英注譯
新譯老子想爾注　顧寶田、張忠利注譯　傅武光校閱
新譯周易參同契　劉國樑注譯　黃沛榮校閱
新譯道門觀心經　王　卡注譯　黃志民校閱
新譯養性延命錄　曾召南注譯　劉正浩校閱
新譯樂育堂語錄　戈國龍注譯
新譯沖虛至德真經　張松輝注譯　周鳳五校閱
新譯長春真人西遊記　顧寶田等注譯
新譯黃庭經・陰符經　劉連朋等注譯

軍事類

新譯司馬法　王雲路注譯
新譯尉繚子　張金泉注譯
新譯三略讀本　傅　傑注譯
新譯六韜讀本　鄔錫非注譯
新譯吳子讀本　王雲路注譯
新譯孫子讀本　吳仁傑注譯
新譯李衛公問對　鄔錫非注譯

教育類

新譯爾雅讀本　陳建初等注譯
新譯顏氏家訓　李振興、黃沛榮等注譯
新譯聰訓齋語　馮保善注譯
新譯曾文正公家書　湯孝純注譯　李振興校閱
新譯三字經　黃沛榮注譯
新譯百家姓　馬自毅、顧宏義注譯
新譯幼學瓊林　馬自毅注譯　陳滿銘校閱
新譯增廣賢文・千字文　馬自毅注譯　李清筠校閱
新譯格言聯璧　馬自毅注譯

政事類

新譯商君書　貝遠辰注譯　陳滿銘校閱
新譯鹽鐵論　盧烈紅注譯　黃志民校閱
新譯貞觀政要　許道勳注譯　陳滿銘校閱

地志類

新譯山海經　楊錫彭注譯
新譯水經注　陳橋驛、葉光庭注譯
新譯佛國記　楊維中注譯
新譯大唐西域記　陳　飛、凡　評注譯　黃俊郎校閱
新譯洛陽伽藍記　劉九洲注譯　侯迺慧校閱
新譯徐霞客遊記　黃　珅注譯　黃志民校閱
新譯東京夢華錄　嚴文儒注譯　侯迺慧校閱

◎新譯白居易詩文選

陶敏／注譯

白居易是中唐有名的社會寫實詩人，詩歌作品平易近人，老嫗能懂。他所倡導的新樂府運動，重視文學的實用性，帶動詩歌革新，影響深遠。本書精選其詩文共二二〇首(篇)，入選作品以詩歌為主，並適當選入較多的制、策、奏、判等應用文，以全面反映白居易的文學成就。注釋簡明，語譯淺近，研析以文本藝術鑑賞為中心，並適時介紹學界相關研究成果。